READER'S DIGEST

AUSWAHL BÜCHER

Die Kurzfassungen in diesem Buch erscheinen
mit Genehmigung der Autoren und Verleger

– Deutschland, Schweiz, Österreich –
Verlag Das Beste GmbH,
Stuttgart, Zürich, Wien

041110 (294)
Printed in Germany
ISBN: 978-3-89915-685-0

READER'S DIGEST

AUSWAHL BÜCHER

Reader's Digest

Deutschland · Schweiz · Österreich

INHALT

Schneechaos im Münsterland: Bäume knicken um, die Stromversorgung bricht zusammen, die Straßen sind unpassierbar. Wie viele andere Dörfer ist Birkenkotten von der Außenwelt abgeschnitten. Mit dem Unterschied, dass hier kürzlich ein brutaler Mord passiert ist und die Spur eines entflohenen Vergewaltigers in die ländliche Idylle führt. Hauptkommissar Hambrock, durch einen Zufall mit eingeschneit, bleibt nicht viel Zeit, den Mordfall aufzuklären.

Seite 6

Was Mütter in ihren schlimmsten Albträumen befürchten, wird für die Münchner Buchhändlerin Freda zur Wirklichkeit: Ihre 18-jährige Tochter Josy, die ein soziales Jahr in Mexiko absolviert, ist plötzlich verschwunden. Freda hat nur einen Gedanken: Sie muss Josy finden – das Mädchen ist in höchster Gefahr.

Seite 156

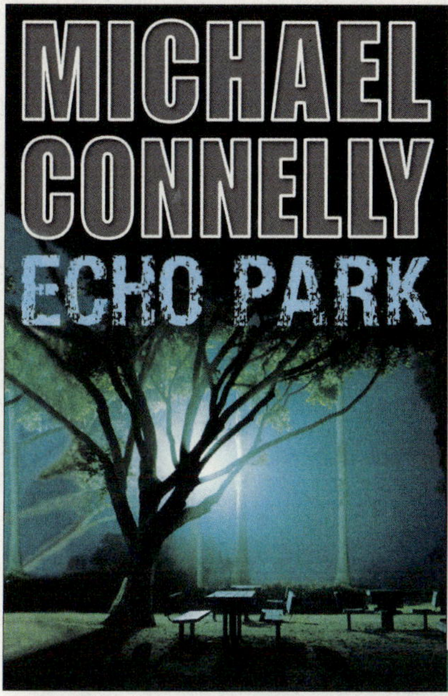

Das Schicksal der jungen Marie, die einem Verbrechen zum Opfer fiel, deren Leiche aber nie gefunden wurde, treibt den hartgesottenen Ermittler Harry Bosch Jahre später noch um. Als der Polizei von Los Angeles ein Serienmörder ins Netz geht, keimt Hoffnung auf: um der Todesstrafe zu entgehen, bietet der Killer an, auch einige ungelöste Morde zu gestehen, darunter den an Marie. Der ehrgeizige Staatsanwalt lässt sich darauf ein – doch der Handel endet im Desaster …

Seite 306

Unermüdlich setzt Gloria Bailey sich für Menschen ein, die sich in schwierigen Situationen befinden. Dabei liegen ihr besonders junge Familien am Herzen. In der Adventszeit füllt sich das Haus, das die hilfsbereite Witwe normalerweise allein mit ihrer Katze bewohnt, mit allerlei Menschen, die gerade kein Dach über dem Kopf haben. Doch was niemand ahnt: Auch Gloria hat in ihrem Leben ein Problem, das sie nicht lösen kann. Da kommt ein Zufall ihr zu Hilfe …

Seite 472

STEFAN HOLTKÖTTER

SCHNEETREIBEN

Hambrock setzte dem Flüchtenden nach und erreichte die Böschung. Ein seltsames Feuerwerk rückte in sein Blickfeld. Das Kabel eines Starkstrommastes war gerissen, es wand sich wie eine Schlange im Schnee und spuckte Feuer.

Und dann verstand Hambrock plötzlich, was Probst vorhatte. Er lief nämlich direkt auf das Feuer zu. „O mein Gott!", entfuhr es Hambrock. Er rannte auf das Feld und stemmte sich gegen den Sturm. „Tu es nicht!", brüllte er. „Spring nicht!"

1

Der Regen prasselte wütend aufs Autodach. Hauptkommissar Bernhard Hambrock blieb im Wagen sitzen. Er zögerte. Das Kopfsteinpflaster vor dem liebevoll sanierten Bauernhaus hatte sich in einen aufgepeitschten See verwandelt. Die Dachrinne an den Stallungen lief über, Sturzbäche ergossen sich über Rosenstöcke und Kräuterbeete. Der Weg vom Auto zum Haus würde ausreichen, ihn bis auf die Haut nass werden zu lassen.

Dabei hätte er gar nicht selbst herkommen müssen. Er hätte irgendeinen Mitarbeiter schicken können, wie es für solch einen Einsatz angemessen gewesen wäre. Doch das wollte er nicht. Er hatte seine eigenen, ganz privaten Gründe, hier zu sein, keiner brauchte etwas davon zu wissen. „Ich bin sowieso in der Gegend unterwegs“, hatte er den anderen gesagt.

Schicksalsergeben blickte er zur hell erleuchteten Haustür und sprang mit einem Satz aus dem Wagen. Die schweren Tropfen peitschten von allen Seiten auf ihn ein. Kalte Nässe durchdrang seine Kleidung. Er hastete zum Haus, drückte die Klingel und presste sich gegen das Türblatt.

Er musste nicht lange warten, bis ihm geöffnet wurde. Eine ältere Frau in Strickjacke riss die Tür auf und ließ ihn ins trockene, warme Innere. „Sie sind Herr Hambrock, nehme ich an? Ich habe Sie schon erwartet.“

Die Frau hatte ein freundliches Gesicht und gütige Augen und wirkte ein bisschen wie eine Oma aus einem Kinderbuch. Sie lächelte. „Kommen Sie herein. Ich habe das Herdfeuer angefacht.“ Dann nahm sie seinen durchnässten Mantel und hängte ihn über einen Bügel. „Bestimmt möchten Sie einen Tee, um sich aufzuwärmen?“

„Danke, das wäre sehr nett.“ Er strich sich über die feuchten Hosenbeine. „Es ist wirklich ein grässliches Wetter.“

„Das ist wohl das Schicksal eines Polizisten. Das Wetter nimmt keine Rücksicht auf Ihre Arbeit.“ Sie führte ihn in ein gemütliches, mit Bauernmöbeln eingerichtetes Wohnzimmer. Vor dem Kamin standen zwei wuchtige Sessel aus Eichenholz, und auf einem Beistelltisch dampfte in einer

Porzellankanne der Gewürztee. „Setzen Sie sich doch", sagte Dorothea Probst. Sie goss Tee in Porzellantassen und stellte einen Teller mit Zimtsternen dazu.

Hambrock betrachtete schweigend die Kekse. Noch wusste er nicht so recht, wie er beginnen sollte. „Haben Sie in der Zwischenzeit etwas von Ihrem Pflegesohn gehört?", fragte er schließlich. „Hat er sich bei Ihnen gemeldet?"

Sie setzte sich. „Er ist nicht mein Pflegesohn. Wir haben ihn adoptiert."

„Entschuldigen Sie. Haben Sie etwas von Ihrem Sohn gehört?"

„Nein, seitdem mich die Polizistin aus Brandenburg telefonisch über den Ausbruch meines Sohnes informiert hat, habe ich nichts Neues erfahren. Martin hat sich nicht bei mir gemeldet." Sie zog ihre Strickjacke um den Körper, als friere sie.

Martin Probst war am Vormittag aus der Justizvollzugsanstalt Brandenburg an der Havel ausgebrochen. Umgehend hatte man eine Großfahndung eingeleitet und auch die Münsteraner Dienststelle mit einbezogen. Die Beamten wussten von dem guten Verhältnis zwischen Mutter und Sohn.

Zwar hielt Hambrock seinen Besuch bei Probsts Adoptivmutter für reine Routine, denn er konnte sich nicht vorstellen, dass Martin Probst so leichtsinnig war, ausgerechnet hier in Birkenkotten aufzutauchen. Dennoch wollte er die Gelegenheit nutzen, die Frau kennen zu lernen, die diesen Martin adoptiert hatte. „Es ist gut möglich, dass Ihr Sohn gar nicht hierherkommt", sagte er. „Es wäre viel zu riskant für ihn."

„Ich dachte zunächst, es wäre ein Missverständnis."

„Leider nein. Ihr Sohn hat bei einem Freigang auf dem Gelände die Flucht ergriffen." Er seufzte. „Ich muss Sie bitten, mich sofort zu informieren, sollte Ihr Sohn bei Ihnen auftauchen oder mit Ihnen Verbindung aufnehmen." Er zog eine Karte aus seiner Tasche und reichte sie über den Tisch. „Meine Handynummer und auch die Nummer der zuständigen …"

„Wenn Martin hier auftauchen sollte, wird er selbst Sie anrufen. Dafür werde ich sorgen. Ich werde ihn davon überzeugen, dass er sich stellen muss."

Hambrock blickte sie an. „Als mich die Kollegen baten, bei Ihnen vorbeizusehen, war ich überrascht. Ich wusste nicht, dass Sie wieder im Münsterland wohnen. Sie sind damals von hier fortgezogen, nachdem …" Er zögerte und fragte sich, wie er es ausdrücken sollte. „… diese schreckliche Sache passiert war. Nach Ostdeutschland, wenn ich mich recht erinnere."

„Nach Neustrelitz. Woher wissen Sie das? Gehörten Sie damals zu den ermittelnden Beamten? Ich kann mich nicht an Sie erinnern."

„Nein. Aber der Fall Ihres Sohnes hat viel Aufsehen erregt." Mehr wollte er nicht sagen.

Sie nickte bedauernd. „Ich habe mich in Neustrelitz nie sehr wohlgefühlt. Nachdem meine Ehe auseinandergebrochen war und Martin kurz darauf zu vielen Jahren Gefängnis verurteilt wurde, habe ich beschlossen, hierher zurückzukehren. Wir haben das Haus damals nicht verkauft, es war nur vermietet, und so bin ich vor einem Jahr wieder hergezogen. Ich fahre zwar weiterhin regelmäßig nach Brandenburg, um ihn zu besuchen. Doch leben möchte ich hier."

„Wie ist es denn, wieder hier zu sein?", fragte Hambrock.

„Sie meinen, wegen der Nachbarn?" Sie lächelte. „Es geht schon. Die meisten wissen zu unterscheiden zwischen dem, was ich getan habe, und dem, was meinem Sohn anzulasten ist."

„Das freut mich zu hören." Er wechselte das Thema. „Frau Probst, wäre es möglich, dass Martin sich zu seinem Adoptivvater flüchtet?"

Die Frau lachte auf. „Das ist völlig ausgeschlossen. Hubert und Martin hatten damals nach diesen … Vorfällen kein gutes Verhältnis mehr zueinander. Mein Mann wollte, dass Martin zurück ins Heim geht. Wir haben uns deswegen oft gestritten. Am Ende hat mein Mann mich vor die Wahl gestellt: Martin oder er." Sie lächelte betrübt. „Ich liebe Hubert, wir waren beinahe dreißig Jahre verheiratet. Und doch gab es für mich keinen Moment des Zögerns." Es schien sie Mühe zu kosten weiterzusprechen. „Ich habe –"

„Sie müssen mir das nicht erzählen, Frau Probst."

„Schon gut. Vielleicht brauchen Sie dieses Wissen, um Martin zu finden." Sie sah in die Flammen. „Als wir den Jungen bekommen haben, war er vier Jahre alt, klein und ausgehungert und völlig verängstigt. Er hatte schon so viel Schreckliches erlebt." Sie richtete sich in ihrem Sessel auf und blickte ihm fest in die Augen. „Martin gehört zu mir. Ich habe mich für ihn entschieden, als ich ihn aufgenommen habe. Hubert hat das nicht verstanden. Natürlich bin ich bei meinem Jungen geblieben."

Hambrock dachte an die Fallakten, die er überflogen hatte. Martin Probsts Taten, mehrere Vergewaltigungen, waren dort fast unerträglich detailreich beschrieben. Dieser Mann hatte drei Frauen das Leben ruiniert, bevor er gefasst und verurteilt worden war.

Dorothea Probst schüttelte den Kopf. „Solange ich ihm die Treue halte, gibt es noch Hoffnung. Verstehen Sie das?"

„Natürlich", sagte Hambrock, doch er hörte selbst, dass es hohl klang. Ein Schweigen entstand. Es war ihm unangenehm, aber er musste ein weiteres Thema ansprechen. „Weiß Klara von Martins Flucht?"

Klara Merschkötter war Martins erstes Opfer gewesen. Sechs Jahre war es her, dass er das Mädchen aus der Nachbarschaft überfallen und vergewaltigt hatte. Damals war Klara 14 gewesen, zwei Jahre jünger als ihr Peiniger.

„Ich denke nicht, dass sie davon weiß", sagte Dorothea Probst. „Brandenburg an der Havel ist weit weg. Es kam auch nichts in den Nachrichten."

Hambrock tastete sich weiter vor. „Nachdem Klara damals zur Polizei gegangen war und Ihren Sohn angezeigt hatte, ist er durchgedreht. Er hat geschworen, sich an ihr zu rächen."

„Aber das hat er doch nur in seiner Wut gesagt ..." Plötzlich begriff sie. „Sie meinen doch nicht ..." Sie schüttelte heftig den Kopf. „O nein, niemals. Er hat dem Mädchen damals schreckliches Leid angetan. Das bedauert er zutiefst, verstehen Sie? Er würde so etwas niemals wieder tun."

Hambrock verlor seine Professionalität. „Er hat es wieder getan, Frau Probst! Das muss Ihnen doch klar sein. Auch wenn die Frauen andere Namen trugen. Es hat sich alles wiederholt."

„Er wird Klara nichts tun, das weiß ich genau. So ist es nun einmal, auch wenn Sie daran zweifeln. Er wird Klara nichts tun."

ALS HAMBROCK sich später auf den Heimweg machte, schien der Regen ein wenig nachgelassen zu haben. An der offenen Haustür zögerte er, zu seinem Auto zu laufen. In die Geräusche des Regens mischten sich dumpfe Bässe. Die Melodie eines Discohits wehte herüber. Auf einem nahen Bauernhof leuchteten bunte Lichter über der Scheune, eine Reihe von Autos parkte am Wegesrand. „Was ist denn da los?", fragte er.

Dorothea Probst trat neben ihn. „Drüben bei Burtrup findet eine Party statt. Der Älteste, Jens Burtrup, hat heute Geburtstag."

Hambrock schlug den Mantelkragen hoch. „Die Polizei wird morgen auch mit Klara sprechen müssen und mit den anderen, die damals dabei waren. Ich hoffe, Ihnen entstehen keine Unannehmlichkeiten, wenn die alten Geschichten wieder aufgewühlt werden. Es lässt sich leider nicht vermeiden." Sie nickte und sah zu Boden. „Vielleicht haben sie Martin ja bereits gefasst", fügte Hambrock hinzu. „Und dann erledigt sich alles Weitere."

Er schenkte ihr ein Lächeln, zog die Schultern hoch und lief eilig durch den Regen zu seinem Wagen.

DIE FEUCHTE KÄLTE kroch von allen Seiten in die Scheune. Klara fror. Ihr Bier war schal geworden und roch bitter. Am liebsten hätte sie es ausgegossen. Doch sie musste durchhalten. Schließlich war sie die Gastgeberin, gemeinsam mit ihrem Freund Jens, der heute Geburtstag hatte. Am Nachmittag hatten sie die Scheune ausgeräumt, die Wände mit Tarnnetzen behängt, Lichterketten und Discokugeln installiert und dann eine provisorische Theke gezimmert. Am Nachmittag hatte das alles Spaß gemacht, aber da war auch noch nicht die schleichende Kälte gewesen, die sich wie ein ungebetener Gast zu ihnen gesellte.

Die Bässe dröhnten dumpf in ihrem Körper. Die meisten Gäste waren auf der Tanzfläche, es wurde gedrängelt und geschubst.

Lina Wendland kämpfte sich durch die Menge, ein Nachbarmädchen, mit dem Klara befreundet war, solange sie denken konnte. „He, Klara! Komm mit! Gib mir dein Bierglas!“ Sie zog sie in den Kreis ihrer Freundinnen, die an der Theke standen, schunkelten und mitsangen. „Es gibt U-Boote!“

„O nein“, sagte Klara schwach. „Alles, nur keine U-Boote. Ich kann das Zeug nicht trinken.“

„Keine Chance, meine Süße. Du entkommst uns nicht!“ Lina drückte sie lachend, dann nahm sie ein Tablett, auf dem Schnapsgläser mit Kirschlikör standen, und versenkte eines davon im Glas ihrer Freundin.

Klara beobachtete, wie der Likör hinabsank und in blutroten Wolken über den Grund ihres Bieres quoll. Wenn sie das Spiel nicht verlieren und vermeiden wollte, im Anschluss zur Strafe einen Schnaps trinken zu müssen, dann würde sie dieses sogenannte U-Boot in einem Zug austrinken müssen. Während Lina die anderen Liköre verteilte, wanderte Klaras Blick durch den Raum. An einem Biertisch neben der Tanzfläche entdeckte sie Jens. Er hatte seit dem frühen Nachmittag Unmengen Alkohol getrunken. Sie konnte nur hoffen, dass er sich diesmal nicht danebenbenahm. Ihr gingen diese Alkoholexzesse furchtbar auf die Nerven.

Jens hob plötzlich den Kopf, und ihre Blicke trafen sich. Er warf einen Kuss durch den Raum, prostete ihr zu, und seine Augen leuchteten. Klara zwang sich zu einem Lächeln. Obwohl Jens betrunken war, merkte er sofort, dass ihr Lächeln nicht echt war. Er runzelte die Stirn und sah sie fragend an. Sie wandte sich eilig ab.

„Du hast Jens überhaupt nicht verdient“, war es ihrer Mutter einmal herausgerutscht. Zwar hatte sie sich sofort entschuldigt, aber es war so gemeint, und Klara wusste das genau.

„He, Klara!“ Lina stieß ihr in die Seite. „Du willst doch nicht etwa kneifen?“

„Natürlich nicht.“ Sie hob ihr Glas und stieß mit den anderen an. „Denkst du etwa, deine blöden U-Boote hauen mich um? Da kennst du mich aber schlecht.“ Sie leerte das Glas in einem Zug und spürte Übelkeit in sich aufsteigen. Mit einem Husten stellte sie es ab.

Lina schlug ihr anerkennend auf die Schulter. „Na also!“, sagte sie und lachte.

Hinter ihnen tauchte ein bulliger Typ auf und grinste in die Runde. Es war Marc, Linas Freund. Er fasste Lina an den Hintern und legte besitzergreifend den Arm um ihre Schultern.

Lina stieß ihn von sich. „Sag mal, was soll das denn?“

„Mach doch nicht so einen Aufstand!“ Die beiden funkelten sich an.

Klara machte einen Schritt auf Marc zu. „Lass sie doch, Marc“, begann sie. „Wir sind schließlich hier, um …“ Sie wollte ihn am Arm fassen, aber dann zog sie ihre Hand zurück. Da war etwas in seinen Augen. Ganz plötzlich flammte wilder Hass darin auf.

In diesem Moment torkelte Jens auf die Gruppe zu. „Was ist denn hier los?“, fragte er mit einem dümmlichen Grinsen. „Marc, muss ich einschreiten?“

Klara hätte am liebsten aufgestöhnt über so viel Ungeschick. Typisch Jens.

„Was mischst du dich hier ein?“, blaffte Marc erwartungsgemäß. „Du kannst doch gar nicht mitreden.“ Demonstrativ legte er den Arm um seine Freundin und lächelte überheblich. „Deine Alte lässt dich ja nicht mal ran! Oder irre ich mich?“

Jens wurde blass. Lina schlug Marc mit den Fäusten gegen die Brust. „Du Arschloch!“

Marc nahm die Schläge mit einem selbstgefälligen Grinsen hin. Er hatte einen sensiblen Punkt getroffen und kostete seinen Sieg aus. Jens blickte unsicher zu Klara. Sie wünschte, er würde sich zur Wehr setzen. Aber Jens drehte sich um und verschwand ohne ein weiteres Wort.

Einige Zeit später schien der Zwischenfall vergessen. Jemand legte Robbie Williams auf, alle sangen laut mit und stürmten zur Tanzfläche.

Klara wollte einen Augenblick allein sein. Sie ging in den Nebenraum, um ein frisches Baguette zu holen. Neben dem Büfett lehnte sie sich an einen Balken und atmete durch. Unter dem Tisch entdeckte sie den Hofhund. Rolf hatte sich ebenfalls zurückgezogen und einen Platz zum Dösen gefunden. „Na du?“ Klara lächelte dem Hund zu, der träge zu ihr hinaufblickte. „Gehen dir die anderen auch auf die Nerven?“ Sie lachte. „Ich kann dich da gut verstehen.“

Doch der Hund verlor bald das Interesse und legte seinen Kopf wieder auf die Vorderpfoten. Sie ging zum Büfett und machte sich daran, das Baguette zu schneiden.

Sie bemerkte die Veränderung aus den Augenwinkeln. Eben hatte der

Hund noch dösend unterm Tisch gelegen, im nächsten Moment stand sein gesamter Körper unter Spannung. Er hielt den Kopf aufrecht, legte die Ohren an und blickte zum Scheunentor durch die regnerische Nacht.

Klara wollte ihn gerade ansprechen, da sprang er auf und lief hinaus. „Rolf!“ Sie warf das Baguette auf den Tisch. „Rolf! Warte!“ Rolf wäre nicht der erste Hofhund, der auf der Hauptstraße Opfer eines Autos würde. Klara nahm einen Schirm aus dem Ständer neben dem Eingang und lief hinaus ins Freie. Der Bewegungsmelder hatte die Hoflampe aufflammen lassen. Im hellen Schein prasselte Regen auf den Asphalt. „Rolf! Komm zurück!“

Von fern war ein Bellen zu hören. Womöglich aus dem Garten hinter dem Haus. Dort, wo das Grundstück an die Hauptstraße grenzte. „Mist!“, zischte sie und lief los.

Der Garten hinter dem Haus war in ein mattes Zwielicht getaucht, erhellt durch die erleuchteten Wohnzimmerfenster des Bauernhauses. Sie entdeckte Rolf am Gartenzaun. Er hatte die Vorderpfoten auf die Latte gelegt, reckte den Kopf darüber und bellte. Vorsichtig ging sie über die Waschbetonplatten zwischen den überfluteten Beeten. „Was ist denn los mit dir…?“ Sie fasste Rolf am Halsband und zog ihn zurück. Doch er zerrte mit seiner ganzen Kraft und bellte weiterhin in Richtung Straße. Klara hob den Schirm und folgte seinem Blick.

Etwas abseits lag die Haltestelle, an der die Busse nach Münster abfuhren. Der Wind trieb Regenschleier durch den schwachen Lichtkegel einer alten Laterne. Klara kniff die Augen zusammen. Hinter dem Bushäuschen befand sich ein Schatten, der sich nicht bewegte. Es war ein Mann. Keine hundert Meter von ihr entfernt. Der Regen prasselte ungehindert auf ihn nieder, dennoch rührte er sich keinen Zentimeter.

Sie verstärkte den Griff um das Hundehalsband und Rolf hörte auf zu bellen. Wer konnte das sein, fragte sie sich. Plötzlich kam es ihr so vor, als hätte dieser Mann auf sie gewartet. Um sich herum hörte sie nichts als den Regen, der niederprasselte. Plötzlich bewegte sich der Mann, trat zurück und verschwand schließlich ganz in der Dunkelheit.

Sie schüttelte den Kopf. Schwachsinn, er hat nicht auf dich gewartet, sagte sie sich. Dennoch eilte sie zurück. Sie würde sich besser fühlen, wenn sie wieder unter Menschen war.

Lina und Marc standen unter dem Vordach. Sie stritten im Flüsterton miteinander, aber als die beiden sie kommen sahen, verstummten sie. Lina bedeutete ihrem Freund mit einem Blick, zu verschwinden, und er trottete in die Scheune.

„Alles in Ordnung?“, fragte Klara und trat mit dem Hund unter das Vordach.

„Natürlich.“ Lina verdrehte die Augen. „Weiß der Himmel, was heute Abend mit Marc los ist! Vielleicht liegt es ja am Wetter.“

Einige Hundert Meter von der Partyscheune entfernt, versteckt hinter einem Buchenhain, lag ein kleiner Reiterhof. Im Wohnhaus brannte noch ein einzelnes Licht. Es strahlte in die regnerische Nacht hinaus. Eine einsame Gestalt stand verloren hinter dem Fenster und blickte unbewegt in die Dunkelheit hinaus. Brigitte Hahnenkamp war erst Mitte fünfzig, doch ihr Haar hatte bereits einen ebenmäßigen schneeweißen Ton angenommen. Sie hatte ein sanftes, freundliches Gesicht, auch wenn sich in dieser Nacht tiefe Sorgenfalten auf ihrer Stirn gebildet hatten. Sie wartete auf ihre Tochter, die am Abend mit dem letzten Bus aus Münster eintreffen wollte. Es war bereits über zwei Stunden her, dass dieser Bus Birkenkotten passiert hatte. Aber Sandra war noch immer nicht erschienen.

Die Tür öffnete sich und ihr Ehemann betrat die Küche. Hubert Hahnenkamp hatte sich einen Morgenrock über den Pyjama geworfen. „Brigitte? Warum bist du noch immer auf?“ Sie antwortete nicht und starrte unverändert in die Nacht hinaus. „Sandra wird direkt zu der Party gegangen sein. Bei diesem Wetter ist das nur normal. Die Haltestelle liegt gleich hinter Burtrups Scheune. Glaub mir, wir werden sie morgen früh sehen, wenn sie wie alle anderen ihren Rausch ausgeschlafen hat.“

„Ja, wahrscheinlich hast du Recht.“ Sie rührte sich nicht vom Fleck.

„Soll ich nicht doch bei Burtrup anrufen?“, fragte er. „Klemens könnte kurz in der Scheune nachsehen, ob Sandra dort ist.“

Sie schüttelte den Kopf. „Es ist viel zu spät, um noch bei ihnen anzurufen. Klemens und Margit werden längst im Bett liegen und schlafen.“

Eine Weile betrachtete Hubert Hahnenkamp seine Frau. „Komm schon“, sagte er sanft. „Geh schlafen. Sandra ist auf der Party, davon bin ich überzeugt.“

„Also gut.“ Sie gab nach. „Ich komme sofort.“ Er nickte und verließ die Küche. Brigitte Hahnenkamp fixierte die Regenschleier, die sich hinter ihrem Garten in der Dunkelheit verloren. Du bildest dir das Ganze nur ein, sagte sie sich. Hubert hat Recht. Mit einem leisen Aufseufzen wandte sie sich vom Fenster ab, löschte das Licht und ging zu ihrem Mann ins Schlafzimmer.

2

Wieder dachte Hambrock an Klara Merschkötter, wie so oft in den letzten 24 Stunden. Er war allein im Umkleideraum des Fitnessstudios und schlüpfte ohne wirkliche Lust in seine Sportsachen. Sechs Jahre waren seit Klaras Vergewaltigung vergangen. Kaum fassbar, wie schnell die Zeit verstrich. Die Ermittlungen hatte er damals aus der Distanz verfolgt, genau wie den Prozess, der Martin Probst gemacht worden war. Währenddessen war er kein einziges Mal nach Birkenkotten hinausgefahren, um nach dem Rechten zu sehen, und heute fragte er sich, ob das richtig gewesen war.

Sein Blick fiel auf die Spiegelwand, die an die rot lackierten Spinde grenzte. Zumindest seinem Bauch waren die letzten sechs Jahre anzusehen. Wie viele Kilo mochte er zugenommen haben? Schnell griff er nach dem T-Shirt und zog es sich über. Seine Laune war endgültig verdorben. Dabei war die gute Figur, die er einmal besessen hatte, noch zu erahnen. Er musste nur den Bauch einziehen und auf eine gerade Haltung achten, dann sah er fast so aus wie früher, als er noch alle Chancen bei den Frauen hatte.

„Mach dir nichts draus, wir werden alle älter“, pflegte seine Ehefrau Erlend zu sagen. „So ist nun mal das Leben. An mir geht es auch nicht spurlos vorüber.“ Das stimmte zwar, denn Ellis Hüften wurden immer breiter und tiefe Lachfältchen gruben sich in ihr Gesicht, dennoch schien sie mit den Veränderungen nur sinnlicher und attraktiver zu werden.

Hambrock wandte sich vom Spiegel ab, verließ den Umkleideraum und ging zu den Ausdauergeräten. Er war noch damit beschäftigt, die Anzeigen auf dem Display des Laufbands zu verstehen, als sich in seiner Hosentasche geräuschvoll das Diensthandy meldete. Er griff danach und ging hinaus in den Eingangsbereich.

Heike Holthausen, seine Stellvertreterin in der Mordkommission, rief ihn von ihrem Privatanschluss an. „Ich habe mir wohl den Magen verdorben. Nach dem Aufstehen dachte ich noch, das geht vorüber. Aber im Büro wurde es richtig übel. Mein Mann hat mich wieder abgeholt. Jetzt liege ich mit einem Eimer im Bett und bedaure mein Schicksal. Ich wollte dir nur rasch persönlich Bescheid geben, dass ich ausfalle.“

„Das ist nett von dir. Ich wünsche dir gute Besserung. Meld dich einfach wieder. Gibt es etwas Neues im Präsidium? Irgendwas vorgefallen?“

„Eine Vermisstenmeldung. Vielleicht keine große Sache, wäre da nicht unser entflohener Sexualstraftäter. Eine Studentin aus Münster wollte gestern offenbar mit dem Bus zu ihren Eltern fahren und ist dort nicht angekommen. Ihr Elternhaus liegt in Birkenkotten, der Bauernschaft, in der auch Dorothea Probst wohnt.“

„Du denkst, Martin Probst könnte etwas mit dem Verschwinden dieser Frau zu tun haben?“

„Man sollte dem nachgehen. Man weiß nie, wem gegenüber man sich später rechtfertigen muss.“

„Ja, wahrscheinlich hast du Recht. Aber jetzt werde erst einmal wieder gesund.“ Er beendete das Gespräch, holte sein Handtuch vom Laufband und steuerte den Umkleideraum an.

Knapp dreißig Minuten später saß er in seinem Büro am Telefon und wartete darauf, mit dem Therapeuten des Maßregelvollzugs in Brandenburg an der Havel verbunden zu werden.

„Hier Wüllen“, meldete sich eine tiefe und dunkle Stimme, die sofort signalisierte, dass wenig Zeit für ein Gespräch zur Verfügung stand.

„Mein Name ist Hambrock, ich bin Kriminalhauptkommissar bei der Polizei in Münster.“

Der Tonfall des Therapeuten änderte sich sofort. „Ich habe schon gehört, dass Sie in die Fahndung nach Probst einbezogen wurden.“

„Ja, ganz richtig. Die Fahndung läuft auf Hochtouren. Was glauben Sie – wird Martin Probst hier auftauchen?“

„Sehr wahrscheinlich wird er versuchen, zu seiner Adoptivmutter zu gelangen. Es existiert eine sehr starke Bindung zwischen ihm und seiner Mutter. Er überschätzt ihre Möglichkeiten. Sie ist eine Art Heilige für ihn.“

„Also gut“, sagte Hambrock. „Ich habe mir das psychologische Gutachten angesehen, das bei seinem zweiten Prozess erstellt wurde. Demnach haben wir es mit einem Serienvergewaltiger zu tun, der mit hoher Wahrscheinlichkeit rückfällig werden wird. Seine Vergewaltigungen wurden zunehmend brutaler, was auf eine gewisse Art der Eskalation hindeutet. Nach seiner letzten Entlassung hat er sich nicht viel Zeit gelassen, um sein nächstes Opfer zu überfallen. Und bei dem einen Opfer ist es nicht geblieben. Auf was müssen wir uns denn hier einstellen?“

„Er sitzt ja dieses Mal nicht im Knast, sondern im Maßregelvollzug, wo Inhaftierte therapeutisch begleitet werden. Er nimmt seit zwei Jahren regelmäßig an Sitzungen teil, und er macht Fortschritte, große Fortschritte sogar.“

„Wollen Sie mir ernsthaft erzählen, dass von ihm keine Gefahr mehr ausgeht?“

Wüllen zögerte. „Nein. Das nicht.“ Er machte eine Pause. „Im Gegenteil, wenn ich ehrlich sein soll, erhöht seine Flucht das Risiko, dass er rückfällig wird. Serienvergewaltiger sind wie Süchtige, deren Gedanken sich ständig um den nächsten Kick drehen. Sie müssen lernen, diese Bedürfnisse nicht außer Kontrolle geraten zu lassen. Wenn ihnen mit einem Mal alles über den Kopf wächst, ist die Wahrscheinlichkeit größer, dass sie ihre guten Vorsätze über Bord werfen. Das muss jetzt nicht heißen, dass er tatsächlich rückfällig wird. Es bedeutet nur, dass ein Risiko vorhanden ist."

„Also müssen wir uns auf weitere Sexualstraftaten einstellen?"

„Ich weiß nicht, worauf Sie sich einstellen müssen. In jedem Fall wird es das Beste sein, Martin Probst so bald wie möglich zurück in seine Zelle zu bringen."

Klara saß allein in der Küche, trank starken Kaffee und sah hinaus in den trüben Herbsthimmel. Es regnete immer noch, und sie begann sich zu fragen, ob es jemals wieder aufhören würde. Sie fühlte sich schrecklich müde.

Es war kurz nach neun, der Bus nach Münster würde in wenigen Minuten abfahren. Sie leerte die Tasse und stand auf. Es gab bei diesem Wetter eigentlich keinen Grund, sich auf den ungemütlichen Weg zur Fachhochschule zu machen. Dort erwartete sie nichts, was sie nicht auch in Büchern nachlesen könnte. Doch sie hatte weder Lust, sich zu Frau Burtrup ins Wohnzimmer zu setzen, noch wollte sie zurück zu Jens ins Bett.

Vor dem Haus erfasste sie eine kalte Windbö. Sie kauerte sich unter ihren Schirm und trat hinaus in den Regen. Auf der Hauptstraße jagten Autos an ihr vorbei und begossen sie mit Spritzwasser, und sie lief eilig zur Haltestelle, um sich dort in Sicherheit zu bringen. Nachdenklich blickte sie zum Hof der Burtrups. Tannen trennten die Straße von den Wirtschaftsgebäuden, dahinter standen der Gartenzaun und die dichten Nusssträucher, die das Wohnhaus vor dem Lärm der Autos schützen sollten. Sie musste an den Mann denken, den sie in der vergangenen Nacht gesehen hatte. Er hatte an derselben Stelle gestanden, an der sie nun stand. Immer noch sagte ihr ein schwer zu erklärendes Gefühl, dass er ihretwegen dort gewesen war. Aber natürlich war das Unsinn.

Der Schnellbus tauchte auf und riss sie aus ihren Gedanken. Er bog in die Bucht und kam direkt vor ihren Füßen zum Stehen. Klara hielt dem Fahrer ihre Monatskarte entgegen, setzte sich ganz hinten ans Fenster und blickte hinaus. Das Wasser lief an der Scheibe hinunter und ließ die Landschaft dahinter verschwimmen. Ihr Blick wanderte zum Straßengraben hinter dem Bushäuschen. Ein dunkler Gegenstand trieb darin. Ein alter Autoreifen oder ein Müllsack? Aber es war kein Müllsack, es war etwas anderes.

Der Bus bog auf die Straße und gewann an Tempo. Der Gegenstand rückte immer weiter fort. In den Rinnsalen auf der Scheibe war dann nichts mehr zu erkennen.

Margit Burtrup spülte Klaras Kaffeetasse aus und stellte sie in die Spülmaschine. Ihr Blick schweifte durch das Küchenfenster hinaus auf die Straße. An der Bushaltestelle entdeckte sie Klara. Der kirschrote Schirm, unter den sie sich gekauert hatte, war der einzige leuchtende Fleck in der grauen Landschaft. Man musste Mitleid mit dem Mädchen haben, nach all dem, was es durchgemacht hatte. Insgeheim wünschte sie sich trotzdem eine andere Freundin für ihren Jungen. Irgendein fröhliches und unkompliziertes Mädchen. Jens war sensibler als die anderen Jungen. Was würde mit ihm passieren?

Aus der Tenne drang schon wieder das Bellen des Hundes. Entschlossen ging sie hinüber. Rolf lief bellend zum Tor, das mit einem Riegel verschlossen war. „Was kann denn da draußen so Wichtiges sein? Willst du bei diesem Wetter wirklich vor die Tür?"

Mit einem Kopfschütteln nahm sie ihre Regenjacke und zog sie über. Dann legte sie Rolf die Leine an, damit er nicht geradewegs auf die Straße stürmte, und öffnete das Tor.

Sofort zerrte er sie hinaus. Sie glaubte erst, dass er zu Klara wollte, aber dann sah sie, dass der Bus schon da gewesen war. Trotzdem hielt der Hund auf die Haltestelle zu. Dort angelangt, bellte er den Straßengraben an, und Margit Burtrup trat neugierig näher. Ein dunkler Gegenstand trieb im Wasser.

Dann begriff sie. Was sie dort sah, war ein durchweichter Mantel. Ein Haarschopf schwebte im Wasser und eine kalkweiße, leblose Hand.

Im Graben lag eine Tote.

Endlich hatte es aufgehört zu regnen. Bernhard Hambrock stieg aus seinem Dienstwagen, zog den Reißverschluss seiner Daunenjacke hoch und trat fröstelnd an den Fundort. Es war ein ganz gewöhnlicher Abschnitt der Landstraße, wären da nicht das rot-weiße Absperrband und die zahlreichen Ermittlungsbeamten gewesen: Streifenpolizisten, Beamte in Zivil und die Leute von der Spurensicherung, die in weißen Schutzanzügen den aufgeweichten Boden rund um das Bushäuschen in Augenschein nahmen.

Ein Beamter löste sich aus der Gruppe und ging Hambrock entgegen. Es war Guido Gratczek, Mitglied der Gruppe elf, deren Leiter Hambrock war. Mit seinem teuren Anzug von Armani und dem edlen Trenchcoat wirkte Gratczek völlig deplatziert, und sein Gesichtsausdruck ließ darauf schließen, dass er sich wohl auch so fühlte. Mit heruntergezogenen Mundwinkeln betrachtete er den Schlamm, der an seinen Lackschuhen haftete, fluchte leise und wischte die Schuhe am nassen Gras ab. „Die Tote liegt dort vorn im Graben."

„Wer hat sie gefunden?“

„Margit Burtrup. Sie ist auf ihrem Hof.“ Er deutete zu einem Gebäudekomplex am Straßenrand: eine Scheune, zwei Mastställe und das Wohnhaus dahinter. „Der Hofhund hat die Tote gewittert und sein Frauchen hierhergeführt. Die Frau steht noch unter Schock, ein Beamter ist bei ihr. Er hat einen Arzt gerufen, der müsste jeden Moment eintreffen.“

„Was können wir zu der Toten sagen?“, fragte Hambrock.

„Nicht viel. Sieht nach Fremdeinwirkung aus. Alle warten auf dich.“

Hambrock nickte. Bevor er näher trat, machte er einen Schritt zurück und überblickte den Fundort. Er dachte an die vermisst gemeldete Studentin, die mit dem Bus nach Birkenkotten fahren wollte. Zwischen Haltestelle und Leichenfundort lagen keine zwanzig Meter.

Durch die Regengüsse war der Asphalt völlig reingewaschen. Hier würden nicht viele Spuren zu finden sein. Er betrachtete die Grasbüschel am Rand des Grabens. Auf den ersten Blick wirkten sie unversehrt. Langsam näherte er sich dem Leichenfundort. Am Grabenrand hockte der Rechtsmediziner mit seinem Notfallkoffer, über ihm stand die Polizeifotografin, die mit professionell distanziertem Gesichtsausdruck Fotos schoss. Dann rückte die Tote in sein Blickfeld. Das meiste von ihr lag unter einem Mantel verborgen, der an der Oberfläche trieb.

„Kann ich?“, erkundigte sich der Rechtsmediziner.

Hambrock blickte auf. „Wie bitte?“

„Kann ich sie umdrehen?“

„Ach so.“ Er sah zur Fotografin, die ihm mit einem Nicken bedeutete, alles im Kasten zu haben. „Natürlich. Drehen Sie sie um.“

Der Mediziner hatte sich Plastikhandschuhe übergezogen. Er fasste ins kalte Wasser, packte die Tote an der Schulter und zog sie mit einer einzigen gezielten Bewegung aus dem Wasser. Sie landete mit dem Rücken auf den Grasbüscheln, der Mantel gab ihren Körper frei. Sie war fast nackt. Die Hose war bis auf die Knöchel heruntergezerrt, das Sweatshirt zerrissen.

Hambrock betrachtete sie genauer. Ihr Gesicht war aufgedunsen und bläulich verfärbt. Die Augen waren weit geöffnet und starrten ins Nichts. Der Hals war voll dunkler, fleckiger Würgemale. Rumpf und Beine waren blass, im Gegensatz zum Gesicht wirkten sie beinahe unnatürlich weiß. Durch den Wasserdruck hatten sich die Totenflecken unregelmäßig gebildet, bräunliche Sprenkel auf einem geschundenen Körper. Hambrock versuchte, nur ein Mordopfer zu sehen und nicht den Menschen dahinter. Es war kein einfaches Unterfangen, auch nach all den Dienstjahren nicht.

„Herr Hambrock!“ Einer der Spurentechniker hatte seinen Mundschutz heruntergezogen. „Sehen Sie sich das einmal an!“ Er trat auf den Kommissar zu und reichte ihm ein Portemonnaie. Ein kleines ledernes Damenportemonnaie, dessen bordeauxrote Farbe unter dem Schlamm kaum noch zu erkennen war. „Jemand muss es auf den Acker geworfen haben“, sagte er.

„Ist etwas darin, das uns ihre Identität verrät?“

Der Beamte durchsuchte die Fächer und zog schließlich mit spitzen Fingern einen Ausweis hervor. „Sandra Hahnenkamp“, las er. Dann verglich er das Bild auf dem Ausweis mit der Toten auf dem Gras. „Offenbar ist sie es.“

„Verdammt.“

Der Kollege blickte in die restlichen Fächer. „Kein Geld“, sagte er. „Auch keine Bankkarte.“

Hambrock wandte sich an Guido Gratczek. „Wir müssen uns mit der Mutter in Verbindung setzen. Sie muss die Leiche identifizieren.“

„Natürlich.“ Seinem Gesichtsausdruck nach zu urteilen, hätte sich Gratczek lieber im Armani-Anzug auf dem Acker gewälzt, als diesen Job zu übernehmen. Doch er sagte nichts.

Hambrock wandte sich zur Haltestelle. Er fragte sich, ob der Täter womöglich gewusst hatte, dass Sandra Hahnenkamp den letzten Bus nach Birkenkotten nehmen wollte.

„Du denkst an Martin Probst, nicht wahr?“ Gratczek war neben ihm aufgetaucht.

„Natürlich denke ich an Probst.“

„Es ist wohl kaum ein Zufall, dass wir einen Tag nach seiner Flucht eine Frauenleiche finden, und das keine zweihundert Meter vom Haus seiner Adoptivmutter entfernt.“

„Hm. Vielleicht hast du Recht.“

Hambrock ließ seinen Blick am Horizont entlangwandern. Der Dunst der vergangenen Regenfälle hing über den Feldern und Wiesen. Alles wirkte farblos und grau, nur hie und da stach das flammende Rot einer Hainbuche hervor.

Ein paar Hundert Meter entfernt stand ein Traktor am Rand einer Wiese. Die Kühe waren bereits aufgestallt, und ein Bauer beschnitt mit seiner Motorsäge die Wallhecke. Das Dröhnen der Säge wehte mit dem Wind zu ihnen herüber. Der Boden ist viel zu nass dafür, dachte Hambrock. Kein normaler Mensch würde an einem Tag wie diesem die Hecken zurückschneiden. Man wartete den ersten Frost ab, um nicht im Schlamm zu versinken. Schließlich konnte diese Arbeit den ganzen Winter über verrichtet werden.

Die Motorsäge begann zu stottern und verstummte. Der Bauer blickte zu ihnen herüber, als hätte er Hambrocks Gedanken gelesen. Doch dann legte er die Säge auf seinen Anhänger, zog Zweige aus den Haselsträuchern und ließ die Säge kurz darauf wieder anspringen.

Einige Hundert Meter weit weg tauchte ein Auto auf. Es fuhr über einen schmalen Weg, der einen entlegenen Hof mit der Straße verband. Hambrock beobachtete, wie sich der Wagen dem Fundort näherte und auf diese Weise die Straßenabsperrung umging, die einige Kilometer entfernt von der Polizei errichtet worden war.

Ein Streifenpolizist trat auf die Fahrbahn und stellte sich dem Wagen in den Weg. Eine ältere Bauersfrau saß am Steuer, sie stellte den Motor ab und kurbelte das Fenster hinunter. „Bitte drehen Sie um", sagte der Polizist. „Die Straße ist gesperrt, Sie können hier nicht durchfahren."

„Aber ich muss nach Stadtlohn zu Aldi. Wenn ich außen rumfahren soll, ist das ein Umweg von mehr als fünf Kilometern. Können Sie mich nicht rasch durchfahren lassen? Ich beeil mich auch." Sie reckte den Kopf aus dem Wagen und blickte zu den versammelten Ermittlern. „Was ist hier überhaupt los?"

„Dies ist ein polizeilicher Ereignisort. Sie kommen hier nicht durch. Ich muss Sie nochmals bitten umzudrehen."

Sie machte keine Anstalten dazu. Stattdessen ließ sie den Sicherheitsgurt aufspringen, um ihren Kopf weiter vorstrecken zu können. „Haben Sie eine Fliegerbombe gefunden?"

„Ich darf Ihnen keine Informationen geben. Bitte, drehen Sie …"

„Ich sage doch immer, die liegen hier noch überall, ich war ja als Kind dabei. Ich hab gesehen, wie viele da runtergekommen sind. Sagen Sie, sollte unser Hof nicht evakuiert werden?"

Plötzlich tauchte ein Fahrrad neben dem Wagen auf. Ein alter Mann mit Schirmmütze stieg ab, grüßte die Bäuerin mit einem Nicken, blickte zum Bushäuschen hinüber und wandte sich an den Polizisten. „Was ist hier passiert?"

„Die Straße ist abgesperrt", sagte die Frau im Wagen. „Die wollen, dass ich über Krächtings Mühle fahre, weil hier keiner durchdarf."

Hambrock wandte sich an Gratczek. „Wir müssen die Leute fernhalten. Ich möchte nicht, dass jemand die Gelegenheit bekommt, sich hier umzusehen. Außerdem müssen wir die Mutter des Opfers informieren. Sie soll nicht von jemand anders erfahren, was geschehen ist." Er deutete zum Traktor auf der Kuhwiese. „Und dann möchte ich noch wissen, wer dieser Bauer dort drüben mit der Motorsäge ist. Jemand soll das herausfinden."

Guido Gratczek wollte etwas erwidern, doch dann wanderte sein Blick zur Straße, und er zog die Stirn kraus. „Was ist denn das?"

Hambrock drehte sich um. Am Straßenrand näherte sich eine kleine Gestalt. Mit winzigen Trippelschritten lief sie ihnen entgegen. Es war eine ältere Frau, die eine Küchenschürze über ihrem Wollpullover trug. Sie hatte nicht die Konstitution für einen solchen Lauf, jeder einzelne Schritt verlangte ihr viel Kraft ab. Dennoch rannte sie unbeirrt weiter. Brust und Schultern bebten unter schwerem Keuchen, das schlohweiße Haar flog in der Luft.

Hambrock blickte sich zu den Kollegen um. Inzwischen hatten alle am Fundort sie entdeckt. Selbst die Leute von der Spurensicherung hielten inne und sahen gebannt zu ihr hinüber. In das Keuchen der Frau mischte sich ersticktes Wimmern. Sie war jetzt nur noch wenige Meter entfernt und humpelte direkt auf sie zu. Hambrock erkannte den Ausdruck in ihrem Gesicht. Es war Panik. Er begriff sofort: die Frau war die Mutter der Toten. Sie würde zum Graben rennen und die wenigen Spuren zerstören, die sie hatten. „Lasst sie nicht zum Fundort!“, rief er.

Zwei Schutzpolizisten lösten sich augenblicklich aus ihrer Starre und stellten sich der Frau in den Weg. Sie fingen sie gerade noch rechtzeitig ab, bevor sie unter das Absperrband tauchen und zum Graben vordringen konnte.

„Lasst mich!“ Sie wand sich im eisernen Griff der beiden Männer. „Lasst mich los!“ Dann reckte sie wild den Kopf und erhaschte einen Blick auf die Leiche. „Sandra! Mein Gott! Sandra!“ Vergeblich versuchte sie sich zu befreien. „Sandra!“

Die Schreie ließen Hambrock zusammenfahren. Er machte ein paar Schritte auf sie zu, als mit einem Mal alles Leben aus der Frau entwich und sie in die Umklammerung der beiden Polizisten sank. Die jungen Männer tauschten Blicke, dann trugen sie die Frau zu einem Streifenwagen, setzten sie auf die Rückbank und versuchten, beruhigend auf sie einzureden.

SPÄTER im Präsidium dachte Hambrock an Brigitte Hahnenkamp. Er stand am Fenster und blickte hinaus auf den verkehrsreichen Stadtring. Inzwischen war die Sonne hervorgebrochen, und die Gärten der Wohngebiete hinter dem Ring leuchteten in herbstlichen Farben. Frau Hahnenkamp war mit einem schweren Schock ins Krankenhaus gebracht worden. Sie hatte von einem Nachbarn erfahren, dass die Straße am Bushäuschen abgesperrt war, und hatte sich sofort auf den Weg gemacht.

Hambrock bemerkte Guido Gratczek erst, als der mit einem Räuspern auf sich aufmerksam machte. „Hubert Hahnenkamp hat seine Tochter identifiziert. Ich war eben mit ihm in der Rechtsmedizin.“

Hambrock ließ sich auf seinen Schreibtischstuhl sinken. „Also gut." Er verschränkte die Arme. „Was wissen wir über das Opfer?"

„Sandra Hahnenkamp hat hier in Münster Germanistik und Politologie studiert, im zehnten Semester. Für das Studium hat sie sich allerdings nicht sehr engagiert, das sagt zumindest ihre Mitbewohnerin. Offenbar war sie häufiger im Nachtleben als an der Universität. Sie hat in einer Bar als Kellnerin gearbeitet. Im ‚Siam Club' am Theater. Sandra Hahnenkamps Freund arbeitet in einer Disco am Hauptbahnhof. Er heißt Tilmann Feth."

„Gut. Mit dem sollten wir zuerst reden."

„Ich fahre gleich zu ihm." Guido Gratczek wandte sich bereits zur Tür, als ihm noch etwas einfiel. „Ich habe übrigens mit Möller von der Spurensicherung gesprochen. Du erinnerst dich an den Fußabdruck, den wir am Fundort gesichert haben?"

„Natürlich." Man hatte den Abdruck unter dem Vordach des Bushäuschens entdeckt.

„Die Schuhgröße ist vierundvierzig, wahrscheinlich gehört er einem Mann. Der Abdruck ist von einem Gummistiefel. Nicht gerade das, was man anzieht, wenn man mit dem Bus in die Stadt fährt, oder?"

„Das stimmt. Wir sollten die Busfahrer fragen, ob sie sich an einen Fahrgast mit Gummistiefeln erinnern. Und natürlich müssen wir mit dem Fahrer reden, der gestern den letzten Bus nach Birkenkotten gefahren hat. Vielleicht kann er sich an Sandra Hahnenkamp erinnern. Oder ihm ist etwas anderes aufgefallen."

„Gut." Gratczek machte sich eine Notiz. „Dann werde ich mal." Er wandte sich zum Gehen. „Wir sehen uns später."

Hambrock blickte ihm nach. Da gab es noch etwas anderes, das ihn beschäftigte. Die ganze Zeit über wurde er das Gefühl nicht los, dass er nochmals mit Dorothea Probst sprechen sollte.

Der kleine Gärtnereibetrieb lag versteckt am Waldrand. Erst auf den zweiten Blick sah man die Treibhäuser. Dorothea Probst parkte und stieg aus dem Wagen. Sie wollte den Kranz für das Grab ihrer Mutter abholen. Als sie eintrat, ertönte ein Glockenspiel. Der Verkaufsraum war vollgestopft mit Schnittblumen und Dekorationsideen für die Adventszeit.

Eine Schiebetür ratterte zur Seite, und Erwin Kentrup, ein kleiner, dicker Mann mit apfelroten Wangen, erschien auf der Schwelle. Als er Dorothea Probst erkannte, gefror sein Lächeln.

Sie fragte sich, was hinter dieser kurzen Entgleisung stecken konnte. Hatten die Leute bereits gehört, dasss Martin ausgebrochen war?

„Hallo Dorothea!“ Kentrup fand schnell zu seiner Professionalität zurück. „Du kommst bestimmt wegen deines Kranzes. Ich habe ihn bereits gestern fertiggestellt. Warte einen Moment, ich hole ihn.“ Er kehrte mit einem prachtvollen Kranz zurück. „Es ist ein besonders schönes Exemplar geworden“, sagte er stolz. „Ich habe dir ein paar Astern eingearbeitet …“

Dorothea Probst hörte nicht mehr zu. Im Treibhaus, das sie durchs Fenster einsehen konnte, entdeckte sie Marlies Kentrup, die Ehefrau des Gärtners, die mit einer Schere Rosenstöcke beschnitt. Ihre Blicke trafen sich. Da wandte sich Marlies Kentrup ab und verschwand. In ihren Augen hatten sich Hass und Ablehnung gespiegelt.

Was ist hier nur los?, fragte sich Dorothea Probst. Sie zahlte und ging zurück zum Wagen. Den Kranz verstaute sie im Kofferraum, dann überquerte sie mit schnellen Schritten die Straße. Auf der anderen Seite stand die Kapelle des heiligen Christophorus, die von einer Familie aus Heek vor über hundert Jahren errichtet worden war. Sie war umgeben von knorrigen Eiben, dahinter lagen Wiesen und Felder. Außer der Gärtnerei war weit und breit kein Haus zu sehen. Der Innenraum der Kapelle war nicht sehr groß, aber für einige Tage, sagte sie sich, würde es schon reichen.

Sie trat an die Tür, drückte die eiserne Klinke – und stockte. Die Kapelle war verschlossen! Sie versuchte durch eines der Bleiglasfenster zu blicken, doch im Innern war es zu dunkel, als dass sie etwas hätte erkennen können. Das laute Klingeln ihres Handys ließ sie zusammenfahren.

„Hier spricht Bernhard Hambrock. Der Kriminalkommissar, der Sie gestern besucht hat. Sie erinnern sich an mich?“

„Natürlich erinnere ich mich.“ Ihr Herzschlag beschleunigte sich. Sie ging zu ihrem Wagen.

„Könnten wir vielleicht uns treffen?“, fragte er. „Ich würde gern mit Ihnen reden.“

„Ja, aber ich benötige noch etwa eine halbe Stunde. Ist etwas passiert?“

„Sie haben noch nicht davon gehört? Heute Morgen ist an der Bushaltestelle Birkenkotten eine Frauenleiche aufgefunden worden.“

Sie geriet ins Straucheln, der Autoschlüssel wäre ihr beinahe aus der Hand gefallen. „Mein Gott, wer ist es? Ist sie ermordet worden?“

„Es ist Sandra Hahnenkamp. Ja, sie ist ermordet worden.“

Das erste Gefühl war Erleichterung. Es ist nicht Klara! Ihr ist nichts geschehen! Doch dann holte sie das ganze Ausmaß der Nachricht ein. Sandra Hahnenkamp! Mein Gott, es wird Brigitte umbringen. Sie ließ sich in den Fahrersitz sinken. „Sie glauben, dass es Martin war, oder? Deshalb rufen Sie mich an.“

„Im Moment können wir noch gar nichts sagen. Trotzdem möchte ich Ihnen ein paar Fragen stellen. Wie finde ich Sie?"

Sie beschrieb ihm den Weg zu einem Café beim Friedhof, ehe sie das Gespräch beendete. Kraftlos saß sie da. Mein Gott, Martin. Was tust du nur? Zumindest verstand sie nun das Verhalten der Eheleute Kentrup. Der Mord und Martins Flucht, so etwas sprach sich in Birkenkotten in kürzester Zeit herum. Benommen drehte sie den Zündschlüssel und fuhr auf die Straße.

3

Der Schriftzug war bereits von Weitem zu erkennen: WESTFALENS GRÖSSTES EROTIKKAUFHAUS. Eine steinerne Außentreppe führte neben dem Sexshop hinauf zur Diskothek im ersten Stock. Guido Gratczek stieg über herumliegenden Müll und erreichte eine graffitibesprühte Eingangstür. Mit leichtem Unbehagen überprüfte er den Sitz seines beigefarbenen Anzugs. Dann nahm er Haltung an, wie er es immer tat, wenn sein Beruf ihn an schmuddelige Orte führte. Nach sieben Dienstjahren war er überzeugt davon, dass er sich auf diese Weise abschirmen konnte, vor Schmutz und Gestank wie auch vor all den menschlichen Abgründen. Haltung, das ist es, worauf es ankommt, dachte er und stieß die Eingangstür auf. Der wütende Verkehrslärm verstummte, sowie die Tür hinter ihm zufiel.

Von fern war der Klang einer Stimme zu hören. Er trat durch eine weitere Tür und blickte auf eine Tanzfläche und einen Barbereich. „Wenn ich Wareneinsatz und Umsätze vergleiche, dann stimmt was nicht. Das müsst ihr mir glauben. Die Rechnung geht einfach nicht auf ..." Die Stimme kam aus dem hinteren Teil der Diskothek, dem Loungebereich mit kleinen Tischen und Klubsesseln. Eine Handvoll Männer und Frauen saß um einen der Tische. Mit kleinen Augen hielten sie sich an dampfenden Kaffeetassen fest und sahen aus, als wären sie gerade erst aufgestanden. Ein Mittvierziger mit langem lockigem Haar, zahllosen Tätowierungen und zerrissenen Jeans war offenbar der Chef. „... ich unterstelle hier keinem, dass er klaut. Aber wenn ihr weiterhin so großzügig ausschenkt, dann gehen wir bald den Bach runter, das verspreche ich euch." Er sah auf und entdeckte den Mann auf der Tanzfläche. „Was machen Sie hier? Die Bar ist geschlossen."

Gratczek trat näher. „Ich suche Tilmann Feth." Er zog würdevoll den Dienstausweis hervor. „Mein Name ist Guido Gratczek, ich bin von der Münsteraner Kriminalpolizei. Wo finde ich Herrn Feth?"

Die Augen des Mannes verengten sich. Gratczek glaubte zu erkennen, wie seine Gedanken rasten. Kam der Polizist wegen einer Drogengeschichte? War sein Mitarbeiter in womöglich noch schlimmere Dinge verwickelt? „Er ist hinten", sagte er widerwillig. „Auf dem Klo. Er hat einen Anruf bekommen. War wohl was Wichtiges."

Die Herrentoilette schien auf den ersten Blick verwaist. Gratczek sah sich um. Eine der Kabinentüren war geschlossen, er trat näher und stieß sie vorsichtig auf. Auf dem Klodeckel kauerte zusammengesunken ein Mann. Er hob mühsam den Kopf und sah den Polizisten aus leblosen Augen an. Vor der Kloschüssel lag ein Handy. Offenbar war es ihm aus der Hand gerutscht und auf die Fliesen gefallen.

„Sind Sie Tilmann Feth?" Der junge Mann antwortete nicht. „Ich muss mit Ihnen sprechen. Mein Name ist Guido Gratczek, ich arbeite bei der Kriminalpolizei. Wir untersuchen den Mordfall an einer jungen Studentin aus Münster, von der wir annehmen müssen, dass Sie mit ihr bekannt waren ..."

„Es ist Sandra." Es war kaum mehr als ein Flüstern. „Sie ist tot." Er schloss die Augen.

Gratczek hasste solche Situationen. Er knöpfte sein Jackett auf, ging in die Knie, hob mit spitzen Fingern das Handy auf und gab es ihm zurück. „Kommen Sie", sagte er. „Ich bringe Sie nach Hause."

Tilmann Feth wohnte in einer winzigen Dachgeschosswohnung, vollgestopft mit selbst gezimmerten Möbeln und bunten Bildern. Überall herrschte Unordnung, und dennoch strahlte die Wohnung Gemütlichkeit und Wärme aus. Der junge Mann, der die ganze Zeit über kein Wort gesagt hatte, blickte ihn an. „Und was mache ich jetzt?", fragte er.

„Jetzt stellen Sie sich erst einmal unter die Dusche." Gratczek wusste genau, welch wundersame Wirkung gründliche Körperpflege auf das psychosoziale Gleichgewicht eines Menschen haben konnte. „Ich mache uns in der Zwischenzeit einen starken Kaffee."

Während nebenan die Dusche rauschte, blickte er sich um. Auf dem Küchenschrank stand ein gerahmtes Foto, das Sandra Hahnenkamp und Tilmann Feth zeigte, irgendwo am Strand, wo sie sich lachend umarmten. Als der junge Mann im Bademantel in die Küche kam, sorgte Gratczek dafür, dass er sich auf einen Platz setzte, von dem aus er das Bild nicht sehen konnte.

„Sandras Vater hat mich angerufen", erklärte Feth und nahm dankbar die Kaffeetasse entgegen. „Ich kann es noch gar nicht glauben. Ich denke immer noch, es muss alles ein Missverständnis sein. Birkenkotten ist doch nicht Berlin. Wie kann dort so etwas passieren?"

„Das weiß ich nicht. Wann haben Sie Ihre Freundin das letzte Mal gesehen?“

Feth dachte nach. Dann sackte er zusammen und wiederholte die Worte, als wäre es ein Todesurteil: „Das letzte Mal … Gestern Abend. Wir waren hier bei mir, bevor sie nach Birkenkotten gefahren ist. Ich habe sie zum Bus gebracht.“

„Wann genau war das?“

„Der letzte Bus fuhr um 22.35 Uhr. Wir haben uns am Bahnhof verabschiedet.“

„Hat sie jemanden getroffen?“

„Sie ist allein eingestiegen. Ob sie jemanden im Bus getroffen hat, das weiß ich nicht.“

„Was haben Sie im Anschluss gemacht, nachdem der Bus abgefahren war?“

„Ich bin zu einer Arbeitskollegin gegangen. Sie hat eine Party gegeben. Eigentlich wollten Sandra und ich früher am Abend zusammen dorthin gehen. Doch dazu ist es nicht mehr gekommen, irgendwie haben wir die Zeit verbummelt, und dann war es schon so spät, dass wir direkt zum Bahnhof mussten. Ich bin also allein auf die Party gegangen.“

„Waren Sie den ganzen Abend dort?“

„Ja, natürlich. Ich bin erst um drei oder vier nach Hause gegangen.“

Gratczek zückte seinen Notizblock. „Wie heißt diese Arbeitskollegin?“ Tilmann Feth sah ihn überrascht an. „Tut mir leid, ich muss das fragen.“

„Natürlich. Kein Problem. Sie heißt Jana Tramp und wohnt in der Staufenstraße sieben.“

„Hatte Sandra irgendwelche Feinde, von denen Sie wissen? Ärger auf der Arbeit? Gab es Eifersüchteleien? Irgendetwas, was andere gegen sie aufgebracht haben könnte?“

„Nein. Alle mochten sie. Sie kam mit den Leuten gut zurecht.“

„Was für einen Eindruck hatten Sie gestern Abend von ihr? War sie anders als sonst?“

Tilmann Feth dachte nach. „Nein. Alles war ganz normal.“

„Vielleicht hat sie eine Andeutung gemacht? War wirklich nichts Auffälliges an ihr?“

Er schüttelte den Kopf. „Sie hatte keine große Lust auf die Party in Birkenkotten. Sie ist nur ein paar alten Freundinnen zuliebe dorthin gefahren. Diese Partys auf dem Land langweilten sie. Aber vielleicht war da doch was Ungewöhnliches …“, meinte der junge Mann plötzlich. „Sandra hat am Nachmittag mit jemandem telefoniert, den sie aus Birkenkotten kannte. Sie haben am Telefon miteinander gestritten, sie wollte mir aber nicht sagen, worum es dabei ging. Ich habe nur gehört, wie sie den Anrufer mit Martin angesprochen hat."

„Martin?" Gratczek traute seinen Ohren nicht. War es möglich, dass Sandra Hahnenkamp mit Martin Probst telefoniert hatte? „Haben Sie sonst noch etwas aufgeschnappt?", fragte er.

„Nein, so gut wie nichts. Es ging wohl um etwas, was vor vielen Jahren in Birkenkotten passiert ist. Sandra war sehr aufgebracht deswegen. Einzelheiten habe ich jedoch nicht verstanden, und dann hat sie ihre Zimmertür geschlossen, um ungestört zu sein."

„Denken Sie gut nach. Ist bei dem Gespräch ein weiterer Name gefallen?"

„Der Name Klara ist gefallen. Aber ich weiß wirklich nicht, worum es ging."

Klara Merschkötter. Unter Umständen könnte Martin Probst also gewusst haben, dass Sandra den letzten Bus nach Birkenkotten nehmen wollte! Was bedeutete …

„Aber was ist denn eigentlich genau passiert?", erkundigte sich Tilmann Feth. „Sandras Vater hat einmal erwähnt, dass diese Klara vor einigen Jahren vergewaltigt wurde. Stimmt das denn?"

NACHDEM sich Hambrock von Dorothea Probst verabschiedet hatte, setzte er sich in den Dienstwagen und dachte nach. Das Gespräch hatte nichts ergeben. Sollte Frau Probst tatsächlich etwas über den Verbleib ihres Adoptivsohns wissen, war sie eine gute Schauspielerin. Beinahe war er geneigt, ihr zu glauben. Aber ein Zweifel blieb.

Er beschloss, zu den Merschkötters in Birkenkotten zu fahren. Als er den Motor anlassen wollte, klingelte sein Handy.

Erlend rief ihn aus ihrem Büro an der Universität an. „Hallo Bernhard. Ich will nicht lange stören, ich habe von dem Mordfall im Radio gehört. Bestimmt ist bei euch die Hölle los."

„Ja, ziemlich. Rufst du wegen heute Abend an?"

„Ja. Aber ich will dich nicht unter Druck setzen. Wir können ein andermal ins Kino gehen. Im Radio heißt es, dass der Mord von einem flüchtigen Straftäter begangen wurde, der irgendwo im Münsterland unterwegs sein soll. Ist das denn wahr?"

Na toll!, dachte Hambrock. Die Pressekonferenz hatte noch nicht stattgefunden, und trotzdem wussten alle Bescheid. „Kann sein. Im Moment können wir aber nichts Konkretes sagen."

„Du brauchst nicht förmlich zu werden. Ich bin nicht von der *Bild*. Ich bin deine Frau."

„Elli, bitte! Du weißt doch, dass ich nichts darüber sagen darf."

„Ja, schon gut." Sie schwieg einen Moment. „Stimmt es, dass dieser Mann vor einigen Jahren schon einmal eine Frau in Birkenkotten vergewaltigt und ermordet hat?"

„Vergewaltigt, nicht ermordet. Vor sechs Jahren. Aber mehr will ich wirklich nicht sagen."

„Hattest du denn mit dem Fall damals etwas zu tun?"

„Nein, ich habe erst jetzt davon erfahren." Er stockte. Er hatte nicht geplant, seine Frau anzulügen. „Die Kollegen von der Kreispolizei Borken haben damals die Ermittlungen geführt." Er ignorierte sein schlechtes Gewissen. „Außerdem war ich zu der Zeit noch in Essen bei der Kripo, wo ich …" Weiter kam er nicht.

„Ich habe einen Anruf am anderen Apparat", sagte sie plötzlich. „Ich muss leider Schluss machen. Bis dann."

Es knackte in der Leitung. Ein Lkw donnerte an ihm vorbei. Hambrock warf das Handy auf den Beifahrersitz und startete den Wagen.

Es war nicht weit bis zum Hof der Merschkötters. Er lag abseits der Hauptstraße auf einem Hügel. Zufahrt und Gebäude waren in einem schlechten Zustand. Die Sonne warf helle Flecken auf die ausrangierten Landgeräte in der offenen Scheune. Ein Schäferhundmischling lief dem Auto entgegen. Mit lautem Gebell tobte er um den Wagen herum, sprang gegen die Fahrertür und fletschte die Zähne. Hambrock stellte den Motor ab und blieb sitzen.

Eine Frauenstimme ertönte. „Sindbad! Aus! Komm zurück!"

Es musste Ingeborg Merschkötter sein. Hambrocks Herz schlug schneller. Er bekam feuchte Hände. Du Dummkopf, sagte er sich, aber er konnte nichts dagegen unternehmen.

„Sindbad!" Am Scheunentor tauchte eine Frau in Latzhosen auf. Sie war Anfang vierzig, genau wie er, hatte aber noch immer die Figur einer 25-Jährigen. Sie zog die ölverschmierten Arbeitshandschuhe aus, strich sich eine blonde Strähne aus dem Gesicht und zog den Hund vom Wagen weg. Dann sah sie Hambrock entschuldigend an.

Es versetzte ihm einen Stich. Allzu sehr hatte sie sich nicht verändert in den Jahren. Er stieg aus und näherte sich vorsichtig. „Ist der Hund auf Polizeibeamte abgerichtet?"

Sie lachte. „Er ist auf Männer abgerichtet. Nehmen Sie's nicht persönlich. Als Welpe war er richtig süß, auch wenn man sich das heute nicht mehr vorstellen kann."

„Es ist gut, einen Wachhund zu haben. Zur eigenen Sicherheit."

Die Heiterkeit wich aus ihren Zügen. „Sie kommen wegen des Mordfalls? Ich habe eben erst davon erfahren. Hoffentlich kann ich Ihnen helfen. Eine grauenhafte Geschichte."

Hambrock zögerte, dann sagte er: „Erkennst du mich nicht, Ingeborg? Ich bin's, Bernhard."

Sie blickte ihn irritiert an. Auf einmal hellte sich ihr Gesicht auf. „Bernhard? Du liebe Güte, es muss fast zwanzig Jahre her sein, dass wir uns das letzte Mal gesehen haben."

„Zweiundzwanzig Jahre."

„So lange schon … Ich weiß noch, dass du zur Polizei wolltest. Arbeitest du in Borken?"

„In Münster. Bei der Kriminalpolizei. Wir ermitteln in diesem Mordfall."

„Dass wir uns ausgerechnet unter solchen Umständen wiedersehen." Sie deutete zum Haus. „Gehen wir hinein, ich koche uns Kaffee. Aber tu mir den Gefallen und achte nicht auf die Unordnung, die bei mir herrscht. Es ist nicht leicht, alleinerziehende Mutter zu sein. Irgendwie komme ich mit dem Aufräumen nie hinterher." Ihr Lachen klang ein wenig affektiert.

Hambrock dachte: Sie ist ebenfalls aufgeregt! Er folgte ihr in die Küche und setzte sich an den Tisch. Er hatte Ingeborg auf einer Dorfkirmes in Gescher kennen gelernt, 1983 musste das gewesen sein. Er war schon damals ein guter Schütze gewesen und wusste: wer in den Schießbuden mühelos die Plastikrosen schoss, konnte bei den Mädchen großen Eindruck hinterlassen. Ingeborg war früher laut und frech gewesen, und er hatte dieser vorlauten Kuh nur zeigen wollen, dass sie keine Chance gegen ihn hatte. Aber dann hatte sie am Schießstand den Hauptgewinn getroffen und ihn vor all seinen Freunden lächerlich gemacht. Ein Zufallstreffer, wie sich später herausstellte. Dennoch war es der Auftakt ihrer kurzen Liebesaffäre gewesen. „Hast du damals nicht geheiratet?", fragte er und schob mit der Hand die Krümel vom Tisch. „Diesen Typ aus Vreden. Wie hieß der noch?"

„Wolfgang. Nicht gerade ein Glücksgriff." Sie drehte ihm den Rücken zu und füllte Wasser in die Kaffeemaschine. „Ich bin froh, dass er weg ist. Hätte er mir nicht drei wundervolle Kinder geschenkt, wüsste ich nichts Gutes über ihn zu sagen. Er war ein Säufer, ein Spieler und ein Blender. Seinetwegen hätte ich beinahe den Hof verloren. Wenn ich ihn nicht aus dem Haus gejagt hätte, würden wir heute allesamt auf der Straße leben." Sie schaltete die Maschine ein und setzte sich zu ihm an den Tisch. „Und was ist mit dir?", fragte sie. „Bist du verheiratet?"

„Oh. Ja. Bin ich. Sie heißt Erlend, wir haben bereits vor zwölf Jahren geheiratet."

„Erlend? Eine Holländerin?" Sie lächelte, und ihre Augen bekamen einen sonderbaren Glanz. Nach einer Weile fragte sie: „Macht sie dich glücklich?"

Natürlich machte Elli ihn glücklich. Sie war das Beste, was ihm je passiert war. Und dennoch war ihm im Augenblick unwohl, daran erinnert zu werden. „Ja. Ja, das tut sie."

„Das ist gut."

In der Diele polterte es. Die Haustür schlug geräuschvoll ins Schloss, und kurz darauf wurde etwas gegen den Garderobenschrank geschleudert. „Mama? Bist du da?"

Ingeborg warf ihm einen entschuldigenden Blick zu. „Ich bin hier! In der Küche!"

„Weißt du, warum sie bei Burtrup die Straße gesperrt haben? Da muss irgendwas passiert sein." Die Tür öffnete sich, und eine junge Frau um die zwanzig trat ein. Sie sah Ingeborg ähnlich, auch wenn sie im Gegensatz zu ihr dunkle Locken und braune Augen hatte. „Wir mussten mit dem Bus einen tierischen Umweg fahren …" Sie stockte, als sie den fremden Mann am Küchentisch entdeckte.

„Das ist Bernhard Hambrock", sagte ihre Mutter. „Er ist von der Polizei." Dann deutete sie auf ihre Tochter. „Und das ist Klara, meine Älteste." Bevor Hambrock etwas sagen konnte, erklärte sie: „Sandra Hahnenkamp ist ermordet worden! Deshalb ist die Straße gesperrt."

Klara blickte sie mit großen Augen an. „Sandra?"

„Sie wurde neben der Haltestelle tot aufgefunden", erklärte Hambrock. „Wir gehen davon aus, dass der Mörder sie dort überwältigt hat."

Klara lehnte sich gegen die Anrichte. „O mein Gott!"

„Wisst ihr denn schon, wer es war?", fragte Ingeborg.

„Nein, leider nicht." Hambrock wandte sich an Klara. „Wie gut kannten Sie sie?"

„Eigentlich gar nicht. Sie ist ein paar Jahre älter als ich und war schon längst nach Münster gezogen, als ich alt genug für die Landjugend war. Eigentlich wollte sie gestern zu Jens' Party kommen. Er hat vor zwei Tagen mit ihr telefoniert." Sie starrte ihn an. „Und jetzt ist sie tot?"

Ingeborg mischte sich wieder ins Gespräch. „Und ihr habt wirklich keine Ahnung, wer das getan haben könnte? Es muss doch irgendwelche Anhaltspunkte geben. Hinweise."

Hambrock fühlte sich unbehaglich. Der Verlauf des Gesprächs gefiel ihm nicht. Er hatte Klara die Flucht ihres Peinigers schonender beibringen wollen. Aber dafür war es nun zu spät. „Da gibt es noch etwas, das ihr wissen solltet“, begann er widerwillig. „Auch wenn ich nicht mit Bestimmtheit sagen kann, dass dieser Umstand etwas mit dem Mord zu tun hat. Martin Probst ist aus der Justizvollzugsanstalt Brandenburg an der Havel ausgebrochen. Wie ihr wisst, wohnt seine Adoptivmutter in Birkenkotten. Es könnte sein, dass er zu ihr wollte.“ Klara krallte sich an der Anrichte fest. „Momentan wissen wir weder, ob Martin Probst den Mord begangen hat, noch wissen wir, ob er sich überhaupt in Birkenkotten aufhält. Dennoch nehmen wir dieses Szenario ernst und treffen alle Vorkehrungen, die notwendig sind …“ Er redete besonnen weiter, wollte Klara beruhigen und ihr Sicherheit geben. Doch es funktionierte nicht. Sie wurde aschfahl und rang nach Luft. Schließlich stieß sie sich ruckartig von der Anrichte ab und floh aus der Küche.

Ingeborg war nicht weniger bestürzt. Ihre Stimme war kaum mehr als ein Flüstern. „Ist das wahr? Martin ist aus dem Knast ausgebrochen?“

Er nickte schuldbewusst, woraufhin sich ihre Augen verdunkelten. Sie schlug mit der flachen Hand auf den Tisch. „Verdammt, Bernhard! Das hättest du mir vorher sagen müssen!“ Dann sprang sie auf und lief ihrer Tochter hinterher.

Dorothea Probst stakste über den aufgeweichten Bolzplatz. Vor ihr lag das Vereinsheim des Fußballklubs Schwarz-Weiß Birkenkotten, ein schlichter, eingeschossiger Flachdachbau. Sie fragte sich, warum sie nicht viel eher auf die Idee gekommen war. Das Vereinsheim war das ideale Versteck. Während der Woche wurden die Räume lediglich am Dienstagabend benutzt, wenn die Spieler nach dem Training zusammensaßen und Bier tranken.

Martin hatte ihr einmal erzählt, wo der Schlüssel versteckt lag: auf einer Strebe über der Eingangstür. Sie tastete den schmalen Vorsprung ab, und tatsächlich, er war noch da. Sie öffnete die Tür und betrat vorsichtig das Gebäude. Es gab einen großen Gruppenraum mit wuchtigen Tischen, stapelbaren Stühlen und einem Kamin sowie eine kleine Küche und den Dusch- und Umkleideraum für die Spieler.

Sie blickte sich um. Es gab keinerlei Anzeichen dafür, dass jemand Fremdes hier gewesen war. Da der Bolzplatz am Rande der Bauernschaft lag, würde Martin hier völlig ungestört sein. Zufrieden ging sie hinaus, schloss sorgfältig die Tür und legte den Schlüssel zurück auf die Strebe. Sie würde wiederkommen.

Guido Gratczek erreichte das Polizeipräsidium um kurz vor 17 Uhr. Er machte sich gleich auf den Weg zu Bernhard Hambrocks Büro, schließlich hatte er einige Neuigkeiten im Gepäck. Doch sein Chef war nicht da. Christian Möller, einer der Spurenbeamten, tauchte im Flur auf.

„Wo ist denn der Chef?", fragte Gratczek.

„Im Außeneinsatz, schätze ich."

„Was denn für ein Außeneinsatz?"

„Keine Ahnung. Er hat den Dienstwagen genommen. Mehr weiß ich auch nicht. Frag doch die Sekretärin, die wird es wissen", meinte Möller und verschwand.

Gratczek blickte auf die Uhr. Er hatte einen Termin mit Roland Strieder, dem Busfahrer, der in der vergangenen Nacht nach Birkenkotten gefahren war. Er ging in sein Büro und ließ den Computer hochfahren, da klopfte es bereits an der Tür.

Ein blasser, unsympathisch wirkender Mittdreißiger in einem schlecht sitzenden Anzug betrat das Zimmer. „Herr Gratczek? Sie wollten mich sprechen?"

„Ja. Danke, dass Sie sich die Mühe gemacht haben vorbeizukommen."

„Kein Problem!" Roland Strieder setzte sich ohne Aufforderung. „Wenn ich zu meiner Schicht zu den Stadtwerken fahre, muss ich ohnehin über den Stadtring."

„Wann beginnt denn Ihre Schicht?" Gratczek setzte sich ebenfalls.

„Um siebzehn Uhr dreißig. Wir haben also gut zwanzig Minuten Zeit."

Zu allem Überfluss hatte der Mann auch noch Mundgeruch. Gratczek blickte in seine Unterlagen, wo er sich die Abfahrtzeiten notiert hatte. „Ist es richtig, dass Sie gestern den letzten Bus der Linie R 88 von Münster nach Stadtlohn gefahren haben, der laut Fahrplan um 22.35 Uhr am Hauptbahnhof abfährt?"

„Nicht nur laut Fahrplan. Ich war gestern pünktlich auf die Minute."

„Wie viele Fahrgäste hatten Sie in etwa?"

„Nicht sehr viele. Um diese Zeit ist der Bus so gut wie leer. In Münster sind vielleicht ein knappes Dutzend eingestiegen, und unterwegs sind noch mal fünf bis sechs dazugekommen."

Gratczek reichte ihm ein Foto von Sandra Hahnenkamp. „War diese Frau unter den Fahrgästen?"

Strieder betrachtete das Foto. „Na klar. Die ist am Hauptbahnhof eingestiegen. Hatte einen langen schwarzen Mantel an. Ziemlich altmodisch eigentlich, aber ihr stand er gut." Er gab das Foto zurück. „Ist das die Frau, die ermordet wurde?" Bevor Gratczek antworten konnte, fuhr er fort: „Das muss sie sein, schließlich war der Mord in Birkenkotten, und genau dort habe ich die Frau gestern rausgelassen. Es war doch Birkenkotten, nicht wahr?"

„Ja, das stimmt. Diese Frau ist also in Münster eingestiegen und in Birkenkotten ausgestiegen? Richtig?"

Der Busfahrer zog die Stirn in Falten. „Jammerschade. Sie war echt 'ne schöne Frau." Er zuckte die Schultern. „War das alles, was Sie wissen wollten?"

„Ist Ihnen sonst irgendetwas im Zusammenhang mit dem Mordopfer aufgefallen? Hat sie sich merkwürdig verhalten? Wirkte sie unruhig?"

„Nein, nichts dergleichen."

„Hat sie mit einem der anderen Fahrgäste gesprochen?"

„Auch nicht. Sie saß ganz einfach auf ihrem Platz, hat Kopfhörer getragen und aus dem Fenster gestarrt. Wie die meisten anderen im Bus auch. Kurz vor Birkenkotten hat sie dann den Halteknopf gedrückt, und ich habe gehalten und sie rausgelassen. Das ist alles."

Gratczek nickte. Zumindest wussten sie nun, dass Sandra Hahnenkamp tatsächlich den Bus genommen hatte und bis zu der Bauernschaft gefahren war. Somit war der Fundort wahrscheinlich identisch mit dem Tatort. „Ist Ihnen sonst etwas aufgefallen? An der Haltestelle oder nachdem Sie weitergefahren sind? Denken Sie bitte genau nach."

Der Mann kaute nachdenklich an seinen Fingernägeln. „Nein", sagte er, „wenn man mal von dem Typ absieht, der kurz hinter Birkenkotten unbedingt aussteigen wollte. Bei dem Regen!"

Gratczek stutzte. „Wie bitte?"

„Na, ein junger Kerl war im Bus eingeschlafen, kam plötzlich nach vorn gerannt und meinte, dass er seine Haltestelle verpasst hätte. Er bat mich, ihn rausspringen zu lassen. Kurz hinter Birkenkotten. Kann doch mal passieren. Soll der deswegen bis ins nächste Dorf weiterfahren?"

„Könnten Sie den Mann beschreiben?"

Der Fahrer lehnte sich in seinem Stuhl zurück und kratzte an seinen Bartstoppeln. „Anfang bis Mitte zwanzig, würde ich sagen. Sehr blass, klein und etwas bullig. Außerdem hatte er eine schlechte Haltung."

Gratczek traute seinen Ohren nicht. „Können Sie bitte eine Minute warten? Ich bin sofort wieder da." Er ging langsam hinaus und schloss sorgfältig die Tür. Dann rannte er durch die Büros seiner Kollegen und fragte aufgeregt nach einem Foto von Martin Probst. Als er endlich eines aufgetrieben hatte, lief er zurück zum Busfahrer.

„Ja, das ist der Typ", bestätigte der. „Nur die Haare waren ein bisschen länger."

„Wirklich? Dieser Mann war nämlich mit Sandra Hahnenkamp bekannt. Wenn sie sich im Bus getroffen hätten, wären sie bestimmt ins Gespräch gekommen."

„Der Typ hat doch geschlafen, hinten in der vorletzten Reihe. Den hat überhaupt keiner gesehen in seinem Sitz. Außerdem war es ja dunkel."

„Sind sich die beiden denn nicht am Bahnhof begegnet?"

Strieder dachte einen Moment darüber nach. „Ich stand eine Viertelstunde in meiner Haltebucht, bevor ich losgefahren bin. Dieser Typ da", er deutete auf das Foto von Probst, „ist als Erster in den Bus gestiegen. Er hat schon am Bahnhof gewartet. Die Frau ist erst gekommen, als ich abfahren wollte. Um ein Haar hätte sie den Bus verpasst. Die beiden haben sich ganz einfach nicht gesehen, obwohl sie im selben Bus saßen. So was kommt mal vor."

Gratczek dachte nach. Vielleicht hatte Probst gar nicht gewollt, dass Sandra Hahnenkamp ihn sah. Er wandte sich an den Busfahrer. „Sie sagten, dieser Mann kam nach vorne, weil er seine Station verschlafen hatte. Wie weit waren Sie da von der Haltestelle Birkenkotten entfernt?"

„Ich war gerade erst losgefahren. In der ersten Kurve habe ich ihn springen lassen. Das sind vielleicht zweihundert Meter, mehr nicht."

Zweihundert Meter!, dachte Gratczek. Das bedeutete, dass Martin Probst zur Tatzeit am Tatort gewesen war. Gratczek wollte sich davor hüten, vorschnelle Schlussfolgerungen zu ziehen. Trotzdem.

KLARA war allein. Ihre Zimmertür war fest verschlossen, und die Geräusche aus dem Haus drangen nur gedämpft zu ihr hindurch. Sie fühlte sich wie in einer Luftblase.

Der Kommissar saß noch immer im Wohnzimmer und redete mit ihrer Mutter. Nachdem sich Klara vom ersten Schreck erholt hatte, war sie hinuntergegangen und hatte mit ihm gesprochen. Doch sie hatte ihm kaum weiterhelfen können. Nun lag sie wieder auf dem Bett und starrte an die Decke. Ihre Erinnerungen kehrten zurück, erschreckend klar, obwohl die Sache schon sechs Jahre zurücklag. Martins Gesicht schwebte über ihrem Kopf. In seinen Augen funkelte Verachtung, und auf seinen Lippen lag ein selbstzufriedenes Lächeln. Sein ganzes Gewicht lastete auf ihrem Körper, sodass sie sich nicht mehr bewegen konnte.

Sie wusste, dass sie nichts wert war. Er konnte alles mit ihr machen. „Wenn du was sagst, komme ich wieder", drohte er, beugte sich dicht über sie und genoss jede Sekunde in vollen Zügen. „Hörst du? Ich komme wieder und werde mich rächen." Sie sprang vom Bett auf. „Geh weg!" Sie riss die Balkontür auf und sog die kühle Abendluft ein. „Geh weg!“ Nur langsam beruhigte sie sich wieder.

Sie hatte so oft davon geträumt, es ihm zurückzuzahlen. In ihrer Fantasie hatte sie ihm ein Messer in die Brust gerammt, Pistolenschüsse auf ihn abgefeuert und ihn mit bloßen Händen erwürgt. In Gedanken hatte sie niemals gezögert, ihn zu töten. Doch wenn er tatsächlich auftauchte? Was würde sie ihm schon entgegensetzen können? Sie war schwach. Und was war sie schon wert, wenn sich einer einfach das Recht herausnehmen konnte, alles mit ihr anzustellen? Was war sie da schon wert?

UNTEN IM WOHNZIMMER saßen Hambrock und Ingeborg Merschkötter, vor ihnen auf dem Couchtisch standen zwei dampfende Kaffeetassen.

Hambrock hätte längst wieder in Münster sein müssen, doch er brachte es nicht über sich, einfach aufzustehen und sich auf den Weg zu machen. „Bestimmt wird Martin bald gefasst, Ingeborg“, sagte er. „Die Fahndung läuft auf Hochtouren, es ist nur eine Frage der Zeit.“

Sie spielte nervös mit ihren Händen. „Und wenn er plötzlich hier aufkreuzt?“

„Ein Streifenwagen wird den Hof im Auge behalten. Es wird keine fünf Minuten dauern, bis Hilfe da ist“, sagte er. „Wenn Martin klug ist, hat er Birkenkotten längst wieder verlassen.“

Seine Worte beruhigten sie nicht. Dennoch legte sie mit einem Seufzer die Hände in den Schoß und wechselte das Thema. „Kennst du ihn eigentlich? Persönlich, meine ich.“

„Martin Probst?“ Hambrock schüttelte den Kopf. „Nein, ich habe ihn nie getroffen.“

„Er war so ein netter Junge. Keiner in Birkenkotten hätte sich je vorstellen können, dass er zu so etwas fähig ist. Wie kann man sich so sehr in einem Menschen irren, Bernhard?“

„Du würdest dich wundern, hinter welchen Masken sich Verbrecher verstecken. Nun ja. Offenbar weiß Martin, dass es falsch ist, was er tut. Er versucht sogar, dagegen anzukämpfen.“ Sie zog irritiert die Stirn in Falten. „Ich habe mit seinem Therapeuten gesprochen“, erklärte Hambrock. „In Neustrelitz, wo er nach dem Jugendknast neu angefangen hatte, da gab es sogar eine Freundin. Er hat sich bemüht, ein ganz normales Leben zu führen. Doch am Ende musste er es wieder tun und seine Aggressionen auf diese Weise entladen. Es ist ein Zwang.“

„Dann ist er eine tickende Zeitbombe.“

„Vielleicht. Aber er hofft auf Erlösung. Er ist nämlich zugleich ein ganz normaler Junge, der darunter leidet, sich von der Gesellschaft zu entfernen. Er hat sich wohlgefühlt in Birkenkotten. Hier waren seine Adoptivmutter, seine Kumpel und der Fußballverein. Auch in Neustrelitz hat er sich alles kaputt gemacht, obwohl er doch Anerkennung und Gemeinschaft sucht. Er ist kein Monster, verstehst du? Er ist ein Mensch, genau wie wir."

Keiner hatte Klara kommen hören. Sie stand plötzlich im Zimmer und starrte die beiden an. „Ich glaube, ich habe eine Beobachtung gemacht", sagte sie distanziert. „Es ist mir gerade wieder eingefallen. In der Nacht, in der Sandra ermordet wurde, fand bei Burtrup eine Party statt. Irgendwann ist der Hofhund in den Garten gelaufen. Ich wollte ihn zurückholen … Da habe ich einen Mann gesehen. Hinterm Hof auf der Straße."

„Wo das genau war?"

„Er stand an der Haltestelle im Regen. Es war Martin, da bin ich sicher. Ich hatte gleich so ein komisches Gefühl. Er stand dort und hat zu mir herübergesehen." Sie schlang die Arme um den Oberkörper. „Er muss Sandra gerade vergewaltigt und ermordet haben."

In dieser Nacht konnte Klara nicht schlafen. Einmal war sie kurz weggedämmert, aber dann hatte Martin im Traum ihr Zimmer betreten und sie war sofort wieder hochgeschreckt. Es ärgerte sie, dass sie keinen Schlaf fand. Sie wollte nicht von ihren Erinnerungen beherrscht werden. Sie schlug die Bettdecke zur Seite, schlüpfte in den Morgenmantel und trat an die Balkontür. Der Mond schimmerte zwischen den Wolken hindurch und warf ein schwaches silbriges Licht auf die Felder.

Sie wünschte sich, Jens wäre bei ihr. Doch vor ein paar Stunden erst hatte sie ihn weggeschickt. Er war am frühen Abend aufgetaucht, gleich nachdem er erfahren hatte, was passiert war. Aber als er mit seinem besorgten Gesicht in der Tür gestanden hatte und sie in den Arm nehmen wollte, war es ihr plötzlich zu viel geworden. Da hatte sie das starke Bedürfnis nach Abstand gehabt. Sichtbar verletzt, hatte er es akzeptiert und war gegangen.

Im Stall ihrer Nachbarn ging das Licht an. Kurz darauf wehte ein monotones Surren herüber. Die Kornmühle war eingeschaltet worden, wie immer um diese Zeit, der Nachtstrom war günstiger. Mit dem Surren im Ohr würde sie vielleicht besser einschlafen können.

Gerade wollte sie sich vom Fenster wegdrehen, als sie aus den Augenwinkeln eine Bewegung bemerkte. Im Garten. Bei den Kiefern. Ihr Herz setzte einen Schlag aus. Es regte sich kein Lüftchen, und doch schlugen die Zweige der Kiefern am Boden zusammen und schaukelten sacht auf und ab. Dort war jemand. Sie war ganz sicher. Ihr wurde eiskalt. Das musste

Martin sein. Es war so weit, er war zu ihr gekommen. Panik erfasste sie. Zitternd lief sie zum Schlafzimmer ihrer Mutter.

Als Klara an Ingeborgs Schulter rüttelte, war sie sofort hellwach. „Klara? Ist etwas passiert?“

Ihre Stimme war ein ersticktes Flüstern. „Da ist jemand im Garten. Das muss Martin sein.“

Mit einem Ruck schlug Ingeborg Merschkötter die Bettdecke zur Seite und stand auf. Klara nahm wahr, dass sie ihren uralten Frotteeschlafanzug mit den hellblauen Teddybären trug. „Wir müssen die Polizei rufen“, sagte sie und lief zum Telefontisch im Flur. Auf dem Weg schaltete sie überall das Licht ein. „Bernhard Hambrock hat mir die Telefonnummer der Einsatzleitung gegeben. Es wird gleich jemand hier sein.“

Klara lehnte sich an den Türrahmen und beobachtete ihre Mutter. Das helle Licht im Haus und ihre resolut klingende Stimme am Telefon beruhigten sie. Nach dem Telefonat nahm Ingeborg sie in den Arm. „Es wird höchstens fünf Minuten dauern, bis die Polizei hier eintrifft. Komm, wir setzen uns in die Küche.“

Klara ließ sich bereitwillig in die Küche führen, wo ihre Mutter sie an den Tisch setzte und ihr eine heiße Schokolade zubereitete. Dann setzte sie sich ebenfalls, und sie warteten gemeinsam auf das Eintreffen der Polizei. Stille legte sich über den Raum. Klara blickte immer wieder zu den Fenstern. Doch dahinter war nichts als die schwarze Nacht zu sehen. Sind die fünf Minuten nicht längst vorbei?, fragte sie sich.

Auch ihre Mutter wurde immer nervöser. „Schluss jetzt!“, sagte sie plötzlich und stand ruckartig auf. „Ich werde mich nicht von einem Nachbarjungen einschüchtern lassen.“ Sie holte ihre Gummistiefel aus der Waschküche und stieg hinein. Dann öffnete sie die Tür zur Terrasse und schaltete die Außenbeleuchtung ein. Sie nahm eine Harke, die an der Wand lehnte, hob sie schlagbereit über den Kopf und ging hinaus zu den Kiefern. Sie stellte sich breitbeinig auf den Rasen. „Wer ist da?“, brüllte sie. „Komm raus, du Feigling!“

Plötzlich bewegten sich die Kiefernzweige, und jemand trat auf den Rasen. Es war Marc, Linas Freund. Er machte ein betretenes Gesicht und steckte die Hände in die Hosentaschen.

Ingeborg ließ die Harke sinken. „Marc? Was machst du denn hier?“

„Tut mir leid, Frau Merschkötter. Ich wollte Sie nicht erschrecken.“

„Aber was machst du hier, mitten in der Nacht?“

Bevor er überhaupt antworten konnte, trat eine weitere Person aus den Büschen, Lina. „Hallo Frau Merschkötter.“ Sie winkte Klara im Türrahmen zu. „Entschuldigen Sie bitte. Eigentlich sollten Sie gar nicht erfahren, dass wir hier sind. Wir hatten nicht damit gerechnet, entdeckt zu werden.“ Sie tauschte einen Blick mit Marc, der ihr zunickte. „Marc und ich sind heute für die Nachtschicht eingeteilt. Die geht bis morgen früh um fünf, dann werden wir abgelöst. Das nächste Team bleibt bis Mittag, dann ist wieder Übergabe.“

Ingeborg Merschkötter sah sie verständnislos an. „Wovon redest du, Lina?“

„Wir bewachen das Haus“, sagte Marc. „Die ganze Landjugend macht mit. Wir haben Teams zusammengestellt, rund um die Uhr. Martin soll keine Chance haben, zu Klara zu gelangen.“

Klaras Mutter stützte sich auf die Harke und sah die beiden gerührt an. Ein Auto bog auf die Zufahrt zum Hof. Es war der Streifenwagen, den sie gerufen hatte. In diesem Augenblick begann der Hund in der Scheune zu kläffen, wo er angekettet lag. Ingeborg Merschkötter wechselte mit ihrer Tochter einen Blick, der besagte: Auf den Hund ist eben kein Verlass, aber das ist ja auch kein Wunder, schließlich hat ihn dein Vater besorgt. „Kommt in die Küche“, sagte sie laut. „Ich mache euch eine heiße Schokolade. Es ist doch schrecklich kalt hier draußen! Ich erkläre den Polizisten rasch, was geschehen ist. Vielleicht möchten sie ja auch eine Schokolade.“

Lina und Marc trotteten zur Küchentür. Lina konnte sich ein Grinsen nicht verkneifen. „Tolles Outfit, Frau Merschkötter. Damit lassen sich Einbrecher bestimmt gut verjagen.“

Ingeborg sah sie irritiert an, dann betrachtete sie ihren Schlafanzug und begann zu lachen. „So, rein mit euch“, sagte sie, „bevor ich es mir anders überlege.“

Später saßen Klara und Lina in ihrem Zimmer auf dem Bett im schwachen Schein der Nachttischlampe. Marc hatte sich unten im Wohnzimmer auf die Couch gelegt. Da nun alle wussten, was die Landjugend im Garten der Merschkötters trieb, hatte Klaras Mutter darauf bestanden, dass die beiden im warmen Haus blieben und nicht zurück in die Kälte gingen.

Lina hatte sich eines von Klaras Nachthemden ausgeliehen. „Bist du böse, dass ich nichts gesagt habe? Tut mir echt leid, aber die anderen fanden, dass ihr nichts mitbekommen solltet.“

Klara hatte ein seltsames Gefühl bei der Sache. Sie wollte nicht, dass andere sich organisierten, um sie zu bewachen. Das zeigte nur, wie schutzbedürftig sie war. Als wüssten alle, dass sie zu schwach war, um sich selbst zu helfen.

Lina riss sie aus ihren Gedanken. „Ich hab dich gefragt, ob du sauer bist."

Klara starrte auf die Bettdecke. „Nein." Ich kann mich nicht wehren, dachte sie wütend, und das alles nur wegen diesem Scheißkerl! „Ich wünschte, er wäre tot!", sagte sie. Dann gestand sie ihrer Freundin: „Und nicht nur das, Lina. Ich wünschte, ich hätte ihn getötet."

„Er wird nicht mehr hierherkommen." Lina rückte näher. Sie nahm Klaras Gesicht zwischen die Hände und zwang sie, ihr in die Augen zu blicken. „Wir passen auf dich auf, hörst du? Er hat keine Chance."

Trotz ihrer zwiespältigen Gefühle durchfuhr Klara eine Welle der Dankbarkeit. Auf Lina war Verlass, ganz egal was passierte.

Eine Weile schwiegen beide.

„Wo ist eigentlich Jens?", fragte Lina schließlich.

„Zu Hause. Ich wollte lieber allein sein."

Lina unterdrückte einen Kommentar. Klara war dankbar. Im Grunde basierte genau darauf ihre Freundschaft. Sie wussten beide, wann sie die andere besser in Ruhe ließen. Denn so wie Lina keine Fragen zu Martin stellte, so stellte Klara keine Fragen zu Tim, Linas Bruder, der vor sieben Jahren tödlich verunglückt war. Das war nämlich Linas großes Tabu. Tim hatte sich nach einer Party betrunken hinters Steuer gesetzt und war in einer Kurve gegen einen Baum geknallt. Er war bei lebendigem Leib verbrannt. An der Stelle, an der er umgekommen war, stand ein Holzkreuz. Lina sorgte dafür, dass dort immer frische Blumen und ein Grablicht waren, auch heute noch, sieben Jahre danach. Manchmal glaubte Klara, dass Lina sie deshalb so gut verstand. Sie beide wurden von Geistern bedrängt, die ihnen keine Ruhe ließen. Auch wenn sie niemals darüber redeten, fühlten sie sich trotzdem dadurch verbunden.

Sie legten sich hin und schoben die Kissen zurecht. Klara löschte das Licht der Nachttischlampe. Es dauerte nicht lange, bis sie in einen tiefen, traumlosen Schlaf glitt.

4

Bei der morgendlichen Teamsitzung im Polizeipräsidium stand der Mordfall Sandra Hahnenkamp ganz oben auf der Tagesordnung. Hauptverdächtiger war Martin Probst, und Hambrock musste anerkennen, dass die gegen ihn zusammengetragenen Indizien erdrückend waren. Die Fahndung lief, doch bislang erfolglos. Eine Hundertschaft sollte nun eingesetzt werden, um die Wälder und Heideflächen rund um Birkenkotten zu durchkämmen; zudem würde sich ein Observationsteam vor dem Haus von Dorothea Probst postieren.

Hambrock blickte in die Runde. „Haben wir schon den Obduktionsbericht?“, fragte er.

Eine junge Kollegin meldete sich zu Wort. „Tod durch Erwürgen, wie wir bereits vermutet haben. Das Opfer wurde vergewaltigt und dann bis zum Eintritt des Todes gewürgt. Erst danach wurde es in den Graben geworfen.“

„Was ist mit Abwehrspuren?“

„Sie hat sich gewehrt. Der Täter muss einiges eingesteckt haben.“

Hambrock wandte sich an Christian Möller, den Spurenbeamten. Möller schob seine Unterlagen zurecht. „Wir haben Haut- und Blutpartikel unter den Fingernägeln der Toten gesichert. Das Ergebnis der DNA-Analyse ist noch nicht da. Wenn wir Glück haben, kommt es noch Ende dieser Woche.“

„Was ist mit Spermaspuren?“, fragte Hambrock.

„Spermaspuren gab es an der Leiche keine, die Penetration erfolgte mit einem Kondom.“

„Hast du etwas über die Beziehung zwischen Sandra Hahnenkamp und Martin Probst herausfinden können?“, fragte Hambrock Guido Gratczek. „Gibt es einen Hinweis auf ein mögliches Motiv?“

Bevor Gratczek antworten konnte, öffnete sich die Tür des Gruppenraums und Heike Holthausen trat ein. Sie hatte angekündigt, dass sie wieder gesund sei, sich aber verspäten werde. Mit einem entschuldigenden Lächeln setzte sie sich auf einen freien Platz in der Runde.

„Schön, dass du wieder da bist“, meinte Hambrock und gab Gratczek ein Zeichen.

„Martin Probst und Sandra Hahnenkamp haben in der Realschule in Stadtlohn dieselbe Klasse besucht“, berichtete Gratczek. „Offenbar haben sie sich ganz gut verstanden, auch wenn sie nicht direkt miteinander befreundet waren. Es dürfte kaum mehr gegeben haben als Gespräche auf dem Pausenhof. Trotzdem können wir davon ausgehen, dass sie das einzige Mädchen war, mit dem Martin Probst damals näheren Kontakt hatte.“

„Gibt es Hinweise darauf, dass er je versucht hat, sich ihr sexuell zu nähern?“, fragte Hambrock.

„Bislang nicht. Aber vielleicht erfahre ich mehr von ihrer Mitbewohnerin in Münster.“

„Also gut, warten wir ab. Es muss einen Grund für den Streit am Telefon gegeben haben.“

Möller zog eine Folie aus seinen Unterlagen und ging zum Tageslichtprojektor. „Wir haben noch den Fußabdruck vom Tatort“, sagte er und schaltete das Gerät ein. „Er stammt von einem Gummistiefel der Größe vierundvierzig.“ Er legte die Folie auf, und an der Wand erschien ein übergroßer

Sohlenabdruck. „Das ist Massenproduktion, diese Stiefel gibt es überall. Viel interessanter sind die Steinchen in der Sohle. Deren Abdruck ergibt ein Muster. Ein ziemlich auffälliges Muster sogar."

„Wie der Große Wagen", sagte Hambrock.

„Stimmt, es fehlt allerdings einer der Sterne, dort im Kasten des Wagens."

„Wir müssen also ganz einfach nach jemandem suchen, der den Großen Wagen unter der Sohle trägt, oder?"

„Richtig. Das Problem dabei ist jedoch, durch das Tragen des Stiefels wird das Sohlenbild schnell verändert. Wenn wir den Stiefel finden wollen, müssen wir uns beeilen."

„Also gut." Hambrock schob seine Unterlagen zusammen. „Das mit dem Sohlenabdruck sollten wir unbedingt geheim halten. Es soll sich keinesfalls in Birkenkotten herumsprechen, dass wir ein Stiefelpaar suchen."

Gratczek dachte bereits weiter. „Vielleicht sollten wir einmal bei Dorothea Probst unauffällig in die Waschküche blicken, wenn wir ihr einen Besuch abstatten."

„Das ist mir auch schon durch den Kopf gegangen", sagte Hambrock. „Ihr müsst aber vorsichtig sein. Sie darf keinen Verdacht schöpfen."

Es war eine vage Hoffnung. Doch wenn tatsächlich diese Stiefel bei Dorothea Probst gefunden würden, dann wäre das auch der Beweis dafür, dass sie ganz genau wusste, wo sich ihr Adoptivsohn aufhielt.

ALS HAMBROCK wieder allein in seinem Büro saß, suchte er Ingeborg Merschkötters Telefonnummer heraus.

„Ist bei euch alles in Ordnung?", fragte er sie. „Ich habe gehört, dass ihr gestern Nacht die Kollegen alarmiert habt."

„Ach das." Sie lachte. „Ein paar Jugendliche aus der Nachbarschaft haben uns zu Tode erschreckt. Sie wollten vor dem Haus Wache halten, damit Martin nicht reinkommt."

„Diese Dinge sollten sie besser der Polizei überlassen. Wie geht es Klara?"

„Ganz gut, glaube ich. Im Moment ist ihre Freundin Lina bei ihr. Habt ihr Martin gefasst?"

„Leider nicht. Ich fahre heute Abend nach Birkenkotten. Wenn du möchtest, schaue ich kurz bei euch vorbei."

„Das wäre toll. Klara wird es guttun zu sehen, dass sich der Hauptkommissar persönlich für ihr Wohlbefinden interessiert. Aber du kommst doch nicht nur wegen uns, oder?"

„Nein, nein“, log Hambrock. „Ich fahre ohnehin raus, wegen einer anderen Sache.“

„Also gut. Dann bis später.“

Hambrock verabschiedete sich und legte auf, als es sofort klingelte. Guido Gratczek war in der Leitung. „Hallo Hambrock. Ich habe in der Waschküche von Dorothea Probst tatsächlich ein Paar Gummistiefel entdeckt. Allerdings in Größe achtunddreißig. Ansonsten Fehlanzeige.“

Auf dem Weg von ihrer Arbeit nach Hause schaute Erlend im Präsidium vorbei. Hambrock hörte ihre laute Stimme über den Flur schallen. Er wusste, dass seine Kollegen ihre Art hinreißend fanden. Kurz darauf stand sie in der offenen Tür. In ihrem schwarzen Ledermantel sah sie umwerfend aus. Sie lehnte sich in den Rahmen. „Ich wollte mal hören, ob ich heute Abend mehr Glück habe.“ Sie sah ihm an, dass ihre Hoffnung vergebens war. „Ach Bernhard, es ist doch immer das Gleiche.“

Er gab sich zerknirscht. „Ich wollte heute für dich kochen, richtig?“

„Wenigstens kannst du dich daran erinnern.“

„Wir holen das nach, versprochen. Aber heute muss ich mich in Birkenkotten sehen lassen. Da herrscht ziemliche Aufregung, und wir machen leider keine besonders gute Figur.“

„Ja, ja, ja.“ Sie verschränkte gelangweilt die Arme.

Er ging auf sie zu und fasste sie an den Schultern. „Ich weiß, dass ich eine Zumutung bin“, sagte er versöhnlich. „Aber du wolltest ja unbedingt einen Bullen heiraten, oder? Einen, der mit Schmauchspuren an den Händen nach Hause kommt. Einen richtigen Mann eben.“

Er hatte es geschafft, sie lachte. „Bild dir bloß nichts ein“, sagte sie.

„Wir holen es nach, okay?“

„Also gut.“

Heike Holthausen ging auf dem Flur vorüber, blieb stehen und räusperte sich. „Chef? Ich fahre jetzt nach Birkenkotten, okay?“

„Warte. Ich komme mit.“ Er verabschiedete sich von Erlend und lief Heike hinterher.

Auf dem Weg zum Fuhrpark sprachen sie nicht viel miteinander. Und auch im Auto schwiegen sie die meiste Zeit. Hambrock hatte ein schlechtes Gewissen Erlend gegenüber, weil er ihr einen Korb gegeben hatte und stattdessen zu Ingeborg fuhr. Dabei ist das rein dienstlich, sagte er sich. Du betrügst niemanden.

Heike warf ihm einen Seitenblick zu und schaltete das Radio ein.

„… müssen sich die Autofahrer auf die ersten Rutschpartien einstellen.

In der kommenden Nacht erreicht uns Tief Thorsten mit Sturm und Schneefällen. Die Böen werden bis zu hundert Stundenkilometer erreichen, im Bergland werden unwetterartige Schneefälle mit fünfzehn Zentimeter Neuschnee erwartet. Die Skigebiete im Sauerland bereiten sich auf die Eröffnung der Wintersaison vor."

Hambrock war klar, dass sein Schweigen unhöflich war. Er nahm sich zusammen und fragte: „Denkst du wirklich, dass es Schnee geben wird?"

„Kaum vorstellbar. Nicht bei uns im Münsterland."

Er sah hinauf in den grauen Himmel. „Obwohl ein bisschen Schnee ja ganz hübsch wäre."

Sie erreichten Birkenkotten bei Einbruch der Dämmerung. Heike wollte zu Jens Burtrup, der aufgefordert worden war, eine Liste all seiner Partygäste zu erstellen. Gemeinsam mit ihm wollte sie die Namen durchgehen und sich Notizen über jeden einzelnen Gast machen. Sie hielt auf dem Hof vor dem Tennentor und stellte den Motor ab. Kaum hatte sie einen Fuß vor die Tür gesetzt, begann auf der Tenne der Hofhund zu knurren. „Ich kann Hunde nicht ausstehen", murmelte Heike und stieg aus. Hambrock verließ ebenfalls den Wagen, machte aber keine Anstalten, ihr zum Haus zu folgen. „Kommst du nicht mit?", fragte sie.

„Nein. Ich möchte mir noch einmal den Tatort ansehen. Geh ruhig, ich komme dann nach." Heike zuckte mit den Achseln und trottete zur Haustür. Hambrock sah ihr nach, dann umrundete er die Scheune und ging zur Straße.

Das Bushäuschen lag im Zwielicht. Am Horizont türmten sich bedrohlich Wolkenwände auf. Hambrock näherte sich dem Tatort. Der Wind rüttelte am Haltestellenschild. Ein Wagen raste vorbei und verschwand in der Kurve. Dort musste Martin Probst den Busfahrer gebeten haben anzuhalten. Doch was war dann geschehen? War er tatsächlich zurückgegangen, hatte Sandra vergewaltigt, ermordet und anschließend in den Straßengraben geworfen?

Ein schwerer Tropfen landete auf seiner Stirn. Er blickte in den Himmel. Weitere Tropfen folgten, es begann zu regnen. Sein Handy klingelte. Er verzog sich ins Bushäuschen und nahm den Anruf entgegen.

Es war Christian Möller. „Das Ergebnis der DNA-Analyse ist gerade eingetroffen." Er machte eine Pause, womöglich um die Spannung zu steigern. „Die DNA stimmt nicht mit der von Martin Probst überein. Die Hautabschürfungen unter den Fingernägeln der Toten gehören zu jemand anders. Natürlich ist das nur ein Indiz, und Probst kann trotzdem der gesuchte Mörder sein. Aber es wird dadurch einfach unwahrscheinlicher."

Der Regen verstärkte sich wie auf Knopfdruck. Plötzlich prasselte er ohrenbetäubend auf das Dach des Bushäuschens. Hambrock hielt sich das freie Ohr zu, um Möller besser verstehen zu können. „Aber zu wem gehört denn die gesicherte DNA?", rief er.

„Keine Ahnung", sagte Möller. „Wem immer sie gehört, er ist nicht im System gespeichert."

KURZ VOR 17 UHR nahm Guido Gratczek seinen Mantel, ein sündhaft teures Stück von Yves Saint Laurent, vom Haken, schlüpfte hinein und ergriff seine Tasche. Er war spät dran und musste sich beeilen, wenn er nicht zu spät zu seiner Verabredung mit Miriam Voss kommen wollte, der Mitbewohnerin von Sandra Hahnenkamp. Doch etwas ließ ihn zögern. Den ganzen Nachmittag über hatte ihn ein merkwürdiges Gefühl begleitet. Er hatte seine Berichte geschrieben und abgeheftet und plötzlich den Eindruck gehabt, dass etwas nicht stimmte. Ihm war ein Fehler unterlaufen, so viel war sicher, aber er konnte beim besten Willen nicht sagen welcher.

Er starrte vor sich hin, aber es fiel ihm nichts ein. Ach komm, vergiss es!, sagte er sich und ging zur Tür. Er legte die Hand auf den Lichtschalter, als ihn ein Geistesblitz durchfuhr. Das war es! Natürlich! Seine Wangen begannen zu glühen. Wie hatte er das übersehen können?

Trotz seiner Eile nahm er sich die Zeit, den Mantel auszuziehen und ihn akkurat auf den Bügel zu hängen. Dann rief er die Sekretärin an und bat sie, Miriam Voss auszurichten, dass er sich verspäten würde. Den Hörer behielt er gleich in der Hand, während er die Nummer von Roland Strieder, dem Busfahrer der Linie R 88, hervorkramte. Er ließ es klingeln, doch am anderen Ende meldete sich nur die Mailbox. Also versuchte er es bei Strieders Arbeitgeber.

Die Dame bei den Stadtwerken Münster erklärte ihm in strengem Ton, dass es unmöglich sei, Strieder während der Fahrt anzurufen. Gratczek könne aber seine Nummer bei ihr hinterlassen, und sie würde dafür sorgen, dass Strieder sich meldete, sobald er an seiner Endstation in Stadtlohn angekommen sei, in gut zwanzig Minuten. Gratczek bedankte sich, legte auf und wartete. Seine Gedanken rasten. Als Strieder endlich zurückrief, war seine Vermutung längst zur Gewissheit geworden und er brauchte nur noch die endgültige Bestätigung.

„Herr Gratczek?", erklang es etwas unfreundlich. „Sie wollten, dass ich Sie anrufe?"

Gratczek konnte ihn nur mit Mühe verstehen, in der Leitung war ein lautes

Rauschen. „Was ist denn das für ein Lärm bei Ihnen? Ich kann Sie kaum verstehen.“

„Das ist die reinste Sintflut. Hier ist gerade ein Unwetter losgebrochen. Wie kann ich Ihnen denn helfen?“

„Es gibt da einen Punkt in Ihrer Aussage, den ich nochmals abklopfen möchte.“ Tilmann Feth hatte ausgesagt, dass er Sandra zum Bus begleitet habe und im Anschluss zur Party seiner Kollegin gegangen sei. „Sie sagten, dass Sandra Hahnenkamp allein zum Bus gekommen sei, richtig?“

„Ja klar. Das stimmt.“

„Sind Sie sicher? War da niemand, der sie begleitet und sich von ihr verabschiedet hat?“

„Ich kann mich genau erinnern. Ich habe nämlich gedacht, was für eine schöne Frau, und dann kommt die auch noch direkt auf meinen Bus zu. Sie war allein, da bin ich ganz sicher.“

„Danke. Sie haben mir sehr geholfen.“ Er wünschte Strieder noch einen schönen Tag.

Tilmann Feth hatte gelogen! Aber weshalb? Gratczek wäre am liebsten gleich zu ihm gefahren, doch er wollte den Termin mit Miriam Voss kein weiteres Mal verschieben. Gleich im Anschluss daran fährst du zu Feth, sagte er sich, und dann lässt du dir von ihm erklären, was es mit der Geschichte auf sich hat.

Sandra Hahnenkamp und Miriam Voss wohnten im Dachgeschoss eines sehr bürgerlichen Hauses im Südviertel. Gratczek wunderte sich über das spießige Heim mit der altjüngferlichen Hauswirtin, die ihn hineinließ und mit neugierigen Blicken taxierte. Wohnen so Leute, die im Nachtleben arbeiten?, fragte er sich.

Im Dachgeschoss öffnete ihm eine schlanke dunkelhaarige Frau die Tür. Trotz des dicken Make-ups waren ihre Augenringe deutlich zu erkennen. Sie verschränkte die Arme und sah ihn feindselig an. Die Sekretärin hatte ihm erzählt, dass Frau Voss bereits mit der Polizei gesprochen habe und nun ihre Ruhe wolle.

Gratczek stutzte. „Ich habe Sie schon einmal gesehen“, sagte er überrascht. „Sie arbeiten in der Diskothek am Hauptbahnhof. Sie sind eine Kollegin von Tilmann Feth.“ Sie hatte bei den anderen am Tisch gesessen, gleich neben dem Chef.

Sie blickte ihn herablassend an. „Haben Sie’s auch schon erfasst?“ Ihre Stimme klang rau. „Was ist? Kommen Sie rein oder wollen Sie draußen stehen bleiben?“

HAMBROCK zog sich den Mantelkragen über den Kopf und rannte vom Bushäuschen zurück zum Hof. Der Regen prasselte erbarmungslos auf ihn nieder. Binnen Sekunden war er durchnässt. Unter dem Rundbogen des Tennentors brachte er sich in Sicherheit. Er atmete durch und begutachtete seine triefende Kleidung. „Verfluchter Mist“, murmelte er.

Das Tor stand einen Spaltbreit offen, und der Hofhund lief ihm schwanzwedelnd entgegen. Er sprang aufgeregt um ihn herum und gab ein fröhliches Bellen von sich. Hambrock lächelte. Das musste derselbe Hund sein, der Heike mit einem aggressiven Knurren begrüßt hatte. „Richtig so, mein Lieber.“ Er streichelte ihn und trat durch das Tor. „Brav, ganz brav.“ Die Tenne diente als Werkraum und Geräteschuppen. Hambrock erspähte die Tür, die zum Wohnhaus führte. Er fragte sich, ob die Burtrups wohl etwas dagegen hätten, wenn er einfach durch die Tenne ins Haus ginge. Er wusste, dass auf dem Land die meisten Besucher diesen Weg nahmen.

Die Klinke der Hintertür bereits in der Hand, hielt er inne. Auf einem Schuhbänkchen an der Wand standen zwei Paar Gummistiefel, das größere der beiden konnte durchaus die Schuhgröße 44 haben. Zögernd trat er näher. Er hob den linken Stiefel des Paares hoch und drehte ihn um. Verblüfft betrachtete er die Unterseite. Eingetretene Steinchen hatten ein Muster in der Sohle hinterlassen. Es glich dem Sternbild des Großen Wagens. Ganz zweifelsfrei hielt er den Stiefel in der Hand, nach dem sie suchten.

Ein paar Minuten später hatte er Jens Burtrup, dessen Mutter und Heike Holthausen um das Stiefelpaar versammelt. Er wollte als Erstes erfahren, wer der Besitzer war.

„Die Stiefel gehören niemand Bestimmtem“, sagte Frau Burtrup mit wachsender Aufregung. „Da steigt derjenige rein, der gerade aufs Feld will. Das können mein Mann oder auch meine Söhne sein.“ Sie blickte Hambrock an, als rechnete sie fest damit, dass ihre gesamte Familie in Handschellen abgeführt würde. „Ich verstehe auch nicht, weshalb das so wichtig ist.“

„Es ist deshalb so wichtig, weil wir einen Abdruck dieses Stiefels am Leichenfundort gesichert haben. Er muss dort hinterlassen worden sein, als Sandra Hahnenkamp ermordet wurde.“

Frau Burtrup schlug sich die Hand vor den Mund. „O mein Gott“, flüsterte sie. „Heißt das …?“

„Das heißt noch gar nichts. Trotzdem möchte ich mich mit Ihrem Mann und Ihren Söhnen über Sandra Hahnenkamp und die Tatnacht unterhalten.“

Doch so leicht gab die Bauersfrau nicht nach. „Das ist Unsinn!“ Sie riss der verdutzten Heike Holthausen die Liste mit den Partygästen aus der

Hand und hielt sie Hambrock vors Gesicht. „Jeder von denen hätte die Stiefel nehmen können! Mein Mann und ich haben ferngesehen und sind dann früh zu Bett gegangen. Wir hätten nicht bemerkt, wenn einer von den Gästen auf die Tenne gekommen wäre. Und für den Hund waren das ja keine Einbrecher. Verstehen Sie? Jeder auf dieser Liste ist genauso verdächtig wie mein Mann und meine Kinder."

Hambrock warf seiner Kollegin einen erstaunten Blick zu. Heike lächelte amüsiert, ganz so, als wollte sie sagen: Sorry, aber der Punkt geht an sie. Mit einem behutsamen „Darf ich …?" nahm sie die Liste wieder an sich.

„Da haben Sie Recht", sagte er beschwichtigend. „Ich werde mit allen reden, die auf der Party waren. Vielleicht gibt es ja eine ganz einfache Erklärung für den Abdruck. Dennoch wäre es möglich, dass der Träger der Stiefel ein wichtiger Zeuge ist. Womöglich, ohne es zu wissen." Er blickte sich unschlüssig um. „Sicher haben Sie nichts dagegen, wenn ich die Stiefel sicherstelle und auf Spuren untersuchen lasse?"

Frau Burtrup schien fieberhaft zu überlegen, dann sagte sie: „Natürlich nicht." Sie blickte zu ihrem Sohn, der dem Geschehen mit blassem Gesicht folgte. „Sie sollten besser nach Martin suchen!", platzte es aus ihr heraus. „Wenn Sie ihn erst einmal gefasst haben, wird sich vieles klären, nicht wahr? Dann müssten Sie uns nicht verdächtigen. Mein Gott, das kann doch nicht so schwer sein, einen Mann einzufangen, der zu Fuß in einer Bauernschaft unterwegs ist!"

Hambrock holte Luft, doch statt zu antworten, räusperte er sich. Wieder verriet ihm Heikes Lächeln, was sie dachte: Auch damit hatte die Bauersfrau ins Schwarze getroffen. „Vielleicht gehen wir erst einmal ins Haus", sagte er.

Miriam Voss führte Gratczek in die WG-Küche, einen langen und schlauchförmigen Raum, der trotz der bunt bemalten Wände ein wenig beklemmend wirkte. Unter das Fenster war ein winziger Tisch gequetscht, die dazugehörigen Stühle versperrten den Weg zu Spüle und Kühlschrank.

Miriam Voss setzte Teewasser auf und zog zwei Tassen aus einem Berg schmutzigen Geschirrs hervor, die sie unter fließendem Wasser ausspülte. Gratczek wischte derweil mit der Hand über die Sitzfläche eines Stuhls und nahm Platz.

„Tut mir leid, wie es hier aussieht", sagte sie. „In den letzten Tagen habe ich …" Sie stockte, und ihre Augen füllten sich mit Tränen „,… nicht die Zeit gefunden, mich um den Haushalt zu kümmern." Sie goss den Tee ein und stellte eine Tasse vor ihm auf den Tisch. Dann setzte sie sich und nahm eine abweisende Körperhaltung ein. „Als Sie in der Disco aufgetaucht sind, habe ich mir schon gedacht, dass etwas mit Sandra war", sagte sie. „Schließlich hatte sie fest versprochen, zur Teamsitzung wieder in Münster zu sein. Doch stattdessen taucht ein Polizist auf und will mit ihrem Freund sprechen. Es musste also etwas passiert sein. Dass sie ermordet worden war, damit habe ich allerdings nicht gerechnet. Haben Sie den Täter inzwischen gefasst?"

„Nein", sagte er. „Aber wir verfolgen mehrere Spuren. Das ist auch der Grund, weshalb ich Sie nochmals belästigen muss. Wie Sie meiner Kollegin bereits beschrieben haben, hatten Sie ein sehr enges Verhältnis zu Sandra Hahnenkamp, nicht wahr? Hat Sandra Ihnen irgendwann einmal von einem Martin Probst erzählt, der ebenfalls in Birkenkotten aufgewachsen ist?"

„Sie meinen diesen Typen, der aus dem Knast ausgebrochen ist? Sandra hat mir mal erzählt, dass damals in ihrer Nachbarschaft ein Mädchen vergewaltigt worden ist. Seinen Namen hat sie aber nicht genannt, den habe ich erst jetzt aus den Nachrichten erfahren."

„Wissen Sie, ob Sandra den Kontakt zu ihm aufrechterhalten hat, nachdem er nach Neustrelitz gezogen ist?"

„Neustrelitz? Nein, davon weiß ich nichts. Aber war der denn nicht im Knast, nachdem er das Mädchen vergewaltigt hat?"

„Er hat vier Jahre bekommen, danach ist er mit seiner Mutter fortgezogen. Er ist nach dem Jugendstrafrecht verurteilt worden."

„Und danach hat er dann weitervergewaltigt, ganz so, als wäre nichts gewesen?"

„Leider hat es ein paar Wochen gedauert, bis man ihm auf die Spur gekommen ist, und diese Zeit hat er für sich genutzt. Aber vielleicht könnten wir an dieser Stelle mit der Befragung fortfahren?" Er lächelte. „Am Tag als Sandra nach Birkenkotten gefahren ist, war Tilmann Feth bei ihr zu Besuch. Tilmann hat ausgesagt, dass Sandra am Nachmittag mit jemandem am Telefon gestritten hat. Haben Sie davon etwas mitbekommen? Vielleicht waren Sie anwesend, als der Anruf einging?"

Sie zog die Stirn in Falten. „Ja, ich erinnere mich. Irgendein Typ hat angerufen, und Sandra war sehr genervt. Sie hat ihn einen Idioten genannt und irgendwann einfach aufgelegt."

„Können Sie sich an Einzelheiten aus dem Gespräch erinnern?"

„Nein, überhaupt nicht. Ich habe nicht zugehört, weil es mich nicht interessiert hat. Außerdem hat sie das Gespräch zum größten Teil in ihrem Zimmer hinter verschlossener Tür geführt."

Tilmann Feth war also bei ihr gewesen, und auch das Telefonat hatte es gegeben. In diesen Punkten hatte er offenbar nicht gelogen. „Hat Sandra mit Ihnen über den Anruf gesprochen?“

„Nein. Ich habe auch nicht danach gefragt.“

Er machte eine Pause. „Frau Voss, ich möchte Sie bitten, mir zu sagen, was Sie am Tattag gemacht haben. Womit haben Sie Ihre Zeit verbracht? Am besten beginnen Sie am Morgen.“

Sie sah ihn verblüfft an. „Weshalb wollen Sie das wissen?“

„Bitte beantworten Sie meine Frage“, sagte er freundlich, aber bestimmt.

Ihr Blick war voller Verachtung. Sie fügte sich jedoch und begann zu berichten. „Ich war den ganzen Tag über hier. Ich hatte in der Nacht zuvor gearbeitet, deshalb habe ich bis mittags geschlafen. Dann habe ich gefrühstückt, ein bisschen geputzt und ferngesehen. Sandra war auch den ganzen Tag hier, wir haben später zusammen gekocht. Abends bin ich wieder zum Bahnhof gefahren, weil ich arbeiten musste. Das war um kurz vor zweiundzwanzig Uhr.“

„Können Sie mir sagen, wann genau Tilmann Feth an diesem Tag bei Sandra war?“

Sie schwieg, als wolle sie sich eine Strategie zurechtlegen, bevor sie antwortete. „Er ist gegen drei Uhr nachmittags gekommen. Um halb fünf oder so ist er wieder gegangen. Ich habe allerdings nicht auf die Uhr gesehen.“

„Länger war er nicht da? Nur anderthalb Stunden?“

Sie zuckte die Schultern.

„Uns hat er erzählt, dass er den gesamten Nachmittag bis zum frühen Abend mit ihr zusammen gewesen ist. Er sagte, er hätte sie noch zum Bus gebracht.“

„Ich kann es nicht ändern. Es war so, wie ich es gesagt habe.“

Gratczek betrachtete sie. Sie verschwieg ihm etwas, darauf hätte er schwören können. Er dachte nach. „Wenn ich Sie richtig verstanden habe, waren Sie nicht auf der Party Ihrer Arbeitskollegin, zu der Tilmann in der Tatnacht gegangen ist?“

„Ich hatte leider Nachtschicht bis morgens um fünf.“

„Auf der Party muss es hoch hergegangen sein“, sagte er ins Blaue, in der Hoffnung, damit zu ihrem Geheimnis vorzudringen.

„Da geht es meistens hoch her. Doch nachdem ich erfahren hatte, dass Sandra ermordet worden war, hatte ich anderes im Kopf, als mich über eine verpasste Party zu ärgern.“

„Natürlich. Das verstehe ich.“ Er schwieg eine Weile, dann sprach er sie noch einmal direkt an: „Frau Voss, gibt es vielleicht etwas, was Sie mir mitteilen sollten?“

Sie sagte nichts, stattdessen nippte sie nachdenklich an ihrem Tee. Schließlich stellte sie die Tasse zurück. „Vielleicht sollten Sie wissen, dass Sandra ihm vor einer Woche den Laufpass gegeben hat. Tilmann hat an diesem Nachmittag noch einmal mit ihr reden wollen. Doch es war endgültig vorbei."

„Und wieso sagen Sie mir das erst jetzt?"

„Na, weil es keine Rolle mehr spielt. Sie wissen doch, wer den Mord begangen hat. Der Vergewaltiger, der aus dem Knast geflohen ist. Tilmann hat ein Alibi für diese Nacht."

„Aber trotzdem hätten Sie doch …"

Sie funkelte ihn angriffslustig an. „Dann müssen Sie eben das nächste Mal danach fragen."

Ihm platzte der Kragen. „Himmel noch mal, ich untersuche den Mord an Ihrer Freundin! Ist Ihnen denn egal, was mit ihr geschehen ist?"

Sie verschränkte die Arme und starrte wütend auf die Bodenfliesen. Gratczek atmete durch. „Tut mir leid. Ich habe die Beherrschung verloren."

Sie sah gequält auf. „Es ist mir nicht egal, was mit ihr geschehen ist. Ganz und gar nicht. Ich fand es wirklich nicht wichtig, das zu erzählen. Weil ich ganz sicher bin, dass Tilmann mit der Sache nichts zu tun hat."

Gratczek sah ihr fest in die Augen. Er war überzeugt, dass sie nicht die Wahrheit sagte. Es musste einen anderen Grund geben, weshalb sie der Polizei die Trennung verschwiegen hatte.

ES WAR kurz vor zehn Uhr, im Haus war es totenstill. Tilmann Feth hatte sämtliche Lichter in der Wohnung gelöscht. Der Schein der Straßenlaternen musste ausreichen. Mit einem Ruck zog er die Sporttasche unter seinem Bett hervor und tastete im Kleiderschrank nach Unterwäsche, Socken und Jeans. Hastig stopfte er alles in die Tasche.

Die Stille wurde vom Läuten an der Tür durchschnitten. Tilmann erstarrte. Es kann dir nichts passieren, sagte er sich. Niemand weiß, dass du hier bist. Vorsichtig schlich er zum Fenster. Dort hielt er sich hinter einem buschigen Ficus verborgen und sah hinunter auf die Straße. Vor seinem Haus stand Guido Gratczek, der Polizist, der ihn nach Hause gefahren hatte. Gerade trat er einen Schritt zurück und blickte hinauf zu seinen Fenstern.

Es dauerte nicht lange, da ging der Polizist zurück zu seinem Wagen. Ein letztes Mal blickte er hinauf zu seiner Wohnung, dann stieg er ins Auto und fuhr davon. Tilmann atmete erleichtert durch. Heute war er noch einmal davongekommen. Er zerrte den Reißverschluss seiner Tasche zu, nahm seinen Schlüssel und machte sich auf den Weg.

5

Eine Sturmbö hatte einen morschen Ast von der alten Pappel am Wegesrand gerissen und ihn quer über den Schotterweg geworfen. Hambrock musste das geheizte Wageninnere verlassen und hinaus in das Unwetter, um ihn aus dem Weg zu räumen. Als er zurück zum Wagen lief, war nichts mehr an ihm trocken. Er fluchte.

Heike saß hinter dem Steuer, die Scheibenwischer flatterten über die Windschutzscheibe, und doch verschwand ihr Gesicht immer wieder hinter fließendem Wasser.

Hambrock blickte hinauf zum Hof der Merschkötters. Keine fünfzig Meter entfernt leuchteten hinter Regenschleiern die erhellten Fenster. Er beugte sich durch die Beifahrertür. „Ich glaube, es ist besser, wenn ich zu Fuß gehe. Ich mache sonst alles nass. Fahr nach Münster. Du kannst Feierabend machen."

„Aber wie willst du denn von hier wieder wegkommen?"

Hambrock wurde ungehalten. Er hatte keine Lust, im eiskalten Regen zu stehen und Diskussionen zu führen. „Keine Ahnung. Ich nehme mir ein Taxi. Vielleicht bringt mich ja ein Streifenwagen nach Hause. Und jetzt verschwinde! Deine Kinder warten auf dich. Gute Nacht!" Bevor sie etwas erwidern konnte, warf er die Tür zu. Heike hupte, dann wendete sie den Wagen und sauste auf der Straße davon.

Hambrock kämpfte sich hinauf zum Hof. Immer wieder geriet er auf dem schlammigen Grund ins Rutschen, bevor er schließlich völlig außer Atem die Gebäude erreichte.

In der Scheune bellte der Hund, doch offenbar war er eingesperrt, denn er kam nicht heraus. Ingeborg saß hinter der Terrassentür am Küchentisch und löste ein Kreuzworträtsel. Sie trug einen Morgenmantel und hatte ihre Lesebrille aufgesetzt. Hambrock klopfte an die Scheibe, worauf sie erschrocken aufsah und dann erleichtert mit den Lippen seinen Namen formte.

Sie sprang auf und öffnete die Tür. Der Wind blies Sprühwasser ins Innere. „Bernhard! Ich habe gar nicht mehr mit dir gerechnet."

„Tut mir leid, es ist einfach zu viel dazwischengekommen."

„Du lieber Himmel, komm erst mal ins Trockene ... Aber nicht hier durch! Ich habe heute erst geputzt! Geh bitte außen rum durch die alte Stalltür." Kurz darauf nahm sie ihn in der Waschküche in Empfang.

„Ich hatte bereits die Sorge, dass ihr schon allesamt in den Betten liegt", sagte er.

„Ach was, nein! Klara ist auch noch auf. Nur die beiden Kleinen schlafen schon. Ich freue mich, dass du überhaupt gekommen bist."

Als sie sich am Wäschetrockner gegenüberstanden, wurde Hambrock plötzlich bewusst, was für einen Eindruck er machen musste. Er stieß ein gequältes Lachen aus. „Mein Gott, ich stehe hier wie ein begossener Pudel. Ich wünschte, ich könnte dir einen besseren Anblick bieten.“

Zu seinem Unglück begann Ingeborg zu kichern. „Du siehst wirklich … nass aus“, sagte sie. „Aber das ist kein Problem. Ich kann dir einen alten Jogginganzug von Wolfgang geben, der müsste dir passen.“ Sie zog einen marineblauen Jogginganzug aus einem Wäscheschrank hervor. „Zieh erst mal die nassen Sachen aus.“

Hambrock pellte sich aus seinem Mantel und warf ihn über einen Stuhl. Bevor er das Hemd öffnete, zögerte er. Ingeborg reichte ihm die trockenen Sachen und wartete lächelnd. Dann begriff sie. „Oh.“ Ihre Wangen bekamen einen rosafarbenen Schimmer, bevor sie aus der Waschküche eilte. „Ich mach uns mal Kaffee!“ Damit war sie verschwunden.

Später saßen Hambrock und Ingeborg im Wohnzimmer auf gegenüberstehenden Sofas, beide in Wolldecken gehüllt und mit Kaffeetassen in der Hand. Hambrock fühlte sich wieder wohl. Er brauchte keinerlei schlechtes Gewissen gegenüber Elli zu haben, sagte er sich. Wer einer Frau den Hof machen wollte, würde wohl kaum im Jogginganzug des Exmannes auf ihrem Sofa sitzen und über Vergewaltigung und Mord reden. Doch genau das tat er. Und trotzdem. Irgendwie fühlte es sich falsch an, hier zu sitzen.

Ingeborg sprach über Klara und über die Veränderungen, die das Verbrechen bewirkt hatte. Die Zurückgezogenheit, die emotionale Kälte, das vorzeitige Erwachsenwerden. „Aber manchmal“, sagte sie mit einem traurigen Lächeln, „da ist sie wie früher. Laut und fröhlich und gewitzt! Dann ist sie das Mädchen, das ich hätte, wenn Martin nicht gewesen wäre.“ Sie stieß ein ersticktes Lachen aus. „Sie verdreht den Jungen den Kopf.“

Ein warmes Gefühl breitete sich in Hambrock aus. Er sah ihr gern beim Reden zu, und er war ihr dankbar, dass sie ihre Trauer nicht vor ihm versteckte. „Das hat sie von dir“, sagte er.

„Ach, hör auf!“ Sie schniefte und lief rot an. „Das stimmt doch gar nicht.“

„Alle waren hinter dir her, das weißt du genau. Du warst wunderschön und …“ Er fragte sich, ob er sich lächerlich machte, doch es war ihm egal. „… und du warst gefährlich.“ Sie lachte, und ihre Augen leuchteten. „Es ist wahr“, sagte er. „Das hat viele Jungen ungeheuer angezogen.“

„Über dich haben die Mädels aber auch geredet.“

„Erzähl mir doch nichts! Du hast dich nie für mich interessiert! Es hat dir Spaß gemacht, mich am Schießstand zu blamieren, aber damit war die Sache für dich gegessen.“

„Das darfst du so nicht sagen. Es hat halt … ein bisschen gedauert."

„Wäre ich damals nicht plötzlich aufgetaucht, als dich Frank Potthoff versetzt hatte, dann wäre nie etwas aus uns geworden."

Sie lächelte geheimnisvoll. „Mag sein. Da hast du wirklich ein gutes Timing bewiesen."

Er wollte gerade etwas erwidern, da flog die Tür auf und Klara kam ins Wohnzimmer. Ruckartig schreckten beide auf, und Ingeborg strich sich nervös die Haare aus dem Gesicht. „Kommissar Bernhard Hambrock kennst du ja bereits", sagte sie. „Er war völlig durchnässt, ich habe ihm ein paar trockene Sachen gegeben." Er stand auf und gab ihr die Hand.

Klara erwiderte verwirrt den Händedruck. „Ich habe gar nicht bemerkt, dass Sie gekommen sind. Sind Sie etwa zu Fuß unterwegs?"

Er lachte. „Gewissermaßen ja. Eine Kollegin hat mich unten an der Straße abgesetzt."

„Weißt du eigentlich schon, wie du nach Hause kommst?", mischte sich Ingeborg ein.

„Ich hoffe, dass mich eine Streife nach Münster bringen wird. Am besten setze ich mich jetzt mit den Kollegen in Verbindung." Er wandte sich an Klara und schenkte ihr ein verbindliches Lächeln. „Ich wollte nur sichergehen, dass bei Ihnen alles in Ordnung ist."

„Hier ist alles bestens, danke." Klara schien beeindruckt von seinem Auftauchen. „Gibt es denn etwas Neues von Martin?"

„Leider nicht. Aber – auf die Gefahr hin, dass ich mich wiederhole – es kann nicht mehr lange dauern, bis wir ihn gefasst haben."

Sie wirkte enttäuscht und wandte sich an ihre Mutter. „Lino ist übrigens aufgewacht. Er hatte wohl einen Albtraum. Ich wollte dir nur Bescheid geben."

„Ach herrje." Ingeborg stand auf und legte die Wolldecke über die Sofalehne. „Ich werde mal nach ihm sehen."

„Mutter hat den Wachposten von der Landjugend weggeschickt", sagte Klara zu Hambrock. „Sie meinte, dass sie bei diesem Wetter besser zu Hause bleiben sollten. Hier würde schon nichts geschehen."

Hambrock war nicht sicher, was sie damit zum Ausdruck bringen wollte. Er wechselte einen Blick mit Ingeborg, die in der offenen Tür stehen geblieben war. Sie schaute ein wenig betreten drein. „Es ist nie eine gute Idee, Bürgerwehren aufzustellen", sagte er behutsam. „Keiner kann sagen, was in einem Ernstfall alles passiert. Diese Aufgaben überlässt man besser der Polizei. Die sind dafür ausgebildet."

„Die Polizei steht nachts aber nicht in unserem Garten."

Er betrachtete sie nachdenklich. Noch immer fragte er sich, was sie ihm damit sagen wollte. „Würden Sie das denn wollen?“

Klara erwiderte darauf nichts, und es entstand eine unangenehme Stille.

„Wenn Sie möchten, Klara“, sagte er, „und wenn Ihre Mutter nichts dagegen hat, dann könnte ich heute hier übernachten.“ Er sagte es, obwohl er ganz genau wusste, was Erlend davon halten würde.

„Das würdest du tun?“, rief Ingeborg begeistert.

Doch Hambrock versuchte herauszufinden, was die junge Frau wollte. „Natürlich nur, wenn es Ihnen recht ist“, sagte er. Klara zögerte. Er konnte sie gut verstehen. Sie wollte sich selbst behaupten und keinen brauchen, der sie beschützte. Auf der anderen Seite hatte sie Angst.

Sie gab sich einen Ruck und lächelte. „Also gut“, sagte sie leise. „Danke.“

INGEBORG hatte ein Feldbett in ihrem Nähzimmer aufgebaut, einem kleinen Raum voller Wäscheberge. Hambrock schlief nicht besonders gut. Als er um kurz nach sechs zum wiederholten Mal erwachte, glaubte er, dass es mit der Nachtruhe endgültig vorbei wäre. Zermürbt setzte er sich auf und massierte seine linke Schulter. Er musste an das Telefonat denken, das er am Vorabend mit seiner Frau geführt hatte.

Erlend hatte natürlich genauso reagiert, wie er erwartet hatte. „Mensch, Bernhard, dass du keine Zeit hast zu kochen, ist eine Sache. Aber musst du gleich über Nacht bleiben? Ich wusste gar nicht, dass du Freunde in Birkenkotten hast. Wer ist das denn, bei dem du übernachtest?“

„Nun ja, es ist eher eine flüchtige Bekannte als eine Freundin. Von früher. Ich kenne sie noch von meiner Zeit bei der Landjugend. Vennhues ist nicht weit entfernt, wie du weißt.“

„Aha.“ Eine Pause entstand. „Wie heißt sie denn?“

„Ingeborg Merschkötter. Wie gesagt, ich kenne sie kaum.“

„Hattest du mal was mit dieser Ingeborg?“

„Nein!“ Ihm wurde heiß. „Wie kommst du darauf? Sie ist nicht mehr als eine flüchtige Bekannte, die ich im Zuge der Ermittlungen wiedergetroffen habe.“

Erlend zögerte. „Also gut. Ich will dir mal glauben.“ Dann fügte sie mit einer derart frostigen Stimme hinzu, dass Hambrock glaubte, sein Herz würde gefrieren: „Was wären wir, wenn wir einander nicht vertrauen könnten.“

Es war wirklich kein erfreuliches Gespräch gewesen. Er reckte sich und ging zum Fenster, das hinter einer Jalousie verborgen lag. Mit den Fingern schob er zwei Lamellen auseinander und blickte hindurch. Ingeborg hatte über Nacht die Außenbeleuchtung angelassen. Im Schein der Lampe sah er, dass sich der Regen in Eisregen verwandelt hatte. Die Temperaturen waren weiter gefallen, und auf dem Hof hatte sich stellenweise Blitzeis gebildet. Vielleicht gibt es ja doch noch ein bisschen Schnee, dachte er und war froh, nicht mit dem Auto unterwegs zu sein. Er ließ die Lamellen zurückschnappen und legte sich wieder hin. Mit dem leisen Geräusch des Regens im Ohr dämmerte er schließlich weg.

Als er wieder aufwachte, graute bereits die Dämmerung. Ein Blick auf die Uhr sagte ihm, dass es schon kurz vor acht war. Er sah erneut durch die Jalousie hinaus auf den Hof.

Draußen tobte ein Schneesturm, sodass er kaum bis zur Scheune blicken konnte. Der Garten und die Felder dahinter lagen bereits unter einer Schneeschicht. Hambrock traute seinen Augen nicht. Mit einem Ruck zog er die Jalousie hoch. Das grelle Weiß blendete ihn. Dennoch betrachtete er fasziniert das Schauspiel, das sich ihm bot. Dann wandte er sich ab, griff nach dem Morgenmantel, den Ingeborg ihm herausgelegt hatte, und verließ das Nähzimmer.

Er fand sie in der Küche, wo sie das Frühstück zubereitete. Ein Duft von frischem Kaffee und gebratenem Speck wehte ihm entgegen. Als er eintrat, holte sie gerade ein Blech mit aufgebackenen Brötchen aus dem Ofen. „Du lieber Himmel, Ingeborg, was ist denn da draußen bloß los?“

Sie lächelte. „Seit einer guten Stunde herrscht Chaos. Die Schulbusse sind zwar gefahren, aber ich habe die Kinder gar nicht erst geweckt. Als ich im Büro angerufen habe, war ich nicht die Einzige, die sich heute abgemeldet hat. Bei dem Wetter fahre ich lieber nicht in die Stadt.“

Hambrock blickte in den Sturm hinaus, doch er konnte die Straße unten am Hügel nicht erkennen. „Ich wusste gar nicht, dass du arbeiten gehst.“

„Was denn sonst?“, fragte sie mit einem Lachen. „Denkst du, ich kann von acht Hühnern und drei Schafen leben?“ Sie deutete zur Waschküche. „Du kannst deine Sachen wieder anziehen, ich habe sie getrocknet.“

In diesem Moment kam Klara in die Küche. Sie war bereits angezogen, trug Jeans und einen dicken Wollpulli, und Hambrock fühlte sich ein wenig deplatziert in seinem Morgenmantel. Klara war aufgeregt wie ein Kind. „Guckt doch mal nach draußen!“, rief sie. „Wahnsinn, oder? Ich hätte nie gedacht, dass der Schnee liegen bleibt.“

„Es ist heute Nacht ziemlich kalt geworden“, sagte Ingeborg. „Trotzdem schätze ich mal, dass bis zum Mittag alles wieder geschmolzen ist.“

„Dann müssen wir uns beeilen!“ Klara lief zurück in die Diele. „Lino!

Anni! Steht schnell auf! Es schneit!“ Es dauerte nicht lange, da kamen die Kinder im Schlafanzug die Treppe heruntergelaufen. „Kommt schnell zum Fenster!“, rief Klara, und die Kinder folgten ihr in die Küche zur gläsernen Terrassentür. Staunend und mit großen Augen blickten sie hinaus. „Wir machen heute eine Schneeballschlacht!“

„Hurra!“, riefen die Kinder. „Jetzt gleich!“

„O nein“, sagte Ingeborg, „ihr zieht euch erst etwas an, und dann frühstücken wir.“

Der Junge rief: „Ich will nur eine Schneeflocke essen!“, und das Mädchen stimmte ein: „Ich auch! Nur eine Schneeflocke! Bitte!“

„Komm schon, nur ganz kurz“, sagte Klara, „ich trockne die beiden dann ab und ziehe sie an.“

Ingeborg wurde weich. „Also gut.“ Sie stach den beiden mit dem Finger in die Brust. „Aber nur eine Schneeflocke!“

„Hurraaa!“

Klara wollte die Tür öffnen, doch sie musste kräftig ziehen, um sie aufzubekommen. Der Wind pfiff, und irgendwo im Haus knallte eine Tür. „Kommt schnell raus“, sagte sie.

Die beiden zögerten, der Sturm schien heftig zu sein, doch dann rannten sie gemeinsam mit ihrer großen Schwester hinaus. Was folgte, war lautes, erschrockenes Quieken. Die Kinder strauchelten. Dicke Flocken fielen von allen Seiten auf sie herab. Sie duckten sich, suchten Halt und rannten Sekunden später zurück durch die Tür, die Ingeborg ihnen aufhielt. Erschrocken und gleichzeitig tief beeindruckt schüttelten sie den Schnee ab und sahen hinaus zu ihrer Schwester. „Mama, kuck mal!“, juchzte Anni.

Draußen stemmte sich Klara theatralisch gegen die Flocken und den scharfen Wind. Dann tat sie, als würde sie von einem Kugelhagel niedergestreckt, und ließ sich in den nassen Schnee fallen.

Die Kinder quiekten vor Vergnügen. Ingeborg lachte ebenfalls. Sie blickte zu Hambrock, der das Aufleuchten in ihren Augen bemerkte. Er erinnerte sich an das, was sie zu ihm gesagt hatte. Manchmal ist Klara wie früher, dann ist es, als wäre die Sache mit Martin niemals passiert.

Klara kehrte ins Haus zurück, nass und völlig außer Atem. „Mit der Schneeballschlacht warten wir besser, bis der Sturm vorbei ist“, sagte sie. „Ich geh mal nach oben und zieh mir einen trockenen Pullover an.“

Hambrock hielt das für eine gute Idee und steuerte die Waschküche an, um sich ebenfalls umzuziehen.

„Beeilt euch!“, rief Ingeborg ihnen hinterher. „Das Frühstück ist gleich fertig!“

ALS KLARA in ihr Zimmer kam, war Martin Probst da.

Er stand mitten auf dem leuchtend weißen Flokati, die Balkontür hinter ihm war offen, und Fußspuren führten quer durch den Raum.

Sie starrte entsetzt in seine dunklen Augen. Dann setzte die Lähmung ein. Der Atem wurde aus ihren Lungen gepresst, ihr Körper weigerte sich, erneut Luft zu holen, sie taumelte. Als Nächstes fuhr ein Windstoß durch den Raum und drückte die Zimmertür hinter ihr ins Schloss. Es gab einen lauten Knall, dann wurde es still.

Martin machte einen Schritt auf sie zu. „Klara …"

Ihre Beine knickten einfach ein, und Klara rutschte an der Wand entlang zu Boden. Ihr entfuhr ein Röcheln. Panik erfasste sie. *Du musst in den Flur. Die anderen sind unten in der Küche. Du musst sie nur rufen, dann kommen sie sofort. Beeil dich.* Doch sie schaffte es nicht, sich zu bewegen. Sie schaffte es nicht einmal, nach Luft zu schnappen.

Martin machte einen weiteren Schritt auf sie zu und dann noch einen. Nun war er über ihr. Sein Schatten fiel auf ihren Körper. Sie sah nur noch eine dunkle Silhouette vor leuchtendem Schnee. „Klara …"

Tu etwas!, rief eine Stimme. Du bist nicht schwach! Du kannst dich wehren! Du bist nicht schwach!

Stockend füllten sich ihre Lungen mit Luft. Ihre Brust bebte, mehr Atemluft strömte hinein. Sie rutschte von der Silhouette weg, wandte sich zur Tür. Endlich begann sie zu schreien.

HAMBROCK stand im Nähzimmer vor seinem Nachtlager, als er die Schreie hörte. Er hatte seine Kleidung auf dem Bett ausgebreitet und war im Begriff, den Morgenmantel auszuziehen. Klara!, schoss es ihm durch den Kopf. Sofort stürmte er hinaus in die Diele. Ingeborg kam aus der Küche gelaufen, blieb stehen und sah ihn erschrocken an. Er achtete nicht auf sie, lief zur Treppe und war mit wenigen Sätzen oben. Auf Socken und im Morgenmantel krachte er in Klaras Zimmer.

Feuchte und kalte Luft schlug ihm entgegen. Die Balkontür stand sperrangelweit offen, der Wind zerrte am Vorhang. Klara kauerte am Boden, in ihrem Gesicht stand die nackte Angst. Zitternd deutete sie zum Balkon. Hambrock konnte es sich bereits denken – Martin Probst war aufgetaucht. Hambrock lief zur Balkontür. Im Schneegestöber war eine Gestalt zu erkennen, die sich rasch in Richtung der Kiefernwälder entfernte.

Ingeborg kam ins Zimmer und stürmte auf Klara zu. Hambrock konzentrierte sich ganz auf den Flüchtenden. Da war eine Tanne neben dem Balkon. Dort musste Probst hinaufgeklettert sein. Mit einem Satz war Hambrock auf dem Balkon, schwang sich über das Geländer, griff in die stacheligen Zweige und stieß sich ab. Die nasse, schneebedeckte Tanne bot kaum Halt, er rutschte ab, krallte sich vergebens in ihre Zweige, ein Ast brach, er rutschte weiter und landete schließlich im dünnen Schnee. Seine Schenkel waren aufgeritzt, überall steckten Tannennadeln, er stöhnte, seine Schulter war ebenfalls lädiert.

Er ignorierte die Schmerzen, stand mühsam auf und taumelte. Millionen von Schneeflocken droschen auf ihn ein, der Wind zerrte am Morgenmantel. Martin Probst war jetzt nur noch eine ferne Silhouette im Schneegestöber. Dennoch glaubte Hambrock, ihn erwischen zu können. Er hastete über den Rasen, an den Büschen vorbei zum Gartenzaun. Seine Socken waren schnell durchweicht, seine Füße begannen vor Kälte zu schmerzen.

Er sprang über den Zaun auf den Acker, Martin Probst fest im Blick. Ein plötzlich aufflammender Schmerz raubte ihm den Atem. Es verbargen sich kleine Feldsteine unter dem Schnee, dazu bohrten sich die Stöcke umgepflügter Maispflanzen in seine tauben Fußsohlen. Er humpelte ein paar Schritte weiter, dann blieb er stehen und sah zum Kiefernwald. Probst würde er nicht mehr einholen. Nicht im Morgenmantel.

„Verflucht!“ Er drehte sich um und stolperte zurück zum Haus. Er musste Verstärkung holen. Als er an der Stalltür angekommen war, die zur Waschküche führte, zitterte er am ganzen Körper. Er hastete ins Nähzimmer, zerrte das Handy aus seinem Mantel hervor und rief die Einsatzleitung in Borken an. In der Polizeileitstelle sorgte sein Anruf für einige Aufregung, endlich kam Bewegung in die Suche nach Probst.

„Hoffentlich kommt uns jetzt das Wetter nicht in die Quere“, sagte der Einsatzleiter. „Der Sturm wird immer schlimmer, und die Straßen sind spiegelglatt.“

„Es wird schon gut gehen“, sagte Hambrock. „Dieses Mal muss es einfach gut gehen.“

Nach dem Anruf stieg er in seine Sachen und machte sich auf den Weg ins obere Geschoss. An Klaras geschlossener Zimmertür klopfte er zögernd an.

Nach einer Weile öffnete sich ein Spalt, und Ingeborgs Gesicht erschien. „Hast du ihn eingeholt?“, fragte sie leise.

Er schüttelte den Kopf. „Ich brauche dein Auto. Schnell.“

„Die Schlüssel sind am Brett neben dem Kühlschrank. Du findest das Auto in der Scheune.“ Sie zögerte. „Kommst du bald wieder?“

„So schnell wie möglich. Versprochen.“ Sie lächelte dankbar, dann schloss sie die Tür.

Er lief in die Küche und schnappte sich das Schlüsselmäppchen mit dem VW-Aufdruck, dann trat er hinaus in den Sturm. Der Hof und der Weg zur Hauptstraße waren inzwischen von einer weißen Decke überzogen. Er schob den Riegel des Scheunentors zur Seite. Sofort drohte der Wind ihm das Tor aus der Hand zu reißen, mühsam befestigte er es mit einer Kette und schlüpfte hinein. Der Hund begrüßte ihn mit wütendem Gebell. Hambrock war froh, dass er sicher an der Kette lag. Mit einem Blick erkannte Hambrock, dass Ingeborgs Polo Sommerreifen hatte. Im Schritttempo fuhr er auf den Hof hinaus. Er machte einen leichten Bremsversuch. Der Wagen rutschte wie auf einer Ölschicht. Hambrock atmete durch. Ach herrje!

Doch es blieb ihm nichts übrig, er musste die Verfolgung aufnehmen. Also schaltete er in den ersten Gang und bog auf den Schotterweg zur Hauptstraße. Er gab vorsichtig Gas. Ganz plötzlich geriet der Wagen ins Rutschen. Hambrock nahm den Fuß vom Gas und versuchte gegenzulenken. Doch es war bereits zu spät. Das Auto verselbstständigte sich, rutschte den abschüssigen Weg hinunter, geriet aus der Spur und schlitterte über die Rasenkante. Dann blieb es auf dem abgeernteten Maisfeld in einer großen Pfütze stecken.

Die Fahrt war zu Ende. Hambrock stieß einen Fluch aus. Keine dreißig Meter vom Haus entfernt saß er fest. Weil ihm nichts anderes einfiel, zog er den Schlüssel, um zum Haus zurückzugehen. In diesem Moment klingelte das Handy.

Guido Gratczek rief aus dem Präsidium an. „Guten Morgen, Hambrock. Bist du schon auf dem Weg ins Büro?“

„Nein.“ Hambrock sah aus dem Seitenfenster und versuchte abzuschätzen, wie tief er in der Pfütze feststeckte. „Ich bin noch in Birkenkotten. Wie es aussieht, stecke ich im Schnee fest.“

„Im Schnee? Dann schneit es tatsächlich?“

„In Münster etwa nicht?“

„Nein, hier regnet es. Aber keine Sorge, Heike wird sich gleich auf den Weg nach Birkenkotten machen. Bestimmt kann sie dich irgendwo einsammeln.“

„Vielleicht ist es besser, wenn ich hierbleibe. Das kann ich im Moment noch nicht sagen.“ Er schilderte knapp das Auftauchen von Martin Probst und die Wirkung, die sein Erscheinen auf die Familie Merschkötter gehabt hatte.

„Aber wenn du die Kollegen alarmiert hast, werden die sich Probst jetzt sicher schnappen.“

„Warten wir es ab“, sagte Hambrock. „Diesen Satz habe ich in den vergangenen Tagen ein paar Mal zu häufig gehört. Gibt es bei euch etwas Neues?“

„Nun ja, wir haben einen Wollfaden in den Gummistiefeln gefunden. Giftgrün und wahrscheinlich von einer selbst gestrickten Socke. Fingerspuren gibt es keine, und für alles andere müsste man wissen, wonach man sucht. Fasern, Blütenpollen, Bodenspuren. Ohne Hypothese bringt uns das nicht weiter.“

Hambrock sah unzufrieden aus dem Fenster. „Glaubst du immer noch, dass Probst unser Täter ist?“, fragte er Gratczek.

„Ich weiß es nicht. Mein Gefühl sagt mir Ja, doch es spricht wohl vieles dagegen.“

„Das sehe ich auch so. Gut möglich, dass ein Gast dieser Geburtstagsparty der Täter war. Wir sollten uns fragen, wer in Birkenkotten ein Motiv haben könnte. Und dort sollten wir auch einen konspirativen Blick in die Sockenlade werfen.“ Er seufzte. „Kannst du mir die Gästeliste per E-Mail schicken? Dann kann ich sie mir in Ruhe ansehen. Außerdem sollten wir einen freiwilligen Speicheltest vorbereiten für alle, die auf der Party waren.“

Gratczek machte sich eine Notiz. „Übrigens“, sagte er, „da ist noch eine andere Sache. Sandra Hahnenkamp hat sich kurz vor ihrem Tod von ihrem Freund getrennt, von Tilmann Feth. Der hat uns das allerdings bislang verschwiegen, weiß der Himmel weshalb.“

„Das ist ja interessant. Hatte er ein Alibi?“

„Das schon. Aber ich will es noch einmal überprüfen.“

„Gut. Bleib dran.“ Sie hatten sich bereits verabschiedet, als Hambrock noch etwas einfiel. „Warte! Heike soll auf jeden Fall Winterreifen aufziehen lassen, bevor sie herfährt.“

Gratczek lachte. „Ich werde es ihr ausrichten.“ Dann legte er auf.

DOROTHEA PROBST stand an ihrem Wohnzimmerfenster und blickte hinaus ins Schneegestöber. Die Heizung knackte leise. Es war so friedlich in ihrem Haus, dass das Unwetter vor ihrem Fenster beinahe unwirklich schien. Sie dachte an Martin. Er musste sich irgendwo dort draußen im Sturm befinden.

Vergeblich hatte sie alle Verstecke abgesucht, in denen sich Martin ihrer Meinung nach hätte aufhalten können. Sie hatte ihn unbedingt finden wollen, bevor die Polizei es tat. Doch nirgendwo war er aufgetaucht, nicht einmal im Vereinsheim des Fußballklubs. Sie hatte nun keine Idee mehr, wo er sein konnte. Er war unauffindbar.

Draußen in der Auffahrt stand unter der Kastanie das Auto der Observationseinheit. Seit dem Mord an Sandra Hahnenkamp. Zwei Beamte hockten im Wageninnern und beobachteten das Haus. Solange das Auto sich dort befand, würde Martin nicht auftauchen.

Sie wandte sich vom Fenster ab und wollte zur Küche, um einen Tee zu kochen, als sie plötzlich ein sonderbares Gefühl erfasste. Als wäre Martin ganz in ihrer Nähe. Im nächsten Moment schrillte das Telefon. Sie fuhr zusammen. Dann nahm sie den Hörer ab. „Probst."

„Hallo Mama. Ich bin's."

„Martin!" Hastig blickte sie durch den Türspalt zum Wohnzimmerfenster. Das Auto der Polizisten stand unverändert in der Auffahrt. „Du meine Güte, Junge! Wo bist du?"

„Ich …" Er sprach den Satz nicht zu Ende, und sie bereute die Frage sofort.

„Wie geht es dir?", fragte sie stattdessen. „Ich mache mir schreckliche Sorgen."

Seine Stimme war erstickt. „Das tut mir leid. Ich wollte das alles nicht. Du musst mir glauben, ich wollte das wirklich nicht."

„Aber das weiß ich doch. Denk nicht darüber nach. Was geschehen ist, ist geschehen. Wir müssen jetzt sehen, wie es weitergeht. Alle suchen dich, die Polizei hat ein großes Aufgebot …"

„Ich war das nicht, Mama! Wirklich nicht! Ich mochte Sandra doch."

Er wusste also Bescheid. „Ich weiß. Aber durch deinen Ausbruch und dein Auftauchen hier halten dich alle für den Täter. Verstehst du? Du musst mit ihnen reden, hörst du? Solange du dich vor ihnen versteckst, denken sie, es ist ein Schuldeingeständnis."

„Das kann ich nicht, Mama. Ich geh nicht zu denen!" Seine Stimme klang so verzweifelt, dass es ihr einen Stich versetzte. „Die werden denken, dass ich der Mörder bin, ganz egal was ich sage. Sandra ist vergewaltigt worden. Sie hatte fast nur noch ihren Mantel an, als sie in den Wassergraben geworfen wurde. Keiner wird glauben, dass ich unschuldig bin."

Woher kennt er diese Details? Er weiß mehr über Sandras Tod als ich. Hat er das aus der Zeitung? „Martin, bitte! Du machst es nur noch schlimmer! Du musst dich stellen."

„Nein!", rief er wütend, doch dann beruhigte er sich wieder. „Ich kann nicht."

Dorothea Probst verstand. Sie wechselte das Thema. „Was ist eigentlich in Brandenburg passiert? Wieso bist du überhaupt ausgebrochen?"

„Ich hab es versaut, Mama." Seine Stimme klang elend. „Ich wollte gar nicht fliehen, das war überhaupt nicht geplant. Doch als mein Betreuer mich allein aufs Klo gelassen hat, da war da plötzlich diese Chance. Ich habe kein bisschen nachgedacht." Sie spürte tiefes Mitgefühl für ihren Sohn. „Dabei wollte ich dieses Mal alles richtig machen", sagte er. „Ich wollte allen beweisen, dass ich ein besserer Mensch werde."

„Das weiß ich, mein Junge. Aber das kannst du immer noch, verstehst du? Dafür ist es nie zu spät. Ganz egal was passiert ist."

„Ich war heute bei Klara", sagte Martin.

„Wie bitte?"

„Ich wollte mit ihr reden. Mich entschuldigen für das, was ich getan habe. Ich hab in ihrem Zimmer auf sie gewartet. Sie hat nicht mit mir geredet, sie hat nur geschrien."

„Mein Gott, Martin! Du musst sie zu Tode erschreckt haben! Versuch dich mal in ihre Lage zu versetzen." Sie redete und redete, aber vergeblich. Martin konnte nicht verstehen, was falsch daran war, sich bei jemandem entschuldigen zu wollen. Im Gegenteil, er wurde wütend. Sie rang ihm das Versprechen ab, möglichst bald wieder anzurufen. Dann legte sie auf und ging zurück ins Wohnzimmer.

Das Unwetter tobte unvermindert, und das Auto der Polizisten versank langsam im Schnee. Sie betrachtete die Silhouetten der Beamten im dunklen Wageninnern. Was, wenn sie nach keinem Mörder mehr suchten, weil sie ja Martin hatten?

6

Heike Holthausen hatte direkt nach dem Frühstück nach Birkenkotten fahren wollen, doch dann stand den ganzen Vormittag über im Präsidium das Telefon nicht still, und sie war stattdessen bei der Abarbeitung der Hinweise aus der Bevölkerung eingesprungen. Als am späten Vormittag eine Rentnerin aus Legden anrief, die behauptete, während der Tatnacht in Birkenkotten eine Beobachtung gemacht zu haben, horchte Heike auf. Die Frau sagte, sie habe ein parkendes Auto am Straßenrand gesehen, unweit der Haltestelle Birkenkotten, wo es direkt an der Hauptstraße stand und ein Unfallrisiko bildete.

„Man hätte ihn genauso gut auf dem Hof abstellen können. Wie alle anderen auch. Es war ein Seat Ibiza. Baujahr zweiundneunzig, schätze ich mal."

Heike stutzte. „Sie kennen sich mit Autos aus?"

„O ja, sehr gut." Die Frau schien verlegen. „Sie müssen wissen, ich arbeite seit einigen Jahren nebenher für ein Marktforschungsinstitut und muss

Autofahrer der unterschiedlichsten Marken und Modelle zu ihrem Kaufverhalten befragen. Glauben Sie mir, es war ein Seat Ibiza. Vielleicht hilft es Ihnen weiter, dass er anscheinend rot lackiert war und etliche Beulen hatte. Der linke vordere Kotflügel hatte eine andere Farbe, er war schwarz."

„Können Sie sich auch an das Nummernschild erinnern?"

„O nein." Ein brüchiges Lachen ertönte. „Zahlen machen mich ganz nervös. Das Gedächtnis lässt nach, wissen Sie?"

Heike beschloss, auf dem Weg nach Birkenkotten eine Schleife über Legden zu drehen und die Aussage der Rentnerin ausführlich aufzunehmen. Kurz nach der Mittagspause schaffte sie es endlich, sich auf den Weg zu machen. Sie ging zum Fuhrpark und bemerkte, dass es zu schneien begonnen hatte. Die Flocken schmolzen jedoch, sobald sie den Boden berührten. Kaum vorstellbar, dass ihr Chef nur sechzig Kilometer westlich im Schnee festsitzen sollte. Auf dem Stadtring drehte sie am Autoradio und stellte den Verkehrsfunk ein.

„... sorgt heftiger Schneefall für Verkehrsbehinderungen im gesamten westlichen Münsterland. Auf der A 1 Münster Richtung Osnabrück zwischen Lengerich und Autobahnkreuz Lotte ist die Autobahn aufgrund quer stehender Lastkraftwagen voraussichtlich für mehrere Stunden gesperrt. Die A 31 zwischen Ausfahrt Gescher/Coesfeld und Legden/Ahaus ist ebenfalls für voraussichtlich mehrere Stunden in beiden Richtungen gesperrt. Grund hierfür ist ein herabgerissenes Stromkabel, das die Autobahn blockiert. Die Polizei bittet die Reisenden, das Gebiet weiträumig zu umfahren ..."

Du lieber Himmel, was war denn da draußen los? Vielleicht war es doch ganz gut, dass Hambrock darauf bestanden hatte, Winterreifen aufziehen zu lassen.

Je weiter sie nach Westen gelangte, desto stärker wurde der Schneefall. Die Straßen waren jedoch weitgehend geräumt, und sie kam recht gut voran. Es war ein beeindruckendes Schauspiel, das sich ihr bot. Im dichten Schneetreiben versank allmählich die Landschaft um sie herum, und schon bald war kaum mehr zu sehen als die Rücklichter des Vorderwagens. Es ging immer langsamer voran, und sie begann sich zu fragen, ob sie tatsächlich nach Legden und dann nach Birkenkotten gelangen würde.

Auf ihrem Weg lag der Schöppinger Berg, eine der wenigen Erhöhungen im sonst flachen Münsterland. Wie viele der Autos, die unterwegs waren, würden die Steigung problemlos nehmen können? Vielleicht war es besser umzukehren, dachte sie. Doch da trennten sie nur noch wenige Kilometer von der Steigung. Ein Schulbus arbeitete sich unbeirrt voran. Komm, das schaffst du auch, sagte sie sich. Und danach hast du freie

Fahrt. Sie schaltete einen Gang herunter und blieb in der Spur. Der Wind ließ die Flocken waagerecht an ihrem Wagen vorbeischießen. Die Spurrillen waren matschig, doch der Matsch gefror nicht zu Eis. Gleich würde sie oben sein.

Da geriet der Verkehr ins Stocken. Sie reagierte im letzten Moment auf die Bremslichter des Vorderwagens und hielt. Der Schulbus, den sie zuvor beobachtet hatte, stand quer auf der Straße. Der Fahrer musste die Kontrolle verloren haben. „Verdammt!“ Sie stellte den Motor ab, zog die Handbremse und wartete.

Die Zeit verging und der Schnee wirbelte um die Eingeschlossenen herum. Irgendwann öffneten sich in der Autoschlange einzelne Fahrertüren, Menschen stiegen aus, stapften durch den Schnee und besprachen sich mit dem Busfahrer. Die Schulkinder sprangen herum und schienen die Situation recht aufregend zu finden. Nach einer Weile gingen die Leute zurück zu ihren Autos, um sich vor dem Sturm zu schützen. Heike sah im Rückspiegel, dass sich hinter ihr immer mehr Autos stauten. Polizei und Feuerwehr mussten doch langsam eintreffen. Aber es passierte nichts. Die Menschen verließen erneut ihre Autos und diskutierten miteinander. Der Busfahrer trat hinzu, hob bedauernd die Schultern und schüttelte den Kopf. Schließlich setzte sich die Gruppe in Bewegung und machte sich daran, den Berg hinunterzusteigen. Als sie Heikes Wagen passierten, schlug sie den Kragen ihrer Jacke hoch und stieg aus.

Sie sprach den erstbesten Passanten an, einen Mann Ende zwanzig mit dunklem Haar und leuchtend blauen Augen. „Haben Sie …?“ Sie stockte. Sah der gut aus! „Haben Sie etwas erfahren können? Was ist denn nun mit dem Bus?“

„Es wird wohl eine Weile dauern. Die Feuerwehr ist pausenlos im Einsatz. Es gibt überall Notfälle wegen umgestürzter Bäume, die Straßen und Schienen blockieren. Über der A 31 ist ein Starkstromkabel gerissen. Es kann zwei bis drei Stunden dauern, bis es hier weitergeht. An der Kreuzung ist ein Gasthof. Da gibt es Kaffee und was zu essen. Wir haben beschlossen, drinnen im Warmen zu warten, bis die Feuerwehr kommt und die Straße räumt.“ Er schenkte ihr ein Lächeln. „Kommen Sie doch mit, statt im kalten Wagen zu warten.“ Er stapfte weiter.

Heike blickte sich um. Weiter unten auf der Straße wendeten umständlich Autos und fuhren zurück in Richtung Münster. Sollte sie es ihnen gleichtun? Sie erinnerte sich an das Lächeln des fremden Mannes. Ach was!, dachte sie. Es geht ja gleich weiter. Da kann ich auch so lange unten im Gasthof warten. Sie schloss ihren Wagen ab und folgte dem Tross durch das Schneegestöber. Als sie den Gasthof erreichte, war sie völlig durchnässt und ausgekühlt.

Der dämmrige Schankraum war voller Menschen. An der Theke stand eine Traube von Reisenden, die lautstark diskutierten, wie lange sie noch auf das Eintreffen der Feuerwehr würden warten müssen. Die schwülwarme Luft war von Kaffeeduft geschwängert, und sie spürte, wie die Wärme langsam zurück in ihre Knochen kroch. Sie sah sich um, konnte den attraktiven Mann aber nirgends entdecken. Enttäuscht ging sie zur Theke, um sich einen Kaffee zu bestellen.

Der Wirt hatte bei dem plötzlichen Ansturm Mühe, die Bestellungen entgegenzunehmen. Als Heike ihren Kaffee endlich ergattert hatte, entdeckte sie den Mann an einem kleinen Ecktisch in der Nähe des Tresens.

Er winkte ihr zu. „Setzen Sie sich doch. Hier ist noch ein Platz frei."

„Danke. Sehr gern." Sie spürte, wie ihre Wangen heiß wurden.

„Wer weiß, wann es dort oben weitergeht", sagte er. „Zum Glück habe ich es nicht eilig. Ich bin auf dem Weg in die Niederlande, um einen Freund in Amsterdam zu besuchen. Und Sie? Sind Sie beruflich unterwegs?"

„Ja, ich bin …"

„Lassen Sie mich raten. Sie sind eine Art Managerin, es muss etwas Cooles sein. Sie organisieren Events oder Konzerte. Habe ich Recht?"

„Ich bin Polizistin." Wie erwartet machte er ein erschrockenes Gesicht. Heike musste ein Lachen unterdrücken. Es war immer das Gleiche, die meisten Männer bekamen zunächst einmal Angst, wenn sie erfuhren, dass eine Frau bei der Polizei arbeitete. „Aber machen Sie sich keine Sorgen. Ich trage keine Waffe, Sie haben also nichts zu befürchten."

Er wollte etwas erwidern, doch da klingelte das Handy in ihrer Handtasche. Sie entschuldigte sich, zog es hervor und wandte ihm den Rücken zu. Es war Guido Gratczek, er rief aus Münster an. „Was gibt's?", fragte sie.

„Hambrock will vorerst in Birkenkotten bleiben. Er sagt, der Schneefall wird immer schlimmer. Du sollst besser nicht zu ihm hinausfahren. Er will nicht, dass du stecken bleibst."

„Das ist längst passiert. Der Schöppinger Berg ist dicht. Ein Bus blockiert die Fahrbahn."

„Auch das noch. Das Wetter spielt zu einem denkbar ungünstigen Zeitpunkt verrückt. Martin Probst ist heute in Birkenkotten aufgetaucht. Und hier in Münster gibt es auch Neuigkeiten. Tilmann Feth ist seit gestern spurlos verschwunden. Ich will ihn gerade zur Fahndung ausschreiben lassen."

„Tilmann Feth? Wer soll das sein?" Nach ihrer Magen-Darm-Geschichte war sie offenbar noch nicht auf dem neuesten Stand.

„Der Freund von Sandra Hahnenkamp. Er ist abgetaucht, nachdem wir erfahren haben, dass Sandra kurz vor ihrem Tod die Beziehung zu ihm beendet hat."

„Das wird ja immer besser. Aber mach dir keine Gedanken. Wenn die Guten im Schnee stecken bleiben, dann tun das die Bösen auch. Noch ist nichts entschieden." Sie beendete das Gespräch und drehte sich wieder um. Zu ihrer Überraschung saß sie allein am Tisch. Sie blickte sich im Schankraum um, doch es fehlte jede Spur von ihrem Verehrer. Verwirrt steckte sie das Handy zurück in die Handtasche.

Am Nebentisch saß eine mollige blonde Frau mit einer bunten Brille. Ihre Blicke trafen sich, und die Frau lächelte. „Männer!"

„Was meinen Sie?"

„Na, wie Ihr Freund gerade rausgelaufen ist, als Sie telefoniert haben. Das ist doch wieder typisch. So gehen die mit Konflikten um. Er hat sich die Jacke angezogen und ist rausgerannt."

Heike runzelte die Stirn. Irgendetwas stimmte nicht. Sie ging zum Ausgang. Draußen tobte das Unwetter. Die Dämmerung brach langsam herein. Von dem Mann war nichts zu sehen. Sie erinnerte sich an seine Reaktion, als er erfuhr, dass sie Polizistin war. Dann wurde ihr klar, dass er das Telefonat hatte belauschen können. Plötzlich hatte sie einen Verdacht. Sie zog das Handy hervor und rief bei Guido an. „Kannst du mir diesen Tilmann Feth einmal beschreiben?"

„Natürlich. Circa einsfünfundachtzig groß, vierundzwanzig Jahre alt, sportlich, hellblaue Augen und kurzes dunkelbraunes Haar. Weshalb fragst du?"

„Ich habe gerade … Guido, bist du noch da?" Die Leitung war plötzlich tot. Sie blickte auf ihr Display. „Keine Verbindung", leuchtete dort. Das Netz musste überlastet sein. „Verflucht!" Sie war nun allein. Die Dämmerung schluckte das letzte Licht über dem Schöppinger Berg.

Es war nicht ungefährlich, dort hinauszugehen. Schließlich konnte sich dieser Mann noch in unmittelbarer Nähe aufhalten. Doch sie wollte einfach Gewissheit haben. Mit einer schnellen Bewegung zog sie den Reißverschluss ihrer Jacke zu und schlug den Kragen hoch. Dann verließ sie den Gasthof.

Der feuchtkalte Wind blies ihr direkt ins Gesicht, die Schneeflocken stachen wie Stecknadeln in ihre Wangen. Mühsam machte sie sich daran, den Berg hinaufzusteigen. Die verlassenen Autos um sie herum versanken allmählich im Schnee. Sie erreichte ihren Dienstwagen und stützte sich erschöpft am Dach ab. Sie gönnte sich eine kurze Pause, dann kämpfte sie sich weiter. Von wo war dieser Mann gekommen? Welches war sein Auto? Mit etwas Glück hatte er den Wagen nicht abgeschlossen, dann würde sie mehr erfahren. Aber wie sollte sie herausfinden, welches ihm gehörte?

Plötzlich hatte sie eine Idee. Sie stolperte voran und arbeitete sich von Wagen zu Wagen. Und tatsächlich – nach einer Weile leuchtete ein rotes Heck unter dem Schnee hervor. Der Wagen war zerbeult und der linke vordere Kotflügel schwarz lackiert. Sie wischte den Schnee von der Heckklappe und konnte nun das Modell erkennen. Es war ein Seat Ibiza.

DER SCHWERE GELÄNDEWAGEN arbeitete sich im Schritttempo über die Landstraße nach Birkenkotten. „Ich würde Sie ja bis zur Tür bringen", sagte der Fahrer zu dem Beifahrer, den er unterwegs aufgelesen hatte. „Aber ich fürchte, wenn ich die Hauptstraße verlasse, dann stecke ich fest."

„Das ist überhaupt kein Problem. Setzen Sie mich einfach dort vorne ab, den Rest des Weges gehe ich zu Fuß." Tilmann Feth nahm seine Tasche vom Rücksitz. „Es war nett von Ihnen, mich mitzunehmen."

„Das versteht sich wohl von selbst. Bei diesem Wetter konnte ich Sie doch nicht auf der Straße stehen lassen."

Tilmann war zufrieden. Der Polizei war er vorerst entkommen. Er hätte sich nur ohrfeigen können, dass er der Polizistin von seinem Freund in Amsterdam erzählt hatte. Doch bei diesem Wetter würde er ohnehin nicht bis nach Holland kommen. Er musste auf das Abklingen des Unwetters warten, auch wenn er sich nicht wohl dabei fühlte, in Birkenkotten zu sein.

Der Fahrer hielt am Straßenrand. Tilmann zog die Kapuze seiner Jacke über den Kopf und öffnete die Tür. „Vielen Dank noch mal. Kommen Sie gut nach Hause." Er sprang hinaus und warf die Tür hinter sich zu.

Dann machte er sich auf den Weg zu dem Bauernhof, der knapp hundert Meter abseits der Straße lag. Zwischen den Stallungen und dem Wohnhaus blieb er stehen. Alles war still. Hinter einigen Fenstern brannte Licht. Sollte er an der Tür klingeln? Wahrscheinlich war das keine gute Idee.

Doch plötzlich öffnete sich eine der Stalltüren, und sein Freund stand vor ihm, in Arbeitskleidung und mit einem Eimer in der Hand. Als er Tilmann entdeckte, zog er ihn hastig hinter eine Stallwand, damit er vom Haus aus nicht gesehen werden konnte. „Was machst du hier?", fuhr er ihn an.

„Die Polizei ist hinter mir her. Ich wollte abhauen, aber mein Auto ist im Schnee stecken geblieben. Du musst mich ein paar Tage hier verstecken. Bis ich weiterfahren kann."

„Bist du wahnsinnig? Wie stellst du dir das vor? Was soll ich denn meinen Eltern sagen?"

„Bitte! Du musst mir helfen!"

Sein Freund strich sich nervös durch die Haare. „Ich habe jetzt keine Zeit. Gleich treffen sich alle bei Jens Burtrup, und ich muss noch die Schweine füttern. Das fällt auf, wenn ich nicht komme. Außerdem …" Er stockte. „Moment mal! Ich weiß, wo du dich verstecken kannst. Solange das Wetter verrückt spielt, wird sich keine Menschenseele dorthin verirren." Sein Gesicht hellte sich auf. „Das Vereinsheim des Fußballklubs. Ich weiß, wo der Schlüssel liegt."

INGEBORG stand am Fenster und blickte in die Dämmerung hinaus. „Ich weiß nicht, ob das eine gute Idee ist", sagte sie. „Mir wäre es lieber, Klara würde hierbleiben."

Hambrock saß am Küchentisch und betrachtete sie. „Aber sie ist doch nicht allein", sagte er. „Was soll denn schon passieren?"

„Ich weiß auch nicht. Ich habe einfach kein gutes Gefühl dabei."

Es war ein DVD-Abend geplant, der bei Jens Burtrup stattfinden sollte. Eine Handvoll junger Leute hatte sich verabredet, und Klara war ebenfalls eingeladen. Das Wetter war ideal für einen gemütlichen Abend mit reichlich Glühwein und spannenden Filmen.

„Die Abwechslung wird ihr guttun", sagte Hambrock. „Das bringt sie auf andere Gedanken."

Ingeborg deutete auf die Scheinwerfer eines großen Traktors, der sich durch das Schneetreiben zu ihnen hinaufkämpfte. „Das wird Jens sein", sagte sie und ging zur Küchentür. „Ich werde Klara Bescheid geben, dass sie abgeholt wird."

Ingeborg verschwand in der Diele, und kurz darauf trat Jens zu Hambrock in die Küche. Er kam aus der Waschküche, wo er sich die Stiefel ausgezogen hatte. Auf Wollsocken ging er zum Tisch und gab ihm höflich die Hand.

„Möchten Sie vielleicht einen Kaffee?", fragte der Kommissar.

„Nein danke. Wie geht es Klara?"

„Den ersten Schock hat sie einigermaßen überwunden."

„Ist er denn inzwischen gefasst worden?"

„Nein. Das Wetter ist leider nicht auf unserer Seite. Seine Spuren waren innerhalb von Minuten im Neuschnee verschwunden."

Jens machte ein enttäuschtes Gesicht.

Ingeborg kam in die Küche. „Hallo Jens", sagte sie. „Klara ist oben, sie ist gleich fertig. Du kannst zu ihr raufgehen."

„Danke, Frau Merschkötter." Er war bereits in der Tür, als Ingeborg ihm die Hand auf die Schulter legte. „Jens! Pass auf sie auf, ja?"

„Natürlich.“ Er lächelte unbeholfen und zog dann die Tür hinter sich zu.

Ingeborg setzte sich mit einem leisen Seufzer zu Hambrock an den Tisch. Zerstreut griff sie nach seiner Kaffeetasse und nahm einen tiefen Schluck. Dann trommelte sie mit den Fingern auf die Tischplatte und sah nervös zum Fenster. „Und was machen wir jetzt mit dem angebrochenen Nachmittag?“, fragte sie.

Hambrock musste lachen. „Es wird schon nichts passieren. Sie ist bei Burtrup gut aufgehoben. Wie wäre es mit einem Kartenspiel? Wir können doch …“

Plötzlich begann das Licht zu flackern, dann verlosch es, und sekundenlang war die Küche ins Zwielicht der Dämmerung getaucht. Danach brannte es wieder, als wäre nichts gewesen.

„Ein Stromausfall wäre das Letzte, was wir brauchen könnten.“

„Es wird schon gut gehen. Das Licht brennt ja wieder.“ Sie stand auf. „Kannst du Rommé?“

„Rommé?“ Hambrock lachte. „Ehrlich gesagt bin ich besser im Pokern. Aber wenn du mir die Regeln erklärst?“

Oben in ihrem Zimmer saß Klara auf der Bettkante und starrte ins Nichts. Sie hatte sich oft überlegt, wie es wäre, Martin wiederzubegegnen. Da war ein Teil in ihr, der sich fest vorgenommen hatte, keine Angst vor ihm zu haben. Dieser Teil glaubte, dass es möglich wäre, ihm überlegen zu sein. Doch als er dann plötzlich vor ihr stand, in ihrem eigenen Zimmer, da war alles anders gewesen. Es ging so viel Macht von ihm aus, dass seine bloße Existenz sie zu Boden drückte. Sie würde sich niemals wehren können.

Es klopfte an der Tür. Sie sah auf. „Klara? Bist du da?“ Es war Jens. „Komm herein.“

Die Tür öffnete sich und Jens streckte vorsichtig seinen Kopf durch den Spalt. Er blickte sie unsicher an und wartete, ob sie ihn vielleicht wegjagen würde.

Eine Welle der Zuneigung erfasste sie. „Jens, ich …“ Ihre Stimme erstickte. Tränen liefen über ihre Wangen. Sie konnte sie nicht aufhalten. Jens war neben ihr, setzte sich auf die Bettkante und legte seinen Arm um sie. Alle Mauern um sie herum stürzten ein. Das Schluchzen brach tief aus ihrem Innern hervor. Sie klammerte sich an Jens wie eine Ertrinkende. Und dann floss alles aus ihr heraus. Die Wut, die Angst, die Trauer und die Verzweiflung. Als könne sie nie wieder aufhören zu weinen.

7 Nachdem Hambrock und Ingeborg ein paar Runden Karten gespielt hatten, klingelte in der Diele das Telefon. Ingeborg lächelte entschuldigend und ging nach nebenan, um den Anruf entgegenzunehmen.

Hambrock sah ihr nach, bis sie in der Tür verschwunden war. Wie hat sie es nur geschafft, drei Kinder zur Welt zu bringen und so eine Figur zu behalten? Er schob die Spielkarten zusammen und legte sie auf den Tisch, dann stand er auf und blickte zum Fenster hinaus. Es schneite und schneite, als wollte es nie mehr aufhören.

„Das war Frau Kentrup", sagte Ingeborg hinter ihm. „Sie wollte hören, ob bei uns alles in Ordnung ist." Sie stellte sich neben ihn ans Fenster. „Stell dir vor, bei Lütke-Brüning sind heute Mittag die Kühe von der Wiese getürmt. Der Elektrozaun ist ausgefallen, er konnte dem Gewicht des Schnees nicht standhalten. Das Vieh stand schon unten an der Straße nach Ahaus, als es jemand bemerkt hat." Hambrock war der Name Lütke-Brüning ein Begriff. Er musste ihn schon einmal gehört haben, doch es wollte ihm nicht einfallen, wann. „Sie mussten die Kühe von dort zurück zum Hof treiben. Wenn Alois bloß etwas gesagt hätte, dann hätten Klara und ich ihm dabei helfen können."

„Welcher Hof ist denn der von Lütke-Brüning?"

„Das ist unser direkter Nachbar." Sie deutete aus dem Fenster. „Es ist der Hof dort unten an der Straße, siehst du? Sonst ist ja hier glücklicherweise nichts passiert. Frau Kemper hat erzählt, dass ihre Schwester in Laer seit heute Mittag ohne Strom ist. Dort soll ein Starkstrommast unter der Schneelast zusammengebrochen sein. Kannst du dir das vorstellen?"

Plötzlich fiel es Hambrock wieder ein. Er wusste jetzt, woher er den Namen kannte. Er ging zum Tisch und nahm die Liste mit den Gästen von Jens' Geburtstagsparty auf, die Heike ihm per E-Mail geschickt hatte. Dort fand er ebenfalls den Namen Lütke-Brüning. „Hat Alois einen Sohn, der Bertolt heißt?", fragte er.

„Ja, ganz genau. Aber ich verstehe nicht …"

Nachdenklich betrachtete er die Lichter des Bauernhofs, die in der Dämmerung leuchteten. „Ich glaube, ich habe etwas zu erledigen", sagte er. „Ich sollte deinem Nachbarn einen kurzen Besuch abstatten."

„Ja, geh ruhig. Ich werde mal nachsehen, was die Kinder oben machen. Von denen haben wir schon lange nichts mehr gehört."

DER HOF der Lütke-Brünings war zwar keine hundert Meter entfernt, dennoch kostete es Hambrock einige Kraft, dorthin zu gelangen. Mit jedem Schritt versank er tief im Schnee, gleichzeitig zerrte der Sturm an ihm.

Meter für Meter arbeitete er sich voran, bis er endlich am Hauseingang stand.

Ein gusseiserner Klopfer prangte an der Eichentür. Er hatte die Form eines Löwenkopfes, der einen Ring im Maul hielt. Als er diesen gegen die metallische Fläche schlug, ertönte ein dumpfer Laut. Er wartete. Gerade als er beschloss, über die Tenne zu gehen, öffnete sich die schwere Tür, und ein kräftig gebauter Mittzwanziger mit blassem Gesicht und feuerroten Haaren erschien auf der Schwelle. Er trug schmutzige Arbeitskleidung, und aus seinen löchrigen Wollsocken ragte ein weißer Zeh.

„Bertolt Lütke-Brüning?" Der junge Mann nickte. „Mein Name ist Bernhard Hambrock. Ich bin von der Münsteraner Kriminalpolizei, wir untersuchen den Mordfall Sandra Hahnenkamp. Ich würde gern kurz mit Ihnen und mit Ihrem Vater sprechen, wenn das möglich ist. Es geht um die Tatnacht, und da müssen wir mit allen in der Bauernschaft reden. Störe ich gerade?"

Bertolt Lütke-Brüning schien verblüfft. „Bei diesem Wetter sind Sie unterwegs und befragen die Leute? Haben Sie Schneepflüge bei der Polizei?"

Hambrock lachte. „Nein, ganz im Gegenteil. Ich sitze oben bei den Merschkötters fest. Das Wetterchaos hat mich überrascht, als ich gerade dort war, und jetzt schlage ich die Zeit tot."

„Wenn das so ist …" Er trat zur Seite. „Kommen Sie herein. Aber ziehen Sie bitte die Schuhe aus."

Hambrock ließ seine Schuhe an der Tür stehen und folgte ihm auf Socken durch die Diele. Der große Raum wirkte wie ein Museum. Wertvolle Truhen standen an den Wänden und alte Bauernschränke mit kunstvollen Schnitzereien.

„Sie kommen zu einem günstigen Zeitpunkt", sagte Bertolt Lütke-Brüning. „Wir trinken gerade den Nachmittagskaffee. Deshalb erreichen Sie uns auch im Haus." Er führte Hambrock in die Küche, einen riesigen Raum, der leer und unwohnlich wirkte. Das Herdfeuer war umgeben von blau-weiß bemalten Kacheln, wie sie früher auf wohlhabenden Höfen üblich gewesen waren. Alles war ordentlich und gut gepflegt. Auf dem Tisch lag ein Wachstuch, dessen grellrote Farbe sich mit der Tapete stach.

Hambrock war klar, dass es in diesem Haushalt keine Frau gab. Früher wäre der Jungbauer eine gute Partie gewesen, dachte Hambrock. Heute interessierte sich keine mehr für ihn und seinen Hof. Die viele Arbeit schreckte die meisten ab. Darüber hinaus war Bertolt alles andere als attraktiv. Welche Frau wollte noch ein solches Leben?

Am Tisch saß der Bauer, der trotz seines Alters noch viel Kraft ausstrahlte.

Vor ihm stand abgepacktes Brot und eingeschweißter Aufschnitt aus dem Supermarkt. Mit langsamen und sorgfältigen Bewegungen schmierte er sich eine Scheibe.

„Vater, das ist Herr Hambrock, er ist von der Polizei."

„Hambrock …" Der alte Bauer blickte ihn nachdenklich an. „Sind Sie hier aus der Gegend?"

„Ja, aus Vennhues. Mein Vater hatte dort früher einen Hof. Jetzt ist er im Ruhestand."

Das Gesicht des Alten hellte sich auf. „Bernhard Hambrock aus Vennhues! Natürlich. Dein Vater hatte Sauen, richtig? Sauen- und Ferkelmast."

Hambrock lächelte. „Das stimmt." Das war typisch, sein Vater war genauso. Der kannte auch jeden Hof im Umkreis von dreißig Kilometern und wusste zumindest, welche Viehwirtschaft dort betrieben wurde.

„Setz dich", sagte Lütke-Brüning senior. „Du trinkst doch einen Kaffee mit uns, oder?"

„Gern", sagte Hambrock.

Der Bauer wies seinen Sohn an, eine Tasse zu holen. Dabei merkte man ihm an, dass er es gewohnt war, Befehle auszusprechen. „Dann bist du jetzt also bei der Polizei", sagte er. „Dein Vater muss sehr stolz auf dich sein."

„Ja, inzwischen ist er das. Früher wäre es ihm lieber gewesen, ich hätte den Hof übernommen."

Der Bauer nickte nachdenklich. „Ja, die Zeiten haben sich geändert. Wir müssen mit ihnen gehen. Aber du bist gekommen, um uns Fragen zu stellen."

„Ich möchte Sie fragen, wie gut Sie Sandra Hahnenkamp kannten."

„Ich kannte sie kaum. Ihre Eltern, natürlich, die kenne ich gut. Für sie ist das eine schreckliche Tragödie." Er deutete auf seinen Sohn. „Bertolt war mit ihr in der Landjugend."

„Wir sind alle ganz schön fertig wegen der Sache", übernahm Bertolt das Wort. „Wir können gar nicht glauben, was passiert ist. Ich meine, dass sie ermordet wurde …"

„Welches Verhältnis hatten Sie zu Sandra Hahnenkamp?"

„Verhältnis? Wie meinen Sie das?"

„Wie gut kannten Sie sie?"

„Keine Ahnung. Die Mädels kannten sie bestimmt besser, die hocken ja immer zusammen. Als Mann ist man eher unter sich."

„Das bedeutet, Sie hatten wenig Kontakt zu ihr?"

„Jedenfalls nicht so richtig. Ich mein, sie ist ja auch schon seit ein paar Jahren nicht mehr dabei. Seit sie nach Münster gezogen ist, hat sie sich verändert. Wir sind ihr wohl nicht mehr gut genug. Sie hat jetzt mit Studenten zu tun. Städter eben."

„Was meinen Sie damit, dass Sie nicht mehr gut genug sind?"

„Na ja, man hatte das Gefühl, dass sie die Stadt interessanter fand. Sie hat raushängen lassen, sie wäre jetzt was Besseres. Keine Ahnung, ist nur so ein Gefühl. Zumindest war sie kaum noch dabei, wenn hier mal was los war."

„Hat Sie und die anderen das gestört?"

Er hob die Schultern. „Die Mädels vielleicht, weiß nicht. Christoph wird's gestört haben. Das war ihr Freund damals. Der wollte nicht, dass sie nach Münster geht. Er hat wohl geahnt, dass es dann bald vorbei sein könnte. Er war ja nur ein Kfz-Mechaniker. Hauptschule, verstehen Sie? Und da geht seine Freundin in die Stadt, studiert, lernt ein anderes Leben kennen. Das fand der nicht so toll. Aber er hat ja auch Recht behalten. Am Ende hat sie ihn verlassen."

„Wie heißt dieser Christoph weiter?"

„Ortmann. Aber nicht, dass Sie denken, der hat was mit dem Mord zu tun. Der kann keiner Fliege was zuleide tun, das ist ein feiner Kerl."

Hambrock fragte noch eine Weile nach, doch mehr Einzelheiten erfuhr er nicht. Die beiden Männer sahen ihn an, als wäre das Gespräch zu Ende. Also gut, dachte er, dann kann ich jetzt ja zum eigentlichen Grund dieses Besuchs kommen. „Herr Lütke-Brüning", sagte er zum Senior, „Ihnen gehört doch die Wiese unten an der Hauptstraße, dort wo auch die Haltestelle nach Münster ist, nicht wahr?"

„Ja, das stimmt."

„Ich habe Sie beim Heckenzurückschneiden gesehen, als wir die Tote im Straßengraben gefunden und die Haltestelle abgesperrt haben. Der Boden war nach den Regenfällen völlig aufgeweicht, und die Hecken waren klatschnass. Ein schlechter Zeitpunkt, um diese Arbeit zu erledigen. Hat man mit dem Zurückschneiden nicht Zeit bis Anfang Februar?"

„Bis zum ersten März dürfen Wallhecken beschnitten werden. Ich hatte gerade Zeit. Die Wiese war nicht so aufgeweicht, dass ich mit den Geräten Schwierigkeiten bekommen hätte. Was erledigt ist, ist erledigt." Das Thema schien für ihn damit beendet zu sein.

Hambrock verabschiedete sich und machte sich auf den beschwerlichen Weg zurück zu Ingeborgs Hof.

Dort angekommen, ging er als Erstes ins Nähzimmer und griff zu seinem Handy, das auf dem Tischchen neben dem Feldbett lag. Ein Blick aufs Display zeigte, dass er Empfang hatte. Den Nachmittag über hatte es immer wieder Störungen gegeben, doch für den Augenblick schien das Problem behoben. Guido Gratczek hatte zweimal angerufen, ohne eine Nachricht zu hinterlassen. Bevor Hambrock sich darum kümmerte, rief er seine Frau an.

„Endlich meldest du dich!“, erboste sie sich am anderen Ende. „Ich habe es schon ein paarmal probiert. Bist du denn noch in Birkenkotten?“

„Leider ja. Ich stecke hier fest.“

„Aber du wolltest doch heute Morgen schon zurück nach Münster fahren, oder?“

Hambrock hörte den argwöhnischen Unterton in ihrer Stimme. „Es schneit seit heute früh ununterbrochen“, sagte er. „Liegt denn in Münster kein Schnee?“

„Schon, aber nur ein bisschen. Seit etwa einer Stunde bleibt er liegen.“

„Erlend, wenn du mir nicht glaubst, kannst du den Wetterdienst anrufen. Heike wollte mich eigentlich abholen, sie hat extra Winterreifen aufziehen lassen, aber dann habe ich nichts mehr von ihr … Elli?“ Im ersten Moment dachte er, sie hätte einfach aufgelegt, doch dann wurde ihm klar, dass das Netz erneut zusammengebrochen war. Wütend warf er das Handy aufs Bett und lief in die Diele.

Ingeborg war oben bei den Kindern, er ging zur Treppe und rief hinauf: „Ingeborg? Kann ich dein Telefon benutzen?“

„Natürlich!“, schallte es von oben, und er setzte sich an den Telefontisch und rief Erlend wieder an.

„Wirst du denn heute Nacht wieder dort schlafen?“, fragte Erlend.

„Ich denke schon. Mir bleibt wohl nichts anderes übrig.“ Sie schwieg. „Elli, verflucht, was soll ich denn machen?“, flüsterte er in die Muschel. „Glaubst du etwa, das macht mir hier Spaß? Wir haben einen Mörder und Vergewaltiger frei herumlaufen, und die Einsatzkräfte stecken im Schnee fest. Wenn dieses verdammte Unwetter nicht wäre, hätten wir ihn längst dingfest gemacht. Stattdessen aber haben wir hier eine tickende Zeitbombe.“

„Ja, schon gut. Ich habe nur eine Frage gestellt.“

„Es tut mir leid. Glaub mir, ich wäre jetzt lieber bei dir. Aber es geht nicht. Elli, ich muss Schluss machen, Guido hat schon mehrmals versucht, mich anzurufen.“ Obwohl es für ihn unüblich war, sich auf diese Weise am Telefon zu verabschieden, sagte er: „Ich liebe dich, Elli.“

Sie zögerte. „Ich liebe dich auch.“ Es klang jedoch nicht nach einem Liebesschwur, sondern eher nach dem Abstecken einer Kampflinie.

„Bis bald“, sagte er, dann legte er auf. Nachdem er einmal tief durchgeatmet hatte, wählte er die Nummer des Präsidiums.

„Mensch, da bist du ja! Ich hatte schon die Befürchtung, du liegst unter einer Lawine begraben“, meinte Gratczek.

Im Gegensatz zu meiner Frau schätzt mein Kollege die Situation vor Ort realistisch ein, dachte Hambrock. „Nein, nein. Alles in Ordnung, es geht mir gut. Ist Heike denn in Münster geblieben? Sie wollte mich eigentlich abholen, aber ich habe nichts mehr von ihr gehört.“

„Sie steckt auf dem Schöppinger Berg fest. Die Straße wurde gesperrt, nachdem sich ein Bus quer gestellt hatte. Eigentlich sollte die Feuerwehr die Straße räumen, doch was daraus geworden ist, weiß ich nicht. Seit etwa zwei Stunden habe ich nichts mehr von ihr gehört.“

„Ich kann nicht glauben, was passiert!“, sagte Hambrock. „Ich bin hier im Münsterland aufgewachsen, so etwas habe ich noch nie erlebt. Schnee im November, und dann gleich solche Mengen. Sonst regnet es hier nur.“

„Gibt es denn Neuigkeiten von Martin Probst?“

„Er ist gesichtet worden, doch dann ist er wieder entkommen.“ Dass er selbst ihn im Morgenmantel verfolgt hatte, wollte er vorerst lieber verschweigen. „Jedenfalls versuchen wir alles, um ihn …“

Das Deckenlicht begann zu flackern, und einen Moment lang schien es, als habe die Lampe ein Eigenleben entwickelt, dann war alles wieder vorüber.

„Hambrock? Bist du noch da?“

„Ja … Entschuldigung. Wir bleiben Probst auf der Spur, wollte ich sagen.“

Gratczek räusperte sich. „Ich habe Neuigkeiten bezüglich Tilmann Feth. Er ist untergetaucht, nachdem wir erfahren haben, dass Sandra sich kurz vor ihrem Tod von ihm getrennt hat. Dann hat eine Zeugin ausgesagt, in der Tatnacht einen roten Seat Ibiza an der Haltestelle gesehen zu haben. Wir wissen inzwischen, dass Feth einen solchen Ibiza fährt.“

„Das bedeutet, er war am Tatort.“

„Zumindest sieht es so aus. Aber es kommt noch dicker. Als Heike am Schöppinger Berg stecken geblieben ist, hat sie dort eine verdächtige Person beobachtet. Der Beschreibung nach könnte es Feth sein, daher hat sie seinen Wagen gesucht, der ebenfalls auf dem Berg feststeckte. Es war tatsächlich ein Seat Ibiza. Er war unverschlossen, und sie hat Fingerspuren gesichert und Zigarettenkippen für einen möglichen DNA-Vergleich. Außerdem sagte sie, dass an den Pedalen getrockneter Schlamm und Gras klebten.“

Wie sie der Mörder in seinem Auto hätte hinterlassen müssen, nachdem er Sandra im Straßengraben abgelegt hatte, dachte Hambrock. „Und wo ist Feth jetzt?“, fragte er.

„Nun ja. Wenn er nicht in Schöppingen geblieben ist, dann könnte es sein, dass er versucht hat, nach Birkenkotten zu gelangen. Soweit wir wissen, kennt er sonst nirgendwo …“

Guidos Stimme verschwand im selben Moment, in dem es dunkel wurde. Hambrock saß in der stockfinsteren Diele, in der Hand das tote Telefon. Oben hörte er die Kinder aufgeregt rufen, und dann war da Ingeborgs Stimme, die beruhigend auf sie einredete. Der Strom war weg. Ein Gefühl sagte ihm, dass es dieses Mal für länger wäre.

Tilmann Feth war vielleicht in Birkenkotten. Genau wie Martin Probst. Sie hielten sich irgendwo versteckt, und keiner konnte sagen, ob sie eine Bedrohung für die Bevölkerung darstellten. Gleichzeitig brach die gesamte Infrastruktur zusammen, die Bauernschaft war von der Außenwelt abgeschnitten, und die Einsatzkräfte steckten im Schnee fest. Und nun begann auch noch die Nacht. Ein polizeilicher Albtraum.

Als Jens und Klara den Traktor auf dem Hof abstellten und ins warme Haus flüchteten, wartete dort bereits ein halbes Dutzend Freunde von der Birkenkottener Landjugend. Sie hatten es sich im überheizten Wohnzimmer gemütlich gemacht, die Luft war geschwängert von Zigarettenrauch, und Teelichter brannten in bunten Gläsern auf der Fensterbank. Lina und Marc hatten zwei Filme mitgebracht, und Klara genoss es, eingerollt in dem großen Sessel zu liegen, Glühwein zu trinken und dem Geschehen auf dem riesigen Flachbildschirm zu folgen, den sich Jens im letzten Monat gekauft hatte.

Gerade versuchte Tom Cruise mit seinem Wagen einer gewaltigen Explosionswelle zu entkommen, da stand Klara auf, um zur Toilette zu gehen.

„Bring noch ein paar Flaschen Bier mit!“, rief Jens ihr hinterher. Sie zeigte den erhobenen Daumen und zog die Tür hinter sich zu.

In der Bauernhausdiele war es angenehm kühl. Sie inhalierte die frische Luft, ging ins Badezimmer und blieb vor dem Spiegel stehen. Das Gesicht darin sah müde aus. Sie sehnte sich danach, wieder mal eine ganze Nacht durchzuschlafen. Sie berührte das Gesicht im Spiegel, doch unter ihren Fingern war nichts als kaltes Glas. Denk nicht darüber nach, sagte sie sich. Lass dich einfach treiben. Dann ging sie in die Tenne, um das Bier zu holen. Dort stand ein großer Kühlschrank, in dem die Familie ihre Getränke lagerte. Klara nahm ein paar Flaschen heraus.

Hinter ihr stieß Rolf ein kurzes Bellen aus. Er stand vor der geschlossenen Tennentür und versuchte, auf sich aufmerksam zu machen. „Hallo Rolf!“ Klara stellte die Bierflaschen ab und breitete die Arme aus. „Komm her zu mir! Komm!“

Doch der Hund blieb an der Tennentür stehen. Mit schuldbewusstem Blick sah er zu Boden, dann stieß er ein leises Bellen aus. „Was ist denn los mit dir?“ Sie ging auf ihn zu. Er sprang einmal im Kreis und sah hinauf zur Türklinke. „Willst du etwa hinaus? Glaub mir, bei dem Wetter da draußen ist es dir lieber, wenn du hier in der Tenne bleiben kannst.“ Sie legte die Hand auf die Türklinke. Der Hund bellte fröhlich auf und wedelte aufgeregt mit dem Schwanz. „Na gut. Ganz wie du willst.“

Sie zog die Tür auf. Eiskalte Luft strömte herein, ein paar Schneeflocken wirbelten in die Tenne. Rolf sprang auf die Schwelle und blieb abrupt stehen. Zögernd blickte er hinaus auf den Hof. Der Schnee leuchtete, Abermillionen von Flocken schossen durch die Luft, und an den Stallwänden reichten die Schneeverwehungen bis zu den Fenstern. Klara hockte sich neben den Hund und streichelte ihn. Gemeinsam sahen sie hinaus in die Winterlandschaft. „Es ist wunderschön, oder?“

Der Hund blickte starr geradeaus. Er interessiert sich gar nicht für den Schnee!, dachte Klara erstaunt und folgte seinem Blick. Auf der anderen Seite des Hofs befand sich die Scheune. Das große Tor war fest verschlossen, aus der dahinterliegenden Schwärze drang nichts heraus.

Klara betrachtete das Tor. Ein beklemmendes Gefühl erfasste sie. „Ist da irgendjemand, Rolf?“

Die Antwort war ein kurzes Jaulen.

Hinter ihr ertönte eine Stimme. „Was machst du da?“

Sie wirbelte herum. Es war Jens. „Mein Gott, Jens! Du hast mich zu Tode erschreckt.“

„Was machst du denn da in der offenen Tür?“

„Rolf hat irgendwas gewittert. Keine Ahnung, was es war.“

Jens trat zu ihr und drückte die Tür ins Schloss. „Er ist nur unruhig wegen des Wetters. Komm wieder ins Haus. Du solltest im Moment nirgendwo allein sein.“

Zunächst wollte Klara protestieren. Doch dann ließ sie sich von Jens widerstandslos zurück ins Haus führen. In der Bauernhausdiele angekommen, hörten sie plötzlich eine blecherne Melodie durchs Haus schallen.

„Das ist mein Handy“, sagte Klara. „Ich hab es in meiner Jacke.“ Sie löste sich aus seiner Umarmung und schlüpfte durch die Küchentür. Ihre Jacke hing über einer Stuhllehne, sie zog das Gerät aus der Brusttasche und sah auf dem Display nach, wer sie anrief. Ihr Herz setzte einen Schlag aus. Das Handy rutschte ihr aus der Hand und schlug auf dem Küchenboden auf. Ihr wurde schwindlig. „Das ist unmöglich“, flüsterte sie, „das ist einfach unmöglich.“

Die blecherne Melodie schwoll an. Jens stellte die Bierflaschen ab und sah sie fragend an, dann bückte er sich und blickte ebenfalls auf den Namen im Display: Sandra Hahnenkamp.

JENS griff entschlossen nach dem Handy und nahm den Anruf entgegen. „Hallo, wer ist da?“ Am anderen Ende knackte es. Die Leitung war tot. Er sah Klara bedrückt an. „Hat aufgelegt.“ Dann gab er ihr das Handy zurück. Klara legte es auf den Küchentisch und sank kraftlos auf die Bank.

„Das war nicht Sandra“, sagte er. „Wer immer das war, er hat nur von ihrem Handy aus angerufen. Der muss es ihr abgenommen haben, als …“

„Es war Martin.“

Jens widersprach ihr nicht. „Dieser Typ ist ja total kaltschnäuzig“, sagte er. „Er muss Sandras Handy eingesteckt haben, nachdem er sie ermordet hat. Und jetzt hat er deine Nummer im Speicher entdeckt und sich einen Spaß daraus gemacht, dir einen Schreck einzujagen.“ Jens zog einen Stuhl heran und setzte sich zu ihr.

Klara schlug wütend mit der Hand auf den Tisch. „Was will dieser Typ von mir? Ich will nicht, dass der mich terrorisiert!“ Ihre Stimme brach.

Jens legte etwas unbeholfen seinen Arm um sie. „Hey …“, flüsterte er. „Ist schon gut.“

„Warum lässt der mich nicht in Ruhe?“ Sie vergrub den Kopf in ihren Händen. „Ich hab ihm doch nichts getan.“

Mit einem Mal stand Lina in der Küchentür und blickte ihre Freundin erschrocken an. „Alles in Ordnung?“

„Alles okay“, meinte Jens. Schweigend wischte sich Klara über die Augen.

„Bitte lass uns einen Moment allein“, sagte Jens zu Linas Überraschung.

„Sicher?“, fragte sie Klara. Offenbar traute sie Jens nicht zu, sich um sie zu kümmern. Klara blickte auf und nickte knapp, woraufhin sich Lina umdrehte und die Küche verließ.

„Sieh mal“, sagte Jens und versuchte, Zuversicht in seine Stimme zu legen, „wenn Martin Sandras Handy hat, dann wird ihm das zum Verhängnis. Die Polizei kann ihn jetzt orten, verstehst du? Sie haben die technischen Möglichkeiten dazu.“

Klara schniefte. „Wirklich?“

„Aber ja! Ich werde gleich bei deiner Mutter anrufen und dem Kommissar Bescheid geben. Je eher dieser Hambrock alles Nötige einleitet, desto besser.“ Er lächelte aufmunternd und strich ihr über den Arm. „Geht’s wieder?“

Sie nickte. „Ich bin heute aber auch wirklich eine Heulsuse!", sagte sie und lachte.

Jens strahlte sie an. Es kam nicht häufig vor, dass er ihr bei etwas behilflich sein konnte. Beinahe überschwänglich ging er zum Telefon und wählte die Nummer von Frau Merschkötter. Klara putzte sich die Nase und folgte ihm in die Diele. „Ist besetzt", sagte er. „Ich versuche es gleich noch mal."

Sie blickte sich um. Die Bierflaschen standen noch immer mitten in der Diele. Sie bedeutete Jens mit Handzeichen, dass sie den anderen das Bier bringen würde. Er nickte und lauschte konzentriert in den Hörer. Dann drückte er die Gabel und wählte erneut.

Die Wohnzimmertür war nicht geschlossen, Klara konnte aus dem Innern Stimmen hören. Sie zögerte. Statt hineinzugehen, stellte sie sich an den Spalt und lauschte. Dabei stieß sie jedoch aus Versehen mit einer Bierflasche gegen den Türrahmen. Ein dumpfer Laut entstand. Es blieb ihr nichts anderes übrig, als die Tür ganz zu öffnen und hineinzugehen. Augenblicklich verstummte das Gespräch. Alle wechselten vielsagende Blicke.

Lina sah die anderen scharf an, als wollte sie sagen: Kein Wort!, dann stand sie auf und ging Klara entgegen. „Ist alles in Ordnung bei dir?", fragte sie mitfühlend. Klara nickte. „Wo ist Jens?"

„Der versucht gerade bei meiner Mutter anzu…"

Mit einem Schlag gingen das Deckenlicht und der Fernseher aus. Die Gefriertruhe verabschiedete sich mit einem auslaufenden Rattern, und die Lichter auf dem Hof erloschen. Das Wohnzimmer war nur noch von den Teelichtern in den bunten Gläsern erhellt. Alle blickten sich erstaunt an.

„Was ist denn jetzt?", fragte Lina.

„Der Strom ist weg", meinte Klara. „Bestimmt nur eine kurze Störung."

Sie bemerkte, dass Lina sie beobachtete. Für einen kurzen Moment lag etwas Abschätzendes in Linas Blick – als fragte sie sich, was Klara gehört haben konnte. Dann war sie wieder wie ausgetauscht und lächelte freundlich. „Und was machen wir jetzt?", fragte sie.

Klara setzte sich in ihren Sessel. „Wir warten einfach ab. Lange kann es ja nicht dauern."

Es war kurz nach acht. Guido Gratczek stand mit verschränkten Armen am Fenster und blickte hinaus in das Schneetreiben. Er hätte längst Feierabend machen können, doch es kam ihm schäbig vor, einfach nach Hause zu gehen, während seine Kollegen irgendwo da draußen in der Kälte hockten und keiner wusste, wie es ihnen ging. Er hatte das Gefühl, er müsse im Präsidium bleiben, für den Fall, dass sich jemand meldete.

Aber wer sollte schon anrufen? Am Ende versuchte es noch jemand bei ihm zu Hause und konnte nicht verstehen, weshalb keiner ans Telefon ging. Er wandte sich vom Fenster ab und ging zum Schreibtisch.

In diesem Moment klingelte tatsächlich das Telefon. Es war Heike Holthausen. „Mensch, Guido! Gut, dass ich dich noch im Büro erreiche."

„Von wo rufst du an?"

„Ich bin noch immer in diesem Gasthof am Schöppinger Berg. Die haben hier noch so ein uraltes Telefon mit Wählscheibe, und das läuft auch ohne Strom. Die Funktelefone sind ja alle ausgefallen, als es dunkel wurde."

„Gibt es etwas Neues? Hast du irgendwas von Tilmann Feth gehört?"

„Nein, der hat seinen Wagen einfach hier stehen lassen und ist zu Fuß weiter. Er hat mir gesagt, dass er nach Amsterdam zu einem Freund wollte, aber bei dem Wetter wird er nicht weit gekommen sein."

„Ist der Berg noch immer gesperrt?"

„Ja. Sie haben inzwischen Notunterkünfte im Ort eingerichtet. Ein Feuerwehrmann ist gerade rumgegangen und hat gemeint, es wäre besser, dorthin zu gehen."

„Du musst dort übernachten?" Gratczek dachte mit Unbehagen an die Feldbetten einer Notunterkunft.

„Sieht ganz so aus. Ich schätze, dass die Notunterkünfte ganz okay sind. Was ist denn mit den anderen? Hast du etwas von Hambrock gehört?"

„Nicht, seit in Birkenkotten der Strom ausgefallen ist. Offenbar haben die Kollegen vor Ort nicht solche alten Telefone, die auch ohne Strom funktionieren. Und die Handynetze sind zusammengebrochen."

„Das liegt am Stromausfall", sagte Heike. „Die Senderelais funktionieren nämlich mit Strom. Je nachdem, wo sie ausfallen, kann ein Netz schon mal abschmieren. Was macht denn die Fahndung nach Probst?"

„Keine Ahnung. Die wird wohl vorerst zum Erliegen gekommen sein. Was sollen die heute Nacht schon machen? Ich habe vor zwei Stunden mit einem der Observationsbeamten gesprochen, die vor dem Haus von Dorothea Probst aufgestellt waren. Ihr Auto war unter einem Schneeberg verschwunden, und die beiden Jungs saßen in der Küche von Frau Probst, die ihnen Pfannkuchen gebacken hat."

Heike lachte. „Na, das nenn ich mal konspirativ. Lass uns bis morgen warten. Am besten gehst du jetzt nach Hause, Guido. Wir sehen morgen weiter."

Bevor Guido Gratczek endgültig Feierabend machte, wollte er noch etwas erledigen. Er stieg in ein Taxi und ließ sich zum Hauptbahnhof fahren. Kurz vor dem Bahnhofsgebäude bat er den Fahrer, am Sexshop zu halten. Im starken Schneefall auf dem Bürgersteig zog Gratczek die Hosenbeine hoch und stakste zur rettenden Überdachung vor dem Sexshop. Dann ging er über die Treppe zum ersten Stock und drückte die graffitibesprühte Eingangstür der Diskothek auf.

Hinter der Kasse stand ein bulliger Mann und zählte Geldscheine. Er trug eine protzige Lederjacke und blickte Gratczek abschätzig an. „Wir haben noch geschlossen."

„Mein Name ist Gratczek, ich bin von der Kriminalpolizei. Ich würde gern mit Tilmann Feth sprechen. Wenn ich richtig informiert bin, arbeitet der heute Abend hier."

„Tilmann hat sich krankgemeldet." Der Mann blickte ihn an, als wäre er eine lästige Fliege. „Sonst noch was?"

Gratczek schenkte ihm ein freundliches Lächeln. „O ja, da wäre tatsächlich noch was. Eine gewisse Jana Tramp arbeitet ebenfalls heute Abend hier, nicht wahr?"

Er legte das Geld in die Kasse. „Die hat zu tun."

„Ach, das geht ganz schnell. Ich habe nur eine winzig kleine Frage, dann bin ich wieder weg." Gratczek deutete mit dem Finger zur Durchgangstür. „Dort hinein, nicht wahr?"

Der bullige Mann blickte ihn finster an. Gratczek schlüpfte durch die Tür und trat in den Barbereich. Er sah sich um. Zuckende und blinkende Lichter kreisten durch die leeren Räume. Der DJ machte einen Soundcheck. Hinterm Tresen spülten zwei Barkeeper Gläser im Akkord und eine blonde Frau sortierte Schnapsflaschen ins Regal. Das musste sie sein. Gratczek trat an den Tresen. „Entschuldigen Sie. Jana Tramp?"

Die blonde Frau betrachtete ihn von oben bis unten. „Ja?", fragte sie verblüfft.

„Mein Name ist Gratczek, ich bin von der Polizei. Sie haben am vergangenen Dienstag eine Party in Ihrer Wohnung veranstaltet und unter anderem auch Ihren Kollegen Tilmann Feth eingeladen. Ist das richtig?"

„Wollen Sie mich verarschen? Das habe ich Ihren Kollegen schon zigmal gesagt."

„Also stimmt es?"

„Ja, verdammt. Zum hundertsten Mal."

„War Tilmann Feth den ganzen Abend über auf Ihrer Party?"

„Ja, den ganzen Abend über." Sie stützte sich auf den Tresen. „Hören Sie, Tilmann war einer der letzten Gäste. Ich hab ihn noch zusammen mit 'ner Freundin ins Taxi tragen müssen, so besoffen war er. Der war auf jeden Fall bei uns. Es gibt keinen Zweifel."

„Und Sie sind sicher, dass er zwischendurch nicht für ein oder zwei Stunden abwesend war?“

„Klar bin ich das.“

Einer der beiden Kollegen am Spülbecken, ein muskulöser Mann mit tätowierten Oberarmen, stellte ein Glas ab und blickte auf. „Wie willst du da so sicher sein? Ich war ja auch auf der Party, und ich könnte nicht sagen, ob da einer mal weg war oder nicht. Das war doch total voll bei dir.“

Sie stöhnte auf. „Wo soll der denn gewesen sein? Fang du nicht auch noch an.“ Sie tat, als hätte es den Einwand nicht gegeben. „Tilmann ist so gegen zehn gekommen, er hat gut gefeiert, und später war er ziemlich besoffen. Die Party war vorbei, und wir mussten ihn ins Taxi tragen. Das ist die ganze Geschichte.“

Gratczek lächelte. „Also, wenn ich es richtig verstanden habe, dann heißt das: Es wäre theoretisch möglich, dass er für ein oder zwei Stunden weg war?“

Sie verdrehte die Augen. „Theoretisch wäre auch möglich, dass in meinem Keller Heinzelmännchen leben. Was soll der Quatsch? Glauben Sie etwa, dass Tilmann Sandra ermordet hat? Da kann ich Ihnen wirklich mein Wort geben, dass der so etwas niemals tun würde. Da sind Sie wirklich auf dem Holzweg.“

Daher also weht der Wind, dachte Gratczek. Sie kann sich ganz einfach nicht vorstellen, dass ihr Kollege zu einem Mord fähig wäre. „Vielen Dank“, sagte er. „Sie haben mir sehr geholfen.“ Er wandte sich ab und steuerte den Ausgang an. In der Tür zum Vorraum stieß er um ein Haar mit Miriam Voss zusammen. „Guten Abend, Frau Voss!“, sagte er überrascht. Seit der Befragung in ihrer WG-Küche hatte er sie nicht mehr gesehen.

Miriam Voss schien wenig erfreut über diese Begegnung. Ihr Gesicht verfinsterte sich. „’n Abend“, sagte sie knapp, marschierte geradewegs hinter den Tresen, stellte ihre Tasche unter einen Tisch und machte sich ohne Umschweife daran, Zitronen zu schneiden. Doch ihre Bewegungen wirkten verkrampft und unnatürlich.

Gratczek hatte bereits bei ihrem ersten Kontakt das Gefühl gehabt, dass sie ihm etwas verschwieg. Er verließ die Diskothek und trat hinaus in den Schnee. Er würde wiederkommen. So viel war sicher.

Mit dem Strom fiel auch die Heizung aus. Das schlecht isolierte Bauernhaus kühlte innerhalb kürzester Zeit aus. Klara war diejenige gewesen, die nach einer Weile auf die Idee mit dem Feuer gekommen war. Jens hatte daraufhin Holzscheite im Kamin angezündet, und sie waren allesamt in die Diele umgezogen und hatten es sich am Feuer gemütlich gemacht.

Das leise Prasseln und die wohltuende Hitze gefielen Klara viel besser als der Hollywoodfilm auf dem Flachbildschirm. Sie hatte die Füße in eine Wolldecke gewickelt und sich an ein Kissen gekuschelt und konnte dem Stromausfall eine durchaus behagliche Seite abgewinnen.

Nach und nach verabschiedeten sich die anderen und gingen. Sie wollten zurück zu ihren Höfen, um nachzusehen, wie es in den Ställen aussah. Außer Jens waren nur noch Marc, dessen Kumpel Christoph und Lina dageblieben. Lina hockte gemeinsam mit Klara auf der Bank neben dem Feuer, während die Jungs an einem kleinen Tisch Skat spielten. Klara und Lina kommentierten von Zeit zu Zeit das Spiel, dann blickten sie wieder ins Feuer und unterhielten sich.

Marc und Lina würden über Nacht bleiben. Wegen Klara. Nach dem Stromausfall war die Bauernschaft von der Außenwelt abgeschnitten. Alle hatten ein ungutes Gefühl angesichts der Tatsache, dass Martin noch immer frei herumlief. Anfangs wollte Klara protestieren, aber im Grunde war es ihr ganz recht, wenn die beiden blieben. Jens' Eltern waren bereits vor einer Stunde ins Bett gegangen.

Klara mochte es, stumm in die Flammen zu schauen. Rolf lag ausgestreckt zu ihren Füßen. Normalerweise durfte er nicht in den Wohnbereich. Klara beugte sich vor, kraulte seinen Bauch und amüsierte sich über die wohligen Laute, die aus seiner Kehle drangen.

„Wenn du ihn weiter so verwöhnst“, sagte Lina, „wird der Hund den Rest seines Lebens vor der Haustür stehen und darauf warten, noch mal hereinzudürfen.“

„Ach Quatsch. Er weiß schon, weshalb heute eine Ausnahme ist.“ Klara fragte sich, ob tatsächlich etwas in der Scheune gewesen war. Als hätte er ihren Gedanken gehört, hob Rolf den Kopf und sah sie an. Doch dann verlor er das Interesse, gähnte und legte sich wieder hin.

Marc warf eine Karte ab und griff nach seiner Bierflasche. „Schon wieder leer?“ Er gab Jens einen Stoß. „Haben wir noch Bier?“

Jens zog den Korb mit den Flaschen heran. „Nein, wir müssen welches aus der Tenne holen. Lass uns dieses Spiel noch abwarten.“

Klara richtete sich auf. „Ich gehe“, sagte sie. „Spielt weiter, ich bin gleich wieder da.“

Die Jungs sahen sich an. „Nein, lass mal …“, begann Marc.

„Ich begleite sie“, mischte Lina sich ein. „Was soll schon passieren?“

Sie zögerten, doch dann waren sie einverstanden. Jens holte eine Taschenlampe und gab sie Lina. „Hervorragend“, sagte Lina und schnappte sich den Korb mit den leeren Flaschen. „Gehen wir.“

Sie schlichen durch den schmalen Flur bis zur Zwischentür, die zur Tenne führte. Es war ein seltsames Gefühl, mit einer Taschenlampe durch die vertrauten Räume zu gehen. Sie bewegten sich wie Einbrecher.

Als sie in die Tenne traten, hielten sie sich aneinander fest. Es war stockfinster. Der Schein der Taschenlampe war nur ein winziger Punkt in dem großen Raum. Er wanderte über die nackten Wände, über Leitern und Werkzeuge. Die Werkbank warf lange Schatten, genauso die Fahrradständer. Dahinter blieb alles schwarz. Schritt für Schritt gingen sie in den großen Raum hinein. Eine Bö rüttelte an einem Fenster.

Lina stieß einen kurzen Schrei aus. Sie richtete die Taschenlampe aufs Fenster, dann begann sie zu lachen. „Wir benehmen uns wie die Hühner", sagte sie. „Als wenn es eine große Sache wäre, dass mal kein Licht da ist."

„Stimmt." Wohl fühlte sich Klara dennoch nicht. Schließlich könnte jemand fünf Meter von ihr entfernt stehen, ohne dass sie etwas bemerken würde. „Lass uns trotzdem schnell machen", sagte sie.

Lina räumte die leeren Flaschen weg, dann öffnete sie die Kühlschranktür und leuchtete mit der Taschenlampe hinein. „Also gut, was brauchen wir? Sechs Flaschen dürften reichen." Sie packte das Bier in den Korb.

Klara schlang ihre Arme um den Oberkörper. Wieder dachte sie an Rolf. Sie blickte zum Hof. Da war ein kleines rautenförmiges Fenster in der Tennentür, der weiße Rahmen zeichnete sich in der Dunkelheit ab. Sie fragte sich, ob sie den Mut hätte, hinauszugehen und in der Scheune nachzusehen. Wenn niemand dort war, konnte sie die Sache getrost vergessen. Und wenn doch, dann hätte sie zumindest Gewissheit. Allerdings wagte sie ja kaum, in die Tenne zu gehen und Bier zu holen. Wie sollte sie da ein solches Vorhaben in die Tat umsetzen?

„Was machst du an der Tür?" Lina richtete den Lichtkegel direkt auf Klaras Gesicht.

Schützend hielt die sich die Hand vor Augen. „Lass das. Du blendest mich."

Lina ließ die Lampe sinken und nahm den Bierkorb. „Komm, lass uns wieder reingehen."

Doch Klara war mit ihren Gedanken noch immer bei der Scheune. Konnte es sein, dass jemand sich dort versteckte, ohne dass Rolf Alarm schlug? Dieser Jemand musste dem Hund sehr vertraut sein … Ihr wurde heiß und kalt. Martin! Natürlich. Dort war sein Versteck. Rolf kannte den Nachbarjungen. Martin hatte ständig Zeit mit dem Hund verbracht. Er war es. Er war die ganze Zeit über in unmittelbarer Nähe. Seitdem Herr Burtrup auf Masthaltung umgestellt hatte, gab es kein Stroh mehr auf dem Dachboden.

Als Teenager hatten sie dort Stühle und ein Sofa hinaufgeschleppt, um heimlich zu rauchen und sich die Zeit zu vertreiben. Es war ein ideales Versteck.

„Klara? Was ist los mit dir?“ Lina stand bereits in der Tür zum Wohnhaus, als sie bemerkte, dass Klara ihr nicht gefolgt war. Dieses Mal richtete sie den Lichtkegel auf den Boden vor ihren Füßen. Klara starrte sie an. Ihr erster Impuls war, Lina alles zu sagen. Doch dann zögerte sie. Lina stellte den Korb ab. „Geht es um das, was wir im Wohnzimmer gesagt haben? Du hast das bestimmt falsch verstanden. Was hast du denn gehört?“

Linas Gesicht befand sich im Schatten, Klara konnte nichts erkennen. „Nichts“, sagte sie. „Ich habe überhaupt nichts gehört. Worüber habt ihr denn gesprochen?“

Linas Schweigen dauerte Sekunden. „Ach nichts. Nur über Martin. Du hättest es falsch verstehen können.“

Sie log. Klara wusste das genau. Sie kannte ihre Freundin gut genug. Sie erinnerte sich daran, was Kommissar Hambrock gesagt hatte. Die Polizei hielt es für möglich, dass jemand von der Party am Tatort gewesen war. „Wisst ihr irgendetwas über den Mord an Sandra?“, fragte Klara. „Verschweigt ihr Jens und mir etwas?“

„Nein!“ Lina rang sichtlich um Worte. „Spinnst du? Wir haben über Martin gesprochen. Ich wollte nicht, dass du das mitkriegst. Mensch, Klara, wenn ich etwas über Sandras Tod wüsste, würde ich das doch nicht für mich behalten. Bist du wahnsinnig?“ Sie schüttelte heftig den Kopf. „Gerade dir würde ich es sagen, zuallererst. Wir sind schließlich Freundinnen.“

„Na gut.“ Klara blickte nochmals zur Tennentür.

„Ist denn da irgendwas?“, fragte Lina.

Klara wandte sich ab. „Nein, da ist nichts“, sagte sie. „Lass uns wieder reingehen.“

8

Es war totenstill im Haus. Auf dem Küchentisch flackerten ein paar Kerzen und tauchten den Raum in ein sanftes Licht. Hambrock saß mit verschränkten Armen auf der Bank und wartete auf Ingeborg, die ihre beiden jüngeren Kinder ins Bett brachte. Er fror. Seit die Heizung ausgefallen war, kühlte das Haus immer weiter aus. Er hatte sich bereits den Mantel übergezogen, aber der konnte auch nichts ausrichten.

Auf dem Tisch stand ein Stövchen, auf das Ingeborg eine mit Wasser gefüllte Teekanne gestellt hatte. Sie versuchte Wasser aufzuheizen, um es ins Aquarium zu gießen und somit die Temperatur zu halten, bis der Strom zurückkehrte. Hambrock wusste nicht, ob dies ein guter Plan war, um die Fische am Leben zu halten, doch etwas Besseres fiel ihm auch nicht ein.

Ingeborg tat so, als mache sie sich Sorgen um die Fische, aber in Wahrheit dachte sie an Klara. Sie hatte Angst um ihre Tochter. Draußen war es stockfinster, nirgendwo gab es den allerkleinsten Hinweis auf die Existenz anderer Menschen. Die Lichter der Höfe waren erloschen, auf den Straßen war kein Auto mehr unterwegs. Als wären sie ganz allein auf der Welt. „So etwas habe ich noch nicht erlebt", hatte Ingeborg vorhin gesagt und sorgenvoll aus dem Fenster geblickt.

„Wenn du willst, mache ich mich auf den Weg und sehe bei Burtrups nach dem Rechten", hatte er daraufhin vorgeschlagen.

„So ein Unsinn, bist du verrückt geworden? Es sind fast drei Kilometer bis zu ihrem Hof. Zu Fuß brauchst du bei diesem Wetter Stunden. Der Schnee liegt beinahe knietief, und dann kommt noch der Sturm dazu."

„Ich werde schon hinkommen. Das Angebot ist ernst gemeint."

„Das lässt du schön bleiben! Ich möchte nicht, dass du dich in Gefahr bringst. Außerdem, was sollte denn schon sein? Klara ist in Sicherheit, es sind dort eine Menge Leute bei Burtrups. Bleiben wir realistisch. Wahrscheinlich ist sie drüben sicherer als hier." Damit war die Diskussion beendet gewesen.

Die Küchentür öffnete sich und Ingeborg kehrte zurück. Sie trug zwei Pullover übereinander und hatte sich dazu noch eine Strickjacke über die Schultern geworfen. „Die beiden schlafen jetzt", sagte sie und setzte sich zu Hambrock an den Tisch. Dann umfasste sie die Teekanne, um die Temperatur des Wassers zu überprüfen. „Immer noch nicht warm. Die armen Fische." Sie lehnte sich zurück und betrachtete ihn mit einem Lächeln. „Also, Herr Hauptkommissar: Was machen wir jetzt mit dem angebrochenen Abend?"

Er lachte. „Ich habe keine Ahnung. Zeit haben wir jedenfalls zur Genüge."

„Wer hätte das gedacht? Jetzt hocken wir beide zusammen und sind abgeschnitten vom Rest der Welt. Dabei wussten wir vor einer Woche gar nicht, dass es uns überhaupt noch gibt."

„Tja, wenn Martin Probst nicht ausgebrochen wäre, hätte solch ein Treffen sehr charmant sein können", flirtete Hambrock.

Doch Ingeborg wurde ernst. „Wenn Martin Probst nicht ausgebrochen wäre, hätten wir uns wohl nie im Leben wiedergesehen." Er wusste nicht, was er darauf erwidern sollte.

„Woran denkst du?", fragte Ingeborg. Ihre Haut schimmerte im warmen Schein der Kerzen.

Er beschloss, ihr gegenüber ehrlich zu sein. „Ich dachte gerade daran, wie ich damals die Ermittlungen verfolgt habe. Als die Sache mit Klara passiert ist."

„Du wusstest davon? Damals schon?"

„Ja. Ich war zwar in einer anderen Abteilung und hatte mit dem Fall nichts zu tun. Dennoch habe ich mich auf dem Laufenden gehalten. Ich habe die Vernehmungsberichte gelesen und später den Prozess gegen Martin verfolgt. Es war ein grässliches Verbrechen, das er begangen hatte. Gerade wenn man die Einzelheiten kannte. Ich habe damals oft an dich gedacht."

Ingeborg sah ihn lange an. „Du hättest mal vorbeischauen können. Ich hätte weiß Gott jemanden brauchen können, der mir zuhört. Außer den Kindern war ja niemand da."

„Ich weiß. Und es tut mir leid. Ich wusste damals einfach nicht, ob es das Richtige ist." Sie betrachtete ihn noch immer aufmerksam. Dann nickte sie. Offenbar reichte ihr das als Erklärung. Doch Hambrock wollte die ganze Wahrheit sagen. Er hatte das Gefühl, dass sie ein Recht hatte, alles zu erfahren. „Ich war zu dieser Zeit noch nicht sehr lange mit Erlend verheiratet, weißt du? Wir haben versucht, Kinder zu bekommen. Aber das hat nicht funktioniert. Wie sich später herausstellte, lag es an mir." Er grinste gequält. Ingeborg schwieg und wartete mit ernstem Gesicht darauf, dass er weiterredete. „Irgendwie waren wir wie besessen von der Idee, Kinder in die Welt zu setzen. Wir haben uns da regelrecht hineingesteigert und uns gegenseitig beschuldigt. Und dann traten auch andere Probleme zum Vorschein. Es war einfach keine gute Zeit für uns."

Nun wollte sie es doch genauer wissen. „Und deshalb hast du mich nicht gefragt, ob ich deine Unterstützung brauche?"

Hambrock seufzte schwer. Andeutungen reichten offenbar nicht aus. „Ich habe dich nicht gefragt, weil ich Angst hatte, die Kontrolle zu verlieren." Er zögerte. „Ich habe … einen Stich verspürt, als ich deinen Namen hörte. Es war, als wäre ich mit einem Mal zurückgebeamt worden in die Zeit, in der wir ein Paar waren. Ich wusste zwar, dass ich älter geworden und der Lack bei mir so ziemlich ab war. Doch an meinen Gefühlen zu dir hatte sich nichts verändert. Ich dachte, dass ich dich noch immer lieben würde."

Nun war es also heraus. Er fühlte sich seltsam erleichtert, auch wenn er nicht wusste, wie sie reagieren würde. „Ich hatte Angst davor, nach Birkenkotten zu gehen", sagte er, „weil ich fürchtete, dass meine Ehe mit Erlend damit beendet wäre. Ich wollte dich nicht im Stich lassen. Nur – ich konnte dir einfach nicht helfen."

Ingeborg erwiderte nichts darauf. Sie zupfte einen Faden aus dem Bündchen ihrer Strickjacke hervor.

„Und wenn du möchtest, dass ich zu Burtrups gehe und dort nach dem Rechten sehe, dann tue ich das wirklich sehr gern."

Sie blickte auf und schüttelte den Kopf. „Ach Bernhard, ich denke, wir sollten besser aufhören, die alten Geschichten …" Plötzlich riss sie die Augen auf. Sein Geständnis schien mit einem Streich vergessen zu sein. Sie sah ihn aufgeregt an. „Die Schneeketten!"

„Wie bitte?"

„Natürlich! Wie konnte ich das nur vergessen? Ich habe ja Schneeketten. Wir waren vor ein paar Jahren im Winterurlaub in Norwegen, dafür habe ich sie gekauft." Sie runzelte die Stirn. „Die Frage ist nur, wo ich sie verstaut habe. Sie könnten im Keller sein …" Hambrock musste unfreiwillig lachen. Ordnung war wirklich nicht Ingeborgs Stärke. Das Lachen hatte nach seinem Geständnis etwas Befreiendes. Sie sah ihn an. „Was ist denn jetzt so witzig?"

„Nichts, entschuldige." Er stand auf. „Ich würde sagen, wir begeben uns auf die Suche. Je eher wir die Ketten gefunden haben, desto eher kann ich mich auf den Weg machen."

SPÄTER saß Klara wieder auf der Bank am Herdfeuer, eingehüllt in ihre Wolldecke, blickte in die Flammen und hing ihren Gedanken nach. Inzwischen waren nur noch Marc und Lina da, das Kartenspiel war beendet, und die beiden unterhielten sich über das Wetter. Jens war der Kopf auf die Brust gefallen, und er schnarchte leise vor sich hin.

Klara war mit ihren Gedanken bei Martin Probst. Er war in der Scheune, keine fünfzig Meter von ihr entfernt. Davon war sie inzwischen überzeugt. Und sie wusste, was sie zu tun hatte. Sie hatte sich diesen Kampf nicht ausgesucht. Doch wenn sie ihre Selbstachtung zurückerlangen und wieder ein normales Leben führen wollte, dann musste sie sich wehren. Sie durfte ganz einfach keine Angst haben.

Ein glühender Holzscheit brach auseinander, an den Bruchstellen loderten die Flammen auf. Lina legte den Arm um sie. „He, Süße, alles in Ordnung?" Ihre Stimme war sanft und flüsternd. „Du sagst ja gar nichts mehr."

Klara sah auf. Die Augen ihrer Freundin schimmerten im Schein des Feuers. Wie gern hätte sie Lina eingeweiht. Doch sie wusste nicht mehr, wem sie trauen konnte. Nur wenn sie alles für sich behielt, konnte es von keinem sabotiert werden. „Ich bin müde, das ist alles."

„Wir können gleich raufgehen", sagte Lina. „Das Feuer ist ohnehin bald niedergebrannt."

„Nein!“, sagte Klara eine Spur zu heftig. Sie versuchte Ruhe zu bewahren. „Lass uns noch ein paar Scheite nachlegen. Es sind die letzten, versprochen, danach gehen wir ins Bett.“

Lina runzelte die Stirn. „Meinetwegen.“ Sie deutete lachend auf Jens. „Ich fürchte nur, dass du das jetzt machen musst. Unser Herr des Feuers ist offensichtlich indisponiert.“

Marc stieß Jens in die Rippen, doch der brummelte nur unwillig und schlief dann weiter. Lina öffnete eine weitere Bierflasche, und Klara legte Holz nach.

Einen Moment lang versuchte sie, alles um sich herum zu vergessen. Sie genoss den Frieden in dem vom Sturm umbrandeten Haus. Sie schöpfte Kraft. Wenn das Feuer heruntergebrannt ist und du hinaus in die Scheune gehst, dachte sie, dann wirst du diese Kraft benötigen. Dann wirst du dir selbst und allen anderen beweisen können, dass du nicht schwach bist.

DOROTHEA PROBST stand im Schlafzimmer vor der offenen Schranktür und zog frische Bettbezüge heraus. Im Schein der bauchigen Kerze nahm sie die Oberbetten, die sie aus dem Keller geholt hatte, und zog die Bezüge darüber. Die beiden Polizisten würden bei ihr übernachten, einer im Gästezimmer und der andere unten im Wohnzimmer. Das Auto der Polizisten war inzwischen unter einem Schneeberg verschwunden. Irgendwann am Nachmittag war sie zu den beiden hinausgegangen und hatte sie ins Haus eingeladen. Völlig durchgefroren und ohne Kontakt zu ihrer Dienststelle hatten sie das Angebot liebend gern angenommen. „Sie brauchen sich nicht zu bedanken“, hatte sie gesagt. „Das ist doch selbstverständlich.“

„Das ist alles andere als selbstverständlich, Frau Probst“, war die prompte Antwort gewesen. „Andere in Ihrer Situation hätten darüber gelacht, dass wir in dieser Schneehölle festfrieren.“

Sie hatte die beiden in die Küche geführt und ihnen eine warme Mahlzeit zubereitet. Der eine, der sehr beleibt war, hatte sich zunächst schweigsam gezeigt. Doch mit ihren Apfelpfannkuchen hatte sie das Eis gebrochen und er war geselliger geworden. Der andere, ein drahtiger Junge mit einem Gesicht voller Sommersprossen, war dagegen von Anfang an sehr gesprächig gewesen und erzählte unentwegt Geschichten von seiner Ausbildung. So wurde das Zusammensein mit den Polizisten unerwartet unterhaltsam.

Zudem waren sie höflich genug, um keinen Anstoß an Dorothea Probsts Unkonzentriertheit zu nehmen. Ihre Gedanken schweiften nämlich immer wieder ab. Dann musste sie mehrmals nachfragen, weil sie etwas verpasst oder nicht richtig verstanden hatte. Wie hätten die Männer wohl reagiert, wenn sie den Grund für ihre Zerstreutheit gekannt hätten?

Das, was Dorothea Probst durch den Kopf ging, musste sie allein mit sich ausmachen. Sie fragte sich nämlich, ob es ihre Pflicht wäre, den Polizisten zu sagen, wo sich Martin versteckt hielt. Sie fragte sich, ob es richtig war, ihr eigenes Kind zu verraten. Alles in ihr sträubte sich dagegen. Trotzdem konnte sie nicht mit Sicherheit sagen, dass von Martin keine Gefahr mehr ausging. Martin hatte nicht verstanden, wieso es falsch gewesen war, sich bei Klara zu entschuldigen. Das konnte doch nur bedeuten, dass er noch immer nicht verstanden hatte, was er diesem Mädchen überhaupt angetan hatte. Könnte sie mit Martin sprechen, von Angesicht zu Angesicht, würde sie ihn dazu bringen können, selbst zu entscheiden und das Richtige zu tun. Doch dieses verfluchte Wetter hielt sie davon ab, zu seinem Versteck hinüberzugehen. Außerdem war die Polizei im Haus.

Sie warf das Bettzeug über den Arm, blies die Kerze aus und ging mit schweren Schritten hinunter ins Wohnzimmer.

Vorm Herdfeuer saßen die beiden Polizisten und fummelten an dem kleinen Kofferradio herum, das sie aus der Küche geholt hatte. Sie hatten das Radio mit den Batterien aus ihren Taschenlampen in Betrieb genommen und suchten nun nach einem Sender.

„Hier sind die Decken und die Kissen", sagte Dorothea Probst. „Sie ..."

Der Dicke hob hastig den Finger an die Lippen. „Pst! Ich glaube, da war ein Sender!" Er drehte am Regler, und plötzlich hörten sie klar und deutlich die Stimme eines Radiosprechers. Es schien sich um eine Nachrichtensendung zu handeln. Der Polizist winkte sie aufgeregt heran, damit sie mithören konnte. Eilig legte sie das Bettzeug auf die Sofalehne und setzte sich zu den beiden ans Feuer. Dann lauschte sie dem Radio.

„... auch der Bahnverkehr ist in einigen Regionen völlig zusammengebrochen, da zahlreiche Bäume unter der Last des Schnees eingeknickt sind und die Schienen blockieren. Betroffen sind das Münsterland, das Rheinland und Ostwestfalen-Lippe. Dort sind seit dem Nachmittag die Feuerwehren im Dauereinsatz, um Schienen frei zu räumen. Zahlreiche Verkehrsunfälle sorgen zur Stunde noch immer für Staus. Besonders zugespitzt ist die Situation auf der A 31, wo abgerissene Starkstromkabel auf der Fahrbahn liegen. Im westlichen Münsterland sind seit dem frühen Abend über zwanzig Gemeinden ohne Strom. Vielerorts sind Überlandstrommasten unter der Schneelast zusammengebrochen. Der Krisenstab der Bezirksregierung bemüht sich um Notstromaggregate, jedoch lässt sich

momentan nicht vorhersagen, wann die Bewohner wieder Strom haben werden. Nun zu den weiteren Meldungen …“

Der dicke Polizist drehte den Ton leise und blickte sie finster an. „Das hört sich nicht gut an“, sagte er. „Das hört sich überhaupt nicht gut an.“

„Aber die Bezirksregierung tut doch bestimmt alles, um den Strom wiederherzustellen, oder etwa nicht?“, fragte Dorothea Probst.

Er schüttelte düster den Kopf. „Wenn Starkstrommasten zusammenbrechen und dadurch im halben Münsterland der Strom ausfällt, wird es noch eine ganze Weile dauern, bis die Sache wieder geregelt ist.“

Sie dachte an Martin, der in der eisigen Scheune ausharren musste. „Aber wie können denn diese Masten umknicken?“, fragte sie hilflos. „Die sind doch aus Stahl, oder?“

„Ja, schon“, bestätigte er. „Aber der nasse Schnee legt sich zuerst zentimeterdick darum, dann friert er zu Eis und entwickelt ein extremes Gewicht. Dazu kommt der starke Wind, der die Kabel in Schwingung versetzt. Mich wundert es nicht, dass dabei einiges zu Bruch gegangen ist.“

Dorothea Probst sah in ihren tiefschwarzen Garten hinaus. „Wie lange wird es wohl dauern, bis sich die Lage normalisiert?“

„Keine Ahnung. Das hängt davon ab, wie lange es noch schneit. Bestimmt werden morgen früh die Hauptstraßen geräumt sein. Doch was den Strom betrifft … Drei bis vier Tage mindestens, würde ich sagen.“

Drei bis vier Tage, dachte sie hoffnungslos. Jetzt war klar, was sie tun musste. Sie hatte keine andere Wahl. „Ich glaube, da ist etwas, was ich Ihnen sagen muss.“

Die beiden Polizisten blickten erstaunt auf.

Sie spürte, wie sich ein Panzer um ihre Brust bildete. „Ich glaube, ich weiß, wo sich Martin versteckt hält.“ Nun war es heraus. Sie ließ sich aufs Sofa sinken und vermied es, den Polizisten in die Augen zu blicken. „Er ist bei Burtrups, auf einem Hof in der Nähe. Dort versteckt er sich in der Scheune auf dem Dachboden.“

Die beiden Männer waren eine Weile sprachlos. Der Jüngere fand zuerst die Sprache wieder. „Seit wann wissen Sie das?“

„Ich wollte Sie nicht hintergehen“, sagte sie schwach. „Ich dachte nur, dass es besser wäre zu schweigen. Aber ich habe meine Meinung geändert. Der Hof liegt unten an der Hauptstraße. Die Scheune ist das alte Gebäude, das zwischen den Mastställen eingezwängt ist.“

Ein paar Sekunden herrschte Stille, dann setzten sich die Polizisten in Bewegung. Sie zogen ihre Jacken an und gingen zur Tür. „Wenn wir Glück haben, erreichen wir die Leitstelle“, sagte der eine.

Dorothea Probst lief ihnen hinterher. „Aber Ihr Funk ist doch ausgefallen."

Der Dicke drehte sich um. „Der Funk ist gestört, nicht ausgefallen. Es ist eher wie fernsehen ohne Antenne. Mit ein wenig Glück kann es sein, dass unter dem Rauschen was hereinkommt."

Dann waren sie auch schon an der Tür, schlugen die Kragen hoch und liefen mit eingezogenen Schultern hinaus in den Sturm. Mit bloßen Händen schoben sie die Schneeberge vom Auto. Der Dicke warf sich auf den Fahrersitz und begann, am Funkgerät zu hantieren. Er sprach hinein, drückte auf eine Taste und lauschte. Dorothea Probst wusste nicht, was sie tun sollte. Sie blieb in der offenen Tür stehen und wartete. Irgendwann gab der Polizist auf. Er warf das Funkgerät in die Halterung und blickte seinen jungen Kollegen ratlos an.

KLARA lag vollständig angezogen unter der Bettdecke, nicht einmal die Schuhe hatte sie ausgezogen. Jens hatte von alldem nichts mitbekommen. Er war sofort in einen tiefen Schlaf gefallen, nachdem sie ihn nach oben gebracht hatte. Er lag neben ihr und atmete ruhig und gleichmäßig.

Klara wartete, bis im Haus alles still wurde. Dann schlug sie die Decke zur Seite und setzte sich auf die Bettkante. Sie tastete nach den Streichhölzern und zündete die Kerze auf dem Nachttischchen an. Sie blickte zu Jens hinüber. Wie er dalag und schlief, wirkte er unschuldig wie ein kleines Kind. Er hätte sie bestimmt gern begleitet, um ihr dabei zu helfen, Martin fertigzumachen. Doch was sollte sie mit einem betrunkenen Jungen anfangen? Er hätte ihr nur im Weg gestanden. Zudem war sie mehr und mehr davon überzeugt, dass sie diese Sache ganz allein durchziehen musste.

Sie stand auf, nahm ein Haargummi und band sich die Haare zu einem Zopf zusammen. Dann griff sie nach der Taschenlampe, blies die Kerze aus und verließ geräuschlos den Raum. Vor dem Gästezimmer blieb sie stehen und lauschte an der Tür. Sie hörte das Quietschen einer Matratze und ein unterdrücktes Stöhnen. Lina und Marc schliefen also noch nicht. Sie musste vorsichtig sein.

Lautlos schlich sie die Treppe hinunter und weiter in die Küche. Sie wusste, dass Frau Burtrup ihre Messer in einer Schublade neben dem Herd aufbewahrte. Auch das große Schlachtermesser. Klara ließ den Lichtstrahl der Taschenlampe über die Klinge gleiten. Frau Burtrup legte großen Wert darauf, dass die Klingen stets gut geschliffen waren. Klara war zufrieden. Das Messer lag sicher in ihrer Hand, es würde ihr eine gute Waffe sein.

Sie verließ auf leisen Sohlen die Küche. In der Tenne knipste sie die Lampe aus. Ab jetzt würde sie sich im Dunkeln bewegen müssen.

Als Martin plötzlich in ihrem Zimmer gestanden hatte, hatte seine Anwesenheit ausgereicht, um sie handlungsunfähig zu machen. Dieses Mal war sie vorbereitet. Mit einem Ruck zog sie die Tür auf, die zum Hof führte. Der Sturm zerrte an ihr, Schneeflocken wirbelten um sie herum. Sie war bereit. Dieses Mal würde sie triumphieren.

Mühsam stapfte sie durch den tiefen Schnee und den kreischenden Wind. Bleib nicht stehen, sagte sie sich. Lauf einfach weiter! Aber bereits die nächste Bö warf sie in den Schnee. Das Messer glitt ihr aus der Hand, es verschwand in der Dunkelheit. Panik erfasste sie. Sie durchwühlte den Schnee. Nach endlosen Sekunden fühlte sie den kalten Stahl unter ihren Fingern. Schnell stapfte sie weiter, Schritt für Schritt durch das tosende Unwetter. Schließlich erreichte sie die Scheune, lief unter das Vordach und schob langsam den hölzernen Riegel zur Seite. Sie zog das Tor millimeterweise auf, schlüpfte vorsichtig hinein und zog es sacht wieder zu.

Mit angehaltenem Atem lauschte sie in die Dunkelheit der Scheune. Der Wind stöhnte im Gebälk, irgendwo klapperten lose Schindeln. Offenbar hatte Martin sie nicht gehört. Bestimmt lag er oben auf dem Sofa und schlief. Sie wartete noch endlose Minuten. Dann erst wagte sie es weiterzugehen. Sie musste zu der Leiter gelangen, die auf den Dachboden führte. Sie tastete sich an der Wand entlang, erreichte einen tragenden Balken und befingerte von dort aus die Dunkelheit. Da war sie, die Leitersprosse, und über ihr die Luke zum Dachboden.

Sie atmete durch und kletterte die Sprossen hinauf. Oben stieß sie auf einen Widerstand. Die Falltür war zugeklappt. Vorsichtig drückte sie dagegen. Ein leises Quietschen erklang. Sie hielt inne, wartete. Das Geräusch war im Heulen des Sturms untergegangen. Sie drückte die Falltür auf, stieg hindurch, sicherte sich auf dem Dachboden Halt und ließ die Platte zurück in ihre Verankerung gleiten.

Es waren nur noch wenige Meter bis zum Sofa. Dort drüben lag Martin. Ihr Peiniger. Ihre Finger ertasteten einen Balken. Sie schob einen Fuß vor den anderen und stieß gegen die Rückseite des Sofas. Sie brachte sich in Stellung. Mit einem leisen Klick flammte das Licht auf. Der grelle Strahl der Taschenlampe leuchtete auf einen Berg von Decken. Apfelsaftflaschen und Dosenravioli standen vor dem Sofa, daneben ein Paar ausgetretene Schuhe. Doch es lag kein Körper unter den Decken. Martin war nicht mehr hier.

Panisch richtete sie den Strahl vom Sofa weg, ließ ihn hektisch über Balken und Dielen wandern. Er hatte sie kommen hören und sich versteckt. Plötzlich fiel ein altes Pferdegeschirr um. Sie richtete das Licht darauf. Zunächst war nichts zu sehen, doch dann tauchte ein grellweißes Gesicht auf, ein verzerrter Mund, glühende Augen. Wie ein Raubtier sprang Martin auf sie zu. Sie reagierte blitzartig. Knipste das Licht aus, sprang zur Seite und kroch unter eine Dachschräge. Martin verfehlte sie. Dielen knarrten, seine Schritte entfernten sich.

Sie krallte sich an einen Balken. Jetzt durfte sie nicht in Panik geraten, sie hatte noch eine Chance. Sie kannte jeden Zentimeter dieses Dachbodens. Hier oben war sie ihm überlegen. Sie verließ das Versteck und schlich zurück zur Falltür. Dann zählte sie die Dielen. Auf die vierte trat sie mit ihrem ganzen Gewicht auf. Das alte Holz knarrte so laut, dass alle anderen Geräusche überdeckt wurden. Eilig trat sie zur Seite und wartete.

Tatsächlich. Seine Schritte näherten sich. Vorsichtig, zögernd. Sie umklammerte das Schlachtermesser. In der Dachschräge suchte sie den Boden nach Steinchen ab. Sie zielte und traf eine Reihe von Dachziegeln, die hinter einem Balken gestapelt waren. Martin blieb stehen, dann schlich er auf Zehenspitzen in Richtung der Ziegel weiter. Sie folgte ihm lautlos. Ein plötzliches Hochgefühl erfasste sie. Doch dann hörte sie Martin nicht mehr. Sie starrte in die Dunkelheit. Sie ging einen Meter vorwärts, dann noch einen. Ihr Atem wurde lauter. Sie zwang sich zur Ruhe. Etwas berührte ihr Gesicht. Sie stach zu. Etwas klebrig Staubiges rutschte herab. Spinnweben. Um Himmels willen, dachte sie, ich stehe das nicht durch.

Wieder knarrte eine Diele. Es war Martin. Er stand genau dort, wo sie es geplant hatte. Sie schlich an ihn heran. Sie konnte seinen Atem hören. Er hatte den Balken erreicht, hinter dem die Dachziegel gestapelt lagen. Die Dachschräge neben ihm bot keine Fluchtmöglichkeit.

Sie musste es riskieren. Mit einer schnellen Bewegung knipste sie die Taschenlampe an und blendete ihn. Er riss überrascht die Arme hoch. Bevor er sich zwischen Flucht und Angriff entscheiden konnte, ließ sie das Messer hervorschießen und legte es ihm an den Hals. Er spürte die kalte Klinge und erstarrte. Sie drückte ihn mit dem Messer gegen den Balken. Die Situation war beinahe unwirklich. So lange hatte sie darauf gewartet. Sie musste nur noch seine Kehle aufschneiden, dann wäre sie für immer von ihm befreit.

Er blinzelte gegen das grelle Licht der Taschenlampe. „Klara? Bist du das etwa?“

Sollte sie ihn wirklich töten? Er war so hilflos, dass es geradezu lächerlich war. „Warum hast du mich ausgesucht? Was unterscheidet mich von den anderen?“

Er kniff die Augen zusammen. „Ich weiß nicht, was du meinst." Es ging keine Macht mehr von ihm aus. Sie drückte die Klinge in das weiche Fleisch. Ganz sacht. Er wimmerte. Blut sammelte sich an der Klinge und rann herunter.

„Du warst in meinem Zimmer", sagte sie. „Und das mit dem Anruf von Sandras Handy, das warst du doch auch, oder? Willst du dich rächen, weil ich zur Polizei gegangen bin?"

„Ich …" Er presste seinen Hinterkopf an den Balken, um der Klinge zu entgehen. „Ich wollte mit dir reden. Mich entschuldigen. Es … es tut mir leid."

Sie war so überrascht, dass sie die Klinge sinken ließ. Einen Moment lang wäre es ihm möglich gewesen, ihr das Messer aus der Hand zu schlagen, doch er rührte sich nicht. „Es tut dir leid?" Die Erinnerung kam so plötzlich, dass sie sich nicht dagegen wehren konnte. Er lag mit seinem ganzen Gewicht auf ihr, im Gesicht das feiste Grinsen, und sie – sie war missbraucht, beschmutzt und zerstört. *„Wenn du etwas sagst, komme ich wieder und werde mich rächen."* Er hatte es genossen, ihr jegliche Würde zu nehmen. Ihre Hand begann zu zittern. Töte ihn. Töte ihn jetzt. „Wie kommst du auf die Idee, dass eine Entschuldigung irgendetwas ändern könnte?"

„Ich hab doch meine Fehler eingesehen", sagte er. „Ich bin jetzt ein anderer Mensch."

Eine Pause entstand. Sie antwortete: „Ich wünsche dir nichts als den Tod." Sie sah, er war verletzt. Ihre Worte hatten die Macht, ihn zu verletzen. Sie konnte es kaum glauben.

„Es tut mir doch leid", flüsterte er.

Plötzlich wurde mit einem lauten Knall die Luke aufgestoßen. Die grellen Lichtkegel zweier Taschenlampen irrten durch den Dachstuhl. Männer sprangen auf den Holzboden. Klara war eine Sekunde lang abgelenkt, Martin schlüpfte unter dem Messer weg in die Dunkelheit.

Die Männer riefen: „Stehen bleiben! Polizei!" Klara folgte Martin, leuchtete ihm hinterher, doch er war nirgends mehr zu sehen.

„Lassen Sie das Messer fallen!"

Sie reagierte nicht. Er musste doch hier irgendwo sein.

Ein Warnschuss fiel. „Messer fallen lassen!"

Es hatte keinen Zweck. Sie warf das Messer auf den Boden und wandte sich zu den Polizisten um. „Er klettert an der Wand hinunter. Beeilen Sie sich!" Die Männer waren völlig perplex. Sie hatten wohl nicht damit gerechnet, eine Frau hier anzutreffen. „Schnell!", schrie sie. „Er entkommt!"

9

„Was denkt sich dieses Mädchen nur dabei?“, fragte der Observationsbeamte. „Das ist doch Wahnsinn.“

Hambrock antwortete nicht. Er hatte noch immer nicht verdaut, dass Martin Probst die ganze Zeit über in Burtrups Scheune gewesen war – direkt vor ihren Augen.

„Wie kann sie da allein raufgehen, wenn sie dort oben ihren Vergewaltiger vermutet? Der dazu noch ein mutmaßlicher Mörder ist.“

Hambrock betrachtete den Observationsbeamten, der ihm am Küchentisch gegenübersaß, ein dicker Mann in den Fünfzigern, dessen Schnauzer dringend gestutzt werden musste. Er konnte seine Aufregung gut verstehen. „Schon gut. Ich werde morgen mit ihr sprechen. Glücklicherweise ist ja nichts passiert. Wir sollten uns jetzt um Martin Probst kümmern.“

Der Dicke gab sich damit nicht zufrieden. „Wenn das Mädchen uns nicht dazwischengepfuscht hätte, dann säße Probst jetzt fest“, grummelte er.

Hambrock war sich da nicht so sicher, doch er schwieg lieber. „Dieses verfluchte Wetter“, meinte sein junger Kollege, der neben ihm saß. „Wie soll man da eine Verfolgung aufnehmen?“

Hambrock war gerade erst auf dem Hof eingetroffen. Nachdem Ingeborg die Schneeketten im Keller gefunden hatte, war er sofort losgefahren. Er hatte geglaubt, dass alle bereits schliefen, doch zu seiner Überraschung hatte Kerzenlicht hinter dem Küchenfenster gebrannt, und die ganze Familie Burtrup war auf den Beinen gewesen, mitsamt den Gästen von der Landjugend und zwei aufgebrachten Kollegen einer Observationseinheit, die er im Haus von Dorothea Probst vermutet hatte. Nachdem die Kollegen ihm geschildert hatten, was geschehen war, hatte er die Familie gebeten, nebenan in der Diele zu warten. Er wollte sich zunächst einen Überblick verschaffen. „Wie weit haben Sie seinen Spuren folgen können?“, fragte er.

„Wir haben sie auf der Wiese hinter der Bushaltestelle verloren. Bei dem Schneefall und dem starken Wind bleiben die Spuren nicht lange erhalten.“

„Das heißt, er ist wieder einmal wie vom Erdboden verschluckt.“ Hambrock sah von einem zum anderen. „Das Unwetter könnte dieses Mal aber auch für uns spielen. Probst muss nämlich schnell einen Unterschlupf finden und sich in Sicherheit bringen. Das schränkt die möglichen Verstecke stark ein.“

Die beiden Beamten wirkten nicht sonderlich überzeugt. „Er könnte versuchen, bei seiner Mutter unterzukommen“, schlug der eine vor.

„Das habe ich auch gerade gedacht“, sagte Hambrock. „Sie beide sollten baldmöglichst dorthin zurück. Behalten Sie Dorothea Probst im Auge. Es kann gut sein, dass sie mehr weiß, als sie uns anvertraut hat. Aber wo sonst könnte er sich verstecken?“ Die Wetterlage würde es Martin Probst nicht leicht machen.

Sie erstellten eine Liste, doch die Zahl der infrage kommenden Verstecke war nicht sonderlich lang, und keines davon erfüllte seinen eigentlichen Zweck. Schließlich ging Hambrock hinüber in die Diele. Die beiden Kollegen folgten ihm. Am wiederentfachten Feuer saßen die Eheleute Burtrup und ihre drei Söhne, daneben Lina Wendland und Marc Tenholte, und auf der Bank dahinter hockte Klara Merschkötter, die mit verschlossener Miene zu Boden sah.

War sie wirklich allein hinausgegangen, um Martin Probst zu stellen?, fragte Hambrock sich. Bei allem Wahnsinn, der hinter dieser Tat lag, bewunderte er das Mädchen für seinen Mut. Er setzte sich mit ans Feuer. „Martin Probst kann nicht weit gekommen sein“, sagte er. „Das Wetter zwingt ihn, in Birkenkotten zu bleiben. Ich benötige nun Ihre Hilfe. Wir suchen nach einem Ort, an dem Probst sich vor dem Unwetter in Sicherheit bringen kann. Einem Ort, an dem er nicht Gefahr läuft, entdeckt zu werden.“ Er nahm die Liste und las die Verstecke vor, die sie bereits zusammengetragen hatten. „Diese Orte sind uns eingefallen. Ein gutes Versteck ist allerdings nicht dabei. Denken Sie nach. Welcher Ort käme infrage, der nicht auf dieser Liste steht?“

Zunächst sagte keiner was. Doch dann räusperte Klara sich und hob die Hand. „Das Vereinsheim des Fußballklubs.“

Hambrock starrte sie an. „Natürlich! Das Vereinsheim.“ Wie hatte er das vergessen können? Für diese Sturmnacht wäre es das ideale Versteck. Keine Menschenseele würde sich dorthin verirren. Er wandte sich an die Kollegen, die hinter ihm standen.

Ihnen schien unbehaglich zumute zu sein. „Ich weiß nicht, ob wir unter diesen Umständen hingehen sollten“, gab der Jüngere kleinlaut zu bedenken. „Es könnte darauf hinauslaufen, dass wir das Gebäude stürmen müssen.“

„Ohne Verstärkung habe ich auch kein gutes Gefühl“, flüsterte der Dicke.

„Ich wüsste nicht, wie wir Verstärkung herbeiholen sollten“, sagte Hambrock. „Es sei denn, wir kommen nun doch durch die Störungen des Polizeifunks.“

Frau Burtrup blickte zu den Männern auf. „Wieso rufen Sie nicht einfach an?“

„Falls Sie es noch nicht bemerkt haben, die Telefone sind ausgefallen“, sagte der Dicke.

„Meins ist nicht ausgefallen. Ich habe noch ein altes Telefon. Ich hole es Ihnen, warten Sie.“ Frau Burtrup sprang auf.

Die Beamten zogen sich in die Küche zurück, um ungestört telefonieren zu können. Hambrock stellte das Telefon auf den Tisch und wählte, und tatsächlich erklang ein Freizeichen in der Leitung. Dann lehnte er sich zurück und wartete. Pass gut auf, Martin!, dachte er. Noch ist die Nacht nicht zu Ende.

TILMANN FETH lag in der Dunkelheit und lauschte den Geräuschen des Sturms, der am Dach des Vereinsheims rüttelte. Er hatte Hunger, sein leerer Magen ließ ihn nicht einschlafen. Im Kühlschrank stand kistenweise Bier, doch zu essen gab es nichts. Er drehte sich auf die andere Seite. Das Nachtlager, das er sich aus Sitzpolstern errichtet hatte, war hart und unbequem. Sobald es hell würde, wollte er sich auf den Weg machen. Irgendwie würde es ihm schon gelingen, aus dem eingeschneiten Dorf zu entkommen, ohne dass die Polizei ihn aufgriff. Wenn er erst einmal in Amsterdam wäre, würde er seine Lage in Ruhe überdenken können.

Die Geräusche des Sturms wurden leiser, und Erschöpfung übermannte ihn. Er glitt langsam in den Schlaf hinüber.

Ein Geräusch ließ ihn aufschrecken. Etwas war an der Tür. Er war sofort hellwach. Mit klopfendem Herzen starrte er in die Dunkelheit. Da war es wieder. Ein leises Scharren. Das musste die Polizei sein. Sie kannten sein Versteck. Seine Gedanken rasten. Er suchte nach einem Fluchtweg. Doch er saß in der Falle, es gab keine Chance, von hier zu verschwinden.

Das Scharren verstummte. Er horchte angestrengt. Plötzlich wurde ihm klar, was für ein Geräusch das gewesen war. Jemand suchte draußen auf der Strebe nach dem Schlüssel. Nachdem Tilmann aufgeschlossen hatte, war der Schlüssel achtlos auf der Küchenanrichte gelandet. Ich habe die Tür nicht wieder abgeschlossen!, schoss es ihm durch den Kopf. Was bin ich nur für ein Idiot! Er hörte, wie die Klinke heruntergedrückt wurde. Der Wind heulte in dem sich öffnenden Türspalt, ein kalter Hauch wehte durch den Raum. Sein Herz raste.

Der Fremde war nun im Vorraum. Er schloss die Tür und klopfte sich den Schnee von der Kleidung. Das war nicht die Polizei, die würde sich auf andere Weise Zugang verschaffen. Es war auch niemand, der von seinem Versteck wusste, denn dann hätte er seinen Namen gerufen.

Nun wusste Tilmann, wie er reagieren musste. Er musste nur die Nerven behalten. Er zündete ein Streichholz an und hielt es an den Docht der Kerze. Der Raum wurde in ein mattes Licht getaucht. „Hallo?“, rief er und versuchte, verschlafen zu klingen. „Ist da jemand?" Sekundenlang war es totenstill. „Hallo!", wiederholte er. „Ich hab doch was gehört." Er stand auf, nahm die Kerze und ging hinaus in den Vorraum.

Ein stämmiger Mann stand auf der Schwelle und starrte ihn erschrocken an. Er war im gleichen Alter wie Tilmann, doch in einem Kampf wäre er dem Fremden sicherlich unterlegen gewesen. „Was machst du hier?", fragte Tilmann. „Gehörst du zum Fußballverein?"

„Nein, du auch nicht, oder?"

Tilmann lachte. „Nein. Mein Auto ist im Schnee stecken geblieben, da war nichts mehr zu machen. Ich bin zu Fuß weiter, um Hilfe zu holen. Aber hier ist weit und breit kein Haus, und deshalb bin ich hier gelandet. Ich dachte, ich könnte hier drin die Nacht abwarten." Der Fremde sah ihn noch immer entgeistert an. „Und was verschlägt dich hierher?", fragte Tilmann.

„Ach so. Nun ja …" Der andere räusperte sich. „Ich wohne bei meinen Eltern, nicht weit von hier entfernt. Wir hatten Krach, ich hab's nicht mehr ausgehalten und bin abgehauen."

„Du bist abgehauen?"

„Seit ein paar Stunden ist der Strom weg, weißt du? Wenn man plötzlich nichts mehr machen kann, der Fernseher funktioniert nicht und man hängt aufeinander, da fällt allen wieder ein, was sie an den anderen eigentlich auszusetzen haben. Glaub mir, so ein Stromausfall ist wie Weihnachten. Das geht nicht gut."

Der Typ redete zu viel. Irgendetwas stimmte nicht. Tilmann machte eine einladende Geste. „Dann komm doch rein."

Sie zündeten weitere Kerzen an und bauten ein zweites Nachtlager auf. Dann gingen sie zum Kühlschrank und holten Bier. Sie redeten eine Weile über das Schneechaos. Es war ein unverfängliches Gespräch, trotzdem hatte Tilmann die ganze Zeit über das Gefühl, er müsste wachsam sein. Da war etwas in den Augen seines Gegenübers. Es schien so, als läge er ebenfalls auf der Lauer.

Irgendwann nahm der Fremde, der sich als Thomas vorgestellt hatte, einen tiefen Schluck von seinem Bier und stellte die Flasche auf den Boden. Er blickte Tilmann nachdenklich an. „Im ersten Moment habe ich mich furchtbar erschreckt, als ich dich gesehen habe", sagte er.

„Das kann ich mir vorstellen", erwiderte Tilmann.

„Nein, nein. Ich meine etwas anderes. Vielleicht hast du das nicht mitbekommen, aber hier ist vor ein paar Tagen jemand ermordet worden, und der Mörder läuft noch frei herum. Deswegen der Schreck." Dabei betrachtete er ihn aufmerksam.

Tilmann war unbehaglich zumute. „Ich habe da etwas im Radio gehört, glaube ich. Das Opfer war eine Studentin, oder?“, fragte er.

Ein merkwürdiges Lächeln trat in das Gesicht des anderen. „Genau. Die Polizei denkt, dass der Mann sich noch in der Nähe aufhält, deswegen sind hier alle ein bisschen nervös.“ Er machte eine Pause. „Aber wenn du mich fragst, dann ist der Typ längst über alle Berge. Wäre doch Wahnsinn zu bleiben, wenn überall Polizei ist. Oder was meinst du?“

„Keine Ahnung. Ist mir auch egal. Ich hab jedenfalls nichts damit zu tun, wenn du das meinst.“

Der Fremde lachte. „Nein, nein. Das wollte ich gar nicht gesagt haben.“

Eine Weile blieb es still. „Ich weiß nicht, wie es dir geht“, sagte Tilmann, „aber ich bin ziemlich müde. Ich werde mich jetzt hinlegen.“

„Klar. Kein Problem. Schlafen wir.“

Sie rückten ihre Sitzpolster zurecht und nahmen die Decken. Dann blies Tilmann die Kerzen aus und legte sich hin. Etwas stimmte nicht mit diesem Typen, aber er hatte keine Ahnung was. Sie lagen schon eine ganze Weile da, und Tilmann glaubte bereits, dass der andere eingeschlafen sei.

Doch dann sagte Thomas etwas in die Dunkelheit hinein, das ihn heiß und kalt werden ließ: „Ich habe dich gesehen.“

Er hätte sich einfach schlafend stellen können, doch dazu fehlten ihm die Nerven. „Wo hast du mich gesehen?“ Thomas antwortete nicht.

„Wer bist du überhaupt?“, fragte Tilmann. Aber in diesem Moment konnte er sich selbst die Antwort geben. Es war Martin Probst, der Sexualstraftäter. Kein anderer Mensch würde bei dem Wetter hier im Vereinsheim auftauchen. Keiner, der bei Verstand war. Doch Tilmann bekam erneut keine Antwort. Er nahm ein Streichholz und ließ es aufflammen.

Martin Probst lag ihm gegenüber, er stützte sich auf den Ellbogen und sah ihm fest in die Augen.

Er konnte nichts gesehen haben, dachte Tilmann, das war absolut unmöglich. „Du hast nichts gesehen“, meinte er.

Probsts Augen waren undurchdringlich. „Wenn du es sagst.“

Das Streichholz war fast abgebrannt, Tilmann ließ es fallen, und die Flamme verlosch. Es war ein Bluff. Der andere hatte bestimmt nichts gesehen. „Ich werde jetzt schlafen“, sagte Tilmann.

„Also gut“, sagte Probst. „Dann bis morgen.“

NACHDEM Hambrock dem Dienststellenleiter in Borken die Situation erläutert hatte, alarmierte der das übergeordnete Landesamt, das den Einsatz der Spezialeinsatzkommandos koordinierte. Eines davon war in Münster ansässig, und Hambrock wusste, dass die Kollegen über das notwendige Equipment und Know-how verfügten, um einen Zugriff unter diesen Wetterbedingungen in Birkenkotten durchführen zu können. Das Einsatzkommando machte sich auf den Weg ins Zentrum des Sturms, und Hambrock schickte die beiden Observationsbeamten zurück zum Haus von Dorothea Probst. Er wollte allein auf die Verstärkung warten.

Es dauerte eine gute Stunde, bis das SEK Birkenkotten erreichte. Ausgerüstet mit schweren Fahrzeugen, mobilen Scheinwerfern und Infrarot-Nachtsichtgeräten fuhren sie auf den Hof der Familie Burtrup, wo Hambrock sie im Tennentor erwartete. In der stockfinsteren und stürmischen Nacht wirkten sie mit den grellen Scheinwerfern und dem lauten Dröhnen der Motoren wie eine Invasion von Außerirdischen. Er konnte nur hoffen, dass Probst sich tatsächlich im Vereinsheim aufhielt, denn falls nicht, wollte er in den nächsten Tagen lieber keinem seiner Vorgesetzten über den Weg laufen.

Aus dem vordersten Wagen sprang ein Mann und trat in das Scheinwerferlicht. Er trug einen wetterfesten Overall, hohe Stiefel und eine dicke Weste, unter der sich sein Waffenhalfter abzeichnete. Sie mussten einander anschreien, um den Sturm zu übertönen.

„Erster Hauptkommissar Hambrock?“ Er gab ihm die Hand. „Ich bin Thomas Rohloff, Leiter des SEK.“

„Freut mich, Sie zu sehen“, sagte Hambrock und deutete auf die Tennentür. „Vielleicht sollten wir drinnen …?“

Rohloff lachte. „Natürlich. Gehen wir rein.“

Sie besprachen den Einsatz in der Küche des Bauernhauses und entschieden sich, das Vereinsheim zu stürmen. Dieses Mal sollte Probst keine Gelegenheit bekommen zu fliehen. Hambrock stieg zu Rohloff in den Wagen, und das Kommando machte sich auf den Weg.

Wenige Minuten später hatten sie das Vereinsheim erreicht. Die Geländewagen schalteten kurz vor ihrem Ziel das Licht aus und kamen lautlos zum Stehen. Die leisen Motorengeräusche wurden vom Sturm geschluckt. Keiner würde sie kommen hören. Die Beamten glitten aus den Fahrzeugen und näherten sich vorsichtig dem Zielobjekt. Sie umstellten das Haus, blockierten die Fluchtwege und bezogen Stellung an der Tür.

Rohloff erklärte Hambrock im Flüsterton, was passierte. Schließlich sagte er: „Wir sind dann so weit. Es kann losgehen.“

Hambrock trat einen Schritt zurück. „Also gut, fangen Sie an.“

„Zugriff!“, zischte der Einsatzleiter in sein Funkgerät.

Dann ging alles ganz schnell. Mit einem Knall flog die Tür auf, und Polizisten drangen in das Gebäude wie Wasser in ein leckgeschlagenes Schiff. Scheinwerfer flammten auf, und grelles Licht ergoss sich über die Räume. Schatten bewegten sich, ein Schrei ertönte.

Hambrock kniff die Augen zusammen und versuchte etwas zu erkennen. Er wandte sich an Rohloff, doch in dem Moment gab einer der Beamten ein Zeichen: Zielperson gefasst. „Das war es schon?“, fragte er.

„Wollen wir es hoffen“, sagte Rohloff.

Hambrock stapfte eilig zum Haus und trat ein. Er spürte Erleichterung. Der Verdacht hatte sich also bestätigt, Probst war tatsächlich dort. Zwei Beamte fixierten ihn am Boden, sie zerrten seine Hände auf den Rücken und legten ihm Handschellen an. Der Mann wehrte sich nicht, er lag reglos da, das Gesicht auf dem Linoleum.

„Das ist nicht Probst!“, rief Hambrock plötzlich.

Da – eine Bewegung, hinter einer Reihe übereinandergestapelter Stühle. Dann war auf einmal das Fenster offen, und jemand sprang katzengleich hinaus.

„Achtung!“, brüllte Rohloff. „Zielperson auf zwölf Uhr!“

Probst rannte in den Schnee hinaus, gefolgt von den grellen Lichtkegeln seiner Verfolger. Sie waren ihm dicht auf den Fersen, er hatte keine Chance.

Hambrock blickte zu dem Mann am Boden, der nun seinen Kopf drehte und das Gesicht erkennen ließ. Wer mochte das sein? Dem Aussehen nach könnte es sich um Tilmann Feth handeln. Wie sollte der hierhergekommen sein, gemeinsam mit Probst in einem Versteck?

Doch für diese Fragen war jetzt keine Zeit. Er lief hinaus und hielt Ausschau nach den wippenden Lichtern, in denen sich der Flüchtige bewegte. Der Abstand zu seinen Verfolgern verringerte sich, gleich würden sie ihn ergreifen.

Dann geschah etwas Sonderbares. Probst lief nicht geradewegs auf die Felder, wie Hambrock es vermutet hätte, sondern schlug Haken, rannte an einer Böschung entlang und kletterte über einen Graben. Das war kein normales Fluchtverhalten. Er hatte etwas vor.

Hambrock rannte ins Freie und erreichte die Böschung. Ein seltsames Feuerwerk rückte in sein Blickfeld. Auf dem Feld hinter der Böschung brannte irgendetwas und schlug wild Funken. Zunächst verstand er nicht, doch dann erfassten die umherschweifenden Lichtkegel einen Starkstrommast, der mit verbogenen Streben hinter der Böschung stand und sich unheilvoll über das Feld neigte. Eines der Kabel war gerissen, es wand sich wie eine Schlange im Schnee und spuckte Feuer. Zwei weitere Kabel schwangen gefährlich nahe am Boden im Wind.

Und dann verstand Hambrock plötzlich, was Probst vorhatte. Er lief nämlich direkt auf das Feuer zu. Es trennten ihn nur wenige Meter davon. Seine Verfolger waren dicht hinter ihm. „O mein Gott!“, entfuhr es ihm. Er rannte auf das Feld und stemmte sich gegen den Sturm. „Tu es nicht, Martin!“, brüllte er. „Spring nicht!“

Doch da war es schon zu spät. Probst nahm Anlauf und sprang über das am Boden liegende feuerspuckende Kabel. Im Lichtkegel einer Taschenlampe blitzte sein weißes Gesicht auf, es war nicht mehr als eine schreckensstarre Maske. Dann flog er bereits durch die Luft, und sein Körper verschwand in grellen, auflodernden Blitzen.

Es war schon spät in der Nacht, als Dorothea Probst plötzlich erwachte. Eine innere Unruhe hatte sie erfasst. Sie tastete auf dem Nachttisch nach Streichhölzern und entzündete die Kerze, die neben dem Bett stand. Das Schlafzimmer wurde in ein schwaches Licht getaucht.

Sie lauschte. Die beiden Polizisten redeten unten im Wohnzimmer miteinander, ihre Stimmen drangen gedämpft durch das Haus. Nachdem sie mit hängenden Schultern vom Hof der Familie Burtrup zurückgekehrt waren, hatten sie in ihrem Auto draußen bleiben wollen. „Aber das ist doch Unsinn!“, hatte sie gesagt. Es hatte sie einige Überredungskunst gekostet, doch schließlich waren die beiden zurück ins Haus gekommen. Sie verrieten ihr nicht, was mit Martin geschehen war. Bei Burtrup war er ihnen offenbar durchs Netz gegangen, aber was danach passiert war, konnte sie nur ahnen. Sie hoffte inständig, dass ihm nichts Schlimmes zugestoßen war.

Sie schlug die Bettdecke zur Seite, nahm die Kerze und verließ das Schlafzimmer. Durch die Milchglasscheibe der Wohnzimmertür schien das Licht des Kaminfeuers und warf zittrige Schatten an die Wand über der Treppe. Lautlos schlich sie die Stufen hinab und an der Tür vorbei in die Küche. Dort holte sie ein Glas aus dem Schrank und schenkte sich Mineralwasser ein.

Gerade wollte sie zurück nach oben, als sie ein Geräusch hörte. Es war ein dumpfes Klopfen aus dem Keller. Sie lauschte, doch das Geräusch war wieder verklungen. Sie lief in den Flur. Die Polizisten hatten offenbar nichts gehört. Ein Gefühl sagte ihr, dass es besser wäre, zunächst einmal selbst nachzusehen. Auf Socken schlich sie hinunter in den Keller. Sie öffnete zaghaft die Feuertür und blickte in den Kellerraum hinein. Neben der Heizungsanlage standen die Gartenmöbel. Sonst war nichts zu sehen.

Das dumpfe Klopfen kehrte zurück. Es erfüllte mit einem Mal den ganzen Raum. Sie trat hinein und leuchtete mit der Kerze zum Kellerfenster. Da war Martin. Jenseits der Scheibe leuchtete das blasse Gesicht ihres

Jungen. Er versuchte, von außen das Fenster zu öffnen, und winkte ihr aufgeregt zu.

Dorothea Probst warf einen Blick zurück zur Treppe. Im Haus schien alles unverändert ruhig. Mit einer schnellen Bewegung schloss sie die Tür, stellte die Kerze ab und öffnete das Kellerfenster.

Martin ließ sich schwerfällig durch die schmale Öffnung plumpsen und fiel donnernd auf den Fußboden.

„Mein Gott, Junge! Was ist passiert?"

Er hustete, hielt seinen schmerzenden Arm und blickte sie gehetzt an. „Die Polizei hätte mich fast geschnappt. Ich bin über ein abgerissenes Starkstromkabel gesprungen. Um ein Haar wäre ich verbrannt. Du musst mir helfen", sagte er eindringlich. „Bitte!" Er fiel ihr in die Arme. „Ich hab solche Angst."

Dorothea Probst hielt ihn fest. „Dich stellen", sagte sie schwach, „ist die einzige Möglichkeit. Was soll denn sonst werden?"

„Ich weiß nicht. Bitte, du darfst der Polizei nichts sagen. Du musst mich verstecken." Er sah zu ihr auf, und sie glaubte einen Moment lang, bis auf den Grund seiner Seele zu blicken. „Bitte", flehte er.

Dorothea Probst seufzte schwer. Konnte sie seinen Wunsch erfüllen? Wo würde dies alles hinführen? Oben im Wohnzimmer saß die Polizei, überall wurde nach ihm gefahndet, und jeder, der ihn deckte, machte sich strafbar.

Aus seinem Gesicht war jede Hoffnung gewichen. „Was ich anfasse, misslingt", sagte er tonlos.

„Nein, das darfst du nicht sagen."

„Aber es stimmt doch. Wer kann mir denn jetzt noch helfen?"

Sie sah auf ihn hinab und erinnerte sich daran, dass sie einst beschlossen hatte, ihn niemals mehr allein zu lassen, ganz egal was geschehen mochte. Sie strich ihm liebevoll übers Haar. „Schhht, ich bin ja hier", flüsterte sie. „Es kann dir nichts passieren. Hörst du? Nicht solange ich bei dir bin."

Sie spürte, wie sein Körper sich entspannte. „Schhht. Alles ist gut."

Sie würde eine Nacht darüber schlafen. Morgen war es immer noch früh genug zu entscheiden, was geschehen sollte. Eines war jedoch klar: Sie würde ihren Sohn kein zweites Mal verraten.

10

Es schneite immer noch. Mit einem metallischen Geräusch ließ Hambrock die Lamellen zurück an ihren Platz schnellen und zog die Jalousien hoch. Ingeborgs Hof leuchtete hell, alles war unter tiefem Schnee versunken. Wären da nicht der Stromausfall und die laufende Ermittlung, es hätte ein richtiges Wintermärchen sein können. Doch so war ihm einfach nur erbärmlich kalt und die Schönheit trat in den Hintergrund.

Er ging ins Badezimmer, wusch sich mit kaltem Wasser und zog sich an. Danach machte er zum Warmwerden ein paar Kniebeugen und steuerte schließlich die Küche an.

Er hatte beschlossen, vorerst in Birkenkotten zu bleiben. Solange Martin Probst auf freiem Fuß war, konnte er Ingeborg und Klara nicht allein lassen.

Es war bereits nach vier Uhr morgens gewesen, als die Kollegen mit dem Gefangenen nach Münster aufgebrochen waren. Tilmann Feth hatte sich standhaft geweigert, sich ohne Anwalt zu äußern. Hambrock, der ihn lange Zeit hartnäckig befragt hatte, war schließlich erschöpft zum Hof zurückgekehrt. Er hatte Feth zum Teufel gewünscht und entschieden, ins Bett zu gehen und ein bisschen zu schlafen.

Jetzt konnte er es kaum abwarten, den ersten Kaffee zu trinken, der hoffentlich seine Lebensgeister zurückbrachte. Doch da fiel ihm ein, dass es ohne Strom keinen Kaffee geben würde, und er trat missmutig in die Küche.

Ingeborg stand am Aquarium. Sie begrüßte ihn mit einem Nicken. Auf dem Tisch stand immer noch das Stövchen, mit dem sie Wasser erwärmte. „Meine Fische sterben", sage sie tonlos. „Das Wasser wird zu kalt, und es fehlt ihnen Sauerstoff."

„Das tut mir leid." Sie gab ein bisschen Fischfutter ins Wasser und schloss sorgfältig die Dose. Er fragte sich, wie er darauf reagiert hätte, wenn seine eigene Tochter auf diesen Dachboden geklettert wäre, um ihren Peiniger zu stellen. Bestimmt war es nicht leicht für sie.

„Sie lässt niemanden an sich heran", sagte sie. „Sie denkt, sie ist ganz allein auf der Welt." In plötzlicher Wut warf sie das Döschen mit dem Fischfutter gegen die Wand. Es fiel scheppernd zu Boden. „Wie kann sie da nur raufgehen! Ganz allein und bewaffnet mit einem Messer! Wieso tut sie mir das an? Ihre Freunde waren doch da und Jens' Eltern auch. Es gab genügend Menschen, die sie hätte um Hilfe bitten können." Sie sah ihn hilflos an. „Ist ihr denn nicht klar, dass diese Leute ihr helfen wollen?"

„Bestimmt hatte sie einen Grund für ihr Handeln", sagte er vorsichtig. „Ist sie oben?"

Klara hatte in der vergangenen Nacht darauf bestanden, gemeinsam mit ihm zum Haus ihrer Mutter zurückzukehren. Jens hatte dies stumm und ohne erkennbare Reaktion hingenommen.

„Ja", sagte sie. „Aber ich habe sie heute noch nicht gesehen. Vielleicht schläft sie noch."

„Ich werde zu ihr gehen. Hast du etwas dagegen, wenn ich mit ihr rede?"

„Nein, im Gegenteil. Vielleicht hört sie auf einen Außenstehenden eher als auf ihre Mutter."

Er ging nach oben und klopfte an Klaras Zimmertür. Ein widerwilliges Brummen war zu hören. Er öffnete die Tür und steckte den Kopf hinein. Sie saß angezogen auf ihrer Bettkante und starrte vor sich hin.

„Darf ich reinkommen?", fragte er. Sie nickte. Hambrock setzte sich auf den Schreibtischstuhl ihr gegenüber. Eigentlich hatte er sich vorgenommen, ihr Vorhaltungen zu machen, wie unverantwortlich ihr Handeln war. Doch als er sie nun betrachtete, wurde ihm plötzlich klar, dass sie genau gewusst hatte, was sie tat.

Er stellte ihr die Frage, die ihm die ganze Zeit durch den Kopf gegangen war: „Bist du dort hinaufgegangen, um ihn zu töten?"

Sie ließ sich mit der Antwort Zeit. „Das weiß ich nicht genau", sagte sie schließlich.

„Es ist gut, dass du es nicht getan hast", sagte er und fügte dann hinzu: „Ich meine natürlich: Es ist gut, dass Sie es nicht getan haben."

Sie schenkte ihm ein scheues Lächeln. „Sie können mich ruhig duzen."

„Also gut. Ich meine das ganz ernst, Klara: Sei froh, dass nichts passiert ist."

Ihr Lächeln erstarb. „Ach ja? Und weshalb?"

„Weil du dann jemand wärst, der einen Menschen getötet hätte." Sie wollte protestieren, doch er schnitt ihr das Wort ab. „Denn das ist er trotz allem: ein Mensch. Und das weißt du auch." Er rückte näher an sie heran. „Weißt du, Klara, ich habe durch meinen Beruf sehr viele Mörder kennen gelernt. Soll ich dir sagen, was viele von denen gemeinsam haben?" Sie antwortete nicht. „Sie übernehmen keine Verantwortung", sagte er. „Sie wollen sich später an die Tat nicht mehr erinnern können. Oder sie tun, als ob sie zu dem Zeitpunkt ferngesteuert gewesen wären. Manche geben dem Alkohol die Schuld, andere dem Boss, sogar die Polizei wird verantwortlich gemacht. Am Ende sitzen sie dann alle in ihrer Zelle und jammern und tun sich selbst furchtbar leid." Er lächelte. „Man soll es nicht für möglich halten, doch das sind die Mörder, die ich kenne. Ein Haufen von Feiglingen." Sie starrte schweigend auf den Flokati. „Und was wäre, wenn du einen Menschen getötet hättest? Denkst du, dass du genauso wärst wie sie? Dass du dir selbst leidtun würdest?"

Ihre Schultern verkrampften sich. „Aber was kann ich denn tun?" Ihre Stimme war kaum mehr als ein Flüstern. „Ich muss doch etwas tun können."

„Du kannst dabei helfen, Martin ins Gefängnis zu bringen."

Sie schnaubte, und plötzlich kehrte Leben in sie zurück. „Dort war er doch schon ein paarmal! Zum Beispiel war er dort, bevor man ihn entlassen hat und er danach die Frauen in Brandenburg vergewaltigen konnte."

„Damals ist er nach dem Jugendstrafrecht verurteilt worden. Das wird nicht noch einmal passieren. Wenn wir ihn gefasst haben, wird er nicht so schnell wieder auf freien Fuß kommen."

Im Grunde hast du ganz andere Probleme, dachte Hambrock. Um deine Verletzungen und um deine zerrissene Seele sollte es dir gehen und nicht um Martin Probst.

Ingeborgs Stimme drang durchs Haus. „Klara! Bernhard! Kommt schnell runter! Wir haben frischen Kaffee!"

Sie sahen sich an. Der intime Moment war vorüber.

Bevor sie hinausgingen, hielt er sie am Arm fest. „Versprichst du mir etwas?", fragte er. „Hilfst du mir bei der Suche nach Sandras Mörder?"

„Ich denke, Martin ..."

„Möglich, dass er's war. Sicher sind wir nicht. Inzwischen spricht sogar vieles dagegen."

Tilmann Feth muss in Birkenkotten jemanden kennen, der ihm geholfen hat, dachte Hambrock. Einer muss ihm gesagt haben, dass er im Vereinsheim untertauchen konnte. „Können wir später miteinander reden? Ich möchte, dass du mir alles über die Landjugend erzählst. Ich habe eine ganze Menge Fragen. Vor allem aber möchte ich, dass du niemandem von diesem Gespräch erzählst."

Sie nickte. „Klar helfe ich. Und ich behalt es für mich."

Gemeinsam gingen sie in die Küche. Hambrock fragte sich, wie in Gottes Namen es Ingeborg gelungen war, Kaffee zu kochen, doch da sah er schon die feuerroten Haare von Bertolt Lütke-Brüning. Er stand in der Küche, unterm Arm eine große Thermoskanne.

„Wir machen mit dem Gaskocher seit Stunden Wasser heiß", sagte er freudestrahlend. „Vater hat mich mit Thermoskannen losgeschickt, damit ich in der Nachbarschaft herumlaufe und frage, wer heißes Wasser gebrauchen kann."

Ingeborg drückte den Jungbauern und gab ihm einen Kuss auf die Wange. „Ist das nicht wunderbar? Jetzt können wir uns wenigstens einen Kaffee machen!" Sie lief zum Küchenschrank und holte Kaffeepulver. Bertolt sah verlegen zu Boden, damit er Hambrock nicht ins Gesicht blicken musste.

Der ließ ihn jedoch nicht aus den Augen. „Ja", sagte Hambrock nachdenklich, „großartig."

EINE KNAPPE STUNDE später zog sich Hambrock zurück, um in Ruhe zu telefonieren. In der vergangenen Nacht hatte Frau Burtrup ihm ein Telefon mitgegeben, ein altes Schätzchen mit Wählscheibe, das sie auf dem Dachboden deponiert hatte. Es funktionierte einwandfrei, trotz Stromausfall. Er erreichte Guido Gratczek in seinem Büro.

„Morgen, Hambrock. Ich höre, du hattest eine lange Nacht."

„Dann ist unser Gefangener schon bei euch eingetroffen?"

„Samt Einsatzbericht. War wohl eine ziemliche Pleite gestern."

„Immerhin haben wir Tilmann Feth. Das sollten wir nicht unterschätzen. Was macht der gerade? Ist er schon vernommen worden?"

„Nein, er berät sich mit seinem Anwalt. Danach wird er uns bestimmt Audienz gewähren."

„Wer wird ihn vernehmen?", fragte Hambrock.

„Ich, wenn du nichts dagegen hast. Heike sitzt noch in ihrer Notunterkunft am Schöppinger Berg fest. Feth wird mir einiges erklären müssen. Schließlich hatte er ein Tatmotiv und auch die Gelegenheit, den Mord zu begehen. Und er hat sich in Lügen verstrickt."

Vielleicht war Tilmann Feth tatsächlich der Mörder, dachte Hambrock. Dennoch glaubte er nicht, dass das Motiv in einem Beziehungsstreit lag. Jemand in Birkenkotten war eingeweiht gewesen. Vielleicht war der Mord ja sogar gemeinschaftlich geplant und begangen worden.

„Denkst du etwa immer noch an Martin Probst?", riss Gratczek ihn aus seinen Gedanken.

„Nein, eigentlich nicht." Nach kurzem Zögern fügte er hinzu: „Dennoch dürfen wir ihn nicht aus den Augen verlieren. Er hatte ebenfalls Motiv und Gelegenheit. Wir haben Sandra Hahnenkamps Handy auf dem Dachboden gefunden, auf dem er sich versteckt hatte. Außerdem könnte der Stiefelabdruck am Tatort von ihm stammen. Er hatte denselben Zugang zu den Gummistiefeln wie jeder Partygast."

„Und was ist mit der DNA-Spur? Die stimmt ja nicht überein."

„Das ist richtig", sagte Hambrock. „Ach, ich weiß es auch nicht. Wir werden eine Speichelprobe von Tilmann Feth nehmen. Wenn seine DNA mit den Spuren am Opfer übereinstimmt, dann sind viele Fragen beantwortet."

„Und wie geht's jetzt bei dir weiter?", fragte Gratczek. „Willst du in Birkenkotten bleiben?"

„Nur noch für heute. Ich hoffe, dass meine Anwesenheit Martin Probst davon abhält, erneut bei Klara aufzutauchen. Also schlage ich mich mit kalten Füßen und kalten Ohren herum. Glaub mir, so ein Stromausfall im

Winter, das ist nix. Aber wenn ich ohnehin hier bin, kann ich auch ein paar Befragungen durchführen. Falls etwas ist, kannst du mich jetzt jederzeit telefonisch erreichen. Das ist doch schon mal ein Fortschritt."

TILMANN FETH saß Gratczek im Vernehmungsraum gegenüber. Er war ziemlich blass. Sein Anwalt, ein grauer Mittfünfziger, saß neben Feth und machte ein seltsam zufriedenes Gesicht.

Gratczek fand, dass es im Augenblick für keinen im Raum einen Grund gab, zufrieden dreinzublicken. Nicht bei dem, was Tilmann Feth hier auftischte. „Würden Sie Ihre Aussage bitte wiederholen?", forderte Gratczek ihn auf.

Tilmann Feth nickte. „Ich war zur Tatzeit in Birkenkotten und habe Sandra tot im Graben liegen sehen, aber ich habe sie nicht ermordet." Dann warf er einen Seitenblick zu seinem Anwalt, der ihm aufmunternd zunickte. „Ich war es nicht."

„Und wer war es dann?", fragte Gratczek. „Haben Sie die Tat beobachtet? Haben Sie jemanden vom Tatort fliehen sehen?"

„Ich erinnere mich daran, dass Sandra tot im Graben lag. Danach ist alles weg. Ich weiß erst wieder, wie ich im Auto saß, auf dem Weg zurück nach Münster."

„Wenn Ihre Erinnerung so lückenhaft ist, wie können Sie sicher sein, dass Sie Ihre Exfreundin nicht ermordet haben?"

„Ich weiß es eben." Es klang nicht sehr überzeugend.

Der Anwalt mischte sich ein. „Mein Mandant wurde durch das Auffinden der Leiche traumatisiert. Erinnerungslücken sind nach einem Schock völlig normal."

Gratczek sah von einem zum anderen. „Also gut. Fangen wir von vorne an."

Feth blickte zu seinem Anwalt, der ihm zunickte. „Ich bin am Nachmittag zu ihr gefahren. So gegen drei Uhr war das. Ich wollte mit ihr sprechen, ich wollte, dass sie mir noch eine Chance gibt. Sie sagte, sie liebt mich nicht mehr, es wäre vorbei. Ihre Gefühle für mich hätten sich davongemacht. Aber meine Gefühle hatten sich nicht verändert. Ich wollte mit ihr alt werden, verstehen Sie? Ich habe sie geliebt. Doch sie hat mich einfach vor die Tür gesetzt. Also bin ich nach Hause gegangen."

„Wie spät war es da?", fragte Gratczek.

„Halb vier, vielleicht auch Viertel vor vier."

„Was haben Sie dann gemacht?"

„Ich hab mich vor den Fernseher geworfen. Ich war ziemlich fertig. Dann hatte ich irgendwann die Idee, Sandra abzupassen, wenn sie allein war, damit ich ungestört mit ihr reden konnte. Bei ihr in der WG saß ja immer die Mitbewohnerin im Nebenraum. Da hatte ich keine Ruhe. Doch zunächst bin ich auf die Party von Jana gefahren."

„Ist das nicht ungewöhnlich? Da lässt Ihre Freundin Sie sitzen und Sie gehen auf die nächste Party? Obwohl Sie gerade beschlossen haben, ihr aufzulauern?"

„Ich wollte mich ablenken, ich wollte an etwas anderes denken. Deshalb bin ich dahin. Das mit dem Auflauern war ja auch nur so eine vage Idee gewesen. Doch auf der Party habe ich es nicht ausgehalten. Ich konnte die vielen Leute und die gute Laune kaum ertragen. Dann ist mir eingefallen, dass Sandra an diesem Abend nach Birkenkotten fahren wollte. Ich dachte, vielleicht ist es eine gute Gelegenheit, mit ihr allein zu reden. Ich musste sie nur an der Haltestelle abfangen. Der Bus war bereits am Hauptbahnhof abgefahren, aber ich glaubte, ihn auf dem Weg nach Birkenkotten leicht einholen zu können. Ich bin also von der Party verschwunden, ohne was zu sagen, und habe mich auf den Weg gemacht. Doch als ich in Birkenkotten ankam, war der Bus schon da gewesen. Ich habe am Bushäuschen gehalten, um darüber nachzudenken, was ich als Nächstes tun sollte. Ich bin raus aus dem Auto, um mir die Beine zu vertreten, und dann … dann lag sie da, im Straßengraben. Mir war sofort klar, dass sie tot war."

Gratczek ließ sich alles noch einmal erzählen. Er hatte die Hoffnung, dass Tilmann Feth sich irgendwann in Widersprüche verstricken würde. Aber das passierte nicht. Gratczek platzte der Kragen. „Ihnen muss doch klar sein, kein Mensch wird glauben, dass Sie unschuldig sind. Bei all den Lügen, die Sie uns bereits aufgetischt haben!"

„Das warten wir erst einmal ab", sagte der Anwalt und lächelte falsch.

Gratczek lächelte falsch zurück. „Sie haben Recht: Warten wir es ab." Er wandte sich an Tilmann Feth. „Weshalb haben Sie die Flucht ergriffen, als Sie Ihre Exfreundin im Graben aufgefunden haben? Sie hätten die Polizei alarmieren müssen."

„Ich wusste doch, wie das aussehen würde. Wenn die Polizei erst einmal herausgefunden hätte, dass Sandra mit mir Schluss gemacht hat, dann hätten mich ja alle für den Mörder gehalten. Ich wollte bei einem Freund in Amsterdam untertauchen, bis der Fall aufgeklärt ist. Irgendwann hätten Sie Martin Probst gefasst, und dann wäre klar, wer den Mord begangen hat."

„Martin Probst hat also Ihre Exfreundin ermordet?"

„Wer sonst?"

Gratczek bedachte ihn mit einem langen Blick. „Wie kam es dazu, dass Sie sich mit Probst das Versteck im Vereinsheim teilten?“

„Das war Zufall. Ich war schon eine Weile da, und plötzlich tauchte der da auf.“

„Haben Sie mit ihm über Sandra gesprochen? Woher nehmen Sie die Gewissheit, dass er etwas mit der Tat zu tun hat?“

„Keine Ahnung. Ich denke mir das einfach. Wir haben nicht darüber geredet. Ich wusste nicht einmal, dass der Typ Martin Probst war. Er hat mir gesagt, er wäre aus der Nachbarschaft und hätte sich mit seinen Eltern gestritten. Deshalb sei er ins Vereinsheim.“

„Und Sie? Wie sind Sie auf das Vereinsheim gekommen?“

„Sandra hat mal davon erzählt. Ich habe mich daran erinnert, als ich überlegt habe, wo ich untertauchen könnte.“

„Hat Sandra Ihnen auch gesagt, wo Sie den Schlüssel finden?“

„Nein. Er war nicht sehr gut versteckt. Jeder wäre darauf gekommen.“

„Ich hätte auch dort nachgesehen“, bestätigte der Anwalt. „Wenn ein Schlüssel nicht unterm Blumentopf liegt, dann liegt er meist oben auf der Strebe. Sie kennen das ja.“

Gratczek sah von einem zum anderen. Schließlich sagte er: „Da haben Sie Recht. Ich kenne das.“ Er warf seinen Bleistift auf den Tisch. Sollte sich doch Heike mit diesen beiden Idioten herumschlagen.

HAMBROCK hatte nach dem Gespräch mit Klara nicht das Gefühl, etwas entscheidend Neues erfahren zu haben. Er wusste nun eine Menge über die Birkenkottener Landjugend, über ihre Lebensentwürfe und ihre Beziehungen untereinander, konnte aber nirgends ein Mordmotiv entdecken. Nichtsdestotrotz hatte er sich viele Notizen gemacht, in der Hoffnung, dass ihm irgendetwas davon später nützlich sein würde.

Nach dem Gespräch ließ er Klara in ihrem Zimmer zurück und ging nach unten. In der Diele traf er Ingeborg, die gerade telefonierte. Als sie schließlich den Hörer auflegte, sagte sie: „Ein Glück, dass du das Telefon mitgebracht hast. Das ist wirklich eine große Erleichterung. Ich habe gerade für Anni und Lino eine Kinderverschickung organisiert. Ich lasse sie mit dem Trecker nach Stadtlohn zu Schulfreunden bringen. Dort gibt es Strom und Wärme und sie müssen sich keine Lungenentzündung holen.“

Sie stopfte die losen Enden ihres Schals in die Strickjacke. Wie macht sie das nur, fragte sich Hambrock, dass sie mehrere Schichten Kleidung übereinander trägt und dennoch sexy aussieht?

„Jens ist so lieb und holt sie gleich mit dem Trecker ab“, fügte sie hinzu.

Hambrock trat ins Freie und atmete die kalte Luft ein. Er blickte über das Land. Der Himmel war stahlgrau, es schneite und schneite, und nichts deutete darauf hin, dass sich etwas daran ändern würde. Nur der Sturm hatte sich gelegt. Es herrschte völlige Stille.

Auf dem Hof von Lütke-Brüning entdeckte er zwei Gestalten. Sie kämpften sich mit eingezogenen Schultern durch den Schnee. Der eine war Bertolt, der Jungbauer, Hambrock erkannte ihn an den feuerroten Haaren. Den anderen hielt er anfangs für seinen Vater, doch dann wurde ihm klar, dass die Bewegungen nicht die eines alten Mannes waren. Kurz darauf verschwanden die beiden hinter der Scheune.

Hambrock ging zurück ins Haus, wo inzwischen großes Geschrei herrschte. Die Kinder wurden reisefertig gemacht, und immer wieder gab es Streit um Spielzeug, das sie heimlich ins Gepäck geschmuggelt hatten.

Die Sachen der Kinder waren gepackt. Es konnte bald losgehen. Nur Annis Handschuhe fehlten noch. Klara ging in die Küche, um dort nach ihnen zu sehen, nebenan ertönte die durchdringende Stimme ihrer Mutter. „Anni, jetzt überleg mal! Wo hast du die Handschuhe denn hingelegt? Die können doch nicht einfach weg sein!“

Klara blickte hinter die Küchenbank und unter den Tisch, doch sie konnte sie nirgends entdecken. Ihr Blick fiel durch die gläserne Terrassentür. Draußen sah sie Jens, der mit seinem Traktor den Weg zu ihnen herauffuhr. Er drehte eine Schleife auf dem Hof und hielt dann vor dem Hintereingang. Die Tür seines Führerhäuschens öffnete sich, er kletterte heraus und sprang in den Schnee. Klara trat eilig einen Schritt zur Seite, damit er sie nicht sehen konnte. Seit sie auf dem Dachboden gewesen war, hatten sie nicht mehr miteinander gesprochen. Und als Hambrock nach der Erstürmung des Vereinsheims zurück zum Hof ihrer Mutter wollte, hatte sie sich ihm kurzerhand angeschlossen.

Was Jens von alldem hielt, konnte sie nur vermuten. Sicherlich war er enttäuscht von ihr. Sie hatte gestern Nacht keine Kraft mehr gehabt, um ihre Beweggründe zu erklären. Er würde es ohnehin nicht verstehen. Keiner würde das. Warum sollte sie sich mit ihm herumstreiten? Trotzdem plagte sie ein schlechtes Gewissen. Jens sah nicht gut aus. Er war sehr blass, und seine Augen wirkten müde. Plötzlich wünschte sie sich, ihn los zu sein. Für ein paar Tage, bis die Sache mit Martin geklärt wäre. Danach konnten sie weitermachen, wo sie aufgehört hatten. Doch im Moment wäre es leichter für sie, wenn sie sich nicht um ihn kümmern müsste.

Sie erinnerte sich an den Ausdruck in Martins Augen, oben auf dem

Dachboden, als sie ihm das Messer an den Hals gehalten hatte. Sie hatte ihm gesagt, dass sie ihm nicht verzeihen würde, und dann war passiert, womit sie niemals gerechnet hatte. Sie hatte ihn verletzt. So unwahrscheinlich es auch scheinen mochte – sie hatte die Kraft, ihm wehzutun. Der Gedanke daran erfüllte sie mit so viel Glück, dass sie am liebsten aufgelacht hätte. Es war wie ein Feuer, das von innen wärmte.

Aus dem Vorratsraum drang die verärgerte Stimme ihrer Mutter. „Anni, kannst du mir mal bitte erklären, wie die Handschuhe zwischen die Gläser mit den eingemachten Pflaumen kommen?“ Dann veränderte sich ihre Stimme plötzlich, sie wurde weich und freundlich. „Oh, hallo Jens. Schön, dass du gekommen bist. Die Kinder sind gleich startklar.“

Klara blickte zur Küchentür. Was sollte sie jetzt tun? Sie würde Jens zumindest Guten Tag sagen müssen. Er war schließlich ihr Freund. Sie trat in die Diele, ihre Blicke trafen sich. Sie lächelte gequält. „Hallo Jens.“

Er nickte seltsam förmlich. „Hallo.“ Und das war es auch schon. Danach betrachteten sie stumm und verlegen die Kinder, die sich umständlich die Schuhe banden, angetrieben von den Ermahnungen ihrer Mutter. Klara sah verstohlen zu Jens hinüber, sein Gesicht war wie eine Maske. So distanziert hatte sie ihn noch nie erlebt.

Ihre Mutter klatschte in die Hände. „Wenn ihr fertig seid, kann es ja losgehen!“

Lino sprang auf. „Klara soll auch mitkommen!“

Nur das nicht!, dachte sie. „Nein, das geht nicht. Es wäre zu eng auf dem Trecker.“

„Klara soll mitkommen!“, rief nun auch Anni, und im Chor ging es weiter. „Mitkommen! Mitkommen!“

„Ach, warum denn nicht?“, meinte ihre Mutter lachend. „Das geht schon. Jens kann Lino auf seinen Schoß nehmen, und dann ist genügend Platz für dich und Anni auf dem Kindersitz.“

Klara hätte am liebsten aufgestöhnt. Merkte ihre Mutter denn gar nicht, was hier passierte? Klara hob die Hände. „Ist ja schon gut, ich komme mit.“

Die Kinder brachen in Jubel aus und sprangen um sie herum. Trotz der Anspannung musste sie über die beiden lachen. Sie nahm die eine Reisetasche und Jens die andere, dann ging es hinaus auf den Hof. In der Tür wechselte sie einen Blick mit ihrer Mutter, und da begriff sie, dass die keineswegs so unsensibel war, wie sie gedacht hatte, sondern ganz im Gegenteil bewusst gefördert hatte, dass Klara mitfuhr. Sie wollte, dass sich die beiden aussprachen.

Klara war wütend auf ihre Mutter. Doch es war jetzt zu spät, um etwas zu ändern. Kurz darauf hockte sie bereits mit Jens und den beiden Kindern im engen Führerhaus des Traktors.

Anni und Lino bemerkten nichts von der frostigen Stimmung. Dazu gab es unterwegs einfach zu viel zu sehen. Wohin sie auch blickten, ganz Birkenkotten war im Schnee versunken. An der Gärtnerei Kentrup standen zwei Bauern mit Motorsägen und bearbeiteten die Äste eines Apfelbaums, der unter dem Schnee zusammengebrochen war. Als dann kurz darauf noch ein großes Feuerwehrauto mit Blaulicht vor ihnen auftauchte, waren sie vollends aus dem Häuschen. Für die Kinder war alles ein großes Abenteuer.

In Stadtlohn waren die Straßen geräumt. Hohe Schneeberge türmten sich links und rechts. Der Parkplatz vor dem Supermarkt stand voller Schlepper, mit denen die Frauen aus den umliegenden Bauernschaften angereist waren, um sich mit Kerzen und Batterien einzudecken.

Als sie das Einfamilienhaus erreichten, in dem Annis und Linos Schulkameraden wohnten, sprangen die Kinder aus dem Trecker und liefen johlend zur Haustür. Eine junge Mutter empfing sie und führte sie ins Haus. In dem geheizten Haus bemerkte Klara erst, wie durchgefroren sie war. Sie rieb sich die kalten Hände.

„Ihr habt wirklich Pech dort draußen“, sagte die Frau. „Hoffentlich bleibt uns hier der Strom erhalten.“ Die Kinder verschwanden im Spielzimmer, und Klara und Jens wurden ins Wohnzimmer geführt. „Sicher möchtet ihr euch ein bisschen aufwärmen. Wie wäre es mit einem Glas Glühwein? Ist vielleicht noch ein bisschen früh, aber andererseits ist auch nicht jeden Tag Schneechaos, oder?“

„Klar trink ich einen Glühwein“, sagte Jens. „Vielen Dank.“

Bevor Klara etwas sagen konnte, verschwand die Frau auch schon in der Küche. „Muss das sein?“, zischte sie. „Musst du schon wieder Alkohol trinken?“

Er bedachte sie mit einem eisigen Blick. „Ist das alles, was du mir zu sagen hast? Dass ich nichts trinken soll?“

Klara wurde wütend. „Für den Anfang ja. Wie soll man schließlich mit jemandem reden, der so gut wie nie nüchtern ist?“

Er stand auf und ging durch den Raum. „Du machst mich echt fertig“, sagte er. „Halt den Mund! Halt endlich deinen Mund!“ Klara erstarrte. So aggressiv hatte sie ihn noch nie erlebt. „Du findest, man kann mit mir nicht reden, wenn ich betrunken bin? Dann will ich dir mal etwas sagen: So besoffen kann ein Mensch gar nicht sein, um es mit dir aufzunehmen. Du bist doch immer Lichtjahre entfernt, wenn ich mit dir spreche. Du bist auf einem anderen Stern, ganz egal was ich sage.“

Für einen kurzen Moment spürte sie den Schmerz, den seine Worte auslösten. Sie fixierte einen Punkt auf dem Teppich. Dann verschloss sie ihr Herz, sie hatte Übung darin. Keiner konnte sie verletzen, wenn sie es nicht zuließ. Sie brauchte niemanden auf der ganzen Welt.

„Was immer Martin dir angetan hat", sagte er, „siehst du denn nicht, dass ich nicht er bin?"

In diesem Moment schlug die Tür auf, und die Hausherrin balancierte zwei Tassen ins Zimmer. „So, der Glühwein ist fertig", sagte sie fröhlich. „Ich habe ihn nicht zu heiß gemacht, damit man ihn auch gut trinken kann." Als sie in die Gesichter ihrer Gäste sah, geriet sie ein wenig ins Straucheln.

Jens nahm ihr die Tassen ab und stellte eine vor Klara auf den Tisch. Er mühte sich ein Lächeln ab. „Vielen Dank. Das ist sehr nett von Ihnen." Dann funkelte er Klara herausfordernd an. „Also dann, Klara, auf dein Wohl." Er prostete ihr zu und leerte die Tasse mit großen Schlucken. Sein Gesicht verzerrte sich dabei, offenbar war der Glühwein heißer als gedacht. Schließlich setzte er die Tasse keuchend ab, knallte sie vor Klara auf den Tisch und lächelte kalt. „Einen schönen Tag noch", sagte er, drehte sich um und verließ das Haus.

Die Hausherrin starrte ihm hinterher. Einen Moment lang schien sie etwas sagen zu wollen, doch dann räusperte sie sich, nahm die leere Tasse und brachte sie zurück in die Küche.

KLARA blieb zum Mittagessen, anschließend duschte sie heiß, wickelte sich in eine Decke und setzte sich vor den Fernseher. Ausgekühlt, wie sie war, kam ihr das alles wie unerhörter Luxus vor. Ihre Gastgeberin hatte sich zu ihr gesetzt, sprach Klara aber nicht auf den Zwischenfall mit Jens an. Ihr war das ganz recht so. Eine Weile plauderten sie über dies und das, dann schlug Klara die Decke zur Seite und stand auf. „Ich werde jetzt besser gehen. Sonst wird es noch dunkel, bevor ich wieder zu Hause bin."

„Bist du sicher, dass du zu Fuß gehen willst, Klara?" Sie wirkte besorgt. „Ich könnte ein bisschen herumtelefonieren, vielleicht findet sich ja jemand, der dich mit dem Schlepper nach Hause bringt."

„Nein, nein. Vielen Dank, es macht mir nichts aus. Und so weit ist es ja auch gar nicht. In einer guten Stunde bin ich zu Hause." Klara lächelte. Die Frau wusste nicht, dass sie den entflohenen Sexualstraftäter, von dem alle sprachen, nicht nur persönlich kannte, sondern auch eines seiner Opfer war. Sonst hätte sie Klara kaum so einfach gehen lassen.

„Ich brauche ein bisschen frische Luft, um nachdenken zu können", sagte

Klara und machte damit eine Andeutung auf ihren Streit mit Jens. „Deshalb würde ich wirklich gern laufen.“ Es schien zu funktionieren.

„Also gut. Wenn du meinst …“

„Vielen Dank für die Einladung zum Essen. Das war sehr nett von Ihnen. Aber jetzt muss ich mich beeilen.“ Sie verabschiedete sich von Anni und Lino, schnürte ihre Skijacke zu und machte sich auf den Weg.

11

An diesem Samstag war das Polizeipräsidium in Münster völlig verwaist. Der graue Himmel und der eingeschneite Parkplatz konnten die Idee erwecken, die Verbrecher würden Winterschlaf machen und die Polizei hätte sich ihnen angeschlossen. Guido Gratczek mochte es, wenn kaum jemand im Haus war. Er hatte einen Anruf vom Pförtner bekommen, seine Zeugin war eingetroffen. Sie wartete nun darauf, dass er sie abholte und in sein Büro führte.

Als er in die Eingangshalle trat, hockte seine Besucherin auf einem Stuhl im Wartebereich. Sie sah genauso aus wie bei ihrer letzten Begegnung. Irgendwie erschöpft, auch wenn sie das mit Schroffheit und Kühle zu überspielen versuchte.

Er ging mit ausgestreckter Hand auf sie zu. „Guten Tag, Frau Voss! Schön, dass Sie sich die Zeit genommen haben vorbeizuschauen.“

Auf dem langen Weg durch die Flure sprach er kein Wort. Als er sie schließlich ins Büro führte und die Tür hinter sich schloss, sank sie auf den Besucherstuhl und strich sich mit einer fahrigen Bewegung durchs Gesicht. „Weshalb haben Sie mich hierherbestellt?“, fragte sie. „Ich habe Ihnen doch schon alles gesagt.“

Er setzte sich ihr gegenüber und ließ seinen Blick eine Weile auf ihr ruhen. Er wollte es mit einem offenen Angriff versuchen. „Ehrlich gesagt glaube ich nicht, dass Sie mir schon alles gesagt haben. Ganz im Gegenteil, Frau Voss. Ich habe vielmehr das Gefühl, dass Ihnen Umstände zum Tod von Sandra Hahnenkamp bekannt sind, die Sie der Polizei bislang verschwiegen haben.“ Sie sagte nichts darauf. „Frau Voss? Richtig?“

„Ich weiß nicht, was Sie meinen.“

„Ich will es einmal so sagen: Bislang waren Sie sehr abweisend und unfreundlich. Bedenkt man, dass ich jeden Tag Überstunden mache, um den Mörder Ihrer Freundin zu finden, ist dieses Verhalten ein wenig undankbar, finden Sie nicht? Wir können damit beginnen, dass Sie mir zunächst einmal dieses Verhalten erklären.“

Sie senkte den Kopf. Er ließ sie nicht aus den Augen. Nach einer Weile gab sie einen resignierten Laut von sich. „Ich kann nicht mehr“, sagte sie leise. Dann hob sie den Kopf. Offenbar hatte sie eine Entscheidung getroffen. „Ich bin schuld an Sandras Tod“, sagte sie.

Gratczek stutzte. Das war allerdings eine Überraschung. „Inwiefern?“

„Ich habe sie betrogen, das heißt, wir haben sie betrogen. Deswegen ist sie nach Birkenkotten gefahren. Ursprünglich hatte sie das gar nicht vor.“

„Wen meinen Sie mit ‚wir‘?“

„Nun ja … Tilmann und ich hatten …“ Sie rang mit einer Formulierung. „… wir waren intim miteinander.“ Sie vermied es, ihn anzusehen. „Es war nur ein einziges Mal. Wir sind nach Feierabend noch in eine Bar gegangen und haben richtig viel getrunken. Schließlich sind wir in seiner Wohnung gelandet.“ Sie atmete tief durch. „Ich fand ihn schon immer toll. Aber … ich wollte Sandra nicht betrügen. Tilmann meinte, wir brauchten keinem davon zu erzählen. Er sagte: Wir wissen schließlich beide, dass es nichts bedeutet hat.“ Nun wagte sie es aufzusehen. Ganz offenbar schämte sie sich. „Aber das konnte ich nicht“, sagte sie. „Ich konnte nicht mit Sandra unter einem Dach leben und so tun, als wäre nichts. Schließlich hatte ich ihr Vertrauen missbraucht. Ich hab es nicht ausgehalten. Also bin ich zu ihr gegangen.“ Sie schluckte. „Natürlich ist sie ausgeflippt. Aber das war ja auch verständlich. Sie wollte nichts mehr mit mir zu tun haben. Sie hat mir eine Frist von zwei Monaten gegeben, damit ich mir eine andere WG suchen konnte. Tja, und dann hat sie mit Tilmann Schluss gemacht. Er hat mich dafür gehasst, doch es war mir unmöglich zu lügen.“

„Was passierte dann?“

„Zu Hause herrschte eine schreckliche Stimmung. Wir sind uns aus dem Weg gegangen, doch in der kleinen Wohnung ist das gar nicht so einfach. Das war auch der Grund, weshalb sie nach Birkenkotten gefahren ist. Sie wollte mich nicht sehen, und dann wollte sie wohl auch zu ihren alten Freundinnen. Menschen, die sie nicht enttäuscht hatten …“

Gratczek war mit seinen Gedanken bei Tilmann Feth. Der hatte volle Kooperation mit der Polizei zugesichert, und nun wurde schon wieder eine seiner Lügengeschichten entlarvt. „Wie hat Tilmann auf die Trennung reagiert?“, fragte er.

„Es ging ihm ziemlich dreckig. Er hat gesagt, dass er alles tun würde, um sie zurückzugewinnen. Für ihn war das letzte Wort noch nicht gesprochen.“

„Das letzte Wort noch nicht gesprochen … War das seine Formulierung?“

„Ja. Aber wie gesagt, er war total fertig. Außerdem …“

Das Telefon klingelte, und Miriam Voss zuckte zusammen.

Nicht jetzt!, dachte Gratczek wütend. Doch es war zu spät, das Gespräch war bereits unterbrochen, seine Zeugin nagte abwesend an den Fingernägeln.

Auf dem Display leuchtete: *Nummer unbekannt.* Er zögerte. Wo seine Befragung schon versaut war, konnte er auch kurz rangehen und herausfinden, wer es war. „Einen Moment bitte“, sagte er und nahm den Hörer ab. „Gratczek.“

„Guten Tag, mein Name ist Axel Mühlbeck. Ich hoffe, ich störe nicht.“

Gratczek lächelte müde. „Worum geht es denn?“

„Ich habe Ihre Nummer von der Polizeiwache in Ahaus. Ich spreche doch mit jemandem von der Mordkommission, nicht wahr? Also, ich habe hier zufällig ein Fahndungsfoto gesehen und bemerkt, dass ich den Typen darauf kenne. Ich habe ihn als Anhalter in meinem Auto mitgenommen. Laut Foto heißt er Tilmann Feth. Wissen Sie, um wen es sich dabei handelt?“

„Natürlich. Wann haben Sie ihn im Auto mitgenommen?“

„Das war gestern Nachmittag, als das Schneechaos ausgebrochen ist. Er hat mir erzählt, dass sein Auto am Schöppinger Berg stecken geblieben ist. Er war auf dem Weg nach Hause, zu einem Hof in Birkenkotten.“

„Er hat gesagt, er wohnt in Birkenkotten? Auf welchem Hof? Können Sie mir sagen, wo genau dieser Hof liegt?“

„Wenn Sie eine Karte haben …“

Gratczek blickte auf. Miriam Voss saß noch immer da und kaute an ihren Nägeln. „Und ob ich eine Karte habe“, sagte er.

Hambrock hatte sich von Ingeborg Auto und Schneeketten geliehen, damit er Birkenkotten nicht zu Fuß durchqueren musste. Doch so einfach, wie er sich das vorgestellt hatte, war es nicht. Die Bauern hatten begonnen, Straßen und Wege mit Schleppern und Frontladern zu räumen. So war ein Flickenteppich aus tief verschneiten und inzwischen halbwegs geräumten Wegen entstanden, bei denen Schneeketten eher hinderlich als nützlich waren.

Der Hof der Familie Ortmann lag etwas abseits der Straße, auch hier war die Auffahrt frei geräumt worden. Er hielt am Straßenrand und sortierte seine Informationen. Gratczek hatte ihn aus dem Präsidium angerufen. „Wir wissen jetzt, wer Tilmann Feth in Birkenkotten unterstützt hat. Halt dich fest: Es muss Christoph Ortmann gewesen sein, der Exfreund von Sandra Hahnenkamp. Ein Autofahrer hat Feth identifiziert, er hat ihn als Anhalter mitgenommen und direkt vor Ortmanns Tür abgesetzt.“

Heike hatte Christoph Ortmann längst zu Sandra Hahnenkamp befragen wollen, doch dann war das Schneetief über sie hereingebrochen, und die Befragung war wie vieles andere im Chaos untergegangen.

Als Sandra zum Studieren nach Münster gezogen war, hatte Christoph befürchtet, dass dieser Umzug das Ende ihrer Beziehung bedeuten würde. Kurz darauf hatte sie sich tatsächlich von Christoph getrennt und sich dann in Tilmann Feth verliebt, den Barkeeper einer angesagten Diskothek. Und jetzt stellte sich heraus, dass Tilmann Feth bei Christoph Ortmann untergetaucht war. Eine echte Überraschung, dachte Hambrock und verließ seinen Wagen.

Auf dem Hof der Ortmanns war die Zufahrt sorgfältig geräumt, genauso die Wege zwischen den Ställen. Aber es war niemand zu sehen, alles wirkte wie ausgestorben. Die Rollläden waren heruntergelassen. Mit der Faust klopfte er gegen die Tür. Das massive Eichenholz schluckte jedes Geräusch. Er blickte zu den Fenstern hinauf. Im ersten Stock glaubte er einen Lichtschein zu sehen. Er formte einen Schneeball und traf damit den Rollladen. Nichts geschah. Er formte einen zweiten Ball.

„Was machen Sie da?“, fragte eine Stimme hinter ihm. Eine Bauersfrau stand in der offenen Stalltür. Sie trug alte Arbeitskleidung und ein Kopftuch.

Hambrock lächelte. „Ich versuche nur, auf mich aufmerksam zu machen. Mein Name ist Bernhard Hambrock. Ich bin …“

„Sie sind der Polizist. Sie sind oben bei Ingeborg auf dem Hof. Seit das Schneechaos ausgebrochen ist, stecken Sie fest.“

„Genau“, sagte er. „Die Informationswege auf dem Land funktionieren noch.“

Sie zog das Kopftuch herunter und rückte die langen schwarzen Haare zurecht. Augenblicklich wirkte sie zehn Jahre jünger. „Es ist gut, dass Sie hier sind. Schließlich stromert Martin irgendwo herum, da fühlen sich alle besser, wenn Polizei in der Nähe ist.“

„Bestimmt haben Sie auch gehört, dass ich meine Wartezeit damit verkürze, ein paar Befragungen durchzuführen.“

„Natürlich“, sagte sie lachend, ging zur Haustür und schloss auf. „Kommen Sie doch herein. Es ist im Haus zwar nicht viel wärmer als draußen, aber wir haben einen Campingkocher, damit kann ich Ihnen einen Kaffee machen.“ Sie streifte ihre Gummistiefel ab und stieg in die Pantoffeln, die auf der Schwelle standen.

Es war stockfinster im Haus. Eine Taschenlampe stand neben der Tür bereit, sie knipste sie an. „Wir haben elektrische Rollläden. Seit dem Stromausfall können wir sie nicht mehr hochziehen. Da sitzen wir auch tagsüber im Dunkeln.“ Sie führte ihn in die Bauernhausküche, wo sie zwei Petroleumlampen entzündete. Warmes Licht erhellte den großen Raum.

„Mein Mann ist noch im Stall“, sagte Frau Ortmann, während sie einen

Topf mit Wasser auf den Gaskocher stellte. „Wenn Sie möchten, kann ich ihn dazuholen.“

Hambrock setzte sich an den großen hölzernen Esstisch. „Eigentlich möchte ich mit Ihrem Sohn Christoph sprechen.“

Sie sah überrascht auf. „Weshalb Christoph? Er kennt Martin Probst doch kaum. Wissen Sie, er war in der Schule zwei Jahrgänge über Martin. Sie kennen das ja: Mit den Jüngeren möchte man nichts zu tun haben, nur die älteren Schüler sind cool.“

„Es sind eher allgemeine Routinefragen. Schließlich war Christoph in der Tatnacht auf der Party bei Burtrup. Wir müssen mit allen reden, die dort waren.“

„Ach so, das ist natürlich richtig.“ Sie wurde nachdenklich. „Es ist wirklich eine furchtbare Geschichte. Da feiern alle gemeinsam und haben Spaß und direkt hinter dem Haus wird eine von ihnen brutal ermordet. Einfach schrecklich.“

„Frau Ortmann, wissen Sie, ob Ihr Sohn Freunde in Münster hat?“

Sie sah irritiert auf. „Ja, ich glaube schon. Er hat einen Bekannten, mit dem er sich ab und zu trifft, wenn er in der Stadt ist. Ist das wichtig?“

„Das gehört auch zu den Routinefragen. Wissen Sie, wie dieser Bekannte heißt?“

„Nein. Tut mir leid.“

Er wünschte, er hätte ihr ein Fahndungsfoto von Tilmann zeigen können. „Könnten Sie diesen Freund beschreiben?“

Sie hob unsicher die Schultern. „Ich habe ihn nur ein einziges Mal gesehen. Er sieht gut aus. Hat etwas Südländisches. Dunkle Haare, schöne Augen, fein geschwungene Augenbrauen.“

„Wie groß ist er etwa?“

„Na, so um die eins achtzig. Aber wieso…?“

„Heißt dieser Freund vielleicht Tilmann Feth?“, fragte Hambrock.

Über ihnen knallte lautstark eine Tür. Dann polterte jemand die Treppe herunter.

„Das wird Christoph sein. Der wird Ihnen das am besten selbst beantworten können.“

Die Küchentür öffnete sich, und ein schlaksiger, hochgewachsener Mann streckte den Kopf durch den Spalt. „Ich fahre jetzt los. Kann ich dich und Papa allein lassen mit den Schweinen?“ In diesem Moment entdeckte er den fremden Mann am Küchentisch.

„Das ist Hauptkommissar Hambrock“, sagte Frau Ortmann. „Er befragt hier alle zu der Nacht, in der Sandra ermordet worden ist.“

Ein Schatten fiel über Christophs Gesicht. „Oh. Ach so."

„Ich hatte gehofft, mit Ihnen reden zu können", sagte Hambrock. „Aber wie ich sehe, wollen Sie gerade aufbrechen?"

„Ja. Wir veranstalten heute eine Schneeparty bei Bertolt Lütke-Brüning. Ich habe versprochen, dass ich ihm bei den Vorbereitungen helfe."

„Mich würde nur interessieren, ob Sie in der Tatnacht die Party bei Burtrup verlassen haben."

„Nein, natürlich nicht. Wo hätte ich hingehen sollen?"

Hambrock hob gleichmütig die Schultern. „Na ja, zum Beispiel zur Bushaltestelle. Vielleicht haben Sie sich vorher in Burtrups Tenne Gummistiefel übergezogen."

„Was soll das? Sandra und ich haben uns ausgesprochen. Weshalb sollte ich ihr was antun?"

„Kennen Sie Tilmann Feth?"

Stille. Christoph Ortmann starrte ihn an. „Flüchtig. Tilmann war Sandras aktueller Freund."

„Aktuell? Wieso sagen Sie das? Denken Sie, dass die Beziehung nicht lange gehalten hätte?"

„Nein, gar nicht. Das war nur so ein Spruch."

„Wie gut kennen Sie Tilmann Feth?"

„Eigentlich gar nicht. Ich weiß nur, dass er Sandras Freund war. Ich hab ihn mal auf einer Party gesehen, hatte aber keine Lust, mit ihm zu reden."

„Wenn Sie sich kaum kennen, weshalb ist er dann gestern Nachmittag während des Schneesturms hier aufgetaucht?"

Ein leiser Knall ertönte. Die Packung mit den Filtertüten war auf die Anrichte gefallen. Frau Ortmann sah ihren Sohn erschrocken an. „Wie bitte? Stimmt das?"

„Unsinn! Wer behauptet das? Ich weiß nichts davon. Weshalb sollte er hier auftauchen?"

„Ich hatte gehofft, dass Sie mir das erklären können", sagte Hambrock. „Er wurde von einem Zeugen gesehen."

„Das muss ein Irrtum sein!" Christoph wurde nervös. „Er war doch im Vereinsheim", sagte er hitzig. „Sie haben ihn gestern Nacht dort festgenommen, das hat sich längst rumgesprochen. Vielleicht ist er von Ihrem Zeugen auf dem Weg dorthin gesehen worden. Das Vereinsheim liegt nämlich gleich hinter der nächsten Kurve." Sein Auftreten gewann an Sicherheit.

„Tilmann Feth war auf der Flucht vor der Polizei", sagte Hambrock. „Vielleicht wollte er ja bei Ihnen untertauchen. Vielleicht erhoffte er sich

Ihre Hilfe, weil Sie Sandra Hahnenkamp gemeinschaftlich ermordet haben."

Frau Ortmann stieß einen leisen Schrei aus. Sie blickte Hambrock an, als habe der sich plötzlich in den Leibhaftigen verwandelt.

„Ich hör mir diesen Quatsch nicht länger an", sagte Christoph Ortmann. „Wenn Sie mir Fragen stellen wollen, rufen Sie vorher an, dann können wir einen Termin vereinbaren. Jetzt habe ich keine Zeit mehr. Oder wollen Sie mich etwa festnehmen?"

„Nein, das will ich nicht. Noch eine letzte Frage. Ihre Mutter erzählte mir, dass Sie einen Freund in Münster haben."

„Das ist ein Bekannter, den ich in meinem Job kennen gelernt habe. Bei einer Fortbildung."

„Wie heißt denn dieser Bekannte?"

Er zögerte den Bruchteil einer Sekunde. „Michael."

„Und weiter?"

„Weiß ich nicht. Ich kenn nur seinen Vornamen."

„Sicher haben Sie eine Telefonnummer von ihm."

„Eh … nein, nicht mehr. Wir treffen uns schon lange nicht mehr, ich habe sie aus meinem Handy gelöscht …"

Hambrock nickte. Er hatte genug gehört. „Wir werden diese Unterhaltung später fortführen."

Ohne ein weiteres Wort wandte Christoph sich um, verließ das Haus und schlug die Tür hinter sich zu.

Frau Ortmann stand bewegungslos an der Anrichte. Das Wasser im Topf begann zu kochen. „Ich denke, Sie gehen jetzt besser." Sie drehte das Gas herunter.

Hambrock stand auf und ging zur Tür. Plötzlich drehte er sich mit einem gequälten Lächeln um. „Entschuldigen Sie, aber darf ich vielleicht kurz Ihre Toilette benutzen? Danach sind Sie mich auch los. Versprochen."

Sie blickte verwirrt auf. „Wie bitte? Ach so. Natürlich." Mit einer fahrigen Handbewegung deutete sie nach oben. „Vor der Badezimmertür stehen Eimer mit Wasser. Wir haben uns heute Morgen ein Notstromaggregat geliehen und Wasser in Eimer gepumpt. Benutzen Sie einen davon, aber seien Sie bitte sparsam."

„Vielen Dank." Sie gab ihm eine Petroleumlampe, und Hambrock ging damit die Treppe hinauf. Oben fand er die Tür mit den Wassereimern. Er blickte sich um. Es war niemand im Obergeschoss zu sehen.

Unten in der Küche war eine Männerstimme zu hören: „Was ist hier los? Wem gehört das Auto?" Offenbar war es Gisbert Ortmann, der Hausherr.

„Der Kommissar von der Mordkommission ist hier“, sagte seine Frau. „Er hat gerade mit Christoph gesprochen.“

Sie begann ihrem Mann von der Befragung zu berichten, doch Hambrock achtete nicht weiter darauf. Er schlich den Flur entlang, öffnete lautlos die Türen und spähte in die dahinterliegenden Räume. Es dauerte nicht lange, bis er Christophs Zimmer gefunden hatte. An den Wänden hingen Poster von Motorrädern und Sportwagen.

Er schlüpfte hinein und schloss die Tür. Dann stellte er die Petroleumlampe auf der Kommode ab und öffnete die oberste Schublade. Unterwäsche und T-Shirts lagen darin. In der zweiten Schublade Jeanshosen. In der dritten wurde er fündig. Neben Christophs Schlafanzügen lagen seine Socken. Hambrock durchstöberte das Fach, und tatsächlich dauerte es nicht lange, bis er ein ganz besonderes Sockenpaar gefunden hatte. Giftgrüne Wollsocken, offensichtlich selbst gestrickt. Am Bündchen der einen Socke hatten sich die Maschen gelöst, ein loser Faden hing heraus. Hambrock legte die Socken zurück und schloss leise die Lade. Er wusste jetzt, wer in der Tatnacht die Gummistiefel getragen hatte.

KLARA hatte sich die Kapuze ihrer Skijacke tief ins Gesicht gezogen. Lautlos fiel der Schnee. Hier draußen ist es so friedlich, dachte sie. Alles andere schien weit, weit weg. Der Stromausfall, der Streit mit Jens, sogar die Angst vor Martin. Sie fühlte sich einfach nur leicht und frei. Klara stapfte durch den hohen Schnee, und irgendwann hörte sie den Dieselmotor eines Notstromaggregats durch die Stille der Landschaft tuckern. Hinter einer Kurve tauchte der Hof von Lütke-Brüning auf, dahinter auf dem Hügel war das Haus ihrer Mutter.

Das Tuckern wurde lauter. Sie blieb an der Auffahrt des Bauernhofs stehen. Zu ihrer Überraschung stand Marc im tiefen Schnee vor einer Stalltür, neben ihm das ratternde Stromaggregat. Mit ihm hatte sie am allerwenigsten gerechnet.

Marc blickte auf und entdeckte sie ebenfalls. Er hob die Hand. „Hi Klara.“

„Hi.“ Sie blieb unschlüssig vor der Auffahrt stehen. Es wäre unhöflich, jetzt einfach weiterzugehen. „Was machst du hier?“, fragte sie.

„Was soll ich schon machen? Ich helfe Bertolt beim Kühemelken. Wir haben vom Technischen Hilfswerk ein Notstromaggregat bekommen und die Melkmaschinen daran angeschlossen.“

Marc half beim Kühemelken? Seit wann waren denn Marc und Bertolt Lütke-Brüning so gut befreundet? Als hätte er ihren Gedanken gehört, sagte

Marc: „Man muss doch zusammenhalten. Für die Tiere ist der Stromausfall viel schlimmer als für uns Menschen. Es sind zu viele, als dass man sie mit der Hand melken könnte, und sie sind das auch gar nicht mehr gewohnt. Sie treten aus, wenn man ihnen ans Euter will."

„Aha." Jetzt hielt er auch noch Vorträge über Landwirtschaft! Bertolt erschien in der Stalltür, gefolgt von Christoph Ortmann. Der war also auch hier, dachte Klara überrascht. „Hallo Bertolt!", rief sie. „Jens hat erzählt, bei dir findet heute Abend eine Schneeparty statt?"

„Ja klar. Ist doch lustig."

Hinter dem Stall stand die alte Garage, die Bertolt vor einigen Jahren zum Partyraum umgewandelt hatte. Die Tür öffnete sich und Lina trat auf den Hof. „Die Stimme kenn ich doch!", rief sie und stapfte Klara freudig entgegen. „Ich war schon oben bei deiner Mutter. Sie sagte, du wärst in Stadtlohn."

Sie umarmten sich, und die Jungs verschwanden wieder im Stall. Klara dämpfte ihre Stimme. „Ich habe mich mit Jens gezofft. Deshalb bin ich allein zurückgelaufen."

Lina machte ein erschrockenes Gesicht. „Du kannst doch nicht allein hier draußen rumlaufen. Das ist viel zu gefährlich." Natürlich wusste Klara genau, was Lina meinte. Martin war noch immer auf freiem Fuß.

Lina wechselte das Thema. „Gehen wir rauf zu deiner Mutter. Sie wollte uns etwas zu essen machen. Dafür hat sie sich eigens den Gaskocher von Lütke-Brünings ausgeliehen. Die Jungs können die Party auch allein vorbereiten." Sie hakte sich bei Klara ein und steuerte den schmalen Weg zum Hügel an.

Klara betrachtete sie aus den Augenwinkeln. Sie tut, als ob gar nichts gewesen wäre, dachte sie. Dabei sprechen wir zum ersten Mal miteinander, seit ich auf dem Dachboden gewesen bin.

Hinter ihnen ertönte eine laute Stimme. Es war Marc. „Hey, Lina, musst du dich gar nicht bei mir abmelden, wenn du gehst?"

Ohne sich umzublicken, murmelte sie: „Das hättest du wohl gerne."

„Das habe ich gehört!"

Sie drehte sich um. „Entschuldige, dass ich dir nicht vor die Füße gefallen bin und dich um Erlaubnis gefragt habe, mein Herr und Meister!"

„Na also, geht doch." Er grinste anzüglich. „Dir wird bestimmt etwas einfallen, um es wiedergutzumachen."

Lina zeigte ihm den Mittelfinger, dann legte sie den Arm um Klaras Schultern und führte sie vom Hof fort.

„Wie kannst du dir das gefallen lassen?", fragte Klara, als sie außer Hörweite waren.

„Ach, er meint es nicht so. Er ist halt ein Idiot." Damit war das Thema für sie beendet.

Der Weg zum Hof ihrer Mutter lag noch immer unter einer tiefen Schneeschicht. Gut gelaunt kämpften sie sich die Anhöhe hinauf. Dabei alberten sie herum, bewarfen sich mit Schneebällen und schubsten sich gegenseitig in die beinahe mannshohen Verwehungen am Wegesrand.

Lina verlor weiterhin kein Wort über die vergangene Nacht. Als sie irgendwann keuchend nebeneinanderstanden und sich den Schnee von der Kleidung klopften, warf Klara ihr einen Seitenblick zu. Und wenn sie tatsächlich nur über Martin geredet hatten? Vielleicht sah Klara Gespenster. Was, wenn sie ihr Unrecht getan hatte? „Hör mal, Lina, es tut mir leid wegen gestern Nacht. Ich hätte dich einweihen sollen. Es war nur so, dass ich …"

„Schon gut. Denk nicht drüber nach. Ich bin dir nicht böse, wenn du das meinst. Zum Glück ist ja nichts passiert. Aber ich finde, du solltest etwas vorsichtiger sein. Das hätte auch nach hinten losgehen können." Lina blieb stehen und sah sie an. „Trotzdem kann ich gut verstehen, weshalb du allein dort hinaufgegangen bist. Auch wenn es Wahnsinn war. Es gibt Sachen, da muss man allein durch. Ich kenne das gut." Dann lächelte sie auf eine Weise, die es Klara verbot, weitere Fragen zu stellen. Sie drehte sich um und ging davon.

Klara lief ihr hinterher. Langsam wurde ihr klar, was ihre Freundin meinte. Klara erinnerte sich, was damals war, nachdem Linas Bruder in seinem Wagen verbrannt war. Lina hatte sich völlig zurückgezogen. Sie wollte sich von niemandem helfen lassen. Auch Klara hatte sie nicht sehen wollen. Am Ende war sogar ein Psychologe hinzugezogen worden. „Es gibt Sachen, da muss man allein durch." Sie begriff, was ihre Freundin sagen wollte. Deinen Dämonen musst du dich allein stellen, wenn du sie besiegen willst.

Sie holte Lina ein. „Ich dachte, wenn ich es nicht selbst beende, dann wird es niemals zu Ende gehen, verstehst du? Ich musste allein da durch, weil ich ja auch allein war, als damals …"

„Ja, ich weiß." Jetzt lächelte Lina. „Trotzdem liegst du falsch. Aber das macht nichts. Irgendwann wirst du erkennen, dass deine Freunde für dich da sind."

Klara war gerührt. Am liebsten hätte sie ihre Freundin in den Arm genommen, aber sie wollte nicht in Tränen ausbrechen. Wie hatte sie Lina nur verdächtigen können, irgendetwas über den Mord an Sandra zu wissen? „Das nächste Mal werde ich zu dir kommen", sagte sie mit erstickter Stimme. „Ich werde so etwas nicht noch einmal allein machen. Versprochen."

Lina berührte sie vorsichtig am Arm. „Ich werde da sein", sagte sie.

Der Strom kehrte den ganzen Tag nicht zurück, und Räumfahrzeuge tauchten ebenfalls keine auf. Wären da nicht die Bauern gewesen, die mit Hochdruck in die umliegenden Dörfer ausschwärmten, um Notstromaggregate für ihr Vieh zu besorgen, hätte man glauben können, Birkenkotten läge plötzlich auf einem anderen Stern.

Hambrock überquerte mit einer Taschenlampe den dunklen, tief verschneiten Hof. Seine Hände und Füße waren taub vor Kälte, er fror am ganzen Leib und sehnte sich nach einem heißen Bad. Um ihn herum tropfte es. Von den Dachrinnen, den Baumstämmen und unterhalb der Pflanzenkübel. Bei Temperaturen knapp oberhalb des Gefrierpunkts begann sich Schmelzwasser zu bilden. Trotzdem würde es wohl noch Tage dauern, bevor der Schnee verschwunden war. Er ging in die Scheune und setzte sich in Ingeborgs Polo, steckte den Schlüssel ins Schloss und stellte das Radio ein. Nach kurzem Suchen hatte er einen Sender gefunden, der einen Bericht über das Schneechaos brachte.

„… sind viele Orte im Münsterland nach wie vor ohne Strom und somit ohne Heizung und ohne Licht. Meteorologen rechnen jedoch für die kommende Nacht mit einer Beruhigung der Wetterlage. Die Schneefälle werden nachlassen, und Tauwetter wird einsetzen. Das Sturmtief verlagert seinen Schwerpunkt langsam landeinwärts und schwächt sich zunehmend ab. Inzwischen haben die Stromkonzerne alle verfügbaren Kräfte aufgeboten, um die Stromversorgung wiederherzustellen.“

Hambrocks Gedanken schweiften ab. Er starrte in die finstere Scheune, die den Wagen umgab. Die einzige Lichtquelle war das Display des Autoradios. Er hoffte, dass er die richtige Entscheidung getroffen hatte. Guido Gratczek hatte ihn gedrängt, Christoph Ortmann nach Münster bringen zu lassen, um ihn dort selbst in die Mangel zu nehmen. Doch Hambrock hatte sich dagegen entschieden. Er wollte abwarten. „Kümmere du dich um einen Durchsuchungsbeschluss für den Hof der Ortmanns“, hatte er seinem Kollegen gesagt. Er hatte das unbestimmte Gefühl, dass Christoph Ortmann ihnen nützlicher sein würde, wenn sie ihn vorerst auf freiem Fuß ließen. Momentan mochte alles darauf hindeuten, dass er und Tilmann Feth den Mord an Sandra Hahnenkamp gemeinschaftlich begangen hatten, um sich an ihr zu rächen. Trotzdem glaubte er, dass dies nicht die ganze Wahrheit war.

Hambrock stellte das Radio ab. Wie es aussah, würde sich die Lage morgen normalisieren. Dann würden sie nicht nur Ortmann verhaften, sondern auch die Jagd auf Martin Probst wiederaufnehmen können. Er verließ die Scheune und blickte zum Hof von Lütke-Brüning. Bertolt hatte den Traktor zwischen die Gebäude gestellt, die Scheinwerfer tauchten alles in ein grelles Licht. Gestalten liefen umher, ihre Silhouetten bewegten sich wie Schattenrisse. Sie rollten Bierfässer in den Partyraum, trugen eine Zapfanlage hinein und einen Ghettoblaster.

Klara hatte erzählt, dass Bertolt eine Autobatterie für die Musikanlage besorgt hatte. Dazu einen Berg von Kerzen und einen Heizstrahler, der normalerweise dazu diente, das Korn im Speicher zu trocknen. Für den Partyraum war an alles gedacht. Die älteren Herrschaften würden sich derweil in der Bauernhausdiele um das wärmende Herdfeuer setzen. Auch Hambrock und Ingeborg wollten der Einladung folgen. Zumindest hatten sie das ursprünglich geplant.

Hambrock fühlte sich nicht wohl in seiner Haut. Als er hierhergefahren war, hatte es ihm Spaß gemacht, ein wenig mit Ingeborg zu flirten. Doch es war inzwischen mehr als ein harmloser Flirt. Was immer es ist, du musst damit aufhören!, sagte er sich. Sonst wirst du Elli nicht mehr unter die Augen treten können. Er hatte vor einer Stunde vergebens versucht, sie anzurufen. Sie war nicht zu Hause und nicht im Büro. Lediglich eine Nachricht auf dem Anrufbeantworter hatte er hinterlassen. Es war wohl das Beste, gleich morgen früh zurück nach Münster zu fahren.

In der Tenne bellte der Hund. Eilig rettete sich Hambrock ins Haus. Er fand Ingeborg in der Küche. Sie hockte in einer dicken Daunenjacke am Tisch und schälte Kartoffeln. Bei Lütke-Brüning sollte es Bratkartoffeln geben, und Ingeborg hatte dem alten Bauern versprochen, alles dafür vorzubereiten.

Als Hambrock eintrat, blickte sie auf und sofort war eine Unsicherheit zwischen ihnen zu spüren. „Und?", fragte sie. „Hast du etwas Neues erfahren?"

„Die Wetterlage soll sich langsam beruhigen. Morgen werden wohl auch hier Feuerwehr und Räumfahrzeuge auftauchen."

Sie wandte sich wieder ihren Kartoffeln zu. „Das ist gut."

Hambrock räusperte sich. „Wenn es so weit ist, werde ich zurück nach Münster fahren. Aber keine Angst, es werden genügend Einsatzkräfte in der Gegend sein, die auf euch aufpassen."

Sie nickte. „Ich werde es Klara erklären."

Unschlüssig stand er am Küchentisch. Im nächsten Moment schlug die Küchentür auf, und Klara und Lina stürmten herein.

„Mama, ich kann die Sturmlichter nicht finden! Im Keller sind sie jedenfalls nicht."

Ingeborg blickte die beiden verwirrt an. „Ähm … im Vorratsraum? Neben der Grillkohle?"

Klara lief an ihr vorbei zum Vorratsraum und verschwand mit ihrer Taschenlampe im Innern. Zurück blieben Ingeborg und Hambrock mit Lina, die ungeduldig wartete .

„Und wofür braucht ihr die Fackeln?“, nahm Hambrock das Gespräch auf.

„Sie sollen den Weg zum Partyraum markieren. Im Moment steht da noch Bertolts Trecker mit eingeschalteten Scheinwerfern, aber auf Dauer macht das die Batterie nicht mit.“

„Aha.“ Mehr fiel ihm dazu nicht ein.

Von nebenan rief Klara: „Ich hab sie!“, dann kehrte sie zurück und wedelte mit den Fackeln. „Was ist mit euch? Kommt ihr nicht mit?“

„Wir kommen nach. Sobald ich mit den Kartoffeln fertig bin.“

„Also gut. Dann bis später.“ Die beiden jungen Frauen verschwanden.

Hambrock blickte scheu zu Ingeborg hinüber. Mit jeder Faser seines Körpers wollte er zu ihr. Was geschieht nur mit mir?, fragte er sich. „Soll ich dir bei den Kartoffeln helfen?“

Sie blickte nicht auf. „Nein, nicht nötig.“

„Gut. Ich gehe dann mal ins Nähzimmer.“

„Ich sage dir Bescheid, wenn ich fertig bin.“

Hambrock setzte sich auf das Feldbett und wartete. Ingeborg ließ sich Zeit. Durch das schmale Fenster konnte er hinüber zum Hof der Lütke-Brünings sehen. Inzwischen waren die Partyfackeln aufgestellt worden. Er öffnete das Fenster und lauschte in die Nacht hinaus. Tatsächlich konnte er leise Musik hören, irgendwo lag helles Lachen in der Luft. Vorsichtig schloss er das Fenster wieder und setzte sich aufs Bett. Er wartete. Doch Ingeborg ließ nichts von sich hören, daher stand er auf, um in die Küche zu gehen.

Er stieß mit ihr in der Tür des Nähzimmers zusammen. Offenbar hatte sie ihn gerade holen wollen. Sie sahen sich erschrocken an. Keine Armlänge voneinander entfernt. Sein Bauch zog sich zusammen. Ihm wurde schwindlig. Dann fielen sie sich in die Arme. Für Hambrock spielte nichts mehr eine Rolle. Er wollte nur noch Ingeborg und ihren Körper.

Als sie ihn von sich wegdrückte, begriff er zunächst nicht, was geschah. Er versuchte, sich dagegen zu wehren, doch Ingeborg hatte sich befreit und wich zurück. Sie klammerte sich an den Türrahmen. „Verdammt, Bernhard! Du hast eine Frau!“ Sie drückte sich an der Wand entlang, vergrößerte den Abstand, dann verschwand sie in der Küche.

Hambrock ließ sich auf das Feldbett sinken. Was war er doch für ein Idiot!

Ein lautes Donnern ließ ihn zusammenfahren. Irgendjemand klopfte laut an die Haustür. Er sprang von seinem Feldbett auf, nahm die Kerze vom

Nachttisch und lief in die Diele. Ingeborg war an der Küchentür erschienen. Er gab ihr ein Zeichen und öffnete die Tür.

Im schwachen Kerzenschein trat ein alter Mann vor. Es war Alois Lütke-Brüning, Bertolts Vater. Seine Stimme war aufgeregt und brüchig. „Herr Kommissar! Sie müssen zu uns kommen, etwas Furchtbares ist passiert. Es geht um Jens, um Jens Burtrup."

12

Es war kalt hier unten, kalt und feucht. Tagsüber fiel mattes graues Licht herein, und er konnte in einem der Bücher lesen, die seine Mutter ihm heruntergebracht hatte. Doch wenn es dunkel wurde, gab es nichts für ihn zu tun, als untätig in der Dunkelheit zu sitzen und zu warten. Dann war er allein mit seinen Gedanken.

Klara. Alles nur wegen ihr. Ihretwegen waren sie damals aus Birkenkotten weggezogen, und ihretwegen saß er jetzt schon wieder in der Klemme. Hätte sie seine Entschuldigung angenommen, dann wäre alles wieder in Ordnung gekommen. Sie sorgte dafür, dass er keine Chance bekam. Lange würde er es nicht mehr aushalten. Er musste hier raus, den aufgestauten Druck loswerden. Aber genau das durfte er nicht. Er hatte sich fest vorgenommen, dem Druck standzuhalten. Diese blöde, weinerliche Kuh!, dachte er.

Die Tür öffnete sich, und der flackernde Schein einer Kerze fiel in den Kellerraum. Es war seine Mutter, die einen Teller mit Schnittchen brachte. „Ich habe dir etwas zu essen gemacht", sagte sie. Er hatte das Gefühl, dass sie mit einem Blick erkannte, mit welchen Dämonen er gerade kämpfte. Sie wusste, was in seinem Kopf passierte.

Mit einem schwachen Lächeln stellte sie Teller und Kerze ab und setzte sich zu ihm auf die Luftmatratze. „Die beiden Polizisten sind abgelöst worden", sagte sie. „Unten an der Auffahrt steht jetzt ein anderes Auto. Die Neuen haben sich nicht vorgestellt." Sie reichte ihm die Brote und er griff zu. Dann stellte sie den Teller beiseite und sah ihm in die Augen. „Martin, ich muss dich etwas fragen. Du musst mir versprechen, die Wahrheit zu sagen."

Er mühte sich, den Bissen hinunterzuschlucken.

„Hast du etwas mit dem Tod von Sandra zu tun?"

„Nein, natürlich nicht! Wie kannst du das denken?" Er warf das angebissene Brot zurück auf den Teller und sprang auf.

Sie blickte ihn prüfend an. „Es tut mir leid", sagte sie. „Ich musste das fragen."

Es war ihm wichtig, dass seine Mutter ihm glaubte. Er musste alles tun, um sie zu überzeugen. Wenn sie an ihm zweifelte, dann würde sie zur Polizei gehen. „Ich mochte Sandra. Sie war immer nett zu mir. Ich habe kurz vor ihrem Tod noch mit ihr gesprochen."

Ihre Augen verengten sich. „Du hast mit ihr gesprochen?" Sie stand auf und trat zu ihm an die Heizungsanlage.

„Ich habe sie in Münster angerufen. Die Nummer stand im Telefonbuch. Ich wollte mit ihr reden und sie fragen, wie es Klara geht. Ob sie noch darunter leidet, was ich ihr angetan habe."

Seine Mutter wirkte erschöpft. „Junge …"

„Es ist doch schon so lange her", verteidigte er sich. „Ich wollte Sandra fragen, ob sie es für eine gute Idee hielte, Klara um Entschuldigung zu bitten." Aber Sandra hatte ihn nur abgewimmelt. Sie hatte ihm abgeraten und irgendwann einfach aufgelegt.

„Ich habe gehört, dass Sandras Handy in deinem Besitz war", sagte seine Mutter. „Hast du es im Straßengraben gefunden?" Im selben Moment erstarrte sie. Sie hatte verstanden. „Du hast es beobachtet, habe ich Recht? Du hast gesehen, wer Sandra ermordet hat. Du musst es mir sagen, Martin. Du musst mir sagen, wer das getan hat."

Er wünschte sich weit weg. Doch es blieb ihm nichts anderes übrig, als ihre Fragen zu beantworten. „Ich war im Bus eingeschlafen", sagte er. „Ich war auf dem Weg hierher. Der Bus fuhr gerade wieder an, als ich aufgewacht bin. Ich laufe also nach vorne zum Fahrer, und der lässt mich hinter der Kurve nach Stadtlohn raus. Sandra muss auch im Bus gewesen sein, aber ich habe sie nicht gesehen."

„Was ist dann passiert?"

„Es hat in Strömen geregnet. Da habe ich mich unter die Eiche gestellt, die ihr Laub noch nicht verloren hatte. Aber es sah nicht danach aus, dass es bald aufhören würde. Also bin ich losgelaufen … Wenn ich mich nicht untergestellt hätte, wäre sie vielleicht noch am Leben. Dann hätte ich dazwischengehen können."

„Martin! Hast du den Mörder gesehen?"

Er nickte. „Es war Christoph."

Sie wurde kreidebleich. „Christoph Ortmann?"

„Ja, aber er war nicht allein. Da war noch ein anderer Mann. Der Mann ist in sein Auto gestiegen und losgefahren, und Christoph ist zurück auf die Party gegangen. Diesen Mann habe ich wiedergetroffen. Er hat sich ebenfalls im Vereinsheim versteckt. Ihn haben sie geschnappt."

„Du musst zur Polizei!", flüsterte sie aufgeregt. „Du musst sagen, was du gesehen hast."

Er spürte Ärger in sich aufsteigen. Wie dumm war sie denn, dass sie das ernsthaft vorschlug? „Die Polizei“, sagte er spöttisch. „Die glauben mir doch kein Wort. Die denken, ich bin es gewesen, und warten nur darauf, mir einen Indizienprozess machen zu können.“

„Du irrst dich. Du musst mit Kommissar Hambrock sprechen. Er wird dir glauben.“

„Ich gehe nicht zur Polizei!“ Es klang härter als beabsichtigt.

Aber das schien seine Mutter nicht zu irritieren. Sie packte ihn an den Schultern und rüttelte ihn. „Martin! Verstehst du denn nicht? Dies ist die Chance für dich, alles ins Lot zu bringen. Wenn du der Polizei jetzt behilflich bist …“

„Nein!“ Er stieß sie von sich.

Doch sie packte ihn erneut, diesmal fester. Sie war außer sich, er kannte sie kaum wieder. „Ich sage, du gehst! Wenn du es nicht tust, dann mache ich es für dich!“

„Nein!“ Die Wut brach tief aus ihm hervor. Sie verlieh ihm mehr Kraft, als er geahnt hatte. Der kleine Körper seiner Mutter flog durch den Kellerraum. Dann donnerte sie gegen die aufgestapelten Gartenstühle, die lautstark zusammenkrachten und ihren Körper unter sich begruben.

Der Lärm verhallte, es wurde still. Martin starrte schreckensbleich auf den Haufen Stühle. „Mama …“ Er trat näher heran. Sie lag schlaff und leblos da, ihre Augen waren geschlossen, der linke Arm zeigte in einem unnatürlichen Winkel vom Körper weg. „Mama …“ Er taumelte zurück. Der Raum schien sich zu verengen, er bekam keine Luft. Der puppenhafte Körper wirkte seltsam fremd.

Benommen stolperte er die Treppe hinauf und in die Küche. Er sah die Kerze auf dem Küchentisch, dachte an die Observation und blies eilig die Flamme aus. Dann blickte er zum Fenster. Die Vorhänge waren zugezogen. Seine Gedanken rasten. Er konnte seiner Mutter nicht mehr helfen. Er musste weg von hier. „Verdammt! Verdammt! Verdammt!“ Wieder hatte sich die ganze Welt gegen ihn verschworen. Nichts gelang. Einfach gar nichts.

Hass legte sich wie ein dunkler Schleier über ihn. Sanft und fließend, bis alles bedeckt war. Seine Brust verhärtete sich, sein Atem ging stoßweise. Er krallte die Fingernägel in die Handballen, bis er das Blut sah.

Klara war schuld. Sein Kopf glühte. Er wusste jetzt, was er zu tun hatte. Er schlich zur Tür.

Der alte Bauer humpelte voran. Der Lichtkegel seiner Taschenlampe wippte über die Schneeberge am Wegesrand. Ingeborg und Hambrock mussten sich beeilen, um mitzuhalten. Die alte Garage, die zum Partyraum umfunktioniert war, rückte in ihr Blickfeld. Hambrock hörte Popmusik und heiteres Stimmengewirr. Es wurde sogar getanzt. „Wir haben den jungen Leuten noch nichts gesagt“, erklärte Lütke-Brüning. „Das würde nur für Unruhe sorgen. Kommen Sie.“

Er huschte an den Partyfackeln vorbei zum Tennentor. Hambrock blieb stehen. Neben der offenen Tür stand Christoph Ortmann. Lehnte an der Wand und rauchte. Als er Hambrock entdeckte, machte er ein finsteres Gesicht, warf die Zigarette in den Schnee und kehrte zurück in den Partyraum.

„Worauf warten Sie?“, rief Lütke-Brüning.

Hambrock folgte ihm eilig ins Haus. In der Diele hatte sich eine Handvoll Nachbarn mit besorgten Gesichtern um das Herdfeuer versammelt. Keiner sagte etwas, alle sahen zu dem leblosen Körper hinab, der in Decken gewickelt vor dem Feuer lag. Es war Jens.

Seine Mutter hatte seinen Kopf auf ihren Schoß gelegt, sie fuhr mit der Hand durch sein Gesicht und flüsterte ihm etwas ins Ohr. Als Hambrock eintrat, drehten sich alle um und nahmen ihn in Augenschein.

Er nickte knapp in die Runde. „Ist ein Krankenwagen gerufen worden?“, fragte er.

„Der ist unterwegs“, antwortete jemand. „Dauert bei den Straßenverhältnissen allerdings ein bisschen, haben die gesagt.“ Hambrock trat näher.

„Ein Nachbar hat ihn gefunden“, erklärte Lütke-Brüning. „Jens hat sich im Eichenhof betrunken, und als er hinausgetaumelt ist, war er so besoffen, dass der Wirt den Nachbarn hinterhergeschickt hat, um sicherzugehen, dass der Junge auch gut nach Hause kommt. Dieser Nachbar hat eine Weile später Jens' Traktor verlassen am Baggersee gefunden. Der Junge muss auf die Idee gekommen sein, schwimmen zu gehen. Ohne Hemd lag er am Ufer im Schnee. Bis ins Wasser hat er es nicht geschafft. Zum Glück, muss man sagen, denn im Wasser wäre er schneller erfroren.“

Frau Burtrup schloss den schlaffen Körper in ihre Arme. Aus dem Flüstern wurde ein Wimmern. Die Nachbarn standen mit betroffenen Gesichtern im Halbkreis darum, keiner wagte etwas zu sagen.

Hambrock wandte sich an Ingeborg. „Gibt es nicht Thermoskannen mit heißem Wasser? Mach einen Tee mit viel Zucker.“ Er hockte sich neben Jens, entwand ihn seiner Mutter und versetzte ihm Ohrfeigen. Widerwillig kam Jens zu sich. „Er muss wach bleiben“, sagte er zu Frau Burtrup. „Legen Sie seine Beine hoch und bewegen Sie sie. Das Gleiche gilt für die Arme.“ Der Befehlston riss sie aus der Lethargie. Sie nickte benommen und tat, was ihr gesagt wurde.

Hambrock überlegte fieberhaft, was er sonst noch im Erste-Hilfe-Kurs über Erfrierungen gelernt hatte. Mit dem heißen Wasser aus der Thermoskanne würden sie nicht weit kommen. „Jemand muss den Heizstrahler aus dem Partyraum holen", sagte er. „Wir brauchen Wärme."

Zwei Nachbarn gingen los, Lütke-Brüning wies ihnen den Weg. Sie schienen froh zu sein, etwas tun zu können. In der Küche ertönte ein Kichern. Die Tür schlug auf, und zwei junge Frauen tauchten lachend in der Diele auf. Es waren Klara und Lina, offenbar wollten sie zur Toilette.

Nicht jetzt!, dachte Hambrock, doch da war es schon zu spät. Bevor er reagieren konnte, schrie Frau Burtrup: „Ruhe! Was lacht ihr so blöd!"

Die beiden schraken zusammen. Dann erkannte Klara die in Decken gehüllte Gestalt am Feuer und schlug sich erschrocken die Hand vor den Mund.

„Ach, du bist das!", rief Jens' Mutter ungehalten, in ihren Augen lag ein zorniges Funkeln.

„Frau Burtrup, bitte …", versuchte es Hambrock.

Doch sie achtete nicht auf ihn. „Das ist alles deine Schuld", rief sie der verdatterten Klara entgegen. „Du hast meinen Jungen so weit gebracht! Er trinkt doch nur so viel, weil du ihn zugrunde richtest. Du bist so kalt, du lässt ihn an deiner Seite erfrieren. Und er schafft es nicht, dich fortzujagen."

„Frau Burtrup!", polterte Hambrock. „Reißen Sie sich zusammen!" Klara wirkte wie gelähmt. Ohnmächtig starrte sie Jens' Mutter an, dann drehte sie sich um und lief davon.

„Klara!" Hambrock folgte ihr auf den Hof, wo er sie über den Fackelweg davonlaufen sah.

Weiter kam er nicht, Christoph Ortmann fing ihn am Tennentor ab. Er hatte dort auf ihn gewartet. „Herr Hambrock, ich muss mit Ihnen reden."

„Jetzt nicht, Herr Ortmann."

„Bitte! Es ist wichtig!"

Lina Wendland kam ebenfalls aus dem Tennentor gelaufen und hielt hektisch nach Klara Ausschau. Hambrock zog sie zu sich heran. „Sie ist dort vorne, sehen Sie? Lina, Sie müssen sie aufhalten. Lassen Sie sie nicht allein."

„Alles klar!", sagte sie und rannte zum Fackelweg.

Dann wandte Hambrock sich an Christoph Ortmann. „Also, was gibt es denn so Wichtiges?"

„Ich möchte … Ihnen sagen, was in der Nacht geschehen ist, in der Sandra Hahnenkamp ermordet wurde."

Zehn Minuten später erreichte der Krankenwagen den Bauernhof. Der Notarzt, ein älterer Mann mit tief zerfurchtem Gesicht und gütigen Augen, untersuchte Jens und ließ ihn von den Sanitätern auf eine Trage legen. Dann wandte er sich lächelnd an Frau Burtrup. „Machen Sie sich keine Sorgen, in ein paar Tagen ist er wie neu." Mit einem Gruß stieg er in den Wagen und fuhr mit Blaulicht davon.

Nach einigem Durchatmen rang sich die Nachbarschaft dazu durch, wieder am Herdfeuer Platz zu nehmen, um mit dem Kartoffelbraten fortzufahren. Alois Lütke-Brüning nahm dazu die Kupferpfannen seiner Vorfahren von der Wand, die an einem hölzernen Wagenrad hingen. Alle amüsierten sich darüber, dass diese uralten Dekorationen plötzlich wieder von Nutzen waren, und hielten die Pfannen über das Herdfeuer.

Hambrock schnappte sich eine Kerze und führte Christoph Ortmann in die Küche. „Also", sagte er und wartete, bis sich der junge Mann zu ihm an den Tisch gesetzt hatte, „was möchten Sie mir erzählen?"

„Ich habe Ihnen heute Nachmittag nicht ganz die Wahrheit gesagt." Christoph Ortmann knetete nervös seine Hände. „Ich kenne Tilmann Feth, ich kenne ihn sogar gut. Wir sind uns mal auf einer Party begegnet, das war kurz nachdem Sandra mit mir Schluss gemacht hat. Wir hatten draußen auf der Straße einen Streit. Oder besser gesagt: eine Schlägerei. Ich habe ihn übel zugerichtet. Doch das war wie ein reinigendes Gewitter, danach war die Wut weg, und wir haben gemerkt, dass wir eigentlich ganz gut miteinander auskommen. Sandra wollte nichts mehr von mir. Es gab keinen Grund, ihren neuen Freund dafür verantwortlich zu machen. Ich habe ihn in der Disco besucht, in der er gearbeitet hat, wenn ich in Münster war. Na ja, und irgendwie ist daraus eine Freundschaft geworden. Auch wenn sich das komisch anhört."

Hambrock verschränkte die Arme. „Und weiter?"

„An dem Tag, an dem Sandra ermordet wurde, hat Tilmann bei mir angerufen. Das war am Nachmittag. Er war völlig fertig, Sandra hatte ihn gerade vor die Tür gesetzt. Er konnte sich nicht damit abfinden, dass es zu Ende war. Ich glaube, er wollte von mir Dinge hören wie: ‚Ach, warte erst mal, bis sie sich wieder beruhigt hat.' Aber – er hat mit ihrer Mitbewohnerin geschlafen. Was hat er sich denn gedacht? Dass Sandra ihm verzeiht? Dann hatte er die Idee, Sandras Bus hinterherzufahren und sie in Birkenkotten an der Haltestelle abzufangen. Ich habe versucht, ihm das auszureden, und gesagt, er solle auf eine Party gehen und sich volllaufen lassen. Er hat mir zugestimmt. Doch während der Geburtstagsparty von Jens klingelte mein Handy. Das war Tilmann, und er war völlig außer sich. Er stand am Bushäuschen und hatte Sandras Leiche im Straßengraben gefunden. Ich wusste sofort, was das bedeutete. Wir zwei wären verdächtig. Ich habe mir Gummistiefel angezogen, um keine Fußabdrücke zu hinterlassen. Als ich zu Sandra hinabgestiegen bin, war sie bereits tot. Wenn uns jemand gesehen hätte, wäre es wie ein Geständnis gewesen. Ich habe Tilmann gefragt, ob jemand wusste, dass er in Birkenkotten war. Ob er zurück zur Party von seiner Kollegin gehen könne, ohne dass es jemandem auffallen würde. Wir haben beschlossen, mit keinem darüber zu reden. Vorsichtshalber wollten wir so tun, als würden wir uns nicht kennen."

Hambrock schüttelte den Kopf. „Haben Sie wirklich gedacht, dass wir so dumm sind?"

„Nein. Aber ich dachte, dass Sandras wahrer Mörder gefasst sein würde, bevor Sie dahinterkommen." Er sah Hambrock an. „Da ist noch etwas."

Hambrock hob eine Augenbraue. „Ich höre."

„Es hat sich hier längst herumgesprochen, dass Sie Hautpartikel unter Sandras Fingernägeln sichergestellt haben. Sie werden bald wissen, zu wem diese Spuren gehören, wenn Sie Ihre DNA-Analyse haben. Sie gehören Tilmann. Als er Sandra am Nachmittag besucht hat, ist bei ihm die Sicherung durchgebrannt. Er hat sie gepackt und geschüttelt. Da hat sie ihn gekratzt und ihm eine gescheuert. Das ist die Erklärung."

Hambrock bedachte ihn mit einem langen Blick. „Selbst wenn ich glauben würde, was Sie da erzählen, bleibt die Frage: Wie wollen Sie sicher sein, dass Ihr Freund Tilmann den Mord nicht begangen hat? Er könnte Sie hereingelegt haben."

„Nein, niemals. Dafür ist er nicht der Typ."

Hambrock zog die Stirn in Falten.

„Ich bin mir ganz sicher", sagte Christoph Ortmann eindringlich. „Zu hundert Prozent."

Seine Entschlossenheit machte Hambrock neugierig. „Wie können Sie das sein?"

„Tilmann hätte es mir gesagt, wenn er Sandra ermordet hätte. Und zwar aus einem ganz einfachen Grund. Er hätte gewusst, dass ich ihm dabei helfe, die Sache zu vertuschen und die Leiche zu entsorgen. Umgekehrt wäre es genauso gewesen."

Hambrock war sprachlos. Glaubte der wirklich, mit solchen Statements seine Unschuld bekräftigen zu können? „Wieso erzählen Sie mir das erst jetzt?"

Ortmann zuckte gleichmütig die Achseln. Er wirkte jetzt völlig gefasst. „Sie kommen ohnehin dahinter. Also kann ich Ihnen auch sagen, was ich weiß. Tilmann und ich sind unschuldig. Glauben Sie's oder lassen Sie es bleiben."

„Ich werde Sie festnehmen müssen."

Ortmann nickte. Wie zu sich selbst sagte er: „Es wäre nicht anders gewesen, wenn wir die Polizei gleich geholt hätten. Es ist Ihre Sache, mir zu glauben oder nicht. Aber wenn ich Sie nicht belüge, heißt das: es muss jemand anders da draußen gewesen sein."

Hambrock hatte genug gehört. Er rief einen Streifenwagen. Die Kollegen aus Stadtlohn hielten abseits des Hofs, da Hambrock mit Ortmanns Festnahme keine Aufmerksamkeit erregen wollte, und er übergab ihnen dort den jungen Mann. „Verständigen Sie meine Kollegen in Münster. Wir werden ihn morgen früh vernehmen."

„Kommen Sie denn nicht mit?", fragte einer der Streifenbeamten.

„Nein. Ich habe hier noch etwas zu erledigen."

Ein Gefühl sagte ihm, dass sie in eine falsche Richtung gelenkt worden waren. „Es muss jemand anders da draußen gewesen sein", hatte Ortmann gesagt. Solange er nicht wusste, um wen es sich handelte, konnte er Birkenkotten nicht verlassen.

DER HOF DER LÜTKE-BRÜNINGS war jetzt ganz nah. Er lag auf der anderen Straßenseite, hinter einer Böschung. Martin Probst konnte den Fackelweg erkennen und das Flackern des Herdfeuers hinter den Fenstern der Bauernhausdiele.

Er hatte sein Ziel erreicht. Er wollte nur noch Rache. Diese Schlampe sollte bezahlen. Er würde ihr dieses wehleidige Getue schon austreiben. Er würde sich Klara noch einmal vornehmen, sollten sie ihn danach doch wegsperren, bis er verschimmelte. Diese eine Genugtuung würde ihm keiner nehmen können.

Das Bild seiner Mutter tauchte in seinen Gedanken auf, sie lag auf dem Kellerfußboden und rührte sich nicht mehr. Sie war der einzige Mensch gewesen, der ihn je geliebt hatte. Gewaltsam schob er das Bild beiseite, trat vorsichtig hinter der Böschung hervor und stapfte durch den hohen Schnee zur anderen Straßenseite. Er brauchte ein Versteck, von wo aus er den Hof beobachten konnte. Wenn er lange genug wartete, würde Klara schon herauskommen. Und dann gab es nichts mehr, was ihn noch aufhalten konnte.

DER PARTYRAUM leuchtete im Widerschein der zahllosen Kerzen. Es war ein warmes und freundliches Licht. Die Züge der anderen sahen darin weich und verschwommen aus, wie in einem Traum. Wenn sie sich die laute Musik wegdachte, die vielen Stimmen und das durchdringende Gelächter, dann wirkte der Ort ganz friedlich. Jens ging es gut, er würde keine bleibenden Schäden davontragen. Das hatte der Arzt gesagt, der hier gewesen war. Aus einiger Entfernung hatte Klara beobachtet, wie ihr Freund auf einer Trage in den Krankenwagen geschoben wurde.

Frau Burtrups Worte brannten in ihrem Kopf. Klara wusste, dass sie die Schuld an dem trug, was geschehen war. Bewegungslos stand sie am Rand der Tanzfläche, jemand drängte sich vorbei und stieß sie an. Sie stolperte und taumelte. Die Kerzenlichter begannen sich zu drehen. Sie wollte plötzlich nur noch raus hier. Nach Hause. Allein sein.

Doch was sollte sie Lina sagen? Sie hatte ihr am Nachmittag versprochen, sie nicht mehr auszuschließen. Wenn sie jetzt gehen wollte, müsste sie das erklären. Also würde sie so tun, als wäre alles in Ordnung. Sich zusammenreißen und hierbleiben.

Lina stand am Tresen und winkte ihr zu. Dann nahm sie ein Tablett und drängte sich durch die tanzende Menge zu Klara hindurch. „Komm schon, Klara! Wir trinken U-Boote.“ Auf dem Tablett standen zwei Gläser Bier und zwei Kirschliköre.

„Bitte keine U-Boote!“

„Keine Chance, Süße. Schließlich ist das hier kein Kindergeburtstag.“

Lina ließ die Likörgläser ins Bier sinken. Klara beobachtete, wie tiefrote Wolken über den Grund quollen. Als wäre es Blut. „Zum Wohl, meine Liebe! Und lass dich von der blöden Burtrup nicht in die Knie zwingen.“

Klara lächelte gequält, dann stieß sie mit Lina an und leerte das Glas in einem Zug.

„Na also, so gefällst du mir schon besser. Und jetzt lass uns tanzen.“

Nur das nicht!, dachte sie. „Ich komme gleich nach. Ich besorge mir nur eine Zigarette. Bin gleich wieder da.“ Sie ließ ihre Freundin stehen und floh nach draußen. Dort atmete sie durch.

Lange blieb sie stehen, ehe sie sich schließlich von einem Bekannten eine Zigarette schnorrte. Sie beugte sich über eine der Partyfackeln und zündete sie an, dann ging sie ein paar Schritte den Weg hinunter und inhalierte. Das Nikotin legte sich sanft über ihre Sinne.

Sie hielt inne und drehte sich um. Keiner würde es merken, wenn sie einfach nach Hause ging. Es waren keine hundert Meter bis zum Hof ihrer Mutter. Lina würde sauer sein. Doch vielleicht könnte sie ihr morgen alles erklären. Morgen sah bestimmt alles anders aus.

Sie verließ den Hof von Lütke-Brüning. Nur ein paar Minuten noch, dann würde sie endlich in ihrem Bett liegen.

Nach dem Essen räumte Ingeborg Teller und Besteck zusammen und brachte alles in die Küche. Hambrock nutzte die Gelegenheit und schloss sich ihr an. Er hatte keine Lust, bei den alten Leuten aus der Nachbarschaft am Herdfeuer zu sitzen. Die Stimmung war gedrückt, seit Jens ins Krankenhaus gebracht worden war. Zudem gab es keinen in der Runde, von dem er sich noch Informationen für seine Ermittlung erhoffte.

Ingeborg stellte das schmutzige Geschirr auf die Anrichte und ließ kaltes Wasser ins Spülbecken laufen. Auch sie wirkte noch benommen von den Geschehnissen. Es hatte ihr einen ziemlichen Schreck eingejagt, Jens blass und reglos auf dem Fußboden liegen zu sehen. Hambrock stellte die Pfannen neben das Geschirr und schloss die Küchentür.

Sie sah auf und schenkte ihm ein zaghaftes Lächeln. Es war so etwas wie ein Friedensangebot. „Ich werde mir gleich Klara schnappen, und dann gehen wir nach Hause. Ich wollte bis nach dem Essen warten, um nicht unhöflich zu erscheinen."

„Klara wird bestimmt nichts dagegen haben."

Ingeborg hatte nicht gehört, was Jens' Mutter ihrer Tochter an den Kopf geworfen hatte. Sie war da gerade nebenan gewesen, um Jens einen heißen Tee mit Zucker zu machen.

„Das arme Kind", sagte Ingeborg und schrubbte energisch ein Glas ab. „Heute Nachmittag hat sie sich noch mit Jens gestritten, und jetzt so etwas."

Hambrock nahm ein Geschirrtuch. Eine Weile arbeiteten sie schweigend nebeneinander und hingen ihren Gedanken nach, dann hielt Ingeborg plötzlich inne. „Sag mal, Bernhard, stimmt es denn, dass Christoph Ortmann Sandra ermordet hat?", fragte sie.

„Wie kommst du darauf?"

„Denkst du, wir haben nicht mitbekommen, dass du ihn nach draußen zu einem Streifenwagen gebracht hast? Vielleicht hast du ja die jungen Leute hinters Licht geführt, aber die Älteren sitzen hier direkt am Fenster. Erst hast du ihn vernommen, und dann hast du ihm die Handschellen angelegt."

Er hätte Ingeborg gern gesagt, dass seiner Meinung nach alles ein Irrtum war und jemand anders den Mord begangen hatte. Doch irgendetwas ließ ihn zögern. Sollten die Leute ruhig denken, Sandras Mörder wäre gefasst. Dann würden alle für eine Nacht ruhig schlafen können. „Ja, wie es aussieht, hat Christoph den Mord begangen", sagte er. „Morgen wissen wir mehr."

„Ich kann mir das kaum vorstellen. Aber andererseits konnte ich mir auch nie vorstellen, dass Martin Probst Frauen vergewaltigt. Du kannst den Menschen eben nur bis vor den Kopf gucken." Sie stellte den letzten Teller auf die Abtropffläche und trocknete sich an seinem Geschirrtuch die Hände ab. „Ich werde jetzt nach Klara sehen", sagte sie.

„Ich komme später nach, ich will noch ein bisschen bleiben."

„Dann werden wir wohl schon schlafen. Sehen wir uns morgen früh noch, bevor du nach Münster fährst?"

„Das hoffe ich", sagte er. „Vielleicht können wir zusammen frühstücken."

„Ja, das wäre schön." Sie ging nicht zurück in die Diele, sondern verschwand durch eine andere Tür, die zu den Kuhställen und dem dahinterliegenden Hof führte.

Hambrock blieb allein in der Küche zurück. Er wandte sich wieder dem Abwasch zu, als er eine Bewegung aus den Augenwinkeln bemerkte. Er drehte sich um.

Alois Lütke-Brüning war plötzlich hinter ihm aufgetaucht. „Sie müssen den Abwasch nicht machen, Herr Kommissar", sagte er. „Das kann wirklich jemand anders übernehmen."

„Kein Problem. Ich bin so gut wie fertig." Mit einem Lachen fügte er hinzu: „Sie kennen das doch: Wir Männer haben heutzutage sogar in der Küche das Sagen."

Der alte Bauer stimmte hustend in das Lachen ein. Dann drückte er die Tür zur Diele ins Schloss und räusperte sich umständlich. „Ich wollte Sie nicht belauschen, Herr Hambrock", sagte er mit leicht gedämpfter Stimme. „Aber ich habe zufällig gehört, was Sie gerade über Christoph Ortmann gesagt haben. Ähm … sind Sie sicher, dass er den Mord begangen hat? Ich meine, ganz sicher?"

Er betrachtete den alten Bauern. Da war etwas Flehendes in seiner Stimme. In Hambrock wuchs ein leiser Verdacht. Er beschloss, ihm eine kleine Falle zu stellen. „O ja", sagte er. „Ich bin völlig sicher. Wir haben nämlich ein Geständnis. Es steht außer Frage, dass Christoph den Mord begangen hat."

„Er hat gestanden?" Überraschen und Erleichterung machten sich in seinem Gesicht breit. „Dann besteht kein Zweifel?"

„Nein, nicht der geringste."

„Meine Güte, da bin ich aber beruhigt!"

„Beruhigt?", fragte Hambrock.

Der Bauer geriet ins Stottern. „Nun ja … ähm, weil dann der Mordfall jetzt gelöst ist. Das wurde auch Zeit."

Hambrock legte das Geschirrtuch auf die Anrichte. Er lächelte ihn freundlich an. „Wissen Sie eigentlich, dass ich Ihren Sohn eine Zeit lang in Verdacht hatte? Ich hatte erwogen, dass Bertolt Sandra ermordet haben könnte. Ist das nicht zum Lachen? Seien Sie mir nicht böse."

Lütke-Brünings Mundwinkel zuckten nervös. Er rang sich ein Lächeln ab. „Das macht doch nichts", sagte er. „Zum Glück haben wir diese Geschichte ja jetzt hinter uns."

Hambrock ließ ihn nicht aus den Augen. „Ja, zum Glück."

Hätte Lütke-Brüning nicht fragen müssen, weshalb er auf die Idee gekommen war, seinen Sohn zu verdächtigen? Er hätte keine Antwort darauf gehabt. Was sich jetzt schlagartig änderte. Hambrock dachte fieberhaft über das nach, was Klara ihm über die jungen Leute in Birkenkotten erzählt hatte. Und dann fiel es ihm wieder ein. Er deutete auf den Abwasch. „Und Sie denken, ich sollte wirklich den Rest jemand anders machen lassen?"

Der Bauer sah ihn irritiert an. „Ja natürlich. Margit Burtrup wird sich darum kümmern."

Hambrock trocknete sich die Hände ab. „Gut. Dann gehe ich mal zu den jungen Leuten." Er schenkte Lütke-Brüning ein Lächeln, nahm seine Kerze und verließ die Küche ebenfalls durch die Tür, die zum Hof führte.

Er beeilte sich. Seine Gedanken rasten. Er musste mit Marc Tenholte sprechen, mit Linas Freund. Er erinnerte sich an das, was Klara ihm über Marc gesagt hatte, als er sie über die Birkenkottener Landjugend ausgefragt hatte. „Wenn sich irgendwo in Birkenkotten ein Techtelmechtel anbahnt, dann durchschaut der das immer als Erster. Glauben Sie mir, der hat für so etwas einen sechsten Sinn. Vor dem kann man nichts geheim halten."

Hambrock lief an den Kuhställen vorbei und stürmte in den Vorraum, der zum Hof führte. Zu seiner Überraschung stand auf einem Steinvorsprung eine Petroleumlampe. Bierfässer lagerten im Raum, und jemand rollte im Schein der Lampe eines heraus.

Es war Marc Tenholte. Hambrock hatte nicht damit gerechnet, ihn so schnell zu finden. „Herr Kommissar?", sagte Marc überrascht. „Suchen Sie etwas?"

„Ich dachte, ich hätte Feuer gesehen. Aber das war nur Ihre Petroleumlampe." Marc runzelte zwar die Stirn, doch er kaufte ihm die Ausrede ab. „Kann ich vielleicht helfen?", erkundigte sich Hambrock.

„Nein danke. Das Fass rollt man am besten allein."

Hambrock lehnte sich gegen die unverputzte Wand und beobachtete, wie er es mühsam zum Ausgang rollte. „Darf ich Sie etwas fragen? Sie waren früher mit Martin Probst gut befreundet, nicht wahr?"

Marc stellte das Bierfass hin und klopfte sich die Hände ab. Er sah Hambrock interessiert an. „Keine Ahnung", sagte er.

„Ich habe gehört, Sie beide haben Fußball im Verein gespielt, und auch sonst haben Sie viel Zeit miteinander verbracht. Wahrscheinlich kennen Sie Martin besser als die meisten hier."

„Kenne ich ihn überhaupt? Im Grunde habe ich keine Ahnung, wer er ist. Als damals alles ans Tageslicht gekommen ist, hätte ich nicht mehr behauptet, dass ich ihn gut kenne."

„Vielleicht können Sie mir trotzdem weiterhelfen. Mir fehlt immer noch ein Motiv. Sollte Martin Probst der Mörder von Sandra Hahnenkamp sein, müsste er ein Motiv gehabt haben. Etwas, das vielleicht in seiner Beziehung zu Sandra verborgen liegt."

„Er ist ein Sexualstraftäter. Das ist doch Motiv genug für Vergewaltigung und Mord, oder?"

Hambrock ignorierte den Einwand. „Hat er früher einmal versucht, sich Sandra sexuell zu nähern? War er vielleicht verliebt in sie?"

Marc lachte schallend. „Nein, überhaupt nicht. Da sind Sie echt auf dem Holzweg. Das waren einfach Kumpel. Mehr nicht. Aber was spielt das für eine Rolle?" Marc Tenholte verschränkte mit einem süffisanten Grinsen die Arme. „Andererseits war Martin wohl der Einzige, den Sandra nicht rangelassen hat. Vielleicht hat er ihr das ja übel genommen und wollte sich an ihr rächen. Da hätten Sie Ihr Motiv."

„Wer war denn sonst noch mit Sandra zusammen?", fragte Hambrock.

„Ach, vergessen Sie's. War nur so ein dummer Spruch."

„Hatten Sie auch einmal ein Verhältnis mit Sandra Hahnenkamp?"

„Ich? O Gott, nein. Das wollte ich auch nie. Aber wenn, dann hätte ich sie bestimmt gekriegt." Sein Lächeln gefror ein wenig. Es schien, als wäre ihm plötzlich bewusst geworden, dass er über Dinge sprach, die er vielleicht besser für sich behalten sollte. „Sonst noch was? Ich muss das Fass jetzt mal rüberbringen. Die anderen verdursten sonst."

Hambrock versuchte es mit einem Frontalangriff. „Wie lange ist es her, dass Bertolt Lütke-Brüning versucht hat, Sandra anzumachen?"

Marc starrte ihn an. Sein Mund formte ein Wort, doch er sagte nichts.

Hambrock hatte ins Schwarze getroffen. „Dachten Sie, ich wüsste nichts davon?", schob er hinterher.

„Das wissen Sie? Wer hat Ihnen das erzählt?"

„Wieso sind Sie so überrascht?"

„Da war überhaupt nichts. Bertolt war besoffen, außerdem hat er sich entschuldigt." Er blickte Hambrock feindselig an. „Das hat Ihnen Christoph Ortmann erzählt, nicht wahr? Um seinen Kopf aus der Schlinge zu ziehen. Natürlich, war ja sonst keiner dabei auf dem Bullenball. Wir waren nur zu dritt."

Der Bullenball war eine jährlich stattfindende Landjugendparty. Früher einmal eine Art Heiratsmarkt für Landwirte, war der Ball inzwischen zu einer Megaparty mit Livebands, Misswahlen und Rodeoreiten geworden.

„Dann schildern Sie mir doch Ihre Sichtweise", sagte Hambrock. „Was ist denn Ihrer Meinung nach auf dem Bullenball passiert, wenn es keine Bedeutung hatte?"

„Ach, Bertolt. Der ist halt ein bisschen schwer von Begriff. Der hat immer noch nicht verstanden, worum es da eigentlich geht. Am liebsten hätte er sich ein Schild umgehängt, auf dem ‚Achtzig Hektar' steht. Mit Seitenscheitel am Eingang stehen und warten, dass sich eine für seinen Hof interessiert. So war das natürlich nicht. Wir wollten Spaß haben. Sandra haben wir beim Rodeoreiten getroffen. Vielleicht hat Bertolt sich Hoffnungen gemacht, aber, mein Gott, da war nichts! Die haben nicht mal geknutscht! Was hat Christoph Ihnen denn erzählt?"

Die Tür zum Hof öffnete sich. Ein Luftzug fuhr in den Raum, Hambrocks Kerzenlicht flackerte. Dann erschien der Lichtkegel einer Taschenlampe, und Ingeborg trat herein. „Ach Bernhard, da bist du! Hast du Klara gesehen?"

„Nein. Sie muss bei Lina sein."

„Die finde ich auch nicht." Sie wandte sich an Marc. „Hast du die beiden irgendwo gesehen?"

„Nein. Keine Ahnung."

„Na, dann sehe ich mal auf dem Klo nach." Sie drängte sich an den Bierfässern vorbei und verschwand im Gang, der zum Wohnhaus führte.

Marcs Tonfall wurde aggressiv. „Was ist jetzt? Darf ich wieder zurück zur Party?"

Hambrock betrachtete ihn nachdenklich. „Natürlich."

Marc rollte das Fass hinaus, donnerte dabei gegen das Türblatt, das von einem Schneeberg blockiert wurde, und verschwand auf dem Hof.

13

Hambrock führte Bertolt Lütke-Brüning in die Küche, so wie er es zuvor mit Christoph Ortmann getan hatte. Mit gewisser Befriedigung stellte er fest, dass Bertolt nervös war. Er versuchte krampfhaft, sich nichts anmerken zu lassen, doch sein linkes Auge begann zu zucken und er fuhr sich immer wieder mit der Hand durch seinen feuerroten Schopf.

Hambrock setzte sich ihm gegenüber an den Tisch und betrachtete ihn. Es würde ihm nicht schwerfallen, Bertolt in die Enge zu treiben. „Sagen Sie mir doch bitte, welche Beziehung Sie zu Sandra Hahnenkamp hatten."

„Das habe ich Ihnen doch schon gesagt. Wir kannten uns. Es gab keine Beziehung."

„Hätten Sie denn gern eine intimere Beziehung gehabt?"

„Ähm … nein. Wieso auch?"

„Auf dem Bullenball haben Sie das aber anders gesehen, nicht wahr?" Bertolt sah Hambrock erschrocken an. „Was ist dort passiert, Bertolt? Hat sie mit Ihnen geflirtet? Hat sie Ihnen Hoffnungen gemacht, dass Sie ein Paar werden könnten?“ Bertolts Augen weiteten sich bestürzt. Hambrock wusste, dass er auf dem richtigen Weg war. „Sie hat mit Ihnen gespielt, habe ich Recht? Und es war eine große Demütigung für Sie, dass alles nur ein Spaß war.“

Bertolt umklammerte die Stuhllehnen. „Ich … ich sage nichts mehr.“

Hambrock beugte sich vor. „Bertolt, Sie müssen sich bewusst sein, dass …“

Die Küchentür öffnete sich. Alois Lütke-Brüning tauchte auf. Er füllte mit seiner Statur den Türrahmen aus, wie gewohnt strahlte seine Erscheinung Autorität aus.

„Herr Lütke-Brüning, ich würde gern einen Moment lang allein mit Ihrem Sohn …“

Doch der Bauer achtete gar nicht auf Hambrock. Er fixierte Bertolt. In seinem Blick lag ungewohnte Härte. „Sag es ihm.“

„Papa …“

„Du sollst es ihm sagen!“ Es war ein klarer Befehl. „Ich habe dich gesehen.“

„Du hast …“ In Bertolts Stimme lag Entsetzen. „Aber wie …?“

Der alte Bauer wandte sich an Hambrock. „Ich bin in der Mordnacht mit dem Fahrrad vom Kegeln nach Hause gefahren. Da hab ich ihn gesehen. Er war an der Haltestelle. Sandra war ebenfalls dort. Sie lag unter ihm und rührte sich nicht mehr. Mein Sohn ist ein Mörder. Jetzt wissen Sie es.“ Dann sank er auf die Küchenbank.

Bertolt starrte ihn ungläubig an. „Ich war es nicht!“, rief er. „Ich habe sie nicht getötet. Ich hatte versprochen, dass ich es mache. Aber als es so weit war, konnte ich es nicht.“

Die Tür schlug auf. Ingeborg platzte herein. Sie war außer sich. „Klara ist weg!“, rief sie. „Sie ist allein nach Hause gegangen. Ohne Lina.“

„Verdammt!“ Hambrock hätte nicht sagen können, ob dieser Fluch sich auf Klaras Verschwinden bezog oder darauf, dass sie unterbrochen worden waren. „Lauf ihr hinterher“, sagte er.

„Du musst mitkommen! Martin ist doch in der Nähe. Was, wenn er ihr auflauert?“

„Ingeborg, es ist wirklich kein günstiger Moment.“

„Bitte! Du musst mitkommen!“ Ihre Stimme überschlug sich. „Bernhard, ich brauche deine Hilfe! Ich brauche dich!“ Ingeborg war außer sich vor Sorge.

Was würde passieren, wenn er Ingeborg jetzt wegschickte? Würde er nach all dem, was in den vergangenen Tagen passiert war, noch in den Spiegel blicken können, wenn er sie jetzt im Stich ließ? Er wandte sich an Bertolt Lütke-Brüning und packte ihn an den Schultern. „Du hast eine Minute Zeit, mir zu sagen, was tatsächlich geschehen ist.“

Der Schnee knirschte unter ihren Füßen. Sie atmete die kalte Luft ein. Der Hof ihrer Mutter lag vor ihr in der Dunkelheit. Sie dachte an Jens. Es musste sich etwas ändern. Da war ein Teil in ihr, der ihn liebte. Es konnte doch nicht so schwer sein, ihm diesen Teil zu zeigen. Dann würde er bestimmt gesund werden. Sie musste sich nur ein wenig Mühe geben.

Der Lichtkegel ihrer Taschenlampe fiel auf die Hofeinfahrt und auf die aufgetürmten Schneeberge am Wegesrand. Sindbad begann in der Scheune zu bellen. Ihre Mutter hatte ihn dort angekettet, bevor sie hinunter zu Lütke-Brüning gegangen war.

„Ich bin es nur, Sindbad!“

Der Hund bellte weiter, noch lauter und aggressiver. Was war denn los? Sie steuerte die Scheune an, als sie ein Geräusch hörte. Hinter sich. Sie ließ den Lichtkegel der Taschenlampe über den Schnee wandern, doch es war nirgends etwas zu sehen.

„Hallo? Ist da jemand?“

Sindbad bellte unentwegt weiter. Unruhe hatte sie erfasst. Sie ging immer schneller. Als sie die Schritte hörte, war es bereits zu spät. Sie wirbelte herum. Im Schein ihrer Taschenlampe blitzte Martins Gesicht auf. Er war direkt hinter ihr.

Sie ließ die Taschenlampe fallen. Es wurde dunkel. Im nächsten Moment war er über ihr. Er begrub sie mit seinem Gewicht, drückte sie in den Schnee. Sie wollte schreien, doch seine breite Hand presste sich auf ihren Mund. Es gab kein Entkommen. Ihre Jacke rutschte hoch, Schnee gelangte unter ihren Pullover. Als würden sich kalte Finger über ihren Bauch schieben. Sie begann zu treten, zu boxen, um sich zu schlagen. Niemals wieder durfte das passieren. Niemals. Sie würde es nicht zulassen.

Und dann war sie frei. Sie musste ihn empfindlich getroffen haben. Er krümmte sich neben ihr stöhnend im Schnee. Sie sprang auf und rannte los. Sindbad! Er würde sie retten. Wenn sie ihn von der Kette ließ, würde er Martin zerfleischen.

Hinter ihr blitzte das Licht der Taschenlampe auf. Martin suchte die Umgebung ab. Der Strahl erfasste sie. Er nahm die Verfolgung auf. Sie hörte sein Keuchen und seine Schritte im Schnee.

Ihre Körper donnerten ungebremst gegen das Scheunentor. Schnee fiel von der Dachrinne herab. Sie zog das Tor auf und lief in die Dunkelheit hinein. „Sindbad!“ Er bellte, als wäre er kurz vor dem Kollaps. Sie hörte, wie er verzweifelt an der Kette zerrte und doch keine Chance hatte, sich zu befreien. Das Licht der Taschenlampe erfasste ihren Rücken. Und es erfasste Sindbad, der versuchte, ihr entgegenzulaufen. Er war nur ein paar Meter entfernt.

Martin packte sie von hinten und warf sie auf den Scheunenboden. Sie fiel auf ihren Ellbogen, ein starker Schmerz flammte auf. Er lachte. Stand über ihr und lachte. Das Licht der Taschenlampe richtete er direkt auf ihr Gesicht. „Soll dein Hundchen dir etwa helfen?", fragte er höhnisch, wandte sich zu Sindbad und schrie: „Wau, wau, wau!"

Der Hund drehte nun völlig durch, er war kurz davor, sich mit der Kette zu erdrosseln.

Lähmende Angst legte sich über Klara. Sie verstand plötzlich, dass sie verloren hatte. Sie würde ihn nicht besiegen können. Er packte sie und zog sie leichthändig hoch, als wäre sie nur ein Spielzeug. Dann drückte er sie gegen einen Balken. Sein heißer Atem lag auf ihrem Gesicht. Sie hatte keine Chance. Du hättest ihn töten müssen. Oben auf dem Dachboden, dachte sie verzweifelt. Jetzt ist es zu spät.

Sein Gesicht rückte näher. „Ich habe dir gesagt, dass ich wiederkomme. Jetzt zeige ich dir, was mit Mädchen passiert, die nicht tun, was ich ihnen sage."

Er umfasste ihren Hals und drückte zu. Sie bekam keine Luft mehr. Es gelang ihr, ihren einen Arm zu befreien und ihm ins Gesicht zu fassen. Sie versuchte, ihm ein Auge auszudrücken. Ihm den größtmöglichen Schmerz zuzufügen. Doch er schlug sie von sich weg, als wäre sie ein lästiges Insekt.

Sie flog in einem Bogen durch die Scheune. Ihr Kopf schlug gegen eine Wand. Erneut flammte ein unerträglicher Schmerz auf. Sindbads Bellen wurde heiser. Martin stürzte sich auf sie. Drückte seine harte Hand in ihren Schritt. Legte sich mit seinem schweren Körper auf sie. War so dicht über ihr, dass der Gestank seines Schweißes in ihre Nase drang. Ihre Versuche, sich zu wehren, verloren an Kraft.

Der Schlag kam so schnell, dass Martin Probst gar nicht begriff, was passierte. Das Brett traf ihn am Kopf und riss ihn von seinem Opfer herunter. Er gab ein erschrockenes Japsen von sich, dann verlor er das Bewusstsein und blieb auf dem Scheunenboden liegen. An seinem Kopf war eine Platzwunde entstanden, Blut rann über sein Gesicht und tropfte in den Staub hinab.

Lina hob das Brett erneut. Als ihr klar wurde, dass er vorerst außer Gefecht gesetzt war, ließ sie es sinken und stürzte auf Klara zu. Ihre Freundin hatte sich auf die Seite gedreht, sie krümmte sich. „Klara! Hörst du mich?"

Sie reagierte nicht. Lina wurde nervös. Sie bettelte ihre Freundin an. „Sag doch was. Klara. Bitte." Sie hob das Brett. Ihre Stimme war nur ein Flüstern. „Sollen wir ihn töten?"

In diesem Moment wurde es hell. Licht flammte auf, die Hofbeleuchtung,

Lampen im Haus, die Leuchtstoffröhren in der Scheune begannen zu flackern. Der Strom war zurückgekehrt.

Lina achtete nicht darauf. „Sollen wir ihn töten?"

Doch Klara lag einfach stumm da. Es war, als hätte sie nicht einmal bemerkt, dass ihre Freundin sie gefunden hatte.

PLÖTZLICH wurde es hell. Hambrock wäre beinahe ins Straucheln geraten. Die Hofbeleuchtung flammte im selben Moment auf, in dem er die Auffahrt erreicht hatte. Er hielt sich schützend die Hand vor Augen.

Ingeborg war direkt hinter ihm. Sie stöhnte auf, als das grelle Licht sie blendete. Dann stolperte sie weiter. „Die Scheune!", rief sie.

Hambrock hörte den Hund im Innern jaulen. Es war ein furchtbares Geräusch. Etwas musste passiert sein. Er schlich zur Scheunentür und lugte hinein. Was er sah, raubte ihm den Atem. Er wollte Ingeborg zurückhalten, doch da war es bereits zu spät. Ihr Schrei ließ ihn zusammenfahren. Sie stand im offenen Tor und blickte an ihm vorbei zu ihrer Tochter. Klara lag zusammengerollt am Boden, ihre Hose war heruntergerissen. Sie regte sich nicht.

Lina stand hilflos vor ihr, mit beiden Händen hielt sie das Brett, mit dem sie Martin Probst bewusstlos geschlagen hatte.

Ingeborg rannte zu ihrer Tochter und warf sich schützend über sie.

„Ich bin zu spät gekommen", stammelte Lina. „Ich habe sie überall gesucht."

Probst begann sich zu regen. Hambrock stürzte sich auf ihn, fixierte seine Arme hinter dem Rücken und zerrte ihn nach draußen, so schnell wie möglich hinaus aus Klaras Blickfeld. Er wies Lina an, ihm zu folgen. Klara sollte mit ihrer Mutter allein sein.

Draußen presste er Probst auf den Boden, sein Gesicht drückte er in den Schnee. Mit einer Hand zog er sein Handy hervor. Die Batterie war noch nicht leer, er hatte es zwei Tage lang nicht benutzt. Und tatsächlich hatte er Empfang. Er rief Verstärkung.

Kurz darauf trafen Polizei und Krankenwagen ein. Die Straßen waren weitgehend geräumt. Plötzlich herrschte aufgeregte Betriebsamkeit im Widerschein der zuckenden Blaulichter.

Lina stand immer noch im Scheunentor und betrachtete stumm das Geschehen. Hambrock wartete, bis Martin Probst in Gewahrsam genommen und Klara mit ihrer Mutter zum Krankenwagen gebracht worden war. Dann besprach er sich mit seinen Kollegen, und endlich trat er auf sie zu, nahm seine Handschellen und sagte: „Lina Wendland, ich verhafte Sie wegen gemeinschaftlichen Mordes an Sandra Hahnenkamp."

14

Im Vernehmungsraum war es so still, dass man glauben konnte, die restliche Welt existiere nicht mehr. Aber vielleicht lag das auch einfach an der Uhrzeit. Hambrock spürte die Müdigkeit in seinen Knochen. Dagegen konnte auch der viele Kaffee nichts ausrichten, den er in den letzten Stunden getrunken hatte. Lina Wendland saß ihm gegenüber am Vernehmungstisch. Sie war blass und sah ihn nicht an. Nach der Vernehmung von Bertolt Lütke-Brüning und Marc Tenholte hatte sich bereits ein klares Bild der Geschehnisse abgezeichnet.

Hambrock stellte seinen Kaffeebecher ab. „Wann starb Ihr Bruder?“, fragte er.

Sie antwortete nicht.

„Tim hieß er, nicht wahr?“

„Timmy“, sagte sie, ohne ihn anzusehen. „Keiner hat ihn Tim genannt.“

„Er starb vor sieben Jahren. Er ist mit seinem Auto gegen einen Baum gefahren, auf dem Weg von einer Party nach Hause. Wo waren Sie in der Nacht, in der er starb?“

Zunächst sagte sie nichts. Dann klang es, als käme ihre Stimme von weit her. „Zu Hause.“ Er wartete, und tatsächlich fuhr sie nach einer Weile fort. „Ich durfte nicht mit auf die Party. Ich war noch zu klein.“

„Wären Sie gern mitgegangen?“

„O ja. Meine Eltern haben es verboten. Ich lag heulend im Bett, als er noch einmal zu mir kam. Er hat sich ans Bett gesetzt und mich getröstet. Mach dir nichts draus, hat er gesagt, in drei Jahren bist du sechzehn, dann ist es immer noch früh genug, auf Partys zu gehen. Er hat mir übers Haar gestrichen und gesagt: Dann wirst du die süßeste Sechzehnjährige weit und breit sein. Aber wenn dir einer zu nah kommt, sagst du mir Bescheid, dann hau ich ihm eins auf die Nase. Da habe ich aufgehört zu weinen, und er sagte: In drei Jahren fangen wir an, die Nacht unsicher zu machen. Versprochen. Nur du und ich. Wie hört sich das an?“ Sie starrte noch immer ins Nichts. Eine Träne lief ihr über die Wange. „Gut, habe ich gesagt. Doch mitten in der Nacht stand die Polizei vor unserer Tür. Sie sagte, dass es einen Unfall gegeben hat.“

„Wie ist es zu dem Unfall gekommen?“

„Timmy hatte zu viel getrunken. Er hätte nicht mehr fahren dürfen.“ Plötzlich veränderte sich ihre Stimme, sie wurde hart. Sie sah Hambrock nun direkt in die Augen. „Unter normalen Umständen wäre er niemals gefahren, er war ja nicht dumm. Aber dann hat er sich mit seiner Freundin gestritten, draußen auf dem Parkplatz. Er war wütend und wollte nach

Hause. Sie wusste, wie betrunken er war. Doch sie hat ihn nicht davon abgehalten, sich hinters Steuer zu setzen. Sie hat danebengestanden und zugesehen."

„Diese Freundin war Sandra Hahnenkamp, nicht wahr?"

„Sie war wütend und hat ihn nicht aufgehalten. Ihretwegen ist mein Bruder gestorben."

„Und dafür musste sie nun bezahlen?", fragte Hambrock.

„Ganz genau", sagte sie mit fester Stimme. „Es war meine Aufgabe, ihn zu rächen." Sie verschränkte die Arme. „Warum soll ich mich dafür schämen? Ich bereue nichts."

Hambrock war erstaunt. Er lächelte. „Erzählen Sie mir, wie Sie es getan haben."

„Was wollen Sie hören?"

„Fangen wir damit an, wie Sie Bertolt dazu gebracht haben, da mitzumachen."

In ihr Gesicht trat ein selbstzufriedener Ausdruck. „Das hat Marc übernommen", sagte sie. „Es war leichter als gedacht. Er hat für einen Flirt zwischen Sandra und Bertolt auf dem Bullenball gesorgt. Wir wussten ja, wie das bei Bertolt ankommen würde. Später hat er ihm gesagt, dass er es dieser Schlampe heimzahlen soll. Irgendetwas in der Art. Wie das so ist unter Männern. Bertolt war dumm genug, sich davon überzeugen zu lassen. Ich habe ihm dann den letzten Anstoß gegeben. Als weibliche Autorität sozusagen. Ich habe ihm gesagt, dass Sandra ein billiges Flittchen ist und dass er es ihr heimzahlen muss. Wir hatten ihn fast so weit. Ein oder zwei Monate später und er hätte uns die Arbeit ganz abgenommen."

Hambrock begriff plötzlich. „Doch dann erfuhren Sie, dass Martin Probst geflohen war. Und dadurch änderten sich Ihre Pläne."

„Ein Kumpel von uns ist Polizist in Borken. Von ihm wussten wir, was passiert ist. Es war eine einmalige Gelegenheit, jemand anders die Tat in die Schuhe zu schieben. Einem Arschloch noch dazu. Also haben wir die Sache vorverlegt. Am Abend war Jens' Geburtstag, und wir wussten, dass Sandra mit dem letzten Bus aus Münster kommen würde. Bertolt hat im Bushäuschen auf sie gewartet. Er hat sie überwältigt."

„Er hat es aber nicht zu Ende gebracht."

„Nein, er ist eben ein Schwächling." Voller Verachtung fügte sie hinzu: „Er hat sich amüsiert. Er hat Sandra vergewaltigt. Aber danach hat er gejammert, dass er sie nicht töten könne."

„Wer hat es stattdessen getan?" Hambrock hielt die Luft an. Er hatte bereits Marcs Aussage dazu, doch würde sich die mit Linas decken?

„Es war Marc“, sagte sie kühl.

„Wie hat er es gemacht?“

„Er hat sie erwürgt. Wir standen hinter einer Böschung und haben gewartet. Doch als Bertolt versagt hat, ist Marc ins Bushäuschen gegangen. Er hat sie für mich getötet.“

Hambrock betrachtete sie nachdenklich. Wie sehr sich das Gespräch mit ihr von dem mit Marc Tenholte unterschied. Der hatte nämlich herumgeschrien und geflennt, hatte ihn beschimpft und dann wieder gewimmert. Dennoch deckten sich ihre Aussagen in diesem Punkt. „Mein Gott, ich liebe Lina!“, hatte er gebrüllt. „Ich würde alles für sie tun. Und Sandra, diese Schlampe, hat es verdient. Sie war schuld, dass Linas Bruder tot ist. Ich habe sie erwürgt.“ Lina dagegen wirkte beherrscht, geradezu gelassen.

„Er hat tatsächlich für Sie getötet?“, fragte er.

Sie lächelte spöttisch. „Marc ist ein Idiot. Er denkt, er ist unschlagbar und hat alles in der Hand. Er merkt gar nicht, wie leicht er sich manipulieren lässt. Er stand die ganze Zeit unter meinem Einfluss. Aber was soll's, nach jemandem wie ihm habe ich lange gesucht. Es hat sieben Jahre gedauert, bis ich endlich so weit war, meine Rache umzusetzen. Sieben Jahre, um alles zu planen und die richtigen Leute zu finden, die das Notwendige tun.“ Hambrock schwieg. Sie sah ihn herausfordernd an. „Schockiert Sie das etwa?“

Er hatte gar nicht vor, darauf zu antworten. Doch etwas in ihrem Blick ließ ihn zögern. „Ja“, sagte er dann. „Ja, das schockiert mich.“

„Es war Timmy! Mein Timmy! Wie konnte die Welt sich weiterdrehen, solange keiner bezahlt hatte für das, was mit ihm geschehen war? Sieben Jahre habe ich es geplant. Und am Ende habe ich es geschafft.“ Sie sah ihm fest in die Augen. „Und ich bin stolz darauf.“

Hambrock schwieg. Er erinnerte sich an das, was er Klara über Mörder erzählt hatte. Dass sie die Verantwortung von sich schoben, weil sie es nicht ertragen konnten, sich ihr zu stellen.

Er lehnte sich zurück und nahm seinen Kaffeebecher. „Es ist spät“, sagte er. „Ich denke, es ist besser, wenn wir morgen weitermachen.“

Er verließ den Vernehmungsraum und gab den beiden Beamten vor der Tür ein Zeichen, die Gefangene in ihre Zelle zurückzuführen. Auf dem Weg zum Treppenhaus warf er den leeren Kaffeebecher in den Papierkorb. Er war froh, endlich nach Hause zu können.

Der Himmel war stahlgrau, leichter Nieselregen fiel auf die Landschaft nieder. Es herrschte Tauwetter. Überall waren die Aufräumarbeiten in vollem Gange, auch wenn es noch Tage dauern würde, bis die Schneemassen ganz geschmolzen wären. Hambrock fragte sich, wie lange es noch dauern würde, bis auch in den letzten Ortschaften der Strom zurückgekehrt war. Da klingelte sein Handy, und er fuhr rechts heran.

Es war Heike, sie rief aus dem Büro an. „Hallo Hambrock. Ich suche dich gerade."

Er hätte sich denken können, dass es auffallen würde, wenn er sich wegschlich. „Ich habe einen Außentermin."

„Was denn für einen Außentermin? Davon weiß ich ja gar nichts."

„Nicht so wichtig. Was gibt es denn?"

„Wie es aussieht, können wir die Akte im Fall Sandra Hahnenkamp schließen. Ich habe noch mal mit Frau Wendland gesprochen, und es ist genauso, wie du vermutet hast. Kein Mensch hat Sandra für irgendwas verantwortlich gemacht. Sie sagte, Lina muss sich da reingesteigert haben. Sie sagte auch, dass es nicht das erste Mal gewesen war, dass Tim sich betrunken hinters Steuer gesetzt hatte. Sandra war überhaupt nicht beteiligt gewesen."

Das erstaunte ihn nicht. Ganz im Gegenteil, es passte für ihn gut ins Bild. „Und was ist mit Martin Probst?", fragte er. „Hast du auch mit ihm gesprochen?"

„Ja. Ihm wird erneut der Prozess gemacht. Er hat ausgesagt, dass er Klara zu vergewaltigen versucht hat, weil er glaubte, dass die Tat keine Rolle mehr spielen würde."

„Wie muss ich das verstehen?"

„Er dachte, seine Mutter wäre tot und er hätte sie ermordet. Unten in ihrem Keller. Er dachte, dass er dafür ‚lebenslänglich' bekommen würde und dass eine Vergewaltigung mehr oder weniger nicht mehr ins Gewicht fiele."

„Wie geht es denn Frau Probst?"

„Sie hat eine Gehirnerschütterung und einen komplizierten Armbruch. Aber es geht ihr gut. Guido war heute bei ihr im Krankenhaus."

„Ich bin heute Mittag wieder da", sagte Hambrock. Er beendete das Gespräch und bog wieder auf die Straße. Es war nun nicht mehr weit bis Birkenkotten.

Zu seiner Überraschung war es Erlend gewesen, die ihn am Morgen darauf angesprochen hatte. „Du musst nach Birkenkotten fahren", hatte sie mit der gleichen Kühle gesagt, mit der sie ihm seit seiner Rückkehr begegnete. „Am besten heute noch."

Am Morgen nach Probsts Angriff auf Klara hatte sie ihn ins Krankenhaus begleitet. Klara war über Nacht zur Beobachtung dort geblieben, und Ingeborg hatte die Nacht am Bett ihrer Tochter durchwacht.

Als er auftauchte, sprang sie hoch, lief ihm entgegen und warf sich an seinen Hals. Sie zitterte am ganzen Körper und wirkte plötzlich ganz schwach und zerbrechlich in seinen Armen. Niemals hatte er sie so erlebt. „Es ist, als wäre nur noch ihre Hülle da“, schluchzte sie. „Sie reagiert gar nicht auf mich.“

Er versuchte beruhigend auf sie einzureden. Tatsächlich aber hatte er selbst noch nicht verdaut, was geschehen war. Er hatte Angst davor, zu Klara ins Zimmer zu gehen, und war fast dankbar, als die Krankenschwester sagte, dass das nicht möglich sei.

Erlend hatte die ganze Zeit neben ihm gestanden. Sie hatte schweigend beobachtet, was passierte, und auch später kein Wort darüber verloren.

Erst an diesem Morgen hatte sie das Thema wieder aufgegriffen. „Du gehst zu dieser Frau und hilfst ihr. Bei was auch immer.“ Ihre Gesichtszüge wirkten wie erstarrt. „Aber ich sage dir, mein Freund, wenn du mich betrügst, dann wirst du das nicht überleben. Hörst du? Du wirst es nicht überleben.“

„Ich werde dich nicht betrügen.“

Sie sah, dass er es ernst meinte. „Also gut“, sagte sie. „Da haben wir uns ja verstanden.“

Nicht weit von Birkenkotten entfernt machte die Straße eine Biegung. Die Kurve war nicht besonders scharf, und doch war ihr bereits ein Menschenleben zum Opfer gefallen. Der Baum, der einst in der Kurve gestanden hatte, war gefällt, doch das Holzkreuz stand noch immer an der Stelle neben dem Straßengraben. Er drosselte das Tempo und blickte durchs Fenster. Der Name auf dem Kreuz war deutlich zu lesen: TIM WENDLAND.

Weiße Lilien standen in einer Vase daneben. Er fragte sich, wer die Blumen gebracht hatte, wo Lina doch im Gefängnis saß. Es musste ihre Mutter gewesen sein.

Er fuhr im Schritttempo durch die Kurve und schaltete in den zweiten Gang.

STEFAN HOLTKÖTTER

Foto: Mascha Lohe

Für vier Tage eingeschneit – so entstand die zündende Idee

Ganz unverkennbar dient das Schneechaos des Jahres 2005 im Münsterland als reales Vorbild für das Wetterszenario, welches dem Krimi *Schneetreiben* einen ganz eigenen Reiz verleiht. Damals fielen am ersten Adventswochenende Unmengen von nassem, schwerem Schnee, der den Verkehr völlig zum Erliegen brachte und Strom- und Telefonmasten umknicken ließ. Stefan Holtkötter, der damals seine Tante in Stadtlohn für einen halben Tag besuchen wollte, um für seinen ersten Krimi *Das Geheimnis von Vennhues* zu recherchieren, saß Stunde um Stunde fest und blieb am Ende für vier Tage eingeschneit. „Da dachte ich, daraus musst du etwas machen", erzählt er. „Das war ja die klassische Agatha-Christie-Situation – alle Verdächtigen sind an einem Ort versammelt und einer von ihnen ist der Mörder."

In seinen Münsterland-Krimis, die längst ganz Deutschland erobert haben, nutzt Holtkötter seine genaue Kenntnis von Region und Mentalität. Geboren 1973, wuchs er auf einem Bauernhof in Billerbeck auf. Er war schon früh gezwungen, eigenständig seinen Lebensunterhalt zu verdienen, und nahm allerhand Jobs an. Sechzehn Arbeitgeber später begann er eine Ausbildung als Sozialpädagoge, arbeitete dann ein Jahr lang im Jugendamt und verließ schließlich das Dorf im Westfälischen in Richtung Berlin. Dort war er als Sozialpädagoge und Barkeeper tätig, heute lebt er als Motivationstrainer für Arbeitslose und als freier Autor nahe Münster und in Berlin.

Auch für seinen nächsten Krimi *Bauernjagd* hat Stefan Holtkötter wieder das flache Land als Schauplatz gewählt. „Viele glauben, dass in Berlin viel mehr Verbrechen begangen werden", sagt er. „Das stimmt so nicht ganz. Es sind nur andere Verbrechen, aber das Grauen lauert auch in der Idylle."

Immer
ist gerade
jetzt
Amelie Fried

Sie versuchte zu erkennen, wo sie lag, aber es war dunkel. Sie konnte nicht sehen, ob sie allein war oder ob im Dunkeln jemand lauerte. Panik kroch in ihr hoch.

Dann drang ein wenig Mondlicht durch Ritzen in den Wänden, die offenbar nur aus Brettern bestanden. Ein Auto näherte sich. Der Motor wurde ausgeschaltet, Autotüren schlugen zu, Schritte näherten sich dem Schuppen. Sie begann zu zittern.

EINS

Noch bevor Freda ganz wach war, fiel ihr ein, welcher Tag heute war. Mit geschlossenen Augen blieb sie liegen und versuchte, sich an den Gedanken zu gewöhnen, dass ihr Kind nun erwachsen war.

Vor 18 Jahren: Der Arzt zeigt ihr das Neugeborene, das von einer cremigen Schicht bedeckt ist und den unwiderstehlichen Wunsch in ihr auslöst, es sauber zu lecken. Auch später, als ihr das Baby gewaschen und angezogen in die Arme gelegt wird, kann sie kaum dem Drang widerstehen, ihm mit der Zunge übers Gesicht zu fahren wie eine Katzenmutter.

Den ganzen ersten Tag über sieht sie es an und versucht, etwas Vertrautes an ihm zu entdecken. Nichts. Dieses Kind ist kein Teil von ihr, wie sie es sich vorgestellt hat. Es ist ein völlig eigenständiges Wesen, und es ist ihr fremd. Sie würden sich erst kennen lernen müssen, begreift Freda und ist überrascht.

Am nächsten Tag hört sie die Stimme ihrer Tochter aus einem Konzert von zwanzig Babystimmen auf der Säuglingsstation heraus. Und am übernächsten Tag blickt sie in das Gesicht der Kleinen, das sich im Schlaf unwillig verzieht, und bricht in Tränen aus bei dem Gedanken, dass dieses hilflose Baby eines Tages erwachsen sein und sie nicht mehr brauchen wird.

Freda setzte sich im Bett auf und rieb sich das Gesicht. Ein Blick auf die Uhr zeigte ihr, dass sie gerade mal fünf Stunden geschlafen hatte. Sie zog die hellblauen Silikonstöpsel aus den Ohren, die sie verwendete, wenn es spät geworden war und sie sicher sein wollte, dass kein Geräusch sie wieder aus dem Schlaf riss. Dann griff sie nach ihrem Handy auf dem Nachttisch. In einem von Josy bemalten Holzrahmen daneben stand ein Foto von Alex. Unwillkürlich tastete ihre Hand auf die andere Bettseite. Als sie die Kühle des unberührten Lakens spürte, zog sie die Hand schnell zurück.

Sie seufzte und schwang ihre Beine aus dem Bett. Ein Pochen in ihrer rechten Schläfe erinnerte sie an die vergangene Nacht. Ein bis zwei Gläser weniger hätten es auch getan, dachte sie. Aber schließlich feiert man nur einmal den 18. Geburtstag seiner einzigen Tochter mit einer großen Party.

Punkt zwölf war Josy zu ihr gekommen, hatte sie umarmt und ihr ins Ohr geflüstert: „Glückwunsch, Mama, du hast es geschafft! Ich danke dir für alles."

„Ach, meine Süße", hatte Freda geantwortet und ein paar Tränen der Rührung verschluckt.

Dann hatte ihre Tochter den Kopf schief gelegt und mit ernstem Gesichtsausdruck gesagt: „Zwischen uns ändert sich nichts, okay?"

„Nein, nichts", hatte Freda gesagt.

Aber gedacht hatte sie: Es hat sich doch schon so vieles geändert. Und beschützen kann ich dich jetzt auch nicht mehr.

Als hätte sie es bisher gekonnt. Als könnte man ein Kind überhaupt beschützen. Sie hatte immer alles getan, um Josy vor Schlimmem zu bewahren, vielleicht hatte sie es manchmal übertrieben. Besonders seit Alex weg war. Hatte nicht jeder Mensch sein individuelles Schicksal? Sein Lebensdrehbuch, an dem man ein paar Verbesserungen anbringen, dessen Handlung aber niemand wesentlich verändern könnte? Wenn man Glück hatte, drehte man an angenehmen Orten, in schicken Kostümen und mit netten Kollegen. Aber wie der Film sich entwickelte, welche Wendungen und Höhepunkte er enthielt, war die Entscheidung eines unbekannten Regisseurs, der sich von niemandem reinreden ließ.

Eine frühe Erinnerung kam Freda in den Sinn. Josy musste ungefähr zehn Monate alt gewesen sein, sie übte das Sichhochziehen und Stehen. Freda begann, regelmäßig mit ihr auf den Spielplatz zu gehen. Eines Tages beobachtete sie einen kleinen Jungen, der den Sitz einer Holzschaukel festhielt und genau in dem Moment losließ, als Josy sich gerade aufgerichtet hatte. Das Holzbrett raste auf ihren Hinterkopf zu, Freda sprang auf, die Schaukel prallte mit einem dumpfen Geräusch gegen den Kleinkindschädel, Josy fiel um und rührte sie sich nicht mehr. Fredas Herz blieb stehen. Sie riss Josy in ihre Arme, der kleine Körper fühlte sich schlaff an. Vor Fredas Augen schien ein schwarzer Vorhang herabzufallen. Da zuckte der Körper in ihren Armen, und Josy begann zu schreien.

Im Krankenhaus wurde eine Gehirnerschütterung diagnostiziert. Und mit derselben Heftigkeit, mit der Josy von dem Holzbrett getroffen worden war, traf Freda die Erkenntnis, dass sie nie mehr aufhören würde, sich um ihr Kind zu sorgen. Ja dass die ständige Angst, es könnte ihm etwas zustoßen, der Preis für das Glück war, das sie durch ihr Kind empfand.

Alex war ganz anders, er hatte nie Angst. Er warf das Baby in die Luft, schnallte es auf seinen Rücken, wenn er steile Skiabfahrten runterraste, unternahm später riskante Bergtouren mit seiner Tochter, immer nach dem

Motto: „Was sie nicht umbringt, macht sie hart.“ Freda nannte es Leichtsinn, er nannte es Gottvertrauen. „Das Leben ist nun mal lebensgefährlich“, erklärte er, „deshalb kannst du dich doch nicht zu Hause einsperren.“

Über die Jahre hatte sich zu Fredas Erleichterung gezeigt, dass Kinder erstaunlich viel aushalten und meistens mehr können, als ihre Mütter ihnen zutrauen. Der beste Beweis dafür war schließlich, dass ihre Tochter ohne sichtbare Schäden zu einer jungen Frau herangewachsen war. Eine große Dankbarkeit erfüllte Freda plötzlich. Sie nahm das Foto von Alex in die Hand und betrachtete es. „Du kannst stolz auf deine Kleine sein“, sagte sie leise. „Und auf mich auch.“

Beim Zähneputzen betrachtete Freda sich im Spiegel. Geschwollene Augen, müder Teint. Sonst war der Anblick nicht so übel, immerhin war sie schon 43. Nicht mehr jung. Noch nicht alt. Irgendwas dazwischen. Irgendwas, von dem sie hoffte, dass es ein „Noch nicht“ wäre und kein „Nicht mehr“.

Sie stellte die elektrische Zahnbürste in die Halterung zurück und ihre Gedanken wanderten wieder zurück in die Vergangenheit. Plötzlich ging sie in ihr Zimmer, öffnete nacheinander alle Schubladen einer Kommode, durchwühlte den Inhalt und zog schließlich eine mit bunten Mandalas bedruckte Mappe hervor.

Sie setzte sich an ihren Schreibtisch und schlug die Mappe auf, in der sich einige zusammengeheftete Blätter befanden. *Horoskop* stand in schnörkeliger Handschrift auf der ersten Seite, darunter Josys vollständiger Name und ihr Geburtsdatum.

Es war das Geschenk von Marie gewesen, einer Kollegin aus der Buchhandlung, in der sie damals gearbeitet hatte. Marie hatte sich außer als Handauflegerin, Hellseherin und Mandala-Deuterin auch als Hobbyastrologin betätigt. Freda hatte diese Neigungen insgeheim belächelt, ihre Zweifel aber für sich behalten, weil sie ihre Kollegin nicht kränken wollte.

„Damit du weißt, was auf euch zukommt“, hatte Marie gesagt, als sie Freda drei Wochen nach Josys Geburt die Mappe überreichte. Vielleicht war es dieser Satz gewesen, der Freda all die Jahre davon abgehalten hatte, das Horoskop zu lesen. Wer wollte schon so genau wissen, was auf ihn zukam?

Heute, 18 Jahre danach, könnte sie ja überprüfen, ob Marie mit ihren Prognosen Recht behalten hatte. Neugierig blätterte sie die zweite Seite auf. Sie zeigte die Zeichnung der Sternenkonstellation zum Zeitpunkt von Josys Geburt. Darunter stand: Zwilling mit Aszendent Widder, Mond im Wassermann. Es folgte eine Deutung der Zwillingspersönlichkeit:

> Zwillinge sind immer in Bewegung, sie lieben den Trubel und hassen Langeweile und Routine. Sie wirbeln durchs Leben und sind überall zu finden, wo etwas los ist. Durch ihre gewinnende und spritzige Art finden sie schnell Freunde, obwohl sie nicht gerade durch Zuverlässigkeit glänzen. Sie vergessen schon mal eine Verabredung oder eine Zusage, aufgrund ihres Charmes kann man ihnen aber nicht lange böse sein. Der ständige Wunsch nach Veränderung lässt sie gern Berufe wie Journalist oder Reiseleiter ergreifen. Aufgrund ihres Sprachtalents sind sie auch gute Lehrer oder Sprachwissenschaftler. Das Zwillings-Kind ist fröhlich und aufgeweckt; neugierig erkundet es die Welt. Seine Begeisterungsfähigkeit führt allerdings dazu, dass es sich leicht verzettelt, es fängt vieles an und führt wenig zu Ende.

Verblüfft ließ Freda die Hand mit dem Blatt sinken. Diese Beschreibung traf so genau zu, als hätte jemand Josy charakterisiert, der sie gut kannte. Sie griff nach der Seite, auf der die Kombination des Sternzeichens mit dem Aszendenten gedeutet wurde.

> Feuer und Luft passen hier gut zusammen. Das geschickte Denken des Zwillings paart sich mit der Tatkraft des Widders und führt zu schnellen Entschlüssen und starkem Durchsetzungsvermögen. Manchmal aber werden die eigenen Kräfte überschätzt, dadurch entsteht eine gewisse Neigung zur Selbstgefährdung.

Wie damals, als ihre Tochter noch nicht schwimmen konnte, es aber liebte, vom Beckenrand aus ins tiefe Wasser zu springen. Kaum war sie aufgetaucht, fing Freda sie ein und brachte sie wieder zum Ausstieg. Einmal hatte Josy in ihrem Eifer übersehen, dass Freda nicht im Wasser war, sondern am Beckenrand stand und mit jemandem sprach. Irgendein Instinkt hatte Freda dazu gebracht, sich umzudrehen. Als sie Josys roten Badeanzug verschwommen am Grund sah, hechtete sie ins Becken und zog ihr Kind heraus, das bereits das Bewusstsein verloren hatte. Noch heute bekam sie Gänsehaut, wenn sie an die endlosen Sekunden dachte, die vergingen, bis Josy einen Schwall Wasser von sich gab und wieder zu atmen begann.

IN DER KÜCHE kochte Freda Tee. Sie trug die Tasse ins Wohnzimmer, wo sie Josys Geschenke versteckt hatte, zog die Päckchen unter dem Sofa hervor und drapierte sie auf einem kleinen Tisch. Vom Balkon holte sie einen Strauß mit 18 sündhaft teuren, aprikosenfarbenen Rosen, die dort die Nacht verbracht hatten. In der Speisekammer stand die Geburtstagstorte, die sie tags zuvor heimlich gebacken hatte. Sie dekorierte sie mit 18 Kerzen und einem Lebenslicht und stellte sie zu den Geschenken. Zufrieden betrachtete sie ihr Arrangement. Es sah wunderschön aus, Josy würde begeistert sein! Sie lauschte auf den Flur hinaus, hörte aber nichts. Wahrscheinlich würde Josy heute etwas länger schlafen, es musste sehr spät geworden sein.

Freda ging zurück in die Küche und schenkte sich Tee nach. Während sie trank, hatte sie plötzlich das Gefühl, dass etwas nicht stimmte. Sie ging auf den Flur hinaus – und dann begriff sie: Unter Josys Zimmertür schien Licht hindurch. Das hieß, die Jalousie war oben. Das hieß, Josy schlief nicht in diesem Zimmer. Das hieß, sie war nicht nach Hause gekommen.

Fredas Magen verkrampfte sich. Sofort produzierte ihr Kopf eines der vielen Katastrophenszenarien, die sie seit dem Verschwinden von Alex regelmäßig heimsuchten. Josy war auf dem Nachhauseweg überfallen worden. Oder sie war vor ein Auto gelaufen, hatte wie immer keinen Ausweis bei sich und lag nun bewusstlos in irgendeinem Krankenhaus. Oder … Hör auf, befahl Freda sich selbst, das bringt doch nichts! Bestimmt übernachtet sie bei einer Freundin. Wahrscheinlich hat sie sogar eine SMS geschickt. Josy wusste, dass ihre Mutter schnell nervös wurde, wenn sie nicht war, wo sie sein sollte, und meldete sich deshalb zuverlässig.

Keine Nachricht. Wahrscheinlich war wieder der Akku von Josys Handy leer gewesen. Oder die Prepaidkarte abtelefoniert.

Freda wählte Josys Nummer. Mailbox. Sie versuchte es bei Naomi, bei Lara. Ebenfalls Mailbox. Sie hinterließ überall Nachrichten, sprach mit betont fröhlicher Stimme, um sich nicht anmerken zu lassen, dass sie besorgt war. Sie mochte sich selbst nicht in der Rolle der „Panik-Mom“, wie Josys Freundinnen sie hinter ihrem Rücken nannten. Es war Josy mal rausgerutscht, und zuerst war Freda wütend geworden; insgeheim hatte sie sich aber eingestehen müssen, dass die Bezeichnung durchaus zutreffend war. Andere Mütter machten sich viel weniger Gedanken darüber, was alles passieren könnte. Josy hielt ihr oft vor, sie fühle sich kontrolliert und eingeengt. Trotzdem konnte Freda sich nicht anders verhalten, es war wie ein Zwang.

Endlich, eine weitere halbe Stunde später, klingelte das Telefon. Naomi, total verschlafen. „Keine Ahnung, wo Josy ist“, nuschelte sie kaum vernehmbar. „Ich bin so gegen drei gegangen, da hat sie noch getanzt.“

„Kein Problem“, sagte Freda munter. „Falls sie sich meldet, sag ihr einfach, sie soll mich anrufen.“

„Geht klar.“ Und nach einer Pause: „Und danke für gestern, war ’ne super Party!“

Freda lachte. „Freut mich, wenn’s dir gefallen hat!“

Die Party hatte Fredas Budget für den Jahresurlaub aufgefressen. Zum Glück besaß der Vater von Josys Schulfreund Zino eine Brauerei und hatte die Getränke spendiert, aber mit der Saalmiete, dem Essen und dem Discjockey war doch einiges zusammengekommen.

Nachdem sie die Spülmaschine ausgeräumt, die Küche gefegt und eine weitere Kanne Tee gekocht hatte, konnte sie ihre Unruhe nicht mehr bezähmen und wählte ein zweites, dann ein drittes Mal Josys Handynummer. Immer Mailbox. Inzwischen war es elf. Wo zum Teufel steckte ihre Tochter?

JOSY ERWACHTE aus einem unruhigen Schlaf. Ihr Kopf fühlte sich an, als wäre sie gegen eine Eisentür gelaufen. Verdammt, wie das dröhnte! Das konnten doch nicht die paar Cola-Rum und Wodka-Orange gewesen sein, die sie gestern getrunken hatte? Mühsam öffnete sie die Augen einen Spalt. Sie blickte auf eine gelblich gestrichene Betondecke mit einer Neonröhre. Ihr Blick wanderte abwärts über die verschmutzten Wände, von denen die Farbe abblätterte, und blieb an einer massiven Gittertür aus Eisen hängen. Mit einem Ruck setzte sie sich auf und hielt sich den schmerzenden Kopf.

In diesem Augenblick kehrte ihre Erinnerung zurück. Das hier sah nicht nur aus wie eine Gefängniszelle, es war eine.

Gegen vier hatte Josy sich mit den letzten Partygästen ein Taxi genommen, um nach Hause zu fahren. Kaum saß sie im Wagen, wurde ihr schlecht. Die Übelkeit wurde so stark, dass sie aussteigen musste. Sie verabschiedete sich hastig von ihren Freunden, und als das Taxi außer Sichtweite war, erbrach sie sich hinter einem Müllcontainer. Obwohl sie kaum stehen konnte, beschloss sie zu Fuß weiterzugehen, vielleicht würde frische Luft helfen. Josy schlug im Vorübergehen mit der Faust auf die Dächer geparkter Autos; das dumpfe Dröhnen gab ihren schwankenden Schritten einen Rhythmus. Sie bemerkte nicht, dass ein Streifenwagen hinter ihr herfuhr. Erst als er sie überholte und vor ihr zum Stehen kam, hielt sie inne und lehnte sich an ein Auto.

„Na, junge Dame, wohin des Wegs?“, fragte der junge Polizeibeamte, der auf der Beifahrerseite ausgestiegen war.

„Nach Hause“, sagte sie mit schwerer Zunge.

„Und, haben wir was getankt?“

„Ich weiß nich, wie’s bei Ihnen is“, erwiderte sie schleppend, „ich habn bisschen was getrunken. Deshalb gehe ich auch zu Fuß.“

„Sehr vernünftig“, sagte der nette Bulle. „Hätten Sie denn mal Ihren Ausweis, bitte?“

Josy wühlte der Form halber in dem Stoffbeutel, der ihr als Handtasche diente. Sie hatte nie einen Ausweis bei sich. Die Gefahr, dass sie ihn verlieren könnte, war zu groß. Sie verlor ständig irgendwas, deshalb nahm sie immer so wenig wie möglich mit. „Tut mit leid. Vergessen.“

„Wie alt sind Sie denn?"

„Achtzehn. Ich hab heute Geburtstag."

„Na, so ein Zufall! Dann fahren wir jetzt zusammen auf die Wache und stoßen an."

„Danke, sehr freundlich", artikulierte Josy mit Mühe, „aber ich bin ziemlich müde." Ihr war schwindlig, sie wollte sich an einem Auto abstützen, griff daneben und fiel gegen den Seitenspiegel, der knirschend aus seiner Halterung brach.

„Ojeoje", lallte sie, „tut mir leid."

„Sachbeschädigung", konstatierte der Polizist und notierte das Nummernschild.

Josy wollte sich gerade in Bewegung setzen, da packte er sie am Arm und sagte: „Schluss jetzt. Sie können sich nicht ausweisen, sind vermutlich minderjährig und randalieren schwer alkoholisiert herum. Sie kommen jetzt bitte mit."

Im nächsten Moment fand Josy sich auf dem Rücksitz des Polizeiwagens wieder. Die Fahrt zur Wache verlief schweigend. Sie landeten in einem ungemütlichen Büro mit scheußlich greller Beleuchtung.

„Personenfeststellung", sagte der Polizist, der sie hergebracht hatte, und überließ sie seinem Kollegen. Josy diktierte ihm Namen, Adresse und Telefonnummer. Der Beamte, ein gutmütig wirkender, etwas älterer Mann, tippte alles in den Computer. Dann griff er nach dem Telefon. „So, dann wollen wir mal deine Eltern informieren." Er ließ es lange klingeln, aber niemand hob ab. Wahrscheinlich hat meine Mutter Stöpsel in den Ohren, dachte Josy.

„Handynummer?", fragte der Polizist.

„Das Handy ist nachts ausgeschaltet."

Er zuckte die Schultern und stand auf. „Dann fahren wir jetzt hin."

Willenlos ließ Josy sich zum nächsten Polizeifahrzeug bugsieren. Kaum saß sie, schlief sie ein. Wenig später wurde sie unsanft geweckt.

„Wir sind da", sagte ihr Begleiter und rüttelte an ihrer Schulter.

Sie griff in ihren Stoffbeutel, wühlte und suchte – kein Hausschlüssel! In ihrer Aufregung vor der Party musste sie vergessen haben, ihn einzustecken.

„Das is jetzt blöd", nuschelte sie, „ich hab kein Schlüssel dabei."

„Tja, dann …" Bedauernd hob der Polizist die Hand und legte den Finger auf die Klingel. Der Ton durchschnitt schrill die nächtliche Ruhe, aber niemand öffnete. „Ihre Mutter hat ja einen gesegneten Schlaf. Beneidenswert geradezu. Sonst ist niemand in der Wohnung?"

Josy schüttelte den Kopf. „Und … was jetzt?"

„Es gibt da ein nettes kleines Hotel“, sagte er, „da ist die Übernachtung kostenlos.“

Josy starrte ihn an. Dann begriff sie. „O nein.“

„O ja“, sagte er und öffnete ihr die Tür des Polizeiwagens.

Sie landete in der letzten der drei kargen Ausnüchterungszellen, die noch frei war. Resigniert rollte sie sich auf der harten Liegefläche zusammen, stopfte sich ihre Jacke als Kissen unter den Kopf und zog die widerliche, kratzige Wolldecke über sich. Inzwischen war sie so müde, dass ihr egal war, wo sie lag. Hauptsache, sie konnte endlich schlafen.

Ihr Rücken schmerzte, sie dehnte und streckte sich stöhnend. Vorsichtig stand sie auf und ging ein paar Schritte in der Zelle auf und ab, um ihren Kreislauf in Schwung zu bringen. Vielleicht würden dann auch die Kopfschmerzen nachlassen.

Sie zog ihr Handy aus dem Beutel und schaltete es ein. Drei Anrufe von Panik-Mom. Josy seufzte. Wann würde Freda endlich aufhören, sich Sorgen um sie zu machen? Wie sollte sie erwachsen werden, wenn ihre eigene Mutter ihr nicht vertraute? Sie drückte die Kurzwahltaste für zu Hause.

„Josy, na endlich!“, meldete sich Freda erleichtert. „Wo warst du denn bloß?“

„Das … ist eine längere Geschichte. Kannst du mich in der Hochbrückenstraße abholen?“

„Du meinst auf dem Polizeirevier?“, fragte Freda ungläubig.

„Genau. Und bring bitte unbedingt meinen Ausweis mit. Der liegt in meiner Schreibtischschublade. Hoffe ich wenigstens.“ Josy drückte schnell den Aus-Knopf. Sie hatte jetzt nicht den Nerv für Diskussionen.

Freda fuhr aus der Parklücke, kurbelte hektisch am Lenkrad und hätte fast einen Radfahrer umgelegt.

„Reg dich bitte nicht auf, Mama. Die hundertfünfzig Euro für den Spiegel zahle ich zurück.“

„Und von welchem Geld?“

„Lass das mal meine Sorge sein.“

Freda schwieg. Sie war heilfroh, dass es ihrer Tochter gut ging, aber dieser nächtliche Exzess hatte sie erschreckt. „Sag mal, hast du schon öfter so viel getrunken?“

Josy verdrehte die Augen. „Mein Gott, Mama! Das klingt ja, als hätte ich ein Alkoholproblem! Ich gebe ja zu, dass ich es gestern übertrieben habe, aber das war total die Ausnahme, ehrlich.“

Freda warf ihr einen prüfenden Blick zu. Dann fragte sie: „Wie ist es überhaupt in so einer Ausnüchterungszelle?"

Josy schüttelte sich. „Scheußlich! Es stinkt, es ist dreckig, und man liegt auf dem nackten Beton. Da will ich kein zweites Mal rein, das kann ich dir versprechen!"

„Dann nimm nächstes Mal besser einen Hausschlüssel mit", sagte Freda und lächelte.

Erleichtert lächelte Josy zurück. Sie ertrug es nicht, wenn ihre Mutter sauer auf sie war.

Beim Anblick der Geschenke, der Torte und der Rosen fiel Josy Freda um den Hals. „Du bist so lieb", murmelte sie. „Tut mir leid, wenn du dir Sorgen gemacht hast."

„Schon okay", sagte Freda. „Hast du Hunger? Soll ich dir was zu essen machen?"

„Bloß nicht, danke", sagte Josy. „Ich glaube, ich leg mich lieber ein bisschen hin."

Sie ging in ihr Zimmer und blieb den ganzen Nachmittag verschwunden. Freda kämpfte gegen die Enttäuschung an, die sich in ihr breitmachte. Sie hatte es sich so gemütlich vorgestellt, zusammen mit Josy in der Küche zu sitzen, Kaffee zu trinken und über die gestrige Party zu reden.

Gegen Abend tauchte Josy auf, schob eine Tiefkühlpizza in den Ofen und ging unter die Dusche. Kaum hatte sie aufgegessen, klingelte es. Sie sprang auf, lief zur Wohnungstür und führte Lara und Naomi in die Küche. „Wartet kurz, ich bin gleich wieder da."

Sie verließ die Küche, ohne ihr Glas, ihr Besteck und den Teller mit dem abgenagten Pizzarand abzuräumen.

Freda kannte die beiden Mädchen seit dem Kindergartenalter. Sie waren, wie Freda es nannte, ihre „Ersatztöchter", die ganz selbstverständlich bei ihr ein und aus gingen. Naomi war temperamentvoll und impulsiv, Lara eher nachdenklich und vernünftig. Auch äußerlich waren sie unterschiedlich, die eher knabenhafte Naomi trug ihr blondes Haar kurz geschnitten, die weiblichere Lara hatte eine lange rehbraune Mähne, die ihr ins Gesicht fiel.

„Na, ihr zwei, schon wieder fit?", fragte sie lächelnd.

Die beiden nickten.

„Sicher wollt ihr euch einen gemütlichen Abend machen", sagte Freda. „Ich habe zwei neue DVDs, ‚Beim ersten Mal' und ‚Fluch der Karibik 2'."

„Cool", sagte Naomi.

„Ja, die sind beide echt gut", bestätigte Lara.

„Das heißt, ihr kennt sie schon?“

Die Mädchen nickten.

„Ach, da finden wir schon was. Ich hab jede Menge gute Filme.“

Bei ihren letzten Worten kam Josy hereingestürmt. Sie sah aus wie das blühende Leben; die dunklen Locken absichtlich verstrubbelt, die großen, braunen Augen mit Lidschatten und Mascara zum Leuchten gebracht, die zarte Figur wirkungsvoll in Jeans und hohe Stiefel verpackt.

„Los geht's, ich bin so weit.“ Sie wedelte auffordernd mit den Armen.

Freda sah sie entgeistert an. „Ihr wollt schon wieder ausgehen?“

„Klar“, sagte Josy, „schließlich muss man diesen Tag angemessen ausklingen lassen.“

Freda biss sich auf die Lippen. „Na dann, viel Spaß.“

Josy sah sie groß an. „Du bist doch nicht sauer?“

„Ach Quatsch! Ich mache mir einen schönen ruhigen Abend und gehe früh ins Bett.“

Josy warf ihr einen zweifelnden Blick zu. Dann sagte sie entschlossen: „Also bis morgen, Mama!“

Die Freundinnen verabschiedeten sich und die drei verließen die Küche. Die Tür fiel zu, und Freda hörte nur noch das gedämpfte Gelächter der Mädchen.

Sie fuhren zum „Kitchenette“, einer ziemlich angesagten Bar, in die Josy bisher nicht reingekommen war, weil am Eingang die Ausweise kontrolliert wurden. Die Mädchen setzten sich in eine Nische, bestellten Mojitos und malten sich schließlich ihre Zukunft aus.

„Ich hab echt noch keinen Plan“, sagte Josy.

„Willst du nicht erst mal die Schule weitermachen?“ Naomi sah sie fragend an.

Josy verzog das Gesicht. „Och nee, keinen Bock. Gibt 'ne Menge Jobs, für die man kein Abi braucht.“

Lara blickte zweifelnd. „Aber die meisten davon willst du nicht machen.“

„Ich werde ganz einfach reich und berühmt“, sagte Josy grinsend. „Und dann rette ich die Welt.“

„Super Plan“, sagte Lara. Schon bald darauf stand sie auf. „Mädels, seid mir nicht böse, ich bin todmüde.“ Sie suchte in ihrer Tasche nach dem Portemonnaie, legte Geld für ihre Drinks auf den Tisch und verabschiedete sich.

Ein paar Minuten später kamen zwei junge Typen zu ihnen, stellten sich mit einer kleinen Verbeugung als Cornelius und Martin vor und fragten, ob sie sich dazusetzen dürften.

Josy und Naomi wechselten einen schnellen Blick, dann nickten sie. „Bitte“, sagte Naomi und wies auf die zwei freien Plätze.

Josy sah sich den einen, der sich als Cornelius vorgestellt hatte, näher an. Sein halblanges dunkles Haar fiel ihm lässig ins Gesicht, seine Klamotten waren sicher sauteuer gewesen. Er wirkte selbstbewusst, aber nicht arrogant, und sein Lächeln war umwerfend. In Josys Magen kribbelte es. Vielleicht wurde es ja wirklich noch ein cooler Abend.

ZWEI

Es war ein frischer Sommermorgen mit klarem, blauem Himmel. Freda genoss den Fahrtwind im Gesicht, als sie mit ihrem Rad die Isar entlangfuhr. Die Kastanien standen in voller Blüte, das Laub der Bäume leuchtete in einem satten, intensiven Grün. Das war die Jahreszeit, die sie am meisten liebte; man ahnte die kommende Hitze, aber noch war es angenehm.

Freda schloss ihr Rad vor der Buchhandlung an einen Laternenpfahl. Der Laden lag in einem Innenstadtviertel mit schönen alten Häusern, vielen Geschäften, aber wenigen Parkplätzen. Nicht nur sie fuhr mit dem Rad oder der U-Bahn, auch die meisten ihrer Kunden sparten sich die lästige Sucherei. Nur Tanja, ihre Partnerin, bestand darauf, mit dem Auto zu kommen.

Freda schloss die Ladentür auf und ärgerte sich über die mit dicken Klebestreifen geflickte Scheibe im unteren Drittel. Seit sechs Wochen schaffte es ihr Vermieter nicht, sie zu ersetzen. Im ganzen Haus wurde seit Monaten saniert, viele der Wohnungen waren bereits leer, weil die Mieter entnervt das Weite gesucht oder sich mit einer Abfindung zum Auszug hatten bewegen lassen. Auch zu ihr und Tanja war mehrere Male ein gewisser Herr Murke, Beauftragter der Firma Immobau, gekommen und hatte ihnen verschiedene Angebote unterbreitet. Anfangs hatte er Geld geboten. Dann mehr Geld. Aber die beiden Frauen dachten nicht daran auszuziehen. Ihre Buchhandlung existierte seit zwölf Jahren, sie war immer in diesem Haus gewesen, und da sollte sie auch bleiben.

Murke hatte ihnen bedauernd mitgeteilt, dass er ihnen die Unannehmlichkeiten einer Baustelle nicht ersparen könne und eine Mietminderung nicht akzeptieren würde. In der Folgezeit fiel immer mal wieder der Strom aus, dann blieb die Heizung kalt oder es gab es kein Wasser. Der Baulärm im Haus wurde immer schlimmer, und eines Morgens waren mehrere Scheiben im Haus kaputt gewesen, darunter die ihrer Ladentür. Jedes Mal hatte Murke sich wortreich entschuldigt, aber sonst war alles beim Alten geblieben.

Schließlich hatten sie sich einen Anwalt genommen, aber auch der hatte bisher nichts erreicht.

Freda zog die fahrbaren Ständer mit den Sonderangeboten vor die Tür, kontrollierte die Auslage, stellte einige umgefallene Bücher wieder auf und entfernte zwei tote Fliegen. Sie nahm es sehr genau mit solchen Kleinigkeiten, weil sie überzeugt war, dass Kunden diese Dinge wahrnahmen. Und schließlich kam es auf den ersten Eindruck an.

Es war genauso, wie wenn man jemand Neuen kennen lernte. In Bruchteilen von Sekunden, in denen das Gehirn zahllose Einzelheiten registriert, bildet sich bereits eine Vorstellung davon, wie der Mensch ist. Wenn nur ein winziges Detail nicht stimmt, kann alles vorbei sein.

Freda blieb stehen, einen Stapel Bücher im Arm, mit einem abwesenden Ausdruck im Gesicht. Bei Alex hatte damals alles gestimmt. Ein gemeinsamer Freund hatte sie einander vorgestellt, sie hatten sich angesehen, und Freda hatte nicht mal eine Sekunde gebraucht, um zu wissen, dass sie diesen Mann wollte. Das Faszinierende war, dass es Alex ebenso empfunden hatte. Und das alles, bevor einer von ihnen ein Wort gesagt hatte.

Freda ließ die Ladentür offen und ordnete die bestellten Bücher nach Kundennamen ins Abholfach. Dann packte sie die Bücher aus, die sie für die Buchhandlung bestellt hatte, und stellte sie in die Regale. Den meisten Raum nahmen, neben der Belletristik, die Kochbücher ein, Fredas große Leidenschaft. Auf einer runden Verkaufsfläche mitten im Laden baute sie kunstvoll die Neuerscheinungen auf, nicht ohne schnell darin zu blättern und sich ein paar Fotos anzusehen. Sofort lief ihr das Wasser im Mund zusammen. Gab es etwas Schöneres, als in Rezeptbüchern zu schmökern, sich vorzustellen, wie die Gerichte schmeckten, welchen Duft sie verströmten?

Leider hatte sie selbst kaum Zeit zum Kochen, es fehlte ihr aber auch an Selbstvertrauen, und sie geriet sofort in Stress, wenn sie mehr als zwei Dinge gleichzeitig tun sollte. Während sie Gemüse schnitt, kochte das Nudelwasser über, während sie die Soße rührte, brannte das Fleisch an, kurz: sie hatte einfach kein Talent.

Als sie dabei war, die Buchlaufkarten auszufüllen, die ihr jeden Abend zeigten, wie viele Exemplare eines Buches am Tag verkauft worden waren, stürmte Tanja in den Laden.

„Himmel noch mal“, schimpfte sie, „das wird ja immer schlimmer hier! Müssen diese Idioten denn alle mit dem Auto in die Stadt fahren?“

„Hör mal, wer da spricht!“ Freda schüttelte lächelnd den Kopf und hielt ihrer Freundin ein dickes Buch entgegen. „Hier, der neue Grisham. Auf den hast du doch schon sehnsüchtig gewartet.“

„Na ja, sehnsüchtig …“, sagte Tanja wegwerfend, „ich schau mal rein.“

Tanjas Leidenschaft waren Krimis und Thriller, was sie aber nicht zugeben wollte. Als Buchhändlerin, so fand sie, müsste man sich für die Verbreitung von ernsthafter Literatur einsetzen, so neigte sie dazu, den Kunden anspruchsvolle, oft anstrengende Lektüre zu empfehlen.

Freda verkaufte den Kunden einfach, was sie wollten. Es war doch sinnlos, jemandem etwas aufzuschwatzen, womit der nichts anfangen konnte. Die Geschmäcker waren halt verschieden.

Tanja hatte ihre Tasche verstaut und begann, die von Freda ausgefüllten Karten in das jeweils obere Buch eines Stapels einzulegen. Die beiden arbeiteten Hand in Hand, nach so vielen Jahren verstanden sie sich ohne Worte.

„Weißt du was?“, sagte Tanja unvermittelt. „Ich glaube, Winni hat eine Freundin.“

„Winni?“ Freda musste lachen. Tanjas Mann wäre der letzte Typ auf Erden, dem sie eine Affäre zutraute. „Wie kommst du denn darauf?“

„Er hat sich neue Unterwäsche gekauft.“

„Wenn das ein Beweis sein soll, dann hättest du seit Jahren Affären“, sagte Freda grinsend.

Tanja schüttelte den Kopf. „Ich kaufe mir schöne Wäsche nicht, um mehr Sex zu haben, sondern als Ersatz für Sex. Ich werde immer älter, und langsam frage ich mich, ob es das gewesen sein soll.“

„Wem sagst du das!“, meinte Freda.

„Entschuldige“, sagte Tanja erschrocken, „das war taktlos von mir.“ Sie schwieg einen Moment. Dann fragte sie: „Glaubst du, dass du dich jemals wieder verlieben kannst?“

Freda senkte den Kopf. „Keine Ahnung. Eigentlich kann ich es mir nicht vorstellen.“

„Deshalb trägst du auch dieses Schild auf der Stirn: ‚Sparen Sie sich die Mühe, bin an keinem Mann interessiert‘, oder?“

Freda lachte. „Ja, wahrscheinlich.“

Im Stockwerk über ihnen jaulte ein Bohrer auf, wurde ins Mauerwerk getrieben und verendete mit einem schrillen Kreischen. Das wiederholte sich alle zehn, zwanzig Sekunden.

Tanja verdrehte die Augen. „Gut, dass noch keine Kunden da sind. Wobei sie uns in letzter Zeit sowieso nicht gerade die Bude einrennen.“

Freda nickte. „Wir müssten vielleicht überlegen, ob wir nicht zusätzlich Non-Book-Produkte ins Sortiment aufnehmen sollten.“

„Du meinst diesen ganzen Geschenkekram? Dekodosen, Kuscheltiere,

Kinderkoffer, Schokolade?“ Tanja schüttelte energisch den Kopf. „Kommt nicht infrage. Wir sind eine Buchhandlung, nicht Tchibo.“

„Aber mit dem ‚Kram‘ haben wir eine viel höhere Gewinnspanne als nur mit Büchern! Und die Sachen verkaufen sich wie geschnitten Brot. Ich glaube nicht, dass wir auf Dauer darauf verzichten können.“

Tanja legte weiter Karten in Bücher. Freda wusste, dass in ihrer Partnerin mal wieder das Wahre, Schöne und Gute mit der schnöden Wirklichkeit kämpfte. Aber ohne den Mut zu Veränderungen würde der Laden auf Dauer nicht überleben.

„Wir haben nicht genug Platz“, sagte Tanja.

„Wir könnten Sprachen und Lernprogramme verkleinern“, schlug Freda vor, „die Sachen laufen nicht mehr. Typische Internetware.“

„Wir könnten auch die Kochbücher rausschmeißen.“

Freda nahm den spitzen Unterton durchaus wahr, aber sie wollte keinen Streit. „Ich meine nur, wir sollten einfach mal drüber nachdenken“, sagte sie sanft.

Josy fühlte sich geschmeichelt. Dieser Cornelius behandelte sie wie eine Erwachsene, nicht so herablassend wie andere Männer in seinem Alter. Die dachten immer, sie hätten die Weisheit mit Löffeln gefressen, nur weil sie ein bisschen mehr Lebenserfahrung hatten. Bei Cornelius hatte sie das Gefühl, er hörte wirklich zu und interessierte sich für das, was sie sagte.

Sie saßen zu viert im „Siam“, einem edlen Thai-Restaurant, das sie sich nie hätten leisten können, aber Cornelius und Martin hatten sie eingeladen. Am Abend zuvor hatten die beiden jede Menge Drinks spendiert, sie hatten getanzt und richtig Spaß gehabt. Und als die Mädchen sich verabschiedeten, hatte Cornelius ein Treffen für den nächsten Abend vorgeschlagen.

„Ich nehme das rote Curry“, verkündete Naomi und ließ die Karte sinken.

„Und ich das grüne“, sagte Josy, „ich mag’s gern scharf.“

„Ich auch“, sagte Cornelius und lächelte. Josy blickte ihn prüfend an. Wie hatte er das gemeint?

„Ich habe in Thailand gelebt, da gewöhnt man sich dran“, sagte er.

Erleichtert lächelte sie zurück. „Echt? Wo warst du denn da?“

„Bangkok. Hab für eine amerikanische Firma gearbeitet.“

Josy nickte beeindruckt und rief sich ins Gedächtnis, was sie bisher von ihm wusste. Er war in Amerika zur Schule gegangen, hatte in England eine Ausbildung gemacht, in Thailand gearbeitet und war nun Chef einer Medienagentur. Und das alles mit knapp 25. Er musste ziemlich smart sein.

„Was macht deine Agentur eigentlich genau?“

„Wir organisieren Veranstaltungen für Firmen oder arbeiten bei Events mit. Also, stell dir vor, es ist Goldene Kamera in Berlin, lauter internationale Stars reisen an und müssen betreut werden, das machen wir dann."

Er zog eine Visitenkarte aus der Jackentasche und reichte sie Josy. STARS AND EVENTS las sie. Darunter Adressen in München, Berlin und Los Angeles.

„Was muss man denn können, um in so einer Agentur zu arbeiten?", erkundigte sich Josy.

„Man kann mit einem Praktikum einsteigen. Danach gibt es viele Wege. Wichtig ist, dass man kommunikativ ist und gut mit Leuten umgehen kann."

„Braucht man dafür … Abitur?", fragte sie weiter.

„Nicht unbedingt", sagte Cornelius.

„Dann wär das doch was für dich!", sagte Naomi und stieß Josy an. Die nickte nachdenklich. Seit sie vor einem knappen Jahr die Schule abgebrochen hatte, war es ihr so vorgekommen, als hätte sie überhaupt keine Chance mehr im Leben. Alle hatten auf sie eingeredet, sie müsse unbedingt weitermachen, aber es war einfach nicht gegangen. Nachts war sie von Albträumen gequält worden, tagsüber war sie übermüdet und unkonzentriert gewesen. Sie hatte im Unterricht gesessen, ohne zu verstehen, was die Lehrer erzählten. Mit jedem Monat, den ihr Vater verschwunden blieb, war es schlimmer geworden. Sie schrieb nur noch Fünfen und Sechsen in den Klassenarbeiten, bei mündlichen Tests brachte sie kein Wort heraus.

Endlich diagnostizierte einer der Ärzte, zu denen ihre Mutter sie geschleppt hatte, eine posttraumatische Belastungsstörung. Sie bekam Medikamente, verließ die Schule und ging ein Jahr lang zu einem Gesprächstherapeuten. Inzwischen fühlte sie sich besser und hatte sogar einen Job in einem Klamottenladen angenommen. Aber die Vorstellung, wieder zur Schule zu gehen, erschien ihr unerträglich. Noch immer machten ihr Prüfungssituationen Angst.

Josy war überzeugt, dass ihr Vater tot war. Es konnte gar nicht anders sein, denn nie hätte er sie und ihre Mutter einfach verlassen, ohne ein Wort zu sagen, ohne einen Abschiedsbrief. Es war ein grässliches Gefühl, nicht zu wissen, was ihm zugestoßen war.

Wieder stieß Naomi sie an. „Hast du gehört?"

„Ja", sagte Josy, „vielleicht wäre das wirklich was für mich."

ALS FREDA am nächsten Morgen aufstand, hatte sie einen Entschluss gefasst. Sie öffnete die Tür zu Josys Zimmer. „Ich möchte mit dir reden. Würdest du bitte aufstehen und mit mir frühstücken?"

Josy zog das Kissen über ihren Kopf und murmelte dumpf: „Das ist nicht fair. Ich muss erst heute Nachmittag arbeiten, ich hätte ausschlafen können.“

„Du hast oft genug ausgeschlafen“, sagte Freda und ließ Josys Zimmertür offen.

Nach zehn Minuten kam ihre Tochter im Schlafanzug in die Küche geschlichen, blass, übernächtigt und äußerst schlecht gelaunt. Sie lümmelte sich am Tisch und starrte Freda vorwurfsvoll an. Die stellte ihr eine Tasse Tee vor die Nase, die Josy unberührt ließ.

Freda holte Luft. „Ich mache mir wirklich Sorgen, Josy. Alle deine Freundinnen haben ihr Abitur gemacht und fangen jetzt an zu studieren, und du jobbst in diesem dämlichen Laden und lebst total in den Tag hinein. Ich habe nicht den Eindruck, dass du auch nur den geringsten Gedanken an deine Zukunft verschwendest. So kann es einfach nicht weitergehen.“

Josy verdrehte die Augen. „Was soll ich denn deiner Meinung nach machen? Ich kann eben nicht studieren. Ist schließlich nicht meine Schuld.“

Freda rührte abwesend in ihrem Weizenbrei. Natürlich war es nicht Josys Schuld, dass sie in der Schule versagt hatte. Den Vater auf diese Weise zu verlieren ist ein Drama, das ein junges Mädchen nicht einfach so wegstecken kann. Trotzdem durfte Freda nicht zulassen, dass Josy den Rest ihres Lebens von Aushilfsjobs lebte. Als Mutter fühlte sie die Verpflichtung, ihr ins Gewissen zu reden. „Das Beste wäre, du würdest doch noch Abi machen. Danach steht dir alles offen.“

Erschrocken sah Josy sie an. „Ich kann nicht, Mama. Bitte zwing mich nicht dazu.“

„Aber was willst du denn sonst machen?“

„Ich zeig dir was“, sagte Josy, ging in ihr Zimmer und holte Cornelius’ Visitenkarte.

„Stars and Events“, las Freda. „Was soll das sein?“

„Eine Art Veranstaltungsagentur. Der Chef hat mir ein Praktikum angeboten.“

„Und was lernst du da?“

„Eventmanagement“, sagte Josy. „Damit kann ich eine Menge machen.“

„Eventmanagement“, wiederholte Freda. „Sagt mir nicht viel, aber ehrlich gesagt klingt es nicht so richtig seriös.“

„Cornelius ist der seriöseste Typ, den du dir vorstellen kannst! Ich bin sicher, er würde dir gefallen.“

Freda blickte wieder auf die Karte und las die Firmenadressen. „Und wo soll dieses Praktikum stattfinden?“

„Erst in Berlin, und dann vielleicht in Los Angeles."

Freda blickte skeptisch. „Überleg dir doch erst mal, was du wirklich willst, anstatt einfach das erstbeste Angebot anzunehmen."

„Ach komm. Du willst bloß nicht, dass ich von München weggehe. Am liebsten würdest du mich doch hier einsperren."

„So empfindest du das?", fragte Freda betroffen. „Aber das stimmt überhaupt nicht. Ich wünsche mir nur, dass du das Richtige für dich findest, dass du glücklich wirst. Nur deshalb mische ich mich in dein Leben ein."

„Das weiß ich doch, Mama. Aber es ist *mein* Leben. Ich muss meine eigenen Erfahrungen machen. Du kannst mich nicht davor bewahren."

„Das werden wir ja sehen", sagte Freda in scherzhaftem Ton.

„Weißt du was, Mama?", sagte Josy, „ich stelle dir Cornelius einfach mal vor, dann machst du dir dein eigenes Bild."

FREDA war allein in der Buchhandlung. Einmal in der Woche hatte jede von ihnen einen freien Nachmittag, heute war Tanja dran. Es war nicht viel los, nur gelegentlich holte jemand ein bestelltes Buch ab oder sah sich um.

Das wütende Brummen einer Maschine zerriss ganz plötzlich die Stille, die immerhin schon eine Stunde angedauert hatte. Freda zuckte zusammen. Ging das schon wieder los! Sie stellte fest, dass sie den Lärm zunehmend schlecht ertrug.

Die Ladentür ging. Herr Petereit, einer ihrer merkwürdigsten Kunden, trat ein. Er sah immer aus, als käme er gerade aus dem Bett, das Haar wirr, die Brille leicht schief im Gesicht. Er trug Jogginghosen, dazu aber akkurat zugeknöpfte Hemden, als hätte er vergessen, die Anzughose anzuziehen. Freda hatte bis heute nicht in Erfahrung bringen können, wovon Herr Petereit eigentlich lebte.

„Hallo Herr Petereit", grüßte sie freundlich. „Was kann ich für Sie tun? Haben Sie etwas Bestimmtes im Auge?"

Er schüttelte den Kopf und sagte: „Nein, ich … also, ich wollte fragen, Sie sind doch alleinstehend, nicht wahr? Und da habe ich mir gedacht, ich würde Sie gern mal zum Essen einladen."

Freda war so verblüfft, dass sie einen Moment brauchte, um zu antworten.

„Das … ist sehr nett von Ihnen, Herr Petereit, wirklich. Aber ich glaube, es ist keine gute Idee. Ich bin nämlich gar nicht … alleinstehend." Notlüge, dachte sie. Natürlich bin ich allein. Und jetzt will auch Josy noch weg. So allein war ich noch nie in meinem Leben. Aber daran wird auch Herr Petereit nichts ändern können.

„Oh, tut mir leid, dann entschuldigen Sie bitte", sagte er. „Übrigens, ich habe da wirklich eine interessante Sendung im Fernsehen gesehen, es ging um das Brutverhalten von Pinguinen. Wussten Sie, dass bei den Pinguinen auch die Männer brüten?"

Freda nickte mechanisch. Dann sagte sie: „Ich glaube, da habe ich einen sehr schönen Bildband für Sie."

Erst als Herr Petereit bezahlt hatte, bemerkte Freda den anderen Kunden im Laden. Sie hatte gar nicht gehört, dass er hereingekommen war.

„Guten Tag, kann ich Ihnen helfen?", sagte sie freundlich.

Er stand halb mit dem Rücken zu ihr und hielt ein Buch in den Händen, nun drehte er sich um und hob das Gesicht. Fredas Körper schien von einer Art leichtem Stromschlag getroffen zu werden, der auch ihr Sprachzentrum in Mitleidenschaft zog. Sie wollte etwas sagen, konnte sich aber nicht entscheiden zwischen Suchen Sie etwas Bestimmtes? und Haben Sie schon etwas gefunden?, und sagte schließlich: „Haben Sie etwas Bestimmtes?" Als sie ihren Fehler bemerkte, lief sie knallrot an.

Der Mann lächelte. Es waren seine Augen. Er hatte die gleichen ungewöhnlich hellen, fast türkisgrünen Augen wie ihr Alex, deren Blick einen zu durchdringen schien. „Ich schau mich nur um", sagte er, „danke."

„Gut", sagte Freda. „Wenn ich Ihnen helfen kann, sagen Sie Bescheid."

Sie kehrte hinter den Ladentisch zurück und tippte den Auftrag für ein weiteres Pinguinbuch ein, das Herr Petereit bestellt hatte. Zwischendurch blickte sie aus den Augenwinkeln zu dem Mann hinüber, der in aller Ruhe Bücher ansah. Einmal hob er genau in dem Moment den Kopf, als sie ihn musterte, und sie sah schnell weg.

Schließlich kam er zu ihr an den Ladentisch. „Sie machen ja hier was mit", sagte er und machte eine Kopfbewegung in die Richtung, aus der immer wieder das Brummen ertönte.

„Ja, es nervt ziemlich. Aber bald ist es hoffentlich vorbei."

Zu ihrer Überraschung streckte er ihr die Hand hin. „Mein Name ist Arno Steiner. Ich bin Lehrer im Neuperlacher Schulzentrum, aber ich wohne hier in der Nähe, daher kenne ich Ihr Geschäft."

Sie schüttelten sich die Hand, Freda sah ihn fragend an.

„Sie wissen, das Schulzentrum liegt in einem sozialen Brennpunkt, die meisten Kinder haben außer ihren Schulbüchern noch nie ein Buch in der Hand gehabt. Ich würde gern mal mit einer zweiten oder dritten Klasse herkommen und den Kindern die Buchhandlung zeigen."

Freda rechnete. Zweit- und Drittklässler waren im Schnitt acht und neun Jahre alt. Im Geiste sah sie zwanzig von ihnen durch die Buchhandlung toben, Bücherstapel umstürzen, mit fettigen Fingern Eselsohren in die

Seiten knicken oder sie gar herausreißen. Sie schluckte. „Nun ja, das ist … eine tolle Idee, finde ich. Aber sind Sie sicher, dass die Kinder damit schon etwas anfangen können? Ich meine, wir führen hier überwiegend Bücher für Erwachsene, es gibt nur eine kleine Kinder- und Jugendabteilung."

Er nickte. „Die Kinder sollen einfach mal die Atmosphäre hier im Laden erleben, den Geruch neuer Bücher, den sinnlichen Genuss, eines in die Hand zu nehmen und aufzuschlagen. Ihr Geschäft ist besonders liebevoll ausgestattet, man fühlt sich sofort wohl, wenn man reinkommt."

Wieder fühlte Freda, wie ihre Wangen sich röteten, diesmal vor Freude. „Vielen Dank", sagte sie. „Ich muss darüber nachdenken und mit meiner Partnerin sprechen. Kann ich mich bei Ihnen melden?"

„Ich komme wieder", sagte er, und das Türkis seiner Augen schien kurz aufzublitzen.

DREI

Tanja hatte sich selbst übertroffen. Zwei mit Apfelstücken, Zwiebeln, Rosmarin und Oliven geschmorte Hähnchen servierte sie mit Couscous, das sie mit Mandeln, Datteln und getrockneten Aprikosen gemischt hatte. Die Verbindung von Pikantem mit Süßem war perfekt gelungen.

Für ein solches Essen war Freda bereit, einen Abend mit Winni, Tanjas wenig inspirierendem Mann, und den Söhnen Titus und Julius auszuhalten, deren pubertär-phlegmatische Ausstrahlung auch nicht gerade für Stimmung sorgte. Die beiden Jungen saßen mehr oder weniger reglos am Tisch und trugen kein Wort zur Unterhaltung bei.

Winni, Filialleiter einer Handelskette für Elektrogeräte, dozierte über den „Erziehungsnotstand", den er in der Gesellschaft ausgemacht hatte. „Nimm meine Lehrlinge", sagte er, „die können sich alle nicht benehmen. Denen muss ich erst mal beibringen, dass man Guten Morgen sagt und sich nach dem Klo die Hände wäscht. Die hat einfach niemand erzogen, die Eltern nicht, die Schule nicht, keiner. Schlimm ist das."

Freda nickte zustimmend. „Die meisten Eltern lassen es einfach laufen. Sie haben Angst vor Konflikten mit ihren Kindern, dabei suchen die so dringend nach Grenzen."

„Wusstet ihr, dass in vielen Familien keine gemeinsame Mahlzeit mehr eingenommen wird?", schaltete Tanja sich ein. „Jeder isst, wann immer er will, und es gibt nur noch Fertiggerichte, weil die Mütter nicht mehr kochen können."

Freda räusperte sich verlegen.

„Oh, tut mir leid“, sagte Tanja schnell, „damit hab ich natürlich nicht dich gemeint! Wie war’s heute Nachmittag?“

„Ziemlich ruhig, wenn man von dem infernalischen Baulärm absieht. Stell dir vor, wer mich zum Essen einladen wollte. Herr Petereit!“

„Und? Hast du zugesagt?“

„Bist du noch zu retten?“

„Du solltest wirklich allmählich ins Leben zurückkehren“, sagte Winni. „Es hat doch keinen Sinn, dass du immer nur wartest. Es ist nach so langer Zeit nicht sehr wahrscheinlich, dass Alex wiederauftaucht, das musst du zugeben. Du bist noch jung, du solltest ausgehen, dich verlieben …“

„Hör auf!“, fuhr Tanja dazwischen.

Freda hatte ihr Besteck abgelegt. Sie hatte plötzlich keinen Hunger mehr. „Ist schon okay“, sagte sie, „Winni hat ja Recht. Es ist nur … ich kann nicht aufhören zu hoffen, solange ich keine Gewissheit habe. Das wäre Verrat an Alex. Ich würde ihn dadurch für tot erklären, bevor ich sicher wüsste, dass er es ist.“

„Verstehe ich nicht“, sagte Winni. „Im Grunde weißt du es doch.“

„Nein, sie weiß es nicht“, verbesserte Tanja. „Sie muss damit rechnen, sie muss sogar davon ausgehen, aber du kannst nicht sagen, dass sie es weiß.“

„Wie du meinst“, sagte Winni seufzend und kippte den Rest seines Weines in sich hinein.

„Dürfen wir aufstehen?“, fragte Titus. Die Erwachsenen blickten ihn erschrocken an, sie hatten völlig vergessen, dass die beiden Jungen am Tisch saßen.

„Natürlich“, sagte Tanja. „Ich ruf euch, wenn’s Nachtisch gibt.“

Die beiden standen auf und gingen schlurfend, die Hände in den tiefsitzenden Hosentaschen vergraben, aus dem Zimmer.

Freda faltete ihre Serviette und legte sie neben ihren Teller. „Seid mir nicht böse, aber ich bin sehr müde. Ich mach mich jetzt besser auf den Weg.“

„Aber …“, wollte Tanja protestieren, dann schwieg sie.

Winni blickte verlegen auf den Tisch. „Tut mir leid, wenn ich was Falsches gesagt habe.“

Freda stand auf. „Schon gut. Ich verstehe ja, dass es auch für euch schwierig ist, mit der Situation umzugehen. Also dann, vielen Dank!“

„Ich bring dich raus“, sagte Tanja und sprang auf. „Tut mir leid“, flüsterte sie auf dem Flur, „das war nicht besonders feinfühlig von ihm.“

„Ist schon okay“, sagte Freda.

Das Schlimme an ihrer Situation war, dass sie nicht wusste, was sie empfinden sollte. Sie kam sich vor, als lebte sie in einem Zwischenreich, als eine Art emotionaler Zombie. Sie konnte nicht um Alex trauern, aber sie konnte auch nicht, wie Winni es genannt hatte, „ins Leben zurückkehren". Nur warten und hoffen und versuchen, dabei nicht völlig vor die Hunde zu gehen.

DIE SCHLANGE an der Kasse nahm beängstigende Ausmaße an. Josy griff nach dem Telefon und bat eine Kollegin aus der Pause zurück. „Der Kunde geht vor" lautete das Motto, das man ihnen bei der kurzen Schulung eingetrichtert hatte, mit der sie auf ihre Aushilfstätigkeit in der Filiale der großen Bekleidungskette vorbereitet worden waren. In der Praxis merkte man von diesem Leitspruch nicht viel; es gab viel zu wenige Umkleidekabinen und vor allem zu wenig Personal. Am schlimmsten fand Josy es, wenn zu lange Wartezeiten an der Kasse entstanden. Sie hatte sich schon oft üble Beschimpfungen anhören müssen. Eine Unverschämtheit sei es, Kunden so lange warten zu lassen.

„Ich gebe es gern weiter", sagte Josy dann jedes Mal freundlich, obwohl sie genau wusste, dass die Beschwerden niemanden interessierten. Die Preise hier waren so günstig, dass die Leute trotz allem immer wiederkamen.

Ein junger Typ mit glänzenden schwarzen Haaren und südamerikanischen Gesichtszügen grüßte freundlich und reichte ihr ein Sweatshirt und einen Gürtel. Der Fünfzigeuroschein, den er ihr hinschob, sah auffallend neu aus. Josy nahm ihn und wedelte damit. „Hast du den selbst gedruckt?"

Er grinste sie an. „Klar, hab noch jede Menge davon!"

Eigentlich hätte Josy den Fünfziger durch das Prüfgerät ziehen müssen, das Blüten erkannte, aber sie ließ es bleiben. Der Typ sah nett aus. Falls das Geld falsch wäre, müsste sie es melden und der Schein wäre futsch.

„Tschüss und viel Spaß mit den Sachen!", sagte sie und reichte ihm seine Tüte. Er bedankte sich lächelnd und ging Richtung Rolltreppe. Josy sah ihm einen Augenblick nach und überlegte, woher er stammen könnte. Vielleicht aus Bolivien?

Eine halbe Stunde später war Feierabend. Josy machte den Kassenabschluss und gab den Schlüssel beim Filialleiter ab, einem Mann mit unechtem Lächeln, der sich betont lässig in seinem Schreibtischstuhl fläzte.

„Danke, Josy", sagte er. Alle Aushilfen wurden nur mit Vornamen angesprochen, aber immerhin gesiezt.

„Auf Wiedersehen, Herr Rinner", sagte Josy und wollte gehen.

„Bitte, bleiben Sie doch noch einen Moment."

Überrascht drehte sie sich um.

„Ich wollte Ihnen sagen, dass wir sehr zufrieden mit Ihrer Arbeit sind. Sie sind freundlich, kompetent und teamfähig. Für solche Leute gibt es bei uns eine Zukunft. Sie könnten Teamleiterin werden, und später vielleicht stellvertretende Abteilungsleiterin. Eine vierwöchige Nachschulung, drei Monate Probezeit, und schon ist der Weg nach oben offen."

Der Weg nach oben? Der Typ hatte sie doch nicht alle. Jeder weitere Tag in diesem Scheißladen führte auf direktem Weg nach unten.

Es war, als hätte jemand einen Hebel in ihr umgelegt. Josy öffnete den Mund und hörte sich sagen: „Vielen Dank, aber dieses Unternehmen ist nicht das Richtige für mich. Hier wird nur Schrott verkauft, für den arme Näherinnen in Bangladesch oder China ausgebeutet werden, und die Mitarbeiter werden beschissen bezahlt. Bevor ich hier Karriere mache, höre ich lieber auf. Und zwar jetzt sofort."

Herr Rinner starrte Josy an. „Das geht nicht", sagte er und fiel vor lauter Aufregung ins Duzen, „du hast eine Kündigungsfrist, du kannst nicht von jetzt auf gleich aufhören!"

„Und ob ich kann", sagte Josy und verließ sein Büro.

FREDA WARTETE in einem Lokal in der Nähe der Buchhandlung auf Josy und diesen Agenturfritzen. Es war einer dieser schicken neuen Läden, die in letzter Zeit hier im Viertel entstanden waren. Sie war schon öfter daran vorbeigegangen, aber es war ihr zu teuer gewesen.

Sie suchte ein Gericht auf der Karte, das unter zwanzig Euro kostete. Schon die einfachsten Spaghetti mit Tomaten, Mozzarella und Basilikum kosteten vierzehn, alle anderen Hauptgerichte lagen zwischen zwanzig und dreißig Euro. Das war doch absurd, welcher normale Mensch konnte sich das leisten? Aber normale Menschen sollten hierher wohl nicht kommen.

Sie löste den Blick von der Karte und sah, wie Josy in Begleitung eines Mannes das Restaurant betrat und sich suchend umsah. Es berührte sie merkwürdig, ihre Tochter so zu sehen, außerhalb der gewohnten Umgebung, in Gesellschaft eines Fremden. Eine Ahnung, dass Josy längst ein eigenes Leben führte, von dem sie, die Mutter, nicht allzu viel wusste, überfiel sie. Schnell schob sie den Gedanken von sich.

Die beiden traten an den Tisch. Der Mann, der aus der Nähe deutlich jünger wirkte, machte eine Verbeugung und deutete einen Handkuss an, was Freda belustigte. Aus welchem Jahrhundert kam der denn?

„Cornelius Maybach, ich freue mich sehr, Sie kennen zu lernen."

Er ließ Josy den Vortritt, die schob sich neben Freda auf die schwarz lackierte Holzbank am Fenster. Cornelius setzte sich den beiden gegenüber auf einen Stuhl und strich seinen Haarschopf aus dem Gesicht.

„Sie sind Buchhändlerin, nicht wahr?“, begann er das Gespräch. „Ich liebe Buchhandlungen, mein Onkel hatte eine. Als Kind saß ich oft bei ihm und habe stundenlang geschmökert.“

„Das hast du mir noch gar nicht erzählt“, sagte Josy .

Freda musterte ihn. „Es ist wirklich ein schöner Beruf“, bestätigte sie. „Nur reich wird man leider nicht damit.“

„Geld ist doch nicht das Wichtigste im Leben“, sagte Cornelius, „wichtig ist, dass man etwas macht, was einen erfüllt.“

Freda blickte ihn prüfend an. Für sie klang er ein bisschen wie jemand, der versuchte, unbedingt das Richtige zu sagen.

Josy griff nach der Speisekarte. „Ich sterbe vor Hunger“, sagte sie. „Hast du schon was ausgesucht, Mama?“

Freda nickte. „Ich nehme die Spaghetti.“

„Sie sind selbstverständlich meine Gäste“, sagte Cornelius höflich lächelnd.

„Kommt nicht infrage“, sagte Freda. So weit kam es noch, dass sie sich von einem völlig Unbekannten einladen ließ. Cornelius ignorierte Fredas Einwand, winkte dem Kellner und gab die Bestellung mit einer Selbstverständlichkeit auf, als verkehre er ständig in solchen Lokalen. Freda empfand sein selbstbewusstes Auftreten als provokant, gleichzeitig imponierte es ihr.

„Sie haben also meiner Tochter ein Praktikum in Ihrer Firma angeboten?“, kam sie zur Sache. „Das ist wirklich sehr nett von Ihnen.“

Cornelius nickte. „Ich glaube, Josy wäre die Idealkandidatin für diese Stelle. Sie ist kommunikativ und sicher im Umgang mit Menschen, sie verfügt über eine gute Bildung, spricht Englisch und sogar etwas Spanisch. Das ist wichtig, weil wir eine internationale Klientel haben.“

Freda nickte nachdenklich. „Was hätte Josy denn während des Praktikums für Aufgaben?“

Josy hibbelte neben ihr hin und her. „Ja, das würde mich auch interessieren, davon hast du mir noch gar nichts erzählt!“

„Einiges an Organisatorischem im Vorfeld“, sagte er vage, „und wenn unsere Kunden dann hier sind, geht es natürlich um eine intensive und perfekte Betreuung.“

„Was heißt das zum Beispiel?“, hakte Freda nach.

„Alles Mögliche. Dolmetschen, Begleitung beim Shopping-Bummel, Besorgen von Theaterkarten, eben alles, damit der Kunde sich rundum wohlfühlt.“

„Also eine Art Hostessentätigkeit“, fasste Freda kühl zusammen.

Wenn er sich über Fredas Bemerkung geärgert hatte, ließ er es sich nicht anmerken. „Nun, das trifft es nicht wirklich“, sagte er unverändert freundlich, „die Tätigkeit ist sehr viel umfassender. Am besten wäre doch, Josy probiert es einfach aus, dann sieht sie selbst, ob es das Richtige für sie ist.“

„Genau“, sagte Josy.

Die Getränke wurden serviert. Cornelius schickte den Kellner weg und schenkte den Wein selbst ein, nachdem er ihn probiert und für gut befunden hatte. Freda nahm einen Schluck und überlegte. „Nun“, sagte sie mit einem Lächeln, „meine Tochter ist volljährig, sie kann für sich selbst entscheiden. Im Moment hat sie allerdings noch einen Job.“

„Nicht mehr“, sagte Josy, „ich habe gekündigt.“

„Du hast … was?“ Fredas Gelassenheit geriet ins Wanken. Nach kurzem Nachdenken fragte sie: „Gehört Ihnen denn diese Agentur?“

„Gewissermaßen“, erwiderte Cornelius.

„Gewissermaßen?“ Zum ersten Mal bemerkte sie eine leichte Unsicherheit bei dem jungen Mann.

„Na ja“, schränkte er ein, „die Anschubfinanzierung war von meinem Vater, aber ich bin der Geschäftsführer.“

„Also, ich finde, das klingt toll“, sagte Josy begeistert.

Während des Essens machten sie unverbindlichen Small Talk, und Freda versuchte, sich ihr wachsendes Unbehagen nicht anmerken zu lassen. Nach dem Dessert brachte der Kellner die Rechnung, die Cornelius beglich, ohne auf Fredas Protest einzugehen. Wieder hauchte er ihr einen Kuss auf die Hand, verabschiedete sich mit zwei angedeuteten Wangenküssen von Josy und verschwand.

„Und? Wie findest du ihn?“ Josy sah sie erwartungsvoll an.

„Wie soll ich sagen“, begann Freda zögernd, „er ist sehr höflich und gut erzogen, aber … seine Art ist fast zu perfekt, um wahr zu sein.“

Josys Miene verfinsterte sich. „Du magst ihn nicht.“

Freda wiegte den Kopf. „Wenn du meine ehrliche Meinung hören willst, dieses Praktikum halte ich für pure Zeitverschwendung.“

Josy stützte das Gesicht in die Hände. „Du weißt einfach immer alles besser“, sagte sie verzweifelt, „für dich werde ich nie etwas richtig machen können!“

„Aber das stimmt doch nicht“, sagte Freda und wollte nach Josys Arm greifen, den diese ihr mit einer heftigen Bewegung entzog, dabei wortlos aufstand und das Lokal verließ.

Freda seufzte. Wie sollte sie Josy klarmachen, dass es bedeutend sinnvoller wäre, einen Schulabschluss zu machen als ein windiges Praktikum bei einem ebenso windigen Typen?

MIT FINSTERER MIENE hockte Josy auf ihrem Bett und grübelte vor sich hin, ihr Handy in der einen, Cornelius' Visitenkarte in der anderen Hand.

Es war wie vorletztes Jahr, als sie eine Klassenreise nach Südfrankreich hätte machen können, mit Fahrradfahren, Zelten und Wildwasserpaddeln auf der Ardèche. Sie hatte sich so darauf gefreut, aber ihre Mutter hatte immer neue Begründungen dafür gefunden, warum sie nicht mitfahren sollte: Weil sie die letzte Physikarbeit verhauen habe. Weil es in den Vorstädten von Paris Jugendaufstände gegeben habe und man nicht wissen könne, ob sie auf den Rest des Landes übergreifen würden.

Der wahre Grund war, dass drei Monate zuvor ihr Vater verschwunden war und ihre Mutter sie am liebsten zu Hause angebunden hätte.

Zwei Tage vor der Abfahrt war dann Josys Oma krank geworden. Sie waren die vierhundert Kilometer bis zur Großmutter gefahren, die von einer Magen-Darm-Grippe etwas geschwächt, ansonsten aber putzmunter war. Trotzdem hatte ihre Mutter darauf bestanden, erst am nächsten Tag zurückzufahren. Da war Josys Klasse ohne sie nach Südfrankreich gereist.

Natürlich hatte sie Verständnis für ihre Mutter, die ihren Mann verloren hatte und nun fürchtete, ihrer Tochter könnte etwas zustoßen. Aber musste sie, Josy, deshalb auf alles verzichten, was sie gern tun würde? Sie hatte doch ein Recht auf ihr eigenes Leben.

Manchmal war sie richtig wütend auf ihren Vater. Wenn das mit ihm nicht passiert wäre, dann wäre ihre Mutter nicht so überängstlich. Und sie als Tochter müsste nicht ständig ein schlechtes Gewissen haben.

Es war doch längst klar, dass er nicht zurückkehren würde. Und irgendwie hatte sie sich damit abgefunden, auch wenn sie nachts im Bett manchmal weinte und immer wieder diese Albträume hatte. Sie wusste einfach, dass er tot war, deshalb ertrug sie es auch nicht, wenn ihre Mutter so tat, als gäbe es noch Hoffnung. Dann fühlte sie sich böse und schuldig, weil sie nicht mehr an seine Rückkehr glauben konnte. Solange er verschwunden blieb und niemand wusste, was ihm zugestoßen war, konnte sie nicht aufbrechen und ihren Weg gehen. Sie musste bleiben und warten und ihrer Mutter beistehen. Sie war eine Gefangene.

Josy rollte die Visitenkarte nachdenklich zwischen den Fingern, strich sie glatt, rollte sie wieder. Schließlich wählte sie Cornelius' Nummer.

VIER

Freda erwachte vom Klingeln des Telefons. Schlaftrunken angelte sie nach dem Hörer.

„Krummbaur", meldete sich eine Stimme, „grüß Sie, Frau März. Wie geht's Ihnen?"

„Danke", sagte Freda und ihr Magen krampfte sich zusammen. So oft sie sich in den letzten zwei Jahren gewünscht hatte, Johann Krummbaur möge anrufen, so sehr hatte sie sich auch immer davor gefürchtet.

Sie kannte ihn seit dem Tag, an dem Alex nicht nach Hause gekommen war. Gegen Mitternacht hatte sie die Polizeiwache in ihrem Viertel betreten, außer sich vor Sorge. Polizeihauptmeister Johann Krummbaur hatte ihre Vermisstenmeldung aufgenommen, sie beruhigt, ihr Mut zugesprochen. Sie hatte ihm von Anfang an vertraut, und er war in der folgenden Zeit ihr Ansprechpartner geblieben, auch nachdem die Polizei in Garmisch den Fall übernommen hatte. Manchmal hatte sie ihn nur angerufen, um mit jemandem reden zu können. Er hatte sich immer Zeit für sie genommen, hatte einfach nur zugehört oder sie, so gut er konnte, getröstet.

„Ich habe Neuigkeiten für Sie", sagte Krummbaur. „Es wurde ein Rucksack gefunden, im Wettersteingebiet. Die Kollegen aus Garmisch haben ihn hergeschickt. Ich wollte Sie bitten, vorbeizukommen und ihn sich anzuschauen."

„Ein Rucksack", wiederholte Freda. „Ist gut. Ich komme."

Während sie in Windeseile duschte und aus dem Haus hastete, dachte sie an den Rucksack, den Alex damals mitgenommen hatte. Es war der uralte Wanderrucksack gewesen, aus festem Segeltuch, blaugrau, wenn sie sich richtig erinnerte, ein Erbstück von Alex' Vater.

Polizeihauptmeister Krummbaur begrüßte sie mit einem herzlichen Händedruck. Fredas Hand war eiskalt, er behielt sie einen Moment in der seinen, als wollte er sie wärmen.

Er führte sie in sein Büro. Da lag er. Abgeschabt und verschmutzt, das Gewebe noch ausgeblichener nach zwei Jahren im Freien, aber ohne Zweifel der Rucksack, mit dem Alex damals zu seiner Bergtour aufgebrochen war.

„Und?" Krummbaur sah sie fragend an. Freda nickte stumm.

Er griff hinter sich und stellte eine Plastikwanne auf den Tisch. „Hier, das war drin."

Sie trat näher und betrachtete die Gegenstände. Wasserflasche, Wanderkarte, eine gerollte Plastikwurst, in der sich ein Regenschutz verbarg, sein blaues Sweatshirt. Zusammengeknüllte Alufolie, die zum Einwickeln der Brotzeit gedient hatte, ein angebissener Müsliriegel.

Beim Anblick des Riegels schossen Freda Tränen in die Augen. Von denen hatte sie damals eine Familienpackung gekauft und Alex beim Abschied mehrere in den Rucksack gesteckt.

Alles war plötzlich wieder da. Der letzte Kuss, sein vergnügtes „Bis heute Abend!“, der letzte Blick aus seinen grünblauen Augen. Freda ließ sich auf den Stuhl sinken, den Krummbaur ihr geistesgegenwärtig zugeschoben hatte. „Sonst … hat man nichts gefunden?“

Krummbaur schüttelte den Kopf.

„Glauben Sie, dass es noch Hoffnung gibt?“ So direkt hatte sie ihn noch nie gefragt. Er warf ihr einen Blick zu, als wolle er prüfen, ob sie stark genug wäre für seine Antwort.

„Ehrlich gesagt nein. Der Rucksack ist der Beweis, dass er tatsächlich in der Zugspitzregion war. Bis zu diesem Fund hätten wir theoretisch annehmen können, dass Ihr Mann gar nicht dort war, dass sein Verschwinden inszeniert war. Vorgekommen ist so was schon. Jetzt weist alles auf die von Anfang an wahrscheinlichste Hypothese hin: auf einen Bergunfall.“

„Aber warum hat man ihn noch nicht gefunden?“

Krummbaur hob die Schultern und ließ sie wieder fallen. „Das ist ein Riesengebiet, bisher wussten wir ja nicht mal, wo wir genau suchen sollten. Jetzt haben wir endlich einen Anhaltspunkt. Die Kollegen von der Bergwacht sind schon unterwegs. Aber eine Garantie, dass sie ihn finden, gibt es nicht. Er kann in eine Felsspalte oder ein unzugängliches Bachbett gefallen sein oder sich verletzt irgendwo verkrochen haben. Damit müssen Sie rechnen.“

Wieder nickte Freda. Sie rechnete mit allem, seit Langem schon. Nun wusste sie wenigstens, dass es vernünftiger war, mit dem Schlimmsten zu rechnen.

„Da ist noch etwas“, sagte Krummbaur, „Ihr Mann hatte einen Fotoapparat bei sich. Der Film wird gerade in unserem Labor entwickelt. Sollen wir Ihnen die Abzüge zuschicken?“

Mein Gott, die Kamera! Wie oft hatten sie Alex gehänselt, weil er noch immer das altmodische Ding verwendete, wo doch jeder inzwischen digital fotografierte. Aber er hatte darauf bestanden, die Kamera weiter zu benutzen, er hatte sich immer geweigert, jeden Trend mitzumachen. Nicht einmal ein Handy hatte er besessen, das ihm vielleicht das Leben gerettet hätte.

„Ja“, sagte Freda abwesend, „schicken Sie mir die Bilder zu.“ Sie stand auf. „Vielen Dank, Herr Krummbaur. Sie melden sich, wenn es was Neues gibt?"

Er nahm ihre Hand wieder in seine und hielt sie fest. „Selbstverständlich, Frau März. Alles Gute."

Sie beschloss, zu Fuß in die Buchhandlung zu gehen, um Zeit zum Nachdenken zu haben.

Zwei Jahre im emotionalen Niemandsland, zwischen Hoffnung, Verzweiflung und Resignation. Zwei Jahre, in denen sie nicht mehr wirklich an Alex' Rückkehr geglaubt hatte, ihn aber auch nicht aufgeben konnte. Sie hoffte, man würde ihn finden. Dann hätte sie endlich Gewissheit. Könnte ihn beerdigen. Und um ihn trauern.

DAS FLUGZEUG landete pünktlich in Tegel. Als sie den Sicherheitsbereich verlassen hatte, sah Josy sich nach allen Seiten um. Cornelius war nicht zu sehen. Sie schaltete ihr Handy ein und rief ihn an.

„Tut mir leid, ich hab's nicht geschafft", sagte er. „Nimm dir bitte ein Taxi."

Sie zählte ihr Geld, es waren ungefähr sechzig Euro. Dann fragte sie einen Taxifahrer, wie viel eine Fahrt nach Mitte kostet.

„So um die zwanzig", sagte er, „kommt drauf an, wohin genau."

„Gibt es auch einen Bus?", fragte sie, und er machte eine unbestimmte Kopfbewegung.

Nach einigem Suchen fand Josy einen Airport-Shuttle, der zum Potsdamer Platz fuhr.

Mit vor Aufregung trockenem Mund, ihren Stoffbeutel fest umklammernd, hockte sie auf ihrem Sitz und sah aus dem Fenster. Voriges Jahr war sie noch mit ihrer Klasse in Berlin gewesen. Diese Reise hatte Freda nicht verhindern können, die Teilnahme war Pflicht gewesen.

Am Potsdamer Platz stieg sie aus und studierte ihren Stadtplan, den sie damals aufgehoben und heute Morgen geistesgegenwärtig eingesteckt hatte. Die Adresse von „Stars and Events" war nur wenige Häuserblocks entfernt. Sie ging los, ihren Trolley hinter sich herziehend.

Die Büros der Firma lagen im ersten Stock eines Altbaus und waren bei Weitem nicht so eindrucksvoll, wie Josy sie sich vorgestellt hatte. In ihrer Fantasie residierte Cornelius in weitläufigen, penthouseartigen Räumen mit modernen Möbeln aus Leder und Chrom und einem Panoramablick über die Stadt; in Wahrheit bestand seine Firma aus einem kleinen Empfangsbereich und drei nicht allzu großen hellen Zimmern, deren Einrichtung vermutlich von Ikea stammte. Josy atmete auf, eigentlich gefiel es ihr viel besser so.

Das Mädchen am Empfang war höchstens zwanzig, sie begrüßte Josy wie eine alte Bekannte. Gleich darauf kam Cornelius aus einem der Büros. Er strahlte sie an, küsste sie auf beide Wangen, und Josy war plötzlich ganz sicher, das Richtige getan zu haben. Das hier war vielleicht noch nicht die große Welt, aber eine Tür dazu. Auf jeden Fall war es besser, als Billigklamotten zu verkaufen.

Cornelius stellte ihr die anderen Mitarbeiter der Agentur vor, es waren allesamt Mädchen Anfang oder Mitte zwanzig, alle auffallend hübsch und stylish angezogen. Josy kam sich in ihren Teenieklamotten ein bisschen vor wie Aschenputtel.

Als hätte er ihre Gedanken erraten, sagte Cornelius: „Als Erstes brauchst du ein paar neue Sachen. Schließlich soll dein erster Promi Matt Damon sein! Sandra geht mit dir zum Einkaufen."

Eines der Mädchen nickte.

„Matt Damon? Wow!" Schüchtern sagte Josy: „Aber ich habe kein Geld."

„Ich leih dir das Geld, und du zahlst es von dem zurück, was du verdienst."

Staunend fragte Josy: „Wie viel verdiene ich denn?"

„Das ist leistungsabhängig", sagte Cornelius.

Sandra brachte Josy in das Apartment, das Cornelius für sie gemietet hatte. Es war in einem renovierten Plattenbau ganz in der Nähe, bestand aus einem großen und einem kleinen Zimmer, einer Kochnische und einem Bad. Die Räume waren ohne großen Luxus, aber ansprechend möbliert.

Irgendwo in Josys Hinterkopf meldeten sich Zweifel daran, dass dies hier alles mit rechten Dingen zuging. Es war die Rede von einem Praktikum gewesen, einer Tätigkeit, die bekanntlich eher mager honoriert wird. Und nun bekam sie ein eigenes Apartment gestellt und sollte offenbar viel mehr verdienen, als sie sich in ihren kühnsten Träumen ausgemalt hatte.

Sie beschloss, sich nicht zu viele Gedanken zu machen. Vielleicht hatte sie ja einfach Glück gehabt.

„Superschön hier!", sagte sie zu Sandra. Die sah sich um und zuckte die Schultern. „Geht schon", sagte sie, „Jana und Karina wohnen übrigens auch im Haus."

Josy stellte ihren Trolley in das kleinere Zimmer, das als Schlafzimmer eingerichtet war. Stolz nahm sie von Sandra den Wohnungsschlüssel in Empfang. Dann zogen sie los zu ihrem Shopping-Bummel.

ALS FREDA in die Buchhandlung kam, traute sie ihren Augen nicht: Zwei Männer waren dabei, die beschädigte Ladentür auf einen Anhänger mit der Aufschrift GLASEREI ADLMÜLLER zu laden. Es geschahen noch Zeichen und Wunder.

„Die kriegen wir aber heute wieder?“, vergewisserte sie sich und einer der Männer nickte.

Die akustische Untermalung des heutigen Tages bestand im Rattern eines Presslufthammers, das von kleinen Vibrationen begleitet wurde.

Tanja aß gerade ein Käsesandwich. „Ein Typ hat nach dir gefragt“, sagte sie zwischen zwei Bissen, „wegen einer Schulveranstaltung. Er kommt später noch mal.“

Freda erklärte ihr, der Typ sei ein Lehrer, der seinen Schülern die Buchhandlung zeigen wolle, um die Lust am Lesen bei ihnen zu wecken.

„Das ist ja klasse!“, rief Tanja. „Kinder sind unsere Kunden von morgen. Wir müssen an die Zukunft denken.“

„Aus diesen Kindern werden doch keine Leser“, sagte Freda. „Die kommen aus Elternhäusern, in denen Bücher nicht die geringste Rolle spielen.“

Tanja reckte kämpferisch das Kinn. „Und genau das müssen wir ändern! Hast du denn jeden Idealismus verloren?“

Natürlich war auch Freda der Meinung, Kinder aus schwierigen Verhältnissen müssten gefördert werden, und was gab es Wichtigeres als den Zugang zu Büchern? Aber mussten es ausgerechnet ihre Bücher sein? Und ihre Buchhandlung? Das Bild eines Heuschreckenschwarms, der über einen Baum herfällt und in Windeseile seine Blätter frisst, kam ihr in den Sinn.

Dann hatte sie eine Idee. Sie holte den Ordner mit der Buchhaltung, an der sie vormittags gearbeitet hatte, und breitete die Blätter vor Tanja aus. Es waren die Zahlen des vergangenen Halbjahres. Investitionen, Umsatz, Kosten, Gewinn. Guter Einstieg zu Jahresbeginn, als die Leute noch Weihnachtsgeld übrig hatten. Totale Flaute nach Ostern. Leichte Erholung vor Pfingsten wegen Urlaubsstimmung. Umsatzrückgang um zwanzig Prozent seit Beginn der Bauarbeiten, fast dreißig in den vergangenen vier Wochen.

Tanja starrte auf die Zahlen. „Das ist ja noch viel schlimmer, als ich dachte“, murmelte sie erschrocken.

„Lass uns einen Deal machen“, schlug Freda vor. „Du erlaubst mir den Aufbau meiner Non-Book-Abteilung zur Rettung unseres Ladens, und ich lasse den Ansturm von Drittklässlern mit klebrigen Pfoten über mich und unsere Bücher ergehen.“

Tanja musterte sie spöttisch. „Was für eine raffinierte Zockerin du doch bist!“

Da der Laden keine Tür hatte und der Presslufthammer noch immer regelmäßig seine Salven abfeuerte, war ihnen entgangen, dass Arno Steiner eingetreten war. Offenbar hatte er die letzten Sätze ihrer Unterhaltung mitbekommen, denn ein amüsiertes Lächeln umspielte seine Mundwinkel.

„Ich sehe, Sie und Ihre Partnerin haben sich geeinigt“, sagte er zu Freda, die ihn ziemlich verlegen ansah.

Schnell sagte sie: „Ja, haben wir. Wann wollen Sie mit den Kindern kommen?“

Er blickte nach oben, wo der Lärm herkam. „Was denken Sie, wie lange es noch so laut bleibt?“

Freda zuckte die Schultern. „Eigentlich sollten die mit den groben Arbeiten längst fertig sein. Wir melden uns am besten, wenn's so weit ist. Welcher Wochentag passt bei Ihnen?“

Steiner überlegte. „Montag sind die Kinder zu unruhig, da haben sie ein ganzes Wochenende mit Gewaltvideos und Ballerspielen hinter sich. Ab Dienstag wird es besser. Gegen Ende der Woche sind sie oft schon wieder unkonzentriert.“

„Also dann an einem Mittwoch“, entschied Tanja.

„Vielleicht könnten wir den Kindern ja was vorlesen?“, schlug Freda vor.

Die türkisgrünen Augen blitzten auf. „Würden Sie das tun?“

„Klar“, sagte Freda. „Wir könnten auch ein paar Bücher verlosen. Und eine kleine Erfrischung treiben wir auch noch auf.“

Sie bemerkte Tanjas ungläubigen Blick.

„Die Kinder sollen sich schließlich wohlfühlen!“, rief Freda gegen das Dröhnen des Presslufthammers an.

ALS FREDA nach Hause kam, setzte sie sich mit den Resten einer Tiefkühllasagne, die sie in der Mikrowelle erwärmt hatte, vor den Fernseher. Es lief „Dinner für fünf“, ihre Lieblingssendung. Jeden Tag kochte einer der Kandidaten bei sich zu Hause für die anderen vier, und Freda verfolgte gebannt, wie die Hobbyköche Lammkotelett mit Granatapfelkernen oder Mintparfait mit weißer Schokolade zubereiteten.

Als die Sendung zu Ende war, trug Freda ihren Teller in die Küche, wusch ihn ab und wollte ihn aufräumen. Dabei fiel ihr Blick auf eine Nachricht von Josy, die in der Tür des Geschirrschranks klemmte. Sie nahm den Zettel in die Hand und las.

Liebe Mama, ich weiß, dass Du total sauer auf mich sein wirst, aber ich habe mich entschlossen, das Praktikum zu machen. Bitte versteh, dass ich endlich meine eigenen Entscheidungen treffen muss. Mach Dir keine Sorgen, ich melde mich aus Berlin.
In Liebe, Deine Josy

Sie starrte auf das Papier. Josy war also tatsächlich mit diesem Schnösel nach Berlin gegangen! Und sie, die fürsorgliche Supermutter, hatte es nicht geschafft, das zu verhindern. Im Gegenteil, vermutlich hatte sie durch ihre Ablehnung Josy regelrecht in diese Dummheit hineingetrieben.

Ihr Herz beschleunigte, kalter Schweiß trat auf ihre Stirn. O nein, jetzt bitte keinen der üblichen Anfälle! Sie versuchte, bewusst langsam und tief zu atmen. Nur langsam beruhigte sie sich.

Später konnte sie nicht einschlafen. Nachdem sie sich anderthalb Stunden herumgewälzt hatte, stand sie wieder auf und setzte sich an den Computer. Um sich abzulenken, surfte sie ein wenig herum. Sie gab „Stars and Events" ein. Sofort stieß sie auf die Internetseite der Agentur. Es war eine höchst professionell gestaltete Seite mit zahlreichen Links zu hochkarätigen Events, bei denen die Firma mitgewirkt hatte. Alles machte einen seriösen Eindruck. Vielleicht hatte sie Cornelius nur deshalb spontan unsympathisch gefunden, weil er Josy nach Berlin locken wollte. Weil sie ihre Tochter, gegen alle Vernunft und bessere Einsicht, in der Nähe haben und kontrollieren wollte. Kein Wunder, dass sie abgehauen war.

Josy lag im Bett ihres Apartments und starrte in die Dunkelheit. Die ungewohnte Umgebung, das Alleinsein, der verwirrende Tag – all das hielt sie wach.

Schon der Shopping-Bummel war ihr erschienen wie eine Szene aus „Pretty Woman", nur dass die Rolle von Richard Gere mit Sandra besetzt gewesen war. Sie hatten in Läden eingekauft, die Josy nicht mal betreten hätte, weil schon das einfachste T-Shirt so viel kostete, wie sie normalerweise für ein komplettes Outfit ausgab. Sandra hatte ihr ein Teil nach dem anderen in die Umkleidekabinen gebracht und Josy sah sich selbst dabei zu, wie sie eine andere wurde, wie sich das brave Mädchen mit Jeans und Turnschuhen in eine verführerische junge Frau verwandelte. Die Sachen, die Sandra aussuchte, waren sexy, sie betonten Josys Figur und gaben ihr ein Gefühl von Stärke, das sie vorher nicht gekannt hatte. Am Ende des Nachmittags hatten sie über tausend Euro ausgegeben, eine Summe, die Josy schwindlig machte.

„Das kann ich Cornelius doch niemals zurückzahlen", sagte sie.

„Mach dir keine Sorgen", beruhigte Sandra sie, und wieder fragte Josy nicht, wie sie so viel Geld verdienen sollte.

Abends trafen sie Cornelius, Jana und Karina. Josy trug eins ihrer neuen Outfits, Sandra hatte sie geschminkt und ihr das Haar hochgesteckt. Cornelius pfiff bei ihrem Anblick anerkennend durch die Zähne.

Zuerst gingen sie gemeinsam essen, danach in einen Nachtklub, wo sie eine Menge anderer Leute trafen, bis Josy den Überblick darüber verlor, wer alles zu ihrer Gruppe gehörte. Cornelius stellte ihr ständig irgendjemanden vor, Musiker, Filmleute, Werbeleute, alle schienen irgendwie bedeutend zu sein, und Josy fühlte sich so leicht und frei und eigenartig glücklich wie noch nie.

Einer der Filmfritzen, ein ungefähr vierzigjähriger Typ mit längerem, schon etwas schütter werdendem Haar und unangenehm weichen Händen, verfolgte sie den ganzen Abend, spendierte ihr Drinks, legte den Arm um sie und zog sie an sich, bis sie sich ihm energisch entwand. Sie ging, ohne sich zu verabschieden.

Sie sah auf die Uhr. Es war halb zwei. Mist! Sie hatte vergessen, sich bei ihrer Mutter zu melden. Sie wählte Fredas Handynummer. Wenn sie schlief, wäre es ausgeschaltet und sie könnte einfach auf die Mailbox sprechen. Zu ihrer Überraschung meldete sich Fredas müde Stimme.

„Hallo Mama. Ich wollte dir nur sagen, dass ich gut angekommen bin. Hab ich dich geweckt?"

„Ist schon gut. Wie geht's dir?"

„Mir geht's gut, Mama. Bist du … sauer auf mich?"

Es dauerte einen Moment, bis Freda antwortete. „Sauer ist vielleicht nicht das richtige Wort. Eher … enttäuscht. Ich dachte, wir könnten über alles reden. Stattdessen haust du einfach ab."

„Du hast gesagt, du findest das Praktikum scheiße, also worüber hätten wir reden sollen? Warum vertraust du mir nicht einfach?"

Freda seufzte. „Es bist nicht du, der ich nicht vertraue. Es ist …" Sie brach ab.

„Du vertraust dem Leben nicht, Mama", sagte Josy, „aber dafür kann ich nichts. Das ist dein Problem, und ich will nicht, dass es zu meinem wird."

„Du hast ja Recht, Liebes", sagte Freda. „Pass auf dich auf."

„Du auch, Mama", sagte Josy und legte auf.

In der Post war ein dicker Briefumschlag. Freda riss ihn auf, es waren die Fotos, die Krummbaur ihr angekündigt hatte. Sie griff hinein, zog die Abzüge heraus und legte sie mit der Bildseite nach unten. Dann setzte sie sich hin und holte tief Luft. Sie nahm das erste Bild und drehte es um.

Das Foto zeigte sie und Josy vor etwas mehr als zwei Jahren, auf ihrem traditionellen Spaziergang am Ostersonntag. Alex war hinter ihnen gegangen, er hatte ihre Namen gerufen, und sie hatten sich gleichzeitig umgedreht. In diesem Moment hatte er auf den Auslöser gedrückt.

Auch einige der folgenden Bilder waren von diesem Tag. Nach dem Spaziergang hatten sie sich mit einem alten Schulfreund von Alex und dessen

Frau zum Essen getroffen, Josy hatte sie am Tisch im Restaurant in verschiedenen Konstellationen aufgenommen. Der Anblick von Alex, der fröhlich in die Kamera lachte, versetzte Freda einen schmerzhaften Stich. Es schien unvorstellbar, dass er tot sein sollte.

Die nächsten Fotos waren einige Zeit später entstanden, an Josys 16. Geburtstag. Sie zeigten sie morgens beim Auspacken der Geschenke und beim Frühstück, verstrubbelt und mit verschlafenem Gesicht.

Die restlichen Bilder waren im Biergarten am Chinesischen Turm aufgenommen worden. Alex saß mit einer Gruppe von Leuten um einen Tisch, vor ihnen Maßkrüge und Brotzeitteller. Es waren Kameraden aus dem Alpenverein, mit denen er viele seiner Bergtouren gemacht hatte. Nur an dem verhängnisvollen Tag war er allein unterwegs gewesen.

Auch die Frau, die neben Alex saß, kam ihr bekannt vor. Das war doch … Marie! Die Kollegin aus der Buchhandlung, in der sie vor Josys Geburt gearbeitet hatte und mit der sie befreundet gewesen war. Sie war es, die ihr das Horoskop für Josy geschenkt hatte. Bald darauf hatte sie gekündigt und war nach Koblenz gezogen. Seit mindestens fünfzehn Jahren hatte Freda nichts mehr von Marie gehört. Wie war es möglich, dass sie auf diesem Foto war?

Freda drehte das letzte Bild um. Darauf hatte Alex den Arm um Marie gelegt, und sie lehnte ihren Kopf an seine Schulter. Beide lächelten in die Kamera.

Freda nahm die Karte, die den Fotos beigelegt war. *Bitte rufen Sie mich an. Gruß, Krummbaur.*

Mechanisch griff sie nach dem Telefon und wählte Krummbaurs Nummer. „Hier ist Freda März."

„Danke, dass Sie sich melden. Ich wollte wissen, ob Ihnen bei den Fotos irgendetwas aufgefallen ist, was im Zusammenhang mit dem Verschwinden Ihres Mannes stehen könnte."

Freda überlegte. „Nein", sagte sie schließlich. „Mir ist nichts aufgefallen." Dass Marie auf diesen Fotos war, konnte höchstens für sie von Bedeutung sein. Für die Polizei würde es keine Rolle spielen.

„Könnte es denn sein", fragte Herr Krummbaur, „dass Ihr Mann ursprünglich in Begleitung auf seine Tour gehen wollte? Und dann hat es aus irgendeinem Grund nicht geklappt und er ist allein gegangen?"

„Ich habe keine Ahnung", sagte Freda. „Von seinen Freunden aus dem Alpenverein hat keiner etwas erwähnt, die haben mich ja damals alle angerufen und wollten wissen, ob sie etwas für mich tun könnten."

„Dann bedanke ich mich herzlich. Auf Wiederhören, Frau März."

Freda legte auf und dachte nach. Hatte Alex etwa vorgehabt, mit Marie auf die Tour zu gehen? Warum war sie dann nicht dabei gewesen? Oder war sie doch dabei gewesen? Vielleicht könnte sie von ihr etwas über Alex' Verschwinden erfahren?

Sie war wie elektrisiert. Natürlich hätte sie Krummbaur ihre Überlegungen mitteilen müssen, aber etwas hielt sie zurück. Sie wollte selbst herausfinden, welche Rolle ihre alte Freundin spielte. Seit wann hatten sie und Alex überhaupt wieder Kontakt miteinander gehabt? Und welche Art von Beziehung war zwischen ihnen gewesen?

Unruhig ging Freda durch die Wohnung und überlegte. Sie fuhr ihren Computer hoch und gab den Namen Marie Stegner bei Google ein. Einer plötzlichen Eingebung folgend, ergänzte sie Maries Namen durch den Begriff „esoterisch", das war es doch, was sie mit ihrer früheren Freundin assoziierte. Sie kam auf die Seite einer „Esoterischen Buchhandlung" in Schwabing. Inhaberin: Marie Freiberger.

Könnte natürlich irgendeine Frau namens Marie sein. Könnte aber ebenso gut sein, dass Marie Stegner in der Zwischenzeit geheiratet hatte und nach München zurückgekehrt war.

FÜNF

Cornelius war schlecht gelaunt. Er begrüßte Josy ohne ein Lächeln, fragte unwirsch, was ihr eingefallen sei, sich am Abend zuvor einfach aus dem Staub zu machen.

„Tut mir leid, aber dieser Filmtyp war so aufdringlich."

„Das ist kein Grund, einfach abzuhauen. Du warst gestern nicht zu deinem Vergnügen da, das war Teil deines Jobs."

„Vielleicht musst du mir mal genauer erklären, worin dieser Job eigentlich besteht", schlug Josy vor.

„Das habe ich doch schon in München getan", sagte er ungeduldig. „Es geht darum, Kunden zu betreuen, und zwar so, dass sie zufrieden sind."

„Das waren gestern Kunden von dir?", fragte Josy überrascht. „Ich dachte, es wären Bekannte."

„Sag mal, wie naiv bist du eigentlich?"

Mit nichts konnte man Josy mehr verletzen als mit dem Vorwurf, naiv zu sein. Sie presste die Lippen zusammen. „Du hast gesagt, mein erster Kunde wäre Matt Damon."

„Das ist der erste Prominente, aber der kommt in zwei Wochen. Und bis dahin kümmerst du dich um andere Kunden, ist doch klar. Und tagsüber gibt es hier im Büro einiges zu tun. Sandra wird dir deine Aufgaben zuteilen."

„Ist gut“, sagte Josy und stand auf. An der Tür drehte sie sich noch mal um. „Bitte, sei nicht sauer!“

„Schon okay“, sagte er mit der Andeutung eines Lächelns. Erleichtert verließ Josy sein Büro.

FREDA fuhr zu der Adresse, die auf der Website der esoterischen Buchhandlung angegeben war. Ein paarmal war sie schon hier vorbeigefahren, da sie sich aber nicht für Esoterik interessierte und den Laden nicht als Konkurrenz empfand, bei dem sich Spionage lohnen würde, hatte sie ihn noch nie betreten.

Nun drückte sie die Tür auf, ein helles Glockenspiel ertönte. Der Laden war leer, aber von einem zarten Duft erfüllt. In einem Glas schwammen Aromakerzen. Freda sah sich um. Bücher über Tarot, I Ging und andere Orakelmethoden, über Bachblütentherapie, Feng Shui, Meditation und Rückführung. Biografien indischer Gurus, eine Anleitung zum Umgang mit Engeln, ein Ratgeber zur Abwehr negativer Energien. Unglaublich, dachte Freda, womit Menschen sich so beschäftigten.

Aus einem Hinterzimmer, das mit einem Glasperlenvorhang vom Verkaufsraum getrennt war, kam eine junge Frau hereingeschwebt. Sie hatte lange rote Locken und trug ein weißes indisches Gewand. Über ihre Handrücken und Unterarme schlängelten sich kunstvolle Henna-Tattoos.

„Kann ich Ihnen helfen?“ Die zarte Stimme passte zu der elfengleichen Erscheinung.

„Guten Tag. Ich suche Frau Freiberger.“

„Die ist nur an drei Tagen hier. Morgen wieder. Und am Samstag.“

Freda überlegte. „Da muss ich leider selbst arbeiten. Könnten Sie mir eine Telefonnummer geben, unter der ich sie erreiche?“

„Um was geht es denn?“ Nun klang die Elfe so förmlich wie jede Mitarbeiterin, die ihre Chefin vor lästigen Besuchern schützen will.

„Wir kennen uns von früher. Ich habe gehört, dass sie wieder in der Stadt ist, und wollte gern Kontakt mit ihr aufnehmen“, sagte Freda, obwohl sie nicht die geringste Ahnung hatte, ob Marie Freiberger diejenige war, nach der sie suchte.

Zögernd, nachdem sie Freda einer längeren kritischen Musterung unterzogen hatte, schrieb die Elfe zwei Nummern auf einen Zettel. „Diese hier ist zu Hause, das ist die Handynummer.“

Freda bedankte sich und verließ den Laden, das Glöckchen spielte seinen Abschiedsgruß. In der Toreinfahrt nebenan blieb sie stehen und wählte die Handynummer.

„Freiberger."

Freda nahm einen tiefen Atemzug. „Hier ist Freda. Spreche ich mit Marie Stegner?"

Am anderen Ende blieb es einen Moment zu lange still. Dann sagte die Stimme: „Falsch verbunden." Und Freda wusste, dass sie Marie gefunden hatte.

Erst am nächsten Tag, während der Mittagspause, fand sie den Mut, es noch einmal zu versuchen. Diesmal wählte sie die Nummer des Ladens.

„Esoterische Buchhandlung, Freiberger."

„Ich weiß, dass du es bist, Marie", sagte Freda, „leg nicht auf, bitte."

Wieder war es still. Dann sagte die Stimme: „Was willst du?"

„Können wir uns treffen?"

„Warum?"

„Ich könnte sagen, weil wir mal befreundet waren. Weil ich dir erzählen will, ob das Horoskop, das du mir zu Josys Geburt geschenkt hast, zutreffend ist. Aber du weißt, dass das nicht stimmt."

Marie seufzte. „Wie hast du mich gefunden?"

„Das erzähle ich dir dann. Heute Abend? Im ‚Café Freiheit'?"

„So schnell finde ich keinen Babysitter."

„Ich kann auch zu dir nach Hause kommen", schlug Freda vor.

Marie zögerte. „Na gut, dann komm vorbei. Aber bitte erst nach acht, dann schläft mein Sohn." Sie nannte ihre Adresse, zwei Querstraßen von der esoterischen Buchhandlung entfernt.

Nachdem Freda den Aus-Knopf gedrückt hatte, bemerkte sie, dass ihr Herz heftig schlug.

UM KURZ NACH ACHT klingelte sie bei Marie. Die Wohnung lag im dritten Stock, ohne Aufzug. Marie wartete an der Tür. Sie wirkte nahezu unverändert; die gleiche Figur, die gleiche Frisur. Erst als sie nähertrat, bemerkte Freda die feinen Fältchen um ihre Augen und in den Mundwinkeln, die man auf den Fotos nicht hatte sehen können.

Verlegen gaben sie sich die Hand.

„Komm rein", sagte Marie, und Freda folgte ihr den Flur entlang in die Küche, in der ein anheimelndes Durcheinander herrschte. An den Wänden hölzerne Regale voller Lebensmittel und Gewürze, dazwischen Körbe, bemalte Dosen, Vorratsgläser. An einem viereckigen Holztisch standen drei Stühle und ein Kinderhochstuhl, darauf ein benutztes Lätzchen und ein Schnuller.

„Gemütlich", sagte Freda und lächelte.

„Chaotisch meinst du wohl. Ich habe es nicht mehr geschafft aufzuräumen." Marie rückte ihr einen Stuhl zurecht, schenkte zwei Gläser Weißwein ein und stellte Wassergläser dazu, dann setzte sie sich Freda gegenüber.

„Also, wie hast du mich gefunden?"

„Übers Internet. War ganz einfach."

Marie nickte. „Ach so. Und … wie geht's dir?", fragte sie und sah ihr direkt in die Augen. „Du musst eine schlimme Zeit hinter dir haben."

„Du weißt also, was passiert ist", sagte Freda.

Marie nickte. „Natürlich."

Freda zog die Fotos aus ihrer Tasche und legte sie auf den Tisch. Marie nahm sie in die Hand und betrachtete sie eingehend. „Warum zeigst du mir die gerade jetzt?"

„Man hat seinen Rucksack mit der Kamera gefunden", sagte Freda.

„Und jetzt möchtest du natürlich wissen, warum ich auf diesen Fotos bin."

„Erraten. Wie seid ihr euch überhaupt wiederbegegnet?"

Marie lehnte sich zurück, ihr Blick verlor sich in der Ferne. „Ich war gerade nach München zurückgekehrt, hatte meinen Laden aber schon eröffnet, da kam er eines Tages rein. Er hat mich zuerst gar nicht erkannt, hat sich nur nach einem Buch erkundigt."

„Er wollte ein Buch kaufen?", fragte Freda erstaunt. „Ich meine, er war mit einer Buchhändlerin verheiratet, warum hat er nicht mich gebeten, es zu bestellen?"

„Es war ein Buch über Buddhismus. Vielleicht wollte er nicht, dass du davon erfährst."

„Aber warum denn nicht?" Freda konnte ihre Verwirrung nicht mehr verbergen.

„Er war in einer Art … Lebenskrise", versuchte Marie zu erklären. „Er war gerade vierzig geworden, er hasste seinen Beruf, er war auf der Suche nach Antworten."

„Lebenskrise? Antworten? Wieso weißt du davon und ich nicht? Und was heißt, er hasste seinen Beruf? Davon hat er nie ein Wort gesagt!" Freda kam es plötzlich so vor, als sprächen sie von jemandem, den sie gar nicht kannte. Wie war es möglich, dass Marie angeblich über Dinge Bescheid wusste, von denen sie nicht einmal etwas geahnt hatte? Alex hatte als Entwicklungsingenieur bei einem großen Unternehmen gearbeitet, und soweit Freda sich erinnerte, hatte er sich nie beklagt.

Marie riss Freda aus ihren Gedanken. „Wir sind an diesem Nachmittag ins Gespräch gekommen", erzählte sie weiter. „Ich habe ihm in Erinnerung gerufen, wer ich bin, und von da an kam er ein-, zweimal die Woche vorbei."

„Das war alles?"

„Nicht ganz", sagte Marie. „Du weißt ja, ich habe mich immer schon mit alternativen Heilmethoden beschäftigt. Alex hatte verschiedene Beschwerden, Magenschmerzen und Rückenprobleme – alles psychosomatisch, wenn du mich fragst. Ich habe dann eine Aromatherapie mit ihm gemacht und ihm Reiki gegeben."

„Das ist doch so was wie Handauflegen?", fragte Freda misstrauisch. „Wo habt ihr das denn gemacht?"

Marie drehte den Kopf und sah sich um. „Hier. Also, genauer gesagt auf dem Boden im Wohnzimmer."

Freda machte mit den Lippen ein Geräusch, das klang, als entwiche die Luft aus einem Fahrradschlauch. Alex, ihr kopfgesteuerter, jeglichem Eso-Kram völlig abholder Mann, hatte heilende Aromen eingeatmet und sich auf dem Boden liegend irgendwelchen Hokuspokus gefallen lassen? „Sag mir die Wahrheit!", bat sie. „Hattet ihr was miteinander?"

Marie verschränkte abwehrend die Arme. „Du willst das Ganze auf die simple Frage reduzieren, ob wir miteinander im Bett waren? Als ginge es darum!"

„Was war es sonst", fragte Freda, „Liebe vielleicht?!" Es hatte harscher geklungen, als sie beabsichtigt hatte.

Marie sah Freda mit einer Mischung aus Herablassung und Nachsicht an. „Wenn ich dich so höre", sagte sie mit aufreizend sanfter Stimme, „wundert es mich nicht, dass Alex das Bedürfnis hatte, mit einem Menschen zu kommunizieren, der ihm andere Räume eröffnen konnte. Offenbar hast du ihn damals überhaupt nicht verstanden, und da hat er sich eben anderswo Unterstützung geholt. Ich habe versucht, ihm zu helfen, ich habe die Nähe zugelassen, die er brauchte. Willst du mir daraus einen Vorwurf machen?"

Bevor Freda zu einer Antwort ansetzen konnte, ertönten ein kläglicher Schrei und das Getrappel kleiner Füße auf dem Flur. Im nächsten Augenblick stand ein ungefähr anderthalbjähriger weinender Junge im Pyjama in der Küche. Marie nahm ihn hoch, drückte ihn an sich und bedeutete Freda mit den Augen, dass sie den Kleinen ins Bett zurückbringen würde.

Aufgewühlt blieb Freda sitzen und versuchte, ihre Gedanken zu ordnen. Konnte es sein, dass Alex und sie sich so voneinander entfernt hatten? Dass sie nichts von seinen Problemen bemerkt hatte? Dass er die Nähe einer anderen Frau gesucht und sich sogar auf eine Affäre eingelassen hatte?

Es schien ihr schwer vorstellbar. Sie war sicher gewesen, dass zwischen

Alex und ihr alles in Ordnung war. Deshalb traf es sie völlig unerwartet, dass Alex offenbar ein Stück seines Lebens nicht mit ihr geteilt hatte.

Das Weinen des kleinen Jungen hörte schließlich auf. Nach ein paar Minuten kam Marie auf Zehenspitzen in die Küche zurückgeschlichen.

„Er ist so ein sensibler kleiner Mann“, sagte sie, „er spürt sogar im Schlaf, wenn schlechte Energien um ihn sind.“

Freda ging nicht auf die Bemerkung ein und beugte sich zu Marie. „Weißt du, warum Alex allein zu seiner Tour aufgebrochen ist? Ich meine, es kam manchmal vor, dass er allein ging, aber viel lieber war er in Gesellschaft.“

Marie hob die Schultern. „Eigentlich sollte ich mitgehen. Aber dann hatten wir … nun ja, eine Meinungsverschiedenheit. Jedenfalls habe ich einen Tag vorher beschlossen, nicht mitzugehen, und Alex brach dann allein auf. Ich wunderte mich, dass er während der folgenden Tage nicht bei mir auftauchte und auch nicht anrief. Dann las ich die Meldung in der Zeitung …“ Sie brach ab und senkte den Blick. Nach einer Pause fuhr sie fort: „Was glaubst du, wie furchtbar ich mich gefühlt habe! Die ganze Zeit dachte ich, vielleicht würde er noch leben, wenn ich mitgegangen wäre.“

Freda saß zusammengesunken auf ihrem Stuhl und schwieg. Dann sagte sie mit rauer Stimme: „Danke, dass du es mir erzählt hast.“ Sie stand auf.

Marie erhob sich ebenfalls und begleitete sie zur Tür. Dort blieben sie stehen, sahen sich schweigend an und drückten sich förmlich die Hand.

Langsam ging Freda die Treppe hinunter, Stufe für Stufe. Ein Gefühl der Erschöpfung überfiel sie, wie man es empfindet, wenn man eine lange Wegstrecke zurückgelegt hat.

Josy erwachte mit einem bitteren Geschmack im Mund und heftigen Schmerzen im Hinterkopf und am Rücken. Sie war nackt, und da sie halb aufgedeckt im Bett lag, fror sie.

Nur langsam erinnerte sie sich, wo sie sich befand (in ihrem Apartment in Berlin), wo sie die Nacht zuvor verbracht hatte (auf der Party eines Filmproduzenten, in einer riesigen, protzigen Villa in Potsdam) und was dort geschehen war (die Erinnerung daran war merkwürdig verschwommen, was vermutlich mit dem Inhalt der Drinks zusammenhing, die sie konsumiert hatte). Ihr Blick fiel auf den Nachttisch. Dort lagen drei Zweihunderteuroscheine, ordentlich nebeneinander aufgereiht.

Ein ungutes Gefühl beschlich sie. Angestrengt versuchte sie, sich die Ereignisse der Nacht ins Gedächtnis zu rufen, und manches fiel ihr wieder ein: Der schmierige Filmfritze vom ersten Abend war wieder da gewesen und hatte sie belagert. Die ganze Zeit hatte sie Cornelius’ Blick auf sich gespürt und sich nicht getraut, den Kerl abblitzen zu lassen. Also war sie höflich zu ihm gewesen, hatte aber versucht, ihn sich vom Leib zu halten.

Irgendwann war dann alles ineinandergeflossen, die Gesichter, die Lichter, die Musik, alles war zu einem großen Wirbel geworden, in dessen Mitte sie sich befunden hatte, klein und willenlos.

Trotz aller Anstrengung konnte sie sich nicht erinnern, wie sie in ihr Apartment gekommen war. Aber sie war nicht allein gewesen, daran erinnerte sie sich. Jemand hatte sie halb geschoben, halb getragen, sie war aufs Bett gefallen, etwas Schweres war auf sie gesunken, danach war ihr Bewusstsein weggedriftet, nur bruchstückhaft hatte sie wahrgenommen, wie dieser Jemand ihren Körper benutzt, sich an ihm befriedigt hatte.

Josy nahm die Geldscheine in die Hand und befühlte sie. Das also hatte Cornelius mit „leistungsabhängiger Bezahlung" gemeint. Insgeheim hatte sie geahnt, welcher Art diese Leistungen sein könnten, hatte es aber nicht wahrhaben wollen.

Eine Welle der Übelkeit trieb sie ins Bad, sie erbrach sich über der Toilette, bis sie glaubte, ihre Eingeweide stülpten sich aus ihr heraus.

Zitternd wankte sie zurück ins Schlafzimmer und ließ sich aufs Bett fallen. In ihrem Kopf rasten die Gedanken. Schwanger konnte sie nicht werden, sie nahm die Pille. Aber es gab schließlich Aids. Beunruhigt suchte Josy die Umgebung des Bettes ab – und wurde zu ihrer großen Erleichterung fündig. Der Typ hatte also nichts riskieren wollen.

Mit spitzen Fingern nahm Josy das Kondom und spülte es im Klo weg. Wieder wurde ihr schlecht. Als ihr Magen sich einigermaßen beruhigt hatte, duschte sie und packte ihre Sachen. Alles, was sie mit Sandra eingekauft hatte, legte sie auf einen Stuhl. Sie rief die Auskunft an und ließ sich die Nummer des Flughafens geben. Für 110 Euro bekam sie einen Flug nach München. Außerdem brauchte sie Geld für ein Taxi, für ein Frühstück und für die S-Bahn in München. Sie steckte einen der Zweihunderteuroscheine ein, die beiden anderen legte sie oben auf den Kleiderstapel. Beim Verlassen des Hauses warf sie den Wohnungsschlüssel in Janas Briefkasten.

Im Flugzeug schlief sie sofort ein. Erst bei der Landung wachte sie wieder auf. Noch immer fühlte sich ihr Kopf bleischwer an, eine eiserne Hand schien ihren Nacken zu umklammern. Was hatten diese Kerle ihr bloß in die Drinks getan? Wenn sie nur an den vorigen Abend dachte, wurde ihr übel.

Was würde Freda zu ihrer unerwarteten Rückkehr sagen? Insgeheim würde sie wahrscheinlich triumphieren; schließlich war sie von Anfang an dagegen gewesen. Und leider hatte sie mit ihrer Einschätzung von Cornelius

Recht behalten. Aber niemals dürfte ihre Mutter erfahren, was gestern Nacht vorgefallen war.

Am Gepäckband nahm sie ihren Trolley und ging zur S-Bahn. Müde ließ sie sich auf einen Sitz fallen, steckte sich die iPod-Stöpsel in die Ohren und schloss die Augen. Am liebsten hätte sie gleich wieder geschlafen, schon um den Ekel nicht zu spüren, der sie immer wieder überkam.

Sie merkte, wie jemand sich ihr gegenüber hinsetzte. Widerwillig öffnete sie die Augen. Ein junger Typ mit südamerikanischen Zügen und dunklem, glattem Haar blickte sie freundlich an. Josy richtete sich ein Stück auf. Wo hatte sie dieses Gesicht schon mal gesehen?

Auch der Typ sah so aus, als überlegte er. Er sagte etwas zu ihr, Josy konnte ihn nicht hören. Sie zog die Ohrstöpsel heraus. „Was hast du gesagt?“

Er lächelte. „Dass du mir irgendwie bekannt vorkommst. Warst du mal in der ‚Cantina Mexicana‘?“

Josy schüttelte den Kopf. „Nein, noch nie.“

„Studierst du?“

„Nein. Bis vor Kurzem habe ich gejobbt.“

„Und wo?“

Josy nannte den Namen der Bekleidungskette.

Er nickte. „Da war ich neulich. Hab ein Sweatshirt gekauft und einen Gürtel.“

In diesem Moment fiel es Josy ein. „Du bist der Typ, der seine Fünfzigeuroscheine selbst druckt, stimmt's?“

„Genau! Und du hast es sofort gemerkt.“ Er grinste spitzbübisch. „Luis“, sagte er und streckte die Hand aus.

„Josy.“ Sie erwiderte seinen Händedruck. Einen Moment herrschte verlegenes Schweigen, dann fragte er: „Und, woher kommst du gerade?“

„Aus Berlin. Ich hatte … geschäftlich zu tun. Und du?“

„Ich habe einen Freund zum Flughafen gebracht.“

Nach kurzer Pause fragte er: „Gefällt dir dein Job?“

„Ich hab aufgehört, es war einfach zu übel. Die Mitarbeiter werden ausgebeutet, und die Ware ist Schrott.“

Er zog eine Grimasse. „Stimmt, bei meinem Sweatshirt ist schon die Naht aufgegangen.“

Einen Moment zögerte Josy, dann fragte sie: „Woher stammst du eigentlich?“

„Aus München“, sagte er und amüsierte sich über ihre Verlegenheit. „Aber mein Vater ist Mexikaner.“

„Und … wo bist du aufgewachsen?“

„Hier. Aber nachdem meine Eltern sich getrennt haben, war ich in den Ferien oft in Mexiko. Mein Vater lebt wieder dort."

„Das war sicher schlimm für dich, dass er so weit weg war", sagte Josy mitfühlend. Sie kaute stumm auf ihrer Oberlippe herum. Sie würde ihren Vater nie wiedersehen. In manchen Momenten traf diese Erkenntnis sie wie ein Schlag ins Gesicht.

Luis beugte sich näher. „Geht's dir nicht gut? Du siehst ganz blass aus."

Josy riss sich zusammen und versuchte zu lächeln. „Ist schon okay. Hab ein bisschen viel getrunken und ein bisschen wenig geschlafen."

„Hast du denn schon einen neuen Job?", fragte Luis.

Sie schüttelte den Kopf. „Bisher nicht. Ich hab keine Ahnung, was mir Spaß machen würde. Und was treibst du so?"

„Ich fahr bald wieder nach Mexiko und mache dort ein soziales Jahr. Mein Vater war Lehrer und hat in den letzten Jahren ein Kinderhilfsprojekt aufgebaut, dort werde ich arbeiten. Und dann will ich studieren. Internationale Beziehungen."

„Was kann man denn damit anfangen?"

„Ich will in die Politik. Unsere Welt geht ja wohl total den Bach runter, da will ich meine Zeit nicht mit Firlefanz verschwenden."

„Firlefanz?"

„Werbung, Mode, Film … was alle in unserem Alter wollen. Sie glauben, dass man in diesen Berufen eine coole Zeit hat und außerdem reich und berühmt wird. In Wahrheit werden die meisten von ihnen nie was anderes machen als Kaffee kochen und Drehbücher kopieren."

Nachdenklich betrachtete Josy diesen Jungen, der ganz anders war als die Typen, die sie kannte. Plötzlich beneidete sie ihn. Er wusste genau, was er wollte und warum. Sie dagegen hatte nicht die geringste Ahnung, was aus ihr werden sollte.

Die S-Bahn fuhr in den Ostbahnhof ein, Josy stand auf, hängte sich ihren Beutel um und griff nach dem Trolley. „Ich muss raus."

„Schade", sagte Luis. „Komm doch mal in der Cantina Mexicana vorbei, da arbeite ich!"

„Mal sehen", sagte Josy. „Mach's gut!" Sie warf ihm ein Lächeln zu und stieg aus.

Freda betrat die Wohnung und bemerkte sofort, dass Josy zurückgekommen war. Ihre Schuhe und ihr geöffneter Koffer lagen mitten im Flur.

„Josy?", rief Freda. Sie öffnete die Tür zu Josys Zimmer. Es war abgedunkelt. Im Bett bewegte sich etwas, Josys Kopf erschien.

„Wieso bist du schon zurück?", fragte Freda erschrocken. „Ist was passiert? Geht's dir nicht gut?"

Josy knipste die Nachttischlampe an. Ihre Haare waren zerwühlt, ihr Gesicht blass. „Hallo Mama", sagte sie und ließ sich zurücksinken. „Alles okay. Ich hab nur ein bisschen geschlafen."

Freda hörte an ihrer Stimme, dass es nicht stimmte. „Ich mache uns einen Tee", sagte sie und ging in die Küche. Sie war beunruhigt. Irgendetwas musste vorgefallen sein, schließlich brach Josy nicht ohne Grund nach wenigen Tagen ein Praktikum ab.

Nach ein paar Minuten tauchte Josy auf. Bei Tageslicht sah sie noch blasser aus. Freda schenkte Tee ein. „Lief wohl nicht so toll?", fragte sie vorsichtig.

„Kann man so sagen", murmelte Josy.

„Woran lag's denn?"

Josy trank einen Schluck Tee und sagte: „Ich will nicht darüber reden. Aber du kannst stolz auf dich sein, du hast mal wieder Recht gehabt."

Josys Tonfall war so bitter, dass Freda erschrak. „Was meinst du damit? Hat dieser Cornelius … hat er sich schlecht benommen?"

„Nicht nur der", sagte Josy und behielt nur mühsam die Beherrschung. „Bitte zwing mich nicht, ins Detail zu gehen. Es war beschissen, du hast Recht gehabt, es ist vorbei und Schluss. Okay?"

Freda schlürfte ihren Tee. „Und … was hast du jetzt vor?"

„Ich werd mir einen neuen Job suchen müssen. Ich hab … ein paar Schulden."

„Schulden? Wieso denn das?"

Josy knallte ihre Tasse so heftig auf den Tisch, dass der Tee überschwappte. „Jetzt hör auf, mich auszufragen, ja?!", rief sie, den Tränen nahe. „Ich hab dir gesagt, dass ich nicht darüber reden will!" Sie sprang auf und lief in ihr Zimmer, Freda hörte, wie die Tür zuflog.

Ratlos blieb sie am Küchentisch sitzen und ahnte vage, was Josy ihr verschwieg. Sie wusste jetzt, dass sie sich zu Recht Sorgen um ihre Tochter machte. Josy konnte manches noch nicht richtig einschätzen – wie sollte sie auch, es fehlte ihr ja an jeglicher Lebenserfahrung. Wenn sie sich nur etwas von Menschen sagen lassen würde, die schon mehr erlebt hatten!

Freda spülte die Tassen und Teller, wischte den Tisch ab und schaltete die Tagesschau ein. Während die erste Meldung lief, klingelte das Telefon.

„Guten Abend, Frau März", sagte die Stimme von Johann Krummbaur. „Haben Sie einen Moment Zeit?"

SECHS

Als Freda und Alex frisch verliebt waren, spielten sie manchmal das Spiel „Wer verlässt wen?". Dabei sagte Alex etwas wie: „Eines Tages wirst du mich verlassen, weil ich kein Karrieremann bin." Und Freda antwortete: „Niemals!" Dann sagte sie: „Aber du wirst mich verlassen, weil ich nicht kochen kann", worauf er im Brustton der Überzeugung sagte: „Niemals!" So ging es ein paarmal hin und her, beide wussten, dass es sich um die typische Selbstvergewisserung von Liebenden handelte, die sich ihrer Liebe versichern und gemeinsam deren Unvergänglichkeit beschwören.

Nie hatten sie in Erwägung gezogen, dass einer den anderen auf die grausamste und endgültigste Weise überhaupt verlassen könnte: indem er starb.

Freda ließ die Hand mit dem Telefon fallen. Dann legte sie es an seinen Platz zurück, ganz sachte, ohne ein Geräusch zu verursachen. Sie ging den Flur entlang, klopfte an Josys Zimmertür und öffnete sie. Josy lag auf dem Bett und blätterte in einer Zeitschrift. Sie sah hoch, bemerkte Fredas Gesichtsausdruck und fragte erschrocken: „Mama, was ist mit dir?"

Schweigend ging Freda zu ihr, setzte sich und zog Josy in ihre Arme. „Papa", murmelte sie. „Sie haben ihn gefunden."

Sie fühlte, wie Josy erstarrte. „Tot?"

„Ja", sagte Freda. „Tot."

Schweigend, einander umklammernd, blieben sie eine Weile sitzen. Dann löste sich Josy aus der Umarmung. „Ich brauch was zu trinken", sagte sie mit belegter Stimme und ging in die Küche.

Als Freda dazukam, hatte Josy zwei Gläser mit Grappa gefüllt und hielt ihrer Mutter eins hin. Sie setzten sich einander gegenüber an den Küchentisch und schwiegen. Das, was sie so lange befürchtet hatten, war nun zur Gewissheit geworden. Es war ein Schmerz und gleichzeitig … Freda wagte kaum, es sich einzugestehen: Es war auch eine Erleichterung. Das grausame Spiel, das das Schicksal mit ihnen gespielt hatte, war vorüber.

„Weißt du, was ich dich immer schon mal fragen wollte …?", begann Josy zögernd.

„Was?"

„Warum habe ich eigentlich keine Geschwister?"

Freda schlug die Arme um ihre Schultern, als fröstelte sie. „Dein Vater wollte nicht. Er hatte Angst, dass seine Bewegungsfreiheit zu sehr eingeschränkt würde." Schnell fügte sie hinzu: „Versteh das nicht falsch, du warst ein Wunschkind, er liebte dich abgöttisch. Aber er wollte keine weiteren

Kinder, weil er frei sein wollte. In die Berge gehen, Radtouren machen, reisen. Mit mehreren Kindern wäre das zu beschwerlich geworden. Er hat dich ja von Anfang an mitgenommen und dir alles beigebracht, Fahrradfahren, Klettern, Skifahren."

„Und du?", fragte Josy. „Hättest du gern mehr Kinder gehabt?"

Freda überlegte. „Ich war so glücklich mit dir. Ich konnte mir nicht vorstellen, ein zweites Kind ebenso zu lieben wie dich." Noch während sie es aussprach, war ihr bewusst, dass sie log. Sie hatte sich sehnsüchtig ein zweites Kind gewünscht.

Josy trank einen weiteren Schluck Grappa und drehte das Glas in den Händen. „Hast du Papa geliebt? Ich meine, so richtig?"

„Ja, ich habe ihn geliebt. Sehr sogar."

„Warst du ihm treu?"

„Ja."

„Und er? War er dir treu?"

Freda schluckte und überlegte kurz. „Ich weiß es nicht. Ich hoffe es." Sie bemerkte Josys fragenden Blick und bemühte sich um einen scherzhaften Ton. „Ganz sicher kann man nie sein, oder?"

Josy zuckte die Schultern. „Keine Ahnung. Ich wünsche mir nur, dass mein Vater keiner von diesen Fremdgängern war. Oder womöglich einer, der sich Frauen gekauft hat. Ich will, dass er ein anständiger Mensch war. Das ist wichtig für mich, verstehst du? Gerade jetzt, wo er tot ist."

Freda beugte sich vor und streichelte Josys Wange. „Er war ein anständiger Mensch. Und du wirst viele wunderbare Erinnerungen an ihn behalten."

Um Josys Mundwinkel zuckte es. Sie presste die Lippen zusammen und vergrub das Gesicht in den Händen. „Ich will nicht, dass er tot ist!", rief sie plötzlich verzweifelt aus: „Papa! Papa!" Aufschluchzend warf sie ihren Oberkörper auf den Tisch. Freda stürzte zu ihr, umfing sie mit beiden Armen und hielt sie fest.

Es waren nicht viele Menschen, die in der Kapelle des Nordfriedhofs zusammengekommen waren. Der frühere Chef und einige Kollegen von Alex, seine Freunde aus dem Alpenverein, zwei entfernte Vettern. Alex' Eltern waren beide schon tot, Geschwister hatte er nicht gehabt. Fredas Mutter hatte abgesagt; die lange Reise sei ihr aufgrund ihres schlechten Gesundheitszustandes zu anstrengend. Josy wurde von Naomi und Lara begleitet, und natürlich waren Tanja und Winni gekommen.

Der Zeremonie waren zermürbende bürokratische Formalitäten vorausgegangen. Die sterblichen Überreste von Alex waren noch nicht freigegeben, weil die Ergebnisse der Obduktion und des DNA-Tests noch fehlten. Trotzdem hatte Freda auf diese Feier bestanden. Irgendwann würde es dann noch eine Urnenbestattung geben.

Rund um ein großes, gerahmtes Porträt von Alex waren Kränze und Blumengestecke drapiert, in großen Leuchtern brannten Kerzen.

Nach der Traueransprache des Pfarrers hielt einer der Bergfreunde eine sehr schöne Rede, ergreifend und lustig zugleich. Er sprach von Alex' großer Fähigkeit zur Freundschaft, von seiner Verlässlichkeit und Aufrichtigkeit. Er erzählte aber auch davon, wie stur er sein konnte, wenn er sich etwas in den Kopf gesetzt hatte. „Bei seiner letzten Tour war er entschlossen, allein zu gehen, obwohl einige von uns ihn gerne begleitet hätten. Er sagte, er müsse in Ruhe nachdenken und sich über ein paar Dinge klar werden, dabei könne er niemanden brauchen. Das eine Mal ist ihm seine Sturheit zum Verhängnis geworden. Leb wohl, Alex, wir werden dich vermissen."

Freda begann zu weinen. Auch anderswo im Raum wurde geschnieft und geschnäuzt. Josy, die Augen rot geweint, hatte ihren Kopf an Naomis Schulter gelegt, ihre Freundinnen hielten sie eng umschlungen.

Beim Verlassen der Kapelle traf Freda auf Marie, die sich mit dem Buggy hinter der letzten Bankreihe aufgestellt hatte. Sie trug Schwarz und hatte ein schwarzes Chiffontuch über den Kinderwagen gelegt, das den Kopf des schlafenden Jungen verdeckte.

Freda drückte sie im Vorübergehen kurz an sich. „Wir treffen uns gleich am Chinesischen Turm. Du weißt ja, das war sein Lieblingsbiergarten. Wenn du möchtest, komm doch auch."

Marie nickte zögernd. „Mal sehen. Danke jedenfalls."

Die Trauergäste verteilten sich auf die Autos und fuhren die kurze Strecke zum Englischen Garten. Es war einer dieser traumhaften Sommertage, an denen glückliche Menschen noch glücklicher sind und traurige noch trauriger. An einem Tag, der das Leben an sich zu feiern schien, einen geliebten Menschen verabschieden zu müssen, empfanden viele als doppelt ungerecht. Und doch half das Sonnenlicht, die Trauer aufzuhellen und die Erinnerungen heiter zu färben. Schon nach einer halben Stunde wurden am Tisch Anekdoten aus dem Leben des Verstorbenen erzählt, viele lachten, und es war, als wäre Alex mitten unter ihnen.

Die quälende Ungewissheit war endlich vorbei. Das minderte nicht die Trauer, nicht das Gefühl der Einsamkeit, das Freda nach wie vor empfand. Aber der Schmerz war sanfter geworden, weniger bohrend.

ZEHN TAGE nach der Trauerfeier erhielt sie die Nachricht, dass Alex bestattet werden konnte. Die Obduktion hatte keinerlei Fremdeinwirkung ergeben, es war, wie alle vermutet hatten, ein Unfall gewesen. Ihr Mann musste beim Gipfelaufstieg an einer steilen Stelle den Halt verloren haben. Mindestens vierzig Meter war er in die Tiefe gestürzt und in einer unzugänglichen Felsspalte gelandet. Den Rucksack hatte er offenbar zuvor abgelegt, um ihn auf dem Rückweg wieder abzuholen.

Freda und Josy folgten dem Friedhofsangestellten, der die Urne mit der Asche vor ihnen hertrug. Die Grabstelle war vorbereitet, der von Freda bestellte Stein stand bereit, ein passendes Loch war ausgehoben. Der Angestellte versenkte die Urne und bekreuzigte sich. Freda und Josy legten je eine Rose auf den Metallbehälter, fassten sich bei den Händen und blieben einige Zeit still stehen.

WER DEN TOD FÜRCHTET, HAT DAS LEBEN VERLOREN, hatte Freda in den Stein meißeln lassen. Das passte zu Alex, der sich die Freude am Leben nie durch Sorgen und Ängste hatte nehmen lassen.

Josy drückte kurz ihre Hand, als Zeichen, dass sie gehen wollte. Sie gingen schweigend durch die Gräberreihen zum Ausgang.

IN DER CANTINA MEXICANA war noch nicht viel los, nur wenige Tische waren besetzt. Die meisten Gäste kamen erst später, ab zehn gab es Livemusik. Der junge Mann hinter der Theke begrüßte Josy mit Küssen auf beide Wangen und winkte Freda freundlich zu.

„Bist du öfter hier?“, fragte Freda und sah sich um.

„Hin und wieder“, sagte Josy. „Ich mag die Leute. Alles ist so fröhlich, nicht so aufgesetzt wie in den anderen Läden.“

Sie blätterten durch die abgewetzte Speisekarte und bestellten Bohnenpüree und Tortillas mit Salat.

Das Essen war scharf; Freda fand es köstlich. Zum Nachtisch bestellten sie heiße Schokolade.

Vier Wochen waren seit der Trauerfeier für Alex vergangen, und Freda hatte den Eindruck, dass es Josy wieder besser ging. „Sag mal, Josy“, begann Freda vorsichtig, „könnten wir vielleicht doch noch einmal auf deine berufliche Zukunft zu sprechen kommen?“

Josy verzog unwillig das Gesicht. „Och, nicht schon wieder, Mama! Wir streiten ja doch wieder.“

„Nur wenn du irgendein komisches Praktikum machen willst anstelle von was Vernünftigem“, sagte Freda und bemühte sich um einen scherzhaften Ton.

Josy grinste. „Und was vernünftig ist, entscheidest du, oder?“

Freda verkniff sich die Bemerkung, dass Josy sich eine Menge Unannehmlichkeiten hätte ersparen können, wenn sie nur auf sie gehört hätte.

Sie sah sich um. Das Lokal hatte sich mit jungen Leuten gefüllt, die sich angeregt unterhielten, zum Teil auf Spanisch. „Wollen wir noch was trinken?“, fragte Freda. „Das Essen macht ganz schön durstig.“

Sie bestellten Mineralwasser. Der junge Mann, der hinter der Theke arbeitete, brachte eine große Flasche und zwei Gläser an ihren Tisch. Freda nahm an, dass er Mexikaner war, sein Gesicht wirkte leicht indianisch, sein Haar war tiefschwarz und glänzend. Hübscher Kerl, dachte sie.

„Das ist übrigens Luis“, sagte Josy, „und das ist meine Mutter.“

Luis gab Freda die Hand und ließ zwei Reihen makelloser Zähne sehen. „Schön, Sie kennen zu lernen. Gefällt es Ihnen bei uns?“

„Sehr“, sagte Freda. „Das Essen war wunderbar.“

„Luis hat eine deutsche Mutter und einen mexikanischen Vater“, erklärte Josy, „demnächst geht er nach Mexiko und macht dort ein freiwilliges soziales Jahr bei einem Kinderhilfsprojekt. Sie betreuen dort Kinder aus armen Verhältnissen, sorgen dafür, dass sie zur Schule gehen und Hausaufgaben machen, dass sie regelmäßig was zu essen kriegen und so.“

„Wie interessant!“, sagte Freda. „Willst du dich nicht einen Moment zu uns setzen?“

„Würde ich gern“, sagte Luis bedauernd, „aber ich muss weiterarbeiten. Schönen Abend noch!“ Er machte eine kleine Verbeugung und ging wieder an seinen Platz hinter der Theke.

„Netter Typ“, stellte Freda fest. „Tausendmal sympathischer als dieser … Cornelius.“

Wieder verfinsterte sich Josys Miene. „Hör endlich auf. Als hätte ich nicht längst kapiert, dass ich eine Dummheit gemacht habe.“

„Weißt du eigentlich, was in dem Horoskop steht, das ich zu deiner Geburt bekommen habe?“, sagte Freda, um das Thema zu wechseln.

„Nein, keine Ahnung. Ich wusste nicht mal, dass du so was hast.“

„Darin steht, Zwillinge seien besonders begabt für den Beruf des Journalisten, Reiseleiters oder Lehrers. Kannst du damit was anfangen?“

Josy zuckte die Schultern. „Weiß nicht“, sagte sie. „Für diese Berufe muss man studieren.“

„Dann mach doch dein Abi“, sagte Freda eindringlich, „danach steht dir alles offen.“

„Ich weiß nicht, ob ich überhaupt Lust hätte, zu studieren, selbst wenn ich könnte. Vielleicht bin ich sowieso eher praktisch begabt.“

Freda sah zweifelnd vor sich hin. Eine besondere praktische Begabung hatte sie an ihrer Tochter bisher nicht ausgemacht.

„Ich habe ab Montag für eine Woche einen Job auf der Sportmesse“, erklärte Josy. „Von dem Geld kann ich meine Schulden zurückzahlen und es bleibt sogar noch was übrig. Danach gehe ich die Sache ernsthaft an, okay?“

Mit einem Glas Rotwein in der Hand verfolgte Freda eine Promi-Kochsendung im Fernsehen. „Hirschfilet im Blätterteigmantel mit Cranberrysoße und Steinpilzsemmelknödeln“, murmelte sie andächtig. Niemals würde sie etwas so Wunderbares zustande bringen.

„Führst du Selbstgespräche?“, hörte sie Josys Stimme hinter sich und fuhr herum.

„Du bist schon da?“, fragte sie erstaunt. Heute war Josys letzter Tag auf der Messe gewesen, und der Chef der Firma hatte alle Mädchen, die am Stand gearbeitet hatten, zum Essen eingeladen.

„Ich bin nicht mitgegangen, ich war einfach zu fertig“, sagte Josy und ließ sich aufs Sofa fallen. „Fünf Tage Messe hauen den stärksten Mann um.“

Sie blickte zum Fernseher, bemerkte aber offensichtlich nicht, was dort zu sehen war. Abwesend spielte sie mit einer Haarsträhne und schien über irgendetwas nachzugrübeln.

Freda nahm die Fernbedienung und drückte den Ton weg. „Ist irgendwas?“ Fragend sah sie ihre Tochter an.

Josy zog die Knie hoch und umschlang sie mit den Armen, das ganze zierliche Persönchen bildete eine uneinnehmbare Festung. Sie holte Luft und sah ihre Mutter ernst an. „Ich muss dir was sagen, Mama.“

Ihr Ton ließ Freda aufhorchen. „O mein Gott! Bist du etwa schwanger?“

Josy musste lachen. „Nein. Auch nicht drogensüchtig. Und eine Bank habe ich auch nicht ausgeraubt.“

„Na, dann kann's ja so schlimm nicht sein!“, sagte Freda.

„Du hast doch gesagt, dass du Luis nett findest, den Jungen aus der Cantina Mexicana. Jedenfalls … ich gehe mit ihm nach Mexiko.“

„Nach Me…“, Fredas Stimme versagte, sie schluckte trocken. „Nach Mexiko?“

„Ich hab dir doch erzählt, dass er dort bei einem Kinderhilfsprojekt arbeiten will. Ich habe mich auch angemeldet. Viele Jugendliche machen dort ein soziales Jahr.“

Freda nickte langsam. „Das ist ja schön, aber … warum du?“

„Ich brauche Zeit, um rauszufinden, was ich wirklich will. Bis dahin will ich was Sinnvolles machen.“

„Und warum ausgerechnet in Mexiko?"

Josy zuckte die Schultern. „Hat sich eben so ergeben, weil ich Luis kennen gelernt habe."

„Bist du in ihn verliebt?"

Sie lachte. „Nein, er ist nur ein Freund."

„Und wenn du einen Vietnamesen kennen gelernt hättest, wärst du nach Vietnam gegangen? Und wenn's ein Inder gewesen wäre, nach Indien? Du kannst doch nicht einfach irgendwohin gehen, nur weil du zufällig einen Jungen triffst, der von dort kommt!"

„Warum denn nicht? Das ganze Leben ist voller Zufälle, und manchmal ergibt sich genau daraus was Gutes. Willst du denn, dass ich den Rest meines Lebens hier rumhänge, nur damit ich in deiner Nähe bin?"

Freda biss sich auf die Lippen. Darum ging es ihr doch gar nicht. Sondern um die Frage, was sinnvoll für Josys Zukunft war. „Warum unterstellst du mir immer, ich würde aus egoistischen Motiven handeln?", sagte sie verletzt. „Es geht mir allein um dich, um dein Lebensglück."

Josy machte eine ungeduldige Handbewegung. „Mama, um mein Lebensglück kümmere ich mich schon selbst. Kümmere du dich um deines."

Freda verschluckte eine heftige Entgegnung. Es brachte jetzt nichts, einen Streit anzufangen. Nach einer längeren Pause fragte sie betont ruhig: „Wann willst du denn los?"

„In drei Wochen. Ich hab schon den Flug gebucht."

„In drei Wochen?", wiederholte Freda. „So bald schon?"

„Ja, so bald schon", sagte Josy entschieden.

Freda kam ein Einfall. „Mit welchem Geld willst du eigentlich die Reise und deinen Aufenthalt bezahlen? Verdienen wirst du ja wohl nicht viel."

„Das Kindergeldkonto, das ihr für mich angelegt habt", sagte Josy. „Seit meiner Volljährigkeit gehört das Geld mir."

Freda hatte das Gefühl, dass die Situation ihr entglitt. Offenbar hatte Josy alles bereits geplant und organisiert und stellte sie nun vor vollendete Tatsachen. Ihre Meinung war hier nicht mehr gefragt.

„Luis fliegt etwas früher und besucht Verwandte in Mexico City", fuhr Josy fort. „Ich treffe ihn dort, und dann fahren wir mit dem Bus nach Oaxaca."

„Oaxaca", sagte Freda und überlegte, „hat es da nicht vor Kurzem Unruhen gegeben? Demonstrationen und sogar eine Schießerei?"

„Kann sein", sagte Josy ungerührt. „Das kommt halt vor, wenn die Leute so arm sind."

„Und jetzt kommst du und rettest die Armen höchstpersönlich aus ihrem Elend!", sagte Freda mit bitterem Spott.

Einen Moment sah es so aus, als wollte Josy das Gespräch gekränkt abbrechen. Dann schmiegte sie sich an ihre Mutter. „Ich weiß, dass es schwer für dich ist, Mama. Aber ich muss es tun, verstehst du? Ich muss einfach!"

Nun hielt Freda nur noch mühsam die Tränen zurück. „Ich versteh dich ja, Josy, aber es ist einfach nicht der richtige Moment. Das … mit Papa liegt so kurz zurück, wir brauchen uns doch jetzt gegenseitig. Warum gerade jetzt?"

„Immer ist gerade jetzt", sagte Josy. „Für dich gibt es keinen richtigen Moment. Trau mir doch ein Mal etwas zu."

Die Wochen bis zu Josys geplanter Abreise waren angefüllt mit Vorbereitungen, und die Zeit verging einerseits rasend schnell, andererseits mit quälender Langsamkeit. Am liebsten hätte Freda ihr Kind keine Sekunde mehr aus den Augen gelassen, es ununterbrochen festgehalten und an sich gedrückt. Gleichzeitig sehnte sie den Moment herbei, in dem der qualvolle Countdown endlich vorüber und Josy abgereist wäre.

Sie beobachtete staunend, mit welcher Energie Josy ihre Reisevorbereitungen traf. Ihre unorganisierte Tochter, die ständig etwas vergaß oder verlor und ohne Mamas Hilfe bisher kaum ihren Alltag bewältigt hatte, wusste plötzlich, welche Papiere für ihren Aufenthalt notwendig waren, besorgte Medikamente, Kleidung und Geschenke für die Kinder und tauschte sich per Telefon und Internet mit Leuten aus, die in Mexiko gewesen waren. Josys Entschluss geriet nicht einen Moment ins Wanken.

Der Morgen des Abflugs. Während Josy eincheckte, kaufte Freda ihr ein paar Zeitschriften, dann setzten sie sich in ein Bistro, um einen letzten Kaffee zusammen zu trinken. Josy war blass und ungewöhnlich schweigsam.

Plötzlich hatte Freda ein schlechtes Gewissen, weil sie ihre Tochter während der letzten Wochen so sehr hatte spüren lassen, wie schwer ihr der Abschied fiel. Sie nahm Josys Hand und drückte sie aufmunternd. „Du schaffst es. Ich vertraue dir. Du bist doch mein großes Mädchen." Sie spürten beide, dass diese Worte wie eine Beschwörung klangen, mit der Freda ihre Ängste bannen wollte.

„Was würde Papa davon halten?", fragte Josy unvermittelt und sah auf.

Freda zwang sich zu einem Lächeln. „Papa wäre stolz auf dich. Und ich bin es auch." Sie sah auf die Uhr. „Du musst los."

Sie standen auf und gingen Arm in Arm Richtung Sicherheitsschleuse.

In diesem Moment ertönte lautes Johlen, Lara und Naomi kamen quer durch die Halle auf sie zugelaufen und erreichten sie außer Atem. „Die Scheiß-S-Bahn hatte Verspätung!"

Sie fielen Josy in die Arme, und schon heulten alle drei. Freda stand plötzlich abseits, als gehörte sie nicht dazu. Der Anblick der weinenden Mädchen trieb auch ihr die Tränen in die Augen. Du reißt dich zusammen! Du weinst auf keinen Fall!, befahl sie sich selbst. Sie sah zu, wie die Freundinnen ihre Tochter immer wieder umarmten und küssten. Endlich traten sie ein wenig zur Seite. Eine merkwürdige Verlegenheit entstand. Dann küsste Freda Josy fast förmlich auf beide Wangen, drückte sie kurz an sich und sagte: „Mach's gut, meine Große. Ich liebe dich."

„Mach's gut, Mama", sagte Josy mit gepresster Stimme, „ich liebe dich auch." Dann drehte sie sich abrupt um, legte ihren Rucksack auf das Band und ging durch die Schleuse, ohne sich umzudrehen. Freda und die Mädchen sahen ihr nach. Erst als sie ihren Rucksack wieder vom Band genommen hatte, wandte Josy sich noch mal kurz um, winkte ihnen zu und ging davon.

SIEBEN

Josy hastete durch die Gänge des Frankfurter Flughafens. Sie war mit Verspätung aus München angekommen, nun blieben ihr noch 35 Minuten bis zum Anschlussflug. Hoffentlich war das ausreichend, um das Gepäck umzuladen. Die Vorstellung, ohne ihre Sachen in einer fremden Stadt, auf einem anderen Kontinent anzukommen, ängstigte sie.

Mexico City! Die größte Stadt der Welt, deren Einwohnerzahl irgendwo zwischen 23 und 26 Millionen lag, niemand wusste das genau. Es erschien Josy unwirklich, dass sie dort schon gegen Abend ankommen sollte.

Als die Maschine zur Startbahn rollte, befiel Josy ein seltsames Gefühl. Es gab kein Zurück mehr. Gleich würde sie alles hinter sich lassen, ihre Mutter, ihren toten Vater, ihre Freundinnen, ihre Heimat. Alles, was ihr bisheriges Leben ausgemacht hatte. Sie würde in eine neue, unbekannte Zukunft fliegen, auf sich allein gestellt, für sich selbst verantwortlich. Doch neben Furcht spürte sie plötzlich auch prickelnde Erregung, eine heftige Lust auf all das Neue, Unbekannte, das vor ihr lag.

Das Flugzeug raste donnernd die Startbahn entlang und erhob sich schließlich scheinbar mühelos in die Luft.

Lächelnd schloss Josy die Augen, schaltete ihren iPod ein und ließ sich von den Klängen der mexikanischen Popgruppe Maná in ihr neues Leben tragen.

Nach elf Stunden, in denen sie kaum geschlafen hatte, weil sie in ihrem engen Sitz keine bequeme Position finden konnte, begann endlich der Sinkflug. Ein scheinbar unendliches Lichtermeer breitete sich unter ihnen aus.

Sie flogen weiter, fünfzehn Minuten, zwanzig Minuten, unter ihnen immer die Lichter von Mexico City. Die Maschine senkte sich, die Hausdächer unter ihnen schienen zum Greifen nah. Die Maschine setzte auf und rollte aus.

Müde und mit schmerzenden Gliedmaßen stand Josy wenig später am Gepäckband. Sie hob ihren Koffer herunter, und als die Glasschiebetür nach draußen aufging, entdeckte sie Luis, der mit einer Blume in der Hand wartete. Wie froh sie war, ihn zu sehen! Als er sie sah, strahlte er und kam ihr entgegen. „Ich dachte schon, du hättest es dir anders überlegt!“ Er küsste sie auf beide Wangen und drückte sie an sich.

„Keine Sorge“, sagte Josy lässig, „wenn ich mich mal entschieden habe, dann ziehe ich eine Sache auch durch.“ Sie fühlte sich sehr erwachsen bei diesem Satz.

Luis steckte die Blume in ein Knopfloch ihrer Jacke, nahm ihr den Koffer ab und bugsierte sie durch die Massen von Menschen in Richtung Ausgang. Sie verließen das Gebäude, überquerten eine Straße und erreichten eine Bushaltestelle.

Luis besorgte Fahrkarten, verstaute den Koffer, ließ Josy beim Einsteigen den Vortritt. Kaum saßen sie und waren losgefahren, überfiel Josy die große Müdigkeit. Ihr Kopf sank auf seine Schulter.

Als sie wieder erwachte, bog der Bus gerade von einer breiten Hauptstraße in eine kleinere Nebenstraße ein.

„Wir müssen aussteigen“, sagte Luis, und Josy erhob sich schlaftrunken. Sie folgte ihm wie in Trance die Straße entlang, über eine Fußgängerbrücke, zu einem abschüssigen Weg mit kleinen, ärmlichen Häuschen, die wirkten, als wären sie aus Pappe gebaut. Die winzigen Grundstücke sahen aus wie Schrotthalden, vollgestopft mit Autowracks, Reifen, Bauschutt und anderem Plunder, der anderswo längst entsorgt worden wäre.

„Wir sind da“, sagte er und blieb vor einem der Häuser stehen. Josy erschrak. Wo war sie denn hier gelandet? Luis hatte ihr nicht gesagt, dass seine Großeltern im Arme-Leute-Viertel lebten.

Luis drückte die Haustür auf, die nicht geschlossen war, und sie folgte ihm. Innen war das Haus einfach möbliert, aber ordentlich und sauber. Sie betraten den Wohnraum, in dem ein Fernseher lief. Von einer abgeschabten Polstergarnitur erhoben sich ein Mann und eine Frau, beide um die siebzig.

Marta, die Großmutter, umarmte ihren Gast und begrüßte sie mit einem spanischen Wortschwall, den Josy nur zur Hälfte verstand. Der Großvater nahm Josys Hand in seine riesige Pranke und drückte sie. Er hatte einen Schnauzbart und buschige Augenbrauen, die seinem Gesicht etwas Verschmitztes gaben. „Ramón“, sagte er und deutete auf sich selbst.

Die beiden waren Josy auf Anhieb sympathisch, und sie schämte sich für ihre vorschnellen Gedanken. Sie begriff, dass dies keineswegs ein Elendsviertel war, sondern ein Viertel für Arbeiter und Handwerker wie diese beiden. Luis hatte ihr erzählt, dass Marta Näherin in einer Fabrik gewesen war, Ramón hatte in seiner eigenen Schreinerei gearbeitet. Aber wenn schon die Gegend, in der diese beiden wohnten, so ärmlich wirkte, wie sah es dann wohl in einem echten Slum aus?

Luis führte sie in einen Raum, der zweifellos das Schlafzimmer der Großeltern war. „Hier schläfst du."

Josy sah ihn überrascht an. „Hier? Und wo schlafen die beiden?"

„Er auf der Küchenbank und sie auf dem Sofa im Wohnzimmer."

„Auf keinen Fall", protestierte Josy, „ich kann doch nicht zwei alte Leute aus ihrem Schlafzimmer vertreiben! Ich spreche mit ihnen."

Sie wollte ins Wohnzimmer zurück, aber Luis hielt sie am Arm fest. „Tu das nicht. Sie würden es als Beleidigung auffassen", erklärte er.

Ratlos zuckte sie die Schultern. „Das ist mir echt peinlich. Also dann, gute Nacht."

Luis lächelte. „Ich find's übrigens richtig gut, dass du da bist."

Josy schaffte es gerade noch, ihr Schlaf-T-Shirt aus dem Koffer zu zerren. Nur Sekunden nachdem sie sich auf der rechten Seite des Doppelbetts zusammengerollt hatte, war sie eingeschlafen.

FREDA hatte sich den Tag freigenommen. Sie wollte für sich sein, niemanden sehen. Sie fürchtete, mitten in einem Kundengespräch womöglich in Tränen auszubrechen. Tanja hatte sich sofort bereiterklärt, allein zu arbeiten.

Freda war vom Flughafen wieder nach Hause gefahren, hatte Tee gekocht, die Zeitung gelesen, ein bisschen gebügelt und dabei ferngesehen. Sie hatte versucht, sich vorzumachen, sie genieße die Ruhe und das Alleinsein. Mit der fertigen Bügelwäsche im Arm betrat sie Josys Zimmer. Es sah aus wie immer, das übliche Durcheinander von Kleidungsstücken, Kosmetikartikeln, Büchern und CDs bedeckte das ungemachte Bett, den Schreibtisch und Teile des Bodens, nur Josy fehlte.

Freda sank auf die Bettkante, die Wäsche glitt ihr aus der Hand und fiel herunter. Sie glaubte, Josys Abwesenheit körperlich zu spüren. Eine Stelle an ihrem linken Arm, auf der Höhe des Herzens, ungefähr da, wo das Köpfchen gewesen war, wenn sie Josy als Baby im Arm getragen hatte, fühlte sich taub und gefühllos an.

Wimmernd krümmte sie sich auf dem Bett zusammen, griff nach dem

Kopfkissen, sog Josys Geruch ein. Den ganzen Tag blieb sie im Bett, holte sich nur zwischendurch etwas zu trinken. Hunger hatte sie keinen.

Sie hatte sich ausgerechnet, dass Josys Anruf nicht vor ein Uhr nachts zu erwarten war. Es wurde ein Uhr, zwei Uhr, drei Uhr. Sobald sie kurz einnickte, wurde sie von Albträumen heimgesucht. Mal ging Josy auf einen Abgrund zu und hörte Fredas warnende Rufe nicht, mal lag sie fiebernd an einem verlassenen Ort und wimmerte um Hilfe.

Um sieben stand sie auf, wählte die Hotline der Lufthansa und erkundigte sich, ob die Maschine Frankfurt–Mexico City abgestürzt sei. „Um Gottes willen, wie kommen Sie denn drauf?", fragte die Mitarbeiterin am anderen Ende entsetzt. „Die Maschine ist planmäßig gelandet."

PUNKT NEUN betrat Freda die Praxis von Dr. Peter Dengler, dem Therapeuten, der Josy ein Jahr lang behandelt hatte. Sie brauchte jemanden, mit dem sie reden konnte. Über Josy, über ihre Ängste. Glücklicherweise war ein Patient ausgefallen, und so hatte sie sofort einen Termin bekommen.

Sie legte ihr Handy vor sich auf den Tisch, vergewisserte sich zum hundertsten Mal, dass sie keine Nachricht übersehen hatte, und schilderte, was vorgefallen war. Dass sie seit Stunden auf einen Anruf von Josy aus Mexiko warte, dass sie natürlich wisse, wie hysterisch es sei, sich solche Sorgen zu machen, dass sie aber eine Panikattacke befürchte, denn das sei bei ihr früher schon vorgekommen.

Der Therapeut, ein unauffälliger Mann in ihrem Alter, hörte aufmerksam zu. Anders, als sie erwartet hatte, versuchte er nicht, sie zu beruhigen oder ihr die Angst auszureden. Stattdessen sprach er über Josy. Was für ein starkes Mädchen sie sei. Wie bewundernswert sie den tragischen Verlust des Vaters verkraftet, wie klug sie die Beziehung zwischen ihr und ihrer Mutter analysiert habe. Mit wachsender Überraschung hörte Freda zu. Er entwarf ein Bild von Josy, das völlig neu für sie war.

„Zwischen Ihnen und Ihrer Tochter hat seit dem Unglück mit Ihrem Mann ein fataler Rollentausch stattgefunden", erklärte der Arzt. „Josy hat angefangen, sich für Ihre seelische Verfassung verantwortlich zu fühlen, dafür, dass es Ihnen gut geht und Sie sich keine Sorgen machen. Diesem Ziel hat sie ihre eigenen Interessen untergeordnet und nicht gewagt, die notwendige Ablösung von Ihnen zu vollziehen. Sie musste diesen radikalen Schritt tun, um endlich auf eigenen Beinen stehen zu können. Wenn Sie mich fragen, hat sie einfach vergessen, sich zu melden."

„Aber sie weiß doch, dass ich mir Sorgen mache", protestierte Freda, „sie muss doch auch an mich denken."

„Nein", widersprach Dengler entschieden, „jetzt muss Josy erst mal nur an sich denken. Und Sie sollten das auch tun."

„Wie soll das gehen? Über achtzehn Jahre lang war Josy das Wichtigste in meinem Leben!" Freda senkte den Blick. „Sogar wichtiger als mein Mann."

„Und jetzt sind beide nicht mehr da, entschuldigen Sie bitte, wenn ich das so brutal ausspreche. Denken Sie nicht, es wäre an der Zeit, dieser Tatsache ins Auge zu blicken?"

Freda holte tief Luft und nickte. „Und … wie soll ich das machen?"

„Indem Sie sich auf das besinnen, was *Sie* wollen. Konzentrieren Sie sich ganz auf sich selbst und Ihre Wünsche. Machen Sie eine Reise, die Sie immer schon mal machen wollten. Kaufen Sie sich etwas, von dem Sie schon lange träumen. Wagen Sie etwas, was Sie bisher nicht gewagt haben."

An diesem Vormittag schienen bei Ikea nur Paare unterwegs zu sein. Schwangere junge Frauen, die zielstrebig Kinderbetten und Wickelkommoden ansteuerten, unsichere junge Männer, die prüfend auf Polstergarnituren und Sesseln herumdrückten.

Eine Durchsage übertönte alle Gespräche. „Unser Angebot heute: Köttbullar mit Senfsoße, Salzkartoffeln und Gemüse, nur drei Euro fünfundneunzig in unserem Restaurant."

Köttbullar, dachte Freda, waren das nicht diese Fleischbällchen? Die hatte es doch vor zwanzig Jahren schon gegeben, als Alex und sie ihre Wohnungseinrichtung gekauft hatten.

Das Doppelbett, für das sie sich damals entschieden hatten, war dasselbe, in dem sie heute noch schlief. Jedes Mal in den letzten Wochen, wenn ihre Hand auf die leere Bettseite geglitten war, hatte sie den Wunsch verspürt, ein neues zu kaufen. Ein Bett, das zu ihrem neuen Leben passte. Einen Meter vierzig breit, mit einer weicheren Matratze, einer hellen Überdecke und vielen gemütlichen Kissen.

Sie würde sich neue Vorhänge kaufen und eine neue Lampe, eine richtig gute Leselampe. Sie liebte es, im Bett zu lesen, hatte aber darauf verzichtet, weil Alex immer gleich schlafen wollte. Außer wenn sie Sex hatten.

Sex. Wie fremd das Wort klang. Schon über zwei Jahre hatte sie keinen gehabt, und wenn sie ehrlich war, fehlte ihr Sex nicht besonders. Was ihr fehlte, war körperliche Nähe, Berührung, der Duft von Haut. Danach sehnte sie sich und konnte sich doch nicht vorstellen, all dies mit einem Mann zu erleben, der nicht Alex war.

Freda fand ein schlichtes Holzbett, weiß lasiert. Dazu wollte sie einen guten Lattenrost und eine Latexmatratze. Sie notierte die Preise der einzelnen

Produkte, deren Namen wie die von Trollen klangen, und zählte sie zusammen. 1400 Euro. Sie seufzte. Es musste sein, sie brauchte das jetzt. Hatte der Therapeut ihr nicht aufgetragen, sich auf ihre Wünsche zu konzentrieren?

Alex hatte etwas Geld hinterlassen. Kein Vermögen, aber immerhin.

Ihr Handy klingelte. „Hallo Mama, ich bin's!" Josys Stimme.

„Endlich!", sagte Freda mit einem Seufzer der Erleichterung.

„Tut mir leid, dass ich mich jetzt erst melde, hoffentlich hast du dir keine Sorgen gemacht."

„Geht so, ein bisschen schon. Ist alles gut gegangen? Hat Luis dich abgeholt?"

„Ja, alles okay."

„Wie ist Mexico City?"

„Och … eigentlich ganz gemütlich. Jedenfalls lange nicht so gefährlich, wie man manchmal hört."

„Hoffen wir's. Mach ein paar Fotos, ja? Wann meldest du dich wieder?"

„In ein paar Tagen. Wenn wir in Oaxaca sind. Ist bei dir alles in Ordnung? Wo bist du gerade?"

„Bei Ikea."

„Bei Ikea? Aber du veränderst nichts in meinem Zimmer, oder?" Plötzlich klang Josys Stimme ängstlich.

„Nein, meine Süße, natürlich nicht. Alles bleibt, wie es ist, bis du zurückkommst. Nur aufräumen muss ich, du hast ein ganz schönes Chaos hinterlassen."

„Tut mir leid, Mama. Ich muss Schluss machen, wird sonst zu teuer. Also, mach's gut, ich hab dich lieb."

„Ich dich auch", sagte Freda noch, aber da hatte Josy schon aufgelegt.

Sie war so erleichtert, dass sie fast angefangen hätte zu weinen.

Der dumpfe Klang von Trommeln hallte über die abendliche *Plaza de la Constitución*, genannt „El Zócalo", im Zentrum der Stadt.

„Der zweitgrößte Platz der Welt, nach dem Roten Platz in Moskau", erklärte Luis mit einer ausladenden Handbewegung. Josy nickte beeindruckt, einen so riesigen Platz hatte sie noch nie gesehen. Links war die Kathedrale, gegenüber der Nationalpalast, auf der rechten Seite und hinter ihnen eindrucksvolle Bauten im Kolonialstil. Staunend beobachtete Josy, wie einige Menschen das Angebot wahrnahmen, sich für ein paar Pesos einem indianischen Reinigungsritual zu unterziehen. Dabei wurde man mit dem Rauch brennender Kräuterbüschel eingenebelt, der alle Gifte aus Körper und Seele vertreiben sollte. Dazu machte man Verbeugungen vor den Geistern und sprach Formeln nach, die der indianische Heiler einem vorsagte.

„Das hier ist Touristen-Schnickschnack“, sagte Luis abwinkend, „aber in den Indianerdörfern wird richtige traditionelle Heilkunst praktiziert, das ist natürlich was anderes.“

„Es gibt hier noch richtige Indianerdörfer?“

„Nicht so, wie du sie dir vorstellst, mit Lagerfeuer, Tipis und Marterpfahl. Aber gerade in der Gegend um Oaxaca leben eine Menge *Indígenas*.“

„Hast du auch indianische Vorfahren?“

„Wahrscheinlich, aber die haben sich irgendwann mit den Nachfahren der spanischen Conquistadoren gemischt.“

Sie überquerten den Platz, dem dumpfen Klang der Trommeln folgend, die immer lauter wurden. Eine Gruppe Männer und Frauen mit Schellen aus Holz oder Muscheln um die Fußgelenke tanzte ekstatisch. Zwei Männer mit nacktem, verschwitztem Oberkörper bearbeiteten mit bloßen Händen ihre Congas, in der Mitte loderte Feuer in einer Blechwanne.

„Sind die jetzt wenigstens echt?“, fragt Josy. „Oder ist das auch Touristen-Schnickschnack?“

Luis lachte. „Es sind echte Indígenas, die für die Touristen tanzen. Tagsüber haben sie ganz normale Jobs oder studieren. Indianer sein ist ja kein Beruf.“

Der Rhythmus verlangsamte sich, einige der Tänzer verließen den Kreis, um eine kurze Pause zu machen. Einer von ihnen, ein Typ Anfang zwanzig, kam mit geschmeidigen Bewegungen auf sie zu. Sein langes schwarzes Haar war zu einem Zopf gebunden, er trug eine verschlissene Armeehose und hatte sein T-Shirt durch den Gürtel gezogen. Sein schweißbedeckter Oberkörper schimmerte im rötlichen Licht des Feuers, um den Hals trug er eine Kette aus Tierzähnen. Fasziniert starrte Josy ihn an. Er sah genauso aus, wie sie sich als Kind einen Indianer vorgestellt hatte. Die hohen Wangenknochen, die schrägen Augen, die scharf geschnittene Nase. Dagegen wirkte Luis geradezu europäisch.

Die beiden Männer begrüßten sich wie alte Bekannte, Luis wandte sich zu Josy. „Das ist Miguel, wir kennen uns aus Oaxaca“, und nach einer Pause fügte er hinzu: „Josy aus Deutschland.“

„*Hola*, Josy“, sagte Miguel. Ein Blick aus schwarz glänzenden Augen streifte sie flüchtig.

Die beiden Jungen begannen eine Unterhaltung. Sie sprachen so schnell, dass Josy kaum etwas verstand. Miguel wirkte aufgeregt, fast wütend, er redete auf Luis ein, der mit ernstem Gesichtsausdruck zuhörte.

„Worüber sprecht ihr?“, wagte Josy in einer Gesprächspause zu fragen.

Miguel wandte sich ihr zu. „Über Oaxaca. Es hat dort eine Demonstration gegeben. Einer unserer Freunde wurde verletzt. Bei der Demo haben sie sogar vier Ausländer verhaftet, Spanier, soviel ich weiß, und tagelang festgehalten. Besser, du bleibst hier.“

„Das geht nicht“, sagte Josy, „unser Dienst in der *casa de esperanza* beginnt übermorgen. Wir müssen morgen fahren, stimmt’s, Luis?“

Luis nickte.

„Dann viel Glück. Wir sehen uns.“ Miguel hob lässig die Hand und kehrte in den Kreis der Tänzer zurück.

ACHT

Die Ladentür wurde geöffnet und ungefähr zwanzig Kinder schoben sich nacheinander in die Buchhandlung. Den Schluss machte Arno Steiner. Er lächelte Tanja und Freda an, die vor der Theke standen.

„Guten Morgen, die Damen“, sagte er und zu den Kindern: „So, und jetzt ihr!“

„Gu-ten Mor-gen“, leierten sie im Chor.

„Wir wollen uns sehr herzlich bedanken, dass wir heute hier sein dürfen“, fuhr Steiner fort.

Freda stellte sich und Tanja vor und forderte die Kinder auf, sich im Halbkreis auf den Boden zu hocken. Über ihnen wurde immer noch gebohrt und gehämmert, sie hoffte, es würde während der nächsten Stunde nicht zu laut werden.

„Als Erstes erzähle ich euch ein bisschen was über den Beruf der Buchhändlerin“, sagte Freda, „dann liest Tanja euch ein paar Seiten vor, und zum Schluss gibt’s einen kleinen Imbiss.“

„Pommes?“, fragte ein kleiner Junge mit großen, hungrigen Augen.

„Lass dich überraschen“, sagte Freda. In einfachen Worten schilderte sie, wie der Alltag eines Buchhändlers aussieht und was so schön an diesem Beruf ist. Sie erzählte von dem einzigartigen Gefühl, ein neues Buch zum ersten Mal aufzuschlagen, und davon, wie man sich und die Welt beim Lesen vergisst. „Habt ihr Fragen dazu?“

Schüchtern hob ein Mädchen die Hand. „Muss man gut in der Schule sein, wenn man das werden will?“

„Die mittlere Reife braucht man auf jeden Fall“, sagte Freda, „noch besser ist es, wenn man Abitur hat.“

Das Mädchen ließ resigniert die Schultern sinken, als wäre beides außerhalb ihrer Vorstellungskraft.

„Das Wichtigste ist, dass man gern liest“, schaltete sich Tanja ein. „Wer viel liest, wird automatisch besser in der Schule.“

„Kriegt man da viel Geld?“, fragte ein dicklicher Junge mit schwarzen Augen und einem fast kahl geschorenen Kopf.

Freda lächelte. „Reich wird man nicht, aber ist es nicht viel wichtiger, dass einem die Arbeit Spaß macht?“

„Arbeit macht nie Spaß“, sagte der Junge verächtlich. „Wichtig ist, dass man viel Geld verdient.“

„Liest du uns jetzt was vor?“, fragte ein anderer Junge.

Freda räumte ihren Platz für Tanja, die sich der Gruppe gegenüber auf den Boden hockte und aus den „Wilden Kerlen“ vorlas. Mit konzentriertem Gesicht lauschten die Kinder der Erzählung. „Wollt ihr euch die Bilder ansehen?“, fragte Tanja, als sie mit dem Lesen fertig war. Die Kinder sprangen auf und umringten sie.

Freda schämte sich, als sie daran dachte, wie sehr sie sich gegen diesen Besuch gesträubt hatte. Sie spürte Steiners Blick auf sich ruhen und lächelte ihm verlegen zu. „Sie sind sehr aufmerksam“, sagte sie und deutete auf die Gruppe, die immer noch ihre Köpfe über dem Buch zusammensteckte.

„In der Wüste wird jeder Tropfen Wasser gebraucht“, sagte er. „Wenn Sie wüssten, unter welchen Umständen diese Kinder aufwachsen, wie wenig Zuwendung und Förderung sie erhalten.“

Die Gruppe löste sich auf, die Kinder schlenderten durch den Laden, nahmen Bücher in die Hand, betrachteten die Cover und legten sie wieder hin. Die wenigsten trauten sich, ein Buch aufzuschlagen und darin zu blättern.

Freda holte aus dem Hinterzimmer Butterbrezeln und Getränke.

Arno Steiner rief die Kinder zusammen und schärfte ihnen ein, nichts anzufassen, solange sie aßen und tranken. Folgsam setzten sich alle wieder hin und nahmen ihren Snack in Empfang.

Am Ende erhielt jedes der Kinder ein Buch als Abschiedsgeschenk. Andächtig nahm der dicke Junge mit den schwarzen Augen seines von Freda entgegen, mit beiden Händen, wie einen besonders wertvollen Schatz.

Über ihnen ertönte ein wütendes Brummen, dann ein Krachen. Erschrocken blickten alle Kinder gleichzeitig nach oben. Es brummte erneut, die Wände erzitterten, mehrere Bücher fielen aus den Regalen, dann knirschte und splitterte es direkt über ihnen, Freda schrie: „Auf die Seite!“, die Kinder stoben in alle Richtungen auseinander, und im nächsten Moment brach etwas durch die Decke. Putz, Isoliermaterial, Zementbrocken und zerbrochene

Ziegel stürzten herab, eine weiße Staubwolke folgte und legte sich wie eine dünne Schneeschicht auf die Regale, Verkaufsflächen und Bücher.

Einen Moment war es ganz still, dann war vereinzeltes Wimmern zu hören. Die Kinder hockten oder lagen am Boden, ängstlich zusammengekrümmt, staubbedeckt, aber – soweit Freda es auf einen Blick erfassen konnte – unverletzt. „Ist alles in Ordnung, seid ihr okay?“, rief sie.

Steiner war schon bei den Kindern, sah sich jedes einzelne genau an, fragte, wie es ihnen gehe. „Sieht so aus, als wäre nichts passiert“, sagte er.

„Aber Sie haben was abgekriegt“, sagte Freda, „lassen Sie mal sehen.“ Sie stieg über den Schotter am Boden hinweg und inspizierte vorsichtig seinen Kopf. „Eine Platzwunde.“

„Ich hole Verbandszeug.“ Tanja ging ins Hinterzimmer, wobei sie ein paar herumliegende Holzlatten und Ziegel umkurvte.

„Sollen wir nicht besser raus aus dem Laden?“, fragte Freda ängstlich. „Vielleicht kommt der Rest der Decke auch noch runter!“

Steiner warf einen prüfenden Blick nach oben. Von dort kam kein Geräusch, offenbar hatten die Arbeiter das Weite gesucht. „Ich glaube nicht, dass Einsturzgefahr besteht“, sagte er, „dafür ist das Loch nicht groß genug.“ Und zu den Kindern gewandt: „Ihr bleibt trotzdem, wo ihr seid!“

Sie husteten und wischten sich den Staub von den Kleidern, blieben aber nahe an den Regalen und Wänden.

Tanja kam mit einem Erste-Hilfe-Reiseset zurück und reichte Freda ein Fläschchen Desinfektionsspray und Pflaster. Freda versorgte Steiners Wunde. „Vielleicht sollten Sie doch lieber zum Arzt gehen“, sagte sie, „es könnte sein, dass man das nähen muss.“

„Später“, sagte Steiner. „Erst bringe ich die Kinder zurück.“

„Wir müssen das sofort melden“, sagte Tanja und stöckelte durch den Staub zum Ladentisch, wo das Telefon stand. Sie wählte die Nummer der Polizei und berichtete, was vorgefallen war. Dann wählte sie eine andere Nummer und blaffte: „Buchhandlung März & Freese. Herr Murke, ich rate Ihnen dringend, sofort hierherzukommen. Und am besten bringen Sie nicht nur jemanden von der Versicherung mit, sondern auch gleich Ihren Anwalt.“

Schließlich rief sie noch ihren Rechtsanwalt an. „Herr Möller? Wir hätten da ein etwas größeres Problem. Könnten Sie wohl eben vorbeikommen?“

Steiner kam zu Freda und legte ihr eine Hand auf die Schulter. „Alles halb so wild“, sagte er tröstend.

„Ich weiß“, sagte Freda. „Es tut mir schrecklich leid, dass Ihr Besuch so enden musste. Die Kinder werden nie wieder eine Buchhandlung betreten.“

„Im Gegenteil“, sagte er lächelnd, „jetzt wissen sie, dass die wahren Abenteuer dort stattfinden!“

„Würden Sie noch einen Moment bleiben?“, bat Freda. „Ich möchte, dass diese Schweine von der Immobau sehen, was sie angerichtet haben.“

„Sie meinen, das war kein Versehen?“ Steiner sah sie ungläubig an.

„Was glauben Sie denn“, gab Freda zurück, „der ganze Terror hier ist ein abgekartetes Spiel! Die versuchen seit Monaten, uns loszuwerden.“

„Unter diesen Umständen bleiben wir natürlich noch.“

Freda nahm etwas Staub auf und rieb ihn zwischen den Fingern, es war fettiger, weißer Zementstaub, der sich in eine schmierige Paste verwandeln würde, wenn er mit Feuchtigkeit in Berührung käme. Aber wie sollte man ihn entfernen, wenn nicht mit Feuchtigkeit?

„Schaut euch das an“, sagte Tanja, nahm ein paar Bücher hoch und schüttelte sie aus. Der Staub lag nicht nur auf den Oberflächen, er war in jede Öffnung und jede Ritze gekrochen, nistete zwischen den Seiten.

Freda seufzte. Ein Drittel des Bestandes würden sie verramschen müssen, wenn nicht mehr. Danach könnten sie eine Putzolympiade veranstalten, falls sie nicht wegen akuten Asthmas vorzeitig ausgeschieden wären.

Steiner erklärte den Kindern, dass sie noch ein bisschen warten müssten. Die meisten schienen sich von ihrem Schreck schon erholt zu haben.

„Netter Typ“, flüsterte Tanja und sah ihm versonnen zu. „Wieso kann ich nicht mit so einem verheiratet sein?“

„Weil solche Typen immer schon verheiratet sind“, flüsterte Freda zurück.

Die Tür wurde geöffnet und zwei Streifenbeamte traten ein. „Grüß Gott“, sagte der eine, „was ist denn hier passiert?“

Tanja und Freda beschrieben, was geschehen war. Die Beamten nahmen ihre Personalien auf und erkundigten sich, ob jemand verletzt sei.

In diesem Moment sahen sie eine kleine Abordnung auf den Laden zukommen. Murke, ein weiterer Mitarbeiter von Immobau, Möller und zwei Männer, vermutlich ein Anwalt und der Versicherungsfritze, debattierten eifrig miteinander. Sie betraten die Buchhandlung, ihre Blicke wanderten zu den Polizisten, den eingestaubten Kindern, dem Loch in der Decke und wieder zurück. Das Gespräch erstarb.

Freda straffte ihren Körper, gab ihren Augen einen, wie sie hoffte, stählernen Ausdruck und sagte: „Durch Ihr unverantwortliches Handeln haben Sie heute Menschenleben in Gefahr gebracht. Es hat einen Verletzten gegeben. Das weitere Ausmaß des Schadens sehen Sie selbst. Die Polizei hat die Ermittlungen aufgenommen. Und von Ihnen erwarten wir umgehend Auskunft darüber, wie Sie gedenken, diese Schweinerei in Ordnung zu bringen!“

Als sie nach Hause kam, fühlte Freda sich so erschöpft, als hätte sie drei Tage lang Bücherkisten geschleppt. Sie warf ihre Tasche und den Hausschlüssel auf einen Stuhl, zog sich aus und steckte ihre gesamte Kleidung in die Waschmaschine. Dann duschte sie und wusch den Zementstaub auch aus ihren Haaren. Sie setzte sich an den Küchentisch, schenkte sich ein Glas Wein ein und nahm einen großen Schluck.

Nachdem Steiner mit den Kindern gegangen war und die Polizisten in Begleitung von Murke in den ersten Stock hinaufgestiegen waren, hatte es erregte Diskussionen gegeben. Der Anwalt der Firma Immobau hatte versucht, die Verantwortung auf das Bauunternehmen zu schieben, der Versicherungsfritze hatte erklärt, das sei eine sehr komplexe Situation, Rechtsanwalt Möller hatte zwischendurch losgebrüllt und mit einer Klage gedroht, falls die Firma Immobau nicht umgehend die Reparatur veranlasse.

Freda und Tanja hatten sich ins Hinterzimmer zurückgezogen und über die Lage beraten. „Wir lassen das Loch provisorisch abdecken und fangen sofort mit dem Aufräumen an“, schlug Freda vor. „Wir können es uns nicht leisten, das Geschäft dichtzumachen, nicht mal für ein paar Tage.“

Tanja nickte. „Du hast Recht. Morgen früh öffnen wir wie gewohnt.“

Josy und Luis erreichten den großen Busbahnhof, von dem aus Busse in alle Teile des Landes abfuhren. Luis kaufte Fahrkarten für die zweite Klasse.

„Die sind zwar langsamer und halten an jedem Misthaufen, aber erste ist zu teuer“, erklärte er.

Der Bus nach Oaxaca machte einen halbwegs vertrauenerweckenden Eindruck, auch wenn ein Rückspiegel herunterhing und die Klimaanlage ratterte. Eine Bäuerin mit mehreren verschnürten Pappkartons und einem Huhn im Käfig stieg ein. Sie zeterte laut, als der Fahrer ihr den Käfig wegnehmen und im Gepäckraum verstauen wollte. Schließlich setzte sie sich durch und stellte den Käfig auf den Sitz neben sich.

Im letzten Moment stieg noch jemand ein. Josys Herz machte einen kleinen Sprung. „Da ist ja Miguel“, sagte sie und stieß Luis auf dem Gangplatz ihr gegenüber an. Der sah seinen Kumpel überrascht an. „Du fährst schon zurück?“

„Es geht bald los“, sagte Miguel. Er drehte Josy den Rücken zu und redete flüsternd auf Luis ein. Josy schnappte einzelne Wörter auf. Gewalt … Protest … Regierung … Die beiden wirkten wie zwei Verschwörer, die eine Geheimaktion planten. Sie fühlte sich ausgeschlossen. „Wollt ihr mir nicht sagen, worüber ihr redet?“, fragte sie.

Luis legte Miguel die Hand auf die Schulter, um seinen Redefluss zu stoppen, und sah zu ihr. „Das interessiert dich bestimmt nicht."

„Woher weißt du das?"

Miguel lächelte ein wenig abschätzig. „Es ist zu kompliziert. Mach du deinen Job im Kinderzentrum, und damit ist es gut."

„Du könntest wirklich ein bisschen netter zu einer Ausländerin sein, die in dein Land kommt", gab Josy patzig zurück.

Miguel grinste überrascht. „Also gut. Ich hab dir doch von der Demo auf dem Hauptplatz in Oaxaca erzählt, bei der unser Freund verletzt wurde. Die Polizei hat die Leute zusammengeprügelt und Tränengas eingesetzt …", begann er, aber Luis fiel ihm ins Wort. „Lass es", befahl er. „Zieh sie da nicht mit rein."

„Wo rein?", fragte Josy.

„Egal", sagte Miguel und wandte sich wieder zu Luis.

Beleidigt verschränkte Josy die Arme vor der Brust und sah aus dem Fenster. Die beiden flüsterten noch eine Weile miteinander, plötzlich stieß Miguel die linke Faust in die Luft. *„Viva la Revolución!"*, flüsterte er. Luis verzog genervt das Gesicht.

Josy hätte zu gern gewusst, was hier wirklich los war, aber sie hatte keine Lust, sich eine weitere Abfuhr zu holen, deshalb fragte sie nicht. Sie schaltete ihren iPod ein und konzentrierte sich auf die Musik.

Nach einer Weile setzte Miguel sich auf den freien Platz vor Luis und öffnete ein Buch, Luis lehnte sich in seinem Sitz zurück und schloss die Augen. Sie fuhren immer noch durch Außenbezirke der Stadt, die in alle Richtungen wucherte, so weit das Auge reichte. Vor ihnen tauchten zwei gewaltige Felsmassive aus dem Dunst auf, deren Gipfel mit Schnee bedeckt waren.

„Was sind das für Berge?", fragte Josy und zog einen Ohrstöpsel heraus. „Die sind ja riesig!"

„Der Popocatépetl, der ‚Rauchende Krieger', und der Iztaccíhuatl, die ‚Schlafende Frau'", erklärte Luis mit geschlossenen Augen, „das sind Vulkane. Die Legende sagt, der Krieger Popocatépetl sei einst aus der Schlacht heimgekehrt und habe seine Geliebte tot vorgefunden – sie war vor Trauer über die lange Trennung gestorben. Vom Schmerz überwältigt, habe er sich neben sie niedergekniet, in der Hand eine Schale dampfenden Tees. Noch heute bewacht er ihren Schlaf."

„Was für eine romantische Geschichte", sagte Josy.

„Weißt du, wie die zwei Vulkane auch genannt werden?", schaltete Miguel sich ein. „Gregorio und Rosita. Die sind so was wie Romeo und Julia.

Jedes Frühjahr steigen die Campesinos hoch und bringen ihnen Opfer dar. Früher waren es Menschenopfer, heute sind es Speisen, Kleidung, Musikinstrumente und Blumen."

„Worum bitten sie?", fragte Josy. „Darum, dass die Vulkane ihre Liebe beschützen?"

„Nein", erwiderte Luis trocken, „darum, dass sie nicht ausbrechen und ihre Häuser zerstören."

Josy sah den beiden Vulkanen nach, bis sie hinter der nächsten Hügelkette verschwunden waren. Als sie sich wieder gerade hingesetzt hatte, bemerkte sie Miguels Blick, der provozierend lange auf ihr ruhte.

FREDA war am nächsten Morgen bereits um kurz vor neun in der Buchhandlung. Sie warf einen scheuen Blick ins Innere des Ladens. Im Licht des neuen Tages war der Anblick der von Schutt und Staub bedeckten Bücher noch bizarrer als am Tag zuvor.

Vorsichtig stieg sie über verschiedene Hindernisse hinweg und ging zum Ladentisch. Der Anrufbeantworter blinkte. „Guten Morgen, hier Rechtsanwalt Möller. Ich wollte Ihnen sagen, dass heute Vormittag ein unabhängiger Gutachter zu Ihnen kommt, um die Schäden zu protokollieren. Danach können Sie mit den Aufräumarbeiten beginnen. Die Firma Immobau hat zugesagt, die beschädigte Stelle provisorisch zu schließen, sodass ein geordneter Verkaufsbetrieb bald wieder möglich sein dürfte."

Dann kam Tanja, einen Kaffeebecher in der Hand. Offenbar hatte sie sich nicht mal Zeit für Frühstück genommen. Sie blieb am Eingang stehen, ließ ihren Blick durch den Laden wandern und schüttelte den Kopf. Dann zog sie kräftig am Strohhalm und feuerte den leeren Becher in den Papierkorb. „Also los. Wir ziehen das jetzt durch. Die sollen sehen, dass sie uns nicht vertreiben können, selbst wenn sie das Haus bombardieren. In einer Woche herrscht hier wieder normaler Geschäftsbetrieb."

„Warte noch." Während Freda von Möllers Anruf berichtete, kam bereits ein graugesichtiger, magerer Mann in einem verknitterten Anzug auf die Ladentür zu. Er drückte ihnen mit ernstem Gesicht die Hand, stellte sich mit „Kurz, Schadensgutachter" vor und begann unverzüglich mit der Arbeit. Er inspizierte jeden Quadratzentimeter, machte sich Notizen, schoss Bilder mit einer Digitalkamera und fertigte kleine Skizzen an.

Tanja und Freda zogen mit Staubsauger, Wischlappen und Wassereimer hinter ihm her und begannen dort zu putzen, wo er schon fertig begutachtet hatte. Zuerst entstaubten sie, so gut es ging, die Bücher und sortierten sie in drei verschiedene Kartons. Die zum Wegschmeißen, die zum Verramschen und die Unversehrten. Sie schrieben, auf Anweisung von Herrn Kurz, genaue Listen, damit bis auf den Cent abgerechnet werden konnte, wie viel Schaden bei der Ware entstanden war. Danach saugten und wischten sie jedes einzelne Regalbrett und räumten die unbeschädigten Bücher wieder ein.

Die Kunden, die im Laufe des Vormittags kamen, reagierten voller Anteilnahme. Die meisten versprachen, wieder vorbeizukommen, wenn es nicht mehr so staubig wäre; manche wühlten sich unbeirrt durch die Bücher, als hätten sie eine archäologische Ausgrabung gemacht.

Gegen Mittag konnte Freda nicht mehr. Sie musste einfach raus und ein bisschen frische Luft schnappen. „Ich hole uns was zu essen“, bot sie an.

„Mir bitte ein Putensandwich“, bestellte Tanja.

„Kann ich Ihnen auch etwas mitbringen?“, fragte sie Herrn Kurz, der blickte hoch und sah sie verwirrt an. „Nein, vielen Dank.“

Freda nahm ihre Tasche und verließ den Laden. Sie setzte sich in ein Straßencafé, aß einen Schinken-Käse-Toast und trank einen Cappuccino. Mit geschlossenen Augen hielt sie ihr Gesicht in die Sonne und spürte die wärmenden Strahlen auf der Haut.

Es würde schon alles wieder in Ordnung kommen. Nur Schutt und Staub, keine Toten. Sie hatte Schlimmeres erlebt.

„Frau März, was für ein Zufall!“, hörte sie eine bekannte Stimme, öffnete die Augen und blinzelte gegen die Sonne.

Johann Krummbaur lächelte sie an.

„Was machen Sie denn in dieser Gegend?“, fragte Freda überrascht.

„Ein paar Einkäufe. Ich habe heute frei.“ Er blieb stehen und wirkte unschlüssig.

„Setzen Sie sich doch zu mir“, bot sie an. „Darf ich Sie auf einen Kaffee einladen?“

„Gern“, sagte er. „Aber die Einladung geht selbstverständlich auf mich.“

Johann Krummbaur erkundigte sich nach Josy, und Freda erzählte nicht ohne Stolz, ihre Tochter sei gerade nach Mexiko abgeflogen, um dort bei einem Kinderhilfsprojekt zu arbeiten. Bestimmt sei es gut für sie, von all den Ereignissen ein bisschen Abstand zu bekommen.

„Und wie geht es Ihnen?“, fragte er und blickte sie mit einem seltsamen Ausdruck an.

„Was ist, warum schauen Sie so komisch?“, fragte Freda unsicher.

Er räusperte sich. „Ähm … ich weiß wirklich nicht, ob ich darüber sprechen soll.“

„Was meinen Sie?“

Er fühlte sich offenkundig unwohl. „Nun ja, wir haben natürlich alle Personen auf den Fotos, die kurz vor dem Unfall mit der Kamera Ihres Mannes aufgenommen wurden, befragt. Sie hatten mir ja am Telefon gesagt, es seien Freunde Ihres Mannes aus dem Alpenverein. Eine Frau gehörte aber nicht zu der Gruppe. Sie war eine alte Freundin Ihres Mannes, und zum Zeitpunkt des Unfalls stand sie wohl in einer speziellen Beziehung zu ihm …"

„Sie sprechen von Marie Freiberger", sagte Freda ruhig. „Ich weiß davon, ich habe mit ihr gesprochen."

„Warum haben Sie mir das nicht gesagt?"

„Ich dachte, es spiele für die Ermittlungen keine Rolle. Und irgendwie … war es mir peinlich."

Er nickte. „Aber das muss doch sehr schmerzhaft für Sie gewesen sein."

„Ach, nicht wirklich", sagte sie abwehrend. „Ich bin nicht der eifersüchtige Typ." Sie versuchte ein Lachen, es klang gezwungen.

Er blickte sie zweifelnd an.

Freda stand auf. „Ich muss zurück in den Laden. War schön, Sie zu treffen."

ABENDS rief Freda Arno Steiner an. Er hatte ihr keine Nummer von sich gegeben, deshalb suchte sie im Telefonbuch danach.

Eine Frauenstimme meldete sich: „Bei Steiner."

Freda spürte einen winzigen Stich der Enttäuschung. Sie bat darum, mit Herrn Steiner sprechen zu können, und das Telefon wurde weitergereicht. Er schien überrascht, ihre Stimme zu hören.

„Wie geht's dem Loch in Ihrem Kopf?", erkundigte sie sich. „Waren Sie beim Arzt?"

„Sie hatten Recht", sagte er, „die Wunde war tiefer als angenommen. Jetzt habe ich ein hübsches Kreuzstichmuster auf der Stirn. Hoffentlich fallen mir die Haare nicht so bald aus."

„Wollen Sie Anzeige gegen die Firma Immobau erstatten?"

„Ich weiß nicht. Dafür müsste man ihnen nachweisen, dass sie schuldhaft oder vorsätzlich gehandelt haben. Was hat denn die Polizei gesagt?"

„Noch gar nichts. Die haben alle befragt, die Baustelle untersucht und angekündigt, dass es demnächst einen Bericht geben werde. Danach sei zu prüfen, ob Schadenersatzansprüche geltend gemacht werden könnten."

„Wenn ich irgendwas für Sie tun kann, sagen Sie mir Bescheid."

„Sie können gern vorbeikommen und ein paar Bücher abstauben", sagte Freda in scherzhaftem Ton. „Also dann, schönen Abend noch."

NEUN

Es dämmerte schon, als der Bus Oaxaca erreichte. Josy war überwältigt von der Fahrt durch die grandiose Felslandschaft der Sierra Madre del Sur.

„Das sieht ja aus wie im Kino!“, hatte sie beim Anblick eines besonders dramatischen Panoramas gerufen, und Luis hatte bestätigt, dass viele Westernfilme in dieser Gegend gedreht worden waren.

Ihre Gespräche hatten sich nur noch um belanglose Dinge gedreht, die beiden Jungs hatten ihr verschwörerisches Getuschel nicht weiter fortgesetzt. Doch Josy hatte sich die ganze Zeit gefragt, was Luis und Miguel vor ihr geheim hielten. Natürlich hatte sie schnell begriffen, dass es um Politik ging. Aber in was für eine Sache sollte Miguel sie nicht hineinziehen? Sie nahm sich vor, es herauszufinden.

Am Busbahnhof erwartete sie Carlos, Luis’ Vater. Er war ein zierlicher Mann mit sanften Gesichtszügen; obwohl er noch keine fünfzig sein konnte, war sein Haar völlig grau. Er schloss Luis in seine Arme und hielt ihn sehr lange fest. Die Rührung über das Wiedersehen war ihm anzumerken. Nachdem er sich von seinem Sohn gelöst hatte, wandte er sich Josy zu und blickte sie mit freundlicher Neugier an. „Du bist also Josy. Willkommen in Oaxaca“, sagte er und küsste sie rechts und links auf die Wangen. „Hattet ihr eine gute Reise?“

„Danke“, sagte Josy, „sehr gut.“ Sie spürte jeden Knochen nach der langen Fahrt in dem rumpeligen Bus, aber sie wollte sich nicht darüber beklagen.

In einem altersschwachen Ford fuhren sie zu Carlos nach Hause. Er wohnte in einem Häuschen, das noch bescheidener und ärmlicher war als das von Marta und Ramón. Es gab nicht einmal ein Bad, nur eine Toilette mit Waschbecken und eine Außendusche hinter einer rohen Ziegelwand. Es war weder aufgeräumt noch besonders sauber. Sie bemerkte einen prüfenden Blick von Luis. Er konnte sich wahrscheinlich vorstellen, wie diese Umgebung auf sie wirkte.

Carlos zeigte ihr ein Kämmerchen, in dem gerade mal ein schmales Bett, ein Stuhl und ein paar Regalbretter an der Wand Platz hatten. Das kleine Fenster ging auf den Hinterhof hinaus, der düstere Raum wurde nur von einer nackten Glühbirne erleuchtet, die von der Decke baumelte. Josy schluckte.

„Das ist dein Zimmer“, sagte Carlos, „ich hoffe, es ist in Ordnung.“

„Ja, natürlich, vielen Dank“, sagte Josy und bemühte sich zu lächeln.

Als sie allein war, setzte sie sich aufs Bett und vergrub das Gesicht in den Händen. Sie dachte an ihr Zimmer zu Hause, an ihr Bett, den CD-Player, ihr sauberes Badezimmer, die gemütliche Wohnküche. Nie war ihr bewusst gewesen, in welchem Luxus sie lebte.

Sie stellte sich vor, wie Naomi und Lara sich in ihrer Situation verhalten würden. Die patente Naomi würde wahrscheinlich gleich Schrubber und Wischlappen zur Hand nehmen und Lara, die wahnsinnig etepetete war, hätte gleich auf dem Absatz kehrtgemacht und wäre in ein Hotel gezogen.

Sie dachte daran, dass sie ihre Freundinnen viele Monate nicht sehen würde. Und sie dachte an ihre Mutter, die sich bestimmt ebenso einsam fühlte wie sie, wenn nicht noch einsamer. Kann man „einsam“ überhaupt steigern?, fragte sie sich, während ihr die Tränen übers Gesicht rannen. Einsam, einsamer, am einsamsten.

Sie nahm sich vor, sich zusammenzureißen. Da und dort könnte sie ja auch ein bisschen sauber machen, ohne dass Carlos es auffiele und er sich gekränkt fühlte. Es würde schon gehen.

Sie packte ihren Koffer aus, verstaute ihre Habseligkeiten im Regal und übergab Carlos eine große Plastiktüte voller Kinderkleidung, die sie zu Hause gesammelt hatte.

„Ich hoffe, die Kinder können die Sachen brauchen“, sagte sie schüchtern. Plötzlich fürchtete sie, das Ganze sei keine gute Idee gewesen. Da kam die „reiche“ Deutsche und brachte ein paar getragene Klamotten mit. Musste Carlos das nicht als herablassend empfinden?

Zu ihrer Erleichterung freute er sich. „Vielen Dank, Josy, die Kinder werden begeistert sein! Und jetzt können wir essen.“

Er hatte eine Art Eintopf gekocht, eine Mischung aus Fleisch, Bohnen und einer würzigen Soße. Josy merkte, wie hungrig sie war.

Carlos wollte ausführlich hören, wie es seiner geschiedenen Frau gehe. Luis erzählte, und Josy spürte die Traurigkeit, die von Carlos ausging. Es musste ihm sehr schwergefallen sein, sein Kind in Deutschland zurückzulassen, aber offenbar hatte es keine andere Möglichkeit gegeben.

„Und du, Josy, was hast du bisher gemacht?“, fragte er dann.

Josy erzählte von der abgebrochenen Schule, ihren Aushilfsjobs, kurz auch von dem Praktikum in Berlin. „Ehrlich gesagt habe ich keine Ahnung, was ich werden will. Aber ich wollte jetzt erst mal was Sinnvolles machen. Luis hat mir von Ihrem Projekt erzählt, und da hatte ich die Idee, mit ihm hierherzufahren. Ich finde die Vorstellung einfach schön, armen Kindern zu helfen.“

Carlos lächelte. „Du stellst dir also vor, dass du damit etwas Gutes tust und den Kindern etwas gibst. Könnte es nicht auch umgekehrt sein?"

„Wie … meinen Sie das?"

„Nun, vielleicht geben die Kinder dir etwas. Die Chance, etwas über dich und deine Fähigkeiten zu erfahren, zum Beispiel."

„O ja, ganz bestimmt", beeilte sich Josy zu versichern. „Ich werde natürlich eine Menge lernen."

„Versetz dich mal in die Lage eines armen Menschen", sagte Carlos, „eines Menschen, der niemandem etwas geben kann, weil er nichts besitzt. Das ist sehr traurig, weil die meisten Menschen gern geben. Auch unsere Kinder würden gern anderen etwas geben. Deshalb haben wir uns angewöhnt, unser Zusammensein mit ihnen als ein Geschenk zu betrachten, das sie uns machen. Nicht nur wir tun etwas für sie, sondern sie tun auch etwas für uns."

Josy nickte nachdenklich. „So habe ich das noch gar nicht gesehen. Es ist wichtig, weil … es ihnen ihre Würde lässt, nicht wahr? Nicht sie nehmen Mildtätigkeit von uns entgegen, sondern sie geben uns etwas, was nur sie uns geben können, habe ich das richtig verstanden?"

Wieder lächelte Carlos und sagte: „Du hast es genau richtig verstanden, und ich freue mich sehr, dass du dabei bist!"

Josy atmete auf. Sie fühlte sich, als hätte sie eine wichtige Prüfung gemeistert.

Nach dem Essen schlug Luis vor, einen Spaziergang zu machen. Carlos entschuldigte sich, er habe noch zu arbeiten, und so zogen sie zu zweit los.

Je näher sie dem Zentrum kamen, desto deutlicher wandelte sich Oaxaca in eine hübsche, geradezu beschauliche Stadt mit Häusern im Kolonialstil, schönen alten Kirchen und Plätzen. Der hiesige Zócalo war ein belebter, von Cafés und Restaurants eingerahmter Platz mit Blumenbeeten und Bänken zum Ausruhen. In einer Ecke spielten vier Musiker, umlagert von zahlreichen Zuhörern, auf einem Instrument, das wie ein überdimensionales Xylophon aussah.

„Das sind Marimbaspieler", erklärte Luis, „die treffen sich jeden Abend, ich kenne sie schon aus meiner Kindheit."

In den hell erleuchteten Restaurants wurde gegessen und getrunken, ein warmer Wind trug Stimmen und Gelächter über den Platz.

„Ist das schön hier!", sagte Josy und sah sich begeistert um. Sie konnte sich einfach nicht vorstellen, dass hier vor Kurzem Menschen zusammengeprügelt und mit Tränengas verjagt worden waren, dass hinter der friedlichen Fassade Gewalt lauerte. Sie hoffte, Miguel hätte übertrieben.

Indianerkinder verkauften überall auf dem Platz Luftballons, Schmuck und Süßigkeiten, die von den Touristen gern genommen wurden.

„Schau mal, die niedliche Kleine!“, rief Josy beim Anblick eines besonders hübschen kleinen Mädchens, zog ihren Geldbeutel aus der Tasche und wollte ihm Nusskonfekt abkaufen.

„Lass es lieber“, sagte Luis, „du sollst nichts von den Indianerkindern kaufen.“

„Warum nicht? Damit helfe ich ihnen doch!“

„Im Gegenteil. Diese Kinder werden von ihren Eltern zum Arbeiten geschickt, zehn, zwölf Stunden am Tag. Wenn sie gutes Geld nach Hause bringen, schicken die Eltern sie natürlich weiter auf die Straße. Aber die Kinder sollten zur Schule gehen und was Ordentliches lernen, damit sie nicht ihr ganzes Leben lang Straßenverkäufer bleiben müssen.“

Erschrocken sah Josy ihn an und steckte ihren Geldbeutel wieder ein. Sie hatte nicht gewusst, wie schwierig es war zu helfen.

Als Josy am nächsten Morgen schlaftrunken in die Küche kam, reichte Luis ihr eine Tasse Milchkaffee. Doch noch ehe sie ganz ausgetrunken hatte, trieb Carlos sie und Luis schon an, damit sie rechtzeitig im „Haus der Hoffnung“ einträfen. Sie rannten zur Haltestelle und erwischten gerade noch den Bus.

Das Viertel, das sie nach zwanzig Minuten Fahrt erreichten, war ärmer als alles, was Josy bisher gesehen hatte. Es gab kaum gemauerte Häuser, fast nur Wellblechhütten und Holzverschläge. Das „Haus der Hoffnung“ war ein größeres Gebäude, das ein bisschen zusammengestückelt wirkte. „Erbaut aus Spenden und mit eigenen Händen“, wie Carlos stolz sagte. Immer wenn genügend Geld zusammengekommen war, konnte weitergebaut werden. Zum Glück hatte er aus seiner Zeit in Deutschland Freunde, die das Zentrum unterstützten.

Es war zehn vor neun. Die ersten Mütter mit Kindern warteten schon und begrüßten Carlos laut und herzlich. Luis und Josy wurden mit einer Mischung aus Neugier und Misstrauen gemustert.

„Das ist mein Sohn Luis“, erklärte Carlos und legte stolz den Arm um ihn, „und das ist seine Freundin Josy. Sie sind aus Deutschland gekommen, um mit euch zusammen zu sein.“

Plötzlich wurde Josy nervös. Sie hatte noch nie näher mit Kindern zu tun gehabt, schon gar nicht mit solchen aus einem anderen Kulturkreis. Ob die Kleinen sie überhaupt akzeptieren würden? Ob ihr Spanisch ausreichen würde? Was war eigentlich ihre Aufgabe, was wurde von ihr erwartet?

Schüchtern gab sie den Müttern die Hand und lächelte den Kindern zu. Ihr fiel auf, wie ordentlich sie gekleidet waren. Die Jungen hatten nass gekämmte Haare mit exakten Seitenscheiteln, die Mädchen ordentlich geflochtene Zöpfe. Ein Kind war barfuß.

Josy bückte sich und lächelte es an. „Wo sind denn deine Schuhe?“, fragte sie.

Das Kind reagierte nicht, die Mutter zog es weg.

Carlos, der die Szene beobachtet hatte, nahm sie zur Seite und raunte ihr zu: „Es hat keine Schuhe.“

Josy konnte es nicht glauben „Aber sie sind doch alle so gut angezogen!“

„Die Kinder besitzen meist nur die Kleidung, die sie am Leib tragen. Die Mütter waschen sie jeden Abend aus. Sie wollen nicht, dass man ihren Kindern die Armut ansieht. Für Schuhe hat diese Familie im Moment kein Geld, der Vater ist gerade gestorben.“

Josy war beschämt. Sie nahm sich vor, ein Paar Schuhe zu kaufen und sie dem kleinen Mädchen zu schenken. Carlos blickte sie an, und – als hätte er ihre Gedanken erraten – sagte er: „Es ist schwer auszuhalten, ich weiß. Aber du kannst nicht alle Probleme auf einmal lösen. Und wenn du eines gelöst hast, warten hundert andere.“

Die Kinder, alle zwischen drei und fünf Jahre, gingen in den „Kindergarten“, ein Zimmer, in dem es ein paar Tische und Stühle gab sowie einige Spielsachen und Lernmaterial. Auf einer Weltkarte zeigte Carlos ihnen München und Oaxaca. Er fuhr mit dem Finger auf der Karte entlang und sagte: „Wisst ihr, wie weit das ist? Zehntausend Kilometer! Wollt ihr das Flugzeug malen, mit dem Luis und Josy gekommen sind?“ Eifrig suchten die Kinder Stifte und Papier zusammen und begannen zu malen.

Jetzt stellte Carlos die anderen Mitarbeiter vor. Conchita und Carmen, zwei Mütter aus dem Viertel, arbeiteten in der Küche und hielten das Haus sauber. Loreta, eine junge Pädagogikstudentin, die aus Oaxaca stammte, absolvierte im Zentrum ein halbjähriges Praktikum. Kristin aus Schweden war zwei Jahre älter als Josy und machte ihr soziales Jahr. Javier, ein kräftiger junger Busche aus dem Viertel, betätigte sich als Hausmeister, war zuständig für technische Fragen und den Fortgang des Hausbaus.

„Josy, du läufst heute mal bei Kristin und Loreta mit, siehst dir alles an und lernst die Abläufe kennen“, schlug Carlos vor. „Du solltest möglichst schnell Kontakt zu den Kindern aufnehmen. Sprich mit ihnen, spiel mit ihnen, lies ihnen vor, dann verlieren sie ihre Scheu.“

Luis wünschte ihr viel Glück, dann fuhren er und Javier mit einem verbeulten Pick-up weg, um Baumaterial zu besorgen.

Josy sah sich nach ihren neuen Kolleginnen um. Kristin lächelte ihr aufmunternd zu, Loreta wirkte eher abweisend. Sie musterte Josy prüfend. „Wohnst du bei Carlos?“

Josy nickte.

Loreta kaute auf ihrer Unterlippe. „Ist Luis dein … Freund?“

„Er ist ein Freund von mir, aber wir sind kein Paar, falls du das meinst.“

„Ich kenne ihn von früher“, sagte Loreta, „wir haben als Kinder zusammen gespielt, bis er nach Deutschland gegangen ist.“

„Tatsächlich?“, sagte Josy überrascht. „Davon hat er mir gar nichts erzählt.“

Loretas Miene wurde abweisend, und Josy wünschte, sie hätte etwas anderes gesagt.

Am nächsten Tag rückte tatsächlich ein Trupp Bauarbeiter in der Buchhandlung an und verkleidete das Loch in der Decke. Wann es endgültig verschlossen würde? Das wüssten sie leider auch nicht.

Nachmittags öffnete sich die Ladentür und Arno Steiner kam herein. „Ich wollte mich zum Dienst melden“, sagte er.

Tanja blickte ihn entgeistert an. „Was wollen Sie?“

„Frau März bat mich gestern um Unterstützung beim Bücherabstauben. Hier bin ich.“

Freda lief rot an. „Das war doch nur Spaß“, sagte sie verlegen.

„Wieso Spaß?“ Tanja drückte Steiner Lappen und Eimer in die Hand. „Wir können jede Hilfe brauchen. Das Regal da drüben können Sie auswischen.“

Steiner machte sich ans Werk. Die Frauen tauschten Blicke, Tanja hob anerkennend die Augenbrauen.

„Wie geht’s den Kindern?“, fragte Freda. „Haben sie sich von dem Schreck erholt?“

„Sie fanden es großartig“, sagte er grinsend und hielt einen Moment im Wischen inne, „leider haben sie mit ihren Erzählungen so übertrieben, dass der Direktor mich fragte, wie ich auf die wahnsinnige Idee kommen konnte, die Kinder zu einem Hausabriss mitzunehmen.“

Freda lachte. „Womit der Beweis erbracht wäre, dass Lesen die Fantasie anregt!“

Zu dritt putzten, wischten und räumten sie den ganzen Nachmittag. Zwischendurch kaufte Tanja Kuchen und kochte Kaffee. Freda ertappte sich bei dem Gedanken, dass sie gern mehr Zeit mit Arno Steiner verbringen würde. Aber offenbar gab es eine Frau in seinem Leben, und sie hatte absolut keine Lust auf Komplikationen. Also verbot sie sich den Gedanken.

Als er gegangen war, sagte Tanja: „Warum macht der das? Der will doch was von dir."

„Wieso von mir? Ich trage doch das Schild ‚Sparen Sie sich die Mühe, bin an keinem Mann interessiert' auf der Stirn."

Tanja legte den Kopf schief und grinste. „Da täuschst du dich, meine Liebe. Seit einiger Zeit steht was anderes auf dem Schild."

„So, was denn?"

„‚Sprechen Sie mich ruhig an, bin bereit für neue Erfahrungen!'"

Freda wurde rot. „Quatsch! Das steht da ganz bestimmt nicht."

„Und wieso kaufst du dir dann ein neues Bett? Fehlt nur noch, dass du dir die Haare schneiden lässt."

Fredas Verlegenheit war nicht zu übersehen. „Ich habe tatsächlich einen Friseurtermin vereinbart." Schnell fügte sie hinzu: „Aber ich weiß noch nicht, ob ich hingehe."

Bei ihrem ersten Mittagessen im Zentrum saß Josy da und starrte mutlos auf ihren Teller. Sie hatte sich große Mühe gegeben, aber die Kinder waren kaum auf ihre Kontaktversuche eingegangen. Manche liefen weg, wenn sie mit ihnen sprach, andere ignorierten sie einfach. Ein Junge hatte laut gesagt: „Du bist dumm."

Kristin hatte ihr im Vorbeigehen die Schulter getätschelt und gesagt: „Mach dir nichts draus. Zu mir waren sie am Anfang genauso. Das ändert sich mit der Zeit."

Loreta hatte nichts gesagt oder erklärt, sondern ihr nur Anweisungen gegeben. Leg die Bücher zurück, reich mir mal den Farbkasten, setz dich dorthin. Josy wurde den Eindruck nicht los, Loreta hätte etwas gegen sie. Auf ihrem Gesicht lag ständig ein Ausdruck der Missbilligung.

Während des Essens kehrten Javier und Luis zurück und setzten sich zu ihnen. Luis legte Josy den Arm um die Schultern. „Na, wie lief's?"

Sie seufzte. „Nicht so toll. Die Kinder lehnen mich ab. Ein Junge sagte, ich sei dumm."

Carlos, der in diesem Moment dazukam, lächelte. Dann sagte er ernst: „Ich glaube, ich muss dir ein paar Dinge erklären", und setzte sich neben Josy. „Das Leben für Kinder in solchen Vierteln ist gefährlich. Immer wieder kommt es vor, dass eins geraubt wird; von illegalen Adoptionsvermittlern, Organhändlern oder für die Pornoindustrie. Von klein an bringen die Eltern ihren Kindern bei, dass Fremde gefährlich sind. Deshalb sind sie misstrauisch, ja ängstlich."

Josy sah ihn entsetzt an. „So was passiert wirklich?!"

Carlos nickte. „Ja, leider."

„Kein Wunder, dass sie vorsichtig sind", sagte Josy. Dann seufzte sie. „Trotzdem habe ich es mir irgendwie einfacher vorgestellt."

„Es wird einfacher", versprach Carlos. „Es ist auch ein Sprachproblem. Die Kinder sind klein, sie verstehen noch nicht, dass jemand nicht oder nur schlecht Spanisch spricht. Wenn du also Fehler machst, denken sie, du bist dumm."

Josy lächelte unwillkürlich. „Stimmt, das müssen sie ja auch denken."

Carlos klopfte ihr aufmunternd auf die Schulter. „Lass dich nicht entmutigen. Bald siegt die Neugier bei den Kindern. Es wird nicht lange dauern."

ABENDS gingen sie wieder zum Zócalo. Und wieder genoss Josy die entspannte, heitere Atmosphäre auf dem Platz. Sie entdeckte ein Internetcafé. „Ich check nur meine Mails!", rief sie Luis zu. „Wir treffen uns bei den Marimbaspielern!"

Sie schrieb an Lara, Naomi und Zino. Dann schrieb sie ihrer Mutter.

> liebe mama,
> wir sind jetzt in oaxaca. ich wohne beim vater von luis, er hat ein hübsches haus, und ich habe ein eigenes zimmer. die arbeit im zentrum ist total interessant, die kinder sind sehr dankbar, dass wir uns um sie kümmern. sie kommen aus ganz armen familien, wo sie nicht gefördert werden. hier haben die kleinen einen kindergarten und die großen einen platz, wo sie hausaufgaben machen können. in den hütten, wo sie wohnen, gibt es oft nicht mal einen tisch und stühle. strom haben die meisten, aber fließendes wasser gibt es nicht, einmal am tag kommt ein wagen und bringt wasser in das viertel. ich verstehe mich gut mit allen hier und glaube, sie sind froh, dass ich da bin und mithelfe, denn es gibt sehr viel arbeit.
>
> telefonieren ist schwierig, es gibt zwar ein telefon, aber es ist teuer, nach deutschland zu telefonieren. ich gebe dir hier für alle fälle die nummer, aber bitte ruf nicht einfach so aus spaß an, sondern nur wenn ein notfall ist. ich versuche, regelmäßig mails zu schreiben, aber dazu muss ich immer in ein internetcafé. bitte mach dir keine sorgen, wenn du mal ein paar tage nichts von mir hörst. mir geht's gut, wirklich.
>
> alles liebe und viele grüße, deine josy

Als sie aus dem Internetcafé trat, stieß sie fast mit Miguel zusammen. Er war mit einer Gruppe ziemlich verwegen aussehender junger Leute unterwegs. Zwei hatten Dreadlocks, andere Zöpfe, und alle hatten bunte Bänder im Haar. Sie waren fast alle schwarz gekleidet, einer trug ein T-Shirt mit dem Aufdruck *HASTA LA VICTORIA SIEMPRE* – Bis zum immerwährenden Sieg.

Miguel blieb stehen, grüßte Josy mit der ihm eigenen lässigen Handbewegung und sagte: *„Hola, guapa."*

Er hielt ihr eine Papiertüte mit irgendwas Knusprigem vor die Nase und fragte: „Möchtest du?"

Josy griff hinein und führte die Hand zum Mund, im letzten Moment stoppte sie und betrachtete genauer, was sie zwischen den Fingern hielt: „Was ist das?"

„*Chapulines*, geröstete Heuschrecken", sagte Miguel.

„Uuääh!", stieß Josy angeekelt hervor und warf sie weg. „Ist ja widerlich!"

Die Typen, mit denen Miguel unterwegs war, lachten sich halb kaputt.

„Was ist daran widerlich?", fragte Miguel verständnislos. „Das ist nichts anderes als Garnelen oder Krabben, die isst du doch sicher auch?"

„Trotzdem", beharrte Josy.

„Trotzdem", äffte Miguel sie nach, lächelte dabei aber so unverschämt charmant, dass sie über sich selbst lachen musste.

Die anderen hatten sich wieder beruhigt und musterten sie reserviert.

Eines der Mädchen fragte: „Wer ist sie?"

Miguel sagte: „Eine Deutsche. Sie arbeitet bei Carlos."

Das Mädchen lachte höhnisch. „Wieder eine, die glaubt, sie müsste uns retten."

Josy tat so, als hätte sie nichts verstanden. Sie lächelte Miguel zu und sagte: „Wir sind drüben, bei den Marimbaspielern. *Hasta luego*."

Erhobenen Hauptes ging sie an der Gruppe vorbei.

„Wenigstens sieht sie gut aus", hörte sie einen der Jungen sagen, „nicht wie eine Deutsche. Die sehen sonst aus wie Pferde." Die Gruppe brach in brüllendes Gelächter aus.

Luis winkte ihr zu, als er sie kommen sah. „Willst du auch ein Bier?"

Sie nickte, er tippte einen Kellner an. *„Una Victoria más, por favor."*

Sie wippten mit den Füßen, während sie der Musik lauschten, und tranken aus ihren Bierflaschen. Der Kellner hatte ein Schälchen mit Knabbereien dazugestellt, Josy untersuchte vorsichtshalber den Inhalt, aber es waren nur Nüsse und Chips.

„Wieso sind hier in Oaxaca eigentlich so viele Europäer?", fragte sie. Außer Englisch hatte sie schon Deutsch, Holländisch, Französisch und Italienisch gehört.

„Das sind Sprachstudenten", erklärte er. „Sie kommen für zwei, drei Monate hierher, machen einen Spanischkurs und nebenher Urlaub …"

„… und dann erzählen sie zu Hause, sie hätten in Mexiko gelebt und ganz viel über die Kultur der Indígenas erfahren", hörten sie die spöttische Stimme von Miguel, der unbemerkt hinter sie getreten war.

Josy bemerkte einen unwilligen Ausdruck in Luis' Gesicht. „Du schon wieder", sagte er, bemüht, freundlich zu klingen. Beiläufig legte er einen Arm um Josys Schultern, wie um zu zeigen, dass sie zu ihm gehörte. „Und, hat die Revolution schon angefangen?", fragte er spöttisch.

„Morgen", sagte Miguel, „spätestens übermorgen."

„Welche Revolution?", fragte Josy.

„Wir machen bloß Quatsch", sagte Luis beschwichtigend und zog sie an sich. Josy ärgerte sich über diese besitzergreifende Geste.

Unauffällig entwand sie sich seinem Arm, indem sie ihr Bier auf einem etwas entfernteren Tisch abstellte. Dabei bemerkte sie Miguels Freunde, sie lehnten ein paar Meter weiter an der Wand und sahen lauernd zu ihnen herüber.

Miguel erzählte von einer Verfolgungsjagd mit der Stadtpolizei, die er und seine Clique sich geliefert hatten, dabei sah er ausschließlich Josy an, so als wäre Luis nicht vorhanden.

„Sie mögen nicht, wie wir aussehen", sagte er grinsend. „Und dass wir Parolen auf Mauern sprühen, mögen sie auch nicht."

„Was für Parolen?", wollte Josy wissen.

„Revolution sofort! Nieder mit der Mückenplage! Freibier für alle!", sagte Luis.

Miguel blitzte ihn aus schwarzen Augen zornig an. „Mach dich nicht lustig, *amigo*. Diese Schweine hatten deinen Vater in der Mangel, und nicht nur den. Willst du, dass sie ewig an der Macht bleiben?"

„Dieses Revolutionsgeschwafel ist einfach kindisch", sagte Luis ungewohnt heftig, „man muss die Dinge auf andere Weise ändern, sanfter!"

„Indem man Indianerkindern vorliest?" Der Hohn in Miguels Stimme war unüberhörbar.

Luis' Augen verengten sich. Er verkniff sich eine Entgegnung, nahm einen tiefen Schluck aus seiner Bierflasche und wandte sich demonstrativ ab.

Miguels Blick ruhte einen Moment auf Josy. „*Hasta la vista, guapa*. Wenn du genug von den Gutmenschen hast, dann komm zu uns." Mit raubkatzenhafter Schnelligkeit war er bei seiner Gruppe.

„Was war mit deinem Vater?", fragte Josy.

Luis sah sie erschrocken an. „Ich … ich kann nicht darüber reden, okay?"

Jede Menge Fragen schwirrten Josy im Kopf herum, aber sie wagte nicht, sie zu stellen.

ZEHN

Liebe Josy,
vielen Dank für Deine Mail. Es ist schwer für mich, nur so selten von Dir zu hören, können wir denn nicht irgendwann mal telefonieren?

Hier ist so weit alles in Ordnung, außer dass in der Buchhandlung die Decke runtergekommen ist, weil sie oben mit irgendeiner Maschine durchgestoßen sind. Eine furchtbare Schweinerei, sage ich Dir!

Ich habe ein paar Sachen in der Wohnung verändert, aber natürlich nicht in Deinem Zimmer. Auch eine neue Frisur habe ich. Einen kinnlangen Pagenkopf, rotbraun gefärbt. Sonst gibt es nicht viel Neues, es ist ziemlich ruhig ohne Dich. Vielleicht verreise ich mal oder mache endlich einen Kochkurs.

Geht's Dir denn wirklich gut? Ist es sehr heiß? Wie ist das Essen? Achte darauf, dass Du nur Abgekochtes isst, kein Eis, keinen Salat, kein ungeschältes Obst.

Was Du über Deine Arbeit im Zentrum schreibst, ist sehr interessant. Ich bewundere Dich dafür, dass Du Dich auf dieses Abenteuer eingelassen hast. Ich weiß nicht, ob ich mich das in Deinem Alter getraut hätte.

Pass auf Dich auf, meine Süße, und melde Dich öfter! Ich vermisse Dich
Mama

Johann Krummbaurs Bemerkung über die „spezielle Beziehung" von Alex und Marie bohrte sich wie ein Stachel in Fredas Fleisch. Sie hatte sich etwas vorgemacht. Es war ihr nicht egal. Wenn sie daran dachte, litt sie Höllenqualen. Es war nicht der sexuelle Betrug, damit konnte sie einigermaßen leben. Es war das Gefühl, dass Alex etwas Wichtiges mit einem anderen Menschen geteilt und sie dabei ausgeschlossen hatte. Dass er plötzlich, zwei Jahre nach seinem Tod, ein Fremder für sie geworden war.

An ihrem nächsten freien Tag fuhr sie zur esoterischen Buchhandlung. Sie wollte Marie überrumpeln, in der Hoffnung, dass sie preisgeben würde, was sie bisher für sich behalten hatte. Sie näherte sich dem Geschäft und trat ein. Das Glockenspiel ertönte.

Marie drehte sich zu ihr um. „Du?" Es klang erschrocken.

„Hallo Marie. Ich war in der Gegend und dachte, ich schau mal rein." Sie sah sich um. „Läuft's gut bei dir?"

„Ganz okay", sagte Marie.

„Ich würde gern noch mal mit dir über Alex reden", sagte Freda.

Marie war nervös. „Wofür soll das gut sein?"

„Ich möchte verstehen, was damals in ihm vorgegangen ist. Es würde mir helfen, damit fertig zu werden, wenigstens glaube ich das."

Marie seufzte. „Also, Freda, was möchtest du wissen?“

„Hat er über mich gesprochen? Über unsere Ehe?“

Marie überlegte. „Er sagte mal, dass er in deinem Leben höchstens an dritter Stelle stehe. Erst komme Josy, dann die Buchhandlung, dann er. Ich glaube, er vermisste so etwas wie … seelische Nähe.“

„Und … die hat er bei dir gefunden?“

Marie zuckte die Schultern. „Ich denke schon.“

Freda zwang sich, ruhig und sachlich weiterzufragen; es fiel ihr nicht leicht. „Wodurch entstand diese Nähe? Worüber habt ihr gesprochen?“

„Worüber man halt so spricht. Was man im Leben sucht, woran man glaubt, welche Träume man hat, wovor man sich fürchtet.“

„Und mit mir hat er darüber gesprochen, wer den Wochenendeinkauf macht und die Getränke bestellt“, sagte Freda bitter.

„Vielleicht hast du andere Gespräche nicht mehr zugelassen.“

Freda nickte widerwillig. „Schon möglich. Für mich war es eine gute Ehe, weil wir uns gut verstanden und nicht gestritten haben. Es gab keine Reibung. Vielleicht war das zu wenig.“ Sie kämpfte um Fassung.

Marie wartete schweigend.

Dann sah Freda sie direkt an: „Du hast gesagt, an dem Tag, als er zu der Bergtour aufbrach, hättet ihr eine Meinungsverschiedenheit gehabt, deshalb wärst du nicht mitgegangen. Um was ging es dabei?“

Marie presste die Lippen zusammen. „Ich will nicht darüber sprechen, okay? Ich bin nicht verpflichtet, dir Auskunft zu geben.“ Ihr Ton war scharf geworden. „Bitte geh jetzt. Ich habe dir alles gesagt, was zu sagen ist.“

Freda spürte, dass es keinen Sinn mehr hatte, Marie weiter auszufragen. Sie bedankte sich und war schon auf dem Weg zum Ausgang, als das Glockenspiel ertönte. Die Tür war von außen geöffnet worden, die Elfe mit den roten Locken erschien, Maries kleinen Jungen an der Hand. Er riss sich los, lief zu seiner Mutter und rief: „Mama, Luca Eis gessen. Scholadeeis!“

Marie nahm ihn auf den Arm, er schmiegte sich an ihren Hals. „Also dann, Freda, mach's gut“, sagte sie eilig und ging in Richtung des Vorhanges, der den Verkaufsraum vom Hinterraum abteilte.

In diesem Moment hob der Junge den Kopf und sah sie an. Freda erstarrte. Sie brachte kein Wort heraus, stürzte an dem rothaarigen Mädchen vorbei zur Tür und lief hinaus. Besinnungslos lief sie eine Weile durch die Straßen, wusste nicht, wohin mit sich. Schließlich schlug sie den Weg nach Hause ein. Sie ließ Handtasche und Jacke fallen, warf sich auf ihr neues Bett und vergrub das Gesicht im Kissen.

Es war, als hätte sie direkt in die türkisblauen Augen von Alex geblickt.

Schlagartig war alles klar. Warum Marie so abweisend reagiert hatte, als sie zu ihr in die Wohnung kommen wollte. Warum sie so nervös geworden war, als Freda heute in den Laden kam. Sie hatte verhindern wollen, dass Freda den Jungen zu Gesicht bekäme, zumindest aus der Nähe. Fast wäre es ihr gelungen. An dem Abend bei ihr zu Hause hatte er geweint, da hatte Freda seine Augen nicht sehen können. Bei der Trauerfeier hatte er geschlafen. Heute wusste Marie, dass ihr Sohn bald kommen würde, deshalb hatte sie versucht, Freda so schnell wie möglich loszuwerden.

Nun begriff sie auch, was der Grund für die Auseinandersetzung zwischen Alex und Marie gewesen sein könnte: Alex war vor zwei Jahren und drei Monaten verschwunden. Luca war anderthalb. Rechnete man neun Monate dazu, musste Marie kurz vor Alex' Verschwinden von ihrer Schwangerschaft erfahren haben. Womöglich hatte sie es ihm an diesem Tag gesagt, und er war wütend geworden, weil er kein Kind mehr wollte. Darüber hatten sie gestritten, und deshalb war Marie nicht mit auf den Berg gegangen.

Alle Teile fügten sich plötzlich zusammen, und Freda fragte sich, warum sie nicht früher darauf gekommen war. Natürlich war ihr aufgefallen, dass Marie offenbar keinen Mann hatte, aber dann hatte sie gedacht, dass sie vom Vater ihres Kindes getrennt lebte. Mit dieser Erklärung war sie der Wahrheit zwar ziemlich nahe gewesen, aber dass Alex der Vater sein könnte – dieser Gedanke war ihr einfach nicht gekommen.

Welche Konsequenzen würde ihre Entdeckung haben? An Geld war Marie offenbar nicht interessiert, sonst hätte sie die Vaterschaft bereits feststellen lassen. Der Junge war schließlich erbberechtigt. Dass sie Interesse an familiärem Umgang gezeigt hätte, konnte man nicht sagen, dabei war Josy immerhin Lucas Halbschwester. Dieser Gedanke verursachte einen schmerzhaften Stich in Fredas Magengrube. Sie würde es Josy sagen müssen.

Ich wünsche mir nur, dass mein Vater keiner von diesen Fremdgängern war. Ich will, dass er ein anständiger Mensch war. Das ist wichtig für mich, verstehst du?

Der Schmerz in ihrer Magengegend wurde stärker.

Dieser Junge war Alex' zweites Kind. Das Kind, das sie, Freda, sich so sehr gewünscht und nicht bekommen hatte.

Wie hatte Alex das nur zulassen können! Freda spürte, wie eine heftige Wut auf Alex in ihr wuchs. Das hätte er ihr nicht antun dürfen. Das nicht.

JOSY hatte sich ganz gut eingelebt. Die Arbeit im Zentrum fiel ihr zunehmend leicht; mit jedem Tag wurde ihr Spanisch flüssiger, und die Kinder fassten allmählich Zutrauen zu ihr. Es machte ihr Spaß, sich Spiele auszudenken und den Kleinen etwas beizubringen. Sie entdeckte fast so etwas wie pädagogisches Talent in sich.

Mit Kristin verstand sie sich gut, nur Loretas Abneigung schien unverändert, und sie ließ keine Gelegenheit aus, sie offen zu zeigen.

Einmal hatte Josy versucht, den Kindern ein deutsches Lied beizubringen. Sie hatte den Text aus dem Internet geholt und ihn ins Spanische übersetzt, damit sie ihn verstanden. Dann hatte sie auf Deutsch mit ihnen gesungen. Die Kinder hatten großen Spaß daran gehabt, aber Loreta hatte nur naserümpfend gesagt: „Findest du es sinnvoll, ihnen Deutsch beizubringen? Sie sollten besser richtig Spanisch lernen."

Anfangs war Josy von solchen Attacken überrascht gewesen und hatte hilflos und gekränkt reagiert. Aber mit der Zeit hatte sie begonnen, sich zu wehren. Als Loreta eines Tages einen winzigen Fehler von Josy zum Anlass nahm, sie runterzuputzen, schrie sie zurück: „Du bist doch nur eifersüchtig, weil du in Luis verknallt bist! Und weil ich bei Carlos wohnen darf!"

Loreta war blass geworden, hatte sich wortlos umgedreht und war aus dem Raum gegangen. Von da an hatte sie Josy nur noch wütend fixiert, aber ansonsten in Ruhe gelassen.

ABENDS auf dem Zócalo. Der Platz war voller Menschen, die fasziniert den Darbietungen von Akrobaten, Tänzern und Spaßmachern folgten. Der Höhepunkt der Darbietungen war eine Gruppe von Bauersfrauen in traditionellen Gewändern, die riesige Holzgestelle mit brennenden Rädern auf dem Kopf balancierten, von denen aus Feuerwerkskörper mit lautem Knallen und Zischen durch die Gegend flogen.

Wie aus dem Nichts tauchte Miguel auf, umschwirrt von den Leuten seiner Clique. Er grüßte Josy flüchtig, kümmerte sich aber nicht um sie. Sein Verhalten verwirrte sie. Mal war er ausnehmend freundlich zu ihr, mal tat er so, als würden sie sich kaum kennen. Sie wurde einfach nicht schlau aus ihm.

Es war schon spät, als sie heimkam, das Haus war dunkel. Luis hatte lieber mit Freunden zu einem Fußballspiel gehen wollen, deshalb war sie allein auf dem Zócalo gewesen. Leise trat sie ein, sie wollte niemanden wecken. Als sie in die Küche ging, um sich eine Flasche Wasser zu holen, bemerkte sie eine Bewegung. Sie erschrak und wich zurück, bereit, die Flucht zu ergreifen, aber es war nur Carlos, der im Dunkeln gesessen hatte.

„Entschuldigung", sagte Josy, „ich wollte nicht stören."

„Du störst nicht", sagte Carlos. „Ich kann manchmal nicht schlafen." Er lächelte, sah dabei aber aus, als hätte er Schmerzen.

„Geht's Ihnen nicht gut?“, fragte Josy zaghaft. „Kann ich … Ihnen irgendwie helfen?“

Carlos musterte sie mit undurchdringlichem Gesicht. Nach einer Weile sagte er: „Du solltest nicht mit Miguel und seinen Leuten herumhängen. Miguel ist ein guter Junge, ein bisschen wild, aber sonst okay. Aber er ist in falscher Gesellschaft. Es kann gefährlich werden, verstehst du?“

Josy schüttelte trotzig den Kopf. „Nein, verstehe ich nicht.“ Miguel klopfte schließlich nur Sprüche, das konnte man doch nicht ernst nehmen. Und gerade seine Wildheit war es, die ihr gefiel.

„Sein älterer Bruder ist bei der APPO. Weißt du, was das ist?“

Josy zuckte die Schultern. „Ich glaube … das ist so eine linksgerichtete Organisation, oder? Ich habe gehört, dass neulich hier eine große Demo war, bei der es Verletzte gegeben hat.“

„APPO heißt *Asamblea Popular de los Pueblos de Oaxaca* – Volksversammlung der Völker Oaxacas“, erklärte Carlos. „Sie setzt sich vor allem für bessere soziale Bedingungen der Indígenas ein und kämpft gegen Korruption auf allen Gebieten. Bei den Konflikten mit der Polizei und paramilitärischen Trupps sind inzwischen schon etliche Menschen getötet worden, die meisten von ihnen waren Anhänger der APPO.“

Josy schwieg erschrocken.

„Hast du nun verstanden, dass es gefährlich sein kann, mit diesen Leuten in Verbindung gebracht zu werden?“

„Aber was soll mir schon passieren?“

Carlos drehte sich schweigend um und hob sein Hemd hoch. Quer über seinen Rücken verliefen mehrere breite Narben. „Das kann passieren. Verstehst du?“

Josy nickte stumm, die Augen schreckgeweitet.

DER ANBLICK von Carlos' malträtiertem Rücken ließ Josy nicht los. Schließlich bat sie Luis, ihr endlich zu sagen, was seinem Vater zugestoßen war. „Ich traue mich nicht, Carlos zu fragen“, erklärte sie.

„Er würde es dir auch nicht erzählen“, sagte Luis, „er hat es aufgeschrieben und danach nie mehr darüber gesprochen. Wenn die Regierung hier im Bundesstaat Oaxaca irgendwann wechselt, kann man die Kerle vielleicht verklagen.“

„Aber was genau ist denn passiert?“, fragte sie erneut.

Luis vergewisserte sich, dass Carlos, der zu einer Versammlung hatte gehen wollen, nicht im Haus war. Er ging an seinen Schreibtisch, öffnete eine Schublade und holte mehrere Seiten eng beschriebenes Papier heraus. Damit kam er zu Josy in die Küche zurück. „Wenn du mir schwörst, dass du ihm nichts davon sagst, darfst du es lesen."

Josy hob drei Finger. „Ich schwöre." Sie begann zu lesen.

Carlos schilderte die brutale Stürmung des Zócalo durch Polizeikräfte und bewaffnete Schlägertrupps im Jahr zuvor; den Einsatz von Tränengas, das Abfackeln der Zelte. Die Polizei hatte viele der Flüchtenden festgenommen, darunter Carlos. Er wurde ins Gefängnis gebracht, wo man ihn stundenlang verhörte. Dabei wurden ihm die furchtbarsten Dinge angedroht, wenn er ihnen nicht den Namen eines pez gordo, eines Anführers der APPO, nannte. Man ließ ihn auf den Knien ausharren, bis der Schmerz unerträglich wurde, wenn er sich bewegte, wurde er getreten und geschlagen. Am nächsten Morgen wurde er vor die Tür gesetzt. Man drohte ihm, ihn umzubringen, sollte er jemals ein Wort über diese Nacht verlieren.

Josy hob den Kopf. „Das ist ja grauenhaft", sagte sie mit zittriger Stimme. „Wie kann er nur weiter in einem Land leben, in dem man ihm so etwas angetan hat?"

„Ich liebe dieses Land", sagte Carlos hinter ihnen.

Josy und Luis fuhren herum. Carlos stand in der Tür. „Dieses Land, das sind die Menschen, die Kultur und die Natur. Dieses Land ist nicht die Regierung, es ist nicht die Politiker und nicht die Polizei. Das ist ein wichtiger Unterschied." Er ging zum Tisch, nahm die Blätter mit seiner Aussage und trug sie zurück zu seinem Schreibtisch, wo er sie einschloss.

„Papa … ich …", begann Luis, aber Carlos hob energisch die Hand und brachte ihn so zum Verstummen.

ELF

Endlich war es geschafft. Drei Wochen harter Arbeit lagen hinter ihnen, und nun erstrahlte die Buchhandlung in neuem Glanz. Nur das provisorisch verschlossene Loch in der Decke minderte den positiven Gesamteindruck. Aber sie hatten die feste Zusage, dass auch dieser letzte Makel bald beseitigt würde.

Die beschädigten Bücher waren durch neue ersetzt, und anstelle der Abteilung für Sprachen und Lernprogramme gab es nun eine von Freda liebevoll dekorierte Ecke mit Geschenken.

Arno Steiner war noch zweimal zur Putzaktion gekommen. Sollte er irgendwelche anderen Absichten verfolgen, als zwei netten Buchhändlerinnen in einer Notlage zu helfen, so ließ er es sich nicht anmerken. Er war zu Tanja und Freda gleichermaßen freundlich, nichts in seinem Verhalten deutete auf ein weiter gehendes Interesse hin.

Fredas Gedanken kreisten hauptsächlich um Marie und das Kind. Sie hatte mit niemandem über ihre Entdeckung gesprochen, nicht einmal mit Tanja. Ohne Unterlass kreisten Bilder von dem kleinen Jungen durch ihren Kopf. Es waren nicht nur seine Augen. Die Kopfform, der Haaransatz – alles erinnerte sie an Alex. Es konnte keinen Zweifel geben. Oder doch?

Nach langem Ringen nahm sie das Telefon und rief Marie an.

„Freiberger."

„Hier ist Freda. Entschuldige, dass ich dich noch mal belästige."

Marie seufzte genervt. „Was ist denn nun schon wieder?"

Freda suchte nach Worten. Schließlich sagte sie: „Kannst du … dir das nicht denken?"

Sie hörte Marie am anderen Ende tief Luft holen. „Verstehe. Du hast es also gemerkt. Ich … hatte gehofft, es fällt dir nicht auf. Ich hätte dir das gern erspart."

„Danke für die edle Absicht", sagte Freda und rang um Fassung. „Und jetzt? Was wirst du jetzt machen? Du solltest zum Beispiel Lucas Geburtsurkunde ändern lassen. Er hat ein Recht darauf, zu erfahren, wer sein Vater ist."

Marie blieb einen Moment still. „Ist das dein Ernst?", fragte sie schließlich ungläubig. „Du hättest nichts dagegen?"

„Warum sollte ich? Das Kind kann schließlich nichts dafür. Außerdem steht ihm ein Teil des Erbes zu."

„O Gott, Freda, es tut mir alles so furchtbar leid!", brach es aus Marie heraus. „Ich fühle mich so beschissen, und du verhältst dich so anständig!" Sie schluckte hörbar. „Kannst du mir jemals verzeihen?"

„Ich glaube schon", sagte Freda leise. „Die Frage ist, ob ich Alex jemals verzeihen kann." Sie beendete die Verbindung und blieb wie erstarrt sitzen.

Josy hatte sich – weniger aus Angst als aus Sorge, ihn zu verärgern – an Carlos' Aufforderung gehalten und ging Miguel aus dem Weg. Seitdem versuchte der plötzlich wieder, ihre Aufmerksamkeit zu erringen. Josy ärgerte sich über das Katz-und-Maus-Spiel, das er mit ihr trieb, gleichzeitig fühlte sie sich immer stärker von ihm angezogen.

Luis machte aus seiner Eifersucht keinen Hehl. „Kann der Kerl dich nicht in Ruhe lassen", knurrte er, als Miguel eines Abends sogar vor dem Kinderzentrum auf Josy wartete. Lässig lehnte er an einem Moped und grinste. *„Hola, muchachos."* Er winkte Josy zu sich und flüsterte: „Kommst du mit auf eine Party?"

Sie bemerkte Luis' Blick und sagte: „Lieber nicht, das gibt nur Stress."

Miguels schwarze Augen wurden schmal. „Bist du mit dem verheiratet, oder was?" Er legte den Arm um ihre Taille und zog sie an sich. „Komm mit", bat er, ungewohnt sanft, „bitte!"

Josy wurde weich. „Also gut." Sie drehte sich zu Luis um und rief: „Ich fahre bei Miguel mit! Kann spät werden."

Luis setzte sich ohne Antwort in Bewegung und ging Richtung Bushaltestelle, die Fäuste in den Taschen vergraben. Josy stieg auf den Beifahrersitz und hielt sich an Miguel fest, der Luis beim Überholen übermütig zuwinkte.

Die angebliche Party entpuppte sich als eine Versammlung von Studenten, darunter einige aus Miguels üblicher Clique sowie sein Bruder Pablo, die Bier tranken, pausenlos rauchten und über Politik diskutierten. Miguel bemühte sich, Josy die Zusammenhänge der Diskussion zu erklären, aber das alles begann sie bald zu langweilen.

Miguel hatte nichts dagegen, wieder zu gehen. Eng umschlungen schlenderten sie eine Weile durch die Stadt, dann stieg Josy zu ihm aufs Moped, ohne zu fragen, wohin er fahren würde.

Er brachte sie ein Stück aus dem Zentrum heraus, parkte die Maschine, nahm sie bei der Hand und führte sie in einen Hauseingang. Sie stiegen in den zweiten Stock, Miguel schloss die Tür auf, und sie betraten eine Wohnung, die aussah, als hätte jemand versucht, die Chaostheorie in die Praxis umzusetzen. Bücher, Schuhe und Kleider waren in offene Regale gestopft, offenbar gab es keine Schränke. Die restlichen Wände waren mit Plakaten gepflastert. Ankündigungen zu Demos, politische Parolen, die Konterfeis irgendwelcher Revolutionsführer. Ein Blick in die Küche ließ sogar Josy, die inzwischen an einiges an Unordnung und Dreck gewöhnt war, zusammenzucken.

Miguel, der ihren Blick bemerkte, sagte schulterzuckend: „Pablo hält sich leider nicht an den Abwaschplan."

Er zog sie in sein Zimmer, das nicht viel besser aussah als der Rest der Wohnung. Auf dem Terrazzoboden lag ein wildes Durcheinander von Kleidung, Papieren, Büchern und CDs. Das erinnerte Josy an ihr eigenes Zimmer und störte sie nicht weiter. Das Bett war ungemacht, auch das kam ihr bekannt vor. Als Miguel sein Feuerzeug aufschnappen ließ, eine Kerze anzündete und das Deckenlicht ausmachte, fand sie es richtig gemütlich.

Miguel blieb vor Josy stehen, die Kerzenflamme spiegelte sich in seinen Pupillen. Er streifte ihr das T-Shirt über den Kopf und zog sein Hemd aus. Mit dem Daumen fuhr er ihre Wirbelsäule entlang, dabei öffnete er geschickt ihren BH. Kleine Schauer durchrieselten Josy, als sie seine Haut auf ihrer spürte, und bereitwillig ließ sie sich von ihm zu seinem Bett führen.

Es war fast eins, als Miguel sie einen Block vor dem Haus von Carlos absetzte. „*Hasta la vista*, meine kleine Rosita“, flüsterte er.

„*Hasta pronto*, Gregorio“, erwiderte Josy lächelnd. Er wartete, bis sie das Haus erreicht hatte, erst dann hörte sie, wie er den Motor startete und wegfuhr.

Sie war bis ins Innerste aufgewühlt, an Schlaf war nicht zu denken. Niemals hätte sie sich vorstellen können, zu welcher Zartheit und Hingabe dieser Junge fähig war. Seine Aufschneiderei, die coolen Sprüche, das aufbrausende Wesen, das war Miguels eine Seite. In dieser Nacht hatte er ihr seine andere gezeigt.

Am nächsten Morgen, einem Samstag, war Luis ungewöhnlich still. Josy versuchte, besonders nett zu ihm zu sein. Obwohl sie kaum geschlafen hatte, war sie extra früh aufgestanden, um Kaffee zu kochen.

Luis trank schweigend. „Ich habe mir eingebildet, wenn jemand mit mir bis nach Mexiko geht, dann hat das was zu bedeuten“, meinte er.

Natürlich hatte es was zu bedeuten, aber nicht das, was Luis sich erhoffte. Wahrscheinlich wäre sie mit jedem netten Jungen an jeden Ort der Welt gegangen, um der Kontrolle ihrer Mutter zu entkommen.

Josy stand auf, um ihn zu umarmen. „Ich hab dich wahnsinnig gern, Luis. Du bist mein bester Freund. Aber ich bin nicht in dich verliebt.“

„Sondern in Miguel, diesen Aufschneider“, schnaubte Luis.

Carlos, der gähnend und mit verstrubbelten Haaren in die Küche kam, bemerkte sofort, dass etwas nicht stimmte. „Was ist los?“

Josy zuckte die Schultern. „Atmosphärische Spannungen aufgrund unterschiedlicher Erwartungen“, sagte sie.

„Mmh“, machte Carlos und schenkte sich Kaffee ein. „Schafft ihr es, weiter zusammen zu arbeiten?“

Josy nickte, Luis nickte auch. Josy lächelte dankbar. Sie wollte unbedingt im Zentrum bleiben, es hatte gerade begonnen, ihr Spaß zu machen.

Im gleichen Moment aber wurde ihr klar, dass sie nicht weiter hier würde wohnen können. Luis würde sie mit seiner Eifersucht verfolgen, und Carlos würde sich ständig Sorgen um sie machen. Und sosehr sie ihn respektierte, ja bewunderte: Sie war nicht zehntausend Kilometer weit von zu Hause weggegangen, um wieder kontrolliert zu werden.

Einige Tage später zog sie bei Kristin ein, in deren Wohngemeinschaft einer von drei Räumen frei geworden war. Außer Kristin wohnte hier noch eine italienische Kunstgeschichtsstudentin, die drei Monate lang die Sprachschule besucht hatte und nun in einer Kunstgalerie jobbte.

Josy freute sich auf die beiden jungen Frauen; ihr fehlten ihre Freundinnen. Kristin arbeitete bereits seit einem halben Jahr im Zentrum. Josy wollte mit ihr darüber reden. „Hast du das Gefühl, du erreichst was mit deinem Einsatz?“

Kristin überlegte. „Man sollte nicht glauben, wirklich etwas verändern zu können. Wir betreiben Schadensbegrenzung, aber das ist ja schon was. Und man darf nicht erwarten, dass man mit offenen Armen empfangen wird. Im Gegenteil, die Menschen, denen wir helfen wollen, empfinden uns oft als Eindringlinge und tun sich schwer damit, unsere Hilfe anzunehmen. Aber soll ich dir was sagen: Ich finde es okay. Die Leute haben sich ihre beschissene Lage nicht ausgesucht, und wenn wir, die wir mit dem goldenen Löffel im Mund geboren wurden, uns ein bisschen bemühen, ihre Lage zu erleichtern, ist das kein Grund zur Dankbarkeit, sondern nur recht und billig.“

FREDA verabschiedete sich vor der Buchhandlung von Tanja. Es war ein milder Spätsommerabend, und Freda beschloss, zu Fuß nach Hause zu gehen. Nach wenigen Metern trat ihr jemand in den Weg. Es war Marie, mit dem schlafenden Luca im Buggy.

„Hallo Freda. Ich hoffe, ich störe nicht.“

„Ich bin auf dem Weg nach Hause, du kannst mich gern begleiten.“

Schweigend gingen sie ein paar Schritte.

„Ich habe die Eintragung beim Standesamt ändern lassen“, sagte Marie nach einer Weile.

„Dann willst du jetzt die Sache mit der Erbschaft regeln, nehme ich an.“

Marie blieb stehen. „Ich möchte kein Geld von dir“, sagte sie mit fester Stimme. „Ich käme mir schäbig vor.“

Freda überlegte. „Ich mache dir einen Vorschlag, Marie. Wir legen den Betrag, der ihm zustehen würde, auf ein Sparkonto. Wenn Luca achtzehn ist, gehört das Geld ihm.“

Marie zögerte, dann nickte sie. „Okay“, sagte sie mit gepresster Stimme.

Wie aufs Stichwort begann Luca sich zu bewegen. Er wachte auf und sah verschlafen um sich.

Zu ihrer eigenen Verwirrung bemerkte Freda ein heftiges Bedürfnis, den kleinen Kinderkörper hochzuheben und an sich zu drücken. Ein Gefühl, das ebenso ihrer Sehnsucht nach Alex entsprang wie ihrer Sehnsucht nach der kleinen Josy und der Zeit, als sie noch untrennbar miteinander verbunden gewesen waren.

Sie beherrschte sich und fasste Luca nicht an. Stattdessen sagte sie fast schüchtern: „Falls du mal keinen Babysitter findest, kann ich gern einspringen.“

Marie sah sie überrascht an. „Das würdest du wirklich tun?“

ALS ARNO STEINER eintrat, war Freda allein in der Buchhandlung und dekorierte die Geschenkabteilung um. Sie bemerkte ein kleines Zittern in ihrer Magengrube. „Hallo", sagte sie, „schön, Sie zu sehen. Suchen Sie wieder Arbeit? Wir hätten da ein paar Kisten im Hinterzimmer …"

„Es geht nicht", unterbrach er sie.

„Was geht nicht?", fragte sie perplex.

„Es geht nicht, hierherzukommen, und es geht nicht, nicht hierherzukommen."

Freda blickte ihn fragend an. „Ich verstehe nicht ganz …"

Steiner kam auf sie zu und sah ihr ernst ins Gesicht. „Weil Sie nicht verstehen wollen. Was glauben Sie, warum ich immer wieder hier aufgekreuzt bin? Weil ich so gern Regale auswische?"

„Menschen haben die merkwürdigsten Vorlieben", sagte Freda lächelnd.

Steiner stieß die Luft aus. „Sie sind ein harter Brocken." Er machte ein paar Schritte Richtung Ausgang, dann kehrte er zurück und fasste Freda an beiden Schultern. „Sind Sie wirklich so … desinteressiert, wie es aussieht? Es kommt mir vor, als könnte ich auf Ihrer Stirn ein Schild lesen: ‚Sparen Sie sich die Mühe, bei mir haben Sie keine Chance'."

Freda musste lachen. „Meine Freundin Tanja behauptet, der Text hätte sich geändert." Sie wurde ernst. „Darf ich Ihnen eine Frage stellen?"

„Natürlich."

„Als ich bei Ihnen angerufen habe, Sie wissen schon, nach diesem Deckeneinsturz, da hat eine Frau abgehoben. Wer war sie?"

Er schien nachdenken zu müssen, der Abend war ihm offenbar nicht mehr im Gedächtnis. „Ach, ich weiß! Das war meine Tochter. Myriam. Sie lebt in Berlin und war ein paar Tage zu Besuch."

Fredas Erleichterung über diese Mitteilung war so groß, dass es ihr schwerfiel, sie zu verbergen.

Sie drehte sich zur Seite, schloss die Augen und atmete tief durch. Dann wandte sie sich wieder zu Steiner und fragte lächelnd: „Und warum laden Sie mich dann nicht einfach zum Essen ein?"

ZWÖLF

Sie fuhren schon seit über zwei Stunden. Josy starrte trübsinnig aus dem Fenster des VW-Busses, mit dem sie, Kristin, Javier und Carlos unterwegs zu einem „Außeneinsatz" waren, wie Carlos es genannt hatte. Der wohltönende Begriff hatte Josy die Aussicht, Miguel fast zwei Wochen lang nicht sehen zu können, keineswegs versüßt. Sie empfand es als Strafe, dass Carlos darauf bestanden hatte, sie mitzunehmen. Er hatte nicht einmal einen Hehl daraus gemacht, dass die Spannungen zwischen Luis, Loreta und ihr einer der Gründe für seine Entscheidung waren.

Die Straße wurde immer kurviger und stieg weiter an. Die Sonne verschwand hinter einem dunstigen Schleier, Feuchtigkeit hing in der Luft. Der Baumwuchs wurde dichter, die Gegend einsamer.

Sie würden mehrere abgelegene Indianerdörfer besuchen, in denen dringend auf Kleidung, Lebensmittel und Medikamente gewartet wurde. Außerdem wollte Carlos den Stand eines Schulprojektes überprüfen, das er schon vor längerer Zeit initiiert hatte. Mobile Lehrerteams, die aus Spenden finanziert wurden, zogen von Dorf zu Dorf, gaben einige Tage Unterricht und hinterließen Aufgaben für die Wochen bis zu ihrer Rückkehr. Geeignete Personen aus dem Dorf wurden dazu angeleitet, die Kinder während dieser Zeit bei der Lösung der Aufgaben zu unterstützen.

Josy sehnte sich jetzt schon nach Miguel. Noch keine Sekunde war ihr langweilig gewesen mit ihm, man konnte bei ihm mit allem rechnen. Darin lag eine Spannung, die sie erregte. Bisher hatte sie nicht herausfinden können, wovon Miguel lebte. Als Antwort auf ihre Frage hatte er geheimnisvoll erklärt: „Das kann ich dir leider nicht sagen".

Josy vermutete, er machte einen ganz normalen Job, für den er sich genierte, weil er nicht zu seinem Revoluzzer-Image passte. Luis hatte sich zu der Vermutung verstiegen, er sei ein Spitzel, der sich bei den APPO-Leuten eingeschlichen habe und der Polizei Informationen zuspiele. Josy hatte ihn nur ausgelacht.

Carlos' Entschluss zu diesem „Außeneinsatz" war sehr plötzlich gefallen; Josy hatte gerade noch eine E-Mail an ihre Mutter schicken können, in der sie ihr ankündigte, dass sie für zehn bis vierzehn Tage nicht erreichbar sein würde, da sie mit Carlos und zwei anderen Mitarbeitern im Hochland unterwegs sei. Dann schrieb sie noch:

> übrigens bin ich verliebt! miguel würde dir gefallen, er ist total lieb und zuverlässig und passt gut auf mich auf. ich erzähl dir mehr, wenn ich zurück bin. ich hoffe, dir geht's gut!
> in liebe, deine josy

Sie fand es besser, Miguel nicht allzu realistisch zu beschreiben. Bestimmt entsprach er nicht ganz der Wunschvorstellung, die Freda vom Freund ihrer Tochter haben mochte.

Der Wald wurde immer dichter, menschliche Ansiedlungen schien es keine mehr zu geben. Dieser „Außeneinsatz“ versprach eine Art Campingurlaub unter verschärften Bedingungen zu werden. Nach fast fünf Stunden Fahrt erreichten sie das erste Dorf. Ordentlich gezimmerte Häuschen zogen sich einen breiten Hang hinauf. Auf dem Hochplateau befand sich ein etwas größeres Gebäude, von Carlos scherzhaft „Rathaus“ genannt, mit einer Art Versammlungsplatz davor. Hinter einem Bretterverschlag ratterte ein Motor, offenbar ein Dieselgenerator.

„Wovon leben die Leute hier?“, fragte Kristin, die auch zum ersten Mal bei einem Außeneinsatz dabei war.

„Na, denk mal nach“, forderte Carlos sie auf.

„Vom Holzfällen?“

„Erraten. Zumindest die Männer. Die Frauen schnitzen Figuren und fertigen Körbe aus Rinde und Zweigen. Die meisten jungen Leute verlassen das Dorf, deshalb ist es, wie so viele dieser Dörfer, vom Aussterben bedroht.“

„Das ist schade“, sagte Kristin, „aber kann man es den Jugendlichen verübeln? Was sollen sie denn hier machen?“

„Das ist eine Frage der Perspektive“, sagte Carlos, „jahrhundertelang haben die Menschen so gelebt. Aber sobald sie mit der modernen Welt in Kontakt kommen, entstehen Bedürfnisse und Sehnsüchte. Die meisten von ihnen erreichen nichts, sie enden in den Slums der großen Städte.“

Er parkte das Auto auf dem Platz, sie stiegen aus und streckten sich. Zwei ältere Männer mit wettergegerbten Gesichtern kamen auf sie zu, streckten Carlos die Hand entgegen und grüßten den Rest der Gruppe mit einem freundlichen Nicken. Ihr Spanisch war bruchstückhaft, Josy fragte sich, wie die Verständigung funktionieren sollte. Jetzt kam Javier ins Spiel. Er beherrschte die Sprache, die hier gesprochen wurde, und konnte übersetzen.

Als Nächstes luden sie die Kartons und Säcke aus und stapelten sie in der Bretterbude, die Carlos Rathaus genannt hatte. Das Einzige, woran hier kein Mangel herrschte, war Holz, sonst war das übrige Dorf ebenso arm wie das Viertel rund ums Zentrum. Trotzdem kam Josy die Armut hier weniger trostlos vor, was vielleicht mit der idyllischen Natur ringsum zu tun hatte.

FREDA ließ das Buch sinken, das sie in der Hand hielt, und lächelte versonnen. Sie fing Tanjas Blick auf.

„Willst du mir nicht endlich sagen, was mit dir los ist? Heute Morgen fällst du fast über die Bücherkisten, mittags hast du angeblich keinen Hunger, und jetzt siehst du aus, als hättest du eine Marienerscheinung.“

Freda lachte. „Kannst du den Text auf meinem Schild nicht mehr lesen?“

Tanja kniff die Augen zusammen und betrachtete Fredas Stirn. „Ich benehme mich völlig ballaballa, und jeder, der mich sieht, muss annehmen, dass ich auf Drogen bin oder verliebt."

„Na bitte, geht doch", sagte Freda.

Tanja riss die Augen auf. Triumphierend rief sie: „Steiner! Ich wusste es doch!"

„Ich nicht", sagte Freda. „Ich habe es wirklich nicht gemerkt." Sie dachte an den Moment zurück, als es begonnen hatte.

Und warum laden Sie mich dann nicht einfach zum Essen ein?

Kaum hatte Freda den Satz ausgesprochen, war er ihr so ungeheuerlich vorgekommen, dass sie erschrocken die Hand vor den Mund geschlagen hatte. Das war doch nicht sie, die solche Sätze sagte, dazu war sie viel zu schüchtern.

Arno Steiner hatte nur gelächelt und gesagt: „Ja, warum eigentlich nicht?" Er setzte sich wie ein Schauspieler in Positur. „Darf ich Sie, liebe Freda, am kommenden Samstag zu mir nach Hause einladen? Ich bin ein recht passabler Koch und würde mich freuen, Ihnen ein schmackhaftes Essen zuzubereiten."

Freda musste ein Kichern unterdrücken. „Es wird mir eine Freude sein, lieber Arno! Ich habe eine Schwäche für Männer, die kochen können, da ich selbst diese Kunst nicht beherrsche."

„Also dann, bis Samstag. Meine Adresse steht im Telefonbuch."

Zwei zarte Küsse auf Fredas Wangen, ein türkisblauer Blick, Abgang.

ARNO STEINERS WOHNUNG bestand aus zwei Zimmern, die beide mit Büchern vollgestopft waren, und einer großen Küche. Er empfing Freda in Jeans und einem blau-weiß gestreiften Hemd, darüber trug er eine karierte Schürze. Wieder küsste er sie rechts und links auf die Wangen, dabei zog er sie so eng an sich, wie er es bisher noch nie getan hatte. Fredas Knie wurden weich.

Sie hatte zwei Flaschen sehr teuren Rotwein gekauft, außerdem hatte sie eine Schokoladentorte gebacken, die sie ihm nun überreichte.

„Mmh, die duftet ja wunderbar! Bitte folgen Sie mir in die Küche."

Er zog einen der sechs schwarzen Thonet-Stühle, die um den großen hölzernen Esstisch standen, ein Stück heraus. Freda setzte sich und stellte die Flaschen vor sich auf den Tisch.

Verlegen stand er neben ihr. „Was möchten Sie trinken?"

„Wein und Mineralwasser bitte."

„Rot oder weiß?"

„Das hängt davon ab, was Sie gekocht haben."

Er beschrieb das Menü, und Freda lief das Wasser im Mund zusammen. Als Vorspeise würde es mariniertes Thunfisch-Carpaccio mit rosa Pfeffer geben, zum Hauptgang geschmortes Lamm mit Polenta und grünen Bohnen.

„Und zur Torte hätte ich noch Vanilleeis und ein bisschen exotischen Früchtesalat."

„Dann würde ich mich erst für Weiß, dann für Rot entscheiden", sagte Freda, „vorausgesetzt, Sie trinken mit."

Er holte eine Flasche Weißwein aus dem Kühlschrank, entkorkte sie und schenkte zwei Gläser ein. Zum Anstoßen stand Freda von ihrem Stuhl auf, sodass sie sich gegenüberstanden. Sie verloren sich einer in den Augen des anderen, bis er sich einen Ruck gab und sagte: „Willkommen in meinem bescheidenen Heim, liebe Freda. Es macht mich glücklich, dass Sie heute mein Gast sind."

Freda neigte lächelnd den Kopf. „Ich danke Ihnen sehr für die Einladung, lieber Arno."

Sie stießen an und sahen sich sogar während des Trinkens in die Augen.

CAMPINGURLAUB, dachte Josy, ich hab's befürchtet. Sie hatten den VW-Bus an den Rand einer Wiese gestellt und ein Vorzelt aufgebaut, sodass vier Schlafplätze entstanden waren.

Der Bürgermeister hatte sie zum Abendessen in seine Hütte eingeladen, und bald saßen sie im Kreis ums Feuer, aßen Stücke von Trockenfleisch und Tortilla und tranken selbst gebrautes Maisbier dazu. Sie stießen mit den Gläsern an, der Bürgermeister sagte ein paar Worte in seiner Sprache, Javier übersetzte, alle nickten und lächelten.

„Danke, dass wir bei euch im Dorf sein dürfen", sagte Carlos, „und danke für die Einladung in euer Haus."

Die Männer besprachen, was es in den nächsten Tagen zu tun gäbe. Eine Schulbaracke musste gebaut werden. Das Holz dafür lag bereit, aber es fehlte an Arbeitskräften. Viele der männlichen Dorfbewohner sahen keine Zukunft im Holzgeschäft und verdingten sich wochenweise auf Baustellen.

Das mobile Lehrerteam war seit zwei Monaten nicht mehr hier gewesen, die Kinder hatten keine Aufgaben mehr. Ein Mädchen war krank geworden, weil seine Mutter ihm versehentlich falsche Tabletten gegeben hatte. Der Dorfälteste bat darum, die Beipackzettel der Medikamente zu übersetzen. Einen Arzt gab es nicht, der nächste wohnte mehrere Dörfer entfernt.

„Na, dann wissen wir ja, was wir zu tun haben!", stellte Carlos gut gelaunt fest.

Josy hatte bemerkt, dass er immer heiterer und lockerer geworden war, je weiter sie sich von der Stadt entfernt hatten. Es schien, als würde er hier in der Natur regelrecht aufblühen und alles vergessen können, was ihn belastete. Wenn sie Carlos so erlebte, musste sie an ihren Vater denken. Sie war sicher, die beiden hätten sich gut verstanden.

Am nächsten Tag wurden sie kurz vor sechs von Carlos geweckt. Das Frühstück bestand aus dünnem Tee und Tortillas mit Bohnenmus.

Carlos und Javier hatten, assistiert von zwei weiteren Männern aus dem Dorf, bereits mit dem Bau der Schulbaracke begonnen. Trotz des Einsatzes von vier Männern würde es mehrere Tage dauern, bis das Gebäude fertig wäre.

Josy und Kristin saßen mit den Kindern des Dorfes in einem viel zu kleinen Raum des Rathauses und ließen sich die Aufgaben zeigen, die das mobile Lehrerteam zurückgelassen hatte. Zwölf Jungen und Mädchen zwischen vier und vierzehn Jahren waren gekommen. Die Kinder gingen ohne Feindseligkeit oder Scheu auf Josy und Kristin zu. Sie sprachen kaum Spanisch und versuchten sich mit Handbewegungen und Zeichnungen zu verständigen, was immer wieder Anlass zu Gelächter gab.

Ein ungefähr achtjähriges Mädchen wich nicht von Josys Seite. Sie zeigte auf sich und sagte: „Lomasi." Sie zeigte auf Josy und hob fragend die Schultern.

„Josy", sagte Josy und schrieb ihren Namen auf ein Stück Papier. Lomasi nahm ihr den Stift aus der Hand und malte mit großen, runden Buchstaben ihren Namen daneben. Dann malte sie eine Blume.

„Lomasi heißt Blume?", fragte Josy.

Das Mädchen bewegte die Hand in einer Wellenbewegung und zeigte ihr damit, dass es nicht ganz stimmte. Sie malte eine weitere Blume mit zerrupften Blütenblättern und einem krummen Stängel und schrieb *feo* darunter, das spanische Wort für „hässlich". Unter die andere Blume schrieb sie *no feo*.

„Ah, ich verstehe", sagte Josy, „Lomasi heißt schöne Blume!"

„Sí, sí", sagte das Mädchen strahlend.

Die Aufgaben der Lehrer stammten aus den Bereichen Spanisch, Rechnen und Weltkunde, darunter fiel alles von Biologie über Geografie bis zu Geschichte. Josy und Kristin korrigierten, erklärten, machten Verbesserungsvorschläge. Sie merkten gar nicht, wie die Zeit verging, und als sie Mittagspause machten, stellte Josy fest, dass sie sich lange nicht so wohlgefühlt hatte wie an diesem Vormittag. Der Moment, in dem ein Kind etwas begriffen hatte, gab ihr das Gefühl, nach dem sie gesucht hatte: etwas wirklich Sinnvolles zu tun. Plötzlich fühlte Josy sich vollkommen glücklich. Schon für diesen Moment hatte sich die ganze Reise nach Mexiko gelohnt.

SIE BLIEBEN eine Woche in diesem Dorf, und Josy fiel der Abschied schwer. Das kleine Schulhaus war fertig geworden und wurde von den Kindern in Besitz genommen. Zusammen mit ihnen hatten sie eine mitgebrachte Weltkarte aufgehängt und so viele Aufgaben verteilt, dass die Kinder bis zur Rückkehr des Lehrerteams beschäftigt sein würden.

Einen ganzen Tag lang hatten sie gemeinsam mit Javier die Beipackzettel von Medikamenten übersetzt und aufgeschrieben, wie welches Präparat wirkt und wann und wie oft man es verabreichen sollte.

Als der Augenblick des Abschieds aus dem Dorf gekommen war, hingen zwölf Kinder an Kristin und Josy und wollten sie nicht gehen lassen. Lomasi klammerte sich an Josys Hand. „Nicht gehen“, wiederholte sie flehentlich. „Josy nicht gehen.“

Josy umarmte alle Kinder der Reihe nach und versprach, zurückzukommen. Sie stieg in den Bus ein und winkte, bis sie keines mehr sah.

Das nächste Dorf lag vier Stunden entfernt, die Fahrt ging die meiste Zeit über kurvige Straßen bergab. Es wurde wärmer, die Vegetation veränderte sich. Sie erreichten ein Dorf, das umgeben von Maisfeldern in einer Ebene lag. Es bestand aus windschiefen, löchrigen Hütten, die aus Plastikplanen, Kartons, Wellblech und Holz zusammengebaut waren und so aussahen, als würden sie beim nächsten Windstoß wegfliegen. Das einzige gemauerte Gebäude war eine kleine Kirche in der Mitte des Dorfes, deren hellblauer Putz abbröckelte. Schmutzige, halbnackte Kinder spielten im Staub, dazwischen pickten Hühner. Überall lag Abfall herum, und es stank nach einer Mischung aus Diesel, vermodernden Pflanzen und Kot.

„Wir sind da.“ Carlos stellte den Motor ab.

„Hier bleiben wir?“ Kristin sah entsetzt aus. Die beiden jungen Frauen wechselten einen Blick, Josy verdrehte die Augen.

AM MEISTEN gefiel Freda an diesem Abend mit gutem Wein und feinem Essen, dass Arno das Gegenteil eines routinierten Verführers war. Immer wieder zeigte er eine plötzliche Unsicherheit oder verhielt sich linkisch.

Er erklärte ihr, dass er Lehrer geworden sei, weil er nicht den Mut gehabt habe, Schriftsteller zu werden. Sein Leben lang habe er davon geträumt zu schreiben, aber auf jede Sicherheit zu verzichten, womöglich jahrelang Taxi zu fahren, um den Traum von einem Roman zu verwirklichen, für den sich aller Voraussicht nach kein Schwein interessieren würde, wenn er überhaupt jemals erschiene – nein, dazu habe er sich nicht durchringen können. „Wahrscheinlich halten Sie mich jetzt für einen Feigling“, sagte er schulterzuckend, „und wahrscheinlich haben Sie sogar Recht.

Aber lieber ein zufriedener Feigling als ein unglücklicher Versager, was meinen Sie?“

Freda lächelte voller Sympathie für diese Selbstdarstellung. „Sie sind kein Feigling“, sagte sie. „Es ist viel mutiger, sich die eigenen Grenzen einzugestehen, als einen Traum zu verfolgen, dessen Scheitern einen nur unglücklich machen würde. Ich wäre gern Lektorin geworden, aber ich habe es mir nicht zugetraut, weil ich zu viel Respekt vor Schriftstellern habe. Nie hätte ich es gewagt, einen Schriftsteller zu korrigieren oder zu kritisieren. So habe ich eine Buchhandlung eröffnet, da habe ich die Autoren um mich, kann ihre Bücher lesen und insgeheim kritisieren, aber es ist ganz ungefährlich für mich.“

Er schenkte ihr Rotwein nach. Sie waren inzwischen beim Nachtisch angekommen, und die Schokoladentorte harmonierte nicht nur mit den Früchten und dem Eis, sondern auch hervorragend mit dem Wein.

„Es hätte also sein können, dass wir uns auf ganz andere Weise begegnet wären, wenn wir beide mehr Mut gehabt hätten“, stellte er fest. „Sie wären vielleicht meine Lektorin geworden.“

Diese Vorstellung brachte beide zum Kichern. Freda merkte, dass sie ziemlich betrunken war.

„Ich glaube, ich sollte mich jetzt auf den Weg machen“, sagte sie. „Würden Sie mir ein Taxi rufen?“

Er nickte und rief ein Taxi an. Als es klingelte, begleitete er Freda zur Tür. Er sah in ihre Augen. „Es war ein wunderbarer Abend, vielen Dank.“

Sie legte ihm die Arme um den Hals und ihre Lippen auf seine. Er reagierte sofort. Sie sagte: „Gute Nacht, Arno. Vielen Dank für diesen Abend und … nicht nur dafür.“

Sie lief schnell die Treppe hinunter, ihre Absätze klapperten auf den Stufen, und sie fühlte sich so beschwingt und glücklich wie seit Jahren nicht mehr.

Endlich, dachte sie. Ich bin ins Leben zurückgekehrt.

Der erste Morgen in dem neuen Dorf. Das Frühstück bestand aus trockenen Keksen und Pulverkaffee, für den sie das Wasser über einem Campingkocher heiß machten.

„Ich will hier weg“, sagte Josy, über ihrer Tasse brütend. „Was machen wir denn überhaupt in dem verrotteten Dorf?“

„Wie ihr am Geruch gemerkt habt, gibt es hier gewisse Probleme mit dem Abwasser. Als Erstes werden wir den Männern helfen, eine Sickergrube auszuheben“, meinte Carlos.

Entsetzt sah Josy ihn an. „Das meinst du jetzt nicht ernst, oder?“

„O doch“, sagte Carlos fröhlich.

Am Abend war Josy so erschöpft, dass sie sich kaum noch rühren konnte. Jeder Muskel schmerzte, sie hatte Blasen an den Händen. Die Dorfbewohner hatten neugierig zugesehen, wie sie gegraben hatten.

Sie lag unter dem Moskitonetz im Vorzelt des VW-Busses und lauschte auf die Geräusche ringsum. Bellende Hunde, das Zirpen von Zikaden, vereinzelte Stimmen und Rufe. Es war immer noch drückend heiß, die Luft war so feucht, dass es einem schwerfiel zu atmen.

Wo Miguel wohl gerade war? Ob er an sie dachte? Oder ob er sich längst mit einer anderen *muchacha bonita* getröstet hatte? Es gab viele hübsche Mädchen in Oaxaca, warum sollte er ausgerechnet ihr treu sein? Und selbst wenn er auf sie wartete, welche Zukunft hätte ihre Liebe? Spätestens in einem Jahr würde sie nach Deutschland zurückkehren und sie würden sich wahrscheinlich nie wiedersehen.

Eine große Traurigkeit überfiel sie. Früher hatte sie es sich so schön und aufregend vorgestellt, erwachsen zu sein. Aber inzwischen merkte sie, dass die Probleme nur komplizierter werden und niemand mehr da ist, der sie für einen löst.

Am frühen Morgen hatte es zu regnen begonnen. Im Laufe der Stunden hatte sich das Wasser, das im ausgetrockneten Boden nicht versickern konnte, zu einem kleinen See aufgestaut. Josy wachte davon auf, dass ihr Wasser in die Augen lief. Die Schlafmatten, Laken und Kissen waren nass, ebenso alles, was sie am Leib trug.

Sie setzte sich auf und strich die tropfenden Haare aus dem Gesicht. Alles an ihr war verdreckt. Sie sah sich um. „Carlos? Bist du schon wach?"

Carlos gab ein Geräusch von sich und schlug die Augen auf.

Javier wachte auf und verzog gequält das Gesicht.

„Was ist mit dir?", fragte Josy.

„Ich fühle mich nicht gut."

„Kein Wunder", sagte Josy, „wahrscheinlich hast du die Malaria oder irgendeine andere schreckliche Tropenkrankheit."

Kristin und Josy spannten ein Seil und hängten die nassen Sachen auf, in der Hoffnung, dass sie später, wenn die Sonne zurückkäme, trocknen würden. Dann frühstückten sie Kekse und Pulverkaffee. Die Stimmung war gedrückt.

Die am Vortag mühsam ausgehobene Grube war mit Wasser vollgelaufen und teilweise eingesunken. Sie würden warten müssen, bis das Wasser abgelaufen wäre, bevor sie weitermachen könnten. Ratlos standen sie zu dritt auf dem Platz vor der Kirche und beratschlagten die Lage. Javier hatte sich im VW-Bus hingelegt.

Als sie zum Bus zurückkamen, sahen sie Javier zusammengekrümmt daliegen. Er klagte über Schmerzen auf der rechten Seite seines Unterbauchs.

„Okay“, sagte Carlos, „wir packen zusammen und fahren auf dem schnellsten Weg nach Oaxaca. Das sieht nach Blinddarm aus.“

Josys Herz machte einen Freudensprung. Das bedeutete, sie würde schon heute Abend Miguel wiedersehen!

Sie packten den Bus und verabschiedeten sich. Carlos erklärte den Männern, wie sie weiterarbeiten sollten, wenn das Wasser weg wäre, und versprach, in den nächsten Wochen zurückzukehren, um die Arbeit zu beenden.

Liebe Josy, ich hoffe, Du hattest eine interessante Zeit und bist wohlbehalten nach Oaxaca zurückgekehrt. Ich bin gespannt, was Du mir erzählen wirst!

Ich muss Dir zwei Mitteilungen machen. Eine gute und eine, nun ja, „schlechte“ trifft es nicht wirklich. Sagen wir „schwierige“.

Du hast mich neulich gefragt, warum Du keine Geschwister hast, und aus Deiner Frage habe ich ein gewisses Bedauern herausgehört. Nun, ich kann Dir sagen: Du hast einen kleinen Halbbruder. Dein Vater hat in den Monaten vor dem Unglück eine alte Freundin wiedergetroffen und ein „Verhältnis“ mit ihr angefangen, wie man so sagt. Aus dieser Beziehung ist ein kleiner Junge entstanden, der jetzt anderthalb ist. Ich habe ihn kennen gelernt und mich mit der Mutter ausgesprochen (die auch eine alte Freundin von mir ist. Marie. Du wirst dich nicht mehr an sie erinnern, sie ist aus München weggezogen, als Du noch klein warst). Nach dem ersten Schock habe ich eine furchtbare Wut auf Alex bekommen, was nach der ganzen Trauer um ihn vielleicht gar nicht so schlecht war. Inzwischen haben sich meine Gefühle verändert. Auch wenn Du es Dir vielleicht schwer vorstellen kannst, die Existenz dieses kleinen Jungen (der Deinem Vater übrigens unheimlich ähnlich sieht) rührt mich. In ihm lebt Dein Vater – ebenso wie in Dir natürlich – weiter, und auch wenn ich Alex diese Affäre (oder genauer: die Lüge, mit der er mich zurückgelassen hat) sehr übelgenommen habe, so überwiegt doch die Liebe, die ich für ihn empfunden habe und immer noch empfinde.

Mein liebes Kind, diese Nachricht ist sicher auch für Dich ein Schock, und Du wirst Zeit brauchen, um sie zu verarbeiten. Ich hoffe, dass Du Deinem Vater irgendwann verzeihen kannst. Und vielleicht kann Luca der kleine Bruder für Dich werden, den Du Dir gewünscht hast.

Die zweite Mitteilung lautet ganz einfach: Ich bin auch verliebt! Das mag Dir seltsam erscheinen, weil ich gerade gesagt habe, dass ich Deinen Vater geliebt habe und noch immer liebe, aber das ist kein Widerspruch. Alles Weitere würde ich Dir gern selbst erzählen. Bitte lass uns telefonieren, wenn Du zurück bist in Oaxaca!

Ich freue mich wahnsinnig darauf, von Dir zu hören, bis dahin umarmt Dich

Deine Mama

DREIZEHN

Er gab ihr einen Stoß. Sie fiel zu Boden. Die Tür hinter ihr schloss sich, ein Riegel wurde vorgeschoben. Schritte entfernten sich.

Sie versuchte zu erkennen, wo sie lag, aber es war dunkel. Sie konnte nicht sehen, wie groß der Raum war, in dem sie sich befand. Sie konnte nicht sehen, ob sie allein war oder ob im Dunkeln jemand lauerte.

Ruhig, befahl sie sich. Du musst ruhig bleiben. Bloß jetzt nicht die Nerven verlieren.

Vorsichtig tastete sie mit der Hand ihre Umgebung ab. Nackter Fußboden, rau und staubig. Im Sitzen robbte sie Zentimeter für Zentimeter rückwärts, bis sie an eine Wand stieß, an die sie sich zusammengekauert anlehnte.

Sie lauschte. Von draußen hörte sie Rufe und Schritte, ein Motor wurde gestartet. Dann nichts mehr. Panik kroch in Josy hoch. Sie wollte schreien, aber aus ihrer Kehle kam nur ein Keuchen. Atmen, befahl sie sich, ruhig atmen. Wenn du panisch wirst, bist du verloren. Das ist alles nur ein großes Missverständnis. Spätestens morgen werden sie merken, dass sie sich geirrt haben, und werden dich freilassen. Du hast nichts mit alldem zu tun.

Ihre Gedanken kehrten zum frühen Abend zurück, der nicht Stunden, sondern Wochen zurückzuliegen schien. Sie waren gegen fünf in Oaxaca angekommen und hatten Javier in die Notaufnahme des Krankenhauses gebracht, wo er sofort operiert wurde. Carlos hatte richtig getippt: akute Blinddarmentzündung. Sie waren keinen Moment zu früh gekommen.

Erschöpft und verdreckt, wie sie waren, setzte Carlos sie an der Wohnung ab und sagte: „Ihr wart großartig. Ich habe euch ganz schön was zugemutet. Noch mal vielen Dank für euren Einsatz."

Josy duschte, zog frische Sachen an, föhnte und schminkte sie sich. Ihr einziger Gedanke galt Miguel. Sie hoffte, sie würde ihn am Zócalo finden.

Es war schon dunkel, als Kristin und sie das Haus verließen, und während sie Richtung Zentrum gingen, bemerkten sie, dass etwas anders war als sonst. Menschen hasteten an ihnen vorbei, Polizeiautos kurvten herum, in der Ferne hörte man Lautsprecherstimmen. Je näher sie dem großen Hauptplatz kamen, desto mehr Menschen drängten sich in den Straßen.

„Eine Demo", sagte Kristin. „Wir sollten umkehren. Carlos hat gesagt, so etwas kann gefährlich werden."

„Ich kehre nicht um", sagte Josy entschlossen, „ich will Miguel sehen."

„Du bist verrückt", sagte Kristin. „Lass uns gehen, du kannst ihn morgen sehen."

„Mach dir keine Sorgen, mir passiert schon nichts. Vielleicht bleibe ich sogar die nächsten zwei Tage bei Miguel."

Kristin machte eine resignierende Bewegung. „Pass auf dich auf, okay?" Sie küsste Josy auf die Wangen und drehte sich um.

Josy näherte sich von der Independencia, die für den Verkehr gesperrt und voller Polizeiautos war. Der Platz war schwarz von Menschen, Uniformierte mit Schlagstöcken und Pistolenhalftern am Gürtel patrouillierten mit finsterer Miene durch die Menge. An einer Seite des Platzes war eine Bühne aufgebaut, oben stand ein Redner und schleuderte den Zuhörern Parolen entgegen, auf die diese mit Gebrüll reagierten.

Josy drängelte sich so weit sie konnte nach vorn und sah sich suchend um. Da und dort drückten Polizisten die Menschen grob zur Seite, der Lärm dröhnte ihr in den Ohren, ständig wurde sie geschubst und gestoßen.

Da war Miguel! Endlich! Josy schob sich in seine Richtung und erreichte ihn schließlich. „Miguel!", rief sie.

Er drehte den Kopf und sah sie erschrocken an. *„Rosita, mi guapa!* Was machst du denn hier?"

Wenn er sie Rosita nannte, was das immer ein Ausdruck besonderer Zärtlichkeit gewesen. Josy wurde innerlich ganz warm. „Endlich habe ich dich gefunden!", sagte sie atemlos. „Javier ist krank geworden, deshalb sind wir früher zurückgekommen. Ich bin so froh, dich zu sehen!"

Sie wollte ihn umarmen, er wehrte sie ab, sah sich nervös um. „Hier geht gleich die Post ab! Ich will, dass du sofort von hier verschwindest!"

Josy stand mit hängenden Armen vor ihm und starrte ihn an. Dann fing sie an zu weinen. „Du willst mich nicht mehr!", schluchzte sie. „Ich habe solche Sehnsucht nach dir gehabt. Und du schickst mich weg!"

„Das ist der absolut falsche Moment für 'ne Szene!", fauchte Miguel.

Das war zu viel. Josy wurde wütend. Auf ihn, aber noch viel mehr auf sich selbst. Wie hatte sie nur annehmen können, es wäre ihm ernst! Er war ein Angeber, ein unberechenbarer, launischer Junge. Sie hätte es wissen müssen. „Ich hau schon ab, keine Sorge!", zischte sie.

In diesem Moment ging ein Aufschrei durch die Menge, eine heftige Wellenbewegung entstand, die Demonstranten wurden auseinandergerissen und in verschiedene Richtungen abgedrängt.

„Miguel!", schrie Josy, dann verlor sie ihn aus den Augen.

Die Polizei ging zum Angriff über, durch Megafone gebrüllte Befehle sollten die Menschen vertreiben, aber die bildeten Ketten und stellten sich den Uniformierten entgegen. Josy wurde hin und her geschoben, verzweifelt hielt sie Ausschau nach einer Lücke, durch die sie hätte entkommen können.

Ein lauter Knall ließ die Menge aufschreien. „Sie schießen! Sie schießen!“ Im nächsten Moment war keine Luft mehr da zum Atmen, die Leute husteten, röchelten, zerrten ihre T-Shirts vors Gesicht. Josy hatte das Gefühl, zu ersticken, verzweifelt schnappte sie nach Luft.

In diesem Moment entdeckte sie Loreta, die von einer Menschenwoge auf sie zugespült wurde. Sie trug eine Flasche Cola in der Hand und presste ihr braun beflecktes T-Shirt vors Gesicht. Als sie Josy entdeckte, die noch immer nach Atem rang, blickte sie erst zur Seite, dann kam sie zu ihr und gab ihr ein Zeichen. Josy zog ihr T-Shirt ein Stück vom Körper weg, Loreta schüttete Cola drauf und bedeutete ihr, es vor Mund und Nase zu drücken. Tatsächlich wurde es etwas besser. Mit einem Blick bedankte sie sich bei Loreta, die sich schnell abwandte.

Rechts, in Richtung Benito-Juárez-Markt, schien es sich zu lichten, Josy gelang es, Stück für Stück aus dem Hexenkessel zu entkommen. Sie rannte weiter, ihre Augen tränten heftig. Noch immer war Loreta auf ihrer Höhe. Hinter ihnen heulte ein Motor auf, sie drehte im Laufen den Kopf und sah, dass ein Pick-up mit zwei Männern auf der Ladefläche in rasantem Tempo hinter ihnen her war. Die Leute stoben zur Seite, verschwanden in Gässchen und Hauseingängen. Josy hielt verzweifelt Ausschau nach einem Ausweg, da stolperte sie und schlug der Länge nach hin. Sekunden später bremste der Wagen neben ihr, Stiefel landeten hart auf dem Asphalt, Kommandos wurden gebrüllt. Ihr rechter Arm wurde gepackt, sie wurde nach oben gerissen, ihr Körper krachte auf die Ladefläche des Pick-ups.

Der Wagen fuhr holpernd an, und das Letzte, was Josy sah, bevor jemand sie nach unten drückte und eine Decke über sie warf, waren Loretas Augen.

STÖHNEND veränderte sie ihre Position, streckte die Beine aus. Ihre linke Seite, wo der Schlag sie getroffen hatte, schmerzte. Ihre Handflächen und ein Knie waren aufgeschürft, aber das nahm sie kaum wahr.

Ihr mit Cola getränktes T-Shirt klebte und fühlte sich kalt an, sie rollte es ein Stück hoch. Dann fiel ihr ein, dass sie Ersatzunterwäsche und zwei T-Shirts in ihrem Beutel hatte. Sie war ja naiv genug gewesen zu hoffen, das Wochenende bei Miguel verbringen zu können. Sogar ihre Pille und eine Zahnbürste hatte sie dabei.

Wenigstens war sie nicht gefesselt worden. Wahrscheinlich bedeutete das nur, dass sie ohnehin keine Chance hatte zu entkommen. Der Stille nach zu schließen befand sie sich ein ganzes Stück außerhalb der Stadt; sie schätzte, die Fahrt hatte fast eine Stunde gedauert.

Sie war todmüde, gleichzeitig total aufgeputscht von der Aufregung und der Angst. Sie bettete ihren Kopf auf den Beutel. Ihre Gedanken rasten, gleichzeitig entspannte sich ihr übermüdeter Körper, und irgendwann bekam die Erschöpfung die Oberhand. Sie schlief ein.

Als sie aufwachte, dauerte es eine Weile, bis sie sich orientiert hatte. Dann kehrte die Erinnerung schlagartig zurück und mit ihr die Angst. Mit einem Ruck setzte sie sich auf.

Es war bereits hell draußen, durch ein winziges Fenster fiel Tageslicht, und so konnte sie ihr Gefängnis näher in Augenschein nehmen. Es war ein Schuppen für Maschinen und Geräte, in einer Ecke waren Autoreifen gestapelt, auf der anderen Seite lagerten Säcke mit Zement und anderen Baumaterialien.

Vorsichtig stand sie auf und erkundete den Raum. Sie musste dringend Wasser lassen und suchte nach einem passenden Gefäß, fand einen alten Farbeimer, stellte ihn in die hinterste Ecke und hockte sich darauf.

Dann zog sie einen Holzbock unters Fenster und stieg darauf. Vor ihr lag ein staubiger Platz. Der Blick ging über eine hügelige Landschaft, die mit trockenem Gras und Gestrüpp bewachsen war, in die Ferne. Weit und breit kein Anzeichen von Zivilisation, nicht mal eine Straße.

Noch während der Fahrt hatte einer der Männer sie grob angestoßen und gefragt, wie sie heiße und wo sie wohne. „Ich verstehe nicht", hatte sie gesagt, „ich bin Deutsche." Eine Ausländerin würden sie doch nicht festhalten, das gäbe nur Ärger und schlechte Presse. Der Fall der vier Spanier, die bei der letzten Demo aufgegriffen und eine Woche lang festgehalten worden waren, hatte international für Schlagzeilen gesorgt und heftige Proteste ausgelöst. So was würden sie doch jetzt nicht wieder tun! Aber der Typ hatte nur irgendetwas geflucht, was sie nicht verstanden hatte.

Ein Auto näherte sich. Der Motor wurde ausgeschaltet, Autotüren schlugen zu, Schritte näherten sich dem Schuppen. Stimmengemurmel.

Josy begann zu zittern. Die Tür wurde geöffnet. Es war derselbe Mann, der sie in den Wagen gestoßen hatte. Er trug noch immer die schwarze Hose und das schwarze T-Shirt vom Abend zuvor. Sein Kopf war kahl rasiert, ein Tuch bedeckte seine untere Gesichtshälfte, sodass sie nur seine Augen sehen konnte. Dunkle, zusammengekniffene Augen unter erstaunlich zart gezeichneten Brauen. Er war höchstens ein paar Jahre älter als sie.

Hinter ihm folgte ein anderer Mann, älter und kräftiger. Er hatte sich nicht die Mühe gemacht, sein Gesicht zu verbergen, offenbar fühlte er sich seiner Sache völlig sicher. Beide hatten Schlagstöcke in ihren Gürteln stecken. Bei diesem Anblick verließ Josy aller Mut. Was, wenn die beiden ihr nicht glaubten, dass sie keine Mexikanerin war? Was, wenn sie mit ihr das Gleiche machten wie mit Carlos …? Bei diesem Gedanken hätte sie fast zu weinen begonnen, aber sie beherrschte sich und stieß nur ein Wimmern aus.

Der Jüngere stellte eine Tüte neben ihr ab. Sie erkannte zwei Wasserflaschen sowie eine Packung Toastbrotscheiben. Der Ältere baute sich vor ihr auf und sagte, jedes Wort einzeln betonend: „Du bist Ausländerin?"

Josy nickte. *„Alemana"*, sagte sie leise.

„Pasaporte." Er streckte die Hand aus.

Josy wühlte in ihrem Beutel. Ihren Pass hatte sie zu Hause versteckt, aber Carlos hatte ihr geraten, immer eine Kopie bei sich zu tragen. Sie zog das fotokopierte Blatt heraus und reichte es ihm. Er warf einen Blick darauf, sah ihr ins Gesicht, gab es zurück. Dann dreht er sich zu dem Jüngeren und ließ eine Kanonade von Beschimpfungen auf ihn niederprasseln.

Josy verstand nur einen Teil davon, aber sie begriff, dass er ihm vorwarf, sie überhaupt mitgenommen zu haben.

„Sie sieht nicht aus wie eine Deutsche", verteidigte sich der Jüngere.

Josy musste daran denken, wie einer von Miguels Freunden das Gleiche über sie gesagt hatte. Damals war es ein Kompliment gewesen, nun war ihr diese Tatsache zum Verhängnis geworden.

„Was machst du in Oaxaca?", fragte der Ältere.

Vermutlich wäre es keine gute Idee, das Zentrum oder gar Carlos zu erwähnen, deshalb sagte Josy in absichtlich schlechtem Spanisch: „Ich besuche … Sprachkurs in Instituto Cultural Oaxaca."

„Du weißt, dass Ausländer sich nicht politisch betätigen dürfen?"

Josy gab vor, nicht zu verstehen. Daraufhin sagte er mit erhobener Stimme: „Ausländer … Politik … nein!"

„Ich nicht bei … Demonstration, ich nur zufällig … in Nähe", sagte Josy und bemühte sich, möglichst typische Fehler zu machen.

Er murmelte einen weiteren Fluch, drehte sich um und stampfte hinaus. Der Jüngere folgte eilfertig.

Josy hörte, wie der Riegel wieder vorgeschoben wurde.

Als das Auto sich entfernte, atmete sie auf. Dann griff sie nach der Wasserflasche und trank hastig. Sie bürstete ihre Zähne und wusch mit ein paar Tropfen ihr Gesicht. Gierig riss sie die Brotpackung auf und biss in eine der laschen Scheiben. Weiter unten in der Tüte fand sie sogar eine Rolle Klopapier.

Josy überlegte: Welche Chance hatte sie, dass jemand nach ihr suchte? Im Zentrum würde sie vor Montag niemand vermissen. Das waren noch zwei volle Tage. Was war mit Kristin?

Mach dir keine Sorgen, mir passiert schon nichts. Vielleicht bleibe ich sogar die nächsten zwei Tage bei Miguel!

Verdammt. Auch Kristin würde sie also nicht vermissen.

Und Miguel? Wie sie sich vor ihm gedemütigt hatte! Sie biss sich vor Wut auf die Lippe. Dann kam ihr eine Erinnerung. *Hier geht gleich die Post ab. Ich will, dass du sofort von hier verschwindest.*

Hatte das nicht besorgt geklungen? Aber diesen Satz hatte er gesagt, als noch gar nichts passiert war. Als noch nicht zu erkennen war, dass die Polizei zuschlagen und mit Tränengas gegen die Menge vorgehen würde. Woher also hatte er so genau gewusst, dass die Situation eskalieren würde?

Nein, dachte sie, du spinnst. Das kann nicht sein. Nur weil du sauer auf Miguel bist, verfällst du in dieselbe Paranoia wie Luis.

In diesem Moment fiel es ihr wieder ein: Loreta hatte sie gesehen! Sie könnte den entscheidenden Hinweis geben! Die Frage war nur, ob sie es auch tun würde. Dass sie ihr Cola aufs T-Shirt geschüttet hatte, war die erste menschliche Regung gewesen, die sie ihr gegenüber gezeigt hatte. Und nun sollte alles davon abhängen, dass Loreta sich vielleicht entschließen würde, ihr zu helfen? Josys Zuversicht sank schlagartig.

Freda nutzte ihre freien Nachmittage, um Arno zu treffen. Diesmal hatten sie sich im Englischen Garten verabredet. „Ich möchte dir jemanden vorstellen“, sagte Freda, als sie mit dem Buggy auf ihn zukam.

„Hast du etwa …“, begann Arno überrascht, aber Freda unterbrach ihn lachend. „Nein, weder habe ich ein zweites Kind, noch bin ich schon Großmutter. Luca ist sozusagen vom Himmel gefallen und ziemlich unsanft in meinem Leben gelandet.“

Luca versuchte, aus dem Buggy zu klettern. „Ball, Ball“, verlangte er.

Freda hob ihn heraus und gab ihm seinen Ball, worauf er sein Lieblingsspiel begann. Ball wegkicken, Ball zurückholen …

Sie hatte den Jungen inzwischen mehrmals betreut. Sie empfand immer noch diese unerklärliche Zärtlichkeit ihm gegenüber und war froh, ein wenig an seinem Leben teilhaben zu können. Marie nahm Fredas Babysitterdienste mit Freuden in Anspruch.

„Erzähl schon, wer ist er?“, fragte Arno.

„Der Sohn meines Mannes.“

„Aber nicht dein Sohn?“

„Nein. Mein Mann hat dieses Kind wenige Wochen vor seinem Bergunfall mit einer gemeinsamen Freundin gezeugt. Ich habe es erst neulich erfahren.“

Arno zog die Brauen hoch. „Oh.“

„Du findest es vermutlich seltsam, dass die betrogene Ehefrau die Frucht des ehebrecherischen Verhältnisses durch den Park schiebt? Ja, es ist seltsam, ich weiß. Aber ich mag den kleinen Kerl. Und ich wollte, dass du ihn kennen lernst."

Eine Weile ging Arno schweigend neben ihr. „Ist es … weil er dich an deinen Mann erinnert?"

Freda blieb stehen und blickte ihn an. „Würde dir das etwas ausmachen?"

„Nein, ich versuche nur zu verstehen", wehrte er ab.

„Ein bisschen", räumte Freda ein. „Ich hätte auch gern ein zweites Kind gehabt. Mit ihm hole ich etwas davon nach." Freda seufzte. „Ich wünschte, ich könnte dir auch Josy bald vorstellen. Aber das wird noch dauern."

Arno zog Freda an sich und küsste sie. Plötzlich spürten sie zwei energische kleine Hände, die sie auseinanderschoben.

„Tante, Ball pielen!", befahl Luca.

SEIT DEM ERSTEN BESUCH der zwei Männer war nur der jüngere noch einmal gekommen, um ihr Lebensmittel zu bringen. Diesmal schleppte er zwei Tüten mit Wasser, Brot, abgepacktem Käse und Schinken an, die er mit einer fast zornigen Bewegung vor sie hinwarf. Außerdem eine Decke, über die sie heilfroh war, denn die Nächte hier oben waren kühl.

„Vielen Dank … ist sehr freundlich", sagte sie und versuchte zu lächeln.

Er warf ihr einen finsteren Blick zu. Dann ging er.

Die Menge an Vorräten ließ darauf schließen, dass die Männer nicht die Absicht hatten, sie so bald wieder freizulassen. Aber immerhin hatten sie wohl auch nicht vor, sie zu beseitigen. Wenigstens nicht sofort. Josy schob den Gedanken an das, was sie mit ihr vorhaben könnten, weit weg. Sie nahm sich vor, nur von einem Moment zum anderen zu denken.

Heute war Sonntag. Morgen früh würde Carlos sie als vermisst melden. Vielleicht gab es noch mehr Zeugen, die beobachtet hatten, was passiert war. Wer immer die Leute waren, die sie festhielten, sie würden unter Druck geraten. Und sie laufen lassen. Es war nur eine Frage der Zeit.

VIERZEHN

Oaxaca, 8. Oktober 2007. Am vergangenen Freitag fand auf dem Zócalo eine nicht angemeldete Demonstration der APPO statt, bei der es zu gewaltsamen Ausschreitungen seitens der Demonstranten kam. Um die öffentliche Sicherheit zu gewährleisten, wurden einige Demonstranten festgenommen, im Laufe des Wochenendes aber freigelassen. Es gab 15 Verletzte, die ambulant behandelt werden mussten.

Carlos ließ die Zeitung sinken und musterte Kristin streng. „Warum hast du zugelassen, dass sie dorthin geht?“, fragte er.

„Sie wollte unbedingt Miguel treffen“, antwortete Kristin verzweifelt. „Sie sagte, sie würde das Wochenende bei ihm verbringen, deshalb habe ich mir keine Gedanken gemacht. Bis heute Morgen.“ Sie schluchzte auf.

„Wenn sie sich bloß nicht mit diesem Typen eingelassen hätte“, murmelte Luis mit zusammengepressten Zähnen.

Loreta saß am Tisch und knetete ihre Hände „Sie wird schon wieder auftauchen“, sagte sie und sah erst Carlos, dann lange und sehnsüchtig Luis an.

„Wir müssen etwas unternehmen.“ Carlos stand auf. „Ich … melde sie als vermisst.“

Er spürte den überraschten Blick seines Sohnes auf sich. Ein Gang zur Polizei war das Letzte, was Carlos freiwillig tun würde. Aber ohne offizielle Vermisstenmeldung war nichts zu unternehmen.

Luis stand ebenfalls auf. „Ich versuche Miguel zu finden. Ich kenne ein paar Leute, die mir sicher weiterhelfen können.“

„Und wir halten hier die Stellung, okay?“, sagte Kristin und sah zu Loreta. Die nickte kaum merklich.

CARLOS NÄHERTE SICH dem Polizeihauptquartier. Mit jedem Schritt ging er langsamer. Es widerstrebte ihm zutiefst, das Gebäude zu betreten, in dem er ein Jahr zuvor misshandelt worden war. Langsam stieg er die breiten Steintreppen in den zweiten Stock hinauf, wo die Vermisstenanzeigen aufgenommen wurden.

Er klopfte an die Tür zur zuständigen Abteilung. Eine Frauenstimme rief ihn herein. Die Vorzimmerdame nahm seine Daten auf und fragte, worum es ginge. Dann ließ sie ihn auf der Bank vor der Tür warten.

Nach annähernd einer Dreiviertelstunde streckte die Frau den Kopf heraus und bedeutete ihm, nach nebenan zu gehen. Auf einem Schildchen, das neben der Tür angebracht war, stand COMANDANTE L. M. CORTEZ. Carlos klopfte wieder und trat ein. An einem wuchtigen Schreibtisch saß ein Uniformierter, den Kopf über einen Aktenstapel gesenkt. Er wies mit der Hand auf einen Stuhl, ohne hochzusehen, las etwas zu Ende, setzte einen Stempel und seine Unterschrift auf ein Papier. Dann blickte er auf.

Carlos traf es wie ein Blitzschlag. Nach der längsten Nacht seines Lebens, von der er dachte, er würde sie nicht überleben, hatte am Morgen jemand den Raum betreten, dem verhörenden Beamten ein Zeichen gegeben und Carlos befohlen, sich zu erheben. Der Mann war ganz nah zu ihm getreten, hatte ihn mit kalten Augen gemustert und gesagt: „Mein Freund, diese Nacht hat nie stattgefunden, haben wir uns verstanden? Andernfalls …" Er hatte den Satz unvollendet in der Luft hängen lassen und mit der Hand eine unmissverständliche Bewegung quer über seinen Hals gemacht.

Genau dieser Mann saß nun vor ihm und musterte ihn. Natürlich wusste er genau, wer Carlos war, aber er verzog keine Miene. „Worum geht es?"

Carlos räusperte sich und versuchte, das Zittern in seiner Stimme zu unterdrücken. „Eine meiner Mitarbeiterinnen ist verschwunden. Sie war am Samstagabend bei der Veranstaltung auf dem Zócalo und kam nicht nach Hause."

Er sagte bewusst „Veranstaltung", nicht Demonstration. Dann kramte er einen Zettel mit Josys und Kristins Daten hervor und diktierte alle notwendigen Angaben. Der Comandante machte sich Notizen. Dann sah er auf.

„Sie wissen, dass Ausländern jegliche politische Betätigung verboten ist. Und Sie wissen sicher auch, dass Sie als …", er dehnte das nächste Wort höhnisch in die Länge, „… Arbeitgeber mitverantwortlich für das Verhalten Ihrer Mitarbeiter sind."

Carlos begriff sofort die unterschwellige Drohung. Ruhig sagte er: „Ich habe meine Mitarbeiter diesbezüglich instruiert, aber was sie in ihrer Freizeit machen, entzieht sich meiner Kenntnis. Ich betreibe ein Kinderzentrum, kein Gefängnis."

Die Augen seines Gegenübers verengten sich. „Señor Fernández de León", sagte Cortez schneidend, „Sie sollten sehr vorsichtig sein mit Ihren Äußerungen, das ist Ihnen sicher klar."

„Wie könnte ich das vergessen?", sagte Carlos. Sie blickten sich einen Moment an, schweigend, hasserfüllt. Dann senkte Comandante Cortez den Blick und schrieb etwas auf. „Warten Sie draußen!", befahl er.

Carlos erhob sich und ging mit zitternden Knien zur Tür. Draußen nahm er wieder auf der Bank Platz. Nach wenigen Minuten kam die Sekretärin und hielt ihm ein Papier unter die Nase.

VERMISSTENANZEIGE

Vermisst wird Josefine März, deutsche Staatsangehörige, geb. am 15. 6. 1989 in München/Deutschland, derzeit wohnhaft in Morelos 82, Oaxaca de Juárez. Am 5. 10. 2007 gegen 20 Uhr wurde Josefine März auf der Independencia von ihrer Mitbewohnerin Kristin Småland, geb. 11. 4. 1987 in Stockholm/ Schweden, zuletzt gesehen. Die Vermisste war auf dem Weg zur nicht angemeldeten Demonstration auf der Plaza de Armas. Anzeigensteller Carlos Fernández de León
8. 10. 2007

Sie reichte ihm einen Stift, er unterschrieb. Und wurde das unangenehme Gefühl nicht los, dass diese Anzeige für immer in den Tiefen eines Aktenschranks verschwinden würde.

DAS KLINGELN des Telefons riss Freda aus dem Schlaf. Der Wecker zeigte erst fünf Uhr früh. Sie griff nach dem Hörer und murmelte schlaftrunken: „März."

„Frau März, hier ist Luis. Luis Fernández, der Freund von Josy."

Freda fuhr im Bett hoch. Plötzlich war sie hellwach. „Luis? Warum rufst du mitten in der Nacht an, ist was passiert?"

„Frau März … Josy ist … verschwunden."

„Verschwunden? Was soll denn das heißen?" Fredas Stimme überschlug sich. „Ich dachte, sie ist im Hochland unterwegs. Ist sie von dort nicht zurückgekommen?"

„Doch, sogar schon am Freitag. Abends war sie auf einer Demo. Das Wochenende wollte sie bei ihrem Freund verbringen. Heute Morgen kam sie nicht ins Zentrum. Mein Vater war schon bei der Polizei."

„O mein Gott." Freda griff sich mit der Hand an die Stirn, versuchte einen klaren Gedanken zu fassen. „Was kann denn passiert sein? Gibt es irgendeinen Anhaltspunkt?"

„Wir haben versucht, ihren Freund zu finden, Miguel. Vielleicht weiß der etwas. Aber wir konnten noch nicht mit ihm sprechen. "

Freda hatte das Bett verlassen und lief aufgeregt im Zimmer hin und her. „Kann ich irgendwas tun? Ich muss etwas tun, das halte ich sonst nicht aus! Ich steige morgen ins Flugzeug und komme, okay?"

„Ich weiß nicht", sagte Luis zögernd, „das ist wahrscheinlich total übertrieben. Vielleicht klärt es sich ja ganz schnell auf und sie ist nur spontan mit Miguel weggefahren und hat vergessen, uns Bescheid zu sagen, oder so was. Ich würde an Ihrer Stelle erst mal gar nichts tun. Ich rufe Sie sofort an, wenn ich irgendwas Neues weiß, okay?"

„Okay", murmelte Freda mit dünner Stimme. Sie ließ die Hand mit dem Telefon sinken. Ihr Inneres fühlte sich an, als wäre es ausgehöhlt. Schwarze, abgrundtiefe Angst hatte sie ergriffen.

Sie riss den Hörer wieder hoch und wählte eine Nummer. „Johann?", rief sie ins Telefon. „Entschuldigen Sie die Störung, aber es … es ist was … Furchtbares passiert!"

„Bleiben Sie ganz ruhig", sagte Johann Krummbaur, „ich bin sofort bei Ihnen."

Sie öffnete beim ersten Klingeln, fiel Krummbaur um den Hals und brach in Tränen aus. Er hielt sie fest, strich mit der Hand über ihren Rücken.

„Ganz ruhig, Freda. Beruhigen Sie sich."

Kurz darauf saßen sie sich am Küchentisch gegenüber. Krummbaur hielt Fredas Hand. „Der Junge hat Recht, es kann alle möglichen Gründe für Josys angebliches Verschwinden geben. Fast immer klärt sich so was schnell auf. Ich werde jetzt gleich ins Präsidium fahren und herausfinden, wie der Ablauf in solchen Fällen ist, also wenn ein Angehöriger im Ausland … vermisst wird. Ich rufe Sie sofort an, wenn ich mehr weiß."

Er bat sie, ihm sämtliche Namen, Adressen und Telefonnummern der Personen in Oaxaca zu geben, mit denen Josy zu tun hatte, und notierte alles. Dann verabschiedete er sich und ging.

Freda blieb zusammengesunken am Küchentisch sitzen. Sie fühlte sich, als würde sie jeden Moment auf den Boden gleiten und wegfließen.

Nach anderthalb Stunden meldete sich Krummbaur. „Also, es läuft folgendermaßen: Wir würden uns jetzt ans Auswärtige Amt wenden. Das dortige Länderreferat informiert die Deutsche Botschaft in Mexiko. Der Botschafter muss sich dann ans mexikanische Außenministerium wenden, dieses schaltet die Generalstaatsanwaltschaft ein. Die wiederum hat einen Vertreter in Oaxaca, und der würde dann mit dem Fall betraut werden."

„Warum ist denn das so kompliziert?", rief Freda verzweifelt. „Gibt es keinen direkten Weg?!"

„So sind nun mal die Abläufe", sagte Krummbaur bedauernd. „Aber Sie können sicher sein, dass alle ihr Bestes tun werden. Ich muss Sie um Geduld bitten, im Moment können Sie nichts anderes tun als warten."

„Warten, warten", sagte Freda heftig, „Sie wissen, wie viel ich die letzten Jahre gewartet habe! Das ertrage ich nicht noch mal!" Sie begann zu weinen.

Mit jeder Stunde, die verging, ertrug Josy das Eingesperrtsein weniger. Sie musste versuchen hier rauszukommen!

Das Fenster war definitiv zu klein, nicht einmal ihr Kopf passte durch. Sie rüttelte an der Tür, die durch einen Riegel und ein Vorhängeschloss gesichert war. Nichts zu machen. Dann klopfte sie die Wände ab, untersuchte jedes einzelne der massiven Holzbretter, aus denen der Schuppen bestand. Sie hätte eine Motorsäge gebraucht, um auch nur eine winzige Öffnung zustande zu bringen. Aber ein Brett ließ sich ein kleines Stück hin und her schieben, da waren wohl einige Nägel lose. Wenn sie irgendein Werkzeug fände, mit dem sie Nagel für Nagel lockern könnte, würde sie es vielleicht schaffen, das Brett so weit zu verschieben, dass sie hindurchpasste.

Sie versuchte es mit allem, was als Werkzeug in Betracht kam. Stücke eines zerschlagenen Ziegels, ein Stück Blech, das von einer der Maschinen abgefallen war, sogar ihren Hausschlüssel setzte sie ein. Sie arbeitete verbissen, ihre Fingernägel brachen ab. Erst als es dunkel wurde, gab sie erschöpft auf.

Einige Stunden nach Tagesanbruch am nächsten Morgen hatte sie es geschafft. Ihre Finger waren blutig, die Muskeln in ihren Armen schmerzten, aber sie hatte eines der Bretter so weit gelockert, dass sie es zur Seite schieben konnte. Sie hängte ihren Stoffbeutel um, kroch nach draußen und schob das Brett so an seinen Platz zurück, dass von außen nichts zu sehen war.

Sie blickte sich um; weit und breit waren keine Spuren einer menschlichen Ansiedlung zu sehen. Einfach weglaufen wäre also eine Dummheit. Wenn sie in die falsche Richtung ginge, würde sie womöglich tagelang herumirren, ohne Lebensmittel und Wasser, und sich immer mehr verirren. Dann würde sie niemand mehr finden können.

Sie hatte einen anderen, besseren Plan. Sie versteckte sich hinter dem zweiten Schuppen und wartete. Bisher waren die Männer immer um die Mittagszeit gekommen. Nach dem Stand der Sonne zu schließen, war es ungefähr elf. Wenn sie heute kämen, dann wahrscheinlich in den nächsten ein, zwei Stunden.

Sie setzte sich in den Schatten, sah in den blauen Himmel hinauf und wunderte sich, wie ruhig sie war. Aber vielleicht wird man so ruhig, dachte sie, wenn man weiß, dass man nur eine einzige Chance hat.

Nach einer guten Stunde näherte sich ein Auto. Josy sprang auf, ihr Körper spannte sich. Sie drückte sich tiefer in den Schatten hinter dem Schuppen, schob den Kopf nur so weit vor, dass sie den Platz übersehen konnte.

Der Wagen, ein Jeep, hielt an, die Fahrertür wurde aufgestoßen, dann die Beifahrertür, beide knallten zu. Breitbeinig marschierten die beiden Männer zum Schuppen. Der eine öffnete das Vorhängeschloss, der andere zog den Riegel zur Seite. Sie gingen hinein und zogen die Tür von innen zu.

Das war der Moment, auf den Josy gewartet hatte. Sie spurtete los, rannte auf den Jeep zu. Sie riss die Wagentür auf, oh, Gott sei Dank, der Schlüssel steckte! Sie würde mit diesem Auto von hier wegfahren, so lange, bis sie irgendwo auf eine Straße stieß. Zu Fuß würden die beiden sie nicht einholen können.

Sie drehte den Schlüssel im Zündschloss. Der Motor sprang nicht an. Panisch sah sie zum Schuppen, die Tür war noch zu. Sie startete noch mal, gab mehr Gas, der Motor kam, sie legte den ersten Gang ein, ließ die Kupplung kommen und wendete. Im Rückspiegel sah sie, wie die Schuppentür aufflog und die beiden Männer hinter ihr herrannten; sie ließ die Kupplung zu schnell los, der Wagen machte einen Satz, dann fuhr sie.

Es war kein richtiger Weg, nur ein steiler Pfad, der durch Gebüsch und zwischen Felsbrocken hindurch nach unten führte, sie konnte nicht schnell fahren. Sie sah die brüllenden Männer hinter sich. Schweiß brach ihr aus allen Poren, sie umklammerte das Lenkrad und starrte nach vorn, um nur ja kein Schlagloch zu übersehen.

Der Pfad wurde breiter, dafür kurviger, sie fuhr trotzdem schneller, verlor die Männer im Rückspiegel zeitweise aus den Augen. Unvermittelt gabelte sich der Weg. Sie bremste und überlegte kurz, wählte dann den rechten, der ins Tal zu führen schien. Schon nach wenigen Metern begriff sie, dass sie einen Fehler gemacht hatte. Der Weg verengte sich, mündete in ein kleines Wäldchen und endete dort plötzlich. Panisch trat sie auf die Bremse, der Motor starb ab, sie steckte fest. Die Männer waren schon ziemlich nah.

Sie stieg aus und lief los, suchte Schutz zwischen den Bäumen, stolperte über Steine und Wurzeln, verlor die Orientierung, lief wieder aus dem Wäldchen heraus – und direkt den Männern in die Arme.

Der Jüngere bekam sie zu fassen, packte sie und schloss seine Arme wie eine eiserne Zange um ihren Körper. Sie schrie und strampelte, aber sein Griff lockerte sich keinen Millimeter. „Du Dreckstück!“, zischte er.

Der Ältere trat vor sie hin, fixierte sie mit einem zornigen Blick, dann schlug er ihr mit der flachen Hand ins Gesicht.

Er ging zum Wagen, öffnete den Kofferraum und holte mehrere Gummiseile mit Haken heraus, die man verwendet, um Gepäck auf dem Dachträger zu befestigen.

Der Junge riss ihre Arme nach hinten und überkreuzte die Handgelenke, dann fesselte er sie. Er schubste sie zum Wagen, befahl ihr, sich auf die Rückbank zu legen, und band ihre Füße aneinander.

Die nächste halbe Stunde brachten sie damit zu, den Wagen wieder flottzukriegen. Mithilfe eines Baumstammes, den er als Hebel verwendete, schaffte es der Jüngere anzufahren und quälte sich mit qualmendem Motor den Hang hoch.

Josy konnte in ihrer Lage nichts sehen, aber ihr war klar, dass sie zurück zum Schuppen fuhren. In ihr war trotz allem der Funke eines wilden Triumphes. Sie hatte es einmal geschafft, die Kerle zu überlisten, sie würde es auch ein zweites Mal schaffen!

Als sie angekommen waren, öffnete der Jüngere die Autotür und löste ihre Fußfessel. Er befahl ihr, wieder in den Schuppen zu gehen. Widerwillig setzte sie einen Fuß vor den anderen, blickte verstohlen um sich, suchte nach einer Möglichkeit, doch noch wegzulaufen. Aber hier oben würde sie sofort wieder erwischt werden, es hatte keinen Sinn.

Sie betrat den Schuppen, und die Verzweiflung packte sie. Wie ein verletztes Tier verkroch sie sich auf ihrem Lager. Die Männer suchten die Wände des Schuppens nach der Öffnung ab, durch die sie entkommen war. Schnell hatten sie das verschiebbare Brett gefunden. Der eine ging raus und kam mit einem Hammer wieder. Er begann, die Nägel einzuschlagen, die Josy herausgezogen hatte. Schlag für Schlag verschloss er ihr Gefängnis von Neuem.

Beim Hinausgehen sagte der Ältere zu seinem Komplizen: „So kann es nicht weitergehen. Wir müssen uns was überlegen."

Josy erstarrte. Was wollte er damit sagen? Sie würden doch nicht etwa … Wenn sie ihr was hätten antun wollen, hätten sie es schon längst getan. Sie würden sie nicht tagelang gefangen halten … und am Ende doch umbringen? Das ergab einfach keinen Sinn!

Die Schuppentür schlug zu, der Riegel wurde vorgeschoben. Schritte, Autotüren, sich entfernendes Motorbrummen. Stille. Stille. Stille.

Ein Geräusch ließ sie erschreckt zusammenzucken. Im nächsten Moment begriff sie, dass es ihr eigenes Weinen war.

WIEDER näherte sich ein Auto. Josy schreckte hoch. Sie musste eingeschlafen sein, denn nun war es plötzlich dunkel. Panisch setzte sie sich auf.

Eine Autotür wurde geöffnet und zugeschlagen. Die Tür des Schuppens schwang auf, die Umrisse eines Mannes zeichneten sich im Mondlicht ab.

„Nein!", schrie Josy und zog die Knie an.

„Hör auf zu schreien, niemand kann dich hören!" Es war die Stimme des Jüngeren, der sich näherte. „Sei vernünftig, dann geschieht dir nichts."

Josy bemerkte, dass er das Tuch nicht mehr trug. Im schwachen Mondlicht sah sie zum ersten Mal sein Gesicht. Er war noch jünger, als sie gedacht hatte. Zu ihrer Überraschung löste er die Fesseln an ihren Händen. Im nächsten Moment verschloss er ihren Mund mit seinen Lippen.

Sie begriff sofort und hörte auf, sich zu wehren. Eine Vergewaltigung erschien ihr unter den gegebenen Umständen als annehmbare Alternative. Vielleicht war sie sogar ihre Chance.

Sie machte ihren Körper weich, schmiegte ihn an seinen, stellte sich vor, es wäre Miguel. Es war gar nicht so schwer, der Junge hatte einen ähnlichen Körperbau und eine ähnlich zarte Haut. Er war nur viel ungeschickter, fasste sie grob an. Dennoch hoffte sie, er würde sich vielleicht sogar in sie verlieben. Dann würde er doch nicht zulassen können, dass man sie umbrachte.

FÜNFZEHN

Oaxaca, 10. Oktober 2007. Seit den Ausschreitungen vom vergangenen Freitag wird eine junge Deutsche vermisst, die zuletzt während der Kundgebung auf dem Zócalo gesehen wurde. Zeugen wollen beobachtet haben, wie eine Frau gewaltsam auf die Ladefläche eines Pick-ups geworfen und weggebracht wurde. Über den Verbleib der jungen Frau ist nichts bekannt. Es ist unklar, ob es sich bei ihr um die vermisste Deutsche handelt. Der Polizeichef weist jeden Zusammenhang mit den polizeilichen Festnahmen vom Freitag ausdrücklich zurück.

Luis war blass geworden. „Lies!“, sagte er tonlos und schob seinem Vater die Zeitung hin. Sie saßen beim Frühstück, beide hatten schlecht geschlafen.

Carlos überflog die Meldung. *„Dios mio“*, murmelte er.

„Aber woher wissen die beim *Diario* überhaupt von Josy?“, fragte Luis.

„Du kennst doch meinen alten Freund Benito“, sagte Carlos. „Er arbeitet inzwischen dort. Ich habe ihn gebeten, über Josys Verschwinden zu berichten, um den Druck auf die Polizei zu erhöhen. Wenn die Öffentlichkeit davon weiß, müssen sie etwas unternehmen.“

„Glaubst du, die verschleppte Frau ist wirklich Josy?“

„Ich kann nur hoffen, dass es nicht so ist“, sagte Carlos düster, „denn sonst ist sie in allergrößter Gefahr.“

Luis sprang auf und ging unruhig auf und ab. „Nehmen wir einmal an, sie ist es“, sagte er, „was können wir dann tun?“

„Nichts, wenn die Polizei dahintersteckt.“

„Wer sollte sonst dahinterstecken?“

„Private Schlägertrupps, die an dem Abend eingesetzt waren. Du weißt, dass sich die Polizei gern mal Verstärkung holt.“

„Aber diese Leute stehen doch auch unter Polizeibefehl“, sagte Luis.

„Das sind dumme Jungs, die sich wichtig vorkommen“, sagte Carlos mit unterdrückter Wut. „Stell dir vor, sie fangen im Eifer des Gefechts ein paar Demonstranten, packen etwas härter zu, es gibt Prellungen und Schürfwunden. Dann stellen sie zu ihrem Schrecken fest, dass sie eine Ausländerin erwischt haben. Wenn sie die freilassen, rennt sie womöglich zum Konsulat, es gibt unangenehme Schlagzeilen, und die Jungs haben ein Problem. Also sperren sie die Frau erst mal ein und überlegen. Was ihnen zu diesem Zeitpunkt nicht klar ist: Je länger sie sie einsperren, desto größer wird ihr Problem. Also werden sie irgendwann überlegen, wie sie die Frau loswerden können.“

„Hör auf!“, schrie Luis. „So was darfst du nicht einmal denken!“

„Verlier jetzt nicht die Nerven", sagte Carlos. „Überleg lieber weiter, was wir tun können. Hast du schon mit Miguel gesprochen?"

Luis schüttelte den Kopf. „Ich war zweimal bei ihm zu Hause, aber er war beide Male nicht da. Ich habe auch versucht, seinen Bruder zu erreichen, aber der scheint seit der Demo untergetaucht zu sein."

„Bleib weiter dran", befahl Carlos.

„Was soll ich Josys Mutter sagen?", fragte Luis. „Sie ist halb verrückt vor Sorge und ruft mich ungefähr jede Stunde an."

„Ich spreche mit ihr", versprach Carlos. Er stand auf, ging zu Luis und packte ihn bei den Schultern. „Hör zu, mein Sohn. Es kann auch alles ganz anders sein. Vielleicht ist Josy einfach nur mit Miguel unterwegs, oder es gibt eine andere, harmlose Erklärung für ihr Verschwinden."

Luis nickte, aber er wirkte alles andere als überzeugt.

Seit drei Stunden saß Luis im Treppenhaus vor Miguels Wohnung. Er war entschlossen, seinen Posten nicht zu verlassen, ehe er mit Miguel gesprochen hätte. Bei mehreren Nachbarn hatte er gefragt, ob sie die Mieter der Wohnung in den letzten Tagen gesehen oder Licht bei ihnen bemerkt hätten.

Zwei behaupteten, Miguel getroffen zu haben; sein Bruder Pablo hingegen war seit Freitag von niemandem mehr gesehen worden.

Immer wieder kreisten Luis' Gedanken um den Moment, als er Josy vorgeschlagen hatte, mit ihm nach Mexiko zu gehen. „Komm mit mir nach Oaxaca", hatte er gesagt. „Das ist eine wunderschöne Stadt, und im Kinderzentrum können wir Hilfe brauchen."

„Nach Mexiko? Das kann ich meiner Mutter nicht antun. Nicht nach dem, was passiert ist. Nicht gerade jetzt."

Er hatte gelächelt. „Immer ist gerade jetzt."

Ein paar Tage später hatte sie ihn gefragt: „Hast du das wirklich ernst gemeint, ich meine, das mit Oaxaca?"

Er hatte sie angesehen und voller Überzeugung gesagt: „Ich hab noch nie etwas so ernst gemeint."

Sie hatte tief Luft geholt. „Also gut, dann komme ich mit. Aber du passt auf mich auf, klar?" Lächelnd hatte sie ihn in die Seite geboxt. Und er war so glücklich gewesen.

Luis vergrub das Gesicht in den Händen. Er war schuld. Wenn er Josy nicht überredet hätte, wäre das alles nicht passiert. Wie sollte er jemals ihrer Mutter unter die Augen treten, wenn ihr etwas zugestoßen wäre?

„Miguel, du Mistkerl, warum kommst du nicht?", murmelte er mit zusammengepressten Zähnen.

Er sah auf die Uhr, es war fast neun. Unten ging die Haustür, das Licht schaltete sich ein, schnelle Schritte eilten die Treppe hoch. Ein schwarz gekleidetes Mädchen mit roter Umhängetasche kam, zwei Stufen auf einmal nehmend, auf ihn zu. Sie grüßte ihn flüchtig, dann nahm sie einen Schlüssel aus der Tasche und öffnete die Tür zur Wohnung der Brüder.

Luis sprach sie an. „Ich bin mit Miguel verabredet. Weißt du, wann er kommt?"

Sie drehte sich um. „Keine Ahnung." Dann zog sie die Tür hinter sich zu.

Er hörte sie in der Wohnung hin und her gehen. Nach ungefähr zehn Minuten erschien sie wieder, eine Reisetasche in der Hand.

Luis sprang auf und stellte sich ihr in den Weg. „Hör mal, ich muss unbedingt mit Miguel sprechen. Bitte sag mir, wo er ist!"

„Lass mich!", sagte sie unwillig und wollte an ihm vorbei. Luis hielt sie an der Schulter fest. „Du sagst mir jetzt, wo Miguel ist, sonst … sonst verrate ich der Polizei, dass du mit der APPO zusammenarbeitest."

Sie lachte verächtlich auf. „Interessant. Wie kommst du denn darauf?"

„Da, die Reisetasche. Da sind bestimmt Sachen für Pablo drin."

Das Mädchen wurde blass. „Du Hurensohn!", zischte sie. Sie riss sich los, drängte sich an ihm vorbei und rannte die Stufen hinunter.

Luis folgte ihr, so schnell er konnte. Vor dem Haus lief sie auf ein wartendes Moped zu. Luis erkannte Miguel auf dem Fahrersitz, beschleunigte sein Tempo und erreichte das Moped gleichzeitig mit dem Mädchen.

„Miguel!", keuchte er. „Ich muss mit dir reden! Es geht um Josy!"

Das Mädchen sprang auf den Rücksitz, die Reisetasche an sich geklammert. „Fahr los", schrie sie, „der Typ ist ein Verräter!"

Miguel gab Gas, Luis hielt mit aller Kraft die Lenkstange fest. „Josy ist verschwunden!", schrie er.

Der Motor erstarb mit einem jammernden Geräusch. „Was redest du da?", fragte Miguel.

„Josy ist seit Freitagabend weg", sagte Luis atemlos, „hast du eine Ahnung, wo sie ist?"

Miguel hatte offenbar kapiert, dass es ernst war. „Nein, ich habe sie zuletzt auf der Demo gesehen. Wir hatten Streit. Dann ist sie weggerannt und hat sich nicht mehr bei mir gemeldet. Ich dachte, sie ist sauer."

Luis sank in sich zusammen. „Scheiße", sagte er. Dann blickte er wieder hoch. „Hast du heute den *Diario* gelesen? Da stand drin, dass sie nach der Demo eine Frau verschleppt haben."

Miguel begriff. „Du meinst, sie haben Josy entführt? Und … woher willst du wissen, dass sie die Frau ist?"

„Überleg mal. Es ist doch gut möglich, dass sie Josy mitgenommen haben, dann ist ihnen klargeworden, dass sie Ausländerin ist und Ärger auf sie zukommen könnte. Sie haben Schiss gekriegt und halten sie jetzt irgendwo fest."

Miguel war plötzlich nachdenklich geworden. „Verdammter Mist", flüsterte er leise.

Luis blickte ihn scharf an. „Wenn du irgendwas weißt, dann lass es raus!"

„Spinnst du? Was soll ich denn wissen?"

„Schließlich sagt man dir gewisse Verbindungen nach", sagte Luis lauernd.

„Ich hab's ja gesagt, der Typ ist ein Verräter!", rief das Mädchen.

„Wenn Josy etwas zustößt, bist du dran, das verspreche ich dir!", sagte Luis drohend.

Miguel bedachte ihn mit einem wütenden Blick und riss die Lenkstange so heftig zur Seite, dass Luis um ein Haar gestürzt wäre. Dann riss er am Gasgriff und jagte davon.

Als der Junge fertig gewesen war, hatte er Josy zurückgestoßen und liegen lassen, ohne sie wieder zu fesseln. Er war aufgestanden, hatte den Reißverschluss seiner Jeans hochgezogen und war verschwunden.

Josy wunderte sich, wie ruhig sie war. Sie empfand keinen Abscheu, keine Wut und keine Angst. Sie war während der Vergewaltigung innerlich völlig unbeteiligt geblieben und hatte sich sogar bemüht, eine gewisse Bereitwilligkeit vorzutäuschen. Der Junge musste den Eindruck gehabt haben, er habe sie nicht vergewaltigt, sondern verführt. Die Tatsache, dass er sie nicht mehr gefesselt hatte, sollte wohl so eine Art Belohnung sein. Vielleicht wäre es ihm ohnehin das Liebste, sie würde abhauen und keine weiteren Probleme machen.

Sie reinigte sich und zog sich wieder an. Erschöpft rollte sie sich auf ihrem Lager zusammen und versuchte zu schlafen.

Carlos traf sich mit Benito in einem Café in der Nähe des Redaktionsgebäudes. Der Raum war türkisblau gestrichen und mit alten Werbetafeln geschmückt; die Gäste saßen an bunt bemalten Holztischen und lasen Zeitung.

Benito war einer von Carlos' früheren Lehrerkollegen, der auf Journalismus umgesattelt hatte. „So kann ich eher was an den bestehenden Verhältnissen ändern, als wenn ich aus Protest wochenlang auf dem Zócalo kampiere oder in den Hungerstreik trete", hatte er erklärt.

Carlos bewunderte ihn für seine Entscheidung. In Mexiko Journalist zu sein, war keine ungefährliche Sache; hier wurden, nach Kolumbien, weltweit die meisten Journalisten umgebracht.

Die beiden Männer umarmten sich zur Begrüßung und bestellten Milchkaffee. Benito zündete sich eine Zigarette an und blies den Rauch in die Luft, wo er von einem Ventilator verwirbelt wurde. „Hast du was von dem Mädchen gehört?“, fragte er.

Carlos schüttelte den Kopf. „In deinem Artikel hast du den Verdacht nahegelegt, sie könnte die verschleppte Frau sein. Hast du irgendwelche Hinweise in dieser Richtung?“

Benito wiegte den Kopf. „Es spricht einiges dafür, nicht wahr?“

Carlos nickte mit düsterem Gesichtsausdruck. „Ja, leider. Offen gestanden bin ich inzwischen überzeugt, dass sie es ist. In deinem Artikel ist die Rede von Zeugen, die das Ganze beobachtet haben wollen. Wer sind sie?“

„Freunde von mir, die dort waren.“

„Was haben sie genau gesehen?“

Benito wand sich. „Ehrlich gesagt nicht so viel, weil sie ziemlich weit entfernt waren. Nur dass Schwarzgekleidete mit Schlagstöcken die Leute auf der Hidalgo mit einem Pick-up gejagt und ein paar von ihnen rausgezogen haben.“

„Mehr nicht?“

„Nein. Aber eine anonyme Anruferin hat uns erzählt, dass es eine Frau war, die sie mitgenommen haben.“

„Eine anonyme Anruferin? Ist das für dich eine Zeugin?“

„Die Leute haben Angst, man muss froh sein, wenn überhaupt jemand was erzählt! Dabei fällt mir ein …“, Benito schlug sich mit der Hand gegen die Stirn, „sie hat noch mal angerufen, nachdem der Artikel erschienen war. Meine Sekretärin hat den Anruf entgegengenommen, sie wollte mir das Protokoll geben. Offenbar hat sie es vergessen.“ Er nahm sein Handy und wählte eine Nummer.

„Clara, hier Benito. Was hat diese anonyme Anruferin gesagt? Ich meine, bei ihrem zweiten Anruf? Ja, ich warte.“

Offenbar musste Clara erst nach dem Protokoll suchen.

„Ah, endlich!“ Benito griff nach einem Stift und notierte einige Stichworte. „Danke, Clara. Nächstes Mal will ich so was gleich auf den Tisch, verstanden? Jaja, schon gut. Reg dich nicht auf.“

Er schaltete das Handy aus, dann wandte er sich zu Carlos. „Hier haben wir den Beweis. Die Anruferin gab eine genaue Beschreibung der verschleppten Frau. Nicht sehr groß, zierliche Figur, dunkle Locken, Umhängetasche aus Stoff. Und dann sagte sie noch, es sei keine Mexikanerin gewesen.“

Carlos horchte auf. „Woher wusste sie das?“

„Das hat Clara auch gefragt. Und da hat sie gesagt, sie sei eine Kollegin von ihr. Dann hat sie aufgelegt."

Carlos blickte mit gerunzelter Stirn vor sich auf den Tisch. Wenn „keine Mexikanerin" bedeutete: eine Deutsche, dann handelte es sich um Josy. Und wenn sie es war, die auf dem Pick-up verschleppt worden war, dann war die Anruferin … „Ich muss los", sagte er und sprang auf. „Nächstes Mal zahle ich." Er klopfte seinem Freund im Vorbeigehen auf die Schulter und eilte aus dem Café.

Zurück im Zentrum befahl er Loreta in schroffem Ton, in sein Büro zu kommen.

Loreta folgte ihm widerspruchslos. In seinem Büro blieb sie stehen, verschränkte die Arme vor der Brust und senkte den Blick.

Carlos hatte sich auf seinen Schreibtischstuhl gesetzt und musterte sie. Ihr Äußeres war nicht sehr einnehmend; sie hatte einen massigen Körper mit breiten Schultern und ein flächiges Gesicht, das sehr freundlich aussehen konnte, aber auch sehr finster. Er kannte sie, seit sie auf der Welt war, sie war immer verlässlich und ehrlich gewesen. Er fragte sich, was in die junge Frau gefahren sein konnte. „Du weißt, warum ich dich gerufen habe?"

Sie zuckte die Schultern und blieb stumm. Mit schuldbewusstem Ausdruck senkte sie den Kopf.

Er sprang von seinem Stuhl auf und packte sie an den Oberarmen. „Schämst du dich gar nicht? Du siehst mit eigenen Augen, wie Josy von einem Schlägertrupp verschleppt wird, und sagst kein Wort? Sitzt hier, spielst die Betroffene und sagst: ‚Sie wird schon wieder auftauchen'?!"

Loreta presste die Lippen zusammen. Dann sagte sie leise: „Ich habe ja bei der Zeitung angerufen."

„Nachdem Josy schon drei Tage verschwunden war!", rief Carlos empört.

Loreta sank auf einen Stuhl und begann zu weinen. „Es war falsch, ich weiß. Ich habe es ja auch bereut und ein zweites Mal bei der Zeitung angerufen. Dabei habe ich Josy genau beschrieben und gehofft, dass sie es veröffentlichen, aber sie haben es nicht getan."

„Weil eine dämliche Sekretärin vergessen hat, es weiterzugeben", sagte Carlos finster. Dann ging er vor Loreta in die Hocke, um ihr in die Augen sehen zu können. „Sag mir nur eines: Warum hast du das getan? Warum hasst du Josy so?"

„Ich hasse sie nicht", schluchzte Loreta. „Ich … ich liebe Luis, schon seit wir Kinder sind. Ich … habe gedacht, Luis gehört zu mir. Als er nun für ein ganzes Jahr zurückgekommen ist, dachte ich … er kommt meinetwegen, aber in Wirklichkeit interessiert er sich gar nicht für mich, weil er nur Augen für Josy hat." Sie wurde von einem Weinkrampf geschüttelt.

Hilflos stand Carlos diesem Gefühlsausbruch gegenüber. Schließlich wandte er sich ab und ging zurück zu seinem Stuhl. Er setzte sich und wartete, bis Loreta sich etwas beruhigt hatte.

„Es … tut … mir so … leid, ehrlich!", sagte sie stockend. „Ich mache mir solche Vorwürfe. Ich wünschte … ich könnte es ungeschehen machen."

„Das wirst du dir vor allem wünschen, falls Josy etwas zustößt", sagte Carlos mit gepresster Stimme. „Geh jetzt."

Loreta stand auf und huschte aus dem Raum. Carlos starrte vor sich hin, einen abwesenden Ausdruck im Gesicht. Dann griff er nach dem Telefon.

FREDA wusste nicht, wie sie die Zeit seit dem Anruf von Luis überstanden hatte. Tanja war voller Anteilnahme und Verständnis gewesen, und so hatte sie sich freinehmen können. Sie wollte niemanden sehen, mit niemandem reden. Nicht einmal mit Arno, dem sie erzählt hatte, sie sei krank und würde sich melden, wenn es ihr besser ginge.

Nur Johann Krummbaur ließ sie zu sich, er kam mindestens einmal am Tag und rief mehrmals täglich an, um über den Fortgang der amtlichen Ermittlungen zu berichten. Obwohl Freda mehrfach kurz davorstand, einfach einen Flug zu buchen, schaffte er es immer wieder, sie davon abzuhalten. Er war der Einzige, dem sie vertraute, an ihm hing ihre ganze Hoffnung.

Aber nun hatte Carlos angerufen und ihr mitgeteilt, dass es konkrete Hinweise gebe, Josy sei nach der Demonstration festgenommen und entführt worden.

Kaum hatte Carlos das Gespräch beendet, saß Freda bereits am Computer und suchte im Internet Flüge nach Oaxaca. Der einzige Flug, der am nächsten Tag ging, kostete ein Vermögen. Sie buchte ihn. Sie war gerade dabei, ihren Koffer zu packen, als es an der Tür klingelte. Das war bestimmt Johann Krummbaur, der versuchen würde, sie von ihrem Plan abzubringen. Sie beschloss, nicht zu öffnen. Das Klingeln hielt an, gleich darauf klopfte jemand heftig gegen die Tür und rief ihren Namen. Es war Arnos Stimme.

„Freda, mach auf! Ich weiß, dass du da bist! Ich warte hier, bis du öffnest."

Schließlich hielt sie es nicht mehr aus und machte die Tür auf.

„Freda!", stieß Arno erleichtert hervor und schloss sie in die Arme. „Was ist denn los mit dir? Warum willst du mich nicht sehen?"

Freda klammerte sich geradezu an ihm fest. „Es tut mir leid, ich … Es ist etwas Furchtbares passiert … Ich hatte einfach nicht die Kraft …"

„Aber ich bin doch dein Freund, vertraust du mir nicht?"

„Doch, natürlich“, schluchzte Freda auf, „ich bin so froh, dass du da bist.“ Sie zog ihn in die Wohnung.

„Willst du mir nicht endlich sagen, was passiert ist?“ Erst jetzt bemerkte er, wie eingefallen und blass ihr Gesicht war.

„Josy …“, begann sie und schluckte, „Josy … ist seit Freitag verschwunden. Gerade habe ich erfahren, dass sie wahrscheinlich nach einer Demo festgenommen und … verschleppt worden ist. Niemand weiß, wer dahintersteckt und wo sie jetzt ist. Und … ob sie noch lebt.“ Sie brach in Tränen aus. „Ich … fliege morgen nach Oaxaca.“

„Ich komme mit“, sagte Arno, ohne nachzudenken.

„Nein, bitte nicht“, sagte Freda. „Das ist zu viel … ich will das nicht. Du kennst Josy nicht mal.“

„Aber ich kenne dich. Und … ich liebe dich.“

Es war das erste Mal, dass einer von ihnen diesen Satz ausgesprochen hatte. Einen Moment blieb es still. Dann brachte Freda ein Lächeln zustande. „Ich … liebe dich auch, Arno. Und ich verspreche, dass ich zu dir zurückkomme. Aber jetzt muss ich mein Kind suchen, verstehst du? Das ist im Moment das Wichtigste.“

Arno nickte. „Natürlich verstehe ich das. Darf ich dich morgen zum Flughafen bringen?“

„Gern“, sagte sie und schmiegte ihr Gesicht an seine Wange.

ENDLICH war Freda unterwegs. Sie war von München nach Madrid geflogen und saß nun in der Maschine nach Mexico City, wo sie noch einmal umsteigen musste, um nach Oaxaca zu kommen. Über zwölf Stunden Flug lagen vor ihr. Je näher sie ihrem Ziel kam, desto besser fühlte sie sich. Endlich würde sie etwas unternehmen können, was immer es auch sein mochte. Die Warterei der letzten Tage hatte sie völlig fertiggemacht, trotz des Beistands von Krummbaur.

Die Maschine begann ihren Anflug auf Mexico City. Noch knapp vier Stunden, dann wäre sie in Oaxaca.

Am Flughafen wartete Luis mit seinem Vater. Carlos' Stirn lag in tiefen Sorgenfalten. Luis kämpfte mit den Tränen, als er Freda auf sich zukommen sah.

Sie umarmte beide in einer spontanen Aufwallung und sagte: „Ihr müsst euch nicht schuldig fühlen. Es war Josys Entscheidung, hierherzukommen. Keiner von euch trägt die Verantwortung für das, was passiert ist.“

Luis wischte sich verstohlen die Augen. Er hatte solche Angst vor der Begegnung mit ihr gehabt, denn natürlich fühlte er sich schuldig. Dass Freda nun so freundlich zu ihm war, erleichterte und beschämte ihn zugleich.

Sie bestiegen den Bus Richtung Zentrum. Freda nahm kaum wahr, was um sie herum geschah. Sie hatte nur einen einzigen Gedanken, der sich unablässig in ihrem Kopf bewegte. „Gibt es denn irgendetwas Neues?", fragte sie endlich.

Beide Männer schüttelten den Kopf.

„Und was können wir jetzt tun?"

„Wir gehen gemeinsam zur Polizei", erklärte Carlos. „Ich war zwar schon dort und habe Josy als vermisst gemeldet, aber wenn Sie als Ausländerin auftauchen und Druck machen, hat das eine ganz andere Wirkung."

„Wie soll das gehen?"

„Sie müssen sagen, dass Sie das Auswärtige Amt eingeschaltet haben, dass die Deutsche Botschaft in Mexico City informiert ist und dass mit erheblichen Unannehmlichkeiten zu rechnen ist, wenn nicht endlich etwas unternommen wird. Diese Leute reagieren nur auf Druck von oben."

Freda nickte nachdenklich. „Haben Sie denn eine Ahnung, wer die Leute sind, die Josy … in ihrer Gewalt haben?"

„Vermutlich Männer einer gedungenen Schlägertruppe, die bei Demonstrationen und ähnlichen Gelegenheiten zur Verstärkung eingesetzt werden. Wir wissen allerdings nicht, wie eng ihre Verbindungen zur Polizei sind. Im besten Fall haben sie auf deren Anweisung gehandelt, dann wäre es möglich, dass wir etwas ausrichten können. Es wäre aber auch möglich, dass sie eigenmächtig tätig waren. Dann ist die Sache sehr viel schwieriger."

„Soll ich mir vielleicht einen Anwalt nehmen?", fragte Freda.

Carlos überlegte. „Das ist keine schlechte Idee. Es gibt da jemanden, der auf Fälle dieser Art spezialisiert ist. Ich werde ihn fragen."

Josy balancierte auf einem Haufen aufgeschichteter Ziegel und stocherte mit einer Stange im Dachstuhl. Schweiß lief ihr übers Gesicht und in die Augen, so groß war die Anstrengung, das Gleichgewicht zu halten und dabei genügend Kraft aufzubringen, um mögliche brüchige Stellen in der Dachverkleidung zu finden.

Gleichzeitig lauschte sie nach draußen; sobald sie das Auto ihrer Entführer hören würde, müsste sie den Ziegelhaufen umstoßen und die Steine schnell verstecken. Aber noch war alles ruhig. Es war früh am Morgen, und vor dem späten Vormittag war noch nie jemand hier aufgetaucht.

Sie wusste, dass die Zeit drängte. Jeder Tag, den die Kerle sie festhielten, brachte sie in größere Gefahr. Es war offensichtlich, dass die beiden keinen Plan hatten und nicht wussten, was sie mit ihr anfangen sollten.

Das Problem war, dass sie sich nicht in der Hand von Kriminellen befand, die es auf Geld abgesehen hatten. Dann hätten sie längst ein Foto von ihr gemacht und Lösegeld gefordert. Dann gäbe es eine konkrete Spur, und bestimmt würde bereits nach ihr gesucht werden.

Ihre Entführung aber war, wie sie die Sache einschätzte, ein bedauerlicher Irrtum, und ihre Entführer waren zwei naive Idioten, denen die Sache über den Kopf zu wachsen drohte. Das machte sie nicht weniger gefährlich. Im Gegenteil. Wie sie die Sache drehte und wendete, sie kam zum immer gleichen Ergebnis: Sie musste hier raus!

Mit aller Kraft stieß sie nach oben – und wäre fast von ihrem Ziegelturm gestürzt. Die Stange traf nicht auf Widerstand, das Dach war an dieser Stelle morsch und brüchig. Vorsichtig prüfte sie ringsherum das Holz, überall fühlte es sich weich an.

Jetzt musste es schnell gehen. Sie sprang auf den Boden und suchte nach mehr Steinen, um den Turm verbreitern und höher bauen zu können. Sie musste so hoch kommen, dass sie einen der Dachbalken erreichen, sich an ihm festhalten und hochziehen könnte – vorausgesetzt, sie schaffte es, ein Loch in die Decke zu schlagen.

Sie arbeitete wie besessen. All ihre Angst bündelte sich zu einer Energie, die sie noch nie in sich gespürt hatte.

Nach einer knappen Stunde hatte sie es geschafft, eine Öffnung in die Holzdecke zu schlagen. Die Sonne stand bereits hoch am Himmel und schien zu ihr herein wie ein Zeichen der Hoffnung. Aber das Loch war noch nicht groß genug. Ohne Pause arbeitete sie weiter, vergrößerte Zentimeter für Zentimeter den Durchbruch, bis sie glaubte, dass sie es schaffen könnte. Sie stieg von ihrem Turm herab, griff nach einer Wasserflasche und trank sie in einem Zug leer, eine zweite steckte sie in ihren Stoffbeutel. In diesem Moment hörte sie ein Auto, das sich schnell näherte.

SECHZEHN

Martín Gómez Suárez war Anwalt und engagierter Kämpfer für Menschenrechte und gegen Korruption. Entsprechend unbeliebt war er bei bestimmten Mitgliedern der Regierung und der Verwaltung von Oaxaca. Da er aber bereits mehrere Auszeichnungen, auch aus dem Ausland, erhalten hatte, ließ man ihn notgedrungen gewähren.

Carlos saß bereits am frühen Morgen dem berühmten Anwalt in seinem kleinen, mit Akten vollgestopften Büro gegenüber und schilderte, was vorgefallen war. Suárez, ein Mittfünfziger mit grauem, lockigem Haar und einer runden Brille, hörte schweigend zu und machte sich Notizen. Dann hob er den Kopf und blickte Carlos vorwurfsvoll an. „Warum sind Sie nicht früher gekommen?"

Carlos wand sich verlegen. „Ich … ich kann mir Ihre Arbeit nicht leisten, Herr Rechtsanwalt. Die Mutter der Entführten ist inzwischen in Oaxaca eingetroffen, sie ist in der Lage, Sie mit einem Mandat zu betrauen."

Suárez sah ihn an, seine Augen blitzten. „Merken Sie sich eines, mein Freund: Wenn es um ein Menschenleben geht, darf Geld keine Rolle spielen. Verstanden?"

Carlos nickte. „Dann nehmen Sie das Mandat also an?"

„Selbstverständlich."

„NEIN, bitte nicht!" Loreta sah Carlos flehend an. „Das kannst du nicht von mir verlangen!" Sie stand vor ihm und rang die Hände.

Carlos blieb scheinbar ungerührt. „Und ob ich das kann. Hast du nicht gesagt, es tut dir leid und du würdest es gern ungeschehen machen? Das kannst du leider nicht, aber du kannst wenigstens versuchen, Josy zu helfen. Also wirst du heute Nachmittag bei der Polizei aussagen."

„Aber ich habe Angst! Du weißt genau, dass ich Schwierigkeiten bekommen kann!"

„Schwierigkeiten bekommst du so oder so, du kannst dir nur noch aussuchen welche."

Loretas Blick flatterte. Mit einer nervösen Bewegung strich sie sich die Haare aus dem Gesicht. „Was willst du damit sagen?"

„Dass ich dich aus dem Zentrum werfe, wenn du dich weigerst." Er ließ ihr keine Zeit für eine Erwiderung und verließ den Raum.

ZIELSTREBIG näherten sich am selben Nachmittag fünf Personen dem Polizeipräsidium. Vorneweg ging Suárez mit energischen Schritten, eine Aktenmappe unter den rechten Arm geklemmt. Es folgten Carlos, Freda, Kristin und Loreta. Luis war im Zentrum geblieben.

Sie meldeten sich an der Pforte, dann gingen sie in den zweiten Stock und setzten sich nebeneinander auf eine Bank im Flur. Suárez klopfte an die Tür des Vorzimmers und trat ein; Carlos sah durch den Spalt, dass dieselbe Frau darin saß wie bei seinem letzten Besuch.

Diesmal dauerte es nur etwa 15 Minuten, bis sie aufgerufen wurden. Sie betraten den Raum, in dem Carlos die Vermisstenanzeige aufgegeben hatte. Und natürlich saß wieder Comandante Cortez hinter dem Schreibtisch. Er musterte die Gruppe und begrüßte Suárez mit einem knappen Nicken.

Es gab nur vier Sitzgelegenheiten, deshalb blieb Loreta im Hintergrund an der Wand stehen, so weit weg vom Geschehen wie möglich. Die anderen setzten sich, Suárez ergriff das Wort und bat um Verständnis dafür, dass Carlos für Freda ins Deutsche übersetzte. Der Polizeioffizier brummte etwas Zustimmendes.

Der Anwalt fasste die Ereignisse von dem Moment an, in dem Kristin und Josy sich in der Nähe des Zócalo verabschiedet hatten, bis zur Ankunft von Freda zusammen. Er erwähnte die Zeitungsmeldung, die anonyme Zeugenaussage und zog die Schlussfolgerung, dass es sich bei der Verschleppten mit an Sicherheit grenzender Wahrscheinlichkeit um die vermisste Josefine März handle.

Der Mann hörte mit gesenktem Blick zu. Dann fixierte er Kristin. „Woher wissen Sie überhaupt, dass Ihre Kollegin zur Demo gegangen ist?"

„Weil sie dort mit ihrem Freund verabredet war. Und weil sie sich auch von mir nicht davon abbringen lassen wollte, hinzugehen."

„Warum wollten Sie Ihre Freundin davon abhalten?"

„Weil ich Angst hatte, dass die Situation eskalieren könnte. Und weil ich weiß, dass Ausländer sich nicht politisch betätigen sollen."

„Exakt", stellte der Beamte mit schneidender Stimme fest. „Ihre Freundin hat sich nicht an dieses Verbot gehalten, nun muss sie mit den Konsequenzen leben."

Suárez beugte sich nach vorn. „Aber die Konsequenz aus diesem Fehlverhalten kann ja nicht sein, dass sie verschleppt und illegal festgehalten wird", sagte er mit verbindlichem Lächeln.

„Wollen Sie damit sagen, die Polizei bediene sich illegaler Methoden?", fragte Cortez und betonte jedes Wort einzeln.

„Das habe ich nicht gesagt. Aber irgendjemand hält das Mädchen fest, und da bislang keine Lösegeldforderung eingegangen ist, müssen wir annehmen, dass es sich nicht um einen kriminellen Hintergrund handelt, sondern um das Vorgehen gewisser Kräfte, die eventuell ihre Anordnungen zumindest ursprünglich aus dem Bereich der hiesigen Ordnungsmacht erhalten haben."

Freda, die dem Gespräch durch Carlos' Übersetzung einigermaßen folgen konnte, war beeindruckt von Suárez' Formulierungskunst. Außerdem schien er überhaupt keine Angst zu haben, was auf die anderen in der Gruppe keineswegs zutraf.

„Diese Unterstellung ist absurd", erklärte der Beamte, „Was ist mit dem Freund der Vermissten, wie heißt er?"

„Das habe ich Ihnen bereits bei meinem letzten Besuch gesagt", schaltete sich Carlos ein, „der Junge heißt Miguel Sánchez Martínez." Er bemerkte, dass der Mann bei der Erwähnung des Namens stutzte und sich eine Notiz machte.

„Hat die Vermisste ihn getroffen? Haben Sie mit ihm gesprochen? Vielleicht weiß er ja, wo das Mädchen ist?"

Carlos berichtete, dass Miguel und Josy sich zwar getroffen, wegen einer Meinungsverschiedenheit aber schnell wieder getrennt hätten. Danach habe der Junge sie nicht mehr gesehen.

„Und was ist mit dieser anonymen Anruferin? Was will sie genau gesehen haben?"

Suárez bedeutete Loreta, vorzutreten.

Zögernd ging sie einige Schritte auf den Schreibtisch zu. „Das war ich … ich habe bei der Zeitung angerufen."

Der Comandante musterte sie. „Sie waren also ebenfalls bei der Versammlung. Waren Sie gemeinsam mit Ihrer Kollegin dort?"

„Nein, wir trafen uns später, als wir … wegliefen. Wir sind eine Weile nebeneinanderher gelaufen, und dann habe ich gesehen, wie meine Kollegin gestürzt ist. Sie wurde von zwei Männern aufgegriffen und auf die Ladefläche einer Art Lieferwagen geworfen."

„Können Sie die Männer beschreiben?"

„Sie waren schwarz gekleidet und hatten Schlagstöcke. Einer war … maskiert, er trug ein Tuch vor dem Gesicht."

„Was geschah dann?"

„Der Wagen fuhr mit hoher Geschwindigkeit davon."

Die Miene des Ermittlers blieb unbewegt. „Aufgrund der Ausschreitungen im Rahmen der nicht genehmigten Demonstration waren die Ordnungshüter gezwungen, einige Festnahmen durchzuführen. Sofern kein nachweisbares Delikt vorlag, wurden alle Betroffenen noch in derselben Nacht, spätestens aber am nächsten Tag, auf freien Fuß gesetzt."

Seine Worte klangen wie eine amtliche Verlautbarung. Im Übrigen, bemerkte Carlos, entsprach die Formulierung weitgehend der ersten Zeitungsmeldung. Wut stieg in ihm hoch. Der Kerl hatte eine perfide Art, sich vermeintlich korrekt zu geben und in Wirklichkeit auf nichts von dem einzugehen, was gesagt wurde.

„Warum haben Sie ein zweites Mal beim *Diario* angerufen?", setzte Cortez Loretas Befragung fort. „Warum sind Sie nicht einfach hierhergekommen und haben eine Aussage gemacht?", donnerte er.

Loreta zuckte zusammen.

„Vielleicht weil sie sich gefürchtet hat?", schaltete Suárez sich ein. „Ihre Vernehmungsmethoden würden dazu durchaus Anlass geben."

Die Augen des Comandante verengten sich. Er wandte sich Freda zu, die unruhig auf ihrem Stuhl herumrutschte. Man konnte ihr ansehen, dass sie große Anstrengungen aufbringen musste, sich zu beherrschen.

„Und Sie lassen Ihre Tochter ins Ausland gehen, wo sie gegen die Regeln verstößt, und dann kommen Sie her und wollen sich beschweren?"

Freda schnappte nach Luft. Suárez sandte ihr einen warnenden Blick, und sie besann sich auf die zuvor besprochene Strategie.

„Ich will mich nicht beschweren, ich will nur meine Tochter finden", begann sie so ruhig wie möglich, und Carlos übersetzte.

Der Polizeioffizier machte eine unwillige Handbewegung. „Sie hätten Ihrer Tochter besser beigebracht, sich an die Gesetze zu halten, dann hätten Sie jetzt kein Problem."

„Wenn Sie nicht alles tun, um sie endlich zu finden, haben Sie bald ein Problem!", sagte Freda energisch. „Das Auswärtige Amt in Berlin ist bereits informiert, die Botschaft in Mexico City ebenso. Man hat dort wenig Verständnis für den Vorfall, insbesondere nachdem kürzlich erst vier spanische Staatsbürger aus Oaxaca verschleppt und mehrere Tage widerrechtlich festgehalten und misshandelt worden sind. Wenn Ihnen am internationalen Ansehen Ihres Landes und Ihrer Stadt gelegen ist, sollten Sie schnellstens tätig werden."

Carlos brach der Schweiß aus. Er hatte beim Übersetzen immer schneller und leiser gesprochen, aber natürlich hatte Cortez trotzdem alles genau verstanden. Er erwartete einen Wutausbruch, doch stattdessen lehnte der Polizist sich zurück und setzte ein arrogantes Lächeln auf.

„Ihr seid doch alle gleich", sagte er. „Gringos, Europäer, alle glaubt ihr, uns beibringen zu müssen, wie wir unser Land regieren sollen. Uns, den faulen, korrupten Mexikanern, die den ganzen Tag mit dem Sombrero auf dem Kopf in der Hängematte liegen, wenn wir nicht gerade unsere politischen Gegner jagen und dabei die Menschenrechte verletzen."

Freda war jetzt kurz davor, die Nerven zu verlieren. „Also was ist, suchen Sie nach meiner Tochter oder nicht?!"

Das Lächeln des Comandante verstärkte sich. „Natürlich suchen wir nach Ihrer Tochter, wir leben hier schließlich in einem Rechtsstaat", erklärte er mit sanfter Stimme. Dann blickte er sie an, und das Lächeln verschwand schlagartig aus seinem Gesicht. „Aber was immer Ihrer Tochter zugestoßen ist, hat sie sich selbst zuzuschreiben. Wir sind fertig."

DAS MOTORENGERÄUSCH war schnell näher gekommen, und Josy hatte gewusst, dass es nun darauf ankäme, dass dies ihre einzige Chance war.

Sie hatte sich ihren Beutel geschnappt, war auf den Turm aus Ziegeln geklettert und hatte nach dem Dachbalken über sich gegriffen. Angespannt hatte sie nach draußen gelauscht. Zu früh dürfte sie nicht rausklettern, sonst würde man sie von außen sehen. Zöge sie sich aber zu spät hoch, würden die Männer sie beim Betreten des Schuppens entdecken. Es käme also darauf an, genau den richtigen Moment zu erwischen.

Die Autotüren waren zugefallen, erst eine, dann die zweite. Sie hatte versucht, sich die Entfernung zwischen Auto und Schuppen zu vergegenwärtigen. Eins, zwei, drei, vier, hatte sie lautlos gezählt, dann alle Kraft zusammengenommen und sich hochgezogen. Sie hatte gespürt, wie das gesplitterte Holz sich in ihre Handflächen drückte, wie die Haut riss. Trotz des Schmerzes hatte sie sich weiter festgeklammert.

Im nächsten Moment war der Riegel zurückgeschoben worden. Sie hatte das rechte Bein nach oben geschwungen, den Fuß gegen den Rand der Öffnung gepresst und das Gewicht ihres Körpers weiter hochgeschoben, bis sie das zweite Bein nachziehen und ihren Oberkörper durch die Öffnung hatte drücken können. In der Sekunde, in der unten die Tür aufschwang, hatte sie ihren linken Fuß hochgezogen. Es dauerte nur Sekunden, bis von unten eine brüllende Männerstimme zu hören war. Sie nutzte den Moment, um den letzten halben Meter bis zum Rand des Daches zu robben und sich fallen zu lassen. Es tat ziemlich weh, als sie aufkam, aber sie blieb unverletzt. Schnell rappelte sie sich hoch und lief los, immer den Hügel abwärts. Erst als sie ein ganzes Stück vom Schuppen entfernt war, sah sie sich um. Zu ihrer Überraschung war niemand hinter ihr hergerannt. Offenbar hatten die Männer geglaubt, sie wäre in die andere Richtung gelaufen, und versuchten sie mit dem Wagen zu verfolgen.

Nun war sie ungefähr auf halber Höhe zwischen dem Schuppen und dem Tal angekommen. Um sie herum gab es nur trockenes Gras, halbhohe Büsche und knorrige Bäume, darüber die sengend heiße Sonne. Sie musste sich äußerst vorsichtig vorwärtsbewegen, denn es war nicht auszuschließen, dass die Männer irgendwo auf der Lauer lagen.

Sie ging weiter querfeldein Richtung Tal, hielt sich rechts und überquerte den kleinen Hügel, der vor ihr lag. Als sie über die Kuppe kam, atmete sie auf: ein Weg schlängelte sich in einiger Entfernung von ihr durchs Gelände. Sie ging vorsichtig weiter bergab, fand den Weg und folgte ihm etwa eine Stunde, bis sie in einiger Entfernung vor sich einen Bauernhof liegen sah. Dann beschleunigte sie ihren Schritt, begann zu laufen, bis sie atemlos dort angekommen war.

Sie sah sich um. Ein einfaches Wohnhaus, ein paar Ställe und Nebengebäude. Auf dem Hof pickten Hühner, im Schatten eines altersschwachen

Lieferwagens döste eine Katze. Vom Hof führten Leitungen weg, es bestand also die Möglichkeit, dass es ein Telefon gab. Josy ging auf das Wohnhaus zu, ein einfaches Steingebäude, vom dem der schmutzig weiße Putz abblätterte. Die Türen und Läden hingen schief in den Angeln.

Sie klopfte. Die Haustür öffnete sich und eine Frau erschien, mit langem Rock und Schürze bekleidet, über dem Haar ein geblümtes Tuch. Sie war jung, höchstens 26 oder 27, aber ihr Gesicht wirkte deutlich älter.

Die Frau schien nicht weiter erstaunt über das Auftauchen einer Fremden und winkte sie herein.

Josy trat in den Flur. „Entschuldigen Sie, haben Sie Telefon?"

„Telefon, ja, nur im Moment …", sie machte mit der Hand die Bewegung einer Schere, die etwas durchschneidet.

Es gab also ein Telefon, aber es war kaputt. Josy überlegte.

Die Frau winkte erneut. „Komm rein, trink etwas. Ich habe frischen Guavensaft." Der Gedanke an ein kühles Getränk war verlockend, Josy beschloss, der Einladung zu folgen. Danach würde sie weitergehen und sicher eine Straße finden.

Sie ging mit der Frau in die Küche und setzte sich auf einen wackligen Holzstuhl.

Die Frau mischte etwas in einer Tonkaraffe, die sie neben Josy auf den Tisch stellte, dazu einen Plastikbecher. Josy bedankte sich, schenkte die weißlich trübe Flüssigkeit in den Becher und trank durstig.

„Hast du Hunger?", fragte die Frau.

Josy hatte den Gedanken an Essen den ganzen Tag verdrängt. Jetzt kam ihr zu Bewusstsein, dass sie seit den zwei Brotscheiben am Morgen nichts mehr zu sich genommen hatte. Sie nickte schüchtern.

Die Frau stellte einen Teller mit Tortillas und eine Schale mit grüner Soße auf den Tisch. Josy fühlte sich leicht schwindlig. Das musste der Hunger sein. Sie tropfte Soße auf einen Tortillafladen, rollte ihn zusammen und aß. Das war das Beste, was sie seit Langem gegessen hatte, dachte sie, bevor sie bewusstlos vom Stuhl rutschte.

Freda saß in Josys kleinem WG-Zimmer auf dem Bett. Sie stellte sich vor, wie ihre Tochter bis vor wenigen Tagen hier gelebt hatte, fühlte sich ihr ganz nahe und wusste doch, dass sie unerreichbar weit weg war.

Sie stand auf und ging zu der Holzplatte, die am Regal befestigt war und als Schreibtisch diente. Dort herrschte, wie im ganzen Zimmer, das gewohnte Josy-Durcheinander.

Fredas Blick fiel auf Josys kleine Digitalkamera, die weit hinten im Regal stand. Die war wohl kaum benutzt worden. Sie nahm sie in die Hand und schaltete sie ein. Immerhin, einige Bilder waren drauf. Zwei ältere Leute vor einem ärmlichen Häuschen, in der Mitte Luis. Das waren bestimmt seine Großeltern in Mexico City. Ein paar eindrucksvolle Landschaftsbilder, wahrscheinlich von der Busfahrt nach Oaxaca.

Es folgten einige Fotos aus dem Kinderzentrum, das Freda bereits kannte.

Kristin kam rein. „Darf ich?"

„Klar." Freda hielt ihr die Kamera hin. „Wie kommt Josy im Zentrum zurecht?"

„Am Anfang war es nicht leicht", erinnerte sich Kristin, „aber dann wurde es immer besser. Sie hat sich durchgebissen."

Freda lächelte. „Das kenne ich gar nicht von ihr. Bisher ist sie Schwierigkeiten lieber aus dem Weg gegangen."

Kristin blickte erstaunt. „Ich habe sie ganz anders erlebt. Richtig kämpferisch. Sie wird es schaffen, Freda, sie wird zurückkommen!"

Fredas Unterlippe begann zu zittern. Kristin nahm sie in die Arme, gleich darauf weinten beide.

Fredas Handy klingelte. Sie nahm das Gespräch an. „Ja?"

„Hier Krummbaur."

„Johann", sagte Freda schniefend, „wie geht es Ihnen?"

„Danke, gut. Und Ihnen? Haben Sie schon was herausgefunden?"

„Ich habe mir einen Anwalt genommen, und wir waren heute auf der Polizei. Viel ist dabei nicht herausgekommen."

„Ich wollte Ihnen nur sagen, dass die Deutsche Botschaft inzwischen eine offizielle Anfrage nach Oaxaca geschickt hat. Die Behörden dort kriegen jetzt richtig Druck. Vielleicht hilft es ja."

„Danke, Johann", sagte Freda, „das können wir nur hoffen."

„Ich melde mich wieder", sagte Krummbaur. „Auf Wiederhören."

Freda drückte den Aus-Knopf und sah Kristin an. „Weißt du, was das Schlimmste ist? Diese verdammte Untätigkeit! Immer nur warten, warten, warten. Ich muss irgendwas unternehmen, sonst werde ich verrückt."

Kristin nickte nachdenklich. „Vielleicht habe ich da eine Idee …"

ALS JOSY aufwachte, bemerkte sie als Erstes einen widerlichen Gestank. Sie richtete sich ein Stück auf und stellte fest, dass sie auf einer Lage Stroh am Boden eines Holzverschlags lag, der rundum geschlossen war. Um sie herum scharrte und schnaufte es, hie und da ertönte ein kräftiges „Bähääh!"

Sie war wieder gefangen.

Fassungslos fiel sie auf ihr Strohlager zurück. Wie war das möglich? Die

Frau war so freundlich gewesen! Außerdem war sie doch ganz zufällig in diesem Bauernhof gelandet, niemand hatte sie hergelockt. Sie konnte sich nicht erklären, wie sie in diese Falle geraten war.

Lähmende Verzweiflung überkam sie. Zum ersten Mal seit dem Beginn ihrer Gefangenschaft ergriff der Gedanke von ihr Besitz, dass hier, zwischen blökenden, stinkenden Schafen, Endstation wäre. Irgendwann würden ihre Entführer kurzen Prozess machen.

Sie war so müde. Nicht einmal die Kraft zum Aufstehen hatte sie. Und die Energie, herauszufinden, ob es eine Chance gäbe, aus ihrem neuen Gefängnis zu entkommen, hatte sie schon gar nicht. Sie wollte nur schlafen. Schlafen, bis dieser Albtraum vorbei wäre.

Nach einer Weile wurde sie geweckt. Über ihrem Verschlag tauchte ein bekanntes Gesicht auf, der ältere der beiden Entführer.

„So hast du dir das vorgestellt, du kleines Miststück. Zu dumm, dass in dieser Gegend nur ein einziger Bauernhof ist und dass der zufällig meiner Familie gehört. Und dass der Weg zur Straße in jedem Fall hier vorbeiführt. Eigentlich mussten wir nur warten, bis du kommst."

Josy reagierte nicht.

„Hier bist du wenigstens in Gesellschaft! Magst du Schafe? Meine Frau wird dich versorgen, bis entschieden wird, was mit dir geschieht."

Bei diesen Worten war Josy plötzlich wieder hellwach. Was wollte er damit sagen? Sollte sie das als Hoffnungsschimmer deuten? Oder war es ihr Todesurteil?

DIE MENSCHENTRAUBE auf dem Zócalo wurde immer größer. Die Leute blieben rings um den kleinen Stand stehen, den Freda aufgebaut hatte, und lasen die Plakate, die daran befestigt waren:

> MEINE EINZIGE TOCHTER WURDE NACH DER POLITISCHEN KUNDGEBUNG AM 5. OKTOBER VON SICHERHEITSKRÄFTEN AUS OAXACA VERSCHLEPPT. SIE IST SEIT 9 TAGEN IN DER GEWALT IHRER ENTFÜHRER. BITTE HELFEN SIE MIR, SIE ZU FINDEN!

Daneben hing ein Bild von Josy, darunter stand:

> FREIHEIT FÜR JOSEFINE MÄRZ!

Hauptsächlich Frauen scharten sich um Freda und versuchten, sie mit ein paar freundlichen Sätzen zu trösten. Freda war gerührt von der Anteilnahme und Solidarität. Es schien, als wollten die Menschen wiedergutmachen, dass dem Mädchen in ihrer Stadt so etwas Furchtbares zugestoßen war.

Gastfreundschaft war für sie ein hohes Gut; dass sie verletzt worden war, beschämte sie alle.

Abends wurde es immer voller, die Menschen flanierten gruppenweise über den Platz, die Restaurants waren gefüllt, die fliegenden Händler machten ihre Geschäfte, die Luft war voller Lachen und Musik. Trotz ihres Kummers und ihrer Erschöpfung nahm Freda die heitere Stimmung wahr, was ihre Traurigkeit aber nur verstärkte. So eine schöne Stadt, so freundliche Menschen. Aber hinter der Fassade lauerten Willkür und Gewalt.

Ihr Blick fiel auf einen jungen Mann mit schmalem Gesicht und indianischen Zügen, der seit einiger Zeit an einen Baum gelehnt stand und zu ihr hinüberblickte. Er trug ein Tuch, das zum Stirnband gerollt war, und eine auffällige Kette, die aussah, als wäre sie aus Tierzähnen gearbeitet. Als er bemerkte, dass sie ihn wahrgenommen hatte, rannte er auf sie zu.

Als er sie erreicht hatte, griff er in seine Hosentasche und holte etwas hervor, was er ihr entgegenstreckte. Reflexartig griff Freda zu und hielt einen zerknüllten Zettel in der Hand. Gleich darauf sah sie den Jungen weglaufen.

„Wer war das?“, fragte Freda verwundert.

„Das war Miguel, Josys Freund“, sagte Carlos.

Freda sah auf das Papier in ihrer Hand. „Das hat er mir gegeben.“

„Zeigen Sie mal!“ Carlos nahm den Zettel und faltete ihn auf. Eine Mobilfunknummer stand darauf, und darunter: *Morgen früh, 7 Uhr.*

„Was hat das zu bedeuten?“, fragte Freda.

Carlos schüttelte den Kopf. „Ehrlich gesagt habe ich keine Ahnung.“

Josy war in einen Zustand völliger Agonie gefallen. Sie lag einfach nur da, ihre ganze Kraft, ihr Lebenswille, ihr Kampfgeist hatten sie verlassen.

Die Bäuerin war am Abend gekommen und hatte ihr etwas zu essen, eine Wasserflasche und einen Eimer gebracht. Es kam Josy vor, als sei der Frau das Ganze unangenehm, als würde sie nur einen Befehl befolgen.

Wenig später hatte sie erregte Stimmen auf dem Hof gehört, zwei Frauen stritten über irgendetwas, eine Tür knallte, dann war es wieder ruhig.

Freda lag schlaflos in ihrem Zimmer bei Carlos und Luis. Der Zettel, den Miguel ihr gegeben hatte, ging ihr nicht aus dem Kopf. *Morgen früh, 7 Uhr.*

Was war morgen früh um sieben? Was würden sie erfahren, wenn sie die angegebene Telefonnummer wählten?

Sie hoffte verzweifelt, es würde eine Nachricht von Josy sein, gleichzeitig fragte sie sich, was der Junge mit alldem zu tun haben sollte.

Sie sah ihn vor sich, schmächtig und dunkel, mit seinen schräg geschnittenen Augen und dem Indianerprofil. Ein schöner Junge, zweifellos. Aber welche Rolle spielte er? Warum hatte er nicht mit ihnen gesprochen?

Carlos hatte ihr erzählt, dass Miguels Bruder in der verbotenen Protestbewegung APPO aktiv war. Das Gefühl von Hilflosigkeit, das Freda schon die ganze Zeit begleitet hatte, wurde immer stärker.

Josy, wo bist du?, dachte sie verzweifelt. Wenn ich wüsste, wo du bist, würde ich dich befreien, egal wie. Und wenn es mein eigenes Leben kosten würde. Weinend presste sie ihr Gesicht ins Kissen.

In diesem Moment piepte ihr Handy, sie hatte eine Nachricht erhalten.

WAS IMMER GESCHIEHT, ICH BIN FÜR DICH DA. ARNO

SIEBZEHN

Jemand rüttelte leicht an ihrem Holzverschlag. Josy schlug die Augen auf. Im grauen Licht der Morgendämmerung erkannte sie eine Frau, eigentlich fast noch ein Mädchen. Das Mädchen legte den Finger an die Lippen und sah sie beschwörend an.

Josy setzte sich auf, hörte, wie an der Verriegelung hantiert wurde, bis das Holzgitter sich öffnete. Das Mädchen winkte Josy, zu ihr zu kommen.

Josy griff nach ihrem Beutel, krabbelte aus dem Verschlag und stand auf. Mit steifen Schritten ging sie nach draußen. Die Sonne war schon aufgegangen, goldenes Morgenlicht ergoss sich über die Hügel; der Hof lag noch im Schatten. Alles war ruhig, die Bewohner schliefen offenbar noch.

Ungefähr dreißig Meter weiter, zwischen zwei Büschen, war ein Moped versteckt. Das Mädchen setzte einen Helm auf, gab ihr einen zweiten und bedeutete ihr, hinten aufzusteigen. Josy folgte ihr wie in Trance.

Beim Start machte das Moped einen ohrenbetäubenden Lärm, panisch drehte Josy sich um, aber niemand war zu sehen. Sie fuhren auf dem kurvigen Weg, erreichten eine Schotterpiste und schließlich die asphaltierte Straße unten im Tal. Dort tobte schon der Verkehr; Lkws, Autos und Motorräder strebten in Richtung Stadt, bevor die große Hitze begann.

Josy konnte nicht glauben, wie normal alles aussah. Als wäre nichts geschehen. Als hätte die Zeit nicht stillgestanden in den vergangenen zehn Tagen. Sie war aus der Welt gefallen, und die Welt hatte sich einfach weitergedreht. Eine halbe Stunde später bremste die Fahrerin ab und bog auf das Gelände einer Tankstelle ein. Sie parkte das Moped hinter einer Art Kiosk, nahm den Helm ab und sagte: „Wir sind da.“ Sie zog ein Handy aus der Tasche, sah auf die Uhr und wartete.

Josy nahm ebenfalls ihren Helm ab, setzte sich auf ein Mäuerchen und beobachtete sie. Irgendwie kam ihr das Gesicht bekannt vor, aber sie wusste nicht woher. „Wie spät ist es?“, fragte Josy.

„Kurz vor sieben.“

„Was machen wir hier?“

„Das wirst du gleich sehen. Je weniger du fragst, desto besser. Klar?“

Josy nickte. In diesem Moment klingelte das Handy. Das Mädchen meldete sich, wechselte einige Worte mit dem Anrufer und gab dann eine Wegbeschreibung, die zu ihrem Standort führte. Sie klappte das Handy zu und steckte es ein. „Ich gehe jetzt“, sagte sie und setzte den Helm auf. „In einer halben Stunde wirst du abgeholt.“

„Und wieder eingesperrt? Nein, so blöd bin ich nicht!“, sagte Josy und wollte auf die Straße rennen. Das Mädchen hielt sie auf.

„Hör zu“, sagte sie und sah ihr in die Augen. „Du kannst mir vertrauen.“

Sie griff in die Tasche ihrer Jeans, holte etwas hervor, was wie ein kleiner Briefumschlag aussah, und gab es ihr.

Josy entfaltete den Umschlag und öffnete ihn. Sie zog ein Stück Papier heraus. Zwei unbeholfen mit Bleistift gezeichnete Vulkane waren darauf zu sehen, darunter stand *Rosita und Gregorio*.

„WAS SOLL DAS, wohin fahren wir?“, fragte Freda aufgeregt.

Nachdem Carlos um sieben die Handynummer gewählt hatte, war ihm offenbar eine längere Wegbeschreibung diktiert worden. Er hatte mitgeschrieben, dann aufgelegt und gesagt: „Wir brauchen sofort ein Taxi.“ Er stürmte bereits aus dem Haus, Luis und Freda folgten ihm.

Auf der Straße stellte Carlos sich breitbeinig hin und legte den Verkehr lahm, bis er ein Taxi angehalten hatte. Er hielt die hintere Tür auf, bis Luis und Freda eingestiegen waren, und setzte sich auf den Beifahrersitz.

Carlos holte die Beschreibung hervor und diktierte den Weg.

„Nun sagen Sie schon, Carlos, wohin fahren wir?“, wiederholte Freda.

„Zu einer Tankstelle, ein Stück außerhalb von Oaxaca.“

„Wer war der Anrufer? Was hat er gesagt?“

„Es war eine Frau. Sie sagte nur, dass wir zu dieser Tankstelle kommen sollen, dort würden wir finden, was wir suchen.“

JOSY lief unruhig auf dem Gelände der Tankstelle auf und ab. Sie hatte das Gefühl, keine Minute länger warten zu können. Immer wieder war sie kurz davor, auf die Straße zu laufen und ein Auto anzuhalten, das sie in die Stadt bringen könnte. Aber dann zwang sie sich wieder zur Ruhe. Das Mädchen hatte gesagt, sie solle sich nicht von der Stelle rühren. Und das Mädchen war von Miguel geschickt worden.

Denn Josy war jetzt klar geworden, woher sie ihre Retterin kannte: Sie gehörte zu Miguels Clique, Josy hatte sie mit den anderen gesehen.

Wie hing das alles zusammen? Woher wusste Miguel, wo sie war?

Nervös trat sie von einem Bein aufs andere. Wie viel Zeit war vergangen? War es schon eine halbe Stunde? Sie nahm sich vor, bis hundert zu zählen. Wenn bis dahin nichts passierte, würde sie nach Oaxaca trampen.

„Wie weit ist es noch?“, fragte Freda.

„Wir müssten gleich da sein“, erwiderte Carlos.

Der Fahrer bog an der nächsten Kreuzung links ab. Dann fuhr er langsamer.

„Hier ist es“, sagte Carlos. „Da vorn, die Tankstelle.“

Der Fahrer blinkte und bog ab. Zwei Autos und ein Lieferwagen standen an den Zapfsäulen, dahinter lag der Verkaufsraum.

Das Taxi hielt an. Sie stiegen aus, blickten sich um. Nichts. Ratlos sahen sie sich an.

In diesem Moment kam eine Gestalt hinter dem Kiosk hervor.

„Josy!“, schrie Freda und rannte los.

„Mama“, sagte Josy mit erstickter Stimme, und in der nächsten Sekunde lagen sich Mutter und Tochter weinend in den Armen.

Freda presste Josy an sich, küsste ihr Gesicht, berührte mit beiden Händen ihr Haar, ihre Schultern und Arme, als müsste sie sich vergewissern, dass ihre Tochter wirklich da war. „Josy, mein Gott, bin ich froh!“, stammelte sie.

„Und ich erst, Mama!“, murmelte Josy dumpf, das Gesicht an Fredas Hals geschmiegt. Sie hob den Kopf. „Wieso bist du überhaupt hier?“

„Weil ich immer schon Urlaub in Mexiko machen wollte, Dummchen.“ Sie musterte Josy. „Du bist ja ganz abgemagert, dein Gesicht ist so schmal! Und was ist mit deinen Händen passiert? Und, sag mal …“, sie schnupperte in Josys Haar, „… nach was riechst du bloß?“

„Nach Schaf“, sagte Josy.

Carlos und Luis kamen zu ihnen, Josy löste sich von Freda und umarmte nacheinander die beiden Männer. „Danke“, sagte sie, „danke, dass ihr da seid!“

Carlos sagte mit Tränen in den Augen: „Ich danke Gott, dass du lebst! Wenn dir etwas zugestoßen wäre … ich hätte es mir nie verziehen.“

„Ich mir auch nicht“, sagte Luis, schluchzte auf und presste Josy an sich.

Der Taxifahrer hatte die Szene interessiert verfolgt, nun stieg er aus dem Wagen und fragte: „Ich will ja nicht stören, aber kriege ich jetzt mein Geld?"

„Wir fahren wieder zurück", sagte Carlos.

„Noch besser", sagte der Fahrer zufrieden.

Sie stiegen ein, Freda und Josy setzten sich eng umschlungen auf die Rückbank. Diesen Augenblick, dachte Freda, werde ich mein Leben lang nicht vergessen.

JOSY hatte nur einen Wunsch: Sie wollte duschen und frische Sachen anziehen. Während sie im Bad war, besorgte Carlos mit Hackfleisch gefüllte Tortillas, Tomaten und weißen Oaxaca-Käse, den Josy besonders mochte.

Josy stürzte sich auf das Essen. „Und nachher fahren wir ins Kinderzentrum", bat sie zwischen zwei Bissen.

„Sollen wir dich nicht erst mal zu einem Arzt bringen?", fragte Carlos, aber sie schüttelte energisch den Kopf. „Mir fehlt nichts, ehrlich. Ich will, dass alles so schnell wie möglich wieder … normal wird."

Carlos und Freda wechselten einen Blick. Nichts würde für Josy schnell wieder normal werden. Wer weiß, was sie erlebt hatte. Welche Erinnerungen sie in nächster Zeit quälen würden. Man würde abwarten müssen.

„Aber deine Hände müssen wir versorgen", sagte Freda, „habt ihr Verbandszeug?"

„In der linken Küchenschublade."

Freda suchte in der Schublade und fand einen Verbandskasten. Sie sprühte Desinfektionsspray auf Josys Handflächen und klebte vorsichtig mehrere Pflaster darauf. „Wie ist denn das passiert?"

„Als ich abgehauen bin", sagte Josy. Freda wartete, aber mehr wollte ihre Tochter offenbar nicht erzählen. Als ihre Wunden versorgt waren, lächelte sie ihre Mutter an. „Danke, Mama."

Freda zog sie an sich, hielt sie fest und wollte sie gar nicht mehr loslassen.

„Mama, ich kriege keine Luft!", beschwerte Josy sich lachend.

Widerstrebend gab Freda sie frei. „Entschuldige. Ich bin nur so froh … dass ich dich wiederhabe." Sie stand auf. „Ich muss mal telefonieren."

Vom anderen Zimmer aus rief sie Johann Krummbaur an und bat ihn, das Auswärtige Amt und die Deutsche Botschaft zu informieren. „Versuchen Sie, es so aussehen zu lassen, als wäre es eine private Geschichte gewesen", bat Freda. „Ich will nicht, dass Ermittlungen aufgenommen werden. Von mir aus können die Kerle ungeschoren davonkommen. Hauptsache, meine Tochter ist wieder da."

Krummbaur schwieg einen Moment. „Ich weiß nicht, ob ich das kann."

„Bitte, Johann."

„Ich melde mich wieder."

Dann rief sie Arno an. „Wir haben Josy gefunden! Es geht ihr gut!"

Arno atmete hörbar auf. Er fragte sie aus, wollte mehr Einzelheiten wissen, aber die kannte Freda ja selbst noch nicht.

„Ich erzähl dir alles, wenn ich zurück bin."

„Ich kann's kaum erwarten", sagte er mit warmer Stimme.

„Danke, Arno."

„Wofür?"

„Dass du da bist." Lächelnd legte sie auf.

Nach dem Essen fuhren sie ins Zentrum. Um ihre plötzliche Abwesenheit zu erklären, hatte Carlos den Kindern erzählt, Josy sei krank. Nun liefen die Kleinen auf sie zu und bestürmten sie mit Fragen.

„Hast du auch eine Spritze bekommen? Warst du im Krankenhaus? Was ist mit deinen Händen passiert?", riefen sie durcheinander.

Josy behauptete, sie hätte ein Stachelschwein gestreichelt, und die Kinder lachten. Dann erzählte sie, dass sie Husten und Fieber gehabt hätte und wie langweilig es zu Hause im Bett gewesen sei. „Deshalb bin ich sehr froh, dass ich wieder bei euch sein kann!"

„Wir sind auch sehr froh!", sagte José, der kleine Junge, der am ersten Tag gesagt hatte, sie sei dumm. Gerührt drückte sie ihn an sich.

Als sie aufblickte, fiel ihr Blick auf Loreta, die stumm, mit gesenktem Blick, an der Tür lehnte. Josy stand auf, ging zu ihr und küsste sie rechts und links auf die Wangen. „Danke, dass du mir mit der Cola geholfen hast!"

Loreta unterdrückte ihre aufsteigenden Tränen. „Ich bin so froh, dass dir nichts passiert ist!", murmelte sie. „Und es tut mir leid, dass ich die ganze Zeit so unfreundlich zu dir gewesen bin."

„Schon okay", sagte Josy, „längst vergessen."

Hinter ihr tauchte Kristin auf und flog ihr in die Arme. „Du bist wieder da! Ist alles in Ordnung? Wo warst du denn bloß?"

Aller Augen richteten sich auf Josy. Jeder wollte wissen, was mit ihr passiert war, aber keiner hatte sich getraut zu fragen.

Carlos bugsierte die Gruppe aus dem Zimmer, weg von den Kindern. Sie gingen in die Küche, wo sie ungestört waren.

Josys Gesicht wurde ernst. „Es war bei der Demo … ich wollte abhauen, aber sie haben mich geschnappt und aus der Stadt rausgebracht. Sie haben mich in einem Schuppen gefangen gehalten, irgendwo in der Pampa. Ich konnte abhauen, aber sie haben mich erwischt."

„Wer waren ‚sie'?", fragte Carlos.

„Zwei Männer, ein älterer und ein jüngerer."

„Polizisten?"

„Nein, ich glaube nicht. Sie hatten keine Uniformen an, nur schwarze Hosen und schwarze T-Shirts. Aber sie waren bewaffnet."

„Hast du verstanden, warum sie dich festgehalten haben?"

Josy überlegte. „Nicht genau. Sie haben einen ziemlichen Schreck gekriegt, als sie merkten, dass ich Deutsche bin. Der Ältere hat den Jüngeren dafür beschimpft, dass er mich mitgenommen hat, dann haben sie mich erst mal eingesperrt. Ich hatte eine Scheißpanik, dass sie mich … na ja, dass sie mich irgendwann endgültig wegschaffen würden."

Freda sah aus, als würde sie gleich die Fassung verlieren. „Wie … haben sie dich behandelt?", fragte sie leise.

„Na ja", sagte Josy mit einem gezwungenen Lächeln, „immerhin haben sie mich nicht umgebracht."

„Aber?"

Ihr Gesicht nahm einen gequälten Ausdruck an. „Ich erzähl es euch später", bat sie, „ich … mir ist das im Moment zu viel."

Alle im Raum schwiegen bestürzt.

FREDA zog mit ihrem Koffer in die Wohnung von Kristin und Josy. Das dritte Zimmer war gerade frei, und die Vermieterin hatte ihr angeboten, für die Dauer ihres Aufenthalts hierbleiben zu können.

Während sie auspackte, musste sie unablässig daran denken, was Josy erzählt hatte. Vor allem aber daran, was sie nicht erzählt hatte. Es brachte sie fast um den Verstand, sich vorzustellen, welche Ängste ihre Tochter ausgestanden hatte, wie einsam sie sich gefühlt haben musste. Und dass sie, ihre Mutter, nichts hatte tun können, um dieses Drama zu verhindern.

Sie ging ins Nebenzimmer. Josy lag auf dem Bett und starrte an die Decke. Sie drehte den Kopf zu ihr und lächelte. „Hallo Mama."

„Hallo, meine Süße." Freda setzte sich auf die Bettkante und strich ihrer Tochter übers Haar. „Wie geht's dir?"

„In meinem Kopf ist so ein Durcheinander … es kommt mir vor, als wäre das Ganze ein Film, den ich gesehen hätte, nicht etwas, was ich wirklich erlebt habe."

Freda nickte. „Sag mal, Josy", fuhr sie zögernd fort, „was ist noch passiert, was verschweigst du uns?"

Josy biss mit abwesendem Blick an der Nagelhaut ihres rechten Ringfingers herum und antwortete nicht.

Fredas Handy klingelte, unwillig nahm sie das Gespräch an. „Ja, Johann?“

„Ich habe mit allen maßgeblichen Stellen gesprochen. So schnell gibt man sich dort natürlich nicht zufrieden. Man erwartet eine offizielle Stellungnahme von den Behörden in Oaxaca. Sie müssten also auf jeden Fall noch mal zur Polizei und erklären, dass Josy zurück ist …“

„… und dass wir keine Ermittlungen wollen, da es sich um eine private Angelegenheit gehandelt hat“, ergänzte Freda.

Josy richtet sich auf. „Was sagst du da?“, fragte sie.

Freda gab ihr ein Zeichen, sich zu gedulden. „Danke, Johann. Dann machen wir es so und hoffen, dass die Sache damit erledigt ist.“ Sie beendete das Gespräch.

Josy starrte sie an. „Erledigt? Keine Ermittlungen? Private Angelegenheit?“, sagte sie ungläubig. „Das kannst du doch wohl nicht ernst meinen! Diese Typen haben mich behandelt wie Dreck, sie haben mich gedemütigt und in Todesangst versetzt!“ Nach einer kurzen Pause fuhr sie mit brüchiger Stimme fort: „Und wenn du es unbedingt wissen willst: Der eine hat mich vergewaltigt. Und da willst du auf Ermittlungen verzichten?“

Freda erschrak und wollte eine Hand auf Josys Arm legen.

Josy schlug sie weg. „Außerdem kannst du das nicht einfach über meinen Kopf hinweg entscheiden! Ich habe die schlimmste Zeit meines Lebens hinter mir, und ich werde diese Kerle anzeigen, verlass dich drauf!“ Von krampfhaftem Schluchzen geschüttelt, brach sie auf dem Bett zusammen.

Es dauerte fast eine halbe Stunde, bis Josy sich einigermaßen beruhigt hatte. Irgendwann bemerkte Freda, dass ihre Tochter eingeschlafen war. Sie blieb noch eine Weile sitzen und betrachtete ihr Kind. Es kam ihr unendlich zart und zerbrechlich vor; ein Engel, der durch die Hölle gegangen war.

WIEDER führte Rechtsanwalt Suárez die kleine Gruppe an, die für den Vormittag im Polizeipräsidium angemeldet war. Diesmal hatte er nur Carlos und Freda mitgenommen, und natürlich Josy.

Josy wirkte müde und in sich gekehrt; Freda hoffte, sie würde sich die Anzeige ausreden lassen, damit sie so schnell wie möglich nach Hause fliegen könnten.

Comandante Cortez gab sich diesmal leutselig. Er begrüßte sie, als wäre er höchstpersönlich für Josys Freilassung verantwortlich. „Na, was habe ich

Ihnen gesagt? Wir leisten hier gute Arbeit, nicht wahr?“ Er bot ihnen Sitzplätze an, dann wandte er sich in onkelhaftem Ton an Josy: „So, mein Kind, dann erzähl uns mal, was vorgefallen ist.“

Freda spürte Josys Ärger und flüsterte: „Denk an das, was wir besprochen haben!“

Josy warf ihr einen Blick zu. Dann holte sie Luft und begann mit ihrer Aussage. Der Comandante stellte Zwischenfragen, und sie musste immer wieder Pausen machen, um Carlos Gelegenheit zum Übersetzen zu geben.

Zum ersten Mal erzählte Josy, wie sie aus ihrem Gefängnis entkommen, aber wieder geschnappt worden war. Und wie sie schließlich von einer ihr unbekannten jungen Frau befreit und zu der Tankstelle gebracht worden war. Sie erzählte alles, nur ein winziges Detail sparte sie aus: das Briefchen mit der Zeichnung von Rosita und Gregorio. Sie machte ihre Sache gut, blieb sachlich und unemotional.

Der Mann hinter dem Schreibtisch notierte sich ein paar Stichpunkte. Als Josy fertig war, stand er auf und gab allen die Hand. „Dann können wir ja zufrieden sein, dass alles gut ausgegangen ist“, sagte er jovial. „Bitte kommen Sie morgen noch mal für eine Unterschrift vorbei.“

Gleich darauf standen sie wieder vor dem Präsidium. Der Anwalt verabschiedete sich lächelnd und ging davon, die Aktentasche unter den rechten Arm geklemmt. Carlos musste ins Zentrum zurück, bestand aber darauf, dass Josy den Nachmittag mit ihrer Mutter verbrachte. „Zeig ihr die Stadt“, forderte er sie auf, „sie soll auch die schönen Seiten von Oaxaca kennen lernen.“

So bummelten Freda und Josy Arm in Arm durch die Straßen und über die Plätze, kauften bunte Baumwolltücher und handgemachte Ketten aus gefärbten Kernen von den Indiofrauen. Schließlich setzten sie sich in ein Restaurant am Zócalo, um ein typisches Gericht der Gegend, Hähnchenbrust mit *Mole negro*, zu essen. Die dicke Soße aus Schokolade und Gewürzen schmeckte ungewohnt, aber beide fanden den Geschmack interessant.

Als sie fertig waren und Freda Kaffee bestellt hatte, sagte Josy: „Da drüben ist ein Internetcafé, ich gehe mal eben meine Mails checken.“

Freda blickte ihr lächelnd nach, überglücklich und voller Dankbarkeit. Das Schicksal war gnädig mit ihr gewesen diesmal. Es war, als hätte irgendeine höhere Macht ein Einsehen gehabt und beschlossen, dass man ihr nach dem Mann nicht auch noch die Tochter nehmen könnte.

Einen Moment schloss sie die Augen und lauschte auf die Geräusche. Stimmen, Lachen, Kindergeschrei. Die Luft war erfüllt von geschäftigem

Summen, das keinen eindeutigen Ursprung hatte. Es kam ihr vor, als wäre es der Klang des Lebens an sich.

„Ich habe also wirklich einen kleinen Bruder?“, hörte sie plötzlich Josys Stimme neben sich.

Freda zuckte zusammen. „Ach, du lieber Gott, meine letzte E-Mail! Die hab ich in der Aufregung total vergessen!“

Josy ließ sich auf ihren Stuhl fallen, ihre Wangen waren gerötet, die Augen glänzten. „Das ist ja … unglaublich. Ich weiß gar nicht, was ich denken soll. Dass Papa dich betrogen hat, finde ich total beschissen. Aber ein kleiner Bruder … du weißt ja, dass ich mir immer Geschwister gewünscht habe … Wie sieht er aus? Hast du ein Foto von ihm?“

„Na klar!“ Freda nahm ihr Handy und suchte im Menü. Bei einem ihrer Spaziergänge hatte sie ein paar Aufnahmen von Luca gemacht.

„Ist der süß!“, sagte Josy. „Du hast Recht, er sieht Papa ähnlich. Ich glaube, ich werde ihn sehr gern haben.“

„Und … was sagst du zu der zweiten Neuigkeit?“

Josy sah auf. „Dass du verliebt bist? Na, das ist … einfach toll! Erzähl mir von ihm.“

Und Freda erzählte von der Begegnung mit Arno, von all den Missverständnissen und Hindernissen und wie am Ende alles gut ausgegangen war.

Als Freda gerade mit ihrer Erzählung fertig war, klingelte ihr Handy. Eine Frauenstimme verlangte Josy zu sprechen.

Überrascht nahm Josy das Telefon entgegen und drückte es ans Ohr. „Ja, wer ist da?“

„Hallo, wie geht’s? Hat alles geklappt gestern?“

„Ach, du bist es!“, sagte Josy aufgeregt. „Ich hatte gar keine Gelegenheit, dir zu danken!“

„Schon okay, ich hab’s gern getan. Hör zu, jemand will dich treffen. Jemand, der dir eine Erklärung schuldet. Ich kann dich zu ihm bringen, wenn du willst.“

Josys Herz begann heftig zu klopfen. „Wann?“

„Heute Abend?“

„Okay. Um neun bei den Marimbaspielern.“

„Wer war das?“, fragte Freda.

„Eine Freundin. Sie hat gehört, dass ich wieder da bin, und möchte mich gern treffen.“

Freda verzog missbilligend das Gesicht. „Findest du nicht, dass du dich lieber ein bisschen schonen solltest?“

„Ach, Mama“, sagte Josy mit nachsichtigem Lächeln.

Einige Minuten vor neun traf Josy bei den Marimbaspielern ein. Die Musiker bauten gerade ihre Instrumente auf, sie lachten und machten Scherze. Aufgeregt sah sie sich um, konnte aber niemanden entdecken.

Als das erste Musikstück erklang, brauste hinter Josy auf der Trujano ein Moped heran und bremste. Die Fahrerin winkte ihr zu, sie überquerte die Straße und stieg auf. „Hallo, wie geht's?"

Das Mädchen hob grüßend die Hand. „Alles klar. Hier, setz den Helm auf."

Sie verließen das Zentrum Richtung Westen und fuhren am Alten Markt und am Busbahnhof vorbei. In einer Straße mit Autowerkstätten und ärmlichen Läden bremste das Mädchen. „Da oben." Sie deutete auf ein beleuchtetes Fenster im Obergeschoss eines Hauses.

Josy stieg ab. „Vielen Dank … Willst du mir nicht wenigstens deinen Namen sagen?"

„Namen tun nichts zur Sache."

„Bitte!"

„Also gut … Clarissa."

„Clarissa", wiederholte Josy, „schön. Sie nahm den Helm ab. Clarissa befestigte ihn am Lenker.

„Also dann, mach's gut", sagte Josy, „und noch mal danke für alles."

Das Mädchen tippte sich an den Helm. *„Hasta la vista."*

Josy drehte sich um und betrat den dunklen Hauseingang. Sie spürte Panik in sich aufsteigen. Wenn das wieder eine Falle wäre? Kein Mensch wusste, wo sie war. Niemand würde nach ihr suchen können. Um ein Haar wäre sie umgekehrt. Aber etwas hielt sie zurück.

Sie tastete nach dem Lichtschalter, eine Lampe flammte auf. Vorsichtig ging sie die Treppe hinauf, bereit, sofort abzuhauen, wenn es nötig sein sollte.

Hinter der Wohnungstür im ersten Stock spielte leise Musik. Josy klopfte. Von innen fragte eine flüsternde Stimme: „Wer ist da?"

Statt einer Antwort schob sie die Zeichnung mit den beiden Vulkanen unter der Tür durch. Nach ein paar Sekunden wurde geöffnet.

Zu den Reimen, die Josy seit ihrer Kindheit auswendig konnte, gehörte auch die Ballade von den Königskindern. Sie hatte das Lied immer als furchtbar traurig empfunden, und gerade deshalb als furchtbar schön. Wenn sie später an diesen Abend zurückdachte, kam es ihr unweigerlich in den Sinn.

Es waren zwei Königskinder
Die hatten einander so lieb
Sie konnten zusammen nicht kommen
Das Wasser war viel zu tief

Miguel schloss die Tür und zog Josy in seine Arme. Lange sprachen sie nicht, hielten sich nur fest. Irgendwann murmelte sie: „Dann bist du also nicht der Scheißkerl, für den ich dich gehalten habe?"

„Ich hoffe nicht." Er legte den Arm um ihre Schultern und zog sie in den einzigen Raum der Wohnung, in dem sich nur das Nötigste befand: eine Matratze, ein Stuhl, ein paar Kisten. Am Boden lagen ein Rucksack und eine Reisetasche, aus denen Kleidung quoll.

Eng umschlungen fielen sie auf die Matratze, küssten sich, hielten sich fest, klammerten sich aneinander. Plötzlich brach Josy in Tränen aus.

„Was ist?", fragte Miguel erschrocken. „Habe ich was falsch gemacht?"

„Nein", schluchzte sie und krümmte sich zusammen, „es ist nur … ich kann nicht." Sie sah plötzlich wieder das Gesicht des Jungen, spürte seine groben Berührungen. Und sosehr sie sich nach Miguels Nähe sehnte, sie konnte die Erinnerung daran nicht wegschieben.

Leise weinend blieb sie liegen, während Miguel ihr sanft den Rücken streichelte. Irgendwann wurde sie ruhiger.

„Geht's wieder?", fragte er und sie nickte. Dann setzte sie sich auf und sah sich um. „Wohnst du jetzt hier?"

„Nur vorübergehend", sagte Miguel.

Josy strich mit dem Finger über die Haut an seinem Unterarm. „Es tut mir leid", flüsterte sie.

„Schon gut", sagte er sanft, „das macht nichts." Miguel küsste ihr zärtlich die Nase.

Sie saßen nebeneinander, den Rücken an die kahle Wand gelehnt. Josy knibbelte mit den Zähnen an ihrem linken Ringfinger. „Darf ich dich was fragen?" Miguel nickte.

„Wer ist Clarissa?"

„Clarissa?"

„Das Mädchen, das mich hergefahren hat."

Miguel lachte auf. „Sie heißt nicht Clarissa, sie heißt Simona und ist die Freundin von Pablo. Sie liebt Versteckspiele."

„Du offenbar auch", sagte Josy. „Ich habe immer noch nicht verstanden, was eigentlich passiert ist. Warum warst du bei der Demo so wütend? Warum hast du mich weggeschickt?"

Miguel erklärte ihr, er habe kurz zuvor erfahren, dass der Platz gestürmt und Tränengas eingesetzt werden sollte. Er wollte nur, dass sie sich in Sicherheit brachte. Nie hätte er sie sonst weggeschickt.

„Woher hattest du diese Information?" Josy fixierte ihn. Sie wollte wissen, wo er stand. Und ob Luis mit seinen Verdächtigungen Recht hatte.

„Ich habe gute Kontakte“, sagte er ausweichend.

„Zur Polizei?“

„Auch. Ich bin ein bisschen zwischen den Fronten gewandert, wenn du verstehst, was ich meine.“

„Willst du damit sagen, du hast Informationen weitergegeben, als eine Art … Doppelagent?“

„Ich habe die Bullen in dem Glauben gelassen, dass ich für sie in der Szene spioniere, aber in Wirklichkeit war ich immer auf der Seite der Revolution! Immer!“ Er sprang von der Matratze auf. „Ich bin kein Verräter!“

Josy blickte ihn zweifelnd an. „Woher hast du gewusst, dass ich auf diesem Bauernhof war?“

Er ließ sich wieder auf die Matratze fallen und nahm ihre Hände in seine. „Zuerst habe ich nicht mal gewusst, dass du verschwunden bist! Ich dachte, du meldest dich schon wieder, wenn du aufgehört hast, sauer auf mich zu sein. Aber dann hat Luis es mir gesagt, und ich hatte sofort … gewisse Vermutungen. Ich habe meine Kontakte spielen lassen, und bald war mir klar, wer wahrscheinlich hinter der Sache steckt. Oaxaca ist ziemlich klein, weißt du.“

„Was hat Clarissa … ich meine, Simona damit zu tun?“

„Sie stammt aus der Gegend, in der ich die Entführer vermutet habe, und sollte sich dort etwas umhören. Dann hat sie herausgekriegt, dass du auf diesem Bauernhof eingesperrt bist und dass ausgerechnet ihr Onkel und ihr Cousin es sind, die dich dort festhalten. Diese Idioten … Sie hatten einen Riesenfehler gemacht, und sie wussten es. Ich bekam große Angst, dass sie … dir etwas antun könnten.“

„Frag mich mal“, sagte Josy.

„Ich habe Simona angefleht, dich sofort da rauszuholen. Sie konnte sich ja auf dem Hof sehen lassen, ohne Verdacht zu erregen. Trotzdem war es keine einfache Sache für sie. Immerhin sind es Mitglieder ihrer Familie.“

Josy überlegte. „Wenn ich ihr nur richtig danken könnte! Wahrscheinlich hat sie mir das Leben gerettet.“

„Es gibt etwas, was du tun kannst“, sagte Miguel zögernd.

„Ja?“

„Du … könntest auf eine Anzeige verzichten.“

Sie schluckte und sah ihn groß an. „Du meinst, den zwei Scheißkerlen soll nichts passieren? Sie sollen einfach so davonkommen?“

Miguel zuckte die Schultern. „Sie würden wahrscheinlich sowieso davonkommen. Es gibt Leute bei der Polizei, die ihre Hand über sie halten.“ Er griff nach einem Handy, das neben der Matratze auf dem Boden lag, und sah nach der Uhrzeit. Dann stand er auf. „Josy, es tut mir leid, ich muss mich fertig machen. Ich werde gleich abgeholt. Ich … gehe weg. Hier ist mir das Pflaster … zu heiß geworden."

Josy sah ihn erschrocken an. „Wohin gehst du denn?"

„Nach San Cristóbal. Pablo ist schon dort."

„Du willst nach Chiapas? Da ist es ja noch gefährlicher als hier!" Bestürzt sah sie zu, wie er sich anzog, seine Sachen in die Reisetasche stopfte, den Rucksack packte. „Und … was wollt ihr da machen?"

Das vertraute Grinsen erschien auf seinem Gesicht. „Revolution, was sonst?"

Wie betäubt saß Josy im Bus Richtung Zentrum. Nachdem Miguel alles zusammengepackt hatte, waren sie gemeinsam auf die Straße gegangen. Wenige Minuten später hatte ein Auto vor ihnen gehalten, Miguel hatte den Kofferraum geöffnet und sein Gepäck verstaut. Dann hatte er sie kurz an sich gedrückt und war eingestiegen.

„Sehen wir uns wieder?", hatte Josy gerufen.

„Ich finde dich immer", sagte er, „das weißt du doch." Er zog die Beifahrertür zu und das Auto fuhr weg.

Freda und Josy standen nebeneinander und hielten lächelnd eines der „Freiheit für Josefine März"-Poster hoch, während ein Pressefotograf des *Diario de Oaxaca* sie von allen Seiten ablichtete. Benito näherte sich mit seinem Aufnahmegerät; Carlos stand daneben, um zu übersetzen.

Als der Fotograf zufrieden war, ließen die beiden Frauen das Plakat sinken. Benito schaltete das Band ein und hielt es hoch. „Josy, du bist nach zehn Tagen Gefangenschaft freigekommen", sagte er, „wie geht es dir inzwischen?"

„Ganz gut, aber ich bin sehr wütend auf die Männer, die mir das angetan haben."

„Weißt du, wer deine Entführer waren und warum du festgehalten wurdest?"

„Ich habe gewisse Vermutungen", sagte Josy, „aber im Moment möchte ich mich dazu nicht äußern."

„Was willst du jetzt unternehmen? Willst du Anzeige erstatten?"

„Ich … weiß es noch nicht", sagte Josy ausweichend.

Benito wandte sich an Freda. „Frau März, Sie hatten angekündigt, dass Sie nichts unternehmen wollen, wenn Ihre Tochter wohlbehalten zurückkommt. Bleiben Sie bei dieser Meinung?"

„Erst mal bin ich sehr dankbar, dass meine Tochter wieder bei mir ist und dass sie gesund ist. Sie hat eine sehr schlimme Zeit hinter sich, und ich denke, sie würde sie gern so schnell wie möglich vergessen."

„Dann werden Sie wohl bald nach Deutschland zurückkehren?"

Freda nickte. „Ja. In ein paar Tagen werden wir bestimmt zurückfliegen."

Josy drehte ihr den Kopf zu. „Wieso wir? Ich habe nie gesagt, dass ich zurückfliege."

„Was?!" Freda starrte ihre Tochter entgeistert an. „Du willst hierbleiben? Nach allem, was passiert ist?"

Carlos hatte aufgehört zu übersetzen.

„Was ist los, worüber reden sie?", wollte Benito wissen.

„Das ist … eher privat", sagte Carlos, „ich glaube, das Interview ist beendet. Danke für alles, mein Freund."

Freda und Josy standen sich gegenüber, das Plakat war auf den Boden gefallen. Freda schüttelte den Kopf. „Das glaube ich einfach nicht."

„Ich bin für ein Jahr hierhergekommen", sagte Josy ruhig, „und ich werde ein Jahr bleiben. Hast du mir nicht immer gesagt, ich solle zu Ende bringen, was ich angefangen habe?"

„Ja, schon, aber …" Freda brach ab.

Josy legte einen Arm um ihre Mutter. „Schau, Mama, hier hatte ich zum ersten Mal in meinem Leben das Gefühl, etwas Sinnvolles zu tun. Und etwas, das mir Spaß macht! Ich will zurück in das Indianerdorf in den Bergen und dort die Kinder unterrichten. Und, wer weiß … vielleicht mache ich danach in Deutschland die Schule fertig und werde Lehrerin!"

„Du willst zurück in das Dorf?", schaltete Carlos sich ein. „Warum denn?"

„Weil ich es Lomasi versprochen habe", sagte Josy lächelnd.

Zwei Tage später war Freda auf dem Rückweg nach Deutschland. Trotz aller Bemühungen war es ihr nicht gelungen, Josy zur Heimkehr zu überreden. So saß sie allein im Flugzeug und versuchte, die Ereignisse der vergangenen Tage zu verarbeiten.

In der einen Hand hielt sie ein in leuchtenden Farben bemaltes Gürteltier aus Holz, in der anderen ein von Josy beschriebenes Kärtchen.

> Liebe Mama,
> ich danke Dir so sehr, dass Du gekommen bist! Ich weiß, dass du alles getan hättest, um mich zu retten, sogar Dein Leben hättest Du riskiert. Es ist ein wunderschönes Gefühl, so geliebt zu werden. Hab bitte keine Angst

mehr um mich. Jetzt, wo ich diesen Horror überstanden habe, kann mir nichts mehr passieren. Ich fühle mich wie das Gürteltier: dick gepanzert und geschützt. Ich finde, wir können beide ziemlich stolz auf uns sein.

Ich liebe Dich.

Deine Josy

Freda ließ die Hand mit der Karte sinken und wischte sich verstohlen eine Träne aus dem Auge. Gleichzeitig war ein Lächeln in ihrem Gesicht. Sie hatte gewonnen und verloren zugleich. Josy hatte überlebt – aber nicht sie war es gewesen, die sie hatte retten können. Sie war als Mutter endgültig an ihre Grenzen gestoßen.

Sie seufzte tief, lehnte den Kopf zurück und schloss die Augen. Ihre Gedanken rasten wieder zurück in die Vergangenheit, wieder zu dem Moment, in dem sie ihr Neugeborenes zum ersten Mal im Arm gehalten hatte. Wie gut, dachte sie, dass einem niemand sagt, was mit einem Kind auf einen zukommt. Mit welcher Wucht einen die Gefühle von nun an treffen werden; die Angst, die Erwartung, die Enttäuschung und, vor allem, die Liebe.

Es sind Gefühle, die man sich nicht vorstellen kann, die einen überrollen, überfordern und dennoch glücklich machen wie nichts anderes im Leben.

Damals hatte Freda plötzlich verstanden, warum sie existierte. Nicht um eine erfolgreiche Buchhändlerin zu werden oder Spaß zu haben. Es ging nicht darum, einen Sinn im Leben zu finden. Das Leben selbst war der Sinn.

Mit jedem Kilometer, den sie sich von Josy entfernte, wurde ihr deutlicher, dass ihre Mission erfüllt war. Sie hatte ihr Kind geboren, aufgezogen und ins Leben entlassen. Das war die Aufgabe gewesen. Mehr wurde nicht von ihr erwartet.

Ich finde, wir können beide ziemlich stolz auf uns sein.

Ja, sie war stolz. Unbändig stolz auf ihre Tochter. Und auch ein bisschen auf sich selbst.

Als sie in München aus der Maschine stieg, war der Himmel grau und es nieselte. Sie holte ihren Koffer, trat durch die Schiebetür und blickte in zwei türkisblaue Augen. Da wusste sie, dass sie zu Hause war.

AMELIE FRIED

Foto: Annette Hornischer Fotografie

Tinte im Blut

Schreiben und die Liebe zum Buch liegen Amelie Fried im Blut: der Vater der 1958 in Ulm geborenen Autorin war Verleger, ihre Mutter Buchhändlerin. Amelie Fried studierte Theaterwissenschaft, Publizistik, Kunstgeschichte und Italienisch. Seit 1984 widmete sie sich ihrer „ersten Karriere“ als TV-Moderatorin. Sie moderierte populäre Sendungen wie *Live aus dem Alabama*, *Live aus der Alten Oper* und *stern TV*. Ab 1998 war sie Gastgeberin der Talkshow *3 nach 9*, seit Mitte 2009 moderiert sie eine Büchersendung im ZDF.

Nach der Geburt ihrer Kinder schränkte Amelie Fried ihre Fernsehtätigkeit zugunsten der Familie ein und wandte sich dem Schreiben zu. Ihr erstes Buch *Die StörenFrieds* erschien 1995 und wurde ebenso ein Bestseller wie ihre Romane *Traumfrau mit Nebenwirkungen*, *Rosannas Tochter* und *Die Findelfrau*.

Für Recherchen zu *Immer ist gerade jetzt* reiste die bei München beheimatete Autorin nach Oaxaca in Mexiko. „Was meiner jungen Heldin Josy zustößt, entspringt durchaus nicht nur meiner Fantasie“, betont Amelie Fried, die die Situation in Mexiko als sehr widersprüchlich empfand: „Man flaniert in angenehmer Atmosphäre durch eine hübsche, freundliche Stadt, sieht man aber genauer hin, entdeckt man große Armut und spürt die starken politischen Spannungen. Proteste gegen soziale Ungerechtigkeit und Korruption wurden zum Teil blutig niedergeschlagen. Ich habe lange mit einem Mann gesprochen, der bei einer Demonstration festgenommen, drei Monate gefangen gehalten und gefoltert wurde“, erzählt die Autorin.

Und auch für das im Buch beschriebene Kinderzentrum „Haus der Hoffnung“ gibt es reale Vorbilder: zwei Hilfsprojekte, die in Elendsvierteln Kindergarten, Mittagstisch und Hausaufgabenbetreuung anbieten und durch Spendengelder von „Children for a better World e. V.“ unterstützt werden.

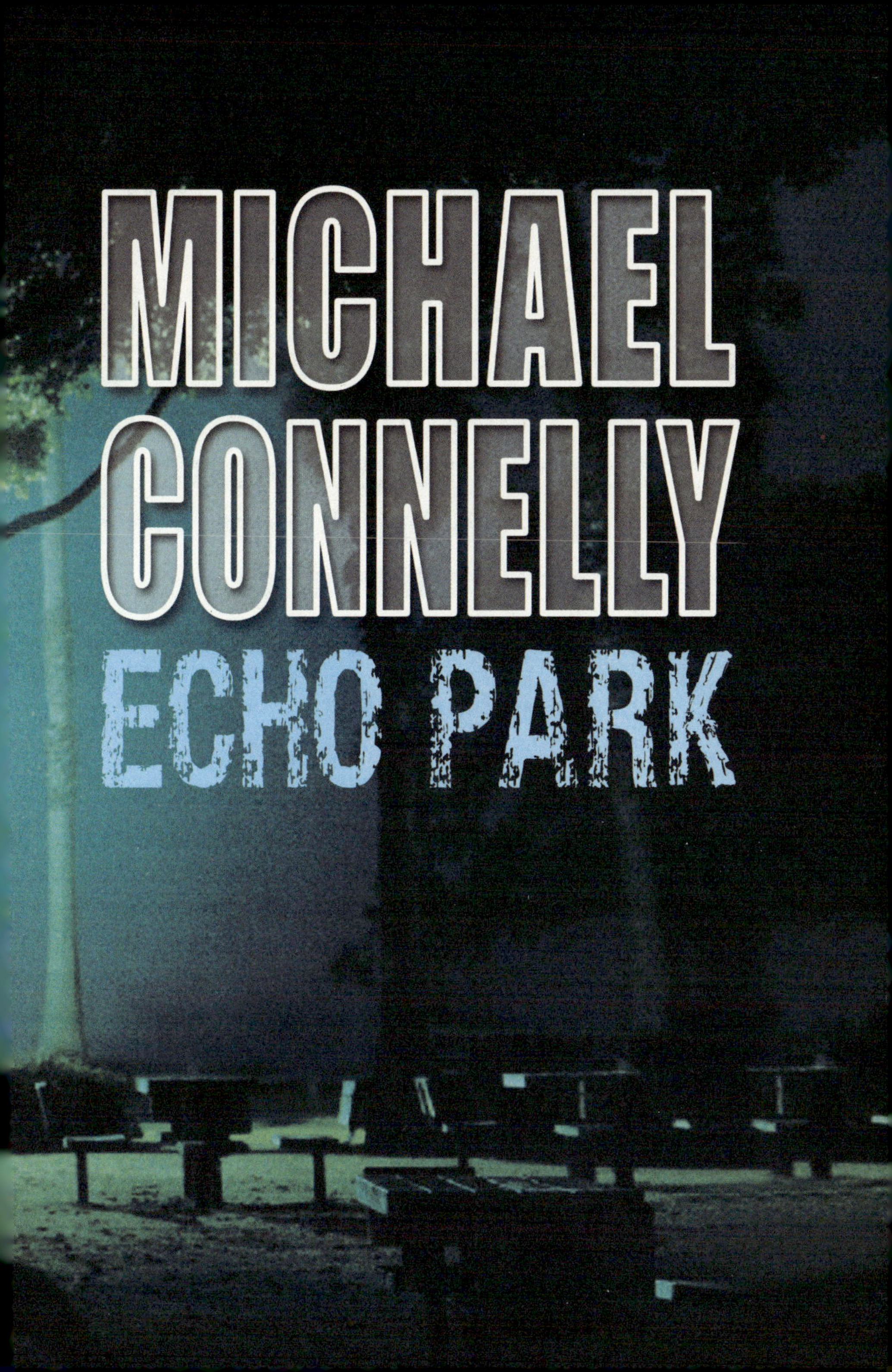
MICHAEL
CONNELLY
ECHO PARK

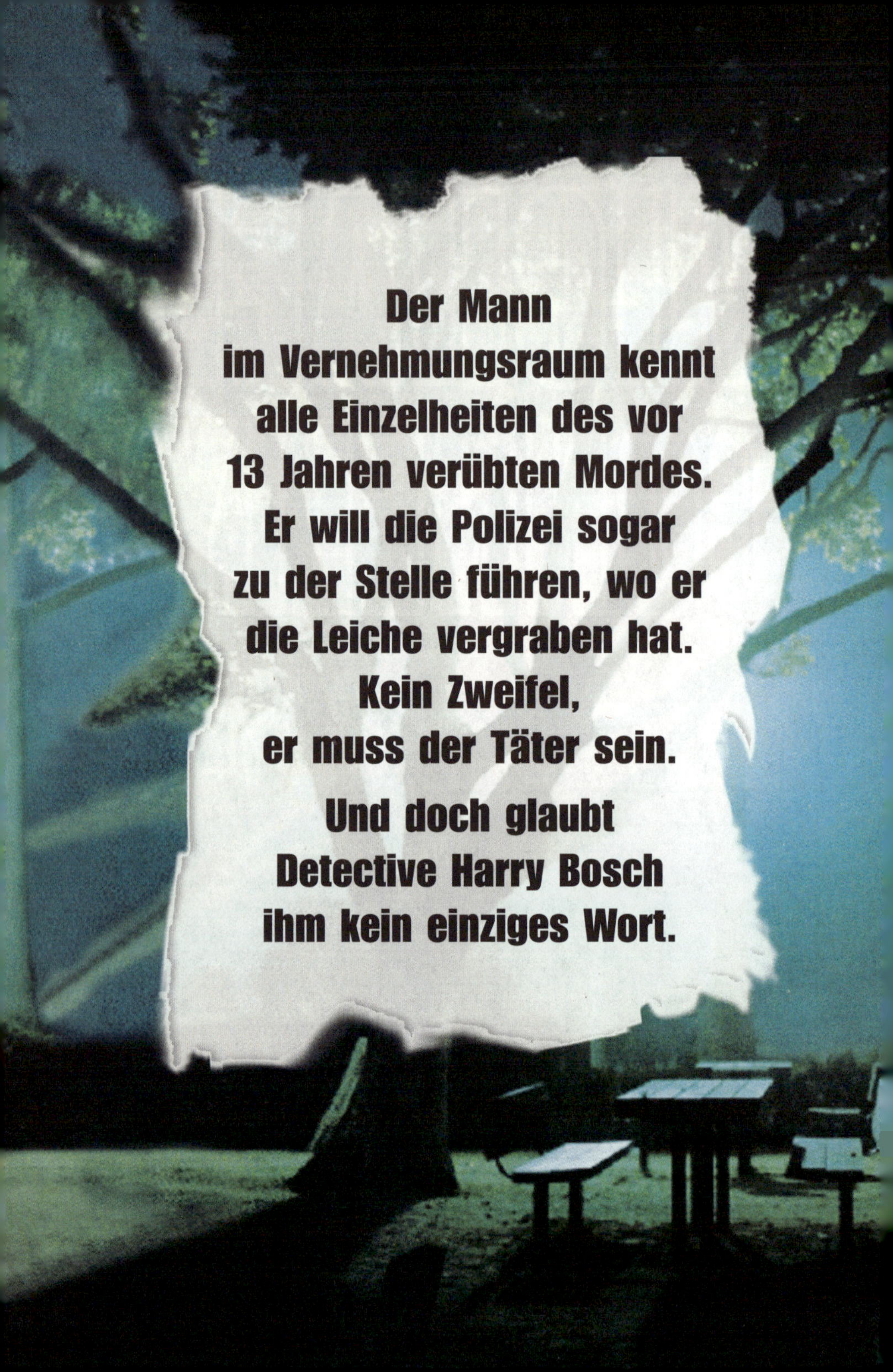

Der Mann
im Vernehmungsraum kennt
alle Einzelheiten des vor
13 Jahren verübten Mordes.
Er will die Polizei sogar
zu der Stelle führen, wo er
die Leiche vergraben hat.
Kein Zweifel,
er muss der Täter sein.
Und doch glaubt
Detective Harry Bosch
ihm kein einziges Wort.

PROLOG

High Tower 1993

Es war das Auto, das sie gesucht hatten. Das Nummernschild fehlte, aber Harry Bosch war sich ganz sicher. Ein 1987er Honda Accord, der braune Lack von der Sonne ausgeblichen. 1992 war er mit einem grünen Clinton-Sticker aufgemöbelt worden, aber mittlerweile war auch der verblasst. Der Sticker war mit billiger Farbe gedruckt, bei der kein Wert auf Haltbarkeit gelegt worden war. Damals war Clintons Wahl noch alles andere als eine ausgemachte Sache gewesen. Das Auto stand in einer Einzelgarage, die so eng war, dass Bosch sich fragte, wie der Fahrer eigentlich ausgestiegen war. Er würde die Spurensicherung darauf hinweisen müssen, mit besonderer Sorgfalt die Außenseite des Autos und die Innenwände der Garage nach Fingerabdrücken abzusuchen. Die Techniker der Spurensicherung wären zwar alles andere als begeistert, so etwas gesagt zu bekommen, aber er wusste, er könnte nicht mehr ruhig schlafen, wenn er es nicht täte.

Die Garage hatte ein Schwingtor mit einem Aluminiumgriff. Nicht gut für Fingerabdrücke, aber auch darauf würde Bosch die Spurensicherung hinweisen.

„Wer hat den Wagen entdeckt?“, fragte er die Streifenpolizisten.

Sie hatten gerade das gelbe Absperrband quer über die Einfahrt der Sackgasse gespannt, die von zwei Reihen Einzelgaragen flankiert wurde und an deren Ende der Eingang des High-Tower-Wohnkomplexes lag.

„Der Eigentümer“, sagte der ranghöhere Streifenpolizist. „Die Garage gehört zu einer Wohnung, die zurzeit nicht vermietet ist. Deshalb sollte sie eigentlich leer stehen. Aber als er sie vor ein paar Tagen aufgemacht hat, um irgendwelche Möbel darin abzustellen, hat er das Auto gesehen. Zuerst dachte er, es gehörte jemand, der bei einem anderen Mieter zu Besuch ist, deshalb unternahm er ein paar Tage lang nichts, aber dann stand die Karre immer noch da, und er fing an, bei den Mietern herumzufragen. Niemand wusste, wem das Auto gehört. Mein Partner und ich, wir haben die Gesto-Suchmeldung an der Sonnenblende stecken. Und als wir hier eintrafen, war uns der Fall ziemlich schnell klar.“

Bosch ging weiter auf die Garage zu und atmete in tiefen Zügen durch die Nase. Marie Gesto wurde inzwischen seit zehn Tagen vermisst. Wenn sie im Kofferraum läge, röche er es.

Sein Partner Jerry Edgar folgte ihm. „Und, Harry?"

„Nichts, glaube ich."

„Gut."

„Gut?"

„Ich mag keine Kofferraumfälle."

„Wenigstens hätten wir dann ein Opfer, das uns Anhaltspunkte liefert."

Während ihres kurzen Geplänkels suchte Bosch das Fahrzeug bereits mit aufmerksamen Blicken nach etwas ab, das sie weiterbringen könnte. Als er nichts entdeckte, zog er ein paar Gummihandschuhe aus der Tasche seines Jacketts, blies sie wie Luftballons auf, um den Gummi zu dehnen, und streifte sie über seine Hände. Dann drehte er sich zur Seite und schob sich vorsichtig in die Garage. Er knipste die Taschenlampe an und richtete ihren Strahl durch die Fenster des Honda. Als Erstes sah er auf den Rücksitz. Dort lagen die Reitstiefel und der Helm. Neben den Stiefeln entdeckte er eine kleine Plastikeinkaufstüte mit dem Logo des Mayfair-Supermarkts. Den Inhalt der Tüte konnte er nicht erkennen.

Er schob sich weiter nach vorn. Auf dem Beifahrersitz stand ein Paar Joggingschuhe, und darauf lag ein kleiner Stapel ordentlich zusammengefalteter Kleidungsstücke. Bosch erkannte die Bluejeans und das langärmelige T-Shirt, die Sachen, die Marie Gesto getragen hatte, als Zeugen sie auf ihrem Weg zum Reiten in Beachwood Canyon das letzte Mal gesehen hatten. Auf dem Oberteil ruhten, sorgfältig zusammengelegt, Socken, Slip und BH. Bosch spürte das dumpfe Pochen tiefer Beklemmung in seiner Brust. Nicht weil er in den Kleidungsstücken die Bestätigung dafür sah, dass Marie Gesto tot war. Tief in seinem Innern wusste er das bereits. Jeder wusste es, sogar die Eltern, die in flehentlichen Fernsehappellen immer noch um eine wohlbehaltene Rückkehr ihrer Tochter baten. Es waren die Kleider selbst, die Bosch so nahegingen. Der Ordnungssinn, mit dem sie zusammengelegt worden waren. Hatte sie das getan? Oder die Person, die sie auf dem Gewissen hatte? Es waren immer die kleinen Fragen, die ihn berührten.

Nachdem er auch das übrige Wageninnere durch die Fenster inspiziert hatte, schob sich Bosch vorsichtig wieder nach draußen.

„Und?", fragte Edgar.

„Ihre Kleider. Die Reitsachen. Vielleicht ein paar Lebensmittel, die sie vorher noch eingekauft hat. Unten in Beachwood gibt es doch einen Mayfair-Supermarkt. Sie könnte auf dem Weg hinauf zum Reitstall dort vorbeigefahren sein."

Edgar nickte. Ein weiterer Ort, an dem sie vielleicht Zeugen fanden.

Bosch blickte zu den High Tower Apartments hinauf. Es war ein Komplex von Wohnungen, die in den ausgehöhlten Granit der Hügel hinter dem Amphitheater der Hollywood Bowl gebaut waren. Alle waren miteinander durch das schlanke Mittelelement verbunden, in dem sich der Lift befand – ein hohes, turmartiges Gebilde, von dem die Straße und die Anlage den Namen High Tower hatten.

„Wo ist der Hausverwalter?", fragte Bosch den Polizisten mit den zwei Streifen am Ärmel.

„Er ist wieder raufgefahren. Er hat gesagt, Sie sollen den Aufzug bis ganz nach oben nehmen. Seine Wohnung liegt gleich auf der anderen Seite des Verbindungsstegs."

„Gut, dann fahren wir mal hoch. Sie bleiben hier und warten auf die Spurensicherung und den Abschleppdienst. Und sorgen Sie dafür, dass die Abschleppfahrer das Auto nicht anrühren, bevor die Spurentechnik es sich angesehen hat!"

Die Aufzugkabine des Turms bestand aus einem kleinen stählernen Kubus, der unter ihrem Gewicht nachgab, als Bosch und Edgar einstiegen. Danach schloss sich die Tür automatisch. Es gab nur zwei Knöpfe, 1 und 2. Bosch drückte auf 2 und die Kabine begann nach oben zu schweben. Sie war ziemlich klein und bot höchstens vier Personen Platz.

„Ein Klavier hat hier niemand, so viel steht fest", bemerkte Edgar.

„Brillant kombiniert, Watson", entgegnete Bosch.

In der obersten Etage traten sie auf einen Betonsteg hinaus, der zwischen dem Turm und den einzelnen in den Hang hineingebauten Wohnungen schwebte. Bosch genoss die Aussicht auf fast ganz Hollywood, die mit einem Hauch frischer Bergluft garniert war.

„Da lang." Edgar deutete auf eine der Wohnungstüren. Auf einem Schild unter der Klingel stand HAUSVERWALTER. Noch bevor sie die Tür erreichten, öffnete sie sich und ein dünner Mann mit einem weißen Bart trat heraus. Er stellte sich als Milano Kay vor, der Verwalter der Wohnanlage. Nachdem sie ihm ihre Dienstmarken gezeigt hatten, fragten Bosch und Edgar, ob sie das leer stehende Apartment sehen könnten, zu dem die Garage gehörte. Kay forderte sie auf, ihm zu folgen.

Sie gingen zum Turm zurück und nahmen einen anderen Steg. An der Wohnungstür, zu der er sie führte, zog Kay einen Schlüssel heraus, steckte ihn ins Schloss und bedeutete Bosch und Edgar, als Erste einzutreten.

Das Apartment war klein und bestand aus einem Wohnraum, einer winzigen Wohnküche und einem Schlafzimmer mit Bad. Es war die Aussicht, die seinen Reiz ausmachte. Durch das gekrümmte Panoramafenster hatte man einen spektakulären Blick auf Hollywood. Eine Glastür führte auf einen Balkon, der der Krümmung der Fensterfront folgte.

„Wie lang steht die Wohnung schon leer?“, fragte Bosch.

„Fünf Wochen“, antwortete Kay.

„Ich habe unten nirgendwo ein Schild gesehen, dass sie zu vermieten ist.“

„Wenn wir was freihaben, spricht sich das schnell herum. Die Anlage ist einzigartig. Außerdem bin ich noch dabei, die Wohnung zu renovieren.“

„Wer könnte gewusst haben, dass die Garage leer stand?“

„Alle, die hier wohnen, natürlich. Und ich habe die Wohnung einer ganzen Reihe Interessenten gezeigt.“

„Und die Garage war die ganze Zeit über nicht abgeschlossen?“

„Nein. Wenn der neue Mieter einzieht, kann er am Tor ein Vorhängeschloss anbringen.“

„Haben Sie so was wie eine Liste, wem Sie die Wohnung gezeigt haben?“

„Leider nein. Möglicherweise habe ich mir aber ein paar Telefonnummern von Interessenten notiert, die um Rückruf gebeten haben.“

Dieser Spur zu folgen würde nicht einfach werden. „Wer hatte die Wohnung zuletzt gemietet?“, fragte Bosch.

„Eine Frau“, antwortete Kay. „Sie wohnte fünf Jahre hier. Eigentlich wollte sie Schauspielerin werden. Aber irgendwann gab sie auf und kehrte nach Hause zurück. Ich habe ihr die Kaution nach Austin, Texas, geschickt.“

„Hat sie allein gewohnt?“

„Sie hatte einen Freund, der ziemlich oft hier war, aber ich glaube, mit ihm war schon Schluss, bevor sie auszog.“

„Wir benötigen diese Adresse in Texas.“

Kay nickte. „Die Streifenpolizisten meinten, das Auto gehöre einem vermissten Mädchen.“

„Einer jungen Frau“, präzisierte Bosch. Er griff in eine Innentasche seines Sakkos und holte ein Foto von Marie Gesto heraus. Er zeigte es Kay und fragte ihn, ob sie vielleicht unter den Leuten gewesen sei, die sich die Wohnung angesehen hätten. Sie komme ihm nicht bekannt vor, meinte Kay.

„Nicht mal aus den Medien?“, wunderte sich Edgar. „Sie wird seit zehn Tagen vermisst, und sie bringen ständig ihr Bild in den Nachrichten.“

„Ich besitze keinen Fernseher, Detective“, erklärte Kay. „Und Zeitung lese ich nur ab und zu. Ich hole sie mir unten aus den Altpapiercontainern. Dann sind sie allerdings schon ziemlich alt.“

„Sie ist am Donnerstag, dem Neunten, verschwunden“, erläuterte Bosch. „Können Sie sich vielleicht erinnern, ob um diese Zeit hier irgendetwas Ungewöhnliches passiert ist?“

Kay schüttelte den Kopf. „Da war ich im Urlaub, in Italien.“

Bosch lächelte. „Ich liebe Italien. Wo genau waren Sie?“

Kays Gesicht leuchtete auf. „Am Comer See und dann in Asolo.“

Bosch nickte, als wären ihm diese Orte bekannt.

„Wir kriegen Besuch“, bemerkte Edgar.

Bosch folgte dem Blick seines Partners. Unten vor der Absperrung hatte ein Fernsehübertragungswagen gehalten. Bosch wandte sich wieder an den Hausverwalter. „Mr Kay, es wäre nett, wenn Sie nachsehen könnten, ob Sie noch Telefonnummern oder Namen von Leuten finden, die sich die Wohnung angesehen oder deswegen angerufen haben. Außerdem müssen wir mit den anderen Hausbewohnern sprechen. Wir werden uns Mühe geben, nicht zu sehr zu stören.“

„Kein Problem.“

Sie verließen die Wohnung und gingen mit Kay zum Aufzug zurück. Dort verabschiedeten sie sich von dem Verwalter und fuhren nach unten. Der Stahlwürfel ruckelte auch diesmal, bevor er ohne Stocken nach unten glitt.

„Ich wusste gar nicht, dass du Italienfan bist, Harry.“

„Bin ich auch nicht.“

„Hast du ihn auf der Rechnung?“

„Eigentlich nicht. Nur für alle Fälle. Außerdem, wenn er's war, warum sollte er dann das Auto hier in der Garage abstellen und es anschließend auch noch melden?“

„Stimmt schon. Aber vielleicht will er uns austricksen, Harry. Vielleicht kam das Mädchen hierher, um sich die Wohnung anzusehen, und dann lief irgendwas schief. Er weiß, dass er das Auto nicht wegschaffen kann, weil er möglicherweise von der Polizei angehalten wird. Also wartet er zehn Tage und meldet es erst dann – als ob er denkt, es könnte gestohlen sein.“

„Vielleicht solltest du sein italienisches Alibi doch überprüfen, Watson.“

„Warum bin ich immer bloß Watson? Warum kann ich nicht mal Holmes sein?“

„Weil Watson derjenige ist, der zu viel redet.“

„Was ist los mit dir, Harry?“

Bosch dachte an die Kleidungsstücke und spürte wieder diesen Druck in seinem Innern. Als wäre sein ganzer Körper mit Draht umwickelt, der immer enger zusammengezogen wurde. „Ich habe kein gutes Gefühl bei der Sache. Ich gelange mehr und mehr zu der Überzeugung, dass wir sie nie finden werden. Und wenn wir sie nicht finden, finden wir ihn auch nicht."

„Den Mörder?"

Der Aufzug hielt mit einem Ruck.

„Ja", bestätigte Bosch. „Den Mörder."

KAPITEL EINS

Der Anruf kam herein, als Harry Bosch und seine Partnerin Kiz Rider in der Abteilung Offen-Ungelöst an ihren Schreibtischen saßen und den Papierkram zum Fall Matarese erledigten. Am Tag zuvor hatten sie sechs Stunden in einem Vernehmungszimmer mit Victor Matarese verbracht und über den Mord an einer Prostituierten namens Charisse Witherspoon aus dem Jahr 1996 gesprochen. DNA, die aus Sperma im Mund des Opfers extrahiert und zehn Jahre lang aufbewahrt worden war, hatte sich als identisch mit der von Matarese erwiesen. 2002 war dessen genetischer Fingerabdruck nach einer Verurteilung wegen Vergewaltigung in die Datenbank des Justizministeriums aufgenommen worden. Daraufhin hatte es noch einmal vier Jahre gedauert, bis Bosch und Kiz sich darangemacht hatten, den Witherspoon-Fall neu aufzurollen, dabei auf die DNA gestoßen waren und sie auf gut Glück an das staatliche Labor geschickt hatten. Aber weil Charisse Witherspoon Prostituierte gewesen war, reichte die DNA-Übereinstimmung für eine Verurteilung des Täters nicht aus. Die DNA hätte auch von jemandem stammen können, der ihre Dienste in Anspruch genommen hatte, bevor ihr Mörder aufgetaucht war.

Aufgrund dessen ließ sich der Fall nicht allein durch wissenschaftliche Untersuchungen lösen. Sie mussten zusehen, dass sie Matarese bei einem simplen altmodischen Verhör ein Geständnis entlockten. Die ersten fünf Stunden im Vernehmungszimmer waren extrem mühsam. In der sechsten konnten sie Matareses Widerstand endlich brechen, und er gestand nicht nur, Charisse Witherspoon umgebracht zu haben, sondern legte noch drei weitere Morde drauf, lauter Prostituierte, die er im südlichen Florida umgebracht hatte, bevor er nach Los Angeles gekommen war.

Als ein Anruf auf Leitung eins für Bosch ausgerufen wurde, dachte er zunächst, es sei ein Rückruf von den Kollegen in Miami. „Bosch", meldete er sich, nachdem er abgehoben hatte.

„Hier Freddy Olivas. Morddezernat Northeast Division. Ich bin hier gerade im Archiv und suche nach einer Akte, und jetzt sagen die, dass Sie sie ausgeliehen haben."

Bosch schwieg einen Moment, während er sich gedanklich aus dem Matarese-Fall ausklinkte. Er kannte Olivas nicht, auch wenn bei dem Namen etwas bei ihm klingelte. Was ausgeliehene Akten anging, war es sein Job, alte Fälle zu prüfen und nach Möglichkeit mithilfe neuer forensischer Erkenntnisse und Methoden zu lösen.

„Ich leihe ständig Akten aus dem Archiv aus. Welche meinen Sie genau?"

„Gesto. Marie Gesto. Ein Fall von 1993."

Bosch spürte, wie sich alles in ihm zusammenzog. Das war immer so, wenn er an Marie Gesto dachte, selbst dreizehn Jahre später noch. „Ja, die Akte habe ich. Wieso, was ist los?"

Ihm entging nicht, dass Kiz von ihrer Arbeit aufblickte, als sie die Veränderung in seiner Stimme bemerkte. Ihre Schreibtische waren in einer Nische aneinandergestellt, sodass sie sich bei der Arbeit gegenübersaßen.

„Etwas heikle Angelegenheit", antwortete Olivas. „Geheimsache. Es geht um einen aktuellen Fall, den ich gerade bearbeite, und der Ankläger möchte mal einen Blick in die Akte werfen. Könnte ich kurz bei Ihnen vorbeikommen und sie abholen?"

„Haben Sie einen Verdächtigen?"

Olivas antwortete nicht, und Bosch hakte nach.

„Wer ist der Ankläger?"

Wieder keine Antwort. Bosch ließ nicht locker.

„Hören Sie, Olivas, der Fall ist aktuell. Ich arbeite daran und habe einen Verdächtigen. Wenn es von Ihrer Seite aus neue Erkenntnisse gibt, will ich eingeweiht werden. Anderenfalls habe ich hier zu tun und wünsche Ihnen noch einen schönen Tag."

„Also gut, ich rufe Sie gleich zurück." Grußlos hängte Olivas auf.

Bosch sah Kiz an. „Marie Gesto."

„Das ist doch dein Fall. Wer war das eben?"

„Jemand von Northeast. Freddy Olivas. Sagt dir der Name was?"

„Persönlich kenne ich ihn zwar nicht, aber ich habe von ihm gehört. Er leitet die Ermittlungen im Fall Raynard Waits."

Jetzt konnte Bosch den Namen einordnen. Der Fall Waits hatte für einiges Aufsehen gesorgt. Wahrscheinlich betrachtete ihn Olivas als seine Eintrittskarte für die große Show. Die Polizeibehörde von Los Angeles, das Los Angeles Police Department (LAPD), war in 19 Reviere gegliedert, die so genannten Divisions, von denen jede eine eigene Polizeistation und eine eigene kriminalpolizeiliche Abteilung hatte. Weniger anspruchsvolle Fälle wurden von den Morddezernaten der einzelnen Divisions bearbeitet, und entsprechend wurden sie als Sprungbrett für den Aufstieg in die Eliteeinheiten der Robbery-Homicide Division (RHD) – des Dezernats Raub und Mord – angesehen, die im Polizeihauptquartier im in der Innenstadt gelegenen Parker Center stationiert waren. Dort wurden die eigentlich interessanten Fälle bearbeitet. Und eine dieser Einheiten war die Abteilung Offen-Ungelöst. Bosch war klar, dass Olivas, falls dessen Interesse an der Gesto-Akte auch nur im Entferntesten mit dem Waits-Fall zu tun hatte, mit allen Mitteln versuchen würde zu verhindern, dass sich die RHD einmischte.

„Was da genau läuft, hat er nicht gesagt?“, fragte Kiz.

„Er wollte mir nicht mal sagen, mit welchem Ankläger er zusammenarbeitet.“

„Das müsste Rick O’Shea sein. Er hat den Fall Waits übernommen. Sie haben gerade die Vorverhandlungen abgeschlossen und arbeiten jetzt auf einen Prozess hin.“

Bosch ließ sich die Information durch den Kopf gehen. O’Shea leitete eine Abteilung der Bezirksstaatsanwaltschaft, die sich mit der Verfolgung von besonders schweren Verbrechen befasste. Er war ausgesprochen ehrgeizig und wollte unbedingt ganz nach oben kommen. Und nachdem der amtierende Bezirksstaatsanwalt bekannt gegeben hatte, nicht für eine Wiederwahl zu kandidieren, war O’Shea einer der heißesten Kandidaten für dieses Amt. Er hatte bei den Vorwahlen die meisten Stimmen erhalten, allerdings war sein Vorsprung nicht deutlich genug ausgefallen, damit er sich auf seinen Lorbeeren ausruhen konnte. Die endgültige Entscheidung würde in einem erbitterten Kopf-an-Kopf-Rennen fallen, bei dem O’Shea jedoch immer noch die Innenbahn hielt. Er hatte sich der Unterstützung des scheidenden Bezirksstaatsanwalts versichert und konnte eine beneidenswerte Erfolgsbilanz vorweisen, weil er einige wichtige Fälle gewonnen hatte. Sein Kontrahent hieß Gabriel Williams; er war zwar zu Beginn seiner juristischen Laufbahn als Ankläger tätig gewesen, hatte aber die letzten zwanzig Jahre eine Privatkanzlei geführt. Doch gerade der Umstand, dass er „von außen“ kam, schlug sich in den Wahlprognosen recht positiv nieder. O’Sheas Vorsprung schmolz dahin.

Dank der Ausführlichkeit, mit der die *Los Angeles Times* fast täglich über die anstehenden Wahlen berichtete, wusste Bosch über O’Sheas Kampagne bestens Bescheid. Der Ankläger zielte vor allem darauf ab, seine Ansprüche auf das Amt des Bezirksstaatsanwalts mit aufsehenerregenden

Strafverfahren zu untermauern, die den Wert seiner Berufserfahrung herausstellen sollten. So hatte er die Vorverhandlung gegen Raynard Waits in fette Schlagzeilen umgemünzt. Der Doppelmörder Waits war im Stadtteil Echo Park bei einer nächtlichen Verkehrskontrolle angehalten worden, und dabei hatten die Beamten in seinem Lieferwagen mehrere Müllsäcke entdeckt, aus denen Blut sickerte. Bei deren Durchsuchung stellte sich heraus, dass sie Körperteile von zwei Frauen enthielten. Wenn es einen Fall gab, bei dem ein Anwärter für das Amt des Bezirksstaatsanwalts mit ungeteiltem Medieninteresse rechnen konnte, dann der des Müllsackmörders von Echo Park.

Der Haken an der Sache war nur, dass mit dem Medienrummel nun erst einmal Schluss war. Gegen Ende der Vorverhandlung war zwar schon der Prozesstermin festgesetzt worden, aber da dem Angeklagten die Todesstrafe drohte, wäre mit dem Prozess – und den damit einhergehenden Schlagzeilen – erst in mehreren Monaten und somit lange nach der Wahl zu rechnen. O'Shea benötigte also irgendetwas Neues, um für Pressewirbel zu sorgen und im Gespräch zu bleiben. Daher fragte sich Bosch, welche Pläne der Kandidat mit dem Gesto-Fall hatte.

Das Telefon läutete. „Offen-Ungelöst, Detective Bosch."

„Olivas. Bringen Sie die Akte um elf Uhr in den sechzehnten Stock rüber. Rick O'Shea wird ebenfalls da sein."

„Wir werden kommen."

„Moment, Moment! Was heißt ‚wir'? Ich habe gesagt, *Sie* sollen mit der Akte kommen."

„Ich habe eine Partnerin, Olivas. Wir kommen gemeinsam." Bosch legte einfach auf und sah Kiz an. „Wir haben um elf einen Termin."

„Und was ist mit Matarese?"

„Da lassen wir uns schon was einfallen."

Er stand auf und ging zu dem verschlossenen Aktenschrank hinter seinem Schreibtisch. Er zog die Gesto-Akte heraus und kehrte damit an seinen Platz zurück. Seit er vor einem Jahr aus dem Ruhestand zurückgekehrt war, hatte er die Akte dreimal aus dem Archiv geholt. Jedes Mal hatte er sie aufmerksam durchgelesen, ein paar Anrufe und Besuche gemacht und mit einigen der Personen gesprochen, die dreizehn Jahre zuvor in dem Ermittlungsverfahren eine Rolle gespielt hatten. Bisher jedoch waren seine Bemühungen fruchtlos geblieben.

Bosch hatte in seiner Polizeilaufbahn mehr als genug ungelöste Fälle gehabt. Es war schlichtweg unmöglich, alle zu lösen, und niemand beim Morddezernat hätte das abgestritten. Aber der Gesto-Fall war einer von denen, die ihm keine Ruhe ließen. Jedes Mal wenn er ihn sich wieder vornahm, befasste er sich ungefähr eine Woche lang damit, kam aber nicht weiter und brachte die Akte schließlich mit dem Gefühl, alles getan zu haben, was getan werden konnte, ins Archiv zurück. Aber diese selbst erteilte Absolution hielt nur ein paar Monate an, dann stand er eines Tages wieder am Schalter des Archivs und füllte das Antragsformular aus.

INFOLGE DES GEDRÄNGES vor den Aufzügen verspäteten sich Bosch und Kiz um zehn Minuten. Wegen der Lifts kam er nur sehr ungern ins Gerichtsgebäude. Das lange Warten und dann das Gerangel, um sich einen Platz zu ergattern, versetzten ihn in eine Hektik, auf die er gern verzichten konnte.

An der Empfangstheke der Staatsanwaltschaft im 16. Stock wurden sie aufgefordert zu warten, bis jemand sie in O'Sheas Büro begleitete.

Nach ein paar Minuten kam ein Mann durch eine Tür und deutete auf den Aktenkoffer, den Bosch in der Hand hielt. „Haben Sie sie dabei?", fragte er.

Bosch kannte den Mann nicht. Er war ein dunkelhäutiger Latino in einem grauen Anzug. „Olivas?"

„Ja. Haben Sie die Akte dabei?"

„Ja, ich habe die Akte dabei."

„Dann kommen Sie mit nach hinten."

Olivas hielt die Tür auf, und sie folgten ihm einen langen Flur entlang zu O'Sheas Büro. Meistens mussten sich mehrere Ankläger ein Büro teilen, zwischen zwei und vier pro Zimmer. In O'Sheas Büro dagegen war genügend Platz für einen riesigen Schreibtisch und eine separate Sitzecke. Als Leiter der Abteilung Sonderstrafverfolgung genoss man anscheinend gewisse Privilegien.

O'Shea stand von seinem Schreibtischsessel auf, um ihnen die Hand zu schütteln. Er war um die vierzig, gut aussehend und hatte pechschwarzes Haar. Und er war klein. Bosch mochte kleine Ankläger. Sie versuchten immer, etwas zu kompensieren, und normalerweise war es der Angeklagte, der am Ende den Preis dafür bezahlte.

Alle nahmen Platz. O'Shea hinter seinem Schreibtisch, Bosch und Kiz auf den davorstehenden Stühlen und Olivas neben einigen an der Wand lehnenden Wahlplakaten, auf denen RICK O'SHEA GREIFT DURCH stand.

„Danke, dass Sie gekommen sind, Detectives. Lassen Sie uns gleich zur Sache kommen." O'Shea senkte die Hand auf einen dicken Faltordner, der offen auf seinem Schreibtisch lag. „Sind Sie mit dem Verfahren gegen Raynard Waits vertraut?"

„Schwer möglich, nichts davon mitzukriegen“, erwiderte Bosch.

O’Shea rang sich ein Lächeln ab. „Ja, wir haben den Fall vor den Kameras ziemlich breitgetreten. Der Kerl ist ein richtiger Metzger. Durch und durch böse. Bevor ich Ihnen auseinanderlege, wie die Sache bei uns aussieht, möchte ich Sie allerdings bitten, mich über den Stand Ihrer Ermittlungen im Fall Marie Gesto in Kenntnis zu setzen. Freddy meinte, Sie hätten die Akte im vergangenen Jahr dreimal aus dem Archiv geholt. Gibt es irgendwelche neuen Erkenntnisse?“

Bosch hatte sich bereits dazu durchgerungen, erst zu geben und dann zu nehmen. „Man könnte sagen, ich habe den Fall jetzt schon dreizehn Jahre. Übernommen habe ich ihn 1993, nachdem sie vermisst gemeldet worden war.“

„Aber es ist nie etwas dabei herausgekommen?“

Bosch schüttelte den Kopf. „Wir hatten keine Leiche. Alles, was wir fanden, war ihr Auto. Wir konnten nie jemandem etwas nachweisen, also hatten wir nie einen dringend Tatverdächtigen. Dann habe ich 2002 den Dienst quittiert, und der Fall landete im Archiv.“

Bosch hielt es nicht für nötig, O’Shea zu erzählen, dass er die Gesto-Akte, zusammen mit einigen anderen offenen Fällen, kopiert und mitgenommen hatte, als er damals seine Dienstmarke abgegeben hatte. Es war ein Verstoß gegen die Vorschriften gewesen, und je weniger Leute davon wussten, desto besser.

„Letztes Jahr habe ich mir immer, wenn ich etwas Zeit hatte, die Gesto-Akte geholt“, fuhr er fort. „Aber es gibt keine DNA, keine Fingerabdrücke. Blieb also nichts als Klinkenputzen. Ich habe noch einmal mit allen Hauptbeteiligten gesprochen – mit jedem, den ich finden konnte. Und da ist immer noch der Kerl, von dem ich glaube, dass er es gewesen sein könnte, obwohl ich ihm nie was nachweisen konnte.“

„Wer ist der Mann?“

„Er heißt Anthony Garland. Sprössling einer reichen Familie aus Hancock Park. Sagt Ihnen der Name Thomas Rex Garland irgendwas, der Ölmagnat?“

O’Shea nickte.

„T. Rex, wie er auch genannt wird, ist Anthonys Vater.“

„Welche Verbindung besteht zwischen Anthony und Marie Gesto?“

„‚Verbindung‘ ist in diesem Zusammenhang vielleicht ein wenig übertrieben. Maries Wagen wurde in einer Einzelgarage einer Wohnanlage in Hollywood gefunden. Wir vermuteten, dass die Person, die es dort versteckt hatte, ganz genau wusste, dass die dazugehörige Wohnung zu jenem

Zeitpunkt leer stand und der Wagen deshalb eine relativ lange Zeit unentdeckt bleiben würde. Anthony Garlands frühere Freundin hatte dort gewohnt. Sie hatte sich von ihm getrennt und war zurück nach Texas gezogen."

„Das ist nicht gerade viel. Mehr hatten Sie nicht?"

„Wir fanden es auch etwas dürftig, aber dann besorgten wir uns von der Führerscheinstelle ihr Foto, und wie sich herausstellte, sah sie Marie Gesto auffallend ähnlich. Wir dachten, Marie könnte eine Art Ersatzopfer gewesen sein. Weil Garland seiner Exfreundin nichts antun konnte, nahm er sich an ihrer Stelle Marie vor."

„Waren Sie in Texas?"

„Zweimal. Wir haben mit der Ex gesprochen, und sie erzählte uns, der Hauptgrund für ihre Trennung von Garland sei seine unbeherrschte und aufbrausende Art gewesen."

„Wurde er ihr gegenüber handgreiflich?"

„Ihren Aussagen zufolge nicht. Sie meinte, sie hätte sich von ihm getrennt, um zu vermeiden, dass es dazu kam."

O'Shea beugte sich vor. „Hat Anthony Garland vor oder nach der Gesto-Sache irgendwelche Vorstrafen bekommen?"

„Er ist kein sonderlich nützliches Mitglied der Gesellschaft. Soweit ich das beurteilen kann, lebt er von den Zuwendungen seines alten Herrn. Er kümmert sich um die Sicherheitsbelange seines Vaters. Aber ich konnte nichts Kriminelles finden."

O'Shea räusperte sich. „Fiel in all den Jahren jemals der Name Raynard Waits?"

Boschs Magen zog sich zusammen. „Nein. Soll er das?"

O'Shea zog eine der Akten aus dem Faltordner, öffnete sie und nahm ein Dokument heraus, das aussah wie ein Brief. „Wie Ihnen bekannt sein dürfte, werden wir bei Waits die Todesstrafe beantragen. Nach der Vorverhandlung dürfte ihm klar geworden sein, was die Stunde geschlagen hat. Und deshalb kamen er und sein Anwalt vergangene Woche hiermit an." O'Shea hielt das Schreiben hoch. „Bevor ich Ihnen das zeige, muss ich mich jedoch vergewissern, dass Ihnen klar ist, dass es sich hier um das Verhandlungsangebot eines Anwalts handelt. Also egal was passiert, die darin enthaltenen Informationen sind vertraulich, es dürfen keine Ermittlungen daraus erwachsen."

„Okay", erwiderte Bosch nach kurzem Zögern.

O'Shea schob das Blatt Papier über den Schreibtisch, und Bosch und Kiz beugten sich vor, um es gemeinsam zu lesen.

An
Richard O'Shea, Stellvertretender Bezirksstaatsanwalt
Bezirksstaatsanwaltschaft Los Angeles
210 West Temple Street
Los Angeles, CA 90012-3210

12. September 2006

Betr.: **Kalifornien** gg. **Raynard Waits**

Sehr geehrter Mr O'Shea,
dieses Schreiben dient dem Zweck, Gespräche hinsichtlich einer Einigung in oben genanntem Fall einzuleiten. Alle Angaben, die hierin und nachfolgend bei den von uns vorgeschlagenen Gesprächen gemacht werden, erfolgen in dem gegenseitigen Wissen, dass sie laut kalifornischem Beweismittelgesetzbuch § 1153, kalifornischem Strafgesetzbuch § 1192.4 und **Das Volk** gg. **Tanner**, 45 Cal. App. 3d 345, 350, 119 Cal. Reptr. 407 (1975) vor Gericht nicht als Beweismittel zulässig sind.

Ich unterbreite Ihnen hiermit, dass Mr Waits unter den unten aufgeführten Bedingungen und Voraussetzungen bereit wäre, Ihnen und Ermittlern Ihrer Wahl Angaben zu neun Morden zu machen, nicht eingeschlossen die zwei, die mit oben erwähntem Fall zusammenhängen, und sich im Sinne der Anklage in oben erwähntem Fall für schuldig zu bekennen, falls sich die Staatsanwaltschaft als Gegenleistung bereiterklärt, weder in den anstehenden Mordanklagen die Todesstrafe zu beantragen noch hinsichtlich der Morde Anklage zu erheben, zu denen er Angaben zu machen bereit ist.

Des Weiteren müssen Sie sich als Gegenleistung für die Kooperation, die Mr Waits anbietet, bereiterklären, jegliche Aussagen von Mr Waits sowie jegliche daraus gewonnenen Erkenntnisse in einem Strafverfahren nicht gegen ihn zu verwenden; keine Information darf an irgendwelche Strafverfolgungs- und Ermittlungsbehörden weitergeleitet werden, solange sich eine solche Behörde nicht durch ihre Vertreter einverstanden erklärt hat, sich an die Voraussetzungen und Bedingungen dieser Abmachung zu halten; keinerlei Angaben, die von Mr Waits im Zuge einer „vertraulichen“ Unterredung gemacht werden, dürfen gegen ihn verwendet werden; ebenso wenig darf ermittlungstechnisch relevanten Hinweisen, die aus Aussagen des Angeklagten oder von ihm zur Verfügung gestellten Informationen resultieren, nachgegangen werden.

Mr Waits bietet Ihnen an, Angaben zu neun Morden zu machen, die sich zwischen 1992 und 2003 ereignet haben. Als einleitendes Angebot und Zeichen seiner Glaubwürdigkeit schlägt er vor, dass sich die Ermittler noch einmal mit dem Tod von Daniel Fitzpatrick, 63, befassen, der am 30. April 1992 in seinem Leihhaus am Hollywood Boulevard verbrannt wurde. Aus den Ermittlungsunterlagen wird ersichtlich werden, dass Mr Fitzpatrick bewaffnet war und hinter dem Sicherheitsgitter seines Ladens stand, als er von einem Angreifer mit Brennspiritus und einem Gasfeuerzeug in Brand gesteckt wurde. Die Dose mit EasyLight-Brennspiritus wurde vom Täter aufrecht stehend vor dem Gitter zurückgelassen. Diese Information wurde nie bekannt gegeben.

Weiterhin schlägt Mr Waits vor, die polizeilichen Ermittlungsakten zum Verschwinden von Marie Gesto im September 1993 hinzuzuziehen. Aus diesen Unterlagen wird hervorgehen, dass sich in Ms Gestos Auto, das von der Polizei in einer Garage einer Wohnanlage in Hollywood entdeckt wurde, eine Einkaufstüte mit einem Pfund abgepackter Karotten befand. Ms Gesto beabsichtigte, mit den Karotten die Pferde zu füttern, die sie im Sunset-Ranch-Reitstall versorgte, um dort kostenlos reiten zu können. Auch diese Information wurde nie öffentlich bekannt gegeben.

Ich würde vorschlagen, dass für den Fall einer Übereinkunft diese insofern nicht unter das kalifornische Verbot außergerichtlicher Einigungen bei Kapitalverbrechen fällt, als es ohne Mr Waits' Kooperation nicht genügend Beweise und Zeugen gäbe, diese neun Morde vor Gericht zu bringen.

Bitte setzen Sie sich baldmöglichst mit mir in Verbindung, wenn Ihnen obige Vorgehensweise annehmbar erscheint.

Mit freundlichen Grüßen

Maurice Swann, Rechtsanwalt

Bosch merkte, dass er fast das ganze Schreiben durchgelesen hatte, ohne ein einziges Mal Atem zu holen. „Darauf werden Sie sich doch wohl nicht einlassen", meinte er.

O'Shea sah ihn kurz an, bevor er antwortete. „Ich stehe bereits in Verhandlungen mit Swann. Ich habe die Verhandlungsposition der Anklage seit Eingang dieses Schreibens deutlich verbessert."

„Inwiefern?"

„Waits wird sich in allen Fällen schuldig bekennen müssen. Wir kriegen elf Schuldsprüche wegen Mord."

Und du kriegst rechtzeitig vor den Wahlen weitere Schlagzeilen, dachte Bosch, sagte es aber nicht. „Und trotzdem kommt er ungestraft davon?"

„Nein, Detective, er kommt nicht ungestraft davon. Er wird nie mehr das Tageslicht sehen."

„Aber keine Todesstrafe. Da kommen Sie ihm entgegen."

„Ja, aber das ist unser einziges Zugeständnis. Bevor wir uns allerdings auf einen solchen Handel einlassen, müssen wir zu hundert Prozent sicherstellen, dass diese neun Morde auch tatsächlich auf sein Konto gehen. Das Ganze könnte ein Trick sein, um der Todesspritze zu entgehen, es könnte aber auch Hand und Fuß haben. Gemeinsam mit Freddy sollen Sie beide herausfinden, was davon zutrifft. Ich werde mit den zuständigen Leuten telefonieren, damit Sie freigestellt werden. Das hier wird Ihr Auftrag."

Als weder Bosch noch Kiz antwortete, fuhr O'Shea fort: „Die Sache mit Fitzpatrick hat Freddy bereits überprüft. Er wurde während der Unruhen nach Bekanntgabe des Rodney-King-Urteils getötet. Man hat ihn angezündet, während er hinter dem heruntergelassenen Sicherheitsgitter seines Leihhauses stand. Er war schwer bewaffnet, und wir können uns bisher nicht erklären, wie sein Mörder nahe genug an ihn herankam, um ihn in Brand zu stecken. Was Waits' Angaben zum Fall Gesto angeht, konnten wir sie bisher nicht überprüfen, weil Sie die Akte haben, Detective Bosch. Stimmt das mit den Karotten?"

Widerstrebend nickte Bosch. „Die Einkaufstüte mit den Karotten war unser Ass im Ärmel. Außer mir, meinem damaligen Partner und dem Kriminaltechniker, der die Tüte geöffnet hat, wusste damals niemand davon. Wir hielten diese Information zurück, weil wir zu der Überzeugung gelangt waren, dass Marie Gesto an diesem Punkt den Weg des Täters gekreuzt hatte. Die Karotten stammten aus einem Mayfair-Supermarkt im unteren Teil des Beachwood Canyon. Wie sich herausstellte, kaufte sie dort regelmäßig ein, bevor sie zum Reitstall fuhr. An dem Tag, an dem sie verschwand, kam sie mit den Karotten und vermutlich ihrem Mörder im Schlepptau aus dem Supermarkt. Wir konnten Zeugen auftreiben, die sie im Supermarkt gesehen hatten. Danach nichts mehr."

O'Shea deutete auf das Schreiben. „Dann macht das also einen recht brauchbaren Eindruck?"

„Nein, macht es nicht. Lassen Sie sich nicht auf diesen Handel ein! Wenn das tatsächlich der Kerl ist, der Marie Gesto und die acht anderen Opfer genauso zerstückelt hat wie die beiden, mit denen er gefasst wurde, dann hat er nicht verdient weiterzuleben. Man sollte ihn festschnallen, ihm dieses Zeug spritzen und ihn dorthin befördern, wo er hingehört."

„Und was wird dann aus den ganzen offenen Fällen?", hielt O'Shea Bosch entgegen. „Wir sind dazu verpflichtet, den Angehörigen der Opfer Antworten zu geben. Vergessen Sie außerdem nicht, dass wir angekündigt haben, die Todesstrafe zu *beantragen*. Das heißt nicht, dass wir sie auch kriegen. Wir müssen erst einmal vor Gericht gewinnen und dann die Geschworenen überzeugen, sich für die Todesstrafe auszusprechen. Bereits *ein* Geschworener genügt, um den Prozess zu verlieren oder die Todesstrafe zu verhindern. Ganz abgesehen davon, dass auch ein milder Richter genügt, um die Empfehlung der Geschworenen zu übergehen. Zudem ist Maurice Swann ein verdammt guter Anwalt."

Bosch antwortete nicht. Er wusste, wie das System funktionierte, wie es manipuliert werden konnte und dass auf nichts hundertprozentig Verlass war. Trotzdem ging es ihm gegen den Strich. Außerdem war ihm klar, dass lebenslänglich nicht immer lebenslänglich war.

O'Shea griff nach einem Stift und trommelte damit auf seinen Schreibtisch. „Detective, hatte Marie Gesto Familie?“

„Ihre Eltern leben oben in Bakersfield. Sie hatten große Hoffnungen in sie gesetzt.“

„Dann denken Sie mal an diese Leute. Und an die Familien der anderen Opfer. Wir können ihnen nicht sagen, dass es Waits war, solange wir nicht absolut sicher sind. Sie sollen endlich Gewissheit haben.“

„Wie eng ist der zeitliche Rahmen gesteckt?“, fragte Kiz.

„Ich will keine Zeit verlieren“, erklärte O'Shea. „Wenn die Sache Hand und Fuß hat, möchte ich sie möglichst schnell über die Bühne bringen.“

„Möglichst noch vor der Wahl, oder?“, warf Bosch ein.

O'Sheas Lippen bildeten einen dünnen Strich. „Sagen wir mal so, Detective: Die erfolgreiche Aufklärung von elf Mordfällen würde meine Chancen, gewählt zu werden, mit Sicherheit erhöhen. Aber jede Nacht, in der diese Eltern zu Bett gehen, ohne zu wissen, was ihrer Tochter zugestoßen ist, ist eine Nacht voll seelischer Qualen. Aus diesem Grund möchte ich in diesem Fall ganz sicher sein und rasch zu einem Ergebnis kommen. Sie können Ihre Spekulationen über alles andere gern für sich behalten.“

„In Ordnung“, entgegnete Bosch. „Wann reden wir mit dem Kerl?“

O'Shea sah zu Olivas und dann wieder zu Bosch. „Zuerst sollten wir unsere Akten austauschen. Sie machen sich mit Waits vertraut, und Freddy arbeitet sich in die Gesto-Akte ein. Wie wär's mit morgen?“

„Gut, morgen.“ Bosch öffnete den Aktenkoffer auf seinem Schoß und nahm die Ermittlungsunterlagen im Fall Gesto heraus, die sich in einem sieben Zentimeter dicken Ordner befanden, dem so genannten Mordbuch. Er gab ihn O'Shea, der sich umwandte und ihn an Olivas weiterreichte.

„Sie bekommen dafür das hier.“ O'Shea hielt Bosch den Faltordner hin. „Viel Spaß beim Lesen. Und Sie kriegen das wirklich bis morgen hin?“

Bosch sah Kiz fragend an, ob sie irgendwelche Einwände hätte. Ihnen blieb noch ein Tag, um die Matarese-Akte zum Bezirksstaatsanwalt zu bringen. Aber sie waren fast fertig damit, und Kiz würde den Rest allein schaffen. Als sie schwieg, wandte sich Bosch wieder O'Shea zu. „Kriegen wir.“

„Dann werde ich Swann anrufen und einen Termin mit ihm vereinbaren.“

„Was ist mit den anderen sieben? Existieren für sie keine Akten?“

„Waits und Swann haben in ihrem Angebot angedeutet, dass es sich dabei um Frauen handelt, die nie als vermisst gemeldet wurden“, erläuterte

O'Shea. „Waits ist bereit, uns zu ihnen zu führen, aber es gibt in diesen Fällen nichts, was wir vorbereitend tun können."

Bosch nickte. Er erhob sich. Kiz ebenfalls.

„Muss ich jemanden anrufen, um Sie beide freistellen zu lassen?", fragte O'Shea. „Nötigenfalls kann ich auch etwas die Muskeln spielen lassen."

Kiz schüttelte den Kopf. „Ich glaube nicht. Harry ist bereits mit dem Gesto-Fall beschäftigt. Und die sieben Frauen mögen vielleicht unbekannte Opfer sein, aber über den Mann aus dem Leihhaus gibt es im Archiv sicher eine Akte. Und damit kommt Offen-Ungelöst ohnehin ins Spiel. Wir kriegen das mit unserem Vorgesetzten schon geregelt."

„Schön. Sobald der Termin feststeht, melde ich mich bei Ihnen. Ich hoffe, Sie sind in dieser Sache auf meiner Seite, Detectives."

Bosch war sich nicht sicher, ob O'Shea damit den Fall oder die Wahl gemeint hatte. „Wenn mir Waits hilft, Marie Gesto zu ihren Eltern heimzubringen, bin ich auf Ihrer Seite", erwiderte er.

KAPITEL ZWEI

Wieder zurück in ihrer Abteilung, erstatteten Bosch und Kiz ihrem Vorgesetzten Bericht über die Unterredung mit O'Shea. Nach 25 Jahren im Polizeidienst hatte Abel Pratt noch vier Wochen bis zu seiner Pensionierung. Mit entsprechender Aufmerksamkeit hörte er ihnen zu. Auf seinem Schreibtisch lag ein Stapel Reiseführer für verschiedene karibische Inseln. Er hatte vor, der Stadt den Rücken zu kehren und sich mit seiner Familie auf einer der Inseln niederzulassen. Das war unter Polizisten ein weitverbreiteter Ruhestandstraum – endlich diese ganze Trostlosigkeit, mit der man sich so lange herumgeschlagen hatte, hinter sich zu lassen. Die Realität sah allerdings so aus, dass es auf diesen Inseln nach sechs Monaten Meer und Sonnenschein ziemlich bald langweilig wurde.

Nach Pratts Pensionierung sollte David Lambkin, ein Detective von der RHD, die Leitung der Einheit übernehmen. Er war ein landesweit anerkannter Experte für Sexualverbrechen. Bosch hätte lieber ihn als Pratt über die Einzelheiten des Falls informiert, vorläufig mussten sie aber noch mit ihrem alten Boss vorliebnehmen. Allerdings war einer von Pratts Vorzügen, dass er ihnen freie Hand lassen würde, bis er seinen Abschied nahm. Er wollte lediglich alles vermeiden, was bis zu seinem Dienstende Wellen schlug.

Nachdem sich Pratt ihren Bericht angehört hatte, erteilte er ihnen seine Genehmigung für die Zusammenarbeit mit O'Shea. Etwas Leben kam erst in ihn, als er sie vor Waits' Anwalt Maurice Swann warnte. „Nur so viel zu Maury: Egal was Sie tun, wenn Sie ihm begegnen, schütteln Sie dem Kerl auf keinen Fall die Hand."

„Warum nicht?", wollte Kiz wissen.

„Ich hatte mal bei einem Gerichtsverfahren mit ihm zu tun. Jemand war von einer Straßengang ermordet worden. Jeden Tag bei Verhandlungseröffnung kam Maury an und schüttelte erst mir und dann dem Ankläger die Hand. Sein Mandant versuchte nach der Verurteilung die Strafe herunterzuhandeln. Er bot uns an, die anderen Beteiligten an dem Mord zu verpfeifen. Bei der Gelegenheit sagte er mir, er halte mich für korrupt. Maury habe ihm während des Prozesses gesagt, er könne uns alle kaufen. Mich, den Ankläger, jeden. Also hatte der Mandant sein Mädchen losgeschickt, um etwas Geld aufzutreiben, und Maury hatte ihm weisgemacht, dass er uns, jedes Mal wenn er uns die Hand schüttelte, ein paar Scheinchen zusteckte. In Wirklichkeit aber hat er das Geld selbst eingesackt."

„Im Ernst?", entfuhr es Kiz. „Haben Sie nichts gegen ihn unternommen?"

Pratt tat den Gedanken mit einer wegwerfenden Handbewegung ab. „Es wäre vermutlich nichts dabei herausgekommen – nicht bei einem so angesehenen Mitglied der Anwaltskammer. Aber geben Sie ihm auf keinen Fall die Hand, wenn Sie zu ihm und Waits ins Vernehmungszimmer kommen."

Bosch und Kiz mussten beide über diese Geschichte grinsen, als sie Pratts Büro verließen und an ihren Platz zurückkehrten. Die Frage der Arbeitsteilung hatten sie bereits auf dem Rückweg vom Gericht geklärt. Bosch würde Waits übernehmen und Kiz den Fall Fitzpatrick. Weil sie weniger zu lesen hatte, würde sie außerdem die Matarese-Akte fertigstellen. Bosch konnte sich also voll und ganz dem Studium der Welt des Raynard Waits widmen.

Nachdem er Kiz die Fitzpatrick-Akte herausgesucht hatte, ging er mit dem Faltordner, den er von O'Shea bekommen hatte, in die Cafeteria hinunter. Dort wäre es jetzt nach Ende der Mittagspause leer genug, sodass er seine Unterlagen ausbreiten und ungestört vom unablässigen Telefonläuten und Stimmengewirr des Bereitschaftsraums arbeiten konnte. Nachdem er einen Ecktisch sauber gewischt hatte, begann er rasch mit der Sichtung des Materials.

Es gab drei Akten über Waits: das von Olivas und dessen Partner Ted Colbert zusammengestellte LAPD-Mordbuch, außerdem eine Akte von einer früheren Festnahme und die von O'Shea zusammengetragenen Anklageunterlagen. Bosch beschloss, zuerst das Mordbuch zu lesen.

Raynard Waits war 34 Jahre alt und wohnte in der Sweetzer Avenue in West Hollywood. Mit 1,65 Meter Größe und 64 Kilo Gewicht war er alles andere als stattlich. Er war Inhaber eines Einmannbetriebs, einer Fensterreinigungsfirma. Laut polizeilichem Ermittlungsbericht war er in der Nacht des 11. Mai um 1.50 Uhr zwei Streifenpolizisten aufgefallen, die ein Viertel in Echo Park überwachten, weil es dort in den vorangegangenen Wochen an den Abenden der Dodgers-Heimspiele in verstärktem Umfang zu Einbrüchen gekommen war. Der Polizeianwärter Arnolfo Gonzalez und sein Ausbildungsofficer Ted Fennel saßen in Uniform in einem Zivilfahrzeug unweit der Kreuzung von Stadium Way und Chavez Ravine Place, am äußersten Rand des Baseballstadiongeländes. Offensichtlich waren die Cops nach der gängigen Strategie bei verstärkter Streife vorgegangen: Sie hatten sich am Rand des zu überwachenden Viertels postiert, um jedem verdächtig erscheinenden Fahrzeug auf dem Weg dorthin zu folgen.

Ihrem Bericht nach schöpften Gonzalez und Fennel Verdacht, als kurz vor zwei Uhr nachts ein Kastenwagen mit der Aufschrift CLEARVIEW RESIDENTIAL GLASS CLEANERS an ihnen vorbeikam. Sie folgten ihm in einigem Abstand, und Gonzalez gab das Kennzeichen des Fahrzeugs in den Bordcomputer ein. Die Informationen, die dieser ausspuckte, weckten zusätzlich ihren Argwohn. Unter diesem Kennzeichen war ein Ford Mustang mit einer Adresse im östlich von Los Angeles gelegenen Claremont registriert. Überzeugt, dass die Nummernschilder des Lieferwagens gestohlen waren, stoppte Fennel das verdächtige Fahrzeug in der Figueroa Terrace.

Im Festnahmeprotokoll hieß es:

> Der Fahrer des Fahrzeugs machte einen nervösen Eindruck und beugte sich aus dem Fenster des Kastenwagens, als er mit Officer Gonzalez sprach, offensichtlich um den Officer daran zu hindern, das Wageninnere in Augenschein zu nehmen. Officer Fennel näherte sich dem Fahrzeug von der Beifahrerseite und richtete den Strahl seiner Taschenlampe in den Kastenwagen. Im Innern des Wagens lagen mehrere schwarze Plastiksäcke. Aus der zugeschnürten Öffnung eines dieser Säcke sickerte eine Flüssigkeit auf den Boden des Fahrzeugs, bei der es sich offensichtlich um Blut handelte.
>
> Der Fahrer wurde gefragt, ob es Blut sei, was da aus einem der Müllsäcke tropfte, woraufhin er erklärte, er habe sich an diesem Tag bei der Arbeit verletzt, als ein großes Fenster während des Reinigens zerbrochen sei. Er erklärte, das Blut mit mehreren Putzlumpen aufgewischt zu haben. Als der Fahrer des Kastenwagens aufgefordert wurde, die Stelle zu zeigen, an der er sich geschnitten hatte, unternahm er plötzlich den Versuch, den Motor des Fahrzeugs zu starten. Officer Gonzalez langte durch das Fenster, um ihn daran zu hindern. Nach kurzem Kampf wurden dem Fahrer Handschellen angelegt und er wurde auf den Rücksitz des zivilen Einsatzfahrzeugs verbracht. Officer Fennel öffnete einen der Müllsäcke und stellte fest, dass dieser menschliche Körperteile enthielt.

Laut Führerschein handelte es sich beim Fahrer des Kastenwagens um einen gewissen Raynard Waits. Während sein Fahrzeug und die Müllsäcke noch an Ort und Stelle in der Figueroa Terrace durchsucht wurden, schaffte man Waits in eine Arrestzelle der Northeast Division. Erst nachdem die Detectives Olivas und Colbert, die in dieser Nacht Bereitschaftsdienst hatten, die Ermittlungen übernommen und einige der von Gonzalez und Fennel durchgeführten Maßnahmen überprüft hatten, stellte sich heraus, dass der junge Polizeianwärter versehentlich ein falsches Kennzeichen in den Bordcomputer eingegeben hatte. Im Polizeijargon war das ein „Irrtum in gutem Glauben"; der berechtigte Grund für das Anhalten des Lieferwagens blieb weiterhin gegeben, weil die Polizisten nach bestem Wissen und Gewissen gehandelt hatten, als ihnen der unbeabsichtigte Fehler unterlaufen war.

Am Morgen nach der Festnahme beschafften sich Olivas und Colbert einen Durchsuchungsbeschluss für die Wohnung in der Sweetzer Avenue, in der Waits allein lebte. Bei der vierstündigen Durchsuchung fanden sich mehrere Proben menschlichen Haares und Blutes, die aus der Badewanne und dem Waschbecken im Bad geborgen wurden, sowie ein Geheimfach unter dem Fußboden, das mehrere Polaroidfotos von nackten jungen Frauen enthielt, die entweder bewusstlos oder tot waren. In einem Vorratsraum stand ein Gefrierschrank.

In der Zwischenzeit waren die drei Plastikmüllsäcke aus Waits' Lieferwagen in die Gerichtsmedizin gebracht worden. Wie sich herausstellte, enthielten sie die Körperteile zweier junger Frauen, die beide erdrosselt worden waren. Erwähnung verdiente außerdem der Umstand, dass Spuren an den Teilen einer Leiche darauf hindeuteten, dass man sie eingefroren hatte.

Die Berichte führten detailliert die Maßnahmen auf, die ergriffen worden waren, um die zwei Toten sowie die Frauen auf den in der Wohnung gefundenen Polaroidfotos zu identifizieren. Nur bei einer gelang es. Die Fingerabdrücke, die einem der zerstückelten Opfer abgenommen wurden, erzielten in der FBI-Datenbank einen Treffer. Die Tote wurde als eine 17-jährige Ausreißerin aus Iowa identifiziert. Mithilfe von Fotos, die ihre Mutter der Polizei zur Verfügung stellte, gelang es den Ermittlern, ihre Spur zu rekonstruieren. Sie wurde von mehreren Jugendarbeitern in verschiedenen Obdachlosenasylen in Hollywood erkannt. Um zu verhindern, dass sie identifiziert und nach Hause geschickt wurde, hatte sie jedes Mal einen anderen Namen angegeben. Verschiedenes deutete darauf hin, dass sie Drogen genommen hatte und gelegentlich auf den Strich gegangen war.

Die Jugendarbeiter, die bei der Identifizierung des Mädchens aus Iowa geholfen hatten, bekamen auch die in Waits' Wohnung gefundenen Polaroidfotos vorgelegt und konnten im Fall von mindestens drei der jungen Frauen jeweils mehrere Namen angeben. Ihre Lebensgeschichten ähnelten sich. Sie waren ausnahmslos Ausreißerinnen, die der Prostitution nachgegangen waren, um sich das nötige Geld für ihren Drogenkonsum zu beschaffen.

Für Bosch ging aus den zusammengetragenen Beweisstücken und Informationen hervor, dass Waits ein Serienmörder war, der sich ganz gezielt junge Frauen ausgesucht hatte, die nicht sofort vermisst wurden, Randexistenzen, von denen die Gesellschaft keine Notiz nahm und deren Verschwinden nicht weiter auffiel.

Die Polaroidfotos aus dem Geheimfach in Waits' Wohnung befanden sich in der Akte, jeweils vier pro Seite, in einer Klarsichthülle. Es waren acht Seiten mit mehreren Aufnahmen von jeder Frau. Eine beigefügte Auswertung war zu der Feststellung gelangt, dass die Fotosammlung Aufnahmen von neun verschiedenen Frauen enthielt – von den beiden, deren Überreste in Waits' Lieferwagen gefunden worden waren, und von sieben Unbekannten. Bosch nahm zwar an, dass es sich dabei um die sieben Frauen handelte, zu denen Waits zusätzlich zu Marie Gesto und dem Pfandleiher Angaben machen wollte, suchte aber auf den Fotos trotzdem nach Maries Gesicht.

Es war jedoch nicht darunter. Die Fotos zeigten Frauen, deren Verschwinden nicht so viel Aufsehen erregt hatte wie das von Marie. Bosch musste an einen seiner früheren Lehrer im Morddezernat denken, dessen besonderes Mitgefühl all jenen gegolten hatte, die er „namenlose Tote" genannt hatte – die Opfer, die nicht zählten. Er hatte Bosch schon früh beigebracht, dass für die Gesellschaft nicht alle Opfer gleich waren, dass sie es für den guten Detective aber sein mussten.

Wieder dachte Bosch an Waits' Angebot, die neun zusätzlichen Morde aufzuklären. Irgendetwas daran kam ihm eigenartig vor. Fitzpatrick war insofern eine Abweichung, als er ein Mann war und hinter seiner Ermordung keine sexuellen Motive zu stehen schienen. Bosch hatte immer angenommen, Marie Gesto sei ein Sexualopfer gewesen. Aber – und das war die andere Abweichung – sie war kein namenloses Opfer gewesen. Ihr Verschwinden hatte hohe Wellen geschlagen. Hatte Waits aus ihrem Fall gelernt? Hatte er nach ihrer Ermordung seine Vorgehensweise geändert, um nie wieder so viel Aufmerksamkeit seitens der Polizei und der Medien auf sich zu lenken?

Außerdem: Wenn Waits Marie ermordet hatte, warum war dann kein Foto von ihr in seiner Wohnung gewesen? Und: Waits wohnte in West Hollywood. Was hatte er in Echo Park gewollt?

Die erste Frage war leicht zu beantworten. Mörder durchliefen eine Entwicklung. Waits könnte aus dem Gesto-Mord gelernt haben, dass er Erinnerungsstücke an seine Taten brauchte. Er könnte erst nach Marie angefangen haben, Fotos zu machen.

Die zweite Frage bereitete Bosch mehr Kopfzerbrechen. Es gab in der ganzen Akte keinen Bericht, der sich mit dieser Frage beschäftigte. Man war einfach davon ausgegangen, dass Waits unterwegs gewesen war, um sich der Leichen zu entledigen, sie möglicherweise in den Parkanlagen rund um das Dodger Stadium zu vergraben. Der Frage nach seinem Ziel weiter nachzugehen war weder in Erwägung gezogen noch von irgendwem eingefordert worden. Aber für Bosch war es ein Punkt, den es zu berücksichtigen galt. Von Waits' Wohnung in West Hollywood war es mindestens eine halbe Stunde Fahrt bis Echo Park. Das war ziemlich viel Zeit, um mit Müllsäcken voller Leichenteile durch die Gegend zu kutschieren. Griffith Park, der nicht nur größer war und mehr abgeschiedene und schwer zugängliche Stellen hatte als die Gegend um das Baseballstadion, lag beispielsweise wesentlich näher an West Hollywood. Für Bosch konnte das nur bedeuten, dass Waits in Echo Park ein ganz bestimmtes Ziel im Auge gehabt hatte.

Für den Angeklagten war kein psychologisches Gutachten erstellt worden; das wunderte Bosch ebenfalls. Vielleicht hatten dem strategische Erwägungen der Anklage zugrunde gelegen. Möglicherweise wollte O'Shea der Verteidigung keine Handhabe bieten, auf Schuldunfähigkeit zu plädieren. Dennoch, so fand Bosch, hätte ein psychologisches Gutachten hilfreich sein können, um den Angeklagten und seine Taten besser zu verstehen. Es hätte auf jeden Fall gemacht werden sollen. Ganz unabhängig davon, wie weit sich der Verdächtige diesbezüglich kooperationswillig gezeigt hätte, hätte anhand seiner Taten, seines Lebenslaufs, seines Äußeren, der Funde in seiner Wohnung und der Aussagen von Menschen aus seinem Lebensumfeld ein Profil erstellt werden können. Außerdem hätte es sich für O'Shea durchaus als nützliche Waffe gegen jegliche Versuche der Verteidigung erweisen können, auf Schuldunfähigkeit zu plädieren.

Doch dafür war es jetzt zu spät. Das LAPD hatte zwar eine kleine psychologische Abteilung, aber bis zu Waits' Vernehmung am kommenden Tag konnte Bosch keine Hilfe mehr anfordern. Und eine Anfrage an die Bundespolizei FBI hätte bestenfalls ein zweimonatiges Warten bedeutet.

Was letzteren Punkt anging, kam Bosch plötzlich eine Idee, aber er beschloss, die Sache noch eine Weile reifen zu lassen, bevor er konkrete Schritte unternahm. Er legte das Mordbuch vorerst beiseite und nahm sich die dünnste der Akten vor. Sie enthielt die Berichte und Ermittlungsergebnisse in Zusammenhang mit einer Festnahme wegen Voyeurismus im Jahr 1993. Es war das einzige Mal, dass Waits mit dem Gesetz in Konflikt gekommen war, bevor er dreizehn Jahre später mit den Leichenteilen in seinem Lieferwagen angehalten wurde.

In den Berichten hieß es, dass Waits im Garten eines Hauses im Fairfax District festgenommen worden war. Eine an Schlaflosigkeit leidende Frau hatte nachts zufällig aus dem Fenster gesehen und einen Mann bemerkt, der durch ein Fenster auf der Rückseite des Nachbarhauses spähte. Die Frau weckte ihren schlafenden Ehemann, der den Kerl überrumpelte und ihn so lange festhielt, bis die Polizei eintraf. Der Ertappte befand sich im Besitz eines Schraubenziehers und wurde wegen Voyeurismus angeklagt. Er trug keinen Ausweis bei sich und gab an, sein Name sei Robert Saxon und er sei erst siebzehn. Aber sein Schwindel flog auf, und er wurde wenig später als der 21-jährige Raynard Waits identifiziert. Bei der Festnahme waren ihm Fingerabdrücke abgenommen worden, und diese ergaben bei einem Vergleich mit Unterlagen der Zulassungsstelle eine Übereinstimmung mit einem Führerschein, der neun Monate zuvor auf einen Raynard Waits ausgestellt worden war. In dieser Fahrerlaubnis waren zwar derselbe Geburtstag und Geburtsmonat vermerkt, wie von dem Verhafteten angegeben, allerdings mit einem kleinen Unterschied: Raynard Waits war genau vier Jahre älter, als er als Robert Saxon behauptet hatte.

Einmal identifiziert, gestand Waits, nach einem Haus Ausschau gehalten zu haben, in das er hätte einbrechen können. In dem Polizeibericht wurde jedoch vermerkt, dass es sich bei dem Fenster, durch das er gespäht hatte, um das Schlafzimmerfenster eines 15-jährigen Mädchens gehandelt hatte. Dank einem von seinem Anwalt ausgearbeiteten Einigungsvorschlag entging Waits dennoch einer Anklage wegen eines Sexualdelikts. Er wurde zu achtzehn Monaten auf Bewährung verurteilt, die er den Berichten zufolge mit guten Bewertungen hinter sich brachte.

Bosch sah sich die Daten noch mal genauer an. Während Waits seine Bewährungsfrist mit Erfolg hinter sich gebracht hatte, war er gleichzeitig vom Spanner zum Mörder avanciert. Marie Gesto war entführt worden, bevor seine Bewährungsfrist abgelaufen war.

„Wie kommst du voran?"

Bosch blickte auf. Kiz war nach unten gekommen, um sich Kaffee zu holen. „Fast fertig", antwortete er. „Und du?"

„Mit dem Material, das O'Shea uns gegeben hat, bin ich durch. Ich habe wegen der Kiste mit Beweismitteln im Fall Fitzpatrick in der Asservatenkammer angerufen."

„Was ist da alles drin?"

„Keine Ahnung. In der Inventarliste des Mordbuchs ist als Inhalt nur ‚Unterlagen aus dem Leihhaus' angegeben. Darum habe ich sie angefordert."

„In der Fitzpatrick-Akte, ist dir da irgendwas aufgefallen?"

Sie setzte sich ihm gegenüber. „Der Fall wurde von der kurzlebigen Sondereinheit gegen Rassenunruhen bearbeitet. Die hatte eine Aufklärungsrate von höchstens zehn Prozent. Praktisch kam jeder, der in diesen drei Tagen was ausgefressen hatte, ungeschoren davon, wenn er nicht gerade gefilmt oder fotografiert worden war."

Bosch erinnerte sich, dass die meisten der über fünfzig Todesfälle, zu denen es während der drei Tage dauernden Unruhen von 1992 kam, nie aufgeklärt worden waren. In dieser Phase der Gesetzlosigkeit hatte in der Stadt jeder gemacht, was ihm gerade passte. Bosch entsann sich, dass er mitten auf der Straße den Hollywood Boulevard hinuntergegangen war und auf beiden Seiten brennende Häuser gesehen hatte. In einem von ihnen hatte sich wahrscheinlich Fitzpatricks Leihhaus befunden.

„Sie standen von Anfang an auf verlorenem Posten."

„Ich weiß, Harry. Aus diesem Chaos damals anständige Anklagen zu basteln war so gut wie unmöglich. Der Fitzpatrick-Akte ist anzusehen, dass sie sich nicht besonders ausführlich mit dem Fall beschäftigt haben. Das Ganze wurde ziemlich schnell als willkürliche Gewalt abgehakt."

„Mir ist klar, dass du einiges am Hals hast, aber könntest du heute noch eine AutoTrack-Suche für Waits machen?"

Die Arbeitsteilung in ihrer Partnerschaft sah so aus, dass Kiz das meiste erledigte, wofür man einen Computer benötigte. AutoTrack war eine Datenbank, die anhand von Strom-, Gas- und Wasserrechnungen, Kfz-Zulassungen und ähnlichen Quellen die Wohnsitzwechsel einer Person rekonstruierte. Sie erwies sich als enorm hilfreich, wenn es festzustellen galt, wo eine bestimmte Person wann gelebt hatte.

„Das sollte noch drin sein."

„Ich möchte gern wissen, wo er überall gewohnt hat. Ich kann mir nicht erklären, warum er ausgerechnet nach Echo Park gefahren ist. Er wohnte wesentlich näher am Griffith Park, der sich besser geeignet hätte, zwei Leichen zu entsorgen. Offenbar hat sich darüber bisher noch niemand Gedanken gemacht. Ich glaube, er war irgendwohin unterwegs, wo er sich gut auskannte."

„Möglicherweise hat gerade die größere Entfernung den Ausschlag gegeben. Du weißt schon, nach dem Prinzip, je weiter weg, umso besser."

Bosch nickte, ohne wirklich überzeugt zu wirken. „Ich glaube, ich fahre da gleich mal hin."

„Und dann? Glaubst du etwa, du findest die Stelle, wo er die Müllsäcke vergraben wollte? Bist du plötzlich unter die Hellseher gegangen, Harry?“

„Ich will nur sehen, ob ich mir einen gewissen Eindruck von Waits verschaffen kann, bevor wir mit dem Kerl reden.“ Bosch verzog das Gesicht. „Weißt du eigentlich, was wir da machen? Wir helfen diesem Drecksack, am Leben zu bleiben. Einem Burschen, der Frauen zerstückelt.“

Kiz runzelte die Stirn. „Ich weiß, was in dir vorgeht, aber ich muss dir ehrlich gestehen, ich sehe die Sache eher wie O'Shea. Ich finde es besser, wenn wir alle Fälle aufklären und die Ungewissheit der Angehörigen endlich ein Ende nimmt. Es ist wie bei meiner Schwester. Bei ihr wollten wir es auch unbedingt wissen.“

Als Kiz noch ein Teenager gewesen war, hatte man ihre ältere Schwester aus einem vorbeifahrenden Auto heraus erschossen. Der Mord hatte aufgeklärt werden können, und drei der Schützen waren verurteilt worden. Es war der Hauptgrund, weshalb Kiz zur Polizei gegangen war.

„Und bei dir ist es mit deiner Mutter wohl ähnlich“, fügte sie hinzu.

Boschs Mutter war ermordet worden, als er ein kleiner Junge gewesen war. Mehr als dreißig Jahre später hatte er die Tat selbst aufgeklärt, weil sie ihm keine Ruhe gelassen hatte. „Wahrscheinlich hast du Recht, Kiz. Aber im Moment stößt es mir trotzdem sauer auf.“

Er begann die Akten zuzuklappen und zusammenzupacken.

Im Schatten der Hochhäuser in der Innenstadt und unter dem Flutlichtschein des Dodger Stadium gelegen, war das ständigem Wandel unterzogene Echo Park eines der ältesten Viertel von Los Angeles. Immer schon ein bevorzugtes Ziel der Immigrantenunterschicht, waren zuerst die Italiener gekommen, gefolgt von Mexikanern, Chinesen, Kubanern, Ukrainern und all den anderen. Spazierte man bei Tag den Sunset Boulevard entlang, musste man fünf oder mehr Sprachen beherrschen, um alle Ladenschilder lesen zu können. Nachts war es der einzige Ort der Stadt, wo man Bandenschießereien, Applaus für einen *home run* und Kojotengeheul hören konnte – alles zur selben Uhrzeit.

Neuerdings war Echo Park auch bei einer anderen Sorte von Neuankömmlingen beliebt – den Jungen und Hippen. Den Coolen. Künstler, Musiker und Schriftsteller ließen sich hier nieder. Eine mächtige Sanierungswelle brandete über das Viertel hinweg; sein Charakter änderte sich. Die Immobilienpreise stiegen und vertrieben die Arbeiterklasse und die Gangs.

Als kleiner Junge hatte Bosch kurze Zeit in Echo Park gelebt. Als er am Echo Lake vorbeikam, sah er die Statue der *Lady of the Lake*, die über die

Seerosen wachte. Als kleiner Junge hatte er mit seiner Mutter fast ein Jahr in einem Apartment auf der anderen Seite des Sees gewohnt, aber es war für beide keine gute Zeit gewesen, und die Erinnerungen an diese Phase seines Lebens waren fast vollständig gelöscht. Nur an die Statue der Lady of the Lake konnte er sich noch vage erinnern.

Am Sunset Boulevard bog er rechts ab und fuhr den Hügel hinauf zur Figueroa Terrace. Die meisten Häuser waren bescheidene Betonbauten aus der Nachkriegszeit. Bosch fuhr an den Straßenrand und blieb mit laufendem Motor stehen. Warum war Waits ausgerechnet hierhergekommen? Er konnte es sich einfach nicht erklären. Nach einer Weile holte er sein Handy heraus und rief seine Partnerin an.

„Bist du mit der AutoTrack-Suche fertig, Kiz?"

„Eben in diesem Moment. Wo steckst du?"

„In Echo Park. Ist irgendwas aufgetaucht, was hier in der Nähe liegt?"

„Ich habe gerade nachgesehen. Der östlichste Wohnsitz von Waits, den ich finde, sind die Montecito Apartments in der Franklin."

Das war zwar nicht annähernd in Echo Park, dafür aber nicht weit von den High Tower Apartments entfernt, wo damals Marie Gestos Auto gefunden worden war. „Wann hat er in den Montecitos gewohnt?"

„Nach der Gesto-Geschichte. 1999 rein, im Jahr darauf wieder raus. Der Typ zog alle ein, zwei Jahre um. Hielt es wohl nirgendwo lange aus. Kommst du ins Büro zurück?"

„Später. Danke, Kiz."

Er klappte das Handy zu, fuhr los und erreichte kurz darauf den Stadium Way und die Stelle, wo Waits zum ersten Mal der Streife aufgefallen war. Der Stadium Way war die Zubringerstraße für die riesigen Parkplätze des Baseballstadions. Da Waits diesen Weg genommen hatte, hätte er entweder aus dem Stadtzentrum, vom Stadion oder vom Pasadena Freeway kommen müssen. Es wäre also nicht der direkte Weg von seiner Wohnung in West Hollywood hierher gewesen. Darüber dachte Bosch eine Weile nach.

Ihm fiel auf, dass es noch vieles gab, was er nicht über Waits wusste, und ihm war nicht wohl bei dem Gedanken, dem Mörder schon am nächsten Tag gegenübertreten zu müssen. Bosch fühlte sich ungenügend vorbereitet. Er zog noch einmal die Möglichkeit in Betracht, die er vor Kurzem schon erwogen hatte, und diesmal zögerte er nicht lange. Er klappte sein Handy auf, rief die FBI-Dienststelle im Stadtteil Westwood an und fragte nach einer Beamtin. Er wurde weiterverbunden, und eine Männerstimme meldete sich.

„Taktik."

„Könnte ich bitte Agent Walling sprechen."

„Moment.“

Es klickte in der Leitung und Bosch hörte zum ersten Mal seit einem Jahr Rachel Wallings Stimme. Er zögerte. „Rachel, hier ist Harry Bosch.“

„Harry …“

„Was bedeutet ‚Taktik‘?“

„Das ist nur die Bezeichnung der Einheit.“

Er schaltete sofort. Sie beantwortete seine Frage nicht, weil die auf dieser Leitung geführten Gespräche aufgezeichnet wurden.

„Warum rufst du an, Harry?“

„Weil ich dich um einen Gefallen bitten möchte. Genauer gesagt – ich brauche deine Hilfe.“

„Bei was? Ich bin gerade mit einer dringenden Sache beschäftigt.“

„Dann lass dich von mir nicht davon abbringen. Ich dachte nur – nein, nein, schon gut, nicht weiter tragisch. Ich kriege das auch allein hin.“

„Wirklich?“

„Ja, wirklich. Bis dann.“

Er klappte das Telefon zu und versuchte, sich von ihrer Stimme und den Erinnerungen, die sie in ihm wachrief, nicht von seinem Vorhaben ablenken zu lassen.

Weil er das Mittagessen hatte ausfallen lassen, bekam Bosch allmählich Hunger. Er beschloss, nach Chinatown zu fahren und von dort etwas mitzunehmen. Da läutete sein Handy. Er sah auf das Display, aber die Anrufererkennung war blockiert. Er ging trotzdem dran. Es war Rachel.

„Ich wollte dich lieber von meinem Handy aus anrufen. Wie geht's dir, Harry?“

„Danke, gut.“

„Dann hast du also gemacht, was du vorhattest. Du bist wieder zur Polizei gegangen. Ich habe letztes Jahr in der Zeitung über dich gelesen.“

„Ja, das war gleich der erste Fall nach meiner Rückkehr. Seitdem gab es allerdings nichts so Spektakuläres mehr. Bis auf die Sache, an der ich jetzt gerade dran bin.“

„Und deswegen hast du mich angerufen?“

Bosch bemerkte den Unterton in ihrer Stimme. Es war jetzt mehr als zwölf Monate her, dass sie zuletzt miteinander gesprochen hatten. Und das war am Ende einer intensiven Woche gewesen, in der sich bei einem Fall ihre Wege gekreuzt hatten. Es war noch vor Boschs Rückkehr in den Polizeidienst gewesen, und er hatte damals privat in einer Sache ermittelt, während Rachel versucht hatte, ihre Karriere beim FBI wieder flottzukriegen. Der Fall führte Bosch in den Schoß der Polizei zurück und brachte Rachel eine Versetzung in die FBI-Dienststelle L.A. ein. Bosch hatte keine Ahnung, ob „Taktik“ – was auch immer das war – eine Verbesserung gegenüber ihrem vorigen Posten in South Dakota darstellte. Was er jedoch wusste, war, dass sie davor als Profilerin, Fallanalystin, an der FBI-Akademie in Quantico, Virginia, gearbeitet hatte, bevor sie in Ungnade gefallen und in die tiefste Prärie versetzt worden war.

„Ich habe angerufen, weil ich dachte, du hättest vielleicht Lust, wieder mal dein altes Können spielen zu lassen.“

„Soll das heißen, ich soll ein Profil erstellen?“

„Gewissermaßen. Ich muss morgen einen Serienmörder vernehmen und habe noch nicht die leiseste Ahnung, wie der Kerl tickt. Um der Todesspritze zu entgehen, hat er uns einen Deal vorgeschlagen und möchte neun Morde gestehen. Ich soll sicherstellen, dass er uns auch wirklich die Wahrheit sagt. Ich habe die Straftaten, ein paar Tatorte und forensische Daten. Außerdem sein Wohnungsinventar und Fotos. Deshalb wollte ich dich fragen, ob ich dir Verschiedenes zeigen kann und du vielleicht ein paar Ideen hast, wie ich vorgehen soll.“

Längeres Schweigen trat ein, bevor sie antwortete. „Wo bist du?“

„Jetzt gerade? Unterwegs nach Chinatown, um mir etwas gebratenen Reis mit Krabben zu holen. Ich habe heute noch nicht zu Mittag gegessen.“

„Ich bin in der Innenstadt. Wir könnten uns treffen. Ich habe auch noch keine Mittagspause gemacht.“

„Weißt du, wo das ‚Chinese Friends‘ ist?“

„Klar. Sollen wir uns in einer halben Stunde dort treffen?“

„Ich bestelle aber schon, bevor du kommst.“

Bosch klappte das Handy zu und spürte einen Kitzel, der wohl von etwas anderem herrührte als der Aussicht, Rachel Walling könnte ihm mit Waits weiterhelfen. Ihre letzte Begegnung war ungut verlaufen, aber der Ärger darüber war im Lauf der Zeit verraucht. Im Gedächtnis geblieben war ihm dagegen die Nacht, in der sie in einem Motel in Las Vegas miteinander geschlafen hatten und er geglaubt hatte, auf eine verwandte Seele getroffen zu sein.

Als er zu dem Restaurant kam, fuhr er an den Straßenrand und schaute auf die Uhr. Er hatte noch Zeit, sich bei Marie Gestos Eltern zu melden. Er hatte es sich zur Gewohnheit gemacht, sie jedes Mal anzurufen, wenn er die Akte aus dem Archiv holte, um sich wieder mit dem Fall zu befassen. Er dachte, das Wissen, dass er nicht aufgab, sei ein gewisser Trost für sie.

Die Mutter der Vermissten kam ans Telefon.

„Irene, hier ist Harry Bosch.“

„Oh!“

Da war zunächst immer dieser hoffnungsvolle Ton in der Stimme, wenn einer von ihnen sich meldete. „Es gibt leider noch nichts Neues, Irene“, sagte er deshalb rasch. „Ich hätte nur eine Frage an Sie und Dan.“

„Aber sicher, natürlich. Schön, von Ihnen zu hören. Was haben Sie für eine Frage, Harry?“

„Eigentlich geht es nur um einen Namen. Können Sie sich erinnern, ob Marie mal einen Raynard Waits erwähnt hat?“

Er hörte sie den Atem anhalten, und ihm wurde sofort klar, dass er einen Fehler gemacht hatte. Über Waits’ Festnahme und Vorverhandlung war auch im nördlich von L. A. gelegenen Bakersfield berichtet worden. „Irene, es ist nicht, was Sie denken. Ich stelle nur Erkundigungen über diesen Kerl an.“

„Diese armen jungen Mädchen. Ich … der Name, nein, ich kann mich nicht erinnern. Gott sei Dank.“

„Ist Ihr Mann gerade in der Nähe? Könnten Sie auch ihn fragen?“

„Er ist noch in der Arbeit.“

Dan Gesto hatte sich zunächst ganz der Suche nach seiner vermissten Tochter verschrieben. Als er schließlich alle seine geistigen, körperlichen und finanziellen Reserven aufgebraucht hatte, war er nach Bakersfield zurückgekehrt und hatte wieder angefangen, in einer Werkstatt zu arbeiten.

„Könnten Sie ihn fragen, wenn er nach Hause kommt?“

„Geht in Ordnung, Harry.“

„Und noch etwas, Irene. In Maries Wohnung war doch im Wohnzimmer dieses hohe Fenster. Erinnern Sie sich noch daran?“

„Natürlich. Das erste Jahr haben wir sie an Weihnachten in L. A. besucht. Dan hat den Weihnachtsbaum in diesem Fenster aufgestellt, und man konnte seine Lichter überall in der Straße sehen.“

„Wissen Sie, ob Ihre Tochter mal einen Fensterputzer damit beauftragt hat, dieses Fenster sauber zu machen?“

„Das weiß ich nicht mehr, Harry. Tut mir leid.“

„Kein Problem, Irene. Das macht nichts. Als Sie damals die Wohnung leer räumten, haben Sie da Maries Sachen aufgehoben? Die ganzen Unterlagen und Rechnungen, die wir Ihnen zurückgegeben haben?“

„Ja“, antwortete sie mit belegter Stimme. „Wir haben einen Raum, in dem wir ihre ganzen Sachen aufbewahren. Für den Fall, dass sie …“

Bosch war klar, dass die Hoffnung der Eltern so lange nicht endgültig erlöschen würde, bis Marie – auf die eine oder andere Weise – wieder nach Hause kam. „Gut. Wären Sie so nett, die Schachtel durchzusehen, Irene? Ich möchte, dass Sie nach einer Quittung von einem Fensterputzer suchen. Sehen Sie ihre Scheckhefte durch und halten Sie nach einer Firma Ausschau, die ClearView Residential Glass Cleaners heißt. Rufen Sie mich an, wenn Sie etwas finden, ja? Ich muss jetzt Schluss machen, Irene. Grüßen Sie bitte Ihren Mann von mir."

„Mache ich. Wie geht's Ihrer Tochter, Harry?"

Er zögerte einen Moment. Im Lauf der Jahre schien er ihnen fast alles über sich erzählt zu haben. Das diente zum einen dem Zweck, die persönliche Beziehung aufrechtzuerhalten, gleichzeitig mahnte es ihn immer an sein Versprechen, ihre Tochter zu finden. „Es geht ihr gut. Alles bestens."

„In welche Klasse geht sie inzwischen?"

„In die dritte. Aber zurzeit bekomme ich sie kaum zu sehen. Sie lebt mit ihrer Mutter in Hongkong. Aber ich habe sie erst letzten Monat besucht." Es war eigenartig, über so etwas mit einer Frau zu sprechen, die ihre Tochter verloren hatte.

„Hoffentlich kommt sie bald zurück", sagte Irene Gesto. „Wiederhören, Harry. Alles Gute."

KAPITEL DREI

Bosch sah das GESCHLOSSEN-Schild erst, als er den Eingang von Chinese Friends erreichte. Da fiel ihm wieder ein, dass das Restaurant am späten Nachmittag, bevor der abendliche Ansturm einsetzte, geschlossen war. Er zog das Handy aus der Tasche, um Rachel anzurufen, doch sie hatte bei ihrem Rückruf ihre Nummer geblockt, weshalb ihm nichts anderes übrig blieb, als auf sie zu warten. Er kaufte sich an einem Zeitungskasten am Straßenrand die *Los Angeles Times* und begann die Schlagzeilen zu überfliegen. Williams und O'Shea würden am nächsten Abend an einem Kandidatenforum teilnehmen und Fragen des Publikums beantworten.

Bosch ließ die Zeitung sinken, als ein ziviles FBI-Fahrzeug am Straßenrand hielt und Rachel ausstieg. Sie war leger gekleidet, und ihr dunkelbraunes Haar fiel offen auf ihre Schultern. Sie sah gut aus, und Bosch musste sofort wieder an besagte Nacht in Las Vegas denken. Lächelnd ging er auf sie zu. Es war ein peinlicher Moment. Er wusste nicht, ob er sie in den Arm nehmen oder küssen oder ihr einfach nur die Hand geben sollte. Da war diese Nacht in Las Vegas gewesen – aber ihr war dieser Tag in L. A. gefolgt, auf der Terrasse seines Hauses, als ihre Beziehung in die Brüche gegangen war, bevor sie überhaupt richtig begonnen hatte.

Sie nahm ihm die Entscheidung ab, indem sie ihn leicht am Arm berührte. „Wolltest du nicht schon reingehen und was zu essen bestellen?"

„Leider haben sie geschlossen. Sie öffnen erst um fünf wieder zum Abendessen. Möchtest du so lange warten oder woandershin gehen?"

„Wohin?"

„Keine Ahnung. Ins ‚Philippe's' zum Beispiel."

„Bitte nicht. Dort gehen wir ständig hin. Ich habe heute sogar nur deshalb nichts zu Mittag gegessen, weil alle aus der Einheit dorthin gegangen sind."

„Taktik, hm?" Wenn sie von einem Lokal in der Innenstadt die Nase voll hatte, arbeitete sie höchstwahrscheinlich nicht in der Zentrale in Westwood, schlussfolgerte Bosch. „Ich weiß, wo wir hingehen. Ich fahre, und du kannst dir währenddessen die Unterlagen ansehen."

Er öffnete ihr die Tür seines Autos. Damit sie einsteigen konnte, musste er die Akten vom Beifahrersitz nehmen. Er drückte sie ihr in die Hand und ging auf die Fahrerseite.

„*Wow*, richtig Steve-McQueen-mäßig", bemerkte sie angesichts seines neuen Mustangs. „Was ist aus deinem Geländewagen geworden?"

Bosch zuckte die Achseln. „Ich hatte einfach mal wieder eine Veränderung nötig." Zum Spaß ließ er den Motor aufheulen und fuhr dann in Richtung Sunset Boulevard los.

„Und was genau willst du von mir, Harry?"

„Ich möchte, dass du da mal einen Blick reinwirfst und mir sagst, was du für einen Eindruck von dem Kerl hast."

Sie schlug den obersten Ordner auf. „Ich habe von ihm gehört. Der Echo-Park-Metzger, richtig?"

„Müllsackmörder", korrigierte er sie. „Ich habe von früher eine Verbindung zu dem Fall. Ich war 1993 bei der Hollywood Division und bekam damals den Fall einer vermissten jungen Frau zugeteilt. Sie hieß Marie Gesto und wurde nie gefunden. Die Sache sorgte für einiges Aufsehen. Dieser Raynard Waits sagt, das sei einer der ungelösten Fälle in dem Paket, das er uns morgen zur Verhandlung anbietet."

Sie sah auf die Akte. „Da ich weiß, wie sehr du dir einen Fall zu Herzen nimmst, frage ich mich, ob es wirklich klug ist, wenn du dich jetzt auf diesen Mann einlässt."

„Keine Sorge. Es ist immer noch mein Fall. Und ein guter Detective nimmt sich seine Arbeit immer zu Herzen. Das ist der einzig wahre Weg."

Als er zu ihr hinübersah, verdrehte sie die Augen. „Gesprochen wie der Zen-Meister des Morddezernats. Wohin fahren wir?"

„Ins ‚Duffy's'. Das ist in Silver Lake. Du wirst begeistert sein." Er machte eine kurze Pause. „Du bist also in Westwood stationiert?"

Sie blätterte weiter in der Akte. „Nein, wir sind ausgelagert."

„Eine dieser geheimen FBI-Niederlassungen? Und du darfst mir vermutlich auch nicht erzählen, was ‚Taktik' ist."

„Alles nur halb so wild. Es ist die Kurzform für Taktischer Nachrichtendienst. Wir sind Sammler. Wir analysieren Rohdaten, die wir aus dem Internet, aus Funkübertragungen und Satelliteneinspeisungen ziehen. Ziemlich langweilige Angelegenheit."

„Und das Ganze ist legal? Hört sich nach Terroristenjagd an."

„Nur dass es meistens darauf hinausläuft, dass wir der Drogenfahndung ein paar Tipps zukommen lassen. Aber vielleicht sollte ich mich lieber auf das hier konzentrieren."

„Natürlich, entschuldige. Ich werde dich jetzt in Frieden lassen."

Die nächsten Minuten schwiegen sie, bis Bosch vor einem kleinen Restaurant anhielt. Er nahm die Zeitung mit nach drinnen, Rachel die Akten. Als der Kellner kam, bestellte Bosch ein Omelett und Rachel ein Putensandwich.

„Mach dir bitte keine falschen Hoffnungen", warnte sie ihn, als sie wieder allein waren. „Mein Eindruck wird sehr oberflächlich sein. Die Zeit reicht nicht aus, um ein umfassendes psychologisches Profil zu erstellen."

Bosch nickte. „Schon klar. Aber da es eilt, gebe ich mich mit dem zufrieden, was du mir gleich liefern kannst."

Sie wandte sich wieder den Akten zu. Bosch blätterte zum Sportteil, aber er benutzte die Zeitung vor allem als Sichtschutz, den er hochhalten konnte, während er in Wirklichkeit Rachel betrachtete. Abgesehen davon, dass sie das Haar länger trug, hatte sie sich kaum verändert. Immer noch von einer strahlenden Schönheit mit einem schwer greifbaren Anflug von Verletzlichkeit. Es lag an ihren Augen. Sie hatte nicht die hart gewordenen Polizistenaugen, die er in so vielen anderen Gesichtern gesehen hatte, nicht zuletzt auch in seinem eigenen, wenn er in den Spiegel schaute.

„Warum siehst du mich so an?", fragte sie unvermittelt.

„Was?"

„Tu doch nicht so."

„Ich habe nur …"

Er wurde vom Kellner gerettet, der das Essen brachte. Rachel schob die Akten beiseite, und Bosch bemerkte ein verhaltenes Lächeln in ihrem Gesicht. Schweigend begannen sie zu essen.

„Und wonach hast du Ausschau gehalten?", fragte Rachel schließlich.

„Wann?"

„Während du so getan hast, als würdest du Zeitung lesen."

„Ich – na ja, ich wollte sehen, ob du wirklich Lust hast, das alles durchzugehen. Es klang vorhin so, als hättest du ziemlich viel um die Ohren. Könnte ja sein, dass du dich mit so was gar nicht mehr beschäftigen willst."

„Ich finde meinen Job schrecklich. Oder genauer, ich finde schrecklich, was ich im Moment mache. Aber es wird besser. Noch ein Jahr, und dann habe ich das Gröbste überstanden."

„Schön. Und das hier? Ist das okay?" Er deutete auf die Akten.

„Ja, aber es ist zu viel Material. Ich kann dir nicht mal ansatzweise helfen. Warum verschiebst du das Verhör nicht?"

„Weil es nicht mein Verhör ist. Und weil der Ankläger Bezirksstaatsanwalt werden will."

„Aha. Rick O'Shea greift durch." Sie legte die Hand auf den Aktenstapel. „Überlass mir das, wenn du mich zurückfährst. Ich erledige kurz meine Arbeit im Büro, melde mich ab und mache dann hiermit weiter. Am Abend komme ich dann zu dir nach Hause und gebe dir, was ich habe. Alles."

Auf der Suche nach einer unterschwelligen Bedeutung sah er sie forschend an. „Wann?"

„Das kann ich jetzt noch nicht sagen. Allerspätestens um neun. Ist das für dich okay?"

Er nickte. Damit hatte er nicht gerechnet.

„Wohnst du immer noch in dem Haus oben auf dem Hügel?", fragte sie.

„Ja. Im Woodrow Wilson Drive."

„Gut. Ich wohne nicht weit vom Beverly, das ist relativ nah. Ich komme zu dir hinauf. Ich kann mich noch gut an die Aussicht erinnern."

Bosch antwortete nicht. Er war sich nicht sicher, was er sich da gerade in sein Leben geholt hatte.

„Kann ich dir eine kleine Hausaufgabe mit auf den Weg geben?", fragte sie. „Der Name. Ist das sein richtiger Name?"

Bosch runzelte die Stirn. „Ich denke schon. Seine Fingerabdrücke stimmen mit denen einer früheren Festnahme überein. Damals hat er zwar einen falschen Namen angegeben, aber er konnte anhand eines Daumenabdrucks in der Datenbank der Führerschein- und Zulassungsstelle als Raynard Waits identifiziert werden. Warum?"

„Weißt du, was ein *reynard* ist? Reynard mit ey statt mit ay."

Bosch schüttelte den Kopf. Über den Namen hatte er sich keinerlei Gedanken gemacht. „Nein. Was ist ein Reynard?"

„So bezeichnet man einen jungen männlichen Fuchs. Ich habe am College europäische Volkskunde studiert. In Europa gibt es ein sehr weit verbreitetes Tierepos mit dem Titel ‚Reineke Fuchs', das auf eine mittelalterliche französische Erzählung zurückgeht. Die Hauptfigur darin ist ein

Fuchs namens Reynard, der sich vor allem durch seine Gerissenheit und Schläue auszeichnet und über die Jahrhunderte hinweg immer wieder in allen möglichen Tierfabeln in Erscheinung tritt." Sie tippte auf die Akten. „Ein junger Fuchs ist ein kleiner Fuchs. Laut Personenbeschreibung ist Waits klein und zierlich. Sieht man das alles in Zusammenhang mit dem vollständigen Namen und ..."

„Raynard Waits klingt wie ein normaler Name. Aber als Satz betrachtet, bedeutet *reynard waits*: Der kleine Fuchs wartet. Das Schlitzohr wartet." Bosch war beeindruckt. „Das haben wir völlig übersehen. Ich werde das mit der Identität noch mal prüfen."

Rachel ging wieder dazu über, ihr Sandwich zu essen, und er ging dazu über, sie dabei zu betrachten.

NACHDEM Bosch Rachel bei ihrem Auto abgesetzt hatte, holte er sein Handy heraus und rief seine Partnerin an. Kiz teilte ihm mit, sie werde gerade mit dem Papierkram zum Matarese-Fall fertig. „Gut", erwiderte Bosch. „Sonst noch was?"

„Aus der Asservatenkammer sind in zwei großen Behältern Fitzpatricks Sachen gekommen. Hauptsächlich in der Tat alte Unterlagen aus dem Leihhaus, bei denen man sofort sieht, dass sie sich keiner je vorgenommen hat. Sie waren damals total nass von den Löscharbeiten. Die Leute von der Sondereinheit gegen Rassenunruhen haben sie einfach in zwei Plastikcontainer gepackt, in denen sie seitdem vor sich hin gammeln. Und ich kann dir sagen, sie stinken gewaltig."

All das brächte sie nicht weiter. Raynard Waits würde den Mord an Daniel Fitzpatrick ohnehin gestehen. Und ein freiwilliges Geständnis war wie ein Royal Flush beim Pokern. Es war nicht zu toppen.

„Hast du schon was von Olivas oder O'Shea gehört?", fragte Kiz.

„Bisher noch nicht. Bevor ich Olivas anrufe, wollte ich noch mit dir reden. Kennst du jemanden, der Einblick ins Handelsregister hat?"

„Ja, aber heute ist es dafür schon zu spät. Sie haben bereits geschlossen. Ich kann morgen früh anrufen. Was willst du wissen?"

Bosch sah auf die Uhr. Ihm war völlig entgangen, wie spät es schon war. „Vielleicht sollten wir uns mal nach Waits' Firma erkundigen – wie lange er sie hatte, ob es mal irgendwelche Beschwerden gab, solche Dinge. In den Akten steht nichts darüber."

„Glaubst du, da könnte die Verbindung zum High Tower zu finden sein?"

„Möglicherweise. Oder auch zu Marie Gesto. Sie hatte ein schönes großes Panoramafenster in ihrer Wohnung."

„Ich werde mich gleich dahinterklemmen."

„Die andere Sache ist der Name des Kerls. Er könnte falsch sein."

Er erzählte ihr, dass er Rachel Walling gebeten hatte, einen Blick in die Akten zu werfen. Kiz quittierte das zunächst mit demonstrativem Schweigen. Auch wenn es inoffiziell gewesen war, so hatte Bosch damit doch gegen ein ungeschriebenes LAPD-Gesetz verstoßen – man zog ohne ausdrückliche Ermächtigung von oben nicht das FBI zu einem Ermittlungsverfahren hinzu. Als Bosch auf die Geschichte von Reynard dem Fuchs zu sprechen kam, brach Kiz schließlich ihr Schweigen und bemerkte skeptisch: „Du meinst, dein Fensterputzer-Serienmörder war ein Experte in mittelalterlicher Volkskunde?"

„Was weiß ich. Auf jeden Fall sollten wir uns die Geburtsurkunden vornehmen und nachprüfen, ob es tatsächlich einen Raynard Waits gibt. Als er 1993 wegen Voyeurismus festgenommen wurde, führten sie ihn in seiner Akte zunächst unter Robert Saxon, dem Namen, den er angegeben hatte. Aber als sie dann in der Datenbank der Führerscheinstelle auf seinen Daumenabdruck stießen, hatten die ihn als Raynard Waits gespeichert."

„Worauf willst du hinaus, Harry? Wenn sie damals seinen Daumenabdruck im Computer hatten, sehe ich eigentlich keinen rechten Grund, wieso der Name falsch sein sollte."

„Das mag durchaus sein. Aber du weißt auch, dass es in Kalifornien nicht sonderlich schwierig ist, sich einen Führerschein auf einen falschen Namen ausstellen zu lassen. Was, wenn Saxon sein richtiger Name ist, der Computer den falschen ausgespuckt und er das Spiel einfach mitgespielt hat?"

„Und warum sollte er den falschen Namen hinterher beibehalten? Er war als Waits vorbestraft."

„Eine berechtigte Frage. Ich weiß es nicht. Wir müssen es nachprüfen."

„Ich werde gleich mal ‚Reynard' googeln."

Er hörte ihre Finger auf der Tastatur, während er wartete.

„Da haben wir es schon", verkündete sie wenig später. „Da sind eine ganze Menge Einträge sowohl zu Reynard wie auch zu Reineke Fuchs." Kiz begann zu lesen, und nach einer Weile sagte sie: „Hier steht, ein wichtiges Element der Geschichten um Reineke Fuchs war, dass er ein geheimes Versteck hatte. Er lockte seine Opfer mit allen nur erdenklichen Tricks an, um sie dann in dieses Versteck zu schleppen und aufzufressen."

Das blieb eine Weile so im Raum stehen, bis Bosch schließlich fragte: „Hast du noch Zeit für eine AutoTrack-Suche über Robert Saxon?"

„Okay. Gib mir mal sein Geburtsdatum aus dem Festnahmeprotokoll."

„Geht leider nicht. Ich habe die Akten Agent Walling gegeben. Ich kriege sie heute Abend wieder zurück. Du musst dir das Festnahmeprotokoll aus dem Computer holen."

„Harry, das sind Ermittlungsakten! Du weißt, du hättest sie nicht weggeben dürfen. Und wir brauchen sie morgen für das Verhör. Eins muss ich dir sagen, Partner – du ziehst schon wieder deine Einzelkämpfernummer ab, und das behagt mir gar nicht."

„Kiz, ich versuche nur, die Sache ein bisschen zu beschleunigen. Und ich will gut vorbereitet sein, wenn wir morgen diesem Kerl gegenübersitzen. Was Agent Walling beisteuert, bietet uns sicher einen guten Ansatzpunkt."

„Na schön. Ich vertraue dir. Und hoffentlich vertraust auch du mir eines Tages so weit, dass du mich nach meiner Meinung fragst, bevor du losziehst und irgendwelche Entscheidungen triffst, für die wir beide den Kopf hinhalten müssen."

Bosch merkte, wie ihm die Schamröte ins Gesicht stieg. Er wusste, sie hatte Recht. Aber da eine Entschuldigung für sein unkollegiales Verhalten die Sache kaum besser gemacht hätte, sagte er lieber gar nichts.

„Ruf mich an, falls dir Olivas den Termin für morgen durchgibt, Harry."

„Mache ich."

Nachdem er das Handy eingesteckt hatte, dachte Bosch kurz über alles nach. Als Erstes versuchte er, seine Betretenheit über Kiz' Ärger abzuschütteln. Er konzentrierte sich auf den Fall und auf das, was er bisher bei den Ermittlungen ausgespart hatte. Nach ein paar Minuten rief er Olivas an und fragte ihn, ob schon ein Termin für das Gespräch mit Waits festgelegt worden sei.

„Morgen Vormittag, zehn Uhr", sagte Olivas. „Seien Sie bitte pünktlich."

„Hatten Sie vor, mir irgendwann Bescheid zu sagen, oder sollte ich das auf telepathischem Weg mitkriegen?"

„Ich habe es selbst gerade erst erfahren. Sie haben angerufen, bevor ich mich bei Ihnen melden konnte."

Bosch ignorierte die Entschuldigung. „Und wo?"

„Im Büro der Staatsanwaltschaft. Wir werden Waits in einem der Vernehmungszimmer unterbringen."

„Sonst noch was, was ich wissen sollte, Olivas?"

„Ein Punkt wäre da noch. Etwas heikel, könnte man sagen. Ich spreche soeben mit Rick darüber. Raten Sie mal, was ich mir hier gerade ansehe."

Bosch schnaubte vernehmlich. „Keine Ahnung. Was?"

„Ihr 51er von Gesto."

Damit meinte er die Ermittlungschronologie, eine nach Uhrzeit und Datum geordnete Auflistung sämtlicher fallrelevanten Daten. Sie enthielt neben Vermerken über Dienstzeiten und Maßnahmen der Detectives auch Notizen zu Telefongesprächen sowie Medienanfragen und Hinweisen aus der Bevölkerung. Normalerweise wurden diese Aufzeichnungen handschriftlich angefertigt, mit allen möglichen Kürzeln und Spezialausdrücken, da sie täglich, zum Teil sogar stündlich, aktualisiert wurden. Sobald eine Seite voll war, wurde sie auf ein so genanntes 51er getippt, ein Formblatt, das vollständig und für jeden lesbar war und das bei Gerichtsverhandlungen herangezogen werden konnte. Die handschriftlichen Originalnotizen wurden dann weggeworfen.

„Was ist damit?", fragte Bosch.

„Ich habe hier gerade die letzte Zeile von Seite vierzehn vor mir. Der Vermerk ist datiert auf den 29. September 1993, 18.40 Uhr. Muss kurz vor Dienstschluss gewesen sein. Die Initialen unter dem Eintrag lauten JE."

„Das dürfte mein damaliger Partner gewesen sein, Jerry Edgar. Was steht in dem Vermerk, Olivas?"

„Hier steht: ‚Robert Saxon, Geburtsdatum 3.11.71. Hat *Times*-Artikel gelesen. War im Mayfair und hat MG allein gesehen. Niemand ist ihr gefolgt.' Dann steht da noch Saxons Telefonnummer. Wissen Sie, was das bedeutet?"

Und ob Bosch das wusste. Erst vor wenigen Minuten hatte er Kiz den Namen Robert Saxon gegeben, damit sie dessen Vorgeschichte überprüfte. Es war entweder ein Alias oder der richtige Name des Mannes, der sich gegenwärtig als Raynard Waits ausgab. Dass der Name Saxon in den 51ern stand, brachte Waits mit dem Gesto-Fall in Verbindung. Aber Bosch hatte keine Erinnerung an diesen Eintrag. Es verschlug ihm kurz die Sprache.

„Ist das die einzige Erwähnung im Mordbuch?", fragte er schließlich.

„Soweit ich das sehe, ja", antwortete Olivas. „Ich bin alles zweimal durchgegangen. Und beim ersten Mal habe ich es auch überlesen. Aber beim zweiten Mal hat es plötzlich Klick gemacht: He, diesen Namen kennst du doch! Das ist der falsche Name, den Waits in den frühen Neunzigerjahren verwendet hat. Müsste eigentlich in Ihren Akten stehen."

„Stimmt. Ich habe es gesehen."

„Das heißt, er hat Sie angerufen, Bosch, und Sie und Ihr Partner haben es versiebt. Sieht ganz so aus, als wäre niemand der Sache weiter nachgegangen. Sie hatten den falschen Namen des Mörders und eine Telefonnummer und haben nichts unternommen. Er muss versucht haben, Sie irgendwie zu manipulieren. Wahrscheinlich wollte er etwas über den Stand der Ermittlungen herausbekommen. Nur hat sich Edgar nicht auf dieses Spiel eingelassen. Es war kurz vor Dienstschluss, und er dachte wahrscheinlich nur noch an seinen ersten Martini."

Bosch schwieg.

„Zu dumm, nicht?“, stichelte Olivas weiter. „Möglicherweise hätte die ganze Geschichte bereits damals aufgeklärt werden können. Ich schätze mal, wir werden Waits morgen darauf ansprechen.“

Olivas' Häme konnte die dichte dunkle Wolke, die sich auf Bosch herabgesenkt hatte, nicht mehr durchdringen. Denn er wusste, dass der Name Robert Saxon, wäre er im Zuge der Gesto-Ermittlungen aufgetaucht, routinemäßig in den Computer hätte eingegeben werden müssen. Er hätte in der Decknamendatenbank einen Treffer erzielt und sie zu Raynard Waits und seiner Festnahme wegen Voyeurismus geführt. Ein Versäumnis, das wahrscheinlich die beiden Frauen aus den Müllsäcken und sieben weitere das Leben gekostet hatte.

„Olivas, bringen Sie das Buch morgen mit. Ich möchte mir den 51er-Eintrag ansehen.“

Ohne ein weiteres Wort drückte Bosch auf die Aus-Taste. Sein Rücken an der Lehne des Autositzes fühlte sich heiß an, und er begann heftig zu schwitzen. Es war der Albtraum eines jeden Ermittlers. Ein übersehener oder vernachlässigter Hinweis, aufgrund dessen etwas Schreckliches weiter sein Unwesen treiben konnte – etwas Bedrohliches und Böses, das durch das Dunkel pirschte und ein Leben nach dem anderen auslöschte.

Bosch wendete mit quietschenden Reifen und fuhr nach Hause.

Von der Terrasse aus beobachtete Bosch, wie sich der Himmel verdunkelte. Er wohnte in einem Haus, das sich an den Hügel klammerte wie eine über einem Abgrund hängende Comicfigur. Manchmal kam er sich wie diese Figur vor. So auch an diesem Abend. Er trank Wodka, den er großzügig über ein paar Eiswürfel gegossen hatte. Es war das erste Mal, dass er bei etwas Hochprozentigem Zuflucht suchte, seit er voriges Jahr in den Polizeidienst zurückgekehrt war. Seine Kehle fühlte sich an, als hätte er eine Fackel verschluckt, aber das war gut so. Er versuchte, seine Gedanken wegzubrennen.

Bosch hielt sich für einen guten Detective, für einen, der sich einfühlte und sich die Dinge zu Herzen nahm. Entweder zählten alle oder keiner. Das war sein Credo. Es machte ihn zu einem guten Polizisten, aber es machte ihn auch verletzlich. Fehler konnten ihm schwer zusetzen, und das hier war der schlimmste aller Fehler.

Er trank sein Glas mit einem weiteren großen Schluck aus. Wie konnte etwas, was so kalt war, so heiß brennen? Er ging ins Haus zurück, um mehr Wodka auf das Eis zu gießen. In der Küche griff er mit dem frischen Drink in der Hand nach dem Telefon und rief Jerry Edgar auf dessen Handy an.

Edgar meldete sich; Bosch hörte im Hintergrund den Fernseher laufen.

„Jerry, ich bin's. Ich muss dich was fragen. Ich arbeite an einem unserer alten Fälle."

„Ah, und mit welchem Fall auf der langen Liste der Harry-Bosch-Obsessionen haben wir es denn diesmal zu tun? Lass mich raten. Fernandez?"

„Nein."

„Dieses junge Mädchen, Spike Sowieso?"

„Nein."

„Ich gebe auf, Mann. Du hast zu viele Gespenster, als dass ich mir alle merken zu könnte."

„Marie Gesto."

„Da hätte ich eigentlich draufkommen müssen. Also, schieß los."

„In den 51ern steht ein Vermerk. Mit deinen Initialen und folgendem Inhalt: Ein Robert Saxon rief an und sagte, er hätte sie im Mayfair gesehen. Kannst du dich daran erinnern, mit diesem Kerl gesprochen zu haben?"

„Verdammt, Harry. Ich kann mich nicht mal an Vermerke zu Fällen erinnern, die ich im letzten Monat hatte. Wer ist Saxon?"

Bosch nahm einen Schluck, bevor er antwortete: „Vermutlich der Täter."

„Du hast den Mörder, Harry?"

„Ziemlich sicher. Aber – wir hätten ihn schon damals kriegen können. Vielleicht."

„Ich kann mich an keinen Saxon erinnern, der angerufen hat. Wahrscheinlich wollte der Kerl einfach etwas Dampf ablassen. Was ist eigentlich los mit dir, Harry, bist du betrunken oder was?"

„Ich bin auf dem besten Wege."

„Wieso machst du so einen Stress, Mann? Du klingst, als wärst du völlig hinüber, und das kann nur heißen, irgendwas stimmt hier nicht."

„Was nicht stimmt, ist, dass Marie Gesto nicht die Letzte war."

Edgar blieb still, als es ihm dämmerte. Dann sprach er mit der jämmerlichen Stimme eines Kindes, das fragt, was seine Strafe sein wird. „Wie viele kamen danach noch?"

„Wie es aussieht, neun. Morgen weiß ich wahrscheinlich mehr."

„Herr im Himmel", hauchte Edgar.

Bosch nickte. Ein Teil von ihm war wütend auf Edgar und wollte alles ihm in die Schuhe schieben. Aber der andere Teil sagte, dass sie Partner gewesen waren und Gutes wie Schlechtes geteilt hatten. Die 51er standen im Mordbuch, wo sie beide sie hätten lesen und darauf reagieren können. „Dann erinnerst du dich also nicht an den Anruf?"

„Nein, absolut nicht. Alles, was ich dazu sagen kann, ist, dass der Anrufer sich unglaubwürdig angehört haben muss, wenn ich der Sache nicht weiter nachgegangen bin, oder ich hatte bereits alles erfahren, was es von ihm zu erfahren gab. Wenn er der Mörder war, wollte er uns wahrscheinlich sowieso nur an der Nase herumführen.“

„Mag sein, aber wir hätten in den Decknamendatenbanken einen Treffer erzielt, wenn wir den Namen durch den Computer hätten laufen lassen.“

Darauf schwiegen beide, während sie über ihren verhängnisvollen Fehler nachgrübelten.

„Harry, bist du selbst darauf gestoßen? Weißt nur du davon?“

„Nein, ein Typ vom Morddezernat Northeast hat es entdeckt. Er hat die Gesto-Akte. Er weiß Bescheid, und der für den Verdächtigen zuständige Staatsanwalt ist ebenfalls im Bilde.“

„Wer ist das? Lässt sich die Sache irgendwie unter Verschluss halten?“

„Das bezweifle ich. Und es interessiert mich eigentlich auch nicht. Wir hätten uns den Kerl damals vorknöpfen sollen, aber wir haben unsere Chance verpasst, und er hat weiter ungestört Frauen zerstückelt.“

„Was sagst du da? Zerstückelt? Ist das etwa der Müllsackmörder von Echo Park? Wie heißt der Kerl gleich wieder – Waits?“

Bosch drückte das kalte Glas an seine Schläfe. „Richtig. Er wird morgen gestehen. Früher oder später wird es rauskommen, weil Rick O’Shea es für seine Kandidatur ausschlachten will.“

„Du drehst ja so eine Art Ehrenrunde. Aber ich stehe für einen wichtigen Posten beim RHD auf der Liste, und wenn das hier rauskommt, kann ich das vergessen, Partner. Du musst dir was einfallen lassen!“

Es ärgerte Bosch, dass Edgar in diesem Moment an ihre ehemalige Partnerschaft appellierte und verlangte, dass er sich vor ihn stellte – aus Loyalität und aufgrund des ungeschriebenen Gesetzes, dass die Bande einer Partnerschaft sogar stärker als die einer Ehe waren.

„Ich werde tun, was ich kann. Ich muss jetzt Schluss machen, *Partner*.“ Er hängte den Hörer an den Wandapparat.

Bevor er auf die Terrasse zurückkehrte, übergoss er das Eis in seinem Glas noch einmal mit Wodka. Draußen stützte er sich mit den Ellbogen auf das Geländer. Der Verkehrslärm vom Freeway tief unter ihm bildete ein stetes Rauschen. Er blickte zum Himmel hinauf, in das schmutzige Rosa des Sonnenuntergangs.

Nach einer Weile hörte er jemanden an die Eingangstür klopfen und ging ins Haus zurück. Er öffnete die Tür, und Rachel stand vor ihm. Sie hielt die Akten mit beiden Händen.

KAPITEL VIER

Da Rachel schon einmal bei ihm gewesen war, sah sie sich nicht erst lange im Haus um. Sie legte die Akten auf den kleinen Tisch im Essbereich und blickte Bosch an. „Was hast du denn? Ist irgendwas?"

„Nein, alles in Ordnung. Ich habe nur irgendwie vergessen, dass du vorbeikommen wolltest."

„Ich kann auch wieder gehen, wenn …"

„Nein, nein, ich bin froh, dass du hier bist. Hast du noch Zeit gefunden, in die Unterlagen reinzuschauen?"

„Ein bisschen. Ich habe ein paar Ideen, die sich morgen als hilfreich erweisen könnten. Und falls du mich dabeihaben möchtest, könnte ich veranlassen, dass ich mitkommen kann – inoffiziell."

Bosch schüttelte den Kopf. „Das ist Rick O'Sheas große Show, und wenn ich einen FBI-Agenten einlade, setzt er mich umgehend vor die Tür." Er deutete auf einen Stuhl, damit sie Platz nahm. „Möchtest du was trinken?"

„Was hast du denn im Angebot?"

„Ich habe gerade Wodka getrunken. Aber jetzt steige ich auf Kaffee um."

„Schnörkellos wie eh und je, Harry. Dann nehme ich auch einen Kaffee."

Er ging in die Küche, um welchen aufzusetzen. Er hörte, wie sie einen Stuhl hervorzog und sich an den Tisch setzte. Als er zurückkam, hatte sie die Akten darauf ausgebreitet.

„Hast du wegen des Namens schon was unternommen?", fragte sie.

„Ist in Arbeit. Wir fangen morgen zeitig im Archiv der Meldestelle an, und vielleicht wissen wir dann ja etwas mehr, wenn wir uns um zehn mit dem Kerl zusammensetzen." Er nahm ihr gegenüber Platz.

Sie beugte sich über ihre Notizen und begann, ohne dabei den Blick zu heben. „Egal wie sein richtiger Name lautet, allem Anschein nach ist er extrem raffiniert und gerissen. Nimm zum Beispiel seinen Körperbau. Klein und schmächtig. Das heißt, er muss eine ziemlich wirksame Masche gehabt haben. Irgendwie ist es ihm gelungen, seine Opfer dazu zu bringen, mit ihm zu kommen. Das ist ein ganz wichtiger Punkt. Es ist höchst unwahrscheinlich, dass er Gewalt angewendet hat – zumindest zunächst nicht. Dafür ist er zu klein. Stattdessen hat er auf Charme und Verstellung gesetzt. Denn selbst ein Mädchen aus der Provinz, das am Hollywood Boulevard gerade aus dem Bus steigt, bringt so viel gesunden Menschenverstand mit, dass es nicht gleich auf den erstbesten Kerl hereinfällt, der ihr das Blaue vom Himmel herunter verspricht."

„Der schlaue Fuchs", sagte Bosch. „Und was ist mit Waffengewalt? Oder Geld? Diese Mädchen wären sicher auch für Geld mitgegangen."

„Du musst trotzdem erst mal nahe genug an dein Opfer herankommen, um beides einsetzen zu können."

Bosch nickte und machte sich auf einem Block, den er von einem Bord hinter sich genommen hatte, ein paar Notizen. „Was sonst noch?"

„Weißt du, wie lange er seine Firma hatte?"

„Nein, aber morgen werden wir das wissen. Warum?"

„Durch seine Firma war er außerordentlich mobil und konnte sich überall in der Stadt bewegen, ohne großes Aufsehen zu erregen. Und nicht zuletzt hatte er aufgrund seiner Tätigkeit Zutritt zu vielen fremden Wohnungen. Deshalb interessiert mich, ob er die Firma ganz gezielt gegründet hat, um seine mörderischen Fantasien auszuleben, oder ob er sie schon besaß, bevor er anfing, seinem Trieb nachzugeben."

Bosch machte sich weitere Notizen. Auch er hatte sich schon Gedanken gemacht, die in diese Richtung gingen.

„Ich muss das wahrscheinlich nicht eigens betonen, Harry, aber bei diesem Mann musst du wirklich vorsichtig sein. Irgendetwas an dem, was ich hier sehe – und das ist natürlich eine sehr vorschnelle Reaktion auf eine Fülle an Material –, irgendetwas daran kommt mir eigenartig vor."

„Was?"

„Da wäre zum Beispiel die Tatsache, dass sich seine Festnahme einem reinen Glücksfall verdankt. Bis zu dem Moment, in dem die Polizisten die Müllsäcke in seinem Lieferwagen fanden, war Waits ein völlig unbeschriebenes Blatt. Er war in all den Jahren nie auffällig geworden. Er hatte nicht wie andere Serienmörder irgendwelche Mitteilungen an die Polizei geschickt. Er stellte seine Opfer nicht zur Schau, sei es nun als Affront gegen die Gesellschaft, oder um die Polizei herauszufordern. Er hielt sich total im Hintergrund. Und mit Ausnahme der beiden ersten suchte er sich durchweg Opfer, die er verschwinden lassen konnte, ohne dass irgendjemand etwas davon mitbekam. Verstehst du, was ich meine?"

Bosch zögerte kurz.

„Was ist?"

Er antwortete nicht.

„Harry, ich habe keine Lust, mich hier unnütz abzustrampeln. Wenn du etwas weißt, was ich wissen sollte, dann erzähl es mir gefälligst!"

„Warte bitte wenigstens noch so lange, bis ich den Kaffee geholt habe. Hoffentlich magst du ihn schwarz."

Er stand auf, ging in die Küche und füllte zwei Tassen mit Kaffee. Irgendwo fand er auch ein paar Tütchen Süßstoff und nahm sie für Rachel mit.

„Meinem Partner und mir ist ein Fehler unterlaufen, als wir 1993 an dem Fall gearbeitet haben. Ich weiß nicht, ob es dem widerspricht, was du gerade gesagt hast – dass Waits immer im Verborgenen agierte. Wie es aussieht, hat er uns damals unter falschem Namen angerufen. Etwa drei Wochen nach Beginn der Ermittlungen. Wir sind der Sache nicht weiter nachgegangen."

„Wie meinst du das?"

Langsam, widerstrebend berichtete er ihr von den 51ern. „Und den Rest kennst du", schloss er. „Er machte einfach weiter – und brachte Leute um."

„Wann hast du das herausgefunden?"

„Unmittelbar nachdem ich mich heute mit dir getroffen habe."

„Das erklärt, warum du dem Wodka so kräftig zugesprochen hast."

„Wahrscheinlich."

„Und ich dachte zuerst – nein, vergiss, was ich dachte."

„Nein, es ist nicht, weil ich dich wiedergesehen habe, Rachel. Dich wiederzusehen war – oder vielmehr ist – sehr schön."

Sie griff nach ihrer Tasse und trank daraus, dann schien sie sich innerlich zusammenzureißen, um weiterzumachen. „Auf den ersten Blick scheint es vielleicht nicht zu ihm zu passen, dass er sich bei euch gemeldet hat. Aber du darfst nicht vergessen, dass der Gesto-Fall in die Frühphase seiner Entwicklung fällt. Es gibt bei Marie Gesto eine ganze Reihe von Aspekten, die nicht recht ins Bild passen. Was ich damit sagen will, ist, dass er in seinem Tun Befriedigung genug fand. Er hatte es nicht nötig, irgendjemanden wissen zu lassen, was er machte. Er berauschte sich nicht an der Aufmerksamkeit, die ihm zuteilwurde."

„Und was stört dich daran?"

„Es ist nur, dass sein Profil nicht zu jemandem passt, der in der gegenwärtigen Phase plötzlich mit der Polizei kooperiert und ihr von den anderen Morden erzählt. Ich sehe hier eher jemanden, der um keinen Preis etwas zugeben würde. Das heißt, da muss es aus seiner Sicht noch etwas anderes geben. Ein übergeordnetes Ziel, wenn du so willst. Einen Plan. Dieses Geständnis ist ein Zeichen für irgendeine Form von Manipulation."

„Er manipuliert O'Shea und die Justiz. Er macht das alles nur, um der Todesspritze zu entgehen."

„Möglich, aber er könnte auch andere Motive haben. Sei vorsichtig."

„Keine Sorge, Rachel, das werde ich."

Sie fuhr mit dem Finger über das Blatt mit ihren Notizen. „Die Müllsäcke finde ich übrigens sehr interessant. Drei Säcke für zwei Frauen. In einem waren beide Köpfe und alle vier Hände. Sieht ganz danach aus, als hätte er mit dem Sack mit den Körperteilen, die man zur Identifizierung der Opfer herangezogen hätte, etwas anderes im Sinn gehabt. Konnte man denn feststellen, wohin er unterwegs war, als er von der Polizei angehalten wurde?"

Bosch zuckte die Achseln. „Bisher nicht. Sie gingen immer davon aus, dass er die Müllsäcke irgendwo in den baumbestandenen Flächen in der Nähe des Baseballstadions vergraben wollte. Aber das kann eigentlich schlecht sein, weil sie ihn vom Stadium Way in ein Wohngebiet haben fahren sehen, also vom Stadion weg."

„Genau." Sie warf einen Blick auf einige ihrer Unterlagen.

„Was ist?", fragte Bosch.

„Also, dieser Reynard-Fuchs-Aspekt könnte auch reiner Zufall sein …"

„Aber in dem Epos hatte Reineke, alias Reynard, eine Burg, die ihm als Versteck diente."

Sie zog die Augenbrauen hoch. „Ich dachte, du hast gar keinen Computer, und jetzt weißt du plötzlich, wie man im Internet recherchiert?"

„Die Internetsuche hat meine Partnerin gemacht. Ich muss dir allerdings sagen, dass ich heute, bevor ich dich angerufen habe, in dieser Gegend war. Aber ich habe nirgendwo eine Burg gesehen."

Sie schüttelte den Kopf. „Du darfst nicht alles so wörtlich nehmen."

Bosch wollte sie in eine neue Richtung lenken. „Wie passen die ersten beiden Morde ins Bild? Zuerst eine Tat unter dem Deckmantel der Unruhen, und dann sorgt er mit Marie Gesto für ein riesiges Medienspektakel, um schließlich, wie du selbst sagst, völlig von der Bildfläche zu verschwinden."

„Bei jedem Serienmörder ändern sich die Vorgehensweisen. Die einfache Antwort ist, dass er dazulernte. Ich halte den ersten Mord – das männliche Opfer – für eine reine Willkürtat. Eines Tages fand er sich in einer Situation wieder – das Chaos bei den Unruhen –, in der er sich auf die Probe stellen konnte. Für ihn war das die ideale Gelegenheit herauszufinden, ob er tatsächlich jemanden töten und ungestraft davonkommen konnte."

Bosch nickte. „Kommen wir zu Marie Gesto."

„Er befand sich immer noch in einem Lernprozess, entwickelte sich weiter", fuhr sie fort. „Dass er töten konnte, wusste er inzwischen. Jetzt machte er gezielt Jagd. Sie kreuzte seinen Weg, irgendetwas an ihr stimulierte seine Fantasie, und sie wurde zur Beute. Doch er traf eine schlechte Wahl. Er suchte sich eine Frau aus, die schmerzlich vermisst wurde. Aber er lernte daraus. Vor allem aus dem hohen Fahndungsdruck, den er dadurch auf sich zog. Nach Marie Gesto verstand er es, auf einen wichtigen Punkt zu achten – den

Hintergrund des Opfers. Von nun an suchte er ganz gezielt Opfer aus, deren Verschwinden keinerlei Beachtung fand, geschweige denn eine intensive Suche auslöste. Und er verschwand von der Bildfläche. Bis er uns in Echo Park zufällig ins Netz ging."

„Wenn man das so hört", sagte Bosch nachdenklich, „beginnt man sich zu fragen, wie viele solcher Typen sonst noch unbemerkt ihr Unwesen treiben. Die stillen Killer."

„Ja. Da kann einem schon angst und bange werden." Rachel sah ihm eine Weile in die Augen. „Du darfst dir das mit Waits' Anruf damals nicht so zu Herzen nehmen, Harry. Lass dich davon nicht runterziehen. Dafür ist die anstehende Aufgabe zu wichtig."

Bosch nickte ohne rechte Überzeugung. Sie hatte gut reden.

„Nick das nicht einfach so ab", sagte Rachel prompt. „Weißt du, wie viele Fälle ich als Profilerin hatte, in denen der Täter weitermordete? Wie oft wir von diesen abartigen Schweinen Anrufe und Hinweise bekamen, ohne dass wir sie fassen konnten, bevor das nächste Opfer starb?"

„Ich weiß, ich weiß."

„Wie viele Morde hast du schon gelöst, Harry?"

„Keine Ahnung. Darüber führe ich nicht Buch."

„Vielleicht solltest du das aber. Aufs Ganze gesehen bist du deutlich im Plus. Halt dir das mal vor Augen."

Er nickte wieder. Diesmal mit mehr Überzeugung. „Okay."

„Hoffentlich konnte ich dir helfen", setzte Rachel hinzu.

„Ich glaube schon. Ich habe jetzt eine Ahnung davon, wem ich morgen im Verhörzimmer entgegentrete."

Sie stand auf. „Ich dachte dabei eigentlich mehr an das andere."

Bosch erhob sich ebenfalls. ;„Da auch. Du hast mir sogar sehr geholfen."

„Sei vorsichtig, Harry."

„Das hast du bereits gesagt. Aber du brauchst dir keine Sorgen zu machen. Ich werde auf der Hut sein."

Obwohl es Zeit war zu gehen, zögerte sie. Sie blickte auf den Inhalt des Ordners und dann zu Bosch. „Ich hatte immer gehofft, du rufst mich mal an. Allerdings nicht wegen eines Falls."

„Wegen dem, was ich damals gesagt habe, oder besser dem, was wir gesagt haben, dachte ich …"

Er wusste nicht, was er auszudrücken versuchte. Sie hob die Hand und legte sie behutsam auf seine Brust. Er machte einen Schritt auf sie zu, legte die Arme um sie und zog sie an sich.

NACHDEM sie sich geliebt hatten, blieben Bosch und Rachel im Bett liegen und unterhielten sich über alles Mögliche. Schließlich landeten sie irgendwann wieder bei dem Fall und dem bevorstehenden Gespräch mit Waits.

„Ich kann immer noch nicht glauben, dass ich nach so langer Zeit doch noch Maries Mörder gegenübersitzen werde“, sagte Bosch. „Es ist fast wie in einem Traum. Ich habe nämlich tatsächlich davon geträumt, dass ich diesen Kerl fasse. In dem Traum war es natürlich nicht Waits, aber ich habe den Fall gelöst.“

„Wer war es in deinem Traum?“, fragte Rachel.

Ihr Kopf lag auf seiner Brust. Er konnte zwar ihr Gesicht nicht sehen, aber er roch ihr Haar. „Der Kerl, den ich immer im Verdacht hatte. Wahrscheinlich wollte ich, dass er es war, weil er sich wie ein Schwein verhalten hat.“

„Gab es denn irgendeine Verbindung zwischen ihm und Marie Gesto?“

Bosch versuchte, die Achseln zu zucken, aber wegen ihrer Position war das schwierig. „Er wusste von der Garage, in der wir ihr Auto fanden, und er hatte eine Exfreundin, die Marie auffallend ähnlich sah. Außerdem hatte er Probleme, seine Aggressionen in den Griff zu kriegen. Aber echte Beweise hatte ich keine. Ich dachte bloß, er wäre es. Im ersten Jahr der Ermittlungen bin ich ihm mal gefolgt. Er arbeitete oben in den Ölfeldern hinter Baldwin Hills als Wachmann. Ein Teil des Geländes gehörte seiner Familie, und sein Vater hat wohl versucht, ihm den Kopf zurechtzurücken. Du weißt schon – ließ ihn selbst für seinen Lebensunterhalt aufkommen, obwohl sie Geld wie Heu hatten. Jedenfalls habe ich ihn dort eines Tages beobachtet. Er entdeckte zwei Jungs, die sich auf dem Gelände herumtrieben. Sie waren über den Zaun geklettert und machten irgendwelchen Unsinn. Sie waren noch halbe Kinder, vielleicht dreizehn oder vierzehn.“

„Was hat er mit ihnen gemacht?“

„Er stellte sie mit gezogener Pistole und kettete sie mit Handschellen an eine der Pumpen. Dann stieg er in seinen Pick-up und fuhr davon.“

„Er ließ sie einfach zurück?“

„Das dachte ich zunächst auch, aber er kam wieder. Ich beobachtete alles durchs Fernglas, von einer Anhöhe aus. Er brachte einen zweiten Kerl mit, und sie fuhren zu einem Schuppen, in dem sie wahrscheinlich Proben von dem Öl aufbewahrten. Sie gingen rein und kamen mit zwei Kübeln von dem Zeug wieder raus. Sie stellten sie hinten auf den Pick-up und fuhren los. Und dann kippten sie alles über die beiden Jungs.“

Rachel richtete sich auf einem Ellbogen auf und sah ihn an. „Und du hast die ganze Zeit nur zugesehen?“

„Ich sagte dir doch, ich war auf einem Hügel. Wenn er noch weitergegangen wäre, hätte ich schon versucht, irgendwie einzuschreiten, aber danach ließ er sie laufen. Er nahm ihnen die Handschellen ab und gab einem von ihnen einen Tritt in den Hintern. Ich konnte sehen, dass sie heulten und mächtig Angst hatten."

Angewidert schüttelte Rachel den Kopf. „Wie heißt dieser Kerl?"

„Anthony Garland. Sein Vater ist Thomas Rex Garland. Möglicherweise hast du schon mal von ihm gehört."

Wieder schüttelte sie den Kopf. „Der gute Anthony scheint ein riesengroßes Schwein zu sein."

Bosch nickte. „Ist er auch. Möchtest du ihn mal sehen?"

„Wie meinst du das?"

„Ich habe ein *Greatest Hits*-Video. Ich habe ihn in diesen dreizehn Jahren dreimal vernommen. Jede Vernehmung wurde auf Video aufgezeichnet. Und als ich mich das letzte Mal mit dem Fall beschäftigte, nahm ich sie mit nach Hause, um sie mir anzusehen."

Rachel schien über seine Erklärung nachzudenken, bevor sie antwortete. „Dann leg sie ein. Sehen wir uns diesen Kerl mal an."

Bosch stand auf, schlüpfte in seine Boxershorts und machte das Licht an. Anschließend ging er ins Wohnzimmer und holte eine Videokassette. Auf der Kommode hatte er einen Fernseher mit eingebautem Videorekorder. Er legte die Kassette ein und setzte sich mit der Fernbedienung auf die Bettkante.

Rachel streckte einen Fuß nach ihm aus und tippte ihm mit den Zehen auf den Rücken. „Machst du das mit allen Mädels, die du hier anschleppst? Ihnen deine Verhörtechniken vorführen?"

Er drehte sich zu ihr um. „Rachel, du bist der einzige Mensch auf der ganzen Welt, mit dem ich so was tun kann."

Sie lächelte. „Ich glaube, langsam verstehe ich, wie du tickst, Harry."

Mit der Fernbedienung schaltete er den Ton aus. „Das erste Verhör ist vom 11. März 1994, etwa sechs Monate nach Marie Gestos Verschwinden. Wir klammerten uns an jeden Strohhalm. Ich konnte ihn überreden, mit auf die Wache zu kommen und eine Aussage zu machen. Er dachte, wir würden bloß über die Wohnung sprechen, in der seine Exfreundin gewohnt hatte."

Auf dem Bildschirm war in körnigen Farben ein kleines Zimmer zu sehen, in dem zwei Männer an einem Tisch saßen. Einer davon war ein wesentlich jünger aussehender Harry Bosch, der andere war ein Mann Anfang zwanzig mit welligem, sonnengebleichtem Haar. Anthony Garland. Er trug ein T-Shirt. Die kurzen Ärmel spannten sich straff um seine Oberarme, und auf seinem linken Bizeps war ein Tattoo zu erkennen. Schwarzer Stacheldraht schlang sich um die Muskeln.

Bosch drehte den Ton auf. Auf dem Bildschirm sah Garland sich in dem Zimmer um. „Das ist also, wo es abgeht, hm?“, sagte er.

„Wo was abgeht?“, fragte Bosch.

„Sie wissen schon, wo Sie die ganzen Kriminellen in die Mangel nehmen, bis sie ihre Verbrechen gestehen.“ Er lächelte kokett.

„Manchmal. Aber reden wir doch lieber über Marie Gesto.“

„Ich sagte Ihnen doch, dass ich sie nicht kannte. Ich hatte sie nie gesehen, bevor Sie mir ihr Foto gezeigt haben.“

„Wenn mir also jemand erzählt hat, dass Sie sie kannten, hat er gelogen.“

„Allerdings. Wer hat Ihnen so einen Schwachsinn erzählt?“

„Aber Sie wussten von der leer stehenden Garage im High Tower?“

„Ja, klar, meine Freundin war gerade ausgezogen. Deshalb wusste ich, dass sie leer stand. Das heißt aber nicht, dass ich den Wagen dort abgestellt habe. Hören Sie, das haben Sie mich doch alles schon zu Hause gefragt. Bin ich jetzt verhaftet, oder was?“

„Nein. Ich wollte nur noch mal Verschiedenes mit Ihnen durchsprechen.“

„Ich habe schon alles mit Ihnen durchgesprochen.“

„Aber das war, bevor wir verschiedene Dinge über Sie und Marie Gesto in Erfahrung gebracht haben.“

Garlands Gesicht verzerrte sich zu einer wütenden Grimasse. „Welche Dinge? Was wollen Sie eigentlich? Ich habe nichts mit dieser Sache zu tun. Das habe ich Ihnen jetzt schon mindestens zweimal gesagt. Warum gehen Sie nicht lieber los und suchen denjenigen, der es getan hat?“

Bosch wartete, bis Garland sich etwas beruhigt hatte, bevor er antwortete. „Vielleicht weil ich gerade mit demjenigen rede, der es getan hat.“

„Sie ticken ja nicht mehr ganz richtig, Mann! Ich habe Ihnen von Anfang an gesagt: Ich war es nicht!“

Bosch beugte sich über den Tisch. „Ich weiß, was Sie mir erzählt haben, Anthony. Aber das war, bevor ich in Austin war und mit Ihrer Freundin gesprochen habe. Sie hat mir einiges über Sie erzählt, was es mir nötig erscheinen lässt, mich etwas ausführlicher mit Ihnen zu befassen.“

„Was wollen Sie denn mit der? Sie ist eine verdammte Nutte!“

„Tatsächlich? Warum waren Sie dann so wütend, als sie Sie verlassen hat? Warum musste sie vor Ihnen weglaufen?“

„Weil mich niemand verlässt. Wenn jemand Schluss macht, dann bin ich das. Klar?“

Bosch lehnte sich zurück. „Gut. Dann erzählen Sie mir jetzt, was Sie am 9. September letztes Jahr getan haben.“

Bosch schaltete mit der Fernbedienung den Schnellvorlauf ein. „Er hatte kein Alibi für die Zeit, in der Marie vor dem Supermarkt entführt wurde. Aber das können wir überspringen, weil sich dieser Teil der Vernehmung endlos hinzog. Was jetzt kommt, war zwei Jahre später. Die Anwälte der Firma seines Vaters erwirkten eine einstweilige Verfügung gegen mich, worauf ich den Burschen nur noch in Anwesenheit eines Anwalts vernehmen durfte. Deshalb gibt es hier nicht mehr viel Interessantes, aber eine Sache ist da trotzdem, die du dir ansehen solltest."

Nach einer Weile ließ Bosch die Kassette wieder in Normalgeschwindigkeit laufen, und der Ton kam zurück.

Es war der Anwalt, der nun das Reden übernahm. „Mein Mandant hat uneingeschränkt mit Ihnen kooperiert, Detective, aber Sie belästigen ihn weiterhin mit Verdächtigungen und Fragen, ohne auch nur den geringsten Beweis zu haben."

„Daran arbeite ich noch", entgegnete Bosch. „Und wenn ich irgendwann so weit bin, wird ihm kein Anwalt dieser Welt mehr helfen können."

„Sie sind ein Vollidiot, Bosch!", legte Garland los. „Wagen Sie sich nur allein in meine Nähe. Dann mache ich Sie platt!"

Beschwichtigend legte der Anwalt Garland die Hand auf den Arm.

Bosch schwieg eine Weile, bevor er antwortete. „Wollen Sie mir drohen, Anthony? Wie einem dieser Jungs, die Sie mit Handschellen an eine Pumpe gekettet und mit Öl übergossen haben? Glauben Sie, ich ziehe den Schwanz ein und verdrücke mich einfach?"

Garland kniff das Gesicht zusammen und lief dunkelrot an. Seine Augen sahen aus wie schwarze Murmeln.

Bosch drückte auf die Pause-Taste. „Da", sagte er zu Rachel und deutete mit der Fernbedienung auf den Bildschirm. „Sieh dir sein Gesicht an. Reiner, unverstellter Hass. Deshalb dachte ich, er wäre es." Er drückte wieder auf die Schnellvorlauftaste. „Jetzt überspringen wir fast zehn Jahre – das war letzten April. Ein neuer Anwalt hatte den Fall übernommen. Er befasste sich nicht sonderlich intensiv damit und beantragte nach Erlöschen der einstweiligen Verfügung keine Verlängerung. Deshalb schnappte ich mir Garland, als er nach der Mittagspause aus einem Lokal kam. Wahrscheinlich dachte er, ich wäre längst aus seinem Leben verschwunden."

Er spielte die Aufnahme in Normalgeschwindigkeit ab. Garland sah jetzt älter und breiter aus. Sein Haar war schütterer geworden und kurz geschnitten. Er trug ein weißes Hemd mit einer Krawatte. Dieses Mal saß er in einem anderen Vernehmungszimmer, das sich im Parker Center befand.

„Solange ich nicht unter Arrest stehe, habe ich das Recht, jederzeit zu gehen", sagte er.

„Ich hatte eigentlich gehofft, Sie würden mir vorher noch ein paar Fragen beantworten", entgegnete Bosch.

„Ich habe alle Ihre Fragen schon vor Jahren beantwortet. Das ist Ihr persönlicher Rachefeldzug, Bosch. Sie wollen nicht aufgeben. Kann ich jetzt gehen oder nicht?"

„Wo haben Sie Marie Gestos Leiche versteckt?"

„Sind Sie noch zu retten? Wann wird das endlich ein Ende nehmen?"

„Es wird nie ein Ende nehmen, Garland. Nicht bevor ich sie gefunden und Sie hinter Gitter gebracht habe."

„Das ist doch kompletter Wahnsinn! Sie sind vollkommen durchgedreht, Bosch. Was soll ich noch sagen, damit Sie mir endlich glauben? Was …"

Plötzlich schaltete Bosch mit der Fernbedienung den Fernseher aus. Zum ersten Mal wurde ihm bewusst, wie blind er gewesen war. Er war Garland so besessen hinterhergejagt wie ein Hund einem Auto. Er hatte nicht gemerkt, dass sich direkt vor seiner Nase, im Mordbuch, ein Hinweis auf den wahren Mörder befand. Das Video mit Rachel anzusehen hatte Demütigung auf Demütigung gehäuft. Er hatte erwartet, durch das Video würde sie verstehen, warum er sich auf Garland eingeschossen hatte, würde ihm für seinen Fehler die Absolution erteilen. Aber nachdem er es jetzt vor dem Hintergrund von Waits' bevorstehendem Geständnis gesehen hatte, konnte er sich nicht einmal mehr selbst verzeihen.

Rachel berührte seinen Rücken. „So was passiert jedem mal."

Mir nicht, dachte Bosch. „Ich schätze, wenn das alles vorbei ist, werde ich mich bei ihm entschuldigen müssen."

„Die Mühe würde ich mir sparen. Er ist und bleibt ein Dreckskerl."

Bosch lächelte. Sie versuchte, ihn aufzuheitern. „Meinst du?"

Sie zog am Bund seiner Boxershorts und ließ ihn gegen seinen Rücken schnalzen. „Ich glaube, ich habe mindestens noch eine Stunde Zeit."

Bosch drehte sich zu ihr um, und sie lächelte.

Am nächsten Morgen gingen Bosch und Kiz vom Archiv der Meldestelle zur Bezirksstaatsanwaltschaft und trafen zu früh dort ein, obwohl sie lange auf einen Lift hatten warten müssen. Dennoch erwarteten O'Shea und Olivas sie bereits.

Als Bosch sich setzte, sah er das Gesto-Mordbuch auf O'Sheas Schreibtisch liegen. Ohne zu fragen, nahm er es an sich, schlug sofort die Fallchronologie auf und blätterte die 51er durch, bis er die Seite für den 29. September 1993 fand. Der Vermerk, den er suchte, war der letzte Eintrag des Tages. Wieder überkam Bosch ein tiefes Bedauern.

„Wir machen alle Fehler, Detective“, sagte O’Shea. „Ich finde, wir haken das jetzt schleunigst ab und versuchen dafür heute unser Bestes.“

Bosch legte das Mordbuch auf den Schreibtisch zurück.

„Wie ich höre, ist Maury Swann inzwischen bei Mr Waits im Vernehmungszimmer“, fuhr O’Shea fort. „Ich möchte, dass wir die Fälle einzeln und chronologisch durchgehen. Wir beginnen mit Fitzpatrick, und wenn es an dem Geständnis nichts auszusetzen gibt, gehen wir weiter zum Gesto-Fall und so weiter.“

Alle nickten, außer Bosch. „Ich bin erst zufrieden, wenn wir ihre Leiche haben“, sagte er.

O’Shea nahm ein Dokument von seinem Schreibtisch. „Das kann ich verstehen. Wenn Sie das Opfer anhand von Waits’ Aussagen finden, schön. Falls er uns persönlich zu der Leiche führen muss, habe ich einen Antrag auf Haftaussetzung vorbereitet, der unverzüglich einem Richter vorgelegt werden kann. Wenn es sich als nötig erweisen sollte, diesen Mann vorübergehend aus dem Polizeigewahrsam zu entlassen, müssen umfassende Sicherheitsvorkehrungen getroffen werden. Hier steht einiges auf dem Spiel, und wir dürfen uns keinerlei Fehler erlauben.“

„Wir sind auf alles vorbereitet“, warf Olivas ein.

O’Sheas Miene wirkte trotzdem besorgt. „Sie werden doch auch Kollegen in Uniform hinzuziehen?“

„Uniformen erzeugen unnötiges Aufsehen. Aber wenn Sie möchten, können wir das natürlich veranlassen. Wir können entweder einen Wagen von der Metropolitan Division anfordern oder Deputys aus dem Gefängnis.“

O’Shea nickte zustimmend. „Also dann, können wir anfangen?“

„Da wäre noch eine Sache“, meinte Bosch. „Wir sind inzwischen ziemlich sicher, dass der richtige Name des Mannes im Vernehmungszimmer nicht Raynard Waits ist.“

Der überraschte Ausdruck in O’Sheas Gesicht wirkte offensichtlich ansteckend, denn auch Olivas’ Kinnlade klappte herunter. „Aber wir haben ihn anhand der Fingerabdrücke identifiziert“, protestierte er. „Bei seiner ersten Festnahme.“

Bosch nickte. „Richtig, bei der ersten. Aber als er vor dreizehn Jahren wegen Voyeurismus festgenommen wurde, gab er zunächst Robert Saxon als Namen und als Geburtsdatum den 3.11.75 an. Denselben Namen, unter dem er später in jenem Jahr wegen Marie Gesto anrief, nur dass er diesmal als Geburtsdatum den 3.11.71 angab. Als die Ermittler dann jedoch wegen dieser Voyeurismusgeschichte seine Fingerabdrücke in den Computer eingaben, stießen sie auf den zum Führerschein von Raynard Waits gehörenden Daumenabdruck, mit dem Geburtsdatum 3.11.71. Wir haben also denselben Tag und denselben Monat, aber unterschiedliche Jahre. Aber wie dem auch sei, als unser Mann mit dem Daumenabdruck konfrontiert wird, gibt er zu, Raynard Waits zu sein, und behauptet, einen falschen Namen und ein falsches Geburtsjahr angegeben zu haben, um noch unter das Jugendstrafrecht zu fallen. Weil es sein erstes Vergehen war, bekam er nur eine Bewährungsstrafe für Voyeurismus. In den Bewährungsunterlagen gab er an, in L.A. geboren und aufgewachsen zu sein. Wir kommen gerade von der Meldestelle. Dort gibt es keinen Eintrag über einen Raynard Waits, der an diesem oder einem anderen Datum in L.A. geboren wurde. Es gibt eine ganze Reihe von Robert Saxons, die in L.A. geboren wurden, aber keiner davon am 3. November der beiden infrage kommenden Jahre. Demnach wissen wir nicht, wer der Mann ist, mit dem wir gleich sprechen werden."

O'Shea dachte kurz über das Gesagte nach. „Sie sagen also, dass die Führerscheinstelle entweder falsche Fingerabdrücke hatte oder dass es zu einer Verwechslung gekommen ist?"

„Ich sage, dass dieser Mann damals zur Führerscheinstelle gegangen sein könnte, um sich eine falsche Identität zuzulegen. Was braucht man schon groß, um sich einen Führerschein ausstellen zu lassen? Einen Altersnachweis. Damals konnte man sich auf dem Hollywood Boulevard problemlos falsche Ausweise und Geburtsurkunden kaufen."

„Soll das heißen, dass er sich einen falschen Namen zugelegt und ihn behalten hat, obwohl er unter diesem Namen ins Vorstrafenregister eingetragen war? Das ergibt für mich keinen Sinn."

„Für mich an sich auch nicht. Aber wir kennen die Geschichte dahinter noch nicht."

„Okay, und was schlagen Sie nun vor?"

„Eigentlich nichts Spezielles. Ich wollte Sie nur darauf aufmerksam machen. Aber wir können ihn uns deswegen später noch mal vorknöpfen – falls wir mehr darüber rausfinden."

O'Shea schob seinen Stuhl zurück und stand auf. „Also dann. Können wir? Es wird langsam Zeit. Ich werde versuchen, so lange dabeizubleiben, wie es mir zeitlich möglich ist. Nehmen Sie es mir bitte nicht übel, wenn ich mich von Zeit zu Zeit mit einer Frage einschalte."

Bosch erhob sich ebenfalls. „Noch ein Letztes. Uns ist gestern eine Geschichte über Maury Swann zu Ohren gekommen, die Sie vielleicht auch kennen sollten."

KAPITEL FÜNF

Vor der Tür des Vernehmungszimmers waren zwei uniformierte Deputys aus dem Sheriffsbüro postiert. Sie traten zur Seite, um den Staatsanwalt mit seinem Gefolge durchzulassen. In dem Raum stand ein langer Tisch, auf dessen einer Seite Waits und sein Anwalt Platz genommen hatten. Nur Maury Swann stand zur Begrüßung auf. Waits war mit Plastikhandschellen an die Stuhllehnen gefesselt. Swann, ein dünner Mann mit einer schwarzen Brille und einer wallenden silbernen Mähne, streckte die Hand aus, aber niemand schüttelte sie.

Kiz setzte sich auf den Stuhl, der Waits direkt gegenüberstand, Bosch und O'Shea nahmen links und rechts von ihr Platz. Olivas setzte sich auf den letzten freien Stuhl an der Tür. O'Shea machte alle Anwesenden miteinander bekannt. Waits trug einen orangefarbenen Overall, auf dessen Brust mit Schablone geschrieben stand: BEZIRKSGEFÄNGNIS L. A. FERNHALTEN. Das letzte Wort bedeutete, dass Waits im Gefängnis isoliert untergebracht war und keinen Kontakt mit den übrigen Häftlingen haben durfte. Diese Maßnahme diente sowohl zu seinem Schutz als auch zu dem der übrigen Insassen.

Als Bosch den Mann musterte, den er dreizehn Jahre lang gejagt hatte, fiel ihm auf, dass das Beängstigendste an Waits seine Unscheinbarkeit war. Schmächtig, mit einem freundlichen Allerweltsgesicht und kurzem dunklem Haar, war er der Inbegriff der Normalität. Der einzige Hinweis auf die Bösartigkeit, die sich hinter diesem harmlosen Äußeren verbarg, war in seinen tiefliegenden dunkelbraunen Augen zu finden. In ihnen herrschte eine Leere, die Bosch von anderen Mördern kannte, denen er im Lauf der Jahre gegenübergesessen hatte. Das pure Nichts. Eine gähnende Leere, die sich nie füllen ließe, egal wie viele Menschenleben er stahl.

Kiz schaltete das Tonbandgerät ein, das auf dem Tisch stand. „Wie Ihnen Mr Swann wahrscheinlich schon erklärt hat, werden wir jedes Gespräch mit Ihnen aufzeichnen und dann die Bänder Ihrem Anwalt aushändigen, der sie so lange aufbewahren wird, bis wir zu einer endgültigen Einigung gekommen sind. Ist Ihnen das klar und stimmen Sie dem zu?“

„Ja“, antwortete Waits.

„Wir möchten die Fälle gern der Reihe nach durchgehen“, fuhr Kiz fort. „Aus dem Verhandlungsangebot Ihres Anwalts geht hervor, dass der erste Mord, den Sie begangen haben, der an Daniel Fitzpatrick am 30. April 1992 war. Ist das richtig?“

Waits antwortete mit nüchterner Sachlichkeit. „Ja, ich habe ihn hinter seinem Sicherheitsgitter bei lebendigem Leib verbrannt. Wie sich zeigte, war er dort allerdings gar nicht so sicher. Nicht mal mit seinen ganzen Knarren."

„Warum haben Sie das getan?"

„Weil ich sehen wollte, ob ich dazu in der Lage wäre. Ich hatte schon lange mit dem Gedanken gespielt und wollte es mir einfach selbst beweisen."

„Was meinen Sie mit ‚Sie wollten es sich selbst beweisen', Mr Waits?"

„Damit meine ich, es gibt eine Grenze, deren sich jeder bewusst ist, aber nur die wenigsten haben genügend Mumm, sie zu überschreiten. Ich wollte sehen, ob ich mich das trauen würde."

„Wenn Sie sagen, Sie hatten lange mit diesem Gedanken gespielt, hatten Sie dafür speziell Mr Fitzpatrick ins Auge gefasst?"

In Waits' Augen blitzte Missmut auf, als ödeten ihre Fragen ihn an. „Nein, Sie dämliche Schnalle", erwiderte er ruhig. „Ich habe mit dem Gedanken gespielt, einfach irgendjemand umzubringen. Verstehen Sie? Das wollte ich schon mein Leben lang tun."

Kiz ließ die Beleidigung an sich abperlen, ohne mit der Wimper zu zucken. „Warum haben Sie sich Daniel Fitzpatrick dafür ausgesucht? Warum in dieser Nacht?"

„Na ja, ich habe im Fernsehen gesehen, dass in der Stadt der Teufel los war. Es war das reinste Chaos, und mir war klar, dass die Polizei völlig machtlos war. Die Leute machten einfach, was sie wollten. Ich sah in der Glotze einen Typen, der erzählte, dass auf dem Hollywood Boulevard reihenweise Läden abgefackelt würden, und das wollte ich mir mit eigenen Augen anschauen."

„Sind Sie mit dem Auto gefahren?"

„Damals wohnte ich in der Fountain, in der Nähe der La Brea. Ich bin einfach rübermarschiert."

Kiz hatte die Fitzpatrick-Akte vor sich liegen und blickte kurz hinein.

Das war für O'Shea die Gelegenheit, sich in die Vernehmung einzuschalten. „Woher hatten Sie den Brennspiritus? Haben Sie ihn aus Ihrer Wohnung mitgenommen?"

„Ich dachte, die Schnalle stellt hier die Fragen", erwiderte Waits.

„Wir alle stellen die Fragen", erklärte O'Shea. „Und könnten Sie bitte die persönlichen Angriffe lassen?"

„Sie nicht, Herr Bezirksstaatsanwalt. Mit Ihnen rede ich nicht. Nur mit ihr. Und den beiden da." Er deutete auf Bosch und Olivas.

„Lassen Sie mich noch mal kurz die Vorgeschichte klären, bevor wir zum Brennspiritus kommen", sagte Kiz und drängte O'Shea damit behutsam wieder in den Hintergrund. „Sie sagen, Sie sind zum Hollywood Boulevard gelaufen. Wo genau sind Sie hingegangen, und was haben Sie gesehen?“

„Ich habe die Stadt brennen sehen, das habe ich gesehen.“ Waits lächelte. „Es war wie auf einem Gemälde von Hieronymus Bosch.“ Er wandte sich Bosch zu, als er das sagte, und deutete mit dem Kopf auf Boschs Ausweis, den dieser sich beim Betreten des Staatsanwaltschaftsgebäudes angesteckt hatte.

Kiz überging seine Provokation. „Und in welche Richtung liefen Sie, als Sie zum Hollywood Boulevard kamen?“

„In Richtung Osten. Dort waren die größeren Feuer.“

„Was hatten Sie alles bei sich?“

Die Frage schien ihn kurz stutzen zu lassen. „Weiß nicht mehr. Meine Schlüssel wahrscheinlich. Zigaretten und ein Feuerzeug. Ausweis hatte ich keinen dabei. Für den Fall, dass mich die Polizei angehalten hätte.“

„Hatten Sie den Brennspiritus bereits dabei?“

„Ach ja, stimmt, den hatte ich schon dabei. Ich wollte auch ein bisschen mitmachen, die Stadt abzufackeln. Dann kam ich an dem Leihhaus vorbei, das brachte mich auf eine bessere Idee.“

„Haben Sie Mr Fitzpatrick gesehen?“

„Ja, habe ich. Er stand mit einer Flinte hinter seinem Sicherheitsgitter.“

„Beschreiben Sie uns das Leihhaus.“

Waits zuckte die Achseln. „Nicht besonders groß. Vorne dran war so eine Neonreklame, diese drei Kugeln, Sie wissen schon, das Symbol für ein Leihhaus. Fitzpatrick stand da und beobachtete mich, als ich vorbeiging.“

„Und Sie gingen einfach weiter?“

„Zunächst, ja. Aber dann kam mir plötzlich die Idee, was das für eine tolle Herausforderung wäre: Wie komme ich an den Kerl ran, bevor er mich mit seiner blöden Knarre abknallt.“

„Was haben Sie gemacht?“

„Ich nahm die Dose EasyLight aus meiner Jackentasche und spritzte mir das Zeug einfach in den Mund, wie die Feuerschlucker auf der Promenade in Venice Beach. Dann holte ich eine Zigarette und mein Feuerzeug heraus. Ich ging zum Laden zurück und stellte mich in die Eingangsnische vor dem Sicherheitsgitter. Ich tat so, als würde ich bloß eine windgeschützte Stelle suchen, um mir eine Zigarette anzuzünden. Es war nämlich an diesem Abend ziemlich windig. Und prompt fing der Typ auch schon an, mich anzuschnauzen, ich solle mich verpissen. Er kam direkt bis ans Gitter, um mich anzubrüllen. Und darauf hatte ich spekuliert.“ Waits lächelte. „Als er noch etwa einen halben Meter von mir entfernt war, machte ich das Feuerzeug an und sah ihm in die Augen. Ich nahm die Zigarette aus dem Mund

und spuckte ihm den ganzen Spiritus ins Gesicht. Der kam dabei natürlich mit der Feuerzeugflamme in Berührung, und der Effekt war der gleiche wie bei einem Flammenwerfer. Bevor der Kerl überhaupt schnallte, was los war, stand schon sein ganzes Gesicht in Flammen. Und es dauerte nicht lange, da war er richtig schön angebrutzelt."

„Wann haben Sie die Dose mit dem Brennspiritus vor den Laden gestellt?"

„Als ich wegging. Ich wischte sie ab und stellte sie hin."

„Hat Mr Fitzpatrick jemals um Hilfe gerufen?"

Waits zögerte einen Moment, als müsse er über die Frage nachdenken. „Schwer zu sagen. Er schrie zwar irgendwas, aber ich bin nicht sicher, ob er um Hilfe rief. Für mich hörte er sich einfach wie ein Tier an."

„Was ging in Ihnen vor, als Sie nach Hause zurückkehrten?"

„Was in mir vorging? Der absolute Wahnsinn, dachte ich, total irre! Endlich habe ich es getan! Und ich wusste auch, dass ich nicht erwischt werden würde. Ich kam mir absolut unbesiegbar vor, wenn Sie es genau wissen wollen. Ich war zwanzig, und ich hatte es getan!"

„Haben Sie sich jemals Gedanken über den Mann gemacht, den Sie bei lebendigem Leib verbrannt haben?"

„Nein, eigentlich nicht. Er war eben zufällig gerade da. Genau wie die anderen, die später kamen. Es war, als wären sie nur für mich da."

Danach vernahm Kiz ihn noch vierzig Minuten lang und kitzelte weitere Details aus ihm heraus, die ohne Ausnahme mit den Angaben in den Ermittlungsprotokollen übereinstimmten. Um 11.15 Uhr wandte sie sich schließlich an Bosch und O'Shea. „Ich glaube, das genügt fürs Erste", sagte sie.

Sie schaltete das Tonbandgerät aus, und die drei Ermittler und O'Shea gingen auf den Gang hinaus. „Was denken Sie?", fragte der Staatsanwalt.

Kiz nickte. „Ich habe genug gehört. Er hat das Rätsel gelöst, wie er an Fitzpatrick rankam. Ich glaube zwar nicht, dass er uns alles erzählt hat, aber entweder hat er es selbst getan, oder er war zumindest dabei."

O'Shea sah Bosch an. „Sollen wir zum Nächsten übergehen?"

Waits' Verhalten während des ersten Verhörs hatte Boschs Ärger und Abscheu noch verstärkt. Ihm war alles andere als wohl bei dem Gedanken an das, was Waits als Nächstes offenbaren würde, doch er war bereit, es sich anzuhören. „Dann mal los", sagte er.

Sie gingen alle wieder in das Vernehmungszimmer. Nun nahm Bosch direkt gegenüber von Waits Platz und schaltete das Aufnahmegerät wieder ein. Kiz und O'Shea flankierten ihn, und Olivas setzte sich auf seinen Stuhl an der Tür. Die Gesto-Akte lag vor Bosch auf dem Tisch.

„Wir werden uns jetzt mit dem Fall Marie Gesto befassen“, begann er.

„Ah, die reizende Marie.“ In Waits’ Augen war ein Leuchten, als er Bosch ansah.

„Aus dem Angebot Ihres Anwalts geht hervor, dass Sie wissen, was aus Marie Gesto wurde, als sie 1993 verschwand. Ist das richtig?“

Waits runzelte die Stirn. „Ja, leider“, sagte er mit gespieltem Bedauern.

„Kennen Sie den gegenwärtigen Aufenthaltsort von Marie Gesto oder den Verbleib ihrer sterblichen Überreste?“

„Ja, kenne ich.“

Das war der Augenblick, auf den Bosch dreizehn Jahre lang gewartet hatte. „Sie ist tot, nicht?“

Waits sah ihn an. „Ja, sie ist tot.“

„Wo ist sie?“

Über Waits’ Züge legte sich ein breites Grinsen. „Sie ist hier, Detective. Sie ist hier bei mir. Genau wie alle anderen.“ Sein Grinsen ging in ein Lachen über, und um ein Haar wäre Bosch auf ihn losgegangen.

„Augenblick“, warf O’Shea ein. „Lassen Sie uns noch mal nach draußen gehen, und diesmal würde ich es begrüßen, wenn Sie mitkämen, Maury.“

O’Shea stürmte als Erster auf den Flur hinaus und trug den zwei Deputys auf, ein Auge auf Waits zu haben. Anschließend wurde die Tür geschlossen.

„Was soll der Mist, Maury?“, legte O’Shea los. „Wir lassen uns hier nicht dafür einspannen, die Voraussetzungen mit zu schaffen, dass Sie später auf Schuldunfähigkeit Ihres Mandanten plädieren können.“

In einer ohnmächtigen Geste breitete Swann die Hände aus. „Der Kerl hat offensichtlich einige Macken.“

„Quatsch! Er ist ein eiskalter Killer und führt sich da drinnen auf wie Hannibal Lecter. Wir sind hier nicht im Kino, Maury. Ich sage Ihnen eins: Sie gehen da jetzt wieder rein und rücken ihm den Kopf zurecht, oder wir verschwinden und jeder sieht für sich, wie er weiterkommt.“

Bosch nickte, ohne sich dessen bewusst zu sein. Ihm gefiel der Ärger in O’Sheas Stimme. Ihm gefiel auch die Richtung, die das Ganze nahm.

„Ich werde sehen, was ich tun kann“, seufzte Swann. Er ging zurück in das Vernehmungszimmer, und die Deputys kamen wieder nach draußen.

„Tut mir leid.“ O’Shea ging auf und ab, um sich zu beruhigen. „Aber ich werde nicht zulassen, dass sie das für ihre Zwecke nutzen.“

„Das tun sie doch schon längst“, meinte Bosch. „Waits zumindest. Wir sind doch alle nur seinetwegen hier. Letztlich läuft das Ganze darauf hinaus, dass wir hier versuchen, ihm das Leben zu retten – auf seinen Wunsch hin.“

Energisch schüttelte O’Shea den Kopf. „Ich habe keine Lust, darüber zu diskutieren. Die Entscheidung ist getroffen. Wenn Sie also nicht mit im Boot sind, kann auch Freddy Ihren Part bei der Vernehmung übernehmen."

Bosch wartete einen Moment, bevor er antwortete. „Gesto ist mein Fall, und ich bleibe bis zum Schluss dabei."

„Schön zu hören. Nur schade, dass Sie 1993 nicht so engagiert waren!", giftete O'Shea und klopfte heftig an die Tür des Vernehmungszimmers. In Bosch stieg eine Mordswut hoch, während er auf den Rücken des Staatsanwalts starrte.

Swann öffnete die Tür. Nachdem alle wieder Platz genommen hatten und das Tonbandgerät eingeschaltet war, schüttelte Bosch seinen Ärger ab und sah Waits in die Augen.

„Wo ist sie?"

Waits grinste. „Oben in den Hügeln vergraben."

„Wo oben in den Hügeln?"

„In der Nähe des Reitstalls. Dort habe ich sie mir geschnappt."

„Wo genau ist sie vergraben?"

„Das müsste ich Ihnen zeigen. Man geht in den Wald, und es gibt dort einen Weg, aber dann bin ich davon abgegangen. Ein ziemliches Stück in den Wald hinein. Ist ein ziemlich großes Gebiet dort oben. Sie wissen ja, sie haben dort oben nach ihr gesucht, aber sie haben sie nie gefunden."

„Und Sie glauben, Sie können uns nach dreizehn Jahren noch zu der Stelle führen?"

„Es sind keine dreizehn Jahre, Detective. Ich habe sie dort ziemlich oft besucht. Deshalb kann ich Sie ohne Probleme zu der Stelle führen."

Bosch holte einen Stift aus der Tasche und schrieb etwas auf die Innenseite des Deckels der Gesto-Akte. Es war nichts Wichtiges. Es verschaffte ihm nur etwas Zeit, um die Emotionen in den Griff zu bekommen, die in ihm hochstiegen. „Kannten Sie Marie Gesto schon vor dem September 1993."

„Nein."

„Haben Sie sie vor dem Tag der Entführung schon einmal gesehen?"

„Nicht dass ich wüsste."

„Wo sind Sie ihr zum ersten Mal begegnet?"

„Im Mayfair. Ich habe sie dort einkaufen sehen, und sie war genau mein Typ. Ich bin ihr den Beachwood Canyon hinauf gefolgt. Sie parkte auf dem gekiesten Platz unterhalb des Reitstalls. Es war niemand in der Nähe, als sie ausstieg. Deshalb beschloss ich, sie mir zu schnappen."

„Sie haben den Plan dazu also erst gefasst, als Sie sie in diesem Supermarkt gesehen haben?"

„Ja, ich hatte mir ein Gatorade gekauft. Es war ein heißer Tag."

„Sie haben sich ihr auf dem Parkplatz unterhalb des Reitstalls genähert?“

Waits nickte. „Ich hielt mit meinem Lieferwagen direkt neben ihr. Sie dachte sich nichts dabei. Es war optimal.“

„Was haben Sie gemacht?“

„Ich öffnete auf der Seite, auf der sie war, die Schiebetür. Ich hatte ein Messer und sagte ihr, sie solle einsteigen. Sie machte keinerlei Ärger.“

„Und weiter?“

„Ich forderte sie auf, ihre Kleider auszuziehen, was sie auch tat. Sie sagte, sie würde alles tun, was ich wollte, solange ich ihr nur nicht wehtäte. Sie legte ihre Kleider sehr ordentlich zusammen. Als glaubte sie, sie würde irgendwann dazu kommen, sie wieder anzuziehen.“

Bosch rieb mit der Hand über seinen Mund. Das Schwierigste an seinem Job waren die Momente, in denen er Zeuge der Nahtstelle der verqueren und beängstigenden Innenwelt eines Mörders mit der Wirklichkeit wurde. „Fahren Sie fort“, forderte er Waits auf.

„Na ja, den Rest kennen Sie doch. Wir hatten Sex. Und dann tat ich, was ich tun musste.“

„Und das war?“

Waits sah Bosch an. „Ich habe sie umgebracht, Detective. Ich legte meine Hände um ihren Hals und drückte zu, und dann drückte ich fester zu und beobachtete, wie ihre Augen leblos wurden.“

„Sie sind ein widerliches Stück Dreck.“

Waits setzte sein hämisches Grinsen wieder auf. „Wenn das alles ist, was Sie draufhaben, Detective, dann wird das hier nichts. Denn ich habe mir ihre Seele genommen, und die wird niemand mehr von mir zurückbekommen.“

„Und weiter? Was haben Sie als Nächstes getan?“

„Ich habe im Lieferwagen aufgeräumt. Ich habe hinten immer eine Plastikplane dabei. Darin habe ich sie eingewickelt und für das Begräbnis fertig gemacht. Dann stieg ich aus und schloss den Lieferwagen ab. Ich brachte ihre Sachen zu ihrem Auto und fuhr weg. Ich dachte, so könnte ich die Polizei am besten von meiner Spur ablenken.“

„Wohin fuhren Sie?“

„Sie wissen, wohin ich fuhr, Detective. Zum High Tower. Ungefähr eine Woche davor war ich auf der Suche nach Aufträgen dort gewesen, und der Hausverwalter erwähnte zufällig, dass eine Wohnung frei wäre. Er zeigte sie mir, weil ich so tat, als interessierte ich mich dafür.“

„Hat er Ihnen die Garage auch gezeigt?“

„Nein, er hat mir nur davon erzählt. Aber beim Wegfahren sah ich, dass kein Schloss am Tor war.“

„Sie stellten also Marie Gestos Auto in der Garage ab."

„Richtig. Aber ich war sehr vorsichtig dabei. Vergessen Sie nicht, ich hatte gerade jemanden getötet."

„Und was war mit Ihrem Lieferwagen? Wann sind Sie wieder nach Beachwood hinaufgefahren, um ihn zu holen?"

„Ich wartete, bis es dunkel wurde. Ich musste ja ziemlich viel schaufeln."

„Stand der Name Ihrer Firma auf dem Kastenwagen?"

„Nein, damals noch nicht. Ich hatte noch keine Lizenz für die Stadt. Übrigens war das auch noch ein anderer Wagen. Das war vor dreizehn Jahren. Ich habe mir irgendwann danach einen neuen Lieferwagen zugelegt."

„Wie sind Sie wieder zum Reitstall zurückgekommen, um Ihren Wagen zu holen?"

„Ich nahm mir ein Taxi und ließ mich oben am Reitstall absetzen. Als ich sicher war, dass keiner mehr in der Nähe war, ging ich zum Lieferwagen und suchte mir eine schöne abgeschiedene Stelle, um meine Blume einzusetzen."

„Haben Sie ein Loch ausgehoben? Was verwendeten Sie zum Graben?"

„Eine Schaufel."

„Hatten Sie in Ihrem Lieferwagen immer eine Schaufel dabei?"

„Nein. Ich habe sie beim Reitstall gefunden. Sie lehnte an der Scheune."

Bosch sah auf die Akten vor sich. „Wann waren Sie zum letzten Mal an der Stelle, wo Sie Marie Gesto vergraben haben?"

„Hm, vor etwas mehr als einem Jahr. Normalerweise fahre ich jeden 9. September hin. Um unseren Jahrestag zu begehen. Dieses Jahr war ich allerdings verhindert, wie Sie wissen." Er lächelte freundlich.

„Marie Gestos Verschwinden sorgte in den Medien eine Weile für Aufsehen. Erinnern Sie sich noch daran?"

„Sicher. Das war mir eine Lehre. Danach war ich vorsichtiger bei den Blumen, die ich pflückte."

„Sie haben die Ermittler angerufen, die den Fall übernommen hatten, richtig?"

„Ja, daran erinnere ich mich noch. Ich rief an und sagte ihnen, dass ich sie in dem Supermarkt gesehen hätte und dass sie allein gewesen wäre."

„Warum haben Sie bei der Polizei angerufen?"

Waits zuckte die Achseln. „Keine Ahnung. Ich fand es einfach witzig, mit den Männern zu reden, die mich jagten. Waren Sie das am Telefon?"

„Nein, mein Partner."

„Na ja, und außerdem dachte ich, die Polizei würde sich dann nicht mehr auf den Mayfair konzentrieren. Schließlich war ich auch in dem Supermarkt gewesen, und ich machte mir Sorgen, dass mich jemand beschreiben könnte."

„Sie gaben bei Ihrem Anruf den Namen Robert Saxon an. Warum?"

„Das war einfach ein Name, den ich ab und zu verwendete."

„Aber es ist nicht Ihr richtiger Name?"

„Nein, Detective, meinen richtigen Namen kennen Sie."

„Und wenn ich Ihnen nun sagte, ich glaube Ihnen nicht ein Wort von dem, was Sie heute hier erzählt haben?"

„Ich würde erwidern, bringen Sie mich zum Beachwood Canyon, und ich beweise Ihnen jedes Wort, das ich hier gesagt habe."

Bosch schob seinen Stuhl zurück und meinte zu den anderen, dass er gern draußen auf dem Flur mit ihnen sprechen würde. Sie ließen Waits und Swann wieder allein und gingen hinaus.

„Was soll das jetzt, Bosch?", fragte O'Shea.

„Ich glaube ihm nicht."

„Warum nicht?"

„Weil er auf alles etwas parat hat. Aber ein paar Antworten sind einfach faul. Wir haben eine Woche lang die Unterlagen der Taxiunternehmen durchgesehen. Kein Taxi hat an diesem Tag oder in der Nacht jemanden zum Reitstall gebracht."

„So etwas lässt sich nie hundertprozentig nachprüfen, und das wissen Sie auch, Bosch", wandte Olivas ein. „Ein Taxifahrer könnte die Tour einfach schwarz gemacht haben. Das passiert ständig."

„Trotzdem nehme ich ihm seine Geschichte nicht ab. Die Schaufel lehnte also ganz zufällig an der Scheune. Und wie hätte er Marie Gesto vergraben, wenn er die Schaufel nicht zufällig entdeckt hätte?"

O'Shea breitete die Arme aus. „Wir machen einfach einen kleinen Ausflug mit ihm, und wenn er uns zur Leiche führt, spielen die kleinen Unstimmigkeiten, die Sie stören, keine Rolle mehr."

„Wann fahren wir da rauf?", fragte Bosch.

„Ich treffe mich noch heute mit dem Richter. Wenn Sie möchten, können wir morgen früh fahren."

„Augenblick", sagte Olivas. „Was ist mit den anderen sieben? Es gibt noch eine ganze Menge, worüber wir mit diesem Schwein reden müssen."

„Nehmen wir Marie Gesto als Testfall. Und danach sehen wir weiter." O'Shea sah Bosch direkt an. „Sind Sie bereit?"

Bosch nickte. „Schon seit dreizehn Jahren."

AM ABEND brachte Rachel etwas zu essen mit. Bosch legte eine CD ein, und Rachel richtete auf dem Esszimmertisch das Essen an. Es bestand aus Schmorbraten mit *creamed corn*. Sie hatte auch eine Flasche Merlot mitgebracht, und Bosch musste fünf Minuten suchen, bis er einen Korkenzieher fand. Sie begannen erst über den Fall zu sprechen, als sie sich am Tisch gegenübersaßen.

„Und“, fragte sie, „wie lief’s heute?“

„Ganz okay. Deine Tipps waren sehr hilfreich. Morgen machen wir die Exkursion, und dann trifft O’Shea eine endgültige Entscheidung.“

„Eine Exkursion? Wohin?“

„In den Beachwood Canyon. Waits behauptet, Marie Gesto dort oben vergraben zu haben. Ich bin gleich heute nach der Vernehmung raufgefahren und habe mich ein bisschen umgesehen – allerdings ohne Erfolg. Der Wald dort oben ist sehr dicht, aber er behauptet, er könnte die Stelle finden.“

„Glaubst du, dass er es tatsächlich war?“

„Sieht so aus. Er hat die anderen überzeugt, und dann ist da noch dieser Anruf, den er damals bei uns gemacht hat. Klingt alles ziemlich glaubwürdig.“

„Aber?“

„Ich weiß auch nicht. Vielleicht ist es mein Ego, das nicht akzeptieren will, dass ich mich so gründlich getäuscht habe und dreizehn Jahre lang einen Kerl im Visier hatte, der es gar nicht war.“ Bosch spülte einen Bissen Schmorbraten mit einem Schluck Wein hinunter. „Schmeckt wirklich ganz vorzüglich. Wo hast du das her?“

Sie lächelte. „Von einem Restaurant in der Nähe meiner Wohnung. Aber willst du jetzt das Thema wechseln, oder erzählst du mir endlich von Waits’ Geständnis?“

„Dazu komme ich gleich. Ich dachte nur, wir essen erst zu Ende.“

„Ist es so schlimm?“ Sie schenkte mehr Wein in ihre Gläser.

„Nein, nicht deswegen. Ich dachte nur, es könnte nicht schaden, kurz ein wenig abzuschalten.“ Er sah ihr in die Augen, zuckte die Achseln und begann ihr von Waits’ Geständnis zu erzählen.

„Er lügt“, urteilte sie, als er geendet hatte. „Was die Planung angeht. Oder genauer – die Ungeplantheit des Ganzen. Er will dir weismachen, er hätte sie zufällig im Mayfair gesehen, wäre ihr dann gefolgt und hätte sie in seine Gewalt gebracht. Nie im Leben. Das Ganze sieht nicht nach einem spontanen Entschluss aus.“

Bosch hatte hinsichtlich des Geständnisses ähnliche Bedenken. „Morgen werden wir wahrscheinlich mehr wissen.“

„Schade, dass ich nicht mitkommen kann.“

„Nicht mal deine eigenen Leute würden dich dafür abstellen – selbst wenn wir dich einladen.“

„Ich weiß. Wünschen kann ich es mir trotzdem.“

Bosch stand auf und begann das Geschirr abzutragen. Sie arbeiteten nebeneinander an der Spüle, und als alles abgewaschen und weggeräumt war, gingen sie mit der Weinflasche auf die Terrasse hinaus, um dort noch ein letztes Glas zu trinken. In der Kühle des Abends rückten sie dicht aneinander, als sie am Geländer standen und auf die Lichter am Cahuenga Pass hinabschauten.

„Bleibst du heute Nacht?“, fragte Bosch.

„Ja.“

„Ich gebe dir einen Schlüssel. Komm in Zukunft einfach her, wenn du Lust hast.“

Sie wandte sich ihm zu und sah ihn an. Er legte den Arm um ihre Taille.

„So schnell? Soll das heißen, alles ist vergeben?“

„Es gibt nichts zu vergeben. Alles Schnee von gestern, und das Leben ist viel zu kurz – du weißt schon, diese ganzen Klischees.“

Sie lächelte, und sie besiegelten es mit einem Kuss. Dann tranken sie ihren Wein aus und gingen ins Schlafzimmer. Bosch hungerte nach körperlicher Liebe und schwelgte in der Fluchtmöglichkeit, die sie bot. Ihm war klar, dass auch Rachel das wusste. Ihr Geschenk an ihn war, dass sie ihn aus dieser Welt entführte. Und das war der Grund, weshalb die Vergangenheit nicht mehr zählte.

KAPITEL SECHS

Bosch schien es eine Ewigkeit zu dauern, bis sie am Mittwochmorgen die Wagenkolonne zusammengestellt hatten, aber um 10.30 Uhr rollte der Konvoi schließlich aus der Tiefgarage des Strafgerichts.

Das Auto an der Spitze war ein ziviles Polizeifahrzeug, an dessen Steuer Olivas saß. Auf dem Beifahrersitz hatte ein Deputy aus dem Sheriffsbüro Platz genommen, auf dem Rücksitz saßen Bosch und Kiz mit Waits in ihrer Mitte. Der Häftling war in Handschellen und Fußfesseln und trug seinen orangefarbenen Overall. Die Handschellen waren an einer Kette um seinen Bauch befestigt.

Dahinter kam ein zweites Zivilfahrzeug mit Rick O'Shea am Steuer, in dem Maury Swann und ein Kameramann der Staatsanwaltschaft mitfuhren. Ihm folgten zwei Kastenwagen, einer von der Scientific Investigation Division (SID), der Spurensicherung des LAPD, der andere vom gerichtsmedizinischen Institut. Das Aufgebot war darauf vorbereitet, die Leiche von Marie Gesto ausfindig zu machen und zu exhumieren.

Es war ein idealer Tag für eine Exkursion. Über Nacht hatte ein kurzer Regenschauer den Himmel blank geputzt, und nur ein paar letzte Wolkenfetzen hatten sich in dem strahlenden Blau gehalten. Die Straßen glänzten noch vor Nässe.

Unter Beibehaltung seiner Formation fuhr der Konvoi in nördlicher Richtung auf den Freeway 101. Im Stadtzentrum herrschte dichter Verkehr, der sich noch schleppender voranwälzte als üblich. Bosch bat Olivas, das Fenster einen Spaltbreit zu öffnen, damit frische Luft hereinkäme und wenigstens etwas von Waits' Körpergeruch entweichen konnte. Es war rasch offensichtlich, dass der Mörder am Morgen nicht hatte duschen dürfen.

„Nur zu, Detective", spottete Waits. „Zünden Sie sich ruhig eine an."

Bosch drehte sich zu ihm. „Ich will das Fenster nur Ihretwegen aufmachen, Waits. Sie stinken. Ich rauche schon seit fünf Jahren nicht mehr."

„Tatsächlich?"

„Wieso glauben Sie eigentlich, irgendetwas über mich zu wissen? Wir sind uns nie begegnet."

„Ich kenne Ihren Schlag. Sie sind extrem suchtgefährdet, Detective. Mordfälle, Zigaretten, vielleicht sogar der Alkohol, den Sie aus allen Poren ausdünsten. Sie sind nicht so schwer zu durchschauen."

Waits lächelte, und Bosch schaute weg. Er überlegte kurz, bevor er wieder zu sprechen begann. „Wer sind Sie?"

„Reden Sie mit mir?", fragte Waits.

„Ja, ich rede mit Ihnen. Ich möchte wissen, wer Sie sind."

„Bosch", ging Olivas vom Fahrersitz rasch dazwischen, „wir hatten abgemacht, ihm keine Fragen zu stellen, wenn Maury Swann nicht dabei ist."

„Das ist kein Verhör. Ich mache hier hinten nur Konversation."

„Egal wie Sie es nennen – lassen Sie das!"

Bosch sah, dass Olivas ihn im Rückspiegel anschaute. Dann beugte er sich vor, sodass er an Waits vorbei zu Kiz hinüberblicken konnte. Sie verdrehte die Augen, was wohl bedeuten sollte: Bitte, mach jetzt keinen Ärger.

„Maury Swann", sagte Bosch, „super Anwalt, wirklich, keine Frage. Handelt für den Burschen den Deal seines Lebens aus."

„Bosch!", bellte Olivas.

„Ich rede nicht mit ihm. Ich rede mit meiner Partnerin."

Neben ihm klirrten die Handschellen, als Waits eine andere Haltung einzunehmen versuchte. „Sie hätten ja nicht auf das Angebot eingehen müssen, Detective", sagte er ruhig.

„Das war nicht meine Entscheidung", antwortete Bosch, ohne ihn anzusehen. „Wenn es nach mir ginge, würden wir es nicht tun."

„Auge um Auge, Zahn um Zahn. Sie sind einer von denen, die …"

„Waits", warf Olivas scharf ein, „halten Sie einfach den Mund!"

Sie fuhren jetzt durch Hollywood. Bosch drehte sich um und blickte aus dem Rückfenster. Die Kolonne war noch vollständig. Aber mittlerweile schwebte ein Hubschrauber über dem Konvoi. Auf seiner weißen Unterseite prangte eine große 4.

Ruckartig drehte Bosch sich wieder nach vorn. „Wer hat die Medien verständigt, Olivas? Waren das Sie oder Ihr Chef?"

„Ich weiß nicht, was Sie meinen." Olivas sah ihn im Spiegel an, schaute dann aber rasch wieder auf die Straße.

Bosch ließ sich nichts vormachen. Olivas log. „Erzählen Sie mir doch nichts. Was springt für Sie dabei raus? Ernennt Sie O'Shea zum Chefermittler, wenn er die Wahl gewinnt?"

Jetzt hielt Olivas seinem Blick im Spiegel stand. „Sie können mich mal!"

„Aber meine Herren", flötete Waits, „können wir uns nicht vertragen?"

„Klappe!", fuhr Bosch ihn an. „Halten Sie, Olivas. Ich will mit O'Shea reden."

Olivas schüttelte den Kopf. „Kommt nicht infrage. Nicht mit einem Häftling im Wagen."

Sie fuhren den Beachwood Drive hinauf. Bosch holte sein Handy heraus und rief die Nummer an, die der Staatsanwalt am Morgen jedem gegeben hatte. „Hier Bosch. Ich finde nicht, dass es sehr klug war, in dieser Sache die Medien zu verständigen. Erwartet uns am Ende des Beachwood Drive auch eine Reportermeute?"

„Da wartet niemand, Bosch. Was das angeht, habe ich mich unmissverständlich ausgedrückt. Aus der Luft können sie uns verfolgen, aber auf dem Boden würde jede Einmischung die Operation stören. Sie brauchen sich keine Sorgen zu machen."

„Ach ja." Bosch klappte das Handy zu.

„Sie sollten sich nicht so aufregen, Detective", sagte Waits.

„Und Sie sollten endlich Ihre blöde Klappe halten!"

Beachwood Canyon war eine ruhige Wohngegend an den Hängen der Santa Monica Mountains. Als sie den Canyon hinauffuhren, war der Hollywood-Schriftzug auf dem Mount Lee durch die Windschutzscheibe zu sehen. Auf halbem Weg den Berg hinauf führte eine steinerne Tordurchfahrt zu dem kleinen, runden Dorfplatz von Hollywoodland. Weiter oben, am Ende der Straße, lag die Sunset Ranch, der Ausgangspunkt für ein fast hundert Kilometer langes Netz von Reitwegen, das über die Berge führte. Das war der Ort, an dem Marie Gesto im Stall gearbeitet hatte, um kostenlos reiten zu dürfen. Es war auch der Ort, an dem die Autokolonne schließlich hielt. Der Parkplatz der Ranch war nichts weiter als eine Kiesfläche am Abhang unterhalb des Gehöfts, abgeschieden und dicht von Bäumen umstanden. Besucher parkten hier und gingen dann zu Fuß zum Reitstall hinauf.

Im Wagen wartete Bosch ungeduldig, bis Olivas die Verriegelung der hinteren Türen öffnete. Er stieg aus, warf die Tür zu und vergewisserte sich, dass sie verriegelt war. Sie beabsichtigten, Waits im Auto eingesperrt zu lassen, bis alle sich davon überzeugt hatten, dass die Umgebung sicher war.

O'Shea rief alle zusammen, und sie bildeten einen Kreis auf dem gekiesten Parkplatz. Neben den Anwälten, den Detectives und dem Deputy waren zwei Leichenbergungsexperten aus der Gerichtsmedizin dabei, außerdem eine forensische Archäologin namens Kathy Kohl, eine Spurensicherungsexpertin des LAPD und der Kameramann der Staatsanwaltschaft. Bosch hatte mit fast allen von ihnen schon einmal zusammengearbeitet.

O'Shea wartete, bis der Kameramann die Videokamera eingeschaltet hatte, bevor er sich an die versammelte Mannschaft wandte: „Wir haben die traurige Pflicht, die sterblichen Überreste von Marie Gesto zu finden und zu bergen", erklärte er feierlich. „Raynard Waits wird uns zu der Stelle führen, an der er Marie Gesto seinen Aussagen zufolge vergraben hat. Unsere Aufmerksamkeit gilt dabei vor allem der Verwahrung des Tatverdächtigen und der Sicherheit von Ihnen allen. Seien Sie wachsam und vorsichtig. Vier von uns sind bewaffnet. Mr Waits wird in Handschellen und Fußfesseln bleiben und sich unter ständiger Aufsicht der Detectives und Deputy Doolans befinden. Die Kamera und die Gassonde kommen jetzt schon mit, der Rest der Techniker wartet erst einmal hier. Wenn wir die Stelle und die Leiche finden, kehren wir hierher zurück, und sobald Mr Waits wieder sicher hier verwahrt ist, werden alle mit zu der Stelle kommen. Also dann, an die Arbeit!"

Nachdem Swann erklärt hatte, er wolle die ganze Zeit bei seinem Mandanten bleiben, und O'Shea zugestimmt hatte, gingen Olivas und der Deputy zum Auto, um Waits zu holen. Bosch hörte, wie der Lärm des kreisenden Hubschraubers lauter wurde, als dieser tiefer ging, damit die Kamera einen besseren Aufnahmewinkel hatte und näher am Geschehen war.

Nachdem Waits ausgestiegen war, überprüfte Olivas seine Fesseln und führte ihn zu den anderen. Der Deputy blieb die ganze Zeit mit einem Gewehr im Anschlag zwei Meter hinter ihm. Olivas hielt Waits am linken Oberarm.

„Mr Waits, nur zu Ihrer Information", sagte O'Shea. „Wenn Sie versuchen sollten wegzulaufen, werden diese Männer Sie niederschießen. Und jetzt gehen Sie voran."

WAITS FÜHRTE SIE zu einem unbefestigten Weg, der vom unteren Ende des Parkplatzes abging. Der Pfad verschwand im dichten Unterholz eines Akazien- und Weißeichengehölzes. Bald lief der kleine Trupp im Schatten der Bäume, und Bosch vermutete, dass der Kameramann im Hubschrauber durch das dichte Blätterdach nicht viel brauchbares Bildmaterial bekam. Der Einzige, der redete, war Waits.

„Es ist nicht mehr weit", sagte er, als führte er eine Gruppe Touristen zu einem abgelegenen Wasserfall.

Je dichter der Wald wurde, umso schmaler und weniger begangen wurde der Pfad. Weil Olivas nicht mehr neben Waits hergehen und ihn am Arm halten konnte, marschierte er hinter ihm und hielt ihn an der Kette um seinen Bauch fest. Olivas ließ keinen Zweifel daran, dass er Waits nicht entkommen lassen werde, doch dadurch geriete er ins Schussfeld aller anderen, falls Waits versuchen sollte zu fliehen. Bosch hielt den Blick beständig auf die beiden Männer vor ihm gerichtet.

Der den Ausläufern des Hanges folgende Pfad wurde zunehmend unwegsamer. Von den nächtlichen Niederschlägen und den starken Regenfällen des vergangenen Jahres war der Boden weich und feucht. Wie alle anderen war Bosch dem Anlass entsprechend angezogen, doch an manchen Stellen spürte er, wie seine Wanderstiefel einsanken und stecken blieben. Sie kamen nur langsam voran und machten schließlich am Rand eines kleinen Steilhangs halt. An dieser Stelle hatte das Gewicht des Wassers, das sich in den vergangenen Monaten im Boden gesammelt hatte, einen Erdrutsch ausgelöst. Neben einer Eiche war der gesamte Untergrund weggesackt, und es ging fast drei Meter steil nach unten.

„Als ich das letzte Mal hier war, sah es anders aus", sagte Waits verärgert.

„Da runter?", fragte Olivas und deutete den Hang hinunter.

„Ja", bestätigte Waits. „Da müssen wir runter."

„Na gut. Bosch, würden Sie als Erster runterklettern?", fragte Olivas.

Bosch nickte und ging an Olivas und Waits vorbei. Er hielt sich an einem der unteren Äste der Eiche fest, um die Festigkeit des Untergrunds am Rand des Steilhangs zu testen. „Sieht nicht gut aus", verkündete er. „Ziemlich rutschige Angelegenheit. Vor allem, wie kommen wir hinterher wieder rauf?"

Olivas schnaubte frustriert. „Und was schlagen Sie …"

„Auf einem der Lieferwagen war eine Leiter", fiel Waits ihm ins Wort.

„Er hat Recht. Auf dem Wagen der Gerichtsmediziner ist eine Leiter", bestätigte Kiz. „Wir holen sie, dann kommen wir problemlos rauf und runter."

„Nur dass mein Mandant hier auf keinen Fall mit gefesselten Händen rauf- oder runterklettern wird", unterbrach Swann die Beratung.

Nach kurzem Schweigen sahen alle O'Shea an.

„Da werden wir uns schon was einfallen lassen", sagte der Staatsanwalt.

„Moment", protestierte Olivas. „Wir nehmen ihm auf keinen Fall …"

„Dann geht er auch nicht da runter", erklärte Swann. „Ich lasse nicht zu, dass Sie ihn in Gefahr bringen. Er ist mein Mandant …"

Beschwichtigend hob O'Shea die Hände. „Mr Swann hat vollkommen recht. Wenn Mr Waits die Leiter hinunterfällt, weil er sich nicht richtig festhalten kann, sind wir dafür verantwortlich. Ich bin jedoch sicher, dass wir mit unseren Waffen die Situation für die zehn Sekunden, die er für den Abstieg auf der Leiter braucht, ausreichend unter Kontrolle haben."

„Ich gehe die Leiter holen", erbot sich die Beamtin von der Spurensicherung. „Sie ist sehr leicht, aus Aluminium. Können Sie das so lange halten?"

Sie hieß Carolyn Cafarelli, und Bosch wusste, die meisten nannten sie Cal. Sie reichte ihm die Gassonde, ein T-förmiges gelbes Gerät, und lief in Richtung Parkplatz los.

Schweigend warteten sie, bis Cal ein paar Minuten später mit der Leiter zurückkam. Bosch half ihr, die Leiter den Abhang hinunterzulassen, und sie vergewisserten sich, dass sie genügend Halt hatte. Derweil löste Olivas eine von Waits' Händen von der Kette um seinen Bauch.

„Die andere Hand auch, Detective", verlangte Swann.

„Er kann auch mit einer Hand da runterklettern", entgegnete Olivas.

„Tut mir leid, aber das werde ich nicht zulassen. Er muss in der Lage sein, sich festzuhalten oder sich bei einem Sturz abzufangen, wenn er ausgleitet."

„Er schafft es auch mit einer."

Während es eine Weile so hin und her ging, kletterte Bosch die Leiter hinunter. Unten angekommen, blickte er sich um und bemerkte, dass von hier aus der Weg zu Marie Gestos Leiche nicht mehr so leicht zu erkennen war wie bisher. Er sah zu den anderen hoch und wartete.

„Tun Sie einfach, was er sagt, Freddy", ordnete O'Shea entnervt an. „Deputy, Sie steigen als Erster hinunter und passen mit dem Gewehr auf, falls Mr Waits auf dumme Gedanken kommen sollte. Und Sie, Detective Rider, haben meine Erlaubnis, Ihre Waffe aus dem Halfter zu nehmen. Sie passen mit Olivas von oben auf."

Bosch stieg ein paar Sprossen die Leiter hinauf, damit ihm der Deputy das Gewehr reichen konnte. Dann stieg er wieder nach unten, und der Deputy folgte ihm. Bosch gab ihm das Gewehr zurück.

„Werfen Sie mir die Handschellen runter!", rief er zu Olivas hinauf.

Bosch fing die Handschellen auf, und Waits machte sich daran, die Leiter hinunterzusteigen. Der Kameramann stand an der Kante des Absturzes und filmte ihn dabei. Als Waits drei Sprossen über dem Boden angelangt war, packte ihn Bosch an der Kette um seinen Bauch, um ihm die restlichen Sprossen hinunterzuhelfen.

„Na, wie sieht's aus, Ray?", flüsterte er Waits von hinten ins Ohr. „Eine bessere Gelegenheit kriegen Sie nicht mehr. Wollen Sie's nicht versuchen?"

Waits stieg von der Leiter und hielt Bosch die Hände hin, damit er ihm die Handschellen wieder anlegen konnte. „Nein, Detective. Dafür lebe ich zu gern."

Bosch machte Waits' Hände mit den Handschellen wieder an der Kette um seinen Bauch fest. „Okay, hier unten ist alles klar."

Daraufhin kam einer nach dem anderen die Leiter herunter. Sobald alle versammelt waren, wandte sich O'Shea an Waits. „Und wo geht's jetzt weiter?"

Waits drehte sich um 180 Grad, als sähe er das Gelände zum ersten Mal. „Ähmmmmm ..."

Olivas rastete beinahe aus. „Machen Sie jetzt bloß ..."

„Da lang", sagte Waits geziert und deutete mit dem Kopf nach rechts. „Einen Augenblick lang habe ich die Orientierung verloren."

Angeführt von Waits, bahnte sich die Gruppe einen Weg durch das Unterholz. Olivas hielt Waits wieder an der Kette um seinen Bauch, und auch die Mündung des Gewehrs war nie weiter als zwei Meter von ihm entfernt. Inzwischen war der Untergrund noch weicher und schlammiger geworden. Nach fünf Minuten erreichten sie eine kleine Lichtung, die im Schatten einer mächtigen Eiche lag. Bosch bemerkte, dass Waits aufschaute. Von einem Ast über ihnen hing ein vergilbtes weißes Haarband.

„Schon komisch", sagte Waits. „Es war mal blau."

Es war allgemein davon ausgegangen worden, dass Marie Gesto zum Zeitpunkt ihres Verschwindens ihr Haar mit einem blauen Band zusammengefasst hatte. Dieses Haarband war nicht bei den ordentlich zusammengelegten Kleidern gewesen, die in ihrem Auto gefunden worden waren.

Bosch senkte den Blick und sah direkt in das lächelnde Gesicht des Mörders. „Wir sind da, Detective. Endlich haben Sie Marie gefunden."

„Wo?"

Waits' Grinsen wurde breiter. „Sie stehen auf ihr."

Bosch machte abrupt einen Schritt zurück, und Waits lachte. „Keine Angst, Detective, ich glaube nicht, dass sie das noch spürt."

„Treten Sie zurück!", befahl Bosch.

Waits stellte sich an den Stamm der Eiche. Bosch studierte den Boden. Er hatte Fußspuren im schlammigen Untergrund hinterlassen. Es sah aber trotzdem so aus, als wäre die Erde an dieser Stelle erst vor Kurzem aufgewühlt worden, vermutlich von einem Tier, das im Boden nach Futter gesucht hatte. Bosch winkte der Technikerin, und als Cal Cafarelli mit der Gassonde zu ihm kam, deutete Bosch auf die Stelle direkt unter dem farblosen Haarband.

Cal drückte die Spitze der Sonde in die Erde, schaltete das Messgerät ein und maß den Methangehalt im Boden, denn eine vergrabene Leiche erzeugt bei der Verwesung Methangas. „Der Methananteil, den das Gerät anzeigt, ist höher als normal“, verkündete Cal.

Ein seltsam mulmiges Gefühl hatte sich Boschs bemächtigt. Er befasste sich seit über einem Jahrzehnt mit dem Fall, und jetzt standen sie kurz davor, dass die Wahrheit ans Licht kam. „Wie tief ist sie vergraben, Waits?“

„Nicht besonders“, antwortete dieser sachlich. „Wie Sie sich vielleicht erinnern, hatten wir 1993 eine lange Dürreperiode. Der Boden war hart, und ich kann Ihnen sagen, es war eine ziemliche Plackerei, das Loch für sie auszuheben. Nur gut, dass sie so klein war.“

Bosch sah von Waits zu Cal. Alle verfolgten ihre bedrückende Tätigkeit in tiefem Schweigen. Nachdem sie in einem Raster mehrere Ablesungen vorgenommen hatte, ritzte sie mit der Spitze der Sonde die Umrisse des Grabes in den Boden, ein etwa 180 auf 60 Zentimeter großes Rechteck. Ein kleines Grab für ein kleines Opfer.

„So“, sagte O'Shea, „dann bringen wir Mr Waits wieder zum Auto zurück und holen das Grabungsteam her.“

Der Staatsanwalt wies Cal an, am Grab zurückzubleiben, damit später die Unversehrtheit des Fundorts nicht angefochten werden konnte. Der Rest der Gruppe kehrte im Gänsemarsch zur Leiter zurück. Bosch bildete das Schlusslicht. Er musste die ganze Zeit an den Boden denken, über den sie gingen. Ihm haftete etwas Heiliges an. Es war geweihter Boden.

Als sie die Leiter erreichten, stiegen Kiz und Olivas als Erste nach oben. Dann führte Bosch Waits zur Leiter, nahm ihm die Handschellen ab und forderte ihn auf, den beiden zu folgen. Der Deputy hielt die ganze Zeit das Gewehr auf den Rücken des Mörders gerichtet, als dieser die Leiter hinaufkletterte. Als Waits das obere Ende erreichte, wurde er von Olivas in Empfang genommen.

„Die Hände!“, befahl Olivas.

„Aber sicher, Detective.“

Von seinem Standort am Fuß der Leiter aus konnte Bosch nur Waits' Rücken sehen. An der Haltung des Mörders erkannte Bosch jedoch, dass er Olivas die Hände hinhielt, damit dieser sie wieder an der Kette um seinen Bauch befestigen konnte.

Doch dann, völlig unerwartet, eine blitzschnelle Bewegung. Eine abrupte

Veränderung in Waits' Haltung, ein ruckartiges Vorbeugen auf Olivas zu. Bosch spürte instinktiv, dass etwas nicht stimmte. Waits hatte es auf Olivas' Pistole im Gürtelhalfter abgesehen.

„He!", rief Olivas erschrocken. „He!"

Doch bevor irgendjemand reagieren konnte, riss Waits den Detective herum, sodass Olivas' Rücken plötzlich über der Leiter schwebte. Der Deputy konnte ebenso wenig einen Schuss abgeben wie Bosch. Ruckartig riss Waits das Knie hoch und rammte es Olivas zweimal in den Unterleib. Olivas sackte zusammen, und gleichzeitig fielen zwei Schüsse, die durch seinen Körper gedämpft wurden. Waits versetzte Olivas einen Stoß, und der Detective stürzte die Leiter hinab auf Bosch zu. Dieser wurde von Olivas' Gewicht zu Boden gerissen. Während er mühsam versuchte, seine Waffe zu ziehen, hörte er zwei weitere Schüsse von oben. Hinter ihm ertönten entsetzte Schreie und rasche Schritte. Da erschien Waits an der Kante des Steilhangs. Er hielt eine Pistole in der Hand und blickte ganz ruhig zu ihnen herunter. Dann begann er zu feuern, und Bosch spürte zwei Einschläge in Olivas' Körper. Er war zu Boschs Schutzschild geworden.

Das Gewehr des Deputy ging krachend los, aber das Geschoss schlug in den Stamm der Eiche links von Waits. Im selben Moment erwiderte Waits das Feuer, und Bosch hörte, wie der Deputy auf dem Boden aufschlug wie ein fallen gelassener Koffer.

„Lauf nur, du Feigling!", schrie Waits. „Was wird jetzt aus deinem miesen Kuhhandel?" Er feuerte zwei weitere Male blindlings in den Wald.

Bosch bekam endlich seine Pistole frei und gab einen Schuss auf Waits ab, der sich duckte und aus Boschs Blickfeld verschwand. Vorher packte er aber noch mit seiner freien Hand die oberste Sprosse der Leiter und zog sie über die Kante des Steilabfalls nach oben. Bosch stieß Olivas von sich und richtete sich auf. Er hatte die Waffe erhoben und wartete, dass Waits noch einmal über ihm auftauchte. Oben jedoch ertönten rasche Schritte, und Bosch wurde klar, dass Waits weglief.

„Kiz!", brüllte er.

Keine Antwort. Bosch sah nach Olivas und dem Deputy, stellte aber rasch fest, dass beide tot waren. Er steckte seine Pistole ein und kletterte, sich mühsam an frei liegenden Wurzeln festhaltend, den steilen Hang hinauf. Als er sich über die Kante hievte, sah er Waits durch den Wald in Richtung Parkplatz laufen, wo die anderen warteten. Bosch zog die Pistole und gab fünf Schüsse ab, aber Waits rannte einfach weiter.

Bosch rappelte sich vom Boden auf, um die Verfolgung aufzunehmen, doch da sah er seine Partnerin blutüberströmt im nahen Gebüsch liegen.

Kiz lag auf dem Rücken und presste eine Hand an ihren Hals, die andere lag schlaff an ihrer Seite. Ihre Augen waren weit aufgerissen und blickten angestrengt ins Leere. Es schien, als wäre sie blind. Ihr regloser Arm war so blutig, dass Bosch eine Weile brauchte, um die Schusswunde in ihrer Handfläche zu entdecken. Es war ein glatter Durchschuss, und Bosch wusste, er war nicht so schlimm wie die Wunde am Hals. Zwischen Kiz' Fingern sickerte unablässig Blut hervor. Das Geschoss musste ihre Halsschlagader getroffen haben, und der Blutverlust oder der Sauerstoffmangel im Gehirn konnte in Minuten tödliche Folgen für Boschs Partnerin haben.

„Alles klar, Kiz." Er kniete neben ihr nieder. „Ich bin bei dir."

Rasch merkte er, dass sie mit ihrer linken Hand, die sie auf die Wunde rechts an ihrem Hals presste, nicht mehr genügend Druck ausüben konnte, um die Blutung zu stoppen. Sie besaß nicht mehr genügend Kraft.

„Lass mich das machen." Er schob seine Hand unter die ihre und stellte erst jetzt fest, dass sie zwei Wunden hatte, Geschosseintritt und -austritt. Er fühlte das Blut gegen seine Handfläche pochen. „O'Shea!", brüllte er.

„Bosch?", rief der Staatsanwalt von unten. „Wo ist er? Haben Sie ihn?"

„Er ist weg. Sehen Sie zu, dass Sie an Doolans Funkgerät rankommen, und rufen Sie einen Rettungswagen. Schnell!"

„Doolan hat es erwischt! Und Freddy auch!"

„Sie sind tot. Fordern Sie über Funk Hilfe an! Rider lebt noch ..."

In der Ferne fielen zwei Schüsse, gefolgt von einem Schrei. Es war eine Frauenstimme, und Bosch dachte an die Leute oben am Parkplatz. Es fielen noch einmal zwei Schüsse, und Bosch hörte, wie der Hubschrauber über ihnen abdrehte. Waits hatte ihn beschossen.

„Machen Sie endlich, O'Shea!", brüllte Bosch. „Wir haben nicht mehr viel Zeit."

Als keine Antwort kam, legte er Kiz' Hand wieder an ihren Hals und presste sie auf die zwei Wunden. „Hier drücken, Kiz. So fest du kannst. Ich bin gleich zurück."

Bosch ließ die Leiter wieder nach unten gleiten und kletterte rasch hinab. O'Shea kniete neben Olivas. Die Augen des Staatsanwalts waren so groß und leer wie die des toten Polizisten neben ihm. Swann stand konsterniert da. Cal Cafarelli war vom Grab herbeigeeilt, kniete nun neben Doolan und versuchte, ihn herumzuwälzen, um an das Funkgerät zu kommen.

„Lassen Sie mich das machen, Cal!", rief Bosch. „Klettern Sie rauf und kümmern Sie sich um Kiz! Wir müssen die Blutung an ihrem Hals stoppen."

Die SID-Technikerin kletterte rasch die Leiter hinauf. Bosch drehte den Deputy herum und sah, dass er in die Stirn getroffen worden war. Er nahm das Sprechfunkgerät von Doolans Gürtel, setzte einen Notruf ab und forderte ärztliche Hilfe an. Dann gab er durch, dass ein bewaffneter Mordverdächtiger entflohen war. Nachdem er eine ausführliche Personenbeschreibung von Waits durchgegeben hatte, steckte er das Funkgerät in seinen Gürtel. Er ging zur Leiter, kletterte wieder nach oben und rief O'Shea, Swann und dem immer noch filmenden Kameramann zu: „Kommen Sie alle mit nach oben! Wir müssen sie zum Parkplatz tragen."

Er wandte sich wieder Kiz zu. Cal hielt die Hand an ihren Hals, aber Bosch konnte sehen, dass seine Partnerin immer schwächer wurde. Aus ihren Augen wich bereits das Leben. Bosch beugte sich über sie und ergriff ihre unverletzte Hand. „Los, Kiz, halt durch! Ich habe einen Hubschrauber angefordert, wir schaffen dich hier weg."

Als er sich nach etwas umblickte, womit sie Kiz transportieren konnten, sah er Swann die Leiter heraufsteigen. Das brachte ihn auf eine Idee. Er eilte auf den Anwalt zu. O'Shea kam bereits hinter Swann die Leiter herauf, und der Kameramann wartete unten, bis er an die Reihe kam.

„Lassen Sie endlich die blöde Kamera!", rief Bosch ihm zu.

„Das geht nicht. Ich bin verantwort…"

„Wenn Sie das Ding mit raufbringen, nehme ich es und werfe es weg, so weit ich kann!"

Widerstrebend legte der Kameramann seine Ausrüstung auf den Boden, nahm die Kassette heraus und steckte sie in eine der großen Taschen seiner Cargohose.

Sobald alle oben waren, zog Bosch die Leiter hoch und trug sie zu Kiz. „Wir benutzen die Leiter als Trage. Zwei Mann auf jeder Seite, und Sie, Cal, gehen neben uns her und drücken die Hand weiterhin an ihren Hals. Also, legen wir sie jetzt auf die Leiter."

Sie hievten Kiz hinauf. „Wir müssen sehr vorsichtig sein", mahnte Bosch. „Wenn wir die Leiter zu schief halten, fällt Kiz uns runter."

Sie brauchten weniger als zehn Minuten zum Parkplatz. Bosch stellte sofort fest, dass der Wagen der Gerichtsmedizin fehlte, aber Kathy Kohl und ihre zwei Assistenten standen unverletzt neben dem SID-Wagen. Bosch trug die Leiter das letzte Stück nur noch mit einer Hand, mit der anderen bediente er das Funkgerät. „Wo bleibt der Hubschrauber?", brüllte er hinein.

Man teilte ihm mit, dass der Helikopter bereits unterwegs sei und in etwa einer Minute bei ihnen eintreffen müsse.

Vorsichtig ließen sie die Leiter zu Boden. Bosch hörte, wie O'Shea hinter ihm Kathy Kohl fragte: „Was ist passiert? Wo ist Waits hin?"

„Er kam aus dem Wald und begann, auf den Fernsehhubschrauber zu schießen. Dann hat er mit vorgehaltener Waffe unseren Wagen gekapert und ist damit weggefahren."

„Ist ihm der Hubschrauber gefolgt?"

„Das wissen wir nicht. Ich glaube aber nicht. Er ist weggeflogen, sobald Waits zu schießen begann."

Als Bosch sich näherndes Rotorgeknatter hörte, stellte er sich in die Mitte des Parkplatzes und wartete, bis ein Medevac-Hubschrauber über den Bergkamm geschossen kam. Er hob die Arme und winkte ihn nach unten. Zwei Rettungssanitäter sprangen aus dem Hubschrauber. Einer trug einen Arztkoffer, der andere eine zusammenklappbare Trage. Sie knieten links und rechts von Kiz nieder. Einer der zwei Männer stülpte eine Atemmaske über ihr Gesicht, der andere legte einen Tropf. Dann machten sie sich daran, ihre Verletzungen zu untersuchen. Bosch wiederholte wie ein Mantra immer wieder: *Halt durch, Kiz, halt durch, Kiz, halt durch …*

Einer der Rettungssanitäter wandte sich dem Hubschrauber zu und machte mit erhobenem Finger eine kreisende Bewegung. Das war für den Piloten das Zeichen, dass sie sich beeilen mussten. Der Motor des Hubschraubers begann höher zu drehen. Bosch half den Sanitätern, Kiz auf die Trage zu legen. Dann packte er einen der Griffe und trug sie mit den Helfern zum Hubschrauber. „Kann ich mitkommen?", brüllte er, als sie auf die offene Tür des startbereiten Hubschraubers zuhasteten.

„Nein, Sir! Wir brauchen den Platz, um sie zu verarzten!", rief einer der Sanitäter zurück.

Bosch nickte. „Wohin wird sie gebracht?"

„Ins St Joe's!"

Das St-Joseph's-Krankenhaus lag in Burbank, auf der anderen Seite des Berges. Mit dem Hubschrauber waren es höchstens fünf Minuten. Als sie eingeladen wurde, wollte Bosch seiner Partnerin noch etwas zurufen, aber ihm fielen keine passenden Worte ein. Er fand sich damit ab, dass Kiz schon wüsste, was er ihr hatte sagen wollen, wenn sie erst wieder bei Bewusstsein war. Doch während er sich rückwärts von dem startenden Hubschrauber entfernte, fragte er sich, ob er Kiz noch einmal lebend wiedersehen würde.

Gerade als der Hubschrauber abdrehte, kam ein Streifenwagen mit eingeschaltetem Blaulicht die Straße zum Parkplatz heraufgejagt. Zwei Streifenpolizisten von der Hollywood Division sprangen heraus. Einer von ihnen hatte seine Pistole gezogen und richtete sie auf Bosch.

Der Detective, der voll Dreck und Blut war, begriff sofort warum. „Ich bin Polizist! Meine Dienstmarke ist in meiner Gesäßtasche."

„Dann lassen Sie sie uns sehen“, forderte ihn der Polizist mit der Pistole auf. „Aber langsam!“

Bosch zog das Etui mit der Dienstmarke heraus und klappte es auf. Es hielt der Überprüfung stand, und der Polizist nahm die Pistole herunter.

„Steigen Sie wieder ein“, ordnete Bosch an. „Wir müssen los!“

Er rannte zur hinteren Tür des Streifenwagens. Die zwei Uniformierten stiegen ein. „Bringen Sie mich ins St Joe's. In dem Hubschrauber ist meine Partnerin.“

„Alles klar. Dann mal Code drei.“ Der Fahrer machte außer dem bereits eingeschalteten Blaulicht auch noch die Sirene an und stieg aufs Gas. Das Polizeiauto wendete und jagte los, den Berg hinunter. In den Kurven geriet es bedrohlich ins Schlingern, aber Bosch war das egal. Er wollte auf schnellstem Wege zu Kiz.

Als sie auf halber Strecke den Berg hinunter durch das Einkaufsviertel des Hollywoodland-Dorfs kamen, wo es von Fußgängern wimmelte, mussten sie langsamer fahren.

„Halt!“, schrie Bosch plötzlich. „Umkehren! Da war der Kastenwagen.“

„Welcher Kastenwagen?“, fragte der Fahrer und stieg auf die Bremse.

„Drehen Sie einfach um!“

Der Streifenwagen wendete und fuhr durch das Einkaufsviertel zurück, bis Bosch in der hintersten Reihe eines kleinen Parkplatzes den hellblauen Kastenwagen des gerichtsmedizinischen Instituts stehen sah.

„Der Häftling ist mit diesem Wagen da geflohen.“ Bosch erläuterte kurz den Sachverhalt.

Mit gezogenen Waffen suchten sie den Parkplatz ab. Der Kastenwagen war nicht abgeschlossen und leer. Aber im Laderaum sah Bosch einen orangefarbenen Gefängnisoverall auf dem Boden liegen. Entweder war Waits unter dem Overall bereits vollständig bekleidet gewesen, oder er hatte im Auto etwas zum Anziehen gefunden. „Seien Sie vorsichtig“, warnte Bosch die Streifenpolizisten. „Er kann weiß Gott was anhaben. Bleiben Sie immer in meiner Nähe. Ich weiß, wie er aussieht.“

In enger Formation traten sie durch die automatische Eingangstür des Supermarkts, und im selben Moment merkte Bosch auch schon, dass sie zu spät kamen. Ein Mann, den ein Namensschild an der Brusttasche seines Hemdes als Marktleiter auswies, tröstete eine hysterisch schluchzende Frau. Als der Mann die zwei uniformierten Polizisten sah, winkte er sie zu sich.

„Mrs Shelton hier wurde das Auto gestohlen“, erklärte der Marktleiter.

„Dann machen wir jetzt Folgendes.“ Bosch wandte sich an die zwei Streifenpolizisten. „Einer von Ihnen bleibt hier, lässt sich die Beschreibung seiner Kleidung und des Autos geben und gibt dann alles über Funk durch. Der andere kommt mit mir und bringt mich ins St Joe's. Los!"

Wenige Minuten später erreichten sie das Ende des Beachwood Canyon und hörten im Polizeifunk eine Fahndungsmeldung für einen silberfarbenen BMW 540, der in Zusammenhang mit dem Mord an zwei Polizisten gesucht wurde. Der Personenbeschreibung zufolge trug der Tatverdächtige einen weiten weißen Overall, woraus Bosch schloss, dass Waits seine neuen Kleider im Wagen der Gerichtsmedizin gefunden hatte.

Die Sirene räumte ihnen die Straße frei, aber Bosch schätzte, dass die Fahrt zum Krankenhaus noch gut fünfzehn Minuten dauern würde. Er hatte kein gutes Gefühl bei der Sache. Und zwar in jeder Hinsicht. Er versuchte an eine gesunde und lebendige Kiz zu denken, die ihn anlächelte. Und als sie auf den Freeway kamen, konzentrierte er sich darauf, auf allen acht nach Norden führenden Fahrspuren nach einem gestohlenen silberfarbenen BMW mit einem Mörder am Steuer Ausschau zu halten.

KAPITEL SIEBEN

Mit gezückter Dienstmarke stürmte Bosch durch den Eingang der Notaufnahme. „Die Polizistin, die mit dem Hubschrauber hergebracht wurde?", rief er der Schwester zu, die am Empfangsschalter saß.

„Darüber weiß ich leider nichts, Sir. Wenn Sie bitte …"

„Wer weiß etwas darüber? Wo ist der zuständige Arzt?"

„Der Arzt ist bei der Patientin, Sir."

„Dann lebt sie also noch?"

„Sir, ich kann Ihnen im Moment noch nichts sagen. Wenn Sie …"

Bosch ging vom Empfang zu einer Flügeltür und drückte auf einen Knopf an der Wand, worauf die Tür sich automatisch öffnete. Er hörte, wie die Empfangsschwester hinter ihm aufgeregt zu protestieren begann. Ohne seine Schritte auch nur zu verlangsamen, marschierte er durch die Tür in den Behandlungsbereich der Notaufnahme. Dort gab es acht mit Vorhängen abgetrennte Patientenabteile, und es herrschte hektische Betriebsamkeit. Vor einem Abteil auf der rechten Seite sah Bosch einen der Rettungssanitäter aus dem Hubschrauber. Er ging auf ihn zu.

„Wie geht es ihr?"

„Ich glaube nicht, dass Sie hier überhaupt reindürfen, Detective. Gehen Sie lieber ins Wartezimmer und …"

„Sie ist meine Partnerin, und ich möchte wissen, wie es um sie steht."

„Sie hat einen der besten Ärzte hier, der sie am Leben zu halten versucht. Aber Sie können hier nicht rumstehen und zusehen.“

„Sir?“ Ein Wachmann trat auf Bosch zu. „Würden Sie bitte mit mir kommen, Sir.“ Er legte ihm die Hand auf den Arm.

Bosch schüttelte sie ab. „Ich bin Detective, und ich will lediglich wissen, was sie mit meiner Partnerin machen.“

„Sir, Sie werden alles, was Sie wissen müssen, zum gegebenen Zeitpunkt erfahren. Aber wenn Sie jetzt bitte mitkommen …“

„Moment, Moment“, ging der Sanitäter dazwischen. „Wissen Sie was, Detective, wir gehen zum Getränkeautomaten und holen uns einen Kaffee oder sonst was. Und ich besorge Ihnen einen sauberen Kittel, damit Sie endlich aus Ihren blutigen Klamotten kommen.“

Bosch gab nach, der Wachmann nickte zum Zeichen seines Einverständnisses, und der Rettungssanitäter nahm Bosch in eine Abstellkammer mit, wo er ihm einen hellblauen Kittel mit Hose gab. Dann gingen sie in den Aufenthaltsraum der Schwestern, wo sich Bosch schwarzen Kaffee aus dem Automaten holte.

„Wollen Sie sich nicht waschen und umziehen?“

„Erzählen Sie mir vorher, was Sie wissen.“

„Zuallererst möchte ich Ihnen für Ihren Einsatz da oben danken, Detective. Wahrscheinlich haben Sie Ihrer Partnerin das Leben gerettet. Sie hat eine Menge Blut verloren, aber sie ist ganz schön zäh.“

„Wie schlimm ist es?“

„Schlimm, aber es ist einer von den Fällen, wo man erst Genaueres sagen kann, wenn sich ihr Zustand stabilisiert hat. Gerade sind sie damit beschäftigt, ihre Halsschlagader zu flicken. Momentan besteht die größte Gefahr darin, dass sie einen Schlaganfall erleidet. Über den Berg ist sie also noch nicht, aber mit etwas Glück könnte sie das Ganze ohne bleibende Schäden überstehen, wobei sie natürlich jede Menge Rehabilitationsmaßnahmen über sich ergehen lassen müsste.“

Bosch nickte. „Wann darf ich zu ihr?“

„Keine Ahnung. Ich bringe die Verletzten nur her. Wenn Sie hier warten wollen, würde ich vorschlagen, Sie waschen sich erst mal das Gesicht und ziehen sich um. So wie Sie aussehen, erschrecken Sie hier alle zu Tode.“

„Mache ich. Danke.“

Nachdem der Rettungssanitäter gegangen war, suchte Bosch die Toilette auf und zog sein Sweatshirt aus. Weil der Kittel und die Hose keinerlei Taschen und auch sonst keine Möglichkeit boten, Pistole, Handy und

Dienstmarke unterzubringen, beschloss er, seine schmutzige Jeans anzubehalten. Die nächsten fünf Minuten brachte er damit zu, sich zu säubern.

Als er in den Empfang der Notaufnahme zurückkehrte, wimmelte es dort von Polizisten in Zivil und in Uniform. Unter ihnen war auch sein Chef Abel Pratt. Aus dessen Gesicht schien alles Blut gewichen zu sein. Als er Bosch sah, kam er sofort auf ihn zu. „Harry, wie geht es ihr?"

„Offiziell rücken sie keine Informationen raus. Aber der Rettungssanitäter, der sie hergebracht hat, meinte, sie müsste eigentlich durchkommen."

„Gott sei Dank! Was ist da oben passiert?"

„Das weiß ich selbst nicht so genau. Waits ist es gelungen, eine Waffe an sich zu bringen, und dann hat er wie wild um sich geschossen. Haben Sie schon eine Ahnung, wo er steckt?"

„Das gestohlene Auto hat er an der Red-Line-Station am Hollywood Boulevard stehen lassen. Aber was seine Person betrifft, weiß man nichts."

Bosch überlegte kurz. Wenn Waits die U-Bahn genommen hatte, konnte er zu jeder beliebigen Station zwischen North Hollywood und der Innenstadt gefahren sein. In Richtung Zentrum hatte die Red Line auch eine Haltestelle in der Nähe von Echo Park.

„Suchen sie auch in Echo Park nach ihm?"

„Sie suchen überall, Harry. Die OIS schickt ein Team her, das mit Ihnen reden will. Ich habe denen gesagt, dass Sie sicher erst mal im Krankenhaus bleiben und nicht ins Parker Center kommen wollen."

„Da haben Sie richtig vermutet."

Von der Officer-Involved-Shooting-Einheit, die routinemäßig alle Fälle untersuchte, in denen Polizeibeamte an einer Schießerei beteiligt waren, hatte Bosch nichts zu befürchten. Soweit er das beurteilen konnte, hatte er persönlich bei Waits' Beaufsichtigung nichts falsch gemacht. Außerdem machte die OIS sowieso nie Ärger.

„Es wird allerdings etwas dauern", fuhr Pratt fort. „Im Moment sind sie noch oben bei der Sunset Ranch, um die anderen zu vernehmen. Wie zum Teufel ist der Kerl an eine Waffe gekommen?"

„Als Waits eine Leiter hochstieg, ist Olivas ihm zu nahe gekommen. Er schnappte sich dessen Waffe und begann sofort zu schießen. Ich bekam von unten kaum etwas davon mit. Er hatte in diesem Moment keine Handschellen an. Wir mussten sie ihm abnehmen, damit er die Leiter hinaufsteigen konnte. Er war allerhöchstens dreißig Sekunden lang ohne Handschellen, und das war der Moment, in dem er zuschlug."

Fassungslos sah Pratt ihn an. „Wer hat ihm die Fesseln abgenommen?"

„Anordnung von O'Shea."

„Gut. Dann können sie es ihm anlasten. Ich will nicht, dass irgendetwas davon auf Offen-Ungelöst zurückfällt. Oder mich. So habe ich mir meinen Abschied nach fünfundzwanzig Dienstjahren jedenfalls nicht vorgestellt."

„Was ist mit Kiz? Sie werden sie doch nicht im Stich lassen, oder?"

„Nein, hinter Kiz stehe ich uneingeschränkt, aber hinter O'Shea werde ich mich nicht stellen. Der kann selbst sehen, wo er bleibt."

Boschs Handy vibrierte, und er holte es aus der Tasche. Auf dem Display stand UNBEKANNTE NUMMER. Um sich Pratts Fragen zu entziehen, ging er trotzdem dran. Es war Rachel.

„Harry, wir haben gerade eine Fahndungsmeldung für Waits reinbekommen. Was ist passiert?"

Bosch zog sich in eine Nische zurück und schilderte ihr so knapp wie möglich, was sich abgespielt hatte und wie es um Kiz stand. Rachel bot ihm an, in die Notaufnahme zu kommen, aber Bosch redete es ihr mit der Begründung aus, er werde von OIS-Ermittlern vernommen.

„Sehen wir uns heute Abend?", fragte sie.

„Wenn ich hier alles geregelt kriege und Kiz' Zustand stabil ist, ja."

„Ich fahre auf jeden Fall zu dir. Ruf mich an, wenn es was Neues gibt."

„Mache ich."

Bosch sah, dass sich nach der Polizei nun auch die Medien in der Notaufnahme eingefunden hatten. Offensichtlich war durchgesickert, dass der Polizeichef auf dem Weg zum St Joe's war. Bosch ging auf Pratt zu, der bei seinem eigenen Vorgesetzten Captain Norona stand, dem Leiter der Robbery-Homicide Division. „Wie geht es jetzt mit der Exhumierung weiter?", fragte Bosch die beiden.

„Ich habe Rick Jackson und Tim Marcia hinaufgeschickt", antwortete Pratt. „Sie kümmern sich um alles Weitere."

„Das ist aber mein Fall." In Boschs Ton schwang verhaltener Protest mit.

„Nicht mehr", widersprach Norona. „Sie stehen vorerst der OIS zur Verfügung, bis alles geklärt ist. Sie sind der Einzige mit einer Dienstmarke, der dort oben war und noch in der Lage ist, darüber Auskunft zu geben."

Am Eingang der Notaufnahme kam es zu einem kleinen Tumult, als sich mehrere Männer, von denen jeder mit einer Fernsehkamera bewaffnet war, um die besten Plätze rangelten. Dann ging die Tür auf, und der Polizeichef kam mit seinem Gefolge herein. Der Chief steuerte direkt auf den Aufnahmeschalter zu, wo er von Norona in Empfang genommen wurde.

Keine drei Minuten später kam der Chefarzt Dr. Kim durch die Tür der Notaufnahme und nahm den Polizeichef zu einer privaten Konsultation mit nach hinten. Als der Chief mit seinem Gefolge durch die Tür ging, hängte sich Bosch einfach an sie dran.

„Kommt sie durch?“, fragte der Polizeichef ohne Umschweife.

„Wir denken schon, ja“, antwortete Dr. Kim. „Die entscheidende Frage ist allerdings, ob sie irgendwelche bleibenden Schäden davontragen wird, und bis wir das beantworten können, wird noch einige Zeit vergehen. Eins der Projektile hat eine der Halsschlagadern in Mitleidenschaft gezogen. Die Halsschlagader versorgt das Gehirn mit Blut und Sauerstoff. Im Augenblick wissen wir noch nicht, wie massiv die Störung der Blutzufuhr war und welcher Schaden dadurch entstanden sein könnte. Vorläufig verzeichnen wir bei ihr aber eine normale Hirnaktivität. Bisher sieht es also sehr gut aus.“

„Kann sie sprechen?“

„Im Augenblick noch nicht. Sie wurde für die Operation anästhesiert, und es kann noch einige Stunden dauern, bis sie hoffentlich wieder in der Lage ist zu sprechen. Wie es wirklich um sie steht, werden wir erst morgen erfahren, wenn sie wieder zu sich kommt.“

„Diese Frau hat einmal direkt für mich gearbeitet, Dr. Kim. Ich möchte sie nicht verlieren.“

„Wir tun unser Bestes, Chief.“

Nach und nach verließen Polizei und Medien den Empfang der Notaufnahme. Weil sie am Leben blieb, war Kiz Rider in gewisser Hinsicht eine Enttäuschung für sie. Wäre sie gestorben, hätte sich das Ganze in einem Aufwasch erledigen lassen. Vor Ort kommen, live auf Sendung gehen und dann weiter zur nächsten Pressekonferenz. Aber sie hielt durch, und so lange konnten sie nicht warten. Die Zahl der Wartenden im Empfang schrumpfte von Stunde zu Stunde, bis am Ende nur noch Bosch übrig war.

Kurz vor 17 Uhr kam Dr. Kim durch die Flügeltür und hielt nach dem Polizeichef Ausschau oder zumindest nach jemandem, der eine Uniform anhatte. Er musste sich jedoch mit Bosch begnügen, der aufstand, um sich die Neuigkeiten anzuhören.

„Sie macht sich gut. Sie ist bei Bewusstsein, und die nonverbale Kommunikationsfähigkeit ist gut. Wegen der Halsverletzung kann sie nicht sprechen, und wir haben sie intubiert, aber die ersten Prognosen fallen durchwegs positiv aus. Kein Schlaganfall, keine Infektion.“

Bosch spürte enorme Erleichterung. „Kann ich sie sehen?“

„Ein paar Minuten. Aber wie gesagt, sie kann noch nicht sprechen.“

Bosch folgte Dr. Kim zur Intensivstation. Kiz lag im zweiten Zimmer rechts. Umgeben von all den Geräten, Monitoren und Schläuchen, wirkte ihr Körper winzig klein. Ihre Augenlider waren auf halbmast.

„Wie geht's, Partner?" Bosch ergriff ihre unverletzte Hand. „Versuche nicht zu antworten. Der Chefarzt hat mir gerade gesagt, dass du wieder auf die Beine kommst. Du musst zwar in die Reha, aber danach bist du wieder ganz die Alte."

Ein schriller Seufzer kam aus ihrem Mund. Bosch konnte aber nicht sagen, ob er Ausdruck ihrer Erleichterung oder ihrer Schmerzen war. Aber sie drückte seine Hand, und das fasste Bosch als positive Reaktion auf.

Er zog sich einen Stuhl ans Bett und setzte sich. In der nächsten halben Stunde sprach er nur wenig mit ihr. Er hielt lediglich ihre Hand.

Um 17.30 Uhr kam eine Schwester ins Zimmer und teilte Bosch mit, am Empfang der Notaufnahme hätten zwei Männer nach ihm gefragt. Er drückte Kiz' Hand ein letztes Mal und versprach, am Morgen wiederzukommen.

Die zwei Männer, die auf ihn warteten, waren OIS-Ermittler. Sie hießen Randolph und Osani; Lieutenant Randolph leitete die Einheit. Sie nahmen Bosch mit nach draußen in ihr Auto; dort erzählte er seine Geschichte, während auf dem Sitz neben ihm ein Tonband lief. Bis Bosch zu der Exkursion mit Waits kam, stellten Randolph und Osani keine Fragen. Von da an jedoch umso mehr. Und sie zielten alle nur zu offensichtlich auf Antworten ab, die in Einklang mit der schon im Voraus festgelegten Strategie standen, mit der die Polizei auf die Panne zu reagieren beabsichtigte. Sie versuchte es so hinzustellen, als wären die maßgeblichen Entscheidungen von Rick O'Shea und der Staatsanwaltschaft getroffen worden.

Als Bosch auf die kurze Meinungsverschiedenheit hinsichtlich der Frage zu sprechen kam, ob Waits die Handschellen abgenommen werden sollten, damit dieser die Leiter hinuntersteigen konnte, drängte Randolph deshalb auf eine möglichst exakte Wiedergabe dessen, was von wem gesagt worden war. Mit Cal Cafarelli, Maury Swann sowie O'Shea und seinem Kameramann hatten sie wahrscheinlich bereits gesprochen.

„Haben Sie sich das Video schon angesehen?", fragte Bosch, nachdem er die Vorgänge aus seiner Sicht geschildert hatte. „Da müsste eigentlich alles drauf sein. Ich glaube, der Kerl mit der Kamera war gerade am Filmen, als die ersten Schüsse fielen."

„Corvin behauptet, das Video im Wald verloren zu haben", entgegnete Randolph.

„Ist Corvin der Kerl mit der Kamera?"

„Richtig. Er meint, es muss ihm aus der Tasche gefallen sein, als Sie alle Rider auf der Leiter weggetragen haben. Wir haben es nicht gefunden."

„Corvin lügt. Er hatte eine Cargohose an. Ich habe gesehen, wie er die Kassette rausgenommen und in eine dieser verschließbaren Taschen an den Hosenbeinen gesteckt hat. Sie kann ihm unmöglich herausgefallen sein."

Randolph nickte nur, als wäre es für die OIS die normalste Sache der Welt, belogen zu werden.

„Auf der Kassette ist drauf, wie O'Shea Olivas auffordert, Waits die Handschellen abzunehmen", fuhr Bosch fort. „Das ist sicher nicht die Sorte Bildmaterial, die O'Shea in den Nachrichten sehen möchte."

Randolph hielt es nicht einmal für nötig, das auch nur mit einem Nicken zu kommentieren. „Okay, dann lassen Sie uns alles noch mal ganz von Anfang an durchgehen, damit Sie endlich nach Hause fahren können."

„Klar", erwiderte Bosch. „Wie Sie meinen."

Als sie mit dem zweiten Durchgang fertig waren, fragte Bosch Randolph und Osani, ob sie ihn ins Parker Center mitnehmen könnten, wo er sein Auto stehen hatte. Auf der Fahrt dorthin schaltete Randolph das Autoradio an, und sie hörten sich an, wie die Medien den Vorfall im Beachwood Canyon darstellten und was der neueste Stand bei der Fahndung nach Waits war.

Eine dritte Meldung befasste sich mit den zunehmenden politischen Erschütterungen nach der Flucht. Angefangen bei allen möglichen Stadträten bis hin zu O'Sheas Gegenkandidat meldeten sich alle mit ihrer Kritik am Vorgehen von LAPD und Staatsanwaltschaft zu Wort. O'Shea versuchte sich von dem desaströsen Vorfall zu distanzieren, indem er sich in einer Presseerklärung lediglich eine beobachtende Funktion bei der verhängnisvollen Exkursion zuschrieb; in Fragen von Sicherung und Transport des Häftlings habe er sich ganz auf das LAPD verlassen. Die Meldung endete mit einem Hinweis auf O'Sheas beherzten Einsatz bei der Rettung einer schwer verletzten Polizistin, die er in Sicherheit zu bringen geholfen hatte, als sich der bewaffnete Straftäter in dem dicht bewaldeten Canyon auf freiem Fuß befunden hatte.

„O'Shea ist wirklich eine Nummer für sich", brummte Bosch. „Gibt sicher einen tollen Bezirksstaatsanwalt ab."

„Keine Frage", stimmte Randolph zu.

Als sie im Parkhaus hinter dem Parker Center ankamen, verabschiedete sich Bosch von den OIS-Beamten und holte seinen Wagen. Der Tag war anstrengend für ihn gewesen, aber bis zum Einbruch der Dunkelheit war es noch eine Stunde. Er fuhr wieder den Freeway in Richtung Beachwood Canyon hinauf. Unterwegs schob er sein leeres Handy in die Ladestation und rief Rachel an. Sie war bereits bei ihm zu Hause.

„Es wird leider etwas dauern. Ich fahre noch mal nach Beachwood rauf."

„Warum?"

„Weil es mein Fall ist und weil sie da oben sind und daran arbeiten."

„Stimmt. Dann solltest du dabei sein."

„Ich komme nach Hause, sobald ich kann."

Als Bosch auf dem Beachwood Drive kurz unterhalb des Bergkamms um eine Kurve bog, kamen ihm zwei Kastenwagen entgegen. Der erste war ein Leichentransporter, gefolgt von dem SID-Wagen mit der Leiter auf dem Dach. Bosch spürte, wie sich etwas in seiner Brust zusammenzog. Er wusste, im vorderen Fahrzeug war Marie Gesto.

Als er auf den Parkplatz der Sunset Ranch fuhr, sah er, wie Marcia und Jackson, die zwei Detectives, die die Exhumierung übernommen hatten, aus den Overalls schlüpften, die sie über ihrer normalen Kleidung getragen hatten. Bosch parkte neben ihnen und stieg aus.

„Wie geht's Kiz, Harry?", fragte Marcia sofort.

„Die Ärzte sagen, sie kriegen sie wieder hin."

„Ganz schöner Schlamassel", meinte Jackson.

Bosch nickte nur. „Was habt ihr gefunden?"

„Wir haben sie gefunden", antwortete Marcia. „Oder vielleicht sollte ich lieber sagen, wir haben eine Leiche gefunden. Sie werden sie anhand des Gebisses identifizieren müssen. Du hast doch zahnärztliche Unterlagen?"

„In der Akte auf meinem Schreibtisch."

„Wir bringen die Tote in die Gerichtsmedizin." Er musterte Bosch. „Alles klar, Harry?"

„Langer Tag heute." Sie wollten wissen, wie das alles hatte passieren können. Aber Bosch hatte es satt, die Geschichte zu erzählen. „Ich wäre euch dankbar, wenn ihr mich bei den Eltern anrufen lasst, sobald ihr die Identifizierung kriegt. Ich stehe seit dreizehn Jahren in regelmäßigem Kontakt mit ihnen. Sie möchten es von mir hören. Und ich möchte, dass sie es von mir hören."

Sie unterhielten sich noch kurz, dann blickte Bosch auf und schätzte das schwindende Tageslicht ab. Er fragte, ob sie im Auto eine Taschenlampe hätten, die sie ihm leihen könnten. „Ich bringe sie morgen wieder mit", versprach er, obwohl sie alle wussten, dass er nicht unbedingt schon am nächsten Tag den Dienst wieder aufnehmen würde.

„Harry, die Leiter ist aber nicht mehr da", sagte Marcia. „Die Spurensicherung hat sie mitgenommen."

Achselzuckend blickte Bosch auf seine schmutzige Hose und die Stiefel hinab. „Dann werde ich mich wohl ein wenig schmutzig machen müssen."

Marcia grinste und gab ihm eine Taschenlampe. „Sollen wir noch bleiben?

Wenn du dort oben ausrutschst und dir ein Bein brichst, kannst du die ganze Nacht allein mit den Kojoten verbringen."

„Keine Sorge. Ich habe ja mein Handy dabei. Und Kojoten mag ich."

Bosch blieb stehen, während sie in ihr Auto stiegen und wegfuhren. Dann folgte er dem Weg bis zu dem Abhang und machte die Taschenlampe an. Spurensicherung, Gerichtsmediziner und OIS-Ermittler hatten alles niedergetrampelt. Er rutschte den steilen Abhang hinunter und erreichte zwei Minuten später die Lichtung, die inzwischen mit gelbem Band abgesperrt war. In ihrer Mitte war ein gut ein Meter tiefes rechteckiges Loch im Boden.

Bosch duckte sich unter der Absperrung durch und betrat den heiligen Boden der verborgenen Toten.

KAPITEL ACHT

Am nächsten Morgen machte Bosch gerade Kaffee für Rachel und sich, als das Telefon klingelte. Es war sein Chef Abel Pratt.

„Harry, Sie brauchen heute nicht reinzukommen. Hab ich gerade erfahren."

Das kam für Bosch nicht überraschend. „Von wem?"

„Aus dem sechsten Stock. Die OIS ist noch nicht ganz fertig, und weil die Sache in den Medien für einiges Aufsehen sorgt, sollen Sie erst mal eine Auszeit nehmen, bevor die absehen können, wie es weitergeht."

Bosch erwiderte nichts. Im sechsten Stock war die Polizeiführung untergebracht, ein Kollektiv von Commanders, das jedes Mal in einen Zustand totaler Lähmung verfiel, wenn ein Fall im Fernsehen oder in der Politik für Furore sorgte. Bosch war nicht überrascht über den Anruf, nur enttäuscht.

„Haben Sie gestern Abend die Nachrichten gesehen?", fragte Pratt.

„Nein, ich schaue nie Nachrichten."

„Dann sollten Sie das vielleicht mal tun. Ich nehme an, dass die einfach nach Vorschrift vorgehen und sich hundertprozentig absichern wollen, bis die Sache geklärt ist. Machen Sie sich also ein paar schöne Tage, und melden Sie sich ab und zu."

„Okay, und was haben Sie über Kiz gehört?"

„Die brauchen sie wahrscheinlich nicht eigens zu beurlauben."

„Das habe ich nicht gemeint."

„Ich weiß, was Sie meinten."

„Und?" Es war, als versuchte man, das Etikett von einer Bierflasche abzulösen. Es ging nie in einem Stück ab.

„Womöglich kriegt Kiz Ärger. Sie stand zusammen mit Olivas oben an der Leiter, als Waits die Waffe an sich brachte. Warum hat sie den Kerl nicht erledigt, obwohl sie Gelegenheit dazu hatte? Sieht ganz so aus, als hätte sie eine Blockade gehabt, und das heißt, die Sache könnte ziemlich unerfreulich für sie werden."

Das drückte Boschs Stimmung noch mehr. Im Moment musste Kiz darum kämpfen, am Leben zu bleiben. Später würde sie darum kämpfen müssen, ihren Job zu behalten. „Irgendwas Neues über Waits?"

„Nein, nichts. Wahrscheinlich ist er längst irgendwo in Mexiko abgetaucht. Wenn der Kerl nicht auf den Kopf gefallen ist, wird er erst mal eine Weile von der Bildfläche verschwinden."

Sein Instinkt sagte Bosch, dass Waits zwar untergetaucht war, sich aber nicht besonders weit abgesetzt hatte. Er musste an die U-Bahn denken, in der Waits allem Anschein nach verschwunden war, und an die vielen Haltestellen zwischen Hollywood und der Innenstadt. Er dachte auch an die Fabel von Reynard dem Fuchs und dessen versteckter Burg.

„Ich muss jetzt Schluss machen, Harry. Sonst so weit alles klar?"

„Ja, sicher. Danke für die Informationen, Chef."

„Versteht sich von selbst. Offiziell sollten Sie sich jeden Tag bei mir melden, bis wir mitgeteilt bekommen, dass Sie wieder im Dienst sind."

„Mache ich."

Bosch hängte auf. Ein paar Minuten später, als Rachel in die Küche kam, goss er Kaffee in einen Warmhaltebecher. Sie war angezogen und bereit, zum Dienst zu fahren.

„Ich habe nichts zum Frühstücken hier", sagte Bosch. „Wenn du noch so viel Zeit hast, könnten wir ins ‚Du-par's' runterfahren."

„Nein, das macht nichts. Ich muss los." Sie riss ein Tütchen Süßstoff auf und leerte den Inhalt in ihren Kaffee. „Was war das gerade für ein Anruf?"

„Mein Chef. Ich bin vorläufig beurlaubt."

„Du Armer ..." Sie kam zu ihm und umarmte ihn.

„An sich eine reine Routinemaßnahme. Wegen der Medien und der politischen Auswirkungen des Falls können sie eigentlich gar nicht anders, bis die OIS ein Fehlverhalten meinerseits endgültig ausgeschlossen hat."

„Und wie geht es dir damit? Was wirst du jetzt tun?"

„Keine Ahnung. Das heißt ja nicht, dass ich die ganze Zeit zu Hause bleiben muss. Deshalb werde ich erst mal ins Krankenhaus fahren und sehen, ob sie mich für eine Weile zu meiner Partnerin lassen."

„Sollen wir zusammen zu Mittag essen?"

„Gern. Gute Idee."

Sie hatten schnell eine wohltuende Selbstverständlichkeit im Umgang miteinander gefunden, die Bosch gefiel.

„Mach dir um mich keine Gedanken. Ich ruf dich an."

„Gut, dann bis später." Sie küsste ihn auf die Wange, bevor sie ging.

Bosch trank auf der Terrasse eine Tasse Kaffee und blickte über den Cahuenga Pass hinweg auf die Stadt hinab. Der Himmel war klar. Es würde ein weiterer wunderschöner Tag werden. Er beschloss, allein im Du-par's zu frühstücken und anschließend Kiz im Krankenhaus zu besuchen. Unterwegs konnte er sich Zeitungen besorgen und ihr dann daraus vorlesen.

Er entschied, in Anzug und Krawatte zu bleiben, weil er bereits fertig angezogen gewesen war, als er Pratts Anruf erhalten hatte. Beurlaubung hin oder her, er würde auftreten und aussehen wie ein Detective. Er betrat den begehbaren Kleiderschrank im Schlafzimmer, nahm vom obersten Bord die Schachtel mit den Akten, die er sich vor seinem Ausscheiden aus dem Polizeidienst kopiert hatte, und suchte die Kopie des Gesto-Mordbuchs heraus.

Anschließend fuhr er den Hügel hinunter und in Richtung Westen zum Du-par's in Studio City. Er kaufte sich eine *Los Angeles Times* und eine *Daily News* von den Gestellen vor dem Restaurant, dann ging er nach drinnen und bestellte einen French Toast und Kaffee.

Beide Zeitungen berichteten auf der ersten Seite von den Ereignissen im Beachwood Canyon, und beide brachten Fotos von Raynard Waits, die nach seiner Festnahme gemacht worden waren; die Fahndung nach dem verrückten Mörder wurde dramatisch hochgespielt. Die Artikel enthielten aber sehr wenig Einzelheiten über das, was oben im Beachwood Canyon tatsächlich passiert war. Die Ermittlungen, so hieß es, seien noch in vollem Gange. Und die Lebensläufe der beiden bei der Schießerei getöteten Polizisten sowie des verwundeten weiblichen Detective waren bestenfalls rudimentär.

Auf der zweiten Seite beider Zeitungen wurden eine Vielzahl lokaler politischer Größen zitiert, die sich größtenteils dahingehend äußerten, es sei noch zu früh, um schon sagen zu können, ob sich der Beachwood-Zwischenfall positiv oder negativ auf O'Sheas Kandidatur für das Amt des Bezirksstaatsanwalts auswirken würde. Natürlich wurde O'Sheas Gegenkandidat Gabriel Williams ausgiebig zitiert. Er bezeichnete den Zwischenfall als unverzeihlich und suchte die Schuld ausschließlich bei O'Shea. Beide Zeitungen schrieben auch, die OIS-Einheit des LAPD ermittle gegen Bosch, der für einen Kommentar nicht erreichbar sei. Keine befand es jedoch für nötig, in diesem Zusammenhang darauf hinzuweisen, dass die OIS grundsätzlich bei jeder Schießerei ermittelte, in die ein Polizeiangehöriger verwickelt war.

Bosch verließ das Lokal, stieg in sein Auto und fuhr zum Krankenhaus.

Seine Partnerin sah wesentlich besser aus als am Tag zuvor, war aber noch nicht annähernd wiederhergestellt. Sie war bei Bewusstsein und folgte ihm mit dem Blick, als er an ihr Bett kam. In ihrem Mund steckte kein Schlauch mehr, aber ihre rechte Gesichtshälfte hing schlaff nach unten, sodass Bosch sofort dachte, sie habe während der Nacht einen Schlaganfall erlitten.

„Keine Sorge", sagte sie langsam und mit undeutlicher Stimme. „Sie haben meinen Hals betäubt, und das wirkt sich auch auf die eine Gesichtshälfte aus."

Er drückte ihre Hand. „Verstehe. Und wie geht es dir sonst?"

„Nicht so besonders. Es tut weh, Harry. Richtig weh."

Er nickte. „Aber es geht doch schon aufwärts mit dir."

„Hoffentlich."

Sie hörte sich niedergeschlagen an, und Bosch wusste nicht, was er sagen sollte. Vierzehn Jahre zuvor, als er etwa in ihrem Alter gewesen war, war er ebenfalls im Krankenhaus wieder zu sich gekommen, nachdem er eine Kugel in die linke Schulter bekommen hatte. Er konnte sich noch gut an die höllischen Schmerzen erinnern, die jedes Mal eingesetzt hatten, wenn die Wirkung des Morphiums nachzulassen begann.

„Ich habe dir ein paar Zeitungen mitgebracht. Soll ich sie dir vorlesen?"

„Ja. Steht aber wahrscheinlich nichts Gutes drin."

„Nein, nichts Gutes."

Er hielt die *Times* hoch, damit sie das Verbrecherfoto von Waits sehen konnte. Dann las er ihr die Artikel vor. Als er fertig war, machte sie ein bekümmertes Gesicht.

„Du hättest ihm folgen sollen, Harry, statt dich um mich zu kümmern. Du hättest ihn vielleicht erwischt. Stattdessen hast du mir das Leben gerettet. Und jetzt schau, in was du dich reingeritten hast."

„Das ist nun mal so, Kiz. Ich hatte dort oben nur einen Gedanken – dich auf schnellstem Weg ins Krankenhaus zu schaffen. Ich habe ein verdammt schlechtes Gewissen wegen der ganzen Sache."

„Weswegen solltest du ein schlechtes Gewissen haben?"

„Da gibt es einiges. Als ich letztes Jahr in den Polizeidienst zurückgekehrt bin, habe ich dich breitgeschlagen, deine Stelle im Büro des Chief aufzugeben und wieder mit mir zusammenzuarbeiten. Du wärst gestern nicht dabei gewesen, wenn ich …"

„Bitte, lass den Quatsch! Halt einfach die Klappe! Davon will ich nichts mehr hören. Was hast du mir sonst noch mitgebracht?"

Bosch hielt die Kopie des Gesto-Mordbuchs hoch. „Oh, nichts. Nur das hier. Um was zu lesen zu haben, falls du geschlafen hättest. Ich werde das

Gefühl nicht los, dass ich irgendetwas übersehen habe. Dass sich in der Akte irgendetwas verbirgt und ich der Einzige bin, der es finden kann."

„Na dann viel Glück. Bleib doch einfach hier sitzen und lies deine Akte. Ich schlaf jetzt erst mal ein Weilchen."

„Okay, Kiz. Ich bin ganz still."

Er zog sich einen Stuhl ans Bett. Als er sich setzte, begann sie noch einmal zu sprechen.

„Ich komme nicht zurück, Harry."

Das war nicht das, was er hören wollte, aber er hatte nicht vor, ihr zu widersprechen. Zumindest im Moment nicht. „Ganz wie du meinst, Kiz."

„Ich habe bei der Polizei nichts verloren. Das habe ich gestern bewiesen."

„Red doch keinen Unsinn. Du bist einer der besten Cops, die ich kenne."

Er sah eine Träne ihre Wange hinunterlaufen.

„Ich war plötzlich wie gelähmt, Harry. Ich war nicht in der Lage, irgendetwas zu tun, und habe mich einfach von ihm niederschießen lassen."

„So darfst du das nicht betrachten, Kiz."

„Diese Männer mussten meinetwegen sterben. Ich war wie gelähmt, als er Olivas angriff. Ich habe nur zugesehen. Ich hätte ihn niederschießen sollen, aber ich stand bloß da und ließ mich als Nächste von ihm abknallen."

„Nein, Kiz. Du hast nur ungünstig gestanden. Möglicherweise hättest du Olivas getroffen, wenn du einen Schuss abgegeben hättest. Und dann war es bereits zu spät." Er hoffte, sie verstand seinen Wink, wie sie die Sache den OIS-Leuten gegenüber am besten schildern sollte.

„Nein, dafür muss ich geradestehen. Ich …"

„Kiz, wenn du aufhören willst, kein Problem. Wenn du das wirklich willst, stehe ich voll hinter dir. Aber was diesen anderen Quatsch angeht, stehe ich nicht hinter dir. Hast du verstanden?"

Mehr Tränen liefen über ihr Gesicht. Bosch erkannte, dass sie tiefere Wunden davongetragen hatte als die an ihrem Hals und ihrer Hand.

„Du hättest da oben an der Leiter sein sollen, Harry. Hättest du dort gestanden, wäre das alles nicht passiert. Du hättest nicht gezögert."

„Niemand kann vorhersagen, wie er in einer bestimmten Situation reagiert. Jetzt versuch lieber mal, ein bisschen zu schlafen, Kiz. Sieh zu, dass du wieder auf die Beine kommst, und dann kannst du dir immer noch überlegen, was du tun willst. Wenn du nicht zurückkommst, kann ich das verstehen. Aber du kannst immer auf mich zählen. Egal was passiert und welche Richtung du einschlägst."

Mit der linken Hand wischte sie über ihr Gesicht. „Danke, Harry."

Sie schloss die Augen, und er sah, wie sie sich endlich entspannte. Sie murmelte etwas, was er nicht verstand, und dann war sie eingeschlafen. Bosch betrachtete sie eine Weile und überlegte, wie es wäre, sie nicht mehr als Partnerin zu haben. Sie würde ihm fehlen.

Aber er wollte im Moment nicht an die Zukunft denken. Er schlug das Mordbuch auf und begann auf Seite eins, mit der ersten Strafanzeige. Als er sich gerade die Zeugenaussagen vornehmen wollte, begann das Handy in seiner Tasche zu vibrieren. Er ging auf den Flur, um den Anruf entgegenzunehmen. Es war Randolph von der OIS.

„Tut mir leid, Bosch, dass wir hier so lange brauchen und Sie fürs Erste auf die Reservebank schicken."

„Schon gut. Was kann ich für Sie tun, Lieutenant?"

„Ich wollte fragen, ob Sie vielleicht ins Parker Center kommen und sich das Video ansehen könnten, das wir hier haben."

„Sie haben die Kassette von O'Sheas Kameramann?"

„Wir haben eine Kassette von ihm, ja. Ich bin aber nicht sicher, ob es die vollständige Aufnahme ist, und deswegen hätte ich gern, dass Sie sie sich mal ansehen."

„In fünfundvierzig Minuten bin ich bei Ihnen."

„Gut. Ich warte so lange. Wie geht's Ihrer Partnerin?"

„Ich bin gerade im Krankenhaus, aber sie ist noch nicht richtig bei Bewusstsein." Er hoffte, die Vernehmung so lange wie möglich hinauszuzögern, damit Kiz ohne Schmerzmittel wieder bei klarem Verstand war.

„Wir warten, bis die Ärzte sie für vernehmungsfähig erklären."

„In ein paar Tagen, würde ich sagen."

Bosch steckte das Handy ein und kehrte in das Krankenzimmer zurück. Er nahm das Mordbuch von dem Stuhl, auf dem er es hatte liegen lassen, und verließ leise den Raum.

Auf der Fahrt kam er zügig voran und rief unterwegs Rachel an, um ihr mitzuteilen, die Aussichten auf ein gemeinsames Mittagessen stünden gut, weil er bereits in der Innenstadt sei. Sie einigten sich darauf, richtig gut essen zu gehen, und Rachel kündigte an, sie werde einen Tisch im „Water Grill" reservieren.

Die Räumlichkeiten der OIS lagen im dritten Stock des Parker Center. Randolph hatte ein eigenes Büro mitsamt Fernseher und Videorekorder. Er saß an seinem Schreibtisch, während Osani die Kassette einlegte. Randolph winkte Bosch zu der einzigen anderen Sitzgelegenheit.

„Wann haben Sie die Kassette bekommen?", fragte Bosch.

„Heute Morgen. Corvin sagte, ihm sei erst nach vierundzwanzig Stunden wieder eingefallen, dass er sie in eine Tasche seiner Cargohose gesteckt hatte. Und das natürlich auch erst, nachdem ich durchblicken ließ, es gäbe einen Zeugen, der ihn die Kassette hätte einstecken sehen."

„Und Sie glauben, sie ist manipuliert worden?"

„Mit Sicherheit lässt sich das erst sagen, nachdem das SID sie untersucht hat, aber doch, es wurde etwas herausgeschnitten. Wir haben die Kamera am Tatort gefunden, und Osani war so schlau, sich die Nummer auf dem Bildzähler zu notieren. Wenn man das Video anschaut, stimmt der Zähler nicht. Es fehlen ungefähr zwei Minuten Band."

Die Aufnahme begann auf dem Parkplatz der Sunset Ranch. Dann folgte ein ununterbrochener Fluss von Videomaterial, das immer O'Shea in der Bildmitte zu haben schien. Als schließlich alle am Rand des Absturzes stehen blieben, kam es zu einer Unterbrechung der Aufnahme, als wäre die Kamera aus- und dann wieder eingeschaltet worden. Die Diskussion, ob sie Waits die Handschellen abnehmen sollten, war nicht auf dem Band. Es fehlte das Stück von dem Zeitpunkt an, als Kiz zustimmte, sie könnten die SID-Leiter verwenden, bis zu dem Moment, in dem Cal Cafarelli damit zurückkam.

Osani hielt das Video an, damit sie darüber sprechen konnten.

„Es ist gut möglich, dass er die Kamera ausgemacht hat, als wir auf die Leiter gewartet haben", meinte Bosch. „Aber wahrscheinlich hat er sie erst nach dem Hin und Her wegen Waits' Handschellen ausgemacht."

„Sind Sie da sicher?"

„Nein, das ist nur eine Vermutung. Ich habe nicht auf Corvin geachtet. Ich hatte die ganze Zeit Waits im Auge. Hat einer der anderen Zeugen meine Aussage bestätigt?"

„Cafarelli hat es gehört. Corvin sagt, er hätte nichts dergleichen mitbekommen, und O'Shea behauptet, eine solche Diskussion hätte nie stattgefunden. Damit haben wir zwei vom LAPD, die Ja sagen, und zwei von der Staatsanwaltschaft, die Nein sagen."

„Und was ist mit Maury Swann?"

„Er meint, es wäre im Interesse seines Mandanten, den Mund zu halten."

Osani startete das Video wieder, und jetzt verfolgten sie den Abstieg über die Leiter und den Weg zu der Lichtung, wo Cal Cafarelli die Lage der Leiche bestimmte. Das Band lief weiter und hielt die Rückkehr der Gruppe zur Leiter fest. Kiz und Olivas stiegen nach oben, und Bosch nahm Waits die Handschellen ab. Waits begann, die Leiter hinaufzuklettern, und dann hörte die Aufnahme genau in dem Moment auf, als er die obersten Sprossen erreichte und Olivas sich zu ihm vorbeugte, um ihn zu packen.

„Das ist alles?", wunderte sich Bosch.

„Das ist alles", bestätigte Randolph.

„Ich erinnere mich, dass Corvin nach den Schüssen, als ich ihn anschnauzte, er solle die Kamera weglegen und nach oben kommen, um mir mit Kiz zu helfen, die Kamera noch auf der Schulter hatte. Er filmte noch."

„Tja, er behauptet, er habe sich das Band für den Moment aufsparen wollen, in dem die Leiche ausgegraben würde. Deshalb habe er die Kamera ausgeschaltet, als Waits die Leiter hinaufstieg."

„Erscheint Ihnen das einleuchtend?"

„Ich weiß nicht. Ihnen?"

„Nein. Er hat alles aufgenommen."

„Das ist zumindest Ihre Ansicht."

„Mag sein. Aber die Frage ist doch, warum hört die Aufnahme ausgerechnet an dieser Stelle auf? Was war darauf zu sehen?"

„Das würde ich gern von Ihnen hören. Sie waren dabei."

„Ich habe Ihnen alles erzählt, woran ich mich erinnern kann."

„Dann sollten Sie Ihr Gedächtnis lieber etwas auffrischen. Sie stehen nicht sonderlich gut da. Auf dem Video ist keine Diskussion aufgezeichnet, ob Waits die Handschellen abgenommen werden sollten oder nicht."

Bosch ging auf, dass Randolph Recht hatte und dass auf dem Video der Eindruck entstand, als hätte er Waits die Handschellen einfach abgenommen, ohne mit den anderen darüber zu sprechen. „O'Shea will das Ganze mir anhängen."

„Ich hätte noch eine Frage an Sie. Als Waits sich die Pistole schnappte und zu schießen begann – können Sie sich da noch erinnern, O'Shea gesehen zu haben?"

Bosch schüttelte den Kopf. „Ich ging zu Boden, mit Olivas auf mir drauf, und machte mir Gedanken, wo Waits sein könnte. Ich weiß nicht genau, wo O'Shea war. Irgendwo hinter mir."

„Vielleicht ist es das, was Corvin aufgenommen hat. Wie O'Shea wie ein Feigling wegrennt."

Das Wort „Feigling" rief eine Erinnerung in Bosch wach. Waits hatte jemanden von oben als Feigling verhöhnt. Außerdem fiel Bosch wieder ein, dass er hinter sich jemanden laufen gehört hatte. O'Shea war weggerannt. Er hatte keine Waffe gehabt, um sich zu verteidigen, daher war es keineswegs unvernünftig gewesen abzuhauen. Aber nachdem er für das Amt des obersten Strafverfolgers des Bezirks kandidierte, sah Weglaufen unter keinen Umständen sonderlich gut aus – vor allem dann nicht, wenn es auf einem Video in den Abendnachrichten zu sehen war.

„Jetzt erinnere ich mich wieder. Waits verspottete jemanden als Feigling, weil derjenige wegrannte. Das muss O'Shea gewesen sein."

„Rätsel gelöst", sagte Randolph.

Bosch wandte sich wieder dem Bildschirm zu. „Können Sie das zurückspulen, damit wir uns den letzten Teil noch mal ansehen können? Unmittelbar bevor die Aufnahme endet?"

Osani spulte die Kassette zurück, und sie schauten das Video schweigend von dem Moment an, als Waits die Handschellen zum zweiten Mal abgenommen wurden. Bosch versuchte, mithilfe der Bilder auf dem Monitor seine eigenen Erinnerungen an das zu stimulieren, was passiert war. Er entsann sich, nach oben geschaut und beobachtet zu haben, wie Olivas herumgewirbelt wurde, sodass er die Schusslinie auf Waits verstellte. Dann waren Schüsse gefallen, und Olivas war rückwärts die Leiter hinuntergestürzt. Als Bosch dann unter Olivas auf dem Boden gelegen hatte, hatte er weitere Schüsse und schließlich die Beschimpfungen gehört.

Die Beschimpfungen. Die er wegen des Adrenalinstoßes, der Panik und des Durcheinanders vergessen hatte. Waits hatte O'Shea einen Feigling genannt. Aber er hatte nicht nur das gerufen.

Lauf nur, du Feigling! Was wird jetzt aus deinem miesen Kuhhandel?

Was hatte Waits gemeint, als er die Abmachung einen „Kuhhandel" genannt hatte?

„Was ist?", fragte Randolph.

„Nichts. Ich habe nur versucht, mich zu konzentrieren."

„Es sah so aus, als hätten Sie sich an etwas erinnert."

„Ich musste nur daran denken, dass es mich um ein Haar ebenso erwischt hätte wie Olivas und Doolan." Plötzlich wollte Bosch nur noch weg. Er wollte sich eingehend mit seiner Entdeckung beschäftigen. Er wollte sie zu Pulver zermahlen und unter dem Mikroskop analysieren. „Lieutenant, haben Sie sonst noch was für mich?"

„Vorerst nicht. Aber rufen Sie mich an, wenn Ihnen wieder einfällt, woran Sie sich nicht erinnern können." Er bedachte Bosch mit einem wissenden Blick.

DASS IHM wieder eingefallen war, was Waits gerufen hatte, ließ alles in einem anderen Licht erscheinen. Es konnte nur heißen, dass dort oben im Beachwood Canyon irgendetwas nicht mit rechten Dingen zugegangen war, etwas, worauf Bosch sich keinen Reim machen konnte. Deshalb wollte er sich erst einmal zurückziehen, um in Ruhe über alles nachzudenken, bevor er irgendwelche konkreten Schritte unternahm. Aber der Termin mit den OIS-Ermittlern hatte ihm einen Anlass verschafft, ins Parker Center zu kommen, und er wollte die Gelegenheit nutzen, bevor er nach Hause fuhr.

Er betrat den Bereitschaftsraum von Offen-Ungelöst und ging zu seinem Schreibtisch. Der Raum war fast leer. Weil er, um zu seinem Schreibtisch zu kommen, ohnehin an der offenen Tür von Pratts Büro vorbeimusste, beschloss er, gleich in die Offensive zu gehen, und streckte den Kopf durch die Tür. Sein Vorgesetzter saß an seinem Schreibtisch und aß Rosinen aus einer kleinen roten Box.

„Harry, was machen Sie denn hier?“, fragte Pratt überrascht.

„Die OIS hat mich einbestellt. Ich sollte mir das Video ansehen, das O’Sheas Mann aufgenommen hat.“

„Sind da die Schüsse drauf?“

„Nein. Er behauptet, die Kamera sei aus gewesen.“

Pratts Augenbrauen hoben sich fragend. „Randolph glaubt ihm nicht?“

„Schwer zu sagen. Er will jetzt vom SID prüfen lassen, ob die Kassette manipuliert wurde. Aber nachdem ich schon mal hier bin, dachte ich, ich bringe ein paar Akten und Kram ins Archiv zurück – ein bisschen Platz schaffen. Kiz hatte sich auch einige Akten ausgeliehen.“

„Wahrscheinlich keine schlechte Idee“, stimmte Pratt zu, den Mund voller Rosinen. „Übrigens, ich habe gerade von der Gerichtsmedizin gehört. Die Autopsie war heute Vormittag, und sie konnten anhand des Gebisses bestätigen, dass es tatsächlich Marie Gesto ist.“

Bosch nickte. Die Neuigkeit hatte etwas seltsam Endgültiges. Die Suche nach Marie war beendet. „Das war’s dann wohl.“

„Marcia meinte, dass Sie ihre Angehörigen verständigen wollen.“

„Ja. Aber ich warte wahrscheinlich bis heute Abend, wenn Dan Gesto von der Arbeit kommt. Besser, es sind beide Eltern da.“

„Das bleibt Ihnen überlassen, Harry. Ich rufe in der Gerichtsmedizin an, damit sie bis morgen nichts Offizielles rauslassen.“

„Danke. Haben die Pathologen was über die Todesursache gesagt?“

„Sieht nach Strangulation aus. Das Zungenbein war gebrochen. Tut mir leid, Harry, ich weiß, wie viel Ihnen an dem Fall lag.“

Bosch nickte stumm. Als er zu seinem Schreibtisch ging, musste er daran denken, dass er vor dreizehn Jahren überzeugt gewesen war, Marie Gesto würde nie gefunden werden. Die Dinge nahmen oft eine seltsame Wendung. Er machte sich daran, sämtliche Akten, die zum Waits-Ermittlungsverfahren gehörten, zusammenzupacken.

Er ging zum Schreibtisch seiner Partnerin, um die Akten über den Pfandleiher Fitzpatrick einzusammeln. Da sah er auf dem Boden zwei Plastikcontainer stehen. Darin befanden sich die Unterlagen, die aus dem ausgebrannten Leihhaus geborgen worden waren. Er beschloss, auch sie mitzunehmen, aber um alles zu seinem Auto hinunterzuschaffen, müsste er zweimal an Pratts offener Tür vorbei, und das wiederum böte seinem Chef zwei Anlässe, neugierig zu fragen, was Bosch eigentlich vorhatte.

Doch dann kam ihm das Glück zu Hilfe. Pratt trat aus seinem Büro. „Würde mich mal interessieren, wer den Unsinn in die Welt gesetzt hat, Rosinen wären eine geeignete Zwischenmahlzeit“, brummte er. „Ich bin immer noch hungrig. Soll ich Ihnen von unten was mitbringen, Harry? Einen Donut oder sonst was?“

„Nein, danke.“ Bosch sah, dass Pratt einen der Reiseführer für die Karibik in der Hand hielt. „Sie sind am Recherchieren?“

„Ja, kann nie schaden. Hier steht, dort kriegt man für weniger als vierhunderttausend Dollar eine alte Zuckerrohrmühle mit drei Hektar Grund. Also echt, so viel kriege ich schon locker allein für mein Haus.“

Das stimmte wahrscheinlich. Bosch war zwar nie in Pratts Haus oben in Sun Valley gewesen, aber er wusste, das Grundstück war groß genug, um ein paar Pferde darauf zu halten. Nachdem Pratt schon fast zwanzig Jahre lang dort wohnte, war das Anwesen inzwischen sicher ein Vermögen wert.

„Möchten Sie denn Zucker herstellen?“, erkundigte sich Bosch.

„Natürlich nicht. Dafür war das Ganze früher mal bestimmt. Jetzt macht man eine Frühstückspension oder so was daraus.“

Pratt verließ das Büro, und Bosch wartete genau dreißig Sekunden. So lang würde sein Chef etwa brauchen, um zum Aufzug zu gehen. Dann packte er einen Stoß Akten auf einen der Beweismittelbehälter und trug alles zu seinem Auto. Er schaffte es, wieder nach oben zu fahren, bevor Pratt aus der Cafeteria zurückkam, und holte auch den zweiten Behälter. Niemand fragte, was er da tat.

Nachdem er vom Parkplatz gefahren war, sah Bosch auf die Uhr und stellte fest, dass er bis zu seinem Mittagessen mit Rachel noch fast eine Stunde Zeit hatte. Aber das würde nicht reichen, erst noch die Unterlagen nach Hause zu bringen. Die Zentrale der Stadtbibliothek befand sich im selben Häuserblock wie das Restaurant, deshalb beschloss er, dorthin zu gehen, um ungestört die Akten studieren zu können.

Nachdem er in der Tiefgarage der Bibliothek geparkt hatte, ging er mit dem Gesto-Mordbuch zum Lift. In einem Lesesaal fand er eine freie Einzelkabine und fuhr mit der Durchsicht der Akte fort. Erst ganz zum Schluss kam er zur Ermittlungschronologie. Bei den 51er-Formularen stach ihm nichts ins Auge, was die einzelnen Ermittlungsschritte oder die eingegangenen Anrufe bedeutsamer erscheinen ließ als zu dem Zeitpunkt, da diese Dinge in die Chronologie eingetragen worden waren.

Plötzlich aber ließ ihn etwas stutzen, das er in der Chronologie vermisste. Hastig blätterte er zum 51er für den 29. September 1993 zurück und suchte nach dem Vermerk über den Anruf von Robert Saxon.

Er war nicht da.

Wie war das möglich? Im Original des Mordbuchs hatte der Vermerk zu Robert Saxon, Raynard Waits' falschem Namen, gestanden. Bosch hatte ihn bei dem Treffen in O'Sheas Büro mit eigenen Augen gesehen. Und er hatte ihn sich sehr genau angeschaut, denn es handelte sich dabei um die Bestätigung eines Versehens, das es Waits ermöglicht hatte, dreizehn Jahre länger auf freiem Fuß zu bleiben und weiterzumorden.

Aber in Boschs Kopie des Mordbuchs fehlte dieser Eintrag.

Zuerst konnte sich Bosch keinen Reim darauf machen. Er hatte die Kopie der Chronologie vier Jahre zuvor gemacht, nachdem er den Entschluss gefasst hatte, den Dienst zu quittieren. Damals hatte er sich insgeheim die Mordbücher einer Handvoll offener Fälle kopiert, die ihm keine Ruhe gelassen hatten. Seine Pensionsfälle. Er hatte vorgehabt, sie sich nach Lust und Laune und auf eigene Faust noch einmal vorzunehmen und zu lösen, bevor er seine Mission als erfüllt betrachten konnte und sich in Mexiko einen schönen Lenz machen würde.

Aber dann war Bosch klar geworden, dass sich seine Mission immer noch am besten mit einer Dienstmarke erfüllen ließ, und er war in den Polizeidienst zurückgekehrt. Nach seiner Versetzung in die Abteilung Offen-Ungelöst war eines der ersten Mordbücher, die er sich aus dem Archiv geholt hatte, der Gesto-Fall gewesen. Das Mordbuch, mit dem er damals gearbeitet hatte, war das Original, das jedes Mal, wenn sich jemand damit befasste, auf den neuesten Stand gebracht wurde. Was er dagegen jetzt vor sich liegen hatte, war eine Kopie, die vier Jahre lang nicht mehr aktualisiert worden war. Trotzdem – wie konnte das eine Mordbuch einen Vermerk von 1993 enthalten und das andere nicht?

Logisch betrachtet gab es darauf nur eine einzige Antwort. Der Vermerk mit dem Namen Robert Saxon war erst nach dem Zeitpunkt, zu dem Bosch das Mordbuch kopiert hatte, eingefügt worden. Demzufolge betrug das Zeitfenster, in dessen Verlauf der gefälschte Eintrag hätte hinzugefügt werden können, vier Jahre. Aber der Instinkt sagte Bosch, dass es wohl eher vor wenigen Tagen geschehen war als schon vor Jahren.

Olivas hatte sich das Mordbuch aushändigen lassen, und er war auch derjenige gewesen, der den Robert-Saxon-Eintrag entdeckt hatte.

Bosch blätterte die Chronologie durch. Fast alle Seiten waren bis unten hin voll mit Vermerken. Allein auf der Seite für den 29. September war unten noch etwas Platz. 1993 hatten Bosch und Edgar die 51er noch mit Schreibmaschine geschrieben. Inzwischen geschah das alles per Computer, aber in den meisten Polizeistationen gab es für Cops der alten Schule immer noch einige Schreibmaschinen. Es wäre Olivas also durchaus möglich gewesen, diese Seite herauszunehmen und den Saxon-Eintrag darauf zu tippen.

In Bosch machte sich eine Mischung aus tiefer Erleichterung und Wut breit. Die Last des schlechten Gewissens über das Versehen, das ihm und Edgar angeblich unterlaufen war, fiel schlagartig von ihm ab. Wegen seiner wachsenden Wut darüber, von Olivas angeschwärzt worden zu sein, konnte er seine Erleichterung allerdings kaum genießen. Am liebsten hätte er losgebrüllt und so den Dämon ausgetrieben, aber er blieb still.

Dann dachte er darüber nach, was geschehen war. Olivas hatte nachträglich einen zwei Zeilen langen Vermerk in die Chronologie eingetragen, der besagte, dass ein Robert Saxon angerufen hatte, um zu melden, er habe Marie Gesto am Nachmittag ihres Verschwindens im Mayfair-Supermarkt gesehen. Das war alles. Olivas war es nicht um den Inhalt des Anrufs gegangen, sondern um die Person des Anrufers. Aus irgendeinem Grund hatte er Raynard Waits in das Mordbuch einschmuggeln wollen. Warum?

Bosch überlegte eine Weile, gelangte aber zu keiner anderen Erklärung, als dass Olivas aus irgendeinem Grund eine Verbindung zwischen Waits und Marie Gesto hatte herstellen wollen. Allerdings hatte Waits die Ermordung Maries sowieso gestehen wollen. Er hatte sich sogar bereiterklärt, die Polizei zu ihrer Leiche zu führen.

Bosch fand keine schlüssige Erklärung, weshalb Olivas sich einem solchen Risiko hätte aussetzen sollen. Aus scheinbar nebensächlichen Gründen hatte er das Originalprotokoll der Mordermittlungen gefälscht. Doch jetzt war Olivas tot und konnte keine Auskunft mehr darüber erteilen. Es gab niemanden, der die Frage nach dem Warum beantworten konnte.

Außer vielleicht Raynard Waits.

Was wird jetzt aus deinem miesen Kuhhandel?

Und vielleicht Rick O'Shea.

Schlagartig wurde Bosch klar, warum Olivas das Schreckgespenst Raynard Waits in das Gesto-Mordbuch geschmuggelt hatte. Er sah es mit einer Deutlichkeit, die keine Zweifel mehr zuließ.

Raynard Waits hatte Marie Gesto nicht umgebracht.

Bosch sprang auf, raffte die Unterlagen zusammen und eilte zum Ausgang.

KAPITEL NEUN

In der Bibliothek hatte Bosch jedes Zeitgefühl verloren. Er verspätete sich. Rachel saß bereits an ihrem Tisch und wartete auf ihn. In den Händen hielt sie eine große Speisekarte, die den Ärger in ihrem Gesicht verbarg, als Bosch von einem Kellner an ihren Tisch geführt wurde. „Entschuldige bitte“, sagte Bosch, als er sich setzte.

„Macht doch nichts“, erwiderte sie. „Aber ich habe schon bestellt. Ich wusste ja nicht, ob du noch auftauchst oder nicht.“

Sie reichte ihm die Speisekarte. Er gab sie sofort an den Kellner weiter. „Ich nehme das Gleiche wie sie.“ Der Kellner entfernte sich eilig.

Rachel lächelte Bosch an, aber nicht auf eine nette Art. „Das Essen wird dir bestimmt nicht schmecken. Du solltest ihn lieber zurückrufen.“

„Warum?“

„Ich habe Sashimi bestellt. Du hast neulich gesagt, du magst deinen Fisch nur gekocht.“

Dieser Hinweis ließ ihn kurz stutzen, aber dann entschied er, er habe es wegen seiner Verspätung nicht anders verdient. „Wandert sowieso alles an den gleichen Ort. Egal. Du musst mir helfen, Rachel.“

„Bei was? Was ist passiert?“

„Ich glaube, Raynard Waits ist nicht Marie Gestos Mörder.“

„Wie bitte? Er hat euch doch zu ihrer Leiche geführt.“

„Schon, aber Olivas und O'Shea hatten eine krumme Tour mit ihm vor. Worum es dabei ging, ist mir noch nicht klar. Jedenfalls ist die Sache dann oben im Beachwood Canyon geplatzt.“ Er erzählte ihr alles – von Olivas' nachträglich eingefügtem Vermerk im Mordbuch bis zu dem, was Waits O'Shea hinterhergerufen hatte und was aus dem Video herausgeschnitten worden war.

Dafür brauchte er fünfzehn Minuten, in denen ihnen das Essen serviert wurde. Klar, dass es schnell kam, dachte Bosch. Es musste ja nicht gekocht werden! Er war froh, dass er derjenige war, der die ganze Zeit redete. Das diente ihm als Vorwand, den rohen Fisch nicht anrühren zu müssen.

Doch Rachel war bereits dabei, alles gründlich zu analysieren. „Aus welchem Grund könnte er Waits nachträglich in das Mordbuch eingetragen haben? Sein Geständnis hat ihn doch schon mit dem Fall in Verbindung gebracht. Warum also dieser gefälschte Eintrag?“

Bosch beugte sich über den Tisch. „Zum einen konnte er mich dadurch so polen, dass ich dem Geständnis Glauben schenkte. Zum anderen stand auch die Absicht dahinter, mich von meiner ursprünglichen Beute fortzulocken.“

„Kannst du mir das genauer erklären?“

„Olivas fügte diese Zeile nachträglich in die Chronologie ein und hielt sie mir dann unter die Nase. Er wusste, dass ich zu der Überzeugung gelangen würde, mein Partner und ich hätten einen Mordsbock geschossen, der in der Folge mehrere Menschen das Leben kostete. Alle diese Frauen, die Waits danach ermordete, lagen von da an wie eine schwere Last auf mir. Das schürte meinen Hass auf Waits und heizte die Atmosphäre auf, als ich dem Kerl schließlich gegenüberstand. Und das hat mich von der Tatsache abgelenkt, dass Waits Marie Gesto gar nicht umgebracht hat. Er hat mit Olivas und möglicherweise auch mit O'Shea irgendeine Abmachung getroffen und sich bereiterklärt, auch diesen Mord auf seine Kappe zu nehmen, weil er wegen all der anderen ohnehin dran war. Ich war so sehr von meinem Hass geblendet, dass ich darüber den entscheidenden Punkt aus den Augen verlor. Ich wollte nur noch eines – über den Tisch springen und dem Kerl die Gurgel umdrehen.“

„Du vergisst dabei aber etwas. Er hat euch zu der Leiche geführt. Woher sollte er wissen, wo sie vergraben war, wenn er sie nicht umgebracht hatte?“

„Er könnte die entsprechenden Hinweise in seiner Zelle von Olivas erhalten haben. Sie könnten auf den altbewährten Trick von Hänsel und Gretel zurückgegriffen haben – eine durch einzelne Markierungen gekennzeichnete Spur, die nur für ihn zu erkennen war. Ich werde heute Nachmittag noch mal zum Beachwood Canyon rauffahren und danach suchen.“ Bosch langte über den Tisch, nahm ihren leeren Teller und tauschte ihn gegen seinen eigenen, unangetasteten aus.

Sie protestierte nicht. „Du glaubst also, eure Exkursion in den Beachwood Canyon diente lediglich dem Zweck, dich zu täuschen. Zuallererst, woher kannte Olivas die Einzelheiten, die er an Waits weitergab? Willst du etwa behaupten, Olivas hat Marie Gesto umgebracht?“

Energisch schüttelte Bosch den Kopf. „Nein, damit will ich sagen, dass der Mörder Kontakt mit ihm aufgenommen hat. Mit ihm und O'Shea. Der wahre Mörder hat ihnen einen Deal vorgeschlagen.“

„Harry, das hört sich absolut …“ Sie sprach nicht zu Ende. Sie schob die Sashimi mit den Stäbchen auf ihrem Teller herum, aß aber kaum davon.

Der Kellner ergriff die Gelegenheit, um an ihren Tisch zu kommen. „Haben Ihnen die Sashimi nicht geschmeckt?“

„Ich … ich habe nur zu spät gemerkt, dass ich gar keinen Hunger habe.“

„Wenn sie wüsste, was sie sich da entgehen lässt.“ Bosch lächelte. „Ich fand sie ganz hervorragend.“

Der Kellner trug die Teller ab.

„‚Ich fand sie ganz hervorragend‘“, äffte Rachel Bosch nach. „Mistkerl!“

„Entschuldige."

Als der Kellner die Dessertkarten brachte, winkten beide ab und bestellten nur Kaffee. Danach schwieg Rachel, und Bosch beschloss, einfach abzuwarten. „Warum jetzt?", fragte sie schließlich.

„Das weiß ich nicht genau."

„Wann hast du dich das letzte Mal aktiv mit dem Fall beschäftigt?"

„Vor circa fünf Monaten. Das Video, das ich dir neulich gezeigt habe – das war das letzte Mal, dass ich mich mit der Sache befasste."

„Was hast du unternommen, außer Garland wieder einzubestellen?"

„Alles. Ich habe mit allen gesprochen und sie aufgesucht. Garland habe ich erst am Ende einbestellt."

„Glaubst du, es war Garland, der an Olivas herangetreten ist?"

„Damit sich Olivas und möglicherweise auch O'Shea auf so einen Deal einlassen würden, bräuchte es jemanden mit einer Menge Geld und Einfluss. Die Garlands haben beides."

Rachel schüttelte den Kopf, und Bosch sah erneut Zweifel in ihren Augen. „Was, wenn du es von Waits' Standpunkt aus betrachtest? Warum sollte er einen Mord gestehen, den er nicht begangen hat?"

„Das ist nun wirklich einfach zu beantworten, Rachel. Er hat es getan, weil er nichts zu verlieren hat. Als Müllsackmörder von Echo Park ist er ohnehin geliefert und kriegt die Giftspritze. Die einzige Chance, sein Leben zu retten, bestand darin, seine Taten zu gestehen. Und als Ermittler und Ankläger von ihm verlangten, dass er noch einen Mord drauflegte, nickte er brav mit dem Kopf und fragte: ‚Wen?'"

„Und was wirst du jetzt tun, Harry?"

„Wie gesagt, zunächst fahre ich noch mal zum Beachwood Canyon rauf."

„Na dann, viel Glück. Ich glaube, du wirst es brauchen."

„Danke. Kommst du heute Abend vorbei?"

„Wenn es in der Arbeit nicht zu spät wird. Angeblich kriegen wir aus der Zentrale in Washington einen Fall. Ich rufe dich an."

Bosch fuhr nach Hause, um statt seines Anzugs eine Jeans und einen Pullover anzuziehen, und machte sich anschließend auf den Weg zum Beachwood Canyon. Der Parkplatz der Sunset Ranch war leer, und Bosch fragte sich, ob wegen des Polizeiaufgebots am Tag zuvor niemand zum Reiten gekommen war. Er stieg aus und holte ein zehn Meter langes Seil aus dem Kofferraum. Er nahm an, dass eine Hänsel-und-Gretel-Wegmarkierung – wenn es denn tatsächlich eine gab – erst am Fuß des Steilhangs beginnen würde. Er marschierte los.

Als er den Absturz erreichte, befestigte er das Seil am Stamm der Weißeiche und hangelte sich daran nach unten. Dort angekommen, ließ er das Seil hängen und näherte sich langsam Marie Gestos Grab, wobei er Ausschau nach Einritzungen in Baumstämmen oder sonstigen Orientierungshilfen hielt, die Waits den Weg zum Grab hätten weisen können.

Bosch erreichte die kleine Lichtung, ohne eine heimliche Markierung entdeckt zu haben. Er war enttäuscht. Aber er war auch sicher, dass er grundsätzlich auf dem richtigen Weg war. Vielleicht waren die Markierungen von den zahlreichen Ermittlern und Technikern, die über den Wald hereingebrochen waren, niedergetrampelt und unkenntlich gemacht worden.

Nicht bereit, schon aufzugeben, kehrte Bosch zum Fuß des Erdrutsches zurück und versuchte, sich in Waits' Lage zu versetzen. Er war noch nie an diesem Ort gewesen, musste aber ohne Zögern entscheiden, welche Richtung er einzuschlagen hatte.

Wie hat er es gemacht? Reglos stand Bosch da und blickte nachdenklich in den Wald hinein. Fünf Minuten später hatte er die Lösung.

Auf halbem Weg zum Grab stand ein hoher Eukalyptusbaum, der sich auf Bodenhöhe in zwei ausgewachsene Stämme gabelte. Etwa drei Meter über dem Boden hatte sich ein Zweig waagrecht zwischen den zwei Stämmen verkeilt. Das Ganze sah aus wie ein auf dem Kopf stehendes A und war deutlich zu erkennen.

Als Bosch den Eukalyptusbaum erreichte, blickte er erneut um sich und bemerkte schon nach Kurzem eine weitere Anomalie, die in dieser Umgebung augenfällig war. Bei einer jungen Kalifornischen Eiche war die natürliche Symmetrie der Krone gestört, weil einer ihrer unteren Äste fehlte. Bosch ging zu dem Baum und stellte fest, dass jemand den Ast von oben angesägt und dann von unten daran gezogen hatte, bis er abgebrochen war. Er drehte sich um und blickte in die Richtung, in der sich die Lichtung befand. Er war keine zwanzig Meter mehr vom Grab entfernt und entdeckte rasch, was er für die letzte Markierung hielt. Hoch oben in der Eiche, in deren Schatten das Grab lag, befand sich das Nest eines großen Vogels, einer Eule oder eines Bussards.

Bosch ging wieder zu der Lichtung und schaute nach oben. Das Haarband, das laut Waits' Aussage die Stelle markiert hatte, war von der Spurensicherung entfernt worden. Das weiter oben befindliche Nest war von hier aus hingegen nicht zu sehen. Olivas hatte alles sehr geschickt geplant. Er hatte drei Markierungen verwendet, die nur aus einiger Entfernung zu erkennen waren und Waits' Begleitern nicht auffallen würden, während sie ihm selbst zuverlässig den Weg wiesen.

Als Bosch auf das offene Grab hinabblickte, erinnerte er sich daran, dass ihm dort am Tag zuvor die aufgewühlte Erde aufgefallen war. Er hatte angenommen, es seien Nahrung suchende Tiere gewesen. Inzwischen glaubte er jedoch, dass jemand die Erde aufgegraben hatte, um sich zu vergewissern, dass es tatsächlich die richtige Stelle war. Olivas hatte entweder die Stelle beschrieben bekommen, oder er war vom wahren Mörder zu ihr geführt worden.

Während Bosch den Hergang rekonstruierte, hörte er plötzlich Stimmen näher kommen. Zwei Männer, die sich miteinander unterhielten. Sie kamen aus der gleichen Richtung, aus der auch er gekommen war.

Rasch überquerte Bosch die kleine Lichtung. Dank dem Lärm, den die Männer machten, erreichte er unbemerkt den Eukalyptusbaum, der Waits als erster Wegweiser gedient hatte. Bosch erkannte nun Osani und nahm an, dass dessen Begleiter ebenfalls der OIS angehörte. Am Abhang stand jetzt eine Leiter, und Bosch wurde klar, dass die Männer den offiziellen Tatortbericht nachbesserten. Sie nahmen Entfernungsmessungen vor, die am Tag zuvor entweder vergessen oder für überflüssig erachtet worden waren. Angesichts der politischen Konsequenzen war inzwischen jedoch alles wichtig. Für Bosch sah es so aus, als mäßen sie die Entfernungen von dort, wo er am Tag zuvor am Fuß des Steilabfalls gestanden hatte, zu den Stellen, wo Waits, Olivas und Kiz sich befunden hatten.

Dann hörte Bosch dort, wo Osani und der andere standen, ein Handy klingeln. Er spähte hinter dem Baumstamm hervor und sah Osani sein Mobiltelefon vom Gürtel nehmen. Der OIS-Beamte hörte dem Anrufer eine Weile zu, dann drehte er sich einmal um die eigene Achse und blickte dabei aufmerksam in den Wald. Bosch zog sich wieder hinter den Stamm zurück.

„Nein, Lieutenant, wir sehen ihn nicht“, berichtete Osani. „Auf dem Parkplatz steht zwar sein Auto, aber bisher haben wir hier oben noch niemanden gesehen.“

Er hörte wieder eine Weile zu und sagte mehrere Male Ja, bevor er das Handy zuklappte und zurück an seinen Gürtel steckte. Er machte sich erneut an die Arbeit, und kurz darauf hatten die zwei OIS-Männer, was sie brauchten. Sie kletterten die Leiter hinauf und zogen sie nach oben. Das war der Moment, in dem Osani das Seil bemerkte, das um die Weißeiche geschlungen war. Er löste es vom Stamm und spähte dabei wieder in den Wald, bevor die beiden davonstapften. Bosch ging zum Fuß des Erdrutsches und wartete, bis er sie nicht mehr hörte, dann kletterte er mühsam nach oben.

Als er den Parkplatz erreichte, war keine Spur mehr von Osani und dessen Partner zu sehen. Da begann sein Handy zu vibrieren. Die Nummer des eingehenden Anrufs gehörte zu einem der Anschlüsse von Offen-Ungelöst.

Er ging dran. „Hier Bosch."

„Harry, wo sind Sie?" Es war Abel Pratt. Er klang aufgeregt.

„Nirgendwo. Warum?"

„Wo sind Sie?"

Irgendetwas sagte Bosch, dass Pratt genau wusste, wo er war. „Ich bin im Beachwood Canyon. Wieso, was ist?"

Pratts Aufregung wich Ärger. „Ich habe gerade einen Anruf von Lieutenant Randolph von der OIS gekriegt. Er sagt, auf dem Parkplatz dort oben stehe ein auf Sie zugelassener Mustang. Und ich antworte ihm, das sei aber komisch, weil Bosch nämlich gerade beurlaubt sei und sich so weit wie nur irgend möglich von den Ermittlungen in Beachwood Canyon fernhalten solle."

Bosch schaltete blitzschnell. „Wer sagt, dass ich ermittle? Ich habe gestern meine Challenge-Münze hier draußen verloren. Die suche ich. Sie muss mir aus der Tasche gefallen sein, als ich den Steilhang runtergerutscht bin. Jedenfalls war sie nicht mehr in meiner Tasche, als ich gestern Abend nach Hause kam."

Während er das sagte, fasste Bosch in seine Hosentasche und zog die schwere Metallmünze heraus, die in Anlehnung an eine gängige Praxis bei militärischen Spezialeinheiten auch von der Polizei übernommen worden war. Bei der Aufnahme in eine Einheit wird dem Soldaten eine Challenge-Münze ausgehändigt, die er von da an immer bei sich zu tragen hat. Andere Angehörige der Einheit sind berechtigt, sich die Münze jederzeit und überall zeigen zu lassen. Am häufigsten ist dies in einer Bar oder Kantine der Fall. Hat der betreffende Soldat seine Challenge-Münze nicht bei sich, zahlt er die Rechnung.

„Lassen Sie doch die blöde Münze, Harry", meckerte Pratt aufgebracht. „Für zehn Dollar kriegen Sie jederzeit eine neue. Halten Sie sich von den Ermittlungen fern! Fahren Sie nach Hause, und bleiben Sie dort! Habe ich mich klar genug ausgedrückt?"

„Auf jeden Fall."

„Außerdem, hätten Sie Ihre Münze da oben verloren, hätte sie die Spurensicherung längst gefunden. Sie haben das ganze Areal mit einem Metalldetektor abgesucht."

„Stimmt, daran habe ich gar nicht gedacht."

„Ach ja, Harry, daran haben Sie nicht gedacht! Wollen Sie mich veralbern, oder was?"

„Nein, Chef, natürlich nicht. Ich habe wirklich nicht daran gedacht. Mir war langweilig, und da fiel mir nichts Besseres ein, als hierherzufahren und sie zu suchen. Ich habe Randolphs Leute gesehen und hielt es für das Beste, mich lieber nicht blicken zu lassen. Ich konnte ja nicht wissen, dass sie gleich meine Autonummer durchgeben würden."

„Haben sie aber. Und Sie wissen ganz genau, Harry, dass ich so was überhaupt nicht mag."

„Ich werde auf der Stelle nach Hause fahren."

„Gut. Und bleiben Sie auch dort."

Pratt legte auf, und Bosch klappte das Handy zu. Er warf die schwere Münze in die Luft, fing sie mit der Dienstmarkenseite nach oben auf und steckte sie wieder ein. Dann ging er zu seinem Auto.

ETWAS an der Aufforderung, nach Hause zu fahren, veranlasste Bosch, es gerade nicht zu tun. Er machte sich auf den Weg zum St Joe's, um Kiz zu besuchen. Sie lag nicht mehr auf der Intensivstation, sondern in einem normalen Krankenzimmer. Es war zwar kein Einzelzimmer, aber das andere Bett war nicht belegt. Das machte man für Polizisten häufig.

Das Sprechen fiel Kiz immer noch schwer, und die Niedergeschlagenheit war auch noch nicht verflogen. Bosch blieb nicht lange. Diesmal fuhr er jedoch tatsächlich nach Hause und trug die Behälter und die Akten, die er aus der Abteilung Offen-Ungelöst mitgenommen hatte, ins Haus.

Die Container stellte er im Esszimmer auf den Boden, die Akten breitete er auf dem Tisch aus. Es waren sehr viele, und er wusste, er könnte sich ohne Weiteres mehrere Tage lang mit dem Material beschäftigen. Um zu entscheiden, wie er es am besten sichten sollte, musste er sich zunächst einen Überblick verschaffen. Besondere Bedeutung hatten die Ermittlungsunterlagen zum aktuellen Fall, in dem Waits belangt wurde. Sie hatten zwar von Olivas eine Kopie der Akte erhalten, aber weder Bosch noch Kiz hatten sich bisher ausführlich damit befasst, weil sie in erster Linie für die Fälle Fitzpatrick und Gesto zuständig gewesen waren. Außerdem hatte Bosch neben dem Fitzpatrick-Mordbuch seine heimlich angefertigte Kopie des Gesto-Mordbuchs und die zwei Plastikcontainer mit den Pfandleihscheinen, die noch hatten gerettet werden können.

Im Esstisch war eine kleine Schublade mit Schreibmaterial. Bosch holte einen Stift und einen Block Papier heraus. Aber zwanzig Minuten später füllten seine frei formulierten Gedanken nicht einmal eine halbe Seite.

/ Festnahme
Echo Park
\ Flucht (U-Bahn Red Line)

Wer ist Waits? Wo ist die Burg? (Ziel: Echo Park)
Beachwood Canyon – abgekartetes Spiel, falsches Geständnis
Wer profitiert davon? Warum jetzt?

Bosch dachte ausgiebig über die zwei letzten Fragen nach, dann kehrte er ihre Reihenfolge um. *Warum jetzt?* Er musste davon ausgehen, dass er jemandem durch seine fortgesetzten Ermittlungen im Fall Marie Gesto zu penetrant auf die Zehen gestiegen war und dass der ganze Beachwood-Canyon-Plan eine Folge des Drucks war, den er weiter ausübte. Daraus ergab sich zwangsläufig die Antwort auf die Frage *Wer profitiert davon?* Bosch schrieb hinzu:

Anthony Garland – Hancock Park

Aber außer Boschs Instinkt gab es nichts, was Garland konkret mit dem Mord in Verbindung brachte. Bosch wusste nicht, ob bei der Autopsie neues Beweismaterial aufgetaucht war, aber er bezweifelte, dass nach dreizehn Jahren noch brauchbare DNA oder andere forensische Spuren gefunden würden.

Garland galt lediglich infolge der „Ersatzopfer"-Theorie als Verdächtiger. Die Psychologen hätten das als weit hergeholt bezeichnet, aber Bosch stellte sie jetzt ganz bewusst in den Vordergrund. Man muss nur zwei und zwei zusammenzählen, dachte er. Garland war der Sohn eines reichen Ölbarons. O'Shea befand sich mitten in einem erbittert geführten Wahlkampf, und Geld war der Treibstoff, der eine Wahlkampfmaschinerie am Laufen hielt. Es war nicht auszuschließen, dass es in aller Stille einen Kontakt zwischen den beiden Parteien gegeben hatte: O'Shea erhält das Geld, das er benötigt, um die Wahl zu gewinnen, Olivas wird zum Chefermittler von O'Sheas Behörde ernannt, Waits nimmt Gesto auf seine Kappe, und Garland junior ist endgültig aus dem Schneider.

Es hieß, L. A. sei ein sonniger Ort für zwielichtige Gestalten.

Lauf nur, du Feigling! Was wird jetzt aus deinem miesen Kuhhandel?

Bosch brauchte einfach einen Ansatzpunkt, von dem aus er die Sache angehen konnte. Er griff nach dem Ordner mit der Aufschrift WAITS – HINTERGRUND und begann zu lesen.

KAPITEL ZEHN

Aus Sicht der Strafverfolger war Raynard Waits als Mordverdächtiger ein Ausnahmefall. Als sein Lieferwagen in Echo Park angehalten wurde, ging dem LAPD ein Mörder ins Netz, nach dem es gar nicht gesucht hatte. Und auch sonst hatte keine Ermittlungsbehörde nach ihm gefahndet. Der Fall, den Olivas und sein Partner Ted Colbert übertragen bekommen hatten, hatte von Anfang an eine Eigendynamik entfaltet und alles mitgerissen, in Richtung Anklage und Prozess. Waits' Festnahme war ein absoluter Glückstreffer gewesen, und deswegen hatte es niemand für nötig gehalten, der Frage auf den Grund zu gehen, wer ihnen da in die Hände gefallen war und weshalb dieser Mann zu diesem Zeitpunkt auf dieser Straße in diesem Lieferwagen unterwegs gewesen war.

Folglich gab es in der Ermittlungsakte wenig, was Bosch weiterhalf. Die Hintergrundinformationen zu Waits' Person stammten entweder vom Verdächtigen selbst oder waren von Olivas und Colbert bei routinemäßig durchgeführten Computerrecherchen zusammengetragen worden. Bosch hatte die Akte in zwanzig Minuten durchgelesen. Danach skizzierte er eine kurze Zeitlinie.

30.04.92 – Daniel Fitzpatrick ermordet, Hollywood
18.05.92 – Raynard Waits, geb. 3.11.71, Führerschein ausgestellt, Hollywood
01.02.93 – Robert Saxon, geb. 3.11.75 – Festnahme, Voyeur, identifiziert als Raynard Waits, geb. 3.11.71, mittels Daumenabdruck aus Führerscheinstelle
09.09.93 – Marie Gesto entführt, Hollywood
11.05.05 – Raynard Waits, geb. 3.11.71, Festnahme Echo Park

Waits hatte offensichtlich immer denselben Geburtstag und -monat angegeben. Um noch als Minderjähriger durchzugehen, hatte er zwar bei einer Gelegenheit 1975 als Geburtsjahr genannt, aber sonst ausnahmslos 1971. Bosch wusste, dass das bei Personen, die ihre Identität wechselten, gängige Praxis war. Man änderte den Namen, behielt aber einige der anderen Angaben unverändert bei, um nicht durcheinanderzukommen oder wichtige Daten zu vergessen – was einem leicht zum Verhängnis werden konnte.

Durch die Recherchen, die er mit Kiz Anfang der Woche durchgeführt hatte, wusste Bosch, dass im Bezirk Los Angeles unter dem Datum 3.11. keine Geburtsurkunde für einen Raynard Waits oder Robert Saxon vorlag. Daraus hatten sie den Schluss gezogen, dass beide Namen falsch waren. Aber inzwischen zog Bosch in Erwägung, dass Waits, oder wie immer er mit richtigem Namen hieß, sein Geburtsdatum beibehalten und nur seinen Namen geändert hatte.

Bosch fiel die große zeitliche Nähe zwischen Fitzpatricks Ermordung und dem Ausstellungsdatum von Waits' Führerschein auf. Dazwischen lag weniger als ein Monat. Hinzu kam noch, dass Waits seinen Personalunterlagen zufolge erst mit zwanzig einen Führerschein beantragt hatte. Bosch fand es unwahrscheinlich, dass sich ein in der Autostadt L. A. aufwachsender junger Mann erst mit zwanzig einen Führerschein zugelegt haben sollte.

Bosch konnte es fühlen. Wie ein Surfer, der auf die richtige Dünung wartet, spürte er, wie seine Welle kam. Was er hier betrachtete, war die Geburt einer neuen Identität. Achtzehn Tage nachdem er im Schutz der Unruhen Fitzpatrick umgebracht hatte, kam der Mörder in die Führerscheinstelle und beantragte eine Fahrerlaubnis. Als Geburtsdatum gab er den 3.11.71 an, als Namen Raynard Waits. Bei der Antragstellung musste er zwar eine Geburtsurkunde vorlegen, aber wenn er die richtigen Leute kannte, dürfte das kein allzu großes Problem gewesen sein. Nicht in L. A.

Bosch glaubte, irgendetwas in Zusammenhang mit dem Fitzpatrick-Mord hatte den Täter veranlasst, seinen Namen zu ändern. Das stand in krassem Widerspruch zu dem Geständnis, das Waits zwei Tage zuvor abgelegt hatte. Er hatte die Ermordung Fitzpatricks als eine Tat hingestellt, die er um des Kitzels willen begangen hatte, als eine Gelegenheit, lang gehegte Fantasien auszuleben. Er hatte Fitzpatrick ganz bewusst als ein Opfer dargestellt, das er sich vollkommen willkürlich und aus keinem anderen Grund als dem ausgesucht hatte, dass es zufällig seinen Weg gekreuzt hatte. Doch wenn es tatsächlich so gewesen sein sollte und der Mörder vorher keinerlei Kontakt mit seinem Opfer gehabt hatte, warum hatte er sich dann innerhalb von achtzehn Tagen eine gefälschte Geburtsurkunde besorgt und einen neuen Führerschein beantragt? Wenn die Ermordung Fitzpatricks tatsächlich so abgelaufen war, wie Waits sie geschildert hatte, hätte für ihn kein Anlass bestanden, sich umgehend eine neue Identität als Raynard Waits zuzulegen. Doch dem widersprachen die Fakten – die Zeitlinie des Mordes und das Ausstellungsdatum des Führerscheins. Die Schlussfolgerung lag für Bosch auf der Hand: Fitzpatrick war kein Zufallsopfer gewesen. Zwischen ihm und seinem Mörder hatte es eine Verbindung gegeben. Und das war der Grund, weshalb Waits seinen Namen geändert hatte.

Bosch schlug das Fitzpatrick-Mordbuch auf und begann zu lesen, wobei er auf verborgene Zusammenhänge achtete. Da die Ermittlungen zu Fitzpatricks Tod bestenfalls oberflächlich durchgeführt worden waren, hatte man auch keine Zeugen für den Mord ermittelt. Außer der Dose Brennspiritus, die zudem nachträglich abgewischt worden war, wurde kein forensisches Beweismaterial gefunden. Die wenigen Pfandscheine, die nicht durch Feuer oder Löschwasser zerstört worden waren, hatte man in die zwei Plastikbehälter gepackt und in der Asservatenkammer vor sich hin schimmeln lassen. Das Mordbuch war so dünn, dass Bosch es in weniger als zwanzig

Minuten durchgelesen hatte. Er hatte sich keine Notizen gemacht, keine Ideen bekommen. Sein Ritt auf der Welle neigte sich dem Ende zu.

Er überlegte gerade, ob er sich ein Bier genehmigen und sich den Fall am nächsten Tag noch einmal vornehmen sollte. Da ging die Haustür auf, und Rachel kam mit mehreren Essenskartons vom Chinesen herein. Bosch stapelte die Akten auf dem Tisch, um Platz zum Essen zu schaffen. Rachel holte Teller aus der Küche und öffnete die Kartons. Bosch nahm die letzten zwei Biere aus dem Kühlschrank.

Sie unterhielten sich eine Weile, dann erzählte er Rachel, was er seit dem Mittagessen in Erfahrung gebracht hatte. Ihre zurückhaltenden Kommentare verrieten ihm, dass sie seine Beschreibung der Wegmarkierungen, die er im Beachwood Canyon gefunden hatte, nicht überzeugte. Doch als er ihr seine Zeitlinie zeigte, war sie, was seine Schlussfolgerungen hinsichtlich der Namensänderung des Mörders nach dem Fitzpatrick-Mord anging, mit ihm einer Meinung. Sie gab ihm auch darin Recht, dass sie möglicherweise sein richtiges Geburtsdatum hatten.

Bosch blickte auf die zwei Plastikcontainer auf dem Boden hinab. „Dann sind die Dinger wohl einen Versuch wert."

Rachel neigte sich zur Seite, um sehen zu können, worauf er schaute. „Was ist das?"

„Hauptsächlich alte Pfandscheine. Niemand hat sie je durchgesehen."

„Ist das dein Plan für heute Abend, Harry?"

Lächelnd schaute er zu ihr auf und nickte.

Als sie mit dem Essen fertig waren, trug Bosch die zwei Behälter nach draußen auf die Terrasse, dann holte er zwei leere Pappkartons aus dem Carport. Sie setzten sich in die Liegestühle und machten sich an die Arbeit.

Mit dem Deckel fächelte Bosch die Dämpfe fort, die aus dem geöffneten Container aufstiegen, den er sich vorgenommen hatte. Dieser enthielt hauptsächlich rosafarbene Pfandscheinabschnitte und acht auf zwölf Zentimeter große Karten, die offensichtlich einfach in den Behälter gekippt worden waren. Das Wasser hatte erheblichen Schaden angerichtet. Viele Leihscheine waren in feuchtem Zustand aneinandergeklebt, auf anderen war die Tinte bis zur Unleserlichkeit verschmiert. Bosch schaute zu Rachel hinüber, die mit den gleichen Problemen zu kämpfen hatte.

„Sieht nicht gerade vielversprechend aus, Harry."

„Tu einfach, was du kannst. Es könnte unsere letzte Hoffnung sein."

Bosch nahm einen Packen Pfandscheine heraus, legte sie sich in den Schoß und begann, sie durchzusehen. Sein Augenmerk richtete sich vor allem auf Namen, Adresse und Geburtsdatum der einzelnen Kunden. Jeden Abschnitt, den er sich angesehen hatte, markierte er in der linken oberen Ecke mit einem roten Stift und warf ihn dann in den Karton neben dem Liegestuhl.

Sie waren eine gute halbe Stunde voll konzentriert und schweigend bei der Arbeit, als Bosch das Telefon in der Küche klingeln hörte. Er vermutete, es könnte ein Anruf aus Hongkong sein, und stand auf.

„Ich wusste gar nicht, dass du einen Festnetzanschluss hast, Harry."

„Das wissen auch nicht viele." Er hob das Telefon beim achten Läuten ab. Aber es war nicht seine Tochter. Es war Abel Pratt.

„Ich wollte nur sehen, was Sie treiben, Harry. Aber ich gehe mal davon aus, dass Sie zu Hause sind, wenn ich Sie über den Festnetzanschluss erreiche."

„Hören Sie, Beurlaubung heißt nicht, dass ich sieben Tage die Woche vierundzwanzig Stunden lang zu Hause sein muss."

„Ich weiß. Was machen Sie denn gerade?"

„Ich sitze mit einer Freundin auf der Terrasse. Wir trinken Bier und genießen die Abendluft. Irgendwas dagegen einzuwenden, Chef?"

„Jemand, den ich kenne?"

„Höchstwahrscheinlich nicht. Sie mag keine Cops."

Pratt lachte, und es schien, als hätte Bosch endlich seine Bedenken ausgeräumt. „Dann will ich nicht weiter stören. Schönen Abend noch, Harry."

Bosch legte auf, hielt im Kühlschrank nach bisher übersehenen Bieren Ausschau und kehrte mit leeren Händen auf die Terrasse zurück. Rachel erwartete ihn mit einer wasserfleckigen 8 × 12-Zentimeter-Karte in der Hand, an der mit einer Büroklammer ein rosafarbener Pfandschein befestigt war.

„Ich hab's gefunden", verkündete sie lächelnd.

Bosch las die Karte. Sie war mit blauer Tinte beschriftet, die vom Wasser zwar zum Teil zerlaufen, aber noch lesbar war.

> 12.02.92 – Kunde hat sich beschwert, dass Eigentum vor Ablauf der neunzigtägigen Aufbewahrungsfrist verkauft wurde. Pfandschein gezeigt und berichtigt. Kunde hat sich beschwert, dass neunzig Tage keine Wochenenden und Feiertage einschließen dürften. Geschimpft/Tür zugeknallt.

Auf dem rosafarbenen Pfandschein standen der Name Robert Foxworth, das Geburtsdatum 03.11.71 und eine Adresse in der Fountain Avenue in Hollywood. Der am 8. Oktober 1991 für achtzig Dollar verpfändete Gegenstand war als *Medaillon, Erbstück* angegeben.

„Das Geburtsdatum ist dasselbe", sagte Rachel. „Und der Name passt in zweifacher Hinsicht. Robert übernahm er bei dem Namen Robert Saxon, und den Fuchs – das Fox aus Foxworth – in Form von Raynard."

„Vielleicht ist Foxworth aber auch nur ein weiterer Deckname."

„Möglich. Aber zumindest ist es etwas, was du vorher nicht hattest."

Sie hatte Recht. Bosch spürte, wie seine Aufregung wuchs. Er holte sein Handy aus der Tasche, rief die Telefonzentrale im Parker Center an und bat die Telefonistin, den Namen und das Geburtsdatum durch den Computer laufen zu lassen.

„Nichts", verkündete er nach einer Weile. „Nicht mal ein Führerschein."

„Aber das ist doch gut", erwiderte Rachel. „Verstehst du denn nicht? Robert Foxworth wäre jetzt fünfunddreißig. Wenn es kein Vorstrafenregister und keinen Führerschein gibt, ist das ein weiteres Anzeichen dafür, dass er entweder tot oder ein anderer geworden ist. Gibt es eine Möglichkeit, abgelaufene Führerscheine nachzuprüfen? Falls Robert Foxworth einen Führerschein bekam, als er sechzehn wurde, müsste die Fahrerlaubnis zu dem Zeitpunkt erloschen sein, als er sich eine neue Identität zulegte."

Bosch ließ sich das kurz durch den Kopf gehen. Führerscheininhaber hatten bis Anfang der Neunzigerjahre keinen Daumenabdruck hinterlegen müssen. Das hieß, wenn Foxworth sich davor einen Führerschein hatte ausstellen lassen, gab es keine Möglichkeit, ihn mit seiner neuen Identität als Raynard Waits in Verbindung zu bringen.

„Ich könnte morgen bei der Führerscheinstelle anrufen. Das ist nichts, was ich heute Abend noch feststellen lassen kann."

„Und da ist noch was, was du morgen fragen kannst, Harry. Erinnerst du dich noch an das Profil, das ich dir neulich auf die Schnelle erstellt habe? Ich habe dir doch gesagt, dass diese frühen Straftaten keine vereinzelten Aussetzer waren. Da muss es auch vorher schon was gegeben haben."

Bosch verstand, worauf Rachel hinauswollte. „Du meinst, irgendwelche Jugendstrafen."

Sie nickte. „Möglicherweise existiert ein Jugendvorstrafenregister für Robert Foxworth – vorausgesetzt natürlich, es ist sein richtiger Name."

Laut kalifornischem Recht durften bei einem Straftäter nach Erreichen der Volljährigkeit die Jugendstrafen nicht mehr in der Akte auftauchen. Als die Telefonzentrale den Namen Foxworth durch den Computer hatte laufen lassen, mochte er zwar frei von Vorstrafen zurückgekommen sein, aber sein Träger hatte deshalb nicht unbedingt eine weiße Weste. Wie bei der Führerscheinanfrage musste Bosch bis zum nächsten Morgen warten. Erst dann konnte er im Jugendamt in das Jugendstrafregister Einsicht nehmen.

„Was hältst du von diesem verpfändeten Erbstück?", wechselte Rachel das Thema. „Ist doch interessant, dass er es zurückhaben wollte. Es deutet darauf hin, dass es nicht gestohlen war. Wahrscheinlich gehörte es einem Familienangehörigen, und er wollte es sich wieder holen."

Bosch nickte. Dann musste er gähnen und merkte plötzlich, wie müde er war. Er hatte sich den ganzen Tag lang die Hacken abgelaufen, nur um auf diesen Namen zu stoßen. „Gegen ein Bier hätte ich jetzt nichts einzuwenden", seufzte er. „Die Sache hat nur einen Haken: Ich habe kein Bier mehr im Haus."

„Jetzt hör aber mal, Harry. Du lädst ein Mädchen zu dir ein, damit sie die Drecksarbeit für dich macht, und alles, was sie von dir kriegt, ist ein einziges Bier? Was ist eigentlich los mit dir? Wie sieht es mit Wein aus?"

Geknickt schüttelte Bosch den Kopf. „Aber ich fahre welchen holen."

„Sehr gut. Und ich mache mich schon mal auf den Weg ins Schlafzimmer. Ich warte dort auf dich."

„Dann werde ich mich extra beeilen."

„Bring mir bitte eine Flasche Roten mit, ja?"

„Bin schon unterwegs."

Bosch verließ das Haus. Er hatte seinen Wagen am Straßenrand geparkt, damit Rachel ihren in den Carport stellen konnte. Als er die Haustür hinter sich schloss, fiel ihm ein silberfarbener Geländewagen auf, der zwei Häuser weiter im Parkverbot stand. Noch während Bosch zu dem Wagen schaute, fuhr dieser plötzlich mit ausgeschalteten Lichtern los.

Bosch sprang in sein Auto und folgte dem Geländewagen. Er fuhr so schnell, wie er es verantworten zu können glaubte. Zwei Minuten später hatte er auf der kurvenreichen Straße die Kreuzung mit dem Mulholland Drive erreicht. Von dem Geländewagen war keine Spur zu sehen.

„Mist!" Bosch blieb eine Weile an der Kreuzung stehen und dachte darüber nach, was das bedeuten könnte. Entweder nichts, oder aber jemand hatte sein Haus beobachtet. Er bog links ab und fuhr mit normaler Geschwindigkeit den Mulholland Drive hinunter. Nicht weit vom Lankershim Boulevard gab es einen Getränkemarkt. Während der Fahrt dorthin sah er immer wieder in den Rückspiegel, ob ihm jemand folgte.

BEURLAUBUNG hin oder her, am nächsten Morgen zog Bosch einen Anzug an, bevor er losfuhr. Er verlieh ihm eine Aura von Autorität und Selbstvertrauen, wenn er sich mit den Behörden herumschlagen musste. Und spätestens zwanzig nach neun hatte sich diese Entscheidung bezahlt gemacht. Er hatte eine konkrete Spur. Im Archiv der Führerschein- und Zulassungsstelle gab es Unterlagen zu einer Fahrerlaubnis, die am 3. November 1987, also an dem Tag, an dem er sechzehn wurde und Auto fahren durfte, auf einen Robert Foxworth ausgestellt worden war. Sie war nie verlängert worden.

Die Spur war die Adresse auf dem Führerschein. Als Foxworth' Wohnsitz war darauf das Los Angeles County Department of Children and Family Services, 3075 Wilshire Blvd., Los Angeles, angegeben. Demnach hatte Foxworth 1987 unter der Obhut des Bezirksamtes für Kinder, Jugendliche und Familie gestanden. Das hieß, er hatte entweder keine Eltern mehr gehabt oder sie waren nicht imstande gewesen, ihn aufzuziehen, sodass er entweder in einem Heim oder bei einer Pflegefamilie untergebracht gewesen war. Bosch wusste das alles deshalb so genau, weil auch er ein Pflegling des Bezirks Los Angeles gewesen war.

Beim Verlassen der Führerscheinstelle begann sein Handy zu vibrieren, und er nahm den Anruf entgegen, ohne einen Blick auf das Display zu werfen. Er hoffte, es wäre Rachel, damit er ihr die gute Nachricht gleich mitteilen könne.

„Harry, wo sind Sie? Bei Ihnen zu Hause ist niemand drangegangen."

Pratt. Langsam hatte Bosch die Nase voll, dass sein Chef ihm ständig hinterherschnüffelte. „Ich bin gerade unterwegs zu Kiz. Was dagegen?"

„Nein, außer dass Sie sich bei mir melden sollten."

„Einmal am Tag! Es ist noch nicht mal zehn!"

„Jetzt regen Sie sich nicht gleich so auf. Ich meine es doch nur gut mit Ihnen. Das Neueste haben Sie doch sicher schon gehört?"

Abrupt blieb Bosch stehen. „Wurde Waits gefasst?"

„Schön wär's. Gestern Nacht wurde auf dem Hollywood Boulevard ein Mädchen auf offener Straße in einen Lieferwagen gezerrt. Eine der Überwachungskameras dort hat einen Teil der Entführung festgehalten. Ich habe die Aufnahmen zwar noch nicht gesehen, aber es heißt, es war Waits. Für elf ist eine Pressekonferenz angesetzt, und dann wird das Video zur Veröffentlichung freigegeben."

Bosch spürte ein dumpfes Pochen in der Brust. Er hatte Recht behalten mit seiner Annahme, dass Waits noch in Los Angeles war. Aber er wünschte sich, er hätte sich getäuscht. „Haben Sie das Autokennzeichen?"

„Nein, es war verdeckt. Alles, was durchgegeben wurde, ist, dass es ein stinknormaler weißer Kastenwagen war. Wie der andere, den Waits fuhr, nur älter. Aber ich muss jetzt Schluss machen. Hoffentlich bringt die OIS den Fall endlich zum Abschluss, damit Sie zurück zur Einheit können."

„Ja, das wäre schön. Ach, noch was, Chef, bei seinem Geständnis sagte Waits, in den Neunzigerjahren hätte er einen anderen Kastenwagen gefahren. Vielleicht sollte die Fahndungseinheit jemanden damit beauftragen, nach alten Zulassungen unter seinem Namen zu suchen."

„Ich werde es ihnen sagen. Bewegen Sie sich nicht zu weit von zu Hause fort, Harry. Und bestellen Sie Kiz schöne Grüße."

Froh, dass ihm so schnell die Ausrede eingefallen war, klappte Bosch das Handy zu. Gleichzeitig wurde ihm klar, dass ihm das Lügen gegenüber Pratt langsam zur Gewohnheit wurde, und darüber war er weniger begeistert.

Bosch stieg in sein Auto und fuhr zum Wilshire Boulevard. Durch Pratts Anruf war ihm die Brisanz der Sache noch deutlicher bewusst geworden. Waits hatte wieder eine Frau entführt, aber zum Glück gab es in den Akten keine Hinweise darauf, dass er seine Opfer sofort tötete. Das hieß, sein jüngstes Opfer war möglicherweise noch am Leben.

Im Jugendamt war es laut und voll. Bosch musste an einem Schalter im Archiv fünfzehn Minuten lang warten, bis er an die Reihe kam. Eine Sachbearbeiterin teilte ihm mit, es gebe ein Jugendstrafregister für Robert Foxworth, geboren am 3.11.71, aber um es einzusehen, brauche er eine richterliche Anordnung.

Bosch lächelte nur. Der Umstand, dass tatsächlich eine solche Akte existierte, versetzte ihn in solche Aufregung, dass er sich kaum über die neuerliche Erschwernis ärgerte. Als er wieder hinaus in den Sonnenschein trat, wurde ihm klar, dass er jetzt eine Entscheidung treffen musste. Wenn er ohne Genehmigung seiner eigenen Behörde eine richterliche Anordnung zur Einsichtnahme in die Unterlagen des Jugendamts beantragte, ginge er eindeutig einen Schritt zu weit. Damit stellte er auf eigene Faust Ermittlungen an und machte sich eines Verstoßes schuldig, der seine Entlassung nach sich ziehen konnte.

Mit dem, was er hatte, konnte er zu Randolph von der OIS oder zur Fahndungsabteilung gehen. Oder aber den verbotenen Weg einschlagen und das damit verbundene Risiko auf sich nehmen. Seit seiner Rückkehr in den Polizeidienst fühlte sich Bosch durch die Dienstvorschriften weniger eingeengt als früher. Er hatte bereits einmal alles hingeworfen und wusste, er könnte es im Notfall wieder tun.

Er zog sein Handy heraus und machte den einen Anruf, der es ihm möglicherweise ersparen würde, zwischen zwei gleichermaßen unbefriedigenden Alternativen wählen zu müssen. Rachel meldete sich nach dem zweiten Läuten auf ihrem Handy.

„Und was tut sich so bei Taktik?“, fragte er.

„Oh, bei uns tut sich immer was. Wie ging’s bei dir? Hast du schon gehört, dass Waits gestern Abend eine Frau entführt hat?“

Bosch bejahte und berichtete ihr von seinen morgendlichen Aktivitäten. „Ich überlege, ob das FBI Interesse hätte, sich in den Fall einzuschalten.“

„Und was macht den Fall plötzlich auch für das FBI interessant?“

„Ach, weißt du, Bestechung von Staatsbeamten, Verstöße gegen das Parteispendengesetz, Entführung – das Übliche eben.“

Sie blieb ernst. „Ich weiß nicht, Harry. Wenn du diese Tür öffnest, kann kein Mensch sagen, was dahinter lauert. Und wahrscheinlich würden sie mich ohnehin von der Sache fernhalten, so weit es nur geht. Es ist nicht meine Zuständigkeit, und dann wäre da noch der Interessenkonflikt."

„Hör zu, ich brauche eine richterliche Anordnung. Wenn ich mir in meiner augenblicklichen Situation eine zu beschaffen versuche, schmeißen sie mich möglicherweise raus. Für Pratt wäre es der Tropfen, der das Fass zum Überlaufen bringt, da bin ich mir ganz sicher. Wenn ich allerdings sagen kann, dass ich zu einem FBI-Verfahren hinzugezogen wurde, wäre das eine hinreichende Erklärung. Alles, was ich will, ist, mir Foxworth' Jugendamtsakte anzusehen. Ich glaube, sie ist der Schlüssel dazu, was es mit Echo Park auf sich hat."

Sie schwieg eine Weile, bevor sie antwortete. „Wo bist du gerade?"

„Noch beim Jugendamt."

„Ich komme, so schnell es irgend geht."

„Bist du dir da auch wirklich sicher?"

„Nein, aber ich tu's trotzdem."

Bosch klappte sein Handy zu, ging zu einem Zeitungskasten und holte sich die Morgenausgabe der *Times*. Er setzte sich auf den Pflanzkasten, der entlang der gesamten Vorderseite des Bezirksamts für Kinder, Jugendliche und Familien verlief, und blätterte die Zeitung durch.

Über die Entführung auf dem Hollywood Boulevard gab es keine Meldung, weil sie sich in der Nacht erst nach der Drucklegung ereignet hatte. Die Berichterstattung über den Fall Waits war von der ersten Seite in den Lokalteil gerutscht, aber sie war immer noch sehr umfangreich. Die prominenteste Meldung befasste sich mit der bislang erfolglosen landesweiten Fahndung nach dem entflohenen Serienmörder. Angesichts der Ereignisse der vergangenen Nacht waren die meisten darin enthaltenen Informationen überholt. Es gab keine landesweite Fahndung mehr. Waits war noch in der Stadt. Der zweite Artikel hatte die jüngsten Ermittlungsergebnisse zum Gegenstand und enthielt einige Details über den Ablauf von Waits' Flucht, der dritte befasste sich mit den neuesten politischen Entwicklungen in Zusammenhang mit dem Vorfall. Bosch überflog die Zeilen, um zu sehen, ob irgendetwas über die Finanzierung von O'Sheas Wahlkampf erwähnt wurde. Doch das war nicht der Fall.

Bosch hatte alle drei Artikel gelesen, als Rachel in einer FBI-Limousine angefahren kam. Er ging auf sie zu. „Und was machen wir jetzt?", fragte er zur Begrüßung.

„Was, kein ‚Wie geht's?' oder ‚Danke, dass du gekommen bist'?"

„Danke, dass du gekommen bist. Und was machen wir jetzt?"

„Ich marschiere da rein und komme dem Verantwortlichen mit der geballten Macht der Regierung dieses großen Landes. Ich lasse das Gespenst des Terrorismus vor ihm auferstehen, und er wird die Akte rausrücken."

„Das nennst du einen Plan?"

„Diese Methode hat mehr als fünfzig Jahre lang ihren Zweck hervorragend erfüllt. Wo lang?"

Sie betraten das Gebäude. Er musste sich beeilen, um sie einzuholen, und deutete geradeaus nach vorn in den Hauptkorridor. „Für so einen Schwachsinn habe ich nicht vierzig Minuten lang auf dich gewartet, Rachel."

„Hast du etwa eine bessere Idee?"

„Ich *hatte* eine bessere Idee. Einen FBI-Durchsuchungsbeschluss, falls du dich noch erinnerst."

„Das kam von vornherein nicht infrage, Harry. Ich habe dir doch gesagt, wenn ich diese Schleuse öffne, wirst du einfach weggeschwemmt. So ist es besser. Rein, raus."

Sie marschierte jetzt mit bundespolizeilichem Elan zwei Schritte vor ihm her. Insgeheim begann Bosch, an sie zu glauben. Die Aura von Autorität und Befehlsgewalt, mit der sie durch die Flügeltür des Archivs schritt, war über jeden Zweifel erhaben.

Die Angestellte, mit der Bosch kurz zuvor zu tun gehabt hatte, fertigte am Schalter gerade einen anderen Bürger ab. Mit einer raschen, flüssigen Bewegung pflanzte Rachel sich vor ihr auf und zog ihren Dienstausweis heraus. „FBI. Ich muss in einer dringenden Angelegenheit Ihren Abteilungsleiter sprechen."

Unbeeindruckt sah die Frau sie an. „Ich bin Ihnen gern behilflich, sobald ich …"

„Sie sind mir jetzt sofort behilflich, meine Liebe. Holen Sie Ihren Chef, oder ich hole ihn."

Die Frau machte ein Gesicht, als wäre ihr noch nie jemand so unverschämt gekommen. Ohne ein weiteres Wort ging sie zu einer Tür hinter einer Reihe von Schreibtischen. Sie mussten keine Minute warten, da tauchte die Frau wieder in der Tür auf, gefolgt von einem Mann, der direkt auf Rachel zukam. „Ich bin Mr Osborne. Hier entlang, bitte."

Eine Schwingtür am hinteren Ende des Schalters öffnete sich mit einem leisen Summen, und sie folgten Osborne in sein Büro. Rachel zeigte ihm ihren Ausweis.

„Mr Osborne, ich arbeite hier in Los Angeles für den Taktischen Nachrichtendienst des FBI. Und das hier ist Detective Harry Bosch vom LAPD. Wir haben erfahren, dass es in Ihrem Archiv eine Akte über eine Person namens Robert Foxworth gibt, geboren am 3.11.71. Es ist von äußerster Wichtigkeit, dass wir unverzüglich Einsicht in diese Akte erhalten."

„Aber die Unterlagen unserer minderjährigen Schützlinge dürfen nur …"

„Sir, Robert Foxworth ist nicht mehr minderjährig. Er ist vierunddreißig Jahre alt. Die Akte könnte Angaben enthalten, die uns ermöglichen, eine außerordentlich ernste Bedrohung von dieser Stadt abzuwenden."

„Aber trotzdem müssen Sie verstehen, dass wir nicht …"

„Wenn wir diese Akte nicht sofort zu sehen bekommen, werden wir möglicherweise den Verlust eines Menschenlebens zu beklagen haben. Damit wollen Sie Ihr Gewissen doch ebenso wenig belasten, wie wir das wollen. Deshalb sitzen wir im selben Boot. Ich will Ihnen einen Vorschlag machen, Sir. Wir werden in Ihrem Beisein Einsicht in die Akte nehmen. In der Zwischenzeit werde ich ein Mitglied meines Teams beauftragen, eine richterliche Anordnung einzuholen."

„Na schön. Ich muss die Akte allerdings aus dem Archiv anfordern."

„Danke. Wir haben wirklich nicht viel Zeit, Sir."

Osborne verließ das Büro.

Rachel lächelte. „Lass uns hoffen, dass er es sich nicht anders überlegt."

Sie warteten fast fünfzehn Minuten lang auf Osbornes Rückkehr. Als er in das Büro zurückkam, hatte er einen zwei Zentimeter dicken Ordner bei sich. Er reichte ihn Rachel, die ihn im Aufstehen an sich nahm. Bosch erhob sich ebenfalls.

„Sie kriegen die Akte so bald wie möglich zurück. Danke, Mr Osborne."

„Moment, Moment! Sie sagten, Sie würden sie sich hier ansehen."

Bereits wieder Schwung aufnehmend, steuerte Rachel auf die Tür zu. „Dafür ist jetzt keine Zeit mehr, Mr Osborne. Wir müssen los. Sie erhalten die Akte morgen früh zurück."

Sie war bereits aus dem Zimmer. Bosch folgte ihr und schloss hinter sich die Tür, durch die gerade noch Osbornes letzte Worte drangen.

„Was ist mit der richterlichen …?"

Als sie hinter der Schalterbeamtin vorbeigingen, bat Rachel sie, die Schwingtür zu öffnen. Rachel hielt ihren 2-Schritte-Vorsprung auf Bosch, als sie in den Flur hinausmarschierten. Es gefiel ihm, hinter ihr zu gehen, und er bewunderte ihr Auftreten. Führungsstärke in Reinkultur.

Sie verließen das Gebäude und liefen in Richtung Osten los, bis sie zu einem Imbiss kamen. Dort setzten sie sich nebeneinander und schlugen den Ordner auf. Bosch bestellte zwei Tassen Kaffee. Bis sie auf die Theke gestellt und bezahlt waren, hatte Rachel bereits eine Seite Vorsprung vor Bosch. Sie reichte ihm jeweils eine Seite, wenn sie damit fertig war.

Das erste Dokument in der Akte war eine Kopie von Foxworth Geburtsurkunde. Er war im Queen of Angels Hospital auf die Welt gekommen. Als seine Mutter war die 17-jährige Rosemary Foxworth eingetragen, geboren am 21.6.54 in Philadelphia. Vater unbekannt. Wohnsitz der Mutter war in der Orchid Avenue in Hollywood gewesen. Bosch siedelte die Adresse im Herzen eines Viertels an, das sich mittlerweile Kodak Center nannte. Inzwischen prägten dort Glamour, Glas und rote Teppiche das Bild, aber 1971 hatten es noch Nutten und Drogensüchtige bestimmt. Wahrscheinlich war Rosemary als Ausreißerin von Philadelphia nach Hollywood gekommen. Wahrscheinlich hatte sie Drogen genommen. Und wahrscheinlich hatte sie auf der Straße als Prostituierte gearbeitet.

Mit jedem Dokument, das Rachel Bosch gab, gewann die Geschichte weiter an Kontur. Als Robert Foxworth zwei Jahre alt war, wurde seiner Mutter das Sorgerecht für ihn entzogen. Von nun an war das Bezirksjugendamt für ihn zuständig und brachte ihn in den nächsten sechzehn Jahren seines Lebens in ständig wechselnden Heimen und Pflegefamilien unter. Bosch stellte fest, dass sich unter den Einrichtungen auch die McLaren Youth Hall in El Monte befand, in der auch er selbst ein paar Jahre seiner Kindheit verbracht hatte. Die Akte war voll mit psychiatrischen Gutachten, die im jährlichen Turnus erstellt worden waren, oder wenn Foxworth wieder einmal bei einer Pflegefamilie rausgeflogen war. Alles in allem dokumentierte sie den Verlauf eines verpfuschten Lebens. Traurig, ja. Ungewöhnlich, nein. Es war die Geschichte eines Kindes, das seinem einzigen Elternteil weggenommen und anschließend von der Institution, die es unter ihre Obhut genommen hatte, ähnlich unzureichend versorgt worden war. Foxworth hatte nie ein richtiges Zuhause oder eine richtige Familie gehabt.

Beim Lesen dieser Seiten stiegen Erinnerungen in Bosch auf. Zwei Jahrzehnte vor Foxworth hatte auch er diesen Weg durch das System durchlaufen und mit den entsprechenden Narben überlebt. Doch der Schaden, den er davongetragen hatte, war nichts im Vergleich zu Foxworth' Verletzungen.

„Harry, diese psychologischen Gutachten aus seiner Pubertät – zum Teil ist das ganz schön krankes Zeug, was er da alles erzählt hat. Eine Menge Hass auf Frauen. Vor allem auf junge, promiskuitive Frauen. Prostituierte, Drogenabhängige. Weißt du, was dahinter für eine Psychologie steckt? Weißt du, wozu das alles schließlich führte?"

„Nein. Wozu?"

„Dass er immer wieder seine Mutter getötet hat. Diese ganzen vermissten Frauen und Mädchen, die sie ihm anlasten. Die von gestern Abend. Für ihn waren sie wie seine Mutter. Und er wollte sie umbringen, weil sie ihn verlassen hatte. Vielleicht hat er diese Frauen auch ermordet, damit sie nicht das Gleiche tun konnten wie sie – ein Kind auf die Welt zu bringen."

„Bloß hat sie ihn nicht verlassen. Sie haben ihn ihr weggenommen."

„Das spielt keine Rolle. Sie hat ihn durch ihren Lebenswandel verstoßen. Die Behörden hatten gar keine andere Wahl, als einzuschreiten und ihn ihr wegzunehmen. Durch ihr Versagen als Mutter überließ sie ihn dieser zutiefst fragwürdigen Institution, der er so lange wehrlos ausgeliefert war, bis er alt genug war, um auf eigenen Füßen zu stehen. Für ihn stellte es sich so dar, dass sie ihn im Stich gelassen hat."

Wahrscheinlich hatte Rachel Recht, aber Bosch war nicht wohl bei der Sache. Das Ganze ging ihm zu nahe. Abgesehen von der einen oder anderen Abweichung hatten er und Foxworth ähnliche Lebenswege hinter sich. Foxworth war dazu verdammt, seine eigene Mutter immer wieder zu töten. Und ein Polizeipsychologe hatte Bosch einmal gesagt, er sei dazu verdammt, den Mord an seiner Mutter immer wieder aufzuklären.

„Was hast du denn, Harry?"

Er hatte Rachel seine Lebensgeschichte noch nicht erzählt. Er wollte nicht, dass sie ihre Fähigkeiten als Profilerin auf seine Person richtete. „Nichts", antwortete er. „Ich denke nur nach."

Das nächste Dokument, das Rachel ihm reichte, war die Kopie von Rosemary Foxworth' Sterbeurkunde. Sie war am 5. März 1986 in der geschlossenen Abteilung einer Klinik an den Folgen von Drogenmissbrauch und einer Hepatitis C gestorben. Robert Foxworth war zu diesem Zeitpunkt vierzehn gewesen.

„Da haben wir's!", sagte Rachel plötzlich. „Sein längster Aufenthalt bei Pflegeeltern war bei einer Familie in Echo Park. Und die Leute, die ihn bei sich aufgenommen hatten? Harlan und Janet Saxon, Figueroa Lane Nummer 710. Er war von 1983 bis 1987 bei ihnen. Er muss sie gemocht haben, und ich schätze mal, sie mochten ihn auch."

Bosch beugte sich vor. „Als er mit den Leichen angehalten wurde, war er nur ein paar Straßen weiter. Er muss dorthin unterwegs gewesen sein."

Rachel klappte den Ordner zu. „Und was nun? Echo Park? Was ist mit Verstärkung?"

„Ich will mich dort erst mal umsehen, dann fordere ich Verstärkung an."

Sie nickte. „Ich komme mit."

KAPITEL ELF

Sie nahmen Boschs Mustang, weil der im Vergleich zu Rachels FBI-Limousine zumindest ein gewisses Maß an Tarnung bot. Sie fuhren nach Echo Park, aber nicht direkt zum Haus der Saxons in der Figueroa Lane. Die Sache hatte nämlich einen Haken: Die Figueroa Lane war eine Sackgasse, die am Ende der Figueroa Terrace abzweigte und entlang dem Hügel unterhalb von Chavez Ravine verlief. Sie konnten dort also selbst mit einem Zivilfahrzeug nicht einfach durchfahren, ohne Aufmerksamkeit zu erregen. Falls Waits in dem Haus war, hätte er den Vorteil, sie zuerst zu sehen.

Bosch hielt an der Kreuzung von Beaudry Avenue und Figueroa Terrace. „Für seine geheime Burg hat er sich einen guten Platz ausgesucht. Es ist praktisch unmöglich, sich ihr unbemerkt zu nähern."

Rachel nickte. „Aus genau diesem Grund wurden mittelalterliche Burgen auf Hügeln errichtet."

Bosch blickte nach links, in Richtung Stadtzentrum, und entdeckte einige höhere Gebäude, die über die Dächer der Häuser in der Figueroa Terrace ragten. Eins der nächsten und höchsten Gebäude war die Zentrale der Stadtwerke. Es stand gleich auf der anderen Seite des Freeway 101. „Ich habe eine Idee", verkündete Bosch.

Sie fuhren in die Tiefgarage der Stadtwerke, und Bosch hielt auf einem der Besucherparkplätze. Er löste die Kofferraumverriegelung, stieg aus und holte ein starkes Fernglas und eine Kamera mit Teleobjektiv heraus, die er dort für Observierungen immer mit sich führte.

Als sie im Foyer aus dem Lift stiegen, ging Bosch zu einem Informationsschalter, zeigte Dienstmarke und Ausweis und verlangte den zuständigen Sicherheitschef zu sprechen. Keine zwei Minuten später kam ein groß gewachsener Schwarzer in marineblauem Blazer und Krawatte durch eine Tür und steuerte direkt auf sie zu. Diesmal zeigte nicht nur Bosch seinen Ausweis, sondern auch Rachel.

„Jason Edgar", stellte sich der Sicherheitschef nach einem Blick auf Boschs Dienstausweis vor und lächelte. „Ich glaube, Sie und mein Cousin Jerry waren mal Partner."

Bosch lächelte ebenfalls, nicht nur wegen des Zufalls, sondern auch, weil er nun wusste, dass er auf die Unterstützung des Mannes zählen konnte. „So ist es. Schön, Sie kennen zu lernen."

„Ganz meinerseits, Mann. Worum dreht es sich, wenn das FBI mit eingeschaltet ist? Terrorismus?"

„Jason, wir sind nur auf der Suche nach einer Stelle, von der aus wir gute Sicht auf Echo Park haben. Da steht ein Haus, das wir ein bisschen unter die Lupe nehmen wollen. Allerdings kommen wir dort nicht ran, ohne Aufmerksamkeit zu erregen."

„Da habe ich genau das Richtige für Sie. Kommen Sie."

Edgar führte sie zu den Aufzügen und brachte mit einem Schlüssel den Knopf für den fünfzehnten Stock zum Aufleuchten. Auf der Fahrt nach oben erklärte er ihnen, dass diese Etage gerade renoviert wurde. Sie war entkernt worden und folglich leer. „Suchen Sie sich einfach den geeigneten Observationspunkt."

Die Lifttür ging auf, und sie betraten das Stockwerk, das von der einen bis zur gegenüberliegenden gläsernen Front vollkommen leer vor ihnen lag.

„Da ist noch etwas, Jason, das Sie für uns tun könnten", bat Rachel. „Könnten Sie die Adresse durch Ihren Computer laufen lassen und nachsehen, wer Strom, Gas und Wasser bezahlt?"

„Klar, kein Problem. Ich zeige Ihnen nur noch schnell Ihren Platz."

Von der Glasfront auf der Nordseite des Gebäudes konnten Bosch und Rachel über den Freeway 101 hinweg auf Echo Park hinabsehen. Sie waren zwar weiter von dem am Hang gelegenen Wohngebiet entfernt, als Bosch gedacht hatte, aber sie hatten trotzdem einen guten Blick.

„Das dort ist die Fig Terrace", erklärte er Rachel, „und darüber die Straße mit den drei Häusern, das ist die Fig Lane."

Sie nickte. „Welches davon ist Nummer 710?"

„Gute Frage." Bosch hob das Fernglas. Schließlich entdeckte er vor dem mittleren Haus eine schwarze Mülltonne, auf die jemand in großen weißen Ziffern *712* geschrieben hatte. Bosch wusste, dass die Hausnummern höher wurden, weil die Straße sich von der Innenstadt entfernte. „Das Haus rechts."

„Das ist also die Adresse?", fragte Edgar. „Fig Lane Nummer 710?"

„Ja, Figueroa Lane", bestätigte Bosch.

„Alles klar. Dann sehe ich mal, was ich tun kann."

„Danke, Jason."

Bosch schaute wieder auf das Haus hinab. Wie die zwei anderen Gebäude in der Figueroa Lane lag es ein Stück oberhalb der Straße und war durch eine Treppe mit einer Garage verbunden, die auf Straßenhöhe in den Hang unter dem Haus gegraben war. Aber während die anderen Häuser in der Straße gepflegt und gut in Schuss wirkten, war der rosafarbene Anstrich von Nummer 710 verblichen und der Hang von Unkraut überwuchert.

Bosch studierte Fenster um Fenster. Er suchte nach einem Hinweis, ob sich jemand im Haus aufhielt, und hoffte, Waits hinausschauen zu sehen. Rachel, die neben ihm stand, blickte durch die Kamera. Bosch bemerkte, dass am Ende der Treppe, die von der Garage zur Veranda des Hauses hinaufführte, eine kleine Metallplattform sowie stählerne Führungsstangen angebracht waren.

„An der Treppe ist ein Aufzug montiert. In dem Haus wohnt jemand, der im Rollstuhl sitzt“, folgerte Bosch.

Er richtete seine Aufmerksamkeit auf die Garage. Sie hatte eine Eingangstür und zwei große Tore, deren rosa Anstrich von der Nachmittagssonne inzwischen grau geworden war. Eins der Tore stand leicht schief und machte nicht den Eindruck, als ließe es sich noch öffnen. In die obersten Kassetten der Tore waren kleine quadratische Fenster eingesetzt, aber wegen des reflektierten Sonnenlichts konnte Bosch nicht nach innen sehen.

Er hörte das leise Bing! des anhaltenden Aufzugs und sah Jason Edgar auf sie zukommen.

„Die Stromrechnungen für diese Adresse gehen an eine Janet Saxon“, berichtete Edgar, „und das schon seit einundzwanzig Jahren.“

„Vielen Dank“, sagte Rachel. „Sie waren uns eine große Hilfe.“

„Viel Erfolg. Geben Sie einfach dem Kollegen im Foyer Bescheid, wenn Sie gehen. Er informiert mich dann. Hoffentlich kriegen Sie Ihren Mann.“

Sie schüttelten sich die Hände, und Edgar kehrte zum Aufzug zurück.

Zwanzig Minuten vergingen, und nichts im Haus rührte sich. Bosch konzentrierte sich auf das dichte Gebüsch auf dem Hang darüber und suchte nach einem Beobachtungspunkt, von dem aus sie das Haus aus der Nähe beobachten konnten.

„Harry, die Garage!“ Rachel hörte sich aufgeregt an.

Bosch senkte das Fernglas. Die Sonne war hinter einer Wolke verschwunden, und das grelle Licht war erloschen. Durch die kleinen Fenster der Garagentore war das Heck eines weißen Kastenwagens zu sehen.

„So einer wurde in der Fahndungsmeldung erwähnt“, sagte Rachel.

„Wir haben Waits!“, rief Bosch. „Da drinnen muss er mit dem Mädchen sein. Komm!“ Sie eilten zum Lift.

WÄHREND sie aus der Tiefgarage schossen, debattierten sie darüber, ob sie Verstärkung hinzuziehen sollten. Rachel war dafür. Bosch dagegen.

„Durchaus möglich, dass das Mädchen im Haus ist, er aber nicht. Wenn wir jetzt mit der ganzen Mannschaft anrücken, geht er uns möglicherweise durch die Lappen. Ich will mir nur mal alles aus der Nähe ansehen. Verstärkung können wir immer noch anfordern, falls sie überhaupt nötig ist.“

„Und was, wenn er im Haus ist?“, hielt Rachel ihm entgegen. „Wir zwei könnten in einen Hinterhalt geraten. Wir brauchen wenigstens ein zweites Team zur Verstärkung.“

„Wir verständigen sie, sobald wir da sind.“

„Dann ist es zu spät. Ich weiß, was du vorhast. Du willst diesen Kerl ganz für dich allein haben, und dafür bist du bereit, das Leben des Mädchens – und unseres – aufs Spiel zu setzen.“

„Möchtest du, dass ich anhalte und dich aussteigen lasse?“

„Nein, ich möchte nicht aussteigen, Harry.“

„Gut. Und ich möchte, dass du dabei bist.“

Entscheidung getroffen, Diskussion beendet. Sie fuhren bis zu der Stelle, wo die Figueroa Terrace endete und die Figueroa Lane den Hügel hinaufführte. Vor der Abzweigung hielt Bosch am Straßenrand an.

„Das letzte Stück gehen wir zu Fuß und halten uns bis Nummer 710 dicht an den Garagen. Dann kann er uns vom Haus aus nicht sehen.“

„Und wenn er in der Garage auf uns wartet?“, gab Rachel zu bedenken.

„Auch kein Problem. Wir sehen nach, ob jemand in der Garage ist, und gehen erst dann zum Haus rauf. Also los!“

Bosch stieg aus und begann, auf dem Gehsteig den Hügel hinaufzulaufen. Er holte das Handy heraus und schaltete es aus, damit es ruhig blieb, wenn sie das Haus auskundschafteten. Rachel hielt sich dicht hinter ihm.

Rasch hatten sie Nummer 710 erreicht. Bosch hielt seine Hände an eines der schmutzigen kleinen Fenster, die oben in die Garagentore eingelassen waren, und spähte hindurch. Inmitten von Stapeln aus Kisten und Gerümpel stand ein weißer Kastenwagen. In der Rückwand der Garage befand sich eine Tür. Bosch ging zur Eingangstür der Garage und drehte am Griff. „Abgeschlossen“, flüsterte er.

Rachel stellte sich an das eine Tor und lauschte, dann schüttelte sie den Kopf. Nichts. Bosch sah, dass an jedem der zwei Schwingtore ein Griff angebracht war. Er bückte sich und versuchte, das erste Tor nach oben zu ziehen. Er bekam es ein paar Zentimeter hoch, aber dann ließ es sich nicht mehr bewegen. Bosch nahm an, dass beide Tore von innen mit Vorhängeschlössern gesichert waren. Er deutete nach oben. Zeit, zum Haus hinaufzugehen.

Leise stiegen sie die Betontreppe hinauf. Auf der viertletzten Stufe ging Bosch in die Hocke. Er wusste, sie improvisierten jetzt. *Er* improvisierte. Er beobachtete die einzelnen Fenster, konnte aber keine Bewegung im Innern des Hauses erkennen. Er zog seine Pistole und huschte, die Waffe an seiner Seite haltend, über die Veranda und blieb vor der Eingangstür stehen. Rachel tat es ihm nach. Bosch legte seine Hand um den Türgriff und drehte ihn vorsichtig. Es war nicht abgeschlossen.

Sie betraten die Diele, die sich auf der rechten Seite in ein Wohnzimmer mit einem Essbereich öffnete. Direkt vor ihnen führte ein Bogendurchgang in die Küche. Links zweigte ein Flur in den übrigen Teil des Hauses ab. Bosch deutete nach rechts.

Ihre Waffe mit beiden Händen vor dem Körper haltend, ging Rachel durchs Wohnzimmer. Bosch betrat die Küche. Sie war sauber und ordentlich. Ein weiterer Rundbogen führte in den Essbereich des Wohnzimmers. Rachel erschien in der Öffnung, drehte ihre Pistole nach oben, als sie Bosch sah, und schüttelte den Kopf. Nichts.

Blieb nur noch der Flur, der zu den Schlafzimmern führte. Bosch ging zurück in den Eingangsbereich und stellte erschrocken fest, dass am Ende des Flurs eine alte Frau in einem Rollstuhl saß. In ihrem Schoß hielt sie einen langläufigen Revolver.

„Wer ist da?“, fragte sie streng.

Ihr Kopf war leicht zur Seite gedreht. Ihre Augen waren offen, aber auf den Boden gerichtet statt auf Bosch. Es war ihr Ohr, das ihm zugewandt war, und er merkte, dass sie blind war.

Er richtete seine Pistole auf die alte Frau. „Mrs Saxon? Kein Grund zur Aufregung. Mein Name ist Harry Bosch. Ich suche Robert.“

Über ihr Gesicht huschte ein Ausdruck der Verwunderung. „Wen?“

„Robert Foxworth. Ist er hier?“

„Bobby benutzt nur die Garage. Ins Haus lasse ich ihn nicht. Diese ganzen Chemikalien – ein Gestank ist das.“

Bosch bewegte sich mit langsamen Schritten auf sie zu. „Sie müssen entschuldigen, Mrs Saxon, aber ich dachte, er wäre hier oben bei Ihnen. War er in letzter Zeit mal hier?“

„Er kommt und geht, wie es ihm passt. Hier rauf kommt er nur, um mir die Miete für die Garage zu bringen, sonst nicht. Weshalb suchen Sie ihn? Sind Sie ein Freund von ihm?“

Er hatte die alte Frau beinahe erreicht. „Ich will nur mit ihm reden.“ Er streckte die Hand aus und nahm ihr den Revolver aus der Hand.

„He! Den brauche ich zu meinem Schutz.“

„Keine Sorge, Mrs Saxon. Sie kriegen ihn zurück. Ich finde nur, er sollte mal gereinigt werden. Und geölt. Ich sage Bobby, er soll ihn sauber machen. Dann bringe ich ihn Ihnen zurück.“

„Das will ich mal hoffen. Ich brauche ihn.“

Bosch sah sich den Revolver an. Er war geladen und schien zu funktionieren. Bosch steckte ihn sich am Rücken in den Hosenbund und blickte zu Rachel, die im Durchgang stand. Sie machte eine Handbewegung, als drehte sie einen Schlüssel.

„Haben Sie einen Garagenschlüssel, Mrs Saxon?“, fragte Bosch.

„Nein. Bobby wollte auch den Zweitschlüssel haben.“

„Okay, Mrs Saxon. Dann kläre ich das mit ihm.“

Sie gingen zur Tür hinaus. Auf halbem Weg die Treppe hinunter packte Rachel Bosch am Arm und zischte: „Wir müssen Verstärkung anfordern. Sofort!“

„Dann ruf an. Aber ich gehe jetzt in die Garage. Wir dürfen nicht länger warten.“

Er schüttelte ihre Hand ab und stieg weiter die Treppe hinunter. Als er die Garage erreichte, spähte er noch einmal durch eins der kleinen Fenster. Auch diesmal bemerkte er nichts Auffälliges. Die Tür in der Rückwand war immer noch geschlossen.

Er ging zu der Eingangstür neben den Garagentoren und klappte das kleine Taschenmesser an seinem Schlüsselbund auf. Er schob die Klinge auf Höhe des Schlosses in den Türspalt und bekam sie über die Hebefalle. Dann zog er an der Tür. Aber sie ließ sich nicht öffnen. Er versuchte es noch einmal und zog fester. Sie ging nicht auf.

„Sie ist von innen wahrscheinlich mit einem Vorhängeschloss gesichert“, flüsterte Bosch. „Ebenso wie die Tore. Das heißt, er ist da drinnen.“ Er reichte Rachel seine Schlüssel. „Geh schnell das Auto holen, und fahr rückwärts vor die Tore. Dann entriegelst du den Kofferraum.“

„Was hast …“

„Mach's einfach!“

Sie lief los. Bosch ging zu dem schiefen Tor. Es sah aus, als ließe es sich leichter aufbekommen als das andere. Er hörte den starken Motor seines Mustang, bevor er den Wagen die Straße heraufkommen sah. Rachel wendete und stieß rückwärts auf die Garagentore zu. Der Kofferraumdeckel sprang auf, und Bosch wollte das Seil herausnehmen, das er immer dabeihatte. Es war weg. Ihm fiel ein, dass Osani es im Beachwood Canyon an sich genommen hatte.

Hastig durchforstete er den Kofferraum und entdeckte ein Stück Wäscheleine, mit dem er den Deckel festgebunden hatte, als er einmal ein Möbelstück transportiert hatte. Rasch band er das eine Ende der Leine am Abschleppring unter der Stoßstange fest, das andere am Griff des Garagentors.

Inzwischen war Rachel ausgestiegen. „Was hast du vor?“

„Wir ziehen das Tor auf. Steig wieder ein und fahr langsam los.“

Wortlos kletterte sie in den Wagen und fuhr vorsichtig an. Sie schaute in den Rückspiegel, und Bosch signalisierte ihr mit einem Kreisen des Zeigefingers weiterzufahren. Die Leine spannte sich, und das Garagentor begann unter dem zunehmenden Zug zu ächzen. Bosch machte einen Schritt zurück und zog seine Pistole.

Plötzlich gab das Tor nach und schnellte etwa einen Meter nach oben. Rachel hielt an. Bosch machte einen Satz auf das Tor zu und nutzte den Schwung, um sich darunter durchzurollen. Die Pistole schussbereit, kam er in der Garage sofort wieder hoch. Er schwenkte die Waffe von einer Seite zur anderen, sah aber niemanden. Ohne den Blick von der Tür in der Rückwand abzuwenden, bewegte er sich seitwärts auf den Lieferwagen zu. Er riss eine der Schiebetüren auf und sah hinein. Leer.

Um zur Rückwand der Garage zu kommen, musste sich Bosch an Fässern, Rollen mit Plastikplanen, Lappenballen, Gummiwischern und anderen Fensterputzutensilien vorbeizwängen. Es roch stark nach Ammoniak und anderen Chemikalien. Boschs Augen begannen zu tränen.

Weil die Angeln der Tür in der Rückwand zu sehen waren, nahm Bosch an, dass sie sich in seine Richtung öffnete.

„FBI!", rief Rachel von draußen. „Ich komme rein!"

„Okay!", rief Bosch zurück.

Er postierte sich neben der Tür in der Rückwand und drehte den Türknauf. Die Tür war nicht verschlossen. Jetzt erst sah er sich nach Rachel um. Sie hatte schräg hinter ihm Kampfhaltung eingenommen und nickte ihm kurz zu, woraufhin er die Tür aufriss.

Der Raum dahinter war dunkel und fensterlos, und Bosch sah niemanden. Er wusste, er gäbe ein hervorragendes Ziel ab, wenn er, das Licht im Rücken, in der Türöffnung stehen bliebe, und machte rasch ein paar Schritte zur Seite. Er sah eine Schnur von der Decke hängen und zog daran. Das Licht ging an. Er befand sich in einem vollgestellten, etwa drei Meter tiefen Arbeits- und Lagerraum. „Frei!"

Rachel rückte zu ihm auf, und dann standen sie da und blickten sich um. Rechts war eine Werkbank, übersät mit alten Lackdosen, Werkzeug und Taschenlampen. Auf der linken Seite lehnten alte, verrostete Fahrräder und mehrere Klappstühle, außerdem gab es einen umgestürzten Stapel Pappschachteln. An der gemauerten Rückwand hing die staubige alte Fahne für den Mast an der Veranda des Hauses. Davor stand ein Ventilator, dessen Propellerblätter von einer dicken Staubschicht überzogen waren. Anscheinend hatte irgendwann mal jemand versucht, damit die abgestandene, modrige Luft aus dem Raum zu blasen.

Bosch fluchte, ließ seine Pistole sinken und ging in die Garage zurück. Er wusste nicht mehr weiter. Kamen sie zu spät? Waren sie auf einer falschen Spur? „Sieh mal im Wagen nach, ob du Hinweise auf das Mädchen findest", wies er Rachel an.

Bosch blieb vor der Tür stehen, die ins Freie führte, und überlegte, wie es zugehen konnte, dass die Garage leer war. Er hatte sich nicht getäuscht: sämtliche Zugänge waren von innen gesichert. Die Tür hatte ein Bolzenschloss, und die Garagentore waren auf der Innenseite mit Verriegelungsschiebern versehen, die mit einem Vorhängeschloss gesichert waren. Entweder war doch jemand in der Garage, oder es gab einen Ausgang, den Bosch noch nicht entdeckt hatte. Letzteres schien ihm jedoch ausgeschlossen. Die Garage war in den Hang hineingebaut und konnte unmöglich einen Hinterausgang haben.

Deshalb überprüfte er die Decke, ob es vielleicht eine Klappe zu einem unterirdischen Gang hinauf zum Haus gab. In diesem Moment hörte er Rachel aus dem Kastenwagen rufen.

„Hier ist eine Rolle Klebeband! Und hier sind Haare auf dem Boden!"

Bosch holte sein Handy heraus und ging zur offenen Seitentür des Kastenwagens. „Ich fordere Verstärkung und die Spurensicherung an. Wir haben ihn verpasst."

Er musste das Handy erst wieder einschalten, und während er wartete, bis die Netzsuche beendet war, fiel ihm ein, dass der Ventilator im Hinterraum nicht den Garagentoren zugewandt war. Hätte man den Raum entlüften wollen, hätte man den Ventilator auf die Tore gerichtet.

Aber er wählte bereits die Nummer der Zentrale, das lenkte ihn ab. Er ließ sich mit der Fahndungsabteilung verbinden. „Hier Bosch. Ich habe ..."

„Harry! Achtung, Waffe!"

Plötzlich schien die Zeit stillzustehen. Bosch schaute zu Rachel, die in der offenen Tür des Kastenwagens stand, den Blick über seine Schulter hinweg in den hinteren Teil der Garage gerichtet. Ohne lange zu überlegen, warf er sich auf sie, umschlang sie mit den Armen und riss sie auf den Boden des Lieferwagens. Von hinten kamen vier Schüsse, dazu das Klirren von splitterndem Glas. Als Bosch sich mit erhobener Pistole aufrichtete, sah er gerade noch eine Gestalt in den Lagerraum verschwinden. Er gab sechs Schüsse durch die offene Tür ab.

„Bist du verletzt, Rachel?"

„Nein, alles klar. Hast du was abgekriegt?"

„Ich glaube nicht!"

„Das war er! Waits!" Sie richteten ihre Aufmerksamkeit auf die Tür des Raums hinter der Garage. „Hast du ihn getroffen?", flüsterte Rachel.

„Ich glaube nicht." Das Licht im Hinterraum war jetzt erloschen. „Ich habe das Handy fallen lassen. Fordere du Verstärkung an." Bosch begann, auf die Tür zuzugehen.

„Harry, warte. Er könnte …"

„Fordere Verstärkung an! Und vergiss nicht, ihnen zu sagen, dass ich da drin bin."

Er schlich sich ein Stück nach links und näherte sich der Tür. Der Raum lag in tiefem Dunkel, und nichts schien sich darin zu bewegen. Die Pistole weiterhin schussbereit, bewegte Bosch sich, immer den rechten Fuß voran, in kleinen Schritten auf die Tür zu. Hinter sich konnte er hören, wie sich Rachel zur Einsatzzentrale des LAPD durchstellen ließ.

Bosch erreichte die Tür und schwenkte die Pistole mit gestrecktem Arm vor seinem Körper hin und her, dann machte er einen Schritt nach rechts in den Raum hinein. Von Waits keine Spur. Der Raum war leer. Ein Blick auf den Ventilator bestätigte Bosch, dass seine ursprüngliche Annahme falsch gewesen war. Der Ventilator war auf die Rückwand gerichtet und hatte nicht dazu gedient, modrige Luft nach draußen zu blasen, sondern frische nach drinnen. Bosch ging zu der Flagge, vor der der Ventilator stand, packte sie an der Seite und riss sie von der Wand.

Dahinter kam die Öffnung eines unterirdischen Ganges zum Vorschein. Aus der Wand waren in einem Meter Höhe etwa ein Dutzend Mauersteine herausgelöst worden, und hinter der 1,20 mal 1,20 Meter großen Öffnung führte ein Tunnel in den Hügel hinein. Bosch ging in die Hocke, um hineinzuspähen. Der Gang machte weiter hinten eine Biegung, und dahinter befand sich eine Lichtquelle.

Als Bosch sich weiter vorbeugte, hörte er ein Geräusch aus dem Tunnel dringen. Ein leises Wimmern. So entsetzlich das Geräusch auch war, hatte es zugleich etwas Erlösendes. Die entführte junge Frau war noch am Leben.

Bosch griff nach einer der Taschenlampen, die auf der Werkbank hinter ihm lagen. Mit ihrem schwachen Lichtstrahl beleuchtete er den Tunnel und stellte fest, dass er bis zu der Biegung verlassen war.

„Warte, Harry!"

Er drehte sich um und sah Rachel in der Tür stehen.

„Es ist bereits Verstärkung unterwegs", teilte sie ihm mit.

Bosch schüttelte den Kopf. „Sie ist da drinnen. Sie lebt."

Er wandte sich wieder um und leuchtete in den Tunnel. Um Strom zu sparen, knipste er die Lampe dann aber aus. Er blickte noch einmal zu Rachel zurück, dann machte er den ersten Schritt in das Dunkel hinein.

Bosch hielt kurz inne, um seine Augen an die Dunkelheit zu gewöhnen. Dann bewegte er sich gebückt vorwärts. In der rechten Hand die Taschenlampe, in der linken die Pistole, behielt er unablässig den schwachen Lichtschein im Auge. Das Weinen der Frau wurde lauter.

Nach drei Metern wurde der modrige Geruch zu einem intensiven Verwesungsgestank. So ekelhaft die Ausdünstungen auch waren, für Bosch waren sie nichts Neues. Vor inzwischen fast vierzig Jahren war er bei der U. S. Army eine so genannte Tunnelratte gewesen und hatte an über hundert Einsätzen in den unterirdischen Gängen Vietnams teilgenommen. Der Feind hatte in den Lehmwänden der Tunnels manchmal seine Toten begraben.

Bosch wusste, dass er auf etwas Schreckliches zuging. Irgendwo da vorn in diesem Tunnel lagen die vermissten Opfer von Raynard Waits. Hierher war Waits an dem Abend unterwegs gewesen, an dem er von der Polizei angehalten worden war. Und Bosch konnte sich des Eindrucks nicht erwehren, dass auch er die ganze Zeit zu diesem Ort unterwegs gewesen war. Hinter ihm lagen viele Jahre und viele Kilometer, aber plötzlich kam es ihm so vor, als hätte er die unterirdischen Gänge nie wirklich hinter sich gelassen, als hätte er sein ganzes Leben lang nichts anderes getan, als sich durch Dunkelheit und Enge langsam zu einem flackernden Licht voranzutasten.

Seine Oberschenkelmuskeln schmerzten von der Anstrengung, sich gebückt vorwärtszubewegen. Der Schweiß begann in seinen Augen zu brennen. Und je mehr er sich der Biegung des Ganges näherte, umso deutlicher wurde das Flackern von Kerzenlicht.

Eineinhalb Meter vor der Biegung hielt Bosch an. Hinter sich glaubte er Sirenen zu hören. Verstärkung war im Anmarsch. Aus dem Tunnel vor ihm kam das Weinen der Frau. Er schlich weiter. Fast im selben Moment ging das Licht vor ihm aus, und das Weinen nahm eine neue Intensität und Dringlichkeit an. Bosch blieb stehen.

Ein nervöses Gelächter ertönte, gefolgt von einer vertrauten Stimme: „Sind Sie das, Detective Bosch? Willkommen in meinem Fuchsbau."

„Waits? Lassen Sie sie frei. Schicken Sie sie zu mir raus."

„Nein, Bosch. Sie ist jetzt bei mir. Wenn jemand hier reinkommt, bringe ich sie auf der Stelle um. Und die letzte Kugel ist für mich."

„Nein, Waits. Hören Sie zu. Lassen Sie sie rauskommen, und dafür komme ich zu Ihnen rein. Wir tauschen."

„Nein, Bosch. Ich finde es gut so, wie es ist."

„Sie müssen sich retten. Schicken Sie das Mädchen raus."

„Mich retten? Wozu?"

Bosch war kurz davor, einen Krampf in den Beinen zu bekommen. Vorsichtig setzte er sich an die Wand. Er behielt die Pistole weiter oben, stützte sie jetzt aber mit der anderen Hand ab, die auch die Taschenlampe hielt.

„Das Angebot der Staatsanwaltschaft gilt immer noch. Sie brauchen nicht zu sterben. Ebenso wenig wie das Mädchen."

„Ob ich sterbe oder nicht, ist mir völlig egal, Bosch. Darum bin ich doch hier. Weil es mir egal ist. Das Einzige, was mich interessiert, ist, dass ich die Bedingungen diktiere. Nicht der Staat. Einzig und allein ich."

Bosch merkte, dass von der jungen Frau nichts mehr zu hören war. „Waits, ist irgendwas mit ihr?"

„Sie ist ohnmächtig geworden. Wahrscheinlich ist ihr die Aufregung zu viel geworden." Er lachte.

Bosch wurde klar, dass er Waits unbedingt zum Weiterreden animieren musste. „Ich weiß, wer Sie sind", verkündete er ruhig.

Waits biss nicht an. Bosch versuchte es noch einmal.

„Robert Foxworth. Sohn von Rosemary Foxworth. Aufgezogen vom Bezirk Los Angeles. Pflegeeltern, Heime. Sie waren hier bei den Saxons untergebracht. Und eine Weile waren Sie in der McLaren Youth Hall draußen in El Monte. Genau wie ich, Robert."

Die erste Reaktion war langes Schweigen. Doch dann kam die Stimme ruhig aus dem Dunkel. „Ich bin nicht mehr Robert Foxworth. Ich habe dieses Heim gehasst. Das McLaren. Ich habe sie alle gehasst."

„Es wurde vor ein paar Jahren geschlossen. Nachdem dort ein Junge ums Leben gekommen war."

„Ein einziger riesiger Mist. Wie haben Sie Robert Foxworth gefunden?"

Bosch spürte, wie das Gespräch eine Eigendynamik entwickelte. Er erkannte, was Waits zum Ausdruck bringen wollte, wenn er von Robert Foxworth wie von einer anderen Person sprach. Er war jetzt Raynard Waits.

„Wir haben den Pfandschein von Fitzpatrick gefunden. Was war das eigentlich für ein Erbstück, das Sie damals verpfändet haben?"

„Ein Medaillon von Rosemary. Es war alles, was er von ihr hatte. Er musste es verpfänden, und als er es wieder auslösen wollte, hatte es dieses Schwein Fitzpatrick schon verkauft."

Bosch hatte Waits jetzt so weit, dass dieser auf Fragen antwortete. Aber er hatte nicht mehr viel Zeit. Er beschloss, einen Sprung in die Gegenwart zu machen. „Raynard, was war das für eine Abmachung? Was haben Sie mit Olivas und O'Shea vereinbart?"

Nur Schweigen. Bosch ließ nicht locker.

„Die beiden haben Sie benutzt. Wollen Sie das wirklich? Dass Sie in diesem Loch hier draufgehen und O'Shea ungestraft davonkommt?"

„Ich kann Ihnen O'Shea und Olivas nicht ans Messer liefern", entgegnete Waits aus dem Dunkel.

Das verstand Bosch nicht. Hatte er sich getäuscht? Er ging gedanklich noch einmal an den Anfang zurück. „Haben Sie Marie Gesto umgebracht?"

Langes Schweigen. „Nein, habe ich nicht", antwortete Waits endlich.

„Wie war das alles möglich? Woher wussten Sie, wo ihre Leiche …"

„Überlegen Sie mal, Bosch. Die beiden sind doch nicht blöd. Sie haben nie direkt mit mir gesprochen."

Jetzt verstand Bosch. „Maury Swann. Er hat alles eingefädelt?"

„Es war ein abgekartetes Spiel. Er sagte, das Ganze diene nur dem Zweck, dass Sie endlich Ruhe gäben. Sie gingen den falschen Leuten auf die Nerven, und dagegen müsste was unternommen werden."

„Wem soll ich auf die Nerven gegangen sein?"

„Das hat er mir nicht gesagt. Außerdem hat er den beiden diesen Deal mit den offenen Fällen ohne mein Wissen vorgeschlagen. Hätte er mich gefragt, hätte ich ihm gesagt, er soll sich die Mühe sparen. Mir ist die Todesspritze lieber als vierzig Jahre in einer Zelle. Das verstehen Sie sicher, Bosch. Sie sind ein Auge-um-Auge-Typ. Das mag ich an Ihnen, ob Sie's glauben oder nicht."

„Und wie ging es dann weiter?"

„Eines Nachts wurde ich im Gefängnis in das Anwaltszimmer gebracht. Dort eröffnete mir Swann, er hätte mir einen Deal anzubieten. Aus der Sache würde allerdings nur was, wenn ich gratis einen Mord drauflegte. Wenn ich einen gestände, den ich nicht begangen hätte. Er sagte, wir würden eine Exkursion machen und ich müsste einen bestimmten Detective zu der Leiche führen. Dieser Detective müsste davon überzeugt werden, dass diese Frau allein auf mein Konto ginge. Und ihn zu ihrer Leiche zu führen wäre die einzige Möglichkeit. Dieser Detective waren Sie, Bosch."

„Und Sie willigten ein."

„Als er mir sagte, wir würden eine Exkursion machen, willigte ich ein, ja. Das war der einzige Grund. Denn es bedeutete, aus dem Knast rauszukommen. Und draußen rechnete ich mir eine Chance aus zu entkommen – um ein letztes Mal meinen Fuchsbau aufzusuchen. Alles andere war mir egal. Es hätte mir auch nichts ausgemacht, bei dem Versuch zu sterben."

„Und Ihnen hat man es so dargestellt, dass dieses Angebot von Olivas und O'Shea kam?"

„Swann sagte, der Vorschlag käme direkt von ihnen."

„Woher stammten die Details, die Sie bei Ihrem Geständnis nannten?"

„Von Swann. Und er bekam sie aus den alten Ermittlungsunterlagen."

„Und er beschrieb Ihnen auch, wie Sie die Leiche finden würden?"

„Swann sagte mir, es gäbe Wegweiser im Wald. Er zeigte mir Bilder und beschrieb mir, wie ich Sie dorthin führen sollte. Es war ganz einfach. Ich habe mir alles eingeprägt."

Bosch schwieg eine Weile. Er konnte kaum fassen, wie leicht er sich hatte täuschen lassen. Er hatte etwas so sehr und so lange gewollt, dass es ihn blind gemacht hatte für die Umstände.

„Sind Sie noch da, Detective?"

„Ja, ich bin noch da. Hat Ihnen Swann erzählt, warum Sie sich zu dem Mord an Marie Gesto bekennen sollten?"

Waits lachte. „Das musste er nicht. Das lag doch auf der Hand. Der Kerl, der die Gesto umgebracht hat, wollte Sie von sich ablenken."

„Und dabei fiel kein Name?"

„Nein, kein Name."

Bosch hatte nichts in der Hand. Weder gegen O'Shea noch gegen Anthony Garland oder sonst jemanden. Er blickte in Richtung Garage zurück. Zwar konnte er in dem dunklen Gang nichts sehen, aber er wusste, dass dort jetzt Leute waren. Damit kein Licht von außen in den Gang fiel, hatten sie das Zugangsende abgedunkelt. Sie würden jeden Moment kommen.

„Und wie war das mit Ihrer Flucht?", fragte Bosch. „War sie geplant?"

„Ich hoffte auf eine Chance. Swann erzählte mir von dem Erdrutsch. Und da sagte ich ihm, dass ich mich nicht an die Abmachung halte, wenn ich mit Handschellen klettern muss."

Bosch erinnerte sich, wie O'Shea Olivas angewiesen hatte, Waits die Handschellen abzunehmen. Olivas' Widerstreben war nur Show gewesen, um Bosch zu täuschen. Die ganze Exkursion war nur Show gewesen. Eine perfekte Vorstellung, und er war prompt darauf hereingefallen.

Bosch hörte, wie Männer hinter ihm den Tunnel entlanggekrochen kamen. Er machte die Taschenlampe an und sah sie. Es war das Sondereinsatzkommando. Schwarze, kugelsichere Westen, schwarze Helme, automatische Gewehre, Nachtsichtbrillen. Jeden Moment würden sie eine Schockgranate in den Tunnel schießen und losstürmen. Er machte das Licht aus. Er dachte an die junge Frau. Waits würde sie töten, sobald das Kommando loslegte.

„Waren Sie wirklich im McLaren?", fragte Waits.

„Ja. Vor Ihrer Zeit, aber ich war da. Ich war im Schlafsaal B. Er lag bei den Baseballplätzen, sodass wir in der Freizeit immer als Erste dort waren und die beste Ausrüstung bekamen."

„Vielleicht waren Sie tatsächlich da, Bosch. Und Sie sind Ihren Weg gegangen und ich meinen. Ich habe wohl den falschen Hund gefüttert."

„Wie meinen Sie das? Welchen Hund?"

„Erinnern Sie sich nicht? Im McLaren bekam man doch ständig diesen Spruch zu hören, dass jeder Mensch zwei Hunde in seinem Innern hat. Einen guten und einen bösen. Die beiden kämpfen ständig, weil nur einer der Leithund sein kann. Und der, der gewinnt, ist immer der, den man füttert. Ich habe den falschen gefüttert, Sie den richtigen."

Bosch wusste nicht, was er darauf erwidern sollte. Hinter ihm drang ein Klicken aus dem Tunnel. Gleich würden sie die Granate abfeuern. In der Hoffnung, sie würden ihn nicht in den Rücken treffen, stand er rasch auf.

„Waits, ich komme jetzt rein."

„Nein, Bosch!"

„Ich gebe Ihnen meine Waffe. Achten Sie auf die Lampe. Sie kriegen meine Waffe."

Er knipste die Taschenlampe an und richtete ihren Strahl auf die Biegung des Tunnels. Er bewegte sich vorsichtig vorwärts und streckte seine linke Hand in den Lichtkegel. Er hielt die Pistole am Lauf. „Ich komme jetzt."

Bosch drückte sich um die Biegung und kam in den letzten Abschnitt des Tunnels. Dieser Bereich war mindestens drei Meter breit, aber immer noch nicht hoch genug, um darin stehen zu können. Mit der Lampe leuchtete Bosch umher. Der schwache gelbe Lichtschein fiel auf einen gespenstischen Haufen aus Knochen, Schädeln, verwesendem Fleisch und Haaren. Der Gestank war so schlimm, dass Bosch sich fast übergeben musste.

Dann traf der Lichtstrahl das Gesicht des Mannes, den Bosch als Raynard Waits kennen gelernt hatte. Er saß an der Rückwand seines Fuchsbaus auf einem aus dem Fels und der Erde herausgehauenen Thron. Links von ihm lag auf einer Decke nackt und bewusstlos die Frau, die er entführt hatte. Waits hielt den Lauf von Olivas' Pistole an ihre Schläfe.

„Keine Angst", sagte Bosch. „Ich gebe Ihnen meine Waffe. Nur tun Sie ihr nichts mehr."

Waits lächelte. „Sie sind und bleiben ein Trottel."

Bosch warf die Pistole rechts neben den Thron. Als Waits nach ihr griff, nahm er den Lauf seiner Pistole vom Kopf der Frau. Im selben Moment ließ Bosch die Taschenlampe fallen und fasste an seinen Rücken, wo er den Revolver stecken hatte, den er der blinden Frau abgenommen hatte. Wegen des langen Laufs hatte die Waffe eine hohe Zielgenauigkeit. Bosch drückte zweimal ab und traf Waits beide Male mitten in die Brust.

Waits wurde gegen die Wand zurückgeschleudert. Seine Augen wurden groß, dann wich das Licht aus ihnen, das Leben und Tod voneinander scheidet. Sein Kinn sank nach unten, und sein Kopf kippte nach vorn.

Bosch kroch auf die Frau zu und fühlte ihren Puls. Sie lebte noch. Er deckte sie mit der Decke zu. Dann rief er den anderen im Tunnel zu: „Hier Bosch – RHD! Alles klar! Sie können reinkommen! Raynard Waits ist tot!“

Hinter der Biegung flammte grelles Licht auf. Ein Blendscheinwerfer, und dahinter warteten Männer mit Waffen. Trotzdem fühlte Bosch sich jetzt in Sicherheit. Er bewegte sich langsam auf das Licht zu.

KAPITEL ZWÖLF

Zwei Beamte des Einsatzkommandos führten Bosch nach draußen zu den Leuten von der Fahndungsabteilung und anderen mit dem Fall Befassten. Neben Randolph und Osani von der OIS war auch Abel Pratt da. Waits' letztes Opfer wurde zu einem Krankenwagen getragen und umgehend in ein Krankenhaus gebracht.

Der Leiter des Einsatzkommandos wollte, dass Bosch sich in einen Kastenwagen setzte und den Ablauf der Ereignisse schilderte, aber Bosch meinte, er wolle nicht in einem geschlossenen Raum sein. Selbst hier im Freien, in der Figueroa Lane, bekam er den Geruch aus dem Tunnel nicht aus der Nase. An der Treppe, die zum Haus neben Nummer 710 hinaufführte, sah er einen Wasserhahn, an den ein Gartenschlauch angeschlossen war. Er drehte den Hahn auf und ließ sich das Wasser über Haar, Gesicht und Nacken laufen. Dabei wurden zwar seine Kleider nass, aber das Wasser spülte viel von dem Gestank fort.

Der Leiter des Einsatzkommandos war ein Sergeant namens Bob McDonald von der Hollywood Division. Zum Glück kannte Bosch ihn noch aus seiner eigenen Zeit dort. So waren die Grundvoraussetzungen für eine wohlwollende Einsatznachbesprechung gegeben.

„Wo ist die FBI-Agentin?“, fragte Bosch. „Wo ist Rachel Walling?“

„Sie wird bereits vernommen“, antwortete McDonald.

„Und die alte Frau oben im Haus?“

„Ihr geht es gut.“

Vermutlich hatte Janet Saxon keine Ahnung, wofür ihr ehemaliger Pflegesohn die Garage sonst noch verwendet hatte.

Bosch erzählte, was passiert war. Schritt für Schritt schilderte er sein Vorgehen, seit er herausgefunden hatte, dass zwischen Waits und dem Pfandleiher Fitzpatrick eine Verbindung bestand. Die Männer des Einsatzkommandos hatten keine Fragen, hörten einfach nur zu und nahmen es zu Protokoll. Bosch brauchte zwanzig Minuten, um alles zu erzählen, und als sich die Gruppe um ihn herum dann auflöste, kam Pratt auf ihn zu.

Er wirkte besorgt. „Und, Harry? Was hat er Ihnen da drinnen erzählt?“

Bosch war überrascht, dass Pratt ihm nicht die Hölle heißmachte, weil er auf eigene Faust und ohne Genehmigung gehandelt hatte. „Er hat mir erzählt, Swann hätte das Ganze eingefädelt. Swann hat Waits das Angebot von O’Shea und Olivas überbracht. Waits hat Marie Gesto zwar nicht umgebracht, sich aber bereiterklärt, den Mord auf seine Kappe zu nehmen.“

„Weshalb sollten Olivas und O’Shea so etwas tun?“

„Aus den altbekannten Gründen natürlich. Geld und Macht. Und die Garlands haben von beidem einiges.“

„Anthony Garland war doch der Kerl, auf den Sie sich in der Gesto-Sache eingeschossen hatten. Der Typ, der eine einstweilige Verfügung gegen Sie erwirkt hat.“

„Ja, bis man mich mit Waits’ Hilfe eines Besseren belehren wollte.“

„Glauben Sie, man kann Maury Swann deswegen belangen?“

Bosch überlegte kurz. „Das kann ich mir nicht vorstellen. Alles, was zwischen den beiden gesprochen wurde, unterliegt der anwaltlichen Schweigepflicht. Außerdem, wer würde ihn zu belangen versuchen, wenn man sich dabei nur auf das Wort eines toten Irren wie Waits stützen kann?“

Pratt scharrte mit dem Fuß. Er hatte nichts mehr zu sagen oder zu fragen.

„Hören Sie, Chef, tut mir wirklich leid. Dass ich Sie angeschwindelt habe wegen der Beurlaubung und allem.“

Pratt winkte ab. „Schon okay. Sie haben Glück gehabt. Sie haben diesen Wahnsinnigen aus dem Verkehr gezogen. Was soll ich da schon groß sagen? Außerdem bin ich sowieso auf dem Absprung. Noch drei Wochen, dann darf sich jemand anders mit Ihnen rumärgern. Dann kann sich mein Nachfolger den Kopf darüber zerbrechen, was er mit Ihnen machen soll.“

Unabhängig davon, ob Kiz wieder zurückkam oder nicht, wollte Bosch die Einheit nicht verlassen. Er hoffte, Offen-Ungelöst weiterhin anzugehören, wenn die ganze Sache über die Bühne gegangen war.

„Oh, oh, oh!“, murmelte Pratt.

Bosch folgte seinem Blick zu einem Auto, das gerade nicht weit von der Stelle geparkt hatte, wo die Übertragungswagen standen und die Fernsehreporter sich für ihre Live-Schaltungen bereit machten. Rick O’Shea stieg aus. Bosch kam sofort die Galle hoch.

Pratt packte ihn am Arm. „Immer mit der Ruhe, Harry.“

„Was will der Kerl hier?“

„Es ist sein Fall. Er kann kommen, wann es ihm passt. Und Sie sollten sich lieber zusammenreißen. Wenn Sie sich von ihm in die Karten schauen lassen, kriegen Sie ihn möglicherweise nie.“

„Toll, damit er das Ganze vor den Kameras wieder einmal als Werbung in eigener Sache ausschlachtet? Ich sollte jetzt da rübergehen und ihm vor laufender Kamera die Fresse polieren."

„Nur zu, Harry, das wäre wirklich schlau. Richtig raffiniert."

Bosch befreite sich aus Pratts Griff und lehnte sich gegen eines der Polizeiautos. Er verschränkte die Arme über der Brust und senkte den Kopf. Er wusste, Pratt hatte Recht. „Halten Sie ihn mir aber bitte vom Leib."

„Das dürfte nicht ganz einfach werden. Er kommt direkt auf Sie zu."

Bosch blickte in dem Moment auf, als ihn O'Shea und dessen Gefolge erreichten. „Detective Bosch, alles in Ordnung?"

„Ging mir nie besser."

„Danke für alles, was Sie heute hier getan haben. Danke, dass Sie die junge Frau gerettet haben."

Bosch starrte wieder zu Boden. O'Shea wandte sich an Pratt. „Könnte ich kurz mit Detective Bosch allein sprechen?"

O'Sheas Gefolgschaft entfernte sich. Pratt zögerte, bis Bosch ihm mit einem Nicken zu verstehen gab, dass er sich wieder im Griff hatte. Bosch und O'Shea waren sich nun selbst überlassen.

„Detective, ich bin bereits darüber in Kenntnis gesetzt worden, was Ihnen Waits – oder Foxworth – in seiner Höhle da enthüllt hat. Ich hoffe, Sie ziehen nicht ernsthaft in Erwägung, den Ungeheuerlichkeiten Glauben zu schenken, die dieser Serienmörder Männern unterstellt, die gegen ihn ermittelt haben, insbesondere einem, der nicht mehr unter uns ist und sich gegen diese Anschuldigungen nicht verteidigen kann."

Bosch löste sich vom Kotflügel des Streifenwagens und ließ die Arme seitlich herabsinken. Seine Hände waren zu Fäusten geballt. „Meinen Sie damit Olivas?"

„Ja, Olivas. Und ich kann allein an Ihrer Haltung erkennen, dass Sie für bare Münze nehmen, was Foxworth Ihnen angeblich gesagt hat."

„Angeblich? Bin ich es jetzt, der sich alles aus den Fingern saugt?"

„Irgendjemand tut das hier jedenfalls."

Bosch beugte sich vor und sagte leise: „Verschwinden Sie, O'Shea! Nicht dass mir noch die Hand ausrutscht."

Der Staatsanwalt trat einen Schritt zurück, als hätte er bereits einen Schlag erhalten. „Sie liegen völlig falsch, Bosch. Er hat gelogen."

„Er hat mir nur bestätigt, was ich bereits wusste, bevor ich in diesen Tunnel reinging. Olivas war korrupt. Er hat den Vermerk, der Waits fälschlicherweise mit Marie Gesto in Verbindung brachte, nachträglich ins Mordbuch eingefügt. Er ist vorher schon da raufgefahren und hat für Waits den Weg markiert, damit der uns zu der Leiche führen konnte. Und das alles hätte er nicht getan, wenn er nicht von jemandem den Auftrag dazu erhalten hätte. Dafür war er nicht clever genug."

O'Shea starrte Bosch finster an. „Ich kann Ihnen diesen Unsinn also nicht ausreden, wie?"

„Ausreden? Wohl kaum. Und es interessiert mich auch nicht, welche Auswirkungen es auf Ihren Wahlkampf hat, Herr Staatsanwalt."

„Dann werde ich wohl an eine höhere Autorität appellieren müssen."

Bosch machte einen halben Schritt auf ihn zu. „Riechen Sie das an mir? Das ist der Verwesungsgestank des Todes. Ich habe ihn am ganzen Körper, O'Shea. Aber wenigstens kann ich ihn abwaschen."

„Was soll das heißen?"

„Das zu deuten überlasse ich Ihnen. Wer ist Ihre höhere Autorität? Werden Sie jetzt T. Rex Garland in seinem schnieken Büro anrufen?"

O'Shea holte tief Luft. „Ich weiß nicht, was mit Ihnen da drinnen in dem Tunnel passiert ist, aber ich werde nicht schlau aus dem, was Sie sagen."

„Das werden Sie noch früh genug. Auf jeden Fall noch vor der Wahl. Irgendwie werde ich einen Weg finden, Sie und die Garlands und jeden, der daran beteiligt ist, dranzukriegen. Darauf können Sie sich gefasst machen."

„Wollen Sie etwa behaupten, ich hätte das alles für Garland eingefädelt?"

Bosch begann zu lachen. O'Shea war bis zum Schluss der vollendete Schauspieler. „Sie sind echt gut. Das muss ich Ihnen lassen."

„T. Rex Garland hat einiges für meinen Wahlkampf gespendet. Na und? Er rückt bei jeder Wahl im Bezirk etwas von seinem Geld heraus. Ich habe nie mit einem der beiden Garlands gesprochen."

„Sparen Sie sich diesen Bödsinn. Sie …"

„Sie sind verrückt, Bosch. Da besteht kein Zusammenhang. Probieren Sie nur, wie weit Sie mit diesem Schwachsinn kommen – am Ende wird sich zeigen, wer von uns beiden auf der Strecke bleibt."

Damit marschierte O'Shea davon und herrschte seine Männer an, er brauche ein Telefon mit einer abhörsicheren Leitung. Bosch fragte sich, wen er als Erstes anrufen würde, T. Rex Garland oder den Polizeichef.

Er wandte sich ab und sah Rachel auf das gelbe Absperrband zugehen, das die Grenze des Tatorts bildete. Dort stand eine FBI-Limousine, und ein Mann in einem Anzug und mit Sonnenbrille wartete auf sie. Anscheinend hatte sie eine Fahrgelegenheit angefordert.

Bosch trabte auf die Absperrung zu und rief ihren Namen. Sie blieb stehen und erwartete ihn.

„Harry, alles in Ordnung?"

„Inzwischen ja. Und bei dir?"

„Alles klar. Wie siehst du denn aus?" Sie wies auf seine nassen Kleider.

„Ich musste mich abspritzen. Es war richtig schlimm. Fährst du schon?"

„Ja. Vorerst brauchen sie mich nicht mehr."

Bosch deutete mit dem Kopf auf den Mann mit der Sonnenbrille, der drei Meter hinter ihr stand. „Kriegst du Ärger?", fragte er leise.

„Kann ich im Moment nicht sagen. Wahrscheinlich nicht. Du hast den Killer erwischt und das Mädchen gerettet. Was soll daran schlecht sein?"

„*Wir* haben den Killer erwischt und das Mädchen gerettet", korrigierte er sie. „Aber es gibt in jeder Behörde und öffentlichen Einrichtung Leute, die eine Möglichkeit finden, etwas Gutes ins Gegenteil zu verkehren."

Sie sah ihm in die Augen. „Ich weiß."

Ihr Blick ließ ihn stutzen, und er merkte, dass sich etwas in ihrer Beziehung verändert hatte. „Bist du sauer auf mich, Rachel?"

„Sauer? Nein. Ich muss jetzt los."

„Rufst du an?"

„Wenn ich kann." Sie machte zwei Schritte, drehte sich dann noch einmal zu ihm um. „Das war doch O'Shea, mit dem du eben gesprochen hast, oder? Sei vorsichtig, Harry. Wenn du dich weiter so von deinen Emotionen leiten lässt, wie du das heute getan hast, könnte dich O'Shea in eine Welt voller Schmerz befördern."

„Weißt du, was manche Leute über den Schmerz sagen?" Bosch lächelte. „Schmerz ist Schwäche, die den Körper verlässt."

Sie schüttelte den Kopf. „Dann reden diese Leute einen Haufen Schwachsinn. Versuche jedenfalls nicht, die Probe aufs Exempel zu machen, wenn du nicht unbedingt musst. Wiedersehen, Harry."

Er sah zu, wie der Mann mit der Sonnenbrille das Absperrband für sie hochhielt. Sie stieg auf der Beifahrerseite ein, und die Sonnenbrille fuhr los. Bosch wusste, etwas hatte sie einander entfremdet. Sein Verhalten in der Garage und die Tatsache, dass er in diesen Tunnel hineingegangen war, ließen ihn plötzlich in einem anderen Licht erscheinen. Er akzeptierte es und rechnete damit, sie möglicherweise nie wiederzusehen. Er fand, das wäre ein weiterer Punkt, den er O'Shea anlasten müsste.

Er drehte sich zum Tatort um, wo Randolph und Osani standen und auf ihn warteten. „Sie beide schon wieder", seufzte Bosch.

„Wird langsam zu einem Dauer-Déjà-vu, was?", erwiderte Randolph. „Detective, wir müssen Sie ins Parker Center bringen."

Bosch wusste, was jetzt käme. Diesmal hatte er jemanden getötet. „Dann mal los", sagte er.

Bosch saß in einem Vernehmungszimmer der OIS. Randolph hatte ihn duschen lassen, und er trug jetzt eine Jeans und ein schwarzes Sweatshirt, Sachen, die er für all jene Gelegenheiten in seinem Spind aufbewahrte, wenn er unvorhergesehen etwas weniger Auffälliges brauchte als einen Anzug. Seine verdreckte Kleidung hatte er in den Müll geworfen.

Das Tonbandgerät auf dem Tisch lief, und Osani las ihm seine verfassungsmäßigen Rechte sowie seine Rechte als Angehöriger des LAPD vor. Aber Bosch wusste, wenn es hart auf hart kam, würde ihm keines der beiden Rechte wirklich Schutz bieten. Er war auf sich allein gestellt.

Auf Randolphs Ersuchen hin schilderte er noch einmal, wie er Robert Foxworth, alias Raynard Waits, erschossen hatte – angefangen bei den Unterlagen zum Fall Fitzpatrick.

Randolph stellte ihm zahlreiche detaillierte Fragen über sein Vorgehen in der Garage und später im unterirdischen Gang. Mehr als einmal wollte er von Bosch wissen, warum er nicht auf die warnenden Worte von FBI-Agentin Walling gehört habe. Die Frage verriet Bosch, dass Rachel nicht viel gesagt hatte, das zu seinen Gunsten sprach. Das enttäuschte ihn, trotzdem versuchte er, sich während der Vernehmung nicht von seinen Gefühlen für Rachel ablenken zu lassen. Wie ein Mantra wiederholte er immer wieder die Sätze, von denen er glaubte, dass sie letztlich seine Rettung bedeuteten.

„Es war eine Situation, in der es um Leben oder Tod ging. Die Frau befand sich in akuter Lebensgefahr, und es war auf uns geschossen worden. Mein Gefühl sagte mir, dass ich nicht auf Verstärkung warten durfte. Ich ging mit größtmöglicher Vorsicht vor und machte erst dann von der Waffe Gebrauch, als ich keine andere Möglichkeit mehr sah."

Randolph wollte wissen, was Foxworth' Behauptung, Bosch sei im Fall Gesto einem Komplott aufgesessen, in ihm bewirkt habe. Er fragte Bosch, was ihm angesichts der Überreste von Foxworth' Opfern durch den Kopf gegangen sei. Und was er empfunden habe, als er abdrückte.

Bosch beantwortete geduldig jede Frage, aber irgendwann hatte er die Nase voll. Es war fast so, als hielte sich Randolph bei der Vernehmung an ein Drehbuch. „Was geht hier eigentlich vor? Ich sitze hier und erzähle Ihnen alles. Aber Sie verheimlichen mir irgendetwas."

Randolph beugte sich vor, streckte die Hand aus und legte einen Finger auf die Stopptaste des Aufnahmegeräts. „Osani, würden Sie uns vielleicht ein paar Flaschen Wasser holen? Vom vielen Reden bekommt man einen ganz trockenen Mund. Wir warten, bis Sie wieder zurück sind."

Randolph schaltete das Gerät erst aus, nachdem sich die Tür hinter Osani geschlossen hatte. „Die Sache ist die, Detective Bosch: Für das, was in diesem Tunnel passiert ist, haben wir nur Ihr Wort. Die Frau war bewusstlos."

„Ganz genau. Wollen Sie damit sagen, mein Wort gilt nichts?"

„Ich will damit sagen, dass die Forensiker auch mit einer Auslegung ankommen könnten, die von Ihrer Aussage abweicht. Das kann schnell ein fürchterliches Durcheinander geben. Spuren lassen oft unterschiedliche Auslegungen seitens der Öffentlichkeit und der Politik zu."

„Na und? Was die Öffentlichkeit oder die Politiker denken, interessiert mich nicht. Waits hat die Situation da drinnen selbst herbeigeführt. Mir blieb keine andere Wahl."

„Aber es gibt keinen Zeugen für Ihre Darstellung der Ereignisse. Agent Walling war nicht im Tunnel. Sie wollte Sie davon abbringen, dort hineinzugehen."

„Sie wissen ganz genau, dass es eine Frau gibt, die wohl nicht mehr am Leben wäre, wenn ich da nicht rein wäre. Was ist hier eigentlich los?"

Randolph begann mit seinem Ring zu spielen. Er wirkte wie jemand, dem zuwider war, wozu seine Pflicht ihn zwang. „Ich glaube, das war für heute genug. Sie haben einiges mitgemacht. Wir werden erst einmal auf die forensischen Befunde warten. Sie bleiben weiter beurlaubt. Sobald wir alles beisammenhaben, können Sie Ihre Aussage unterschreiben."

„Ich habe Sie gefragt, was hier eigentlich los ist, Lieutenant. Es ist wegen Olivas, richtig? Das Begräbnis findet morgen statt, und Sie wollen, dass Olivas ein Held bleibt, der in Ausübung seiner Pflicht getötet wurde."

„Sie täuschen sich. Falls Olivas Dreck am Stecken hatte, wird sich niemand ein Bein ausreißen, um seinen guten Ruf zu retten."

„Dann ist es wegen O'Shea. Er hat an höherer Stelle Beschwerde eingelegt. Das hat er mir bereits angekündigt. Und diese höhere Stelle ist jetzt an Sie herangetreten."

Randolph lehnte sich zurück, und es schien, als suchte er an der Decke nach einer passenden Antwort. „Es gibt bei der Polizei nicht wenige, die finden, dass O'Shea einen guten Bezirksstaatsanwalt abgäbe. Und diese Leute glauben auch, dass es für das LAPD gut wäre, ihn zum Freund zu haben."

Bosch konnte nicht fassen, was er da hörte.

„Sein Konkurrent Gabriel Williams hat sich mit Wählergruppen zusammengetan, die eindeutig gegen die Polizei eingestellt sind", fuhr Randolph fort. „Es wäre also nicht sonderlich erfreulich für das LAPD, wenn er gewählt würde."

Bosch starrte ihn finster an. „Sie lassen diesen Kerl ungeschoren davonkommen, weil Sie denken, er könnte der Polizei wohlgesinnt sein?"

Resigniert schüttelte Randolph den Kopf. „Ich weiß nicht, was Sie haben, Detective. Ich mache hier lediglich eine simple politische Feststellung. Aber eines weiß ich sicher. Es gibt keinerlei Beweise für dieses Komplott, von dem Sie da reden. Wenn Sie glauben, dass Foxworth' Anwalt das Gespräch, das Sie uns hier geschildert haben, nicht einfach rundweg leugnet, müssen Sie verdammt naiv sein. Seien Sie vernünftig. Behalten Sie es für sich."

„Wie weit oben hat O'Shea interveniert? Wer hat Ihnen nahegelegt, mich abzuservieren?"

„Detective, ich habe keine Ahnung, wovon Sie reden."

„Aber sicher. Natürlich nicht." Bosch stand auf. „Dann würde ich sagen, Sie protokollieren alles so, wie es Ihnen von oben diktiert wurde, und ich unterschreibe es dann oder auch nicht."

Randolph nickte, schwieg aber.

Bosch beugte sich dicht zu ihm hinab. „Gehen Sie zu Deputy Doolans Begräbnis, Lieutenant? Wissen Sie noch, wer das war? Der Beamte, dem Waits ins Gesicht geschossen hat. Ich dachte, Sie gehen vielleicht zu seinem Begräbnis, um seinen Angehörigen zu erklären, dass der Mann, dem er das alles zu verdanken hat, der Polizei wohlgesinnt sein wird."

Randolph starrte geradeaus auf die Wand. Bosch öffnete die Tür und erschreckte Osani, der direkt dahinter gestanden hatte. Er hielt keine Wasserflaschen in den Händen. Bosch schob sich an ihm vorbei und verließ das OIS-Büro.

Im Aufzug drückte er auf den Knopf für den fünften Stock. Die Abteilung Offen-Ungelöst war verlassen, als er dort eintraf. Es war kurz nach vier, und die meisten Detectives arbeiteten von sieben bis sechzehn Uhr, damit sie noch vor dem Einsetzen des abendlichen Berufsverkehrs den Heimweg antreten konnten. Der Einzige, der noch da war, war Pratt, weil er als Leiter der Einheit bis fünf Dienst hatte. Bosch winkte, als er an der offenen Tür von Pratts Büro vorbeikam.

Erschöpft von den Ereignissen des Tages, ließ Bosch sich auf seinen Stuhl niedersinken. Er schaute auf seinen Schreibtisch und sah, dass der mit rosa Zetteln übersät war, auf denen telefonische Nachrichten notiert waren. Die meisten waren von Kollegen aus allen möglichen Abteilungen und Stationen, lauter Bitten um Rückruf. Bosch wusste, sie wollten ihm gratulieren. Jedes Mal wenn ein Polizist jemanden endgültig aus dem Verkehr gezogen hatte, stand bei dem Betreffenden das Telefon nicht mehr still.

Es waren auch einige Mitteilungen von Journalisten dabei. Eine Nachricht von den Gestos war ebenso darunter. Bosch hatte sie am Abend zuvor angerufen, um ihnen mitzuteilen, dass ihre Tochter gefunden und die Identität bestätigt worden war. Diesen Zettel steckte er in seine Hosentasche. Die Leiche würde bald freigegeben werden. Er konnte ihnen zwar nicht verkünden, dass der Mörder ihrer Tochter seiner gerechten Strafe zugeführt worden war, aber wenigstens hatte er ihnen helfen können, sie heimzubringen.

Eine Nachricht stammte von Jerry Edgar. Der Kollege, der den Anruf entgegengenommen hatte, hatte *Ist angeblich wichtig* auf den Zettel dazugeschrieben. Bosch sah nach dem auf der Notiz vermerkten Zeitpunkt des Anrufs und stellte fest, dass er kurz vor der Schießerei mit Waits eingegangen war. Vermutlich hatte Edgar gehört, dass Bosch seinen Cousin kennen gelernt hatte, und wollte einfach ein bisschen darüber quatschen. Im Moment war Bosch aber nicht danach. Die anderen Nachrichten interessierten ihn noch weniger, und er legte sie in eine Schreibtischschublade.

„Die OIS hat gerade angerufen. Sie sind immer noch beurlaubt, Harry. Ich muss Sie nach Hause schicken."

Bosch blickte auf. Pratt stand in der Tür seines Büros. Er war in Hemdsärmeln, die Krawatte hing lose von seinem Hals.

„Weiß ich. Bin schon am Gehen."

Pratt sah ihn schweigend an. „Alles okay, Harry?", fragte er schließlich versuchsweise.

„Nein, gar nichts ist okay. Das Ganze ist ein abgekartetes Spiel. Und das ist nicht okay. Nicht annähernd."

„Wollen die etwa Olivas und O'Shea decken?"

„Ich glaube nicht, dass ich mit Ihnen darüber sprechen sollte, Chef. Dadurch könnten Sie ebenfalls in die Schusslinie geraten."

„So ernst ist es denen also, hm?"

„Ja. Sie werden auch nicht davor zurückschrecken, mich zu verheizen, wenn ich nicht mitspiele." In Pratts Position hatte man die Leiter hinauf und hinunter Verpflichtungen. Da spielte es auch keine Rolle, dass er nur noch ein paar Wochen hatte. Er musste das Spiel so lange mitspielen, bis der Schlusspfiff kam. „Die haben mein Handy noch, es ist Bestandteil des Tatorts." Bosch griff nach dem Telefon. „Ich bin nur reingekommen, um kurz zu telefonieren, dann bin ich auch schon wieder weg."

„Ich frage mich sowieso schon die ganze Zeit, was mit Ihrem Telefon ist", erwiderte Pratt. „Ein paar Kollegen haben versucht Sie anzurufen. Sie wollten Sie auf einen Drink ins ‚Nat's' einladen." Das Nat's war eine Bar am Hollywood Boulevard. Keine ausgesprochene Polizistenkneipe, aber trotzdem konnte man dort nach Dienstschluss immer einige Cops antreffen.

„Fahren Sie auch hin?", fragte Bosch.

„Später vielleicht. Ich muss vorher noch was erledigen."

Bosch nickte. „Mir ist im Moment noch nicht danach. Ich glaube nicht, dass ich hinkomme."

„Ganz wie Sie wollen. Die Jungs werden es bestimmt verstehen."

Pratt verharrte in der Tür, weshalb Bosch nach dem Telefon griff. Er wählte Jerry Edgars Nummer, um seine Lüge, dass er kurz telefonieren müsse, zu kaschieren. Doch Pratt blieb einfach stehen. Er hatte es wirklich darauf angelegt, Bosch zu verscheuchen.

„Hier Bosch. Du hast angerufen?"

„Allerdings, Mann, ich habe angerufen. Das hast du heute wirklich gut gemacht, Partner. Bei dir alles okay?"

„Jaja, klar. Weswegen hast du angerufen?"

„Da war etwas, von dem ich dachte, es interessiert dich vielleicht. Ob es jetzt allerdings noch so wichtig ist, weiß ich nicht. Mein Cousin Jason hat mich angerufen. Er hat mir erzählt, dass ihr euch heute kennen gelernt habt."

„Ja, netter Typ. Hat uns sehr geholfen."

„Er wollte dich erreichen, aber du hast ihm keine Visitenkarte oder Telefonnummer hinterlassen. Er meinte, ungefähr fünf Minuten nachdem du gegangen seist, sei ein anderer Polizist ins Gebäude der Stadtwerke gekommen und habe sich am Empfang nach dem Mann erkundigt, der gerade den Polizisten geholfen habe. Jason meinte, der Typ habe erklärt, er werde deine Ermittlungen beaufsichtigen, und dann fragte er Jason, was du gewollt hättest. Mein Cousin fuhr mit ihm in das Stockwerk hinauf, in dem ihr gewesen wart, und dann standen sie dort oben und schauten gerade in dem Moment zu dem Haus in Echo Park hinunter, als du mit der Agentin dort angerückt bist. Sie haben zugesehen, wie du ins Haus bist."

Bosch beugte sich vor. „Und weiter?"

„Dann rannte dieser Typ zum Lift und fuhr nach unten."

„Hat dein Cousin zufällig mitgekriegt, wie er hieß?"

„Ja, er hat sich als Detective Smith vorgestellt. Als er seinen Ausweis zeigte, hielt er allerdings den Finger auf die Stelle, wo sein Name stand. Es war ein Weißer, Mitte fünfzig, ungefähr eins achtzig groß, gut siebzig Kilo. Kurz geschnittenes silbergraues Haar. Er trug einen blauen Anzug, ein weißes Hemd, eine gestreifte Krawatte. Hatte eine amerikanische Flagge am Revers."

Diese Beschreibung passte zu etwa fünfzigtausend Männern in der Innenstadt von Los Angeles. Und auf einen von ihnen schaute Bosch gerade. Abel Pratt blickte Bosch mit fragend hochgezogenen Augenbrauen an. Er hatte seine Anzugjacke nicht an, aber Bosch sah sie an der Tür hinter ihm an einem Haken hängen. An ihrem Revers steckte eine amerikanische Flagge.

Bosch richtete den Blick wieder auf seinen Schreibtisch. „Bis wann hat er Dienst?“

„Normalerweise macht er um fünf Schluss. Aber im Moment sind ein Haufen Leute dort oben, die sehen wollen, was in Echo Park so abgeht.“

„Okay, danke für den Tipp. Ich melde mich später noch mal bei dir.“ Bosch legte auf, bevor Edgar noch etwas sagen konnte.

„Was war das gerade?“, fragte Pratt.

„Ach, noch was zum Matarese-Fall. Wie es aussieht, haben wir jetzt vielleicht doch einen Zeugen. Aber keine Sorge. Das hat auch Zeit, bis ich wieder regulär im Dienst bin.“

„Das höre ich gern.“ Pratt verschwand endlich in seinem Büro.

Bosch sagte Wiedersehen, dann ging er zur Tür des Bereitschaftsraums. Der Einheit Offen-Ungelöst mit ihren acht Detectives standen drei Autos zur Verfügung. Die Schlüssel hingen an ein paar Haken neben dem Eingang des Bereitschaftsraums. Bosch machte die Tür extra weit auf, um die Sicht von Pratts Büro auf das Schlüsselbrett zu versperren. Er nahm einen Schlüssel an sich und ging nach draußen.

Ein paar Minuten später fuhr er aus dem Parkhaus und machte sich auf den Weg zum Hochhaus der Stadtwerke. Der wilde Ansturm all derer, die die Innenstadt bis Sonnenuntergang verlassen wollten, setzte gerade erst ein, und Bosch schaffte die sieben Blocks bis dorthin noch relativ schnell. Er hielt im Parkverbot vor dem Eingang des Gebäudes und sah auf die Uhr. Es war zwanzig vor fünf.

Ein uniformierter Wachmann kam nach draußen, um ihn wegzujagen. Bosch zückte seine Dienstmarke und bat ihn, über sein Sprechfunkgerät Jason Edgar zu rufen.

Als der Sicherheitschef nach fünf Minuten kam, öffnete er die Beifahrertür und schaute in den Wagen. „Was gibt’s, Harry?“

„Ich habe Ihre Nachricht erhalten. Steigen Sie ein.“

Widerstrebend kletterte Edgar in den Wagen. Bosch fuhr sofort los.

„Augenblick. Wo fahren wir hin? Ich kann nicht einfach meinen Arbeitsplatz verlassen.“

„Dauert nur ein paar Minuten. Es geht zum Parker Center. Wir müssen nicht mal aus dem Auto steigen.“

„Ich muss aber Bescheid geben.“ Edgar nahm ein kleines Sprechfunkgerät von seinem Gürtel und funkte die Sicherheitszentrale der Stadtwerke an. „Was machen wir im Parker Center?“, fragte er anschließend.

„Den Polizisten identifizieren, mit dem Sie heute gesprochen haben, nachdem wir weg sind.“

Der Verkehr hatte deutlich zugenommen. Freitagnachmittags war es besonders schlimm. Um zehn vor fünf fuhr Bosch schließlich ins Parkhaus des Parker Center und fand gleich in der ersten Reihe einen freien Platz. Das Parkhaus war an den Seiten offen und erstreckte sich zwischen Parker Center und San Pedro Street.

„Es wird gleich um fünf jemand gehen, und wenn er das tut, wird er die Straße dort überqueren. Ich möchte wissen, ob das der Kerl ist, der Ihnen gesagt hat, dass er meine Ermittlungen beaufsichtigt."

„Ist er von der Dienstaufsicht?"

„Nein. Er ist mein Chef."

Um nicht gesehen zu werden, klappte Bosch die Sonnenblende nach unten. Sie standen etwa dreißig Meter von dem Zebrastreifen entfernt, über den Pratt ins Parkhaus kommen würde. Edgar stellte Fragen über die Schießerei in Echo Park, und Bosch beantwortete sie mit knappen Sätzen. Eigentlich wollte er nicht darüber sprechen, aber er hatte den Mann gerade von seinem Posten entführt und musste sich erkenntlich zeigen. Das gebot der Anstand. Um 17.01 Uhr sah er Pratt endlich die Rampe neben den Türen hinuntergehen, wo Häftlinge eingeliefert wurden. Sein Vorgesetzter steuerte mit einer Gruppe von vier anderen Abteilungschefs auf die San Pedro zu.

„So", sagte Bosch. „Sehen Sie die Männer, die dort die Straße überqueren? Welcher von ihnen war heute bei Ihnen?"

„Der die Sonnenbrille aufsetzt", sagte Edgar. „Der letzte."

Pratt lief am Ende der Gruppe und hatte gerade seine Ray-Ban aufgesetzt. Bosch spürte tief in seiner Brust einen heftigen Druck wie eine besonders schlimme Form von Sodbrennen.

„Und jetzt? Wollen Sie ihm folgen?"

Bosch erinnerte sich, dass Pratt gesagt hatte, er habe nach Dienstschluss noch was zu erledigen. „Würde ich gern, aber ich muss Sie zurückbringen."

„Machen Sie sich deswegen mal keine Gedanken. Ich kann auch gehen. Bei dem Verkehr bin ich zu Fuß wahrscheinlich sowieso schneller. Ich weiß zwar nicht, was hier abgeht, Harry, aber auf jeden Fall viel Glück."

„Danke, Jason. Wäre schön, sich mal wiederzusehen."

Sobald Edgar ausgestiegen war, fuhr Bosch aus dem Parkhaus. Er nahm die San Pedro hinüber zur Temple Street, überquerte sie und hielt am Straßenrand im Parkverbot.

Nach zwei Minuten kam ein silberfarbener Jeep Commander aus dem Parkhaus und fuhr zur Temple. Bosch erkannte Pratt am Steuer. Der Jeep hatte die gleichen Ausmaße und die gleiche Farbe wie der geheimnisvolle

Geländewagen, der ihm am Abend zuvor nicht weit von seinem Haus aufgefallen war.

Bosch beugte sich über den Beifahrersitz, als sich der Jeep näherte. Er hörte ihn abbiegen und richtete sich wieder hinter dem Steuer auf. Pratt erreichte die Ecke Temple und Los Angeles Street und bog rechts ab. Bosch wartete kurz, dann startete er den Wagen.

Pratt fuhr auf den Freeway 101 und drängte sich in den dichten Verkehrsstrom. Bosch zwängte sich sechs Fahrzeuge hinter dem Jeep in die Schlange, denn sein Crown Vic war zwar nicht als Einsatzfahrzeug gekennzeichnet, roch aber trotzdem nach Polizei. Langsam kämpfte sich Pratt in Richtung Norden voran. Als Bosch auf dem Freeway durch Echo Park kam, schaute er den Hügel hinauf und sah, dass Spurensicherung und Medien in der Figueroa Lane immer noch sehr beschäftigt waren. Über dem Haus kreisten zwei Fernsehhubschrauber. Er fragte sich, ob sein Auto abgeschleppt würde.

Beim Fahren versuchte Bosch zusammenzufügen, was er gegen Pratt vorliegen hatte. Kaum anzunehmen, dass dieser ihn nur verfolgt hatte, um sich zu vergewissern, dass er nicht gegen die Auflagen verstieß. Dafür musste es einen anderen Grund geben, und Bosch fiel nur einer ein. Der Fall.

Sobald er einmal zu diesem Schluss gelangt war, fügte sich rasch eins zum anderen, und das schürte das Feuer noch, das bereits in Boschs Brust brannte. Es war nur ein paar Tage her, dass Pratt die Geschichte über Maury Swann erzählt hatte, die verriet, dass die beiden sich kannten. Und obwohl die Anekdote den Anwalt in ein schlechtes Licht gerückt hatte, konnte es auch Pratts Versuch sein, sich scheinbar von jemandem zu distanzieren, mit dem er in Wirklichkeit unter einer Decke steckte. Ebenso wenig zweifelte Bosch daran, dass sein Chef genau wusste, dass er, Bosch, im Gesto-Fall Anthony Garland im Visier gehabt hatte. Schließlich hatte er seinen Vorgesetzten bei einer Wiederaufnahme des Falls routinemäßig über all seine Schritte in Kenntnis gesetzt. Und was vielleicht das Wichtigste war – Pratt hatte Zugang zum Gesto-Mordbuch gehabt. Es hatte die meiste Zeit auf Boschs Schreibtisch gelegen. Pratt hätte jederzeit die gefälschte Verbindung zu Robert Saxon einfügen können, damit Olivas sie entdeckte.

Bosch wurde klar, dass der Plan, Raynard Waits den Mord an Marie Gesto gestehen zu lassen, durchaus von Pratt ausgeheckt worden sein könnte. Er war ideal positioniert, um als Mittelsmann zu agieren und alle Beteiligten auf Schritt und Tritt beobachten zu können. Und wenn Swann an dem Komplott beteiligt war, hätte Pratt weder Olivas' noch O'Sheas Hilfe benötigt. Swann hätte Waits gegenüber lediglich den Anschein erwecken müssen, als wären Ankläger und Ermittler die Drahtzieher im Hintergrund, und schon hätte er eine falsche Fährte gelegt, der jemand wie Bosch unvermeidlich folgen würde.

Bosch spürte heftige Schuldgefühle. Vielleicht hatte er sich in allem, was er bis vor einer halben Stunde gedacht hatte, getäuscht. Olivas war vielleicht genauso raffiniert benutzt worden wie er selbst, und O'Shea hatte sich möglicherweise lediglich politischer Taktiererei schuldig gemacht. Er hatte womöglich nur deshalb versucht, nichts von Boschs Anschuldigungen nach draußen dringen zu lassen, weil sie sich politisch nachteilig ausgewirkt hätten – und nicht, weil sie der Wahrheit entsprachen.

Bosch überprüfte diese neue Theorie noch einmal auf Herz und Nieren, und sie hielt der Inspektion stand. Das Einzige, was fehlte, war ein Motiv. Warum sollte jemand, der seiner Pensionierung entgegensah, alles wegen eines solchen Komplotts aufs Spiel setzen? Wie konnte jemand, der 25 Jahre lang Verbrecher gejagt hatte, einen Mörder laufen lassen?

Bosch hatte schon an die tausend Morde bearbeitet und wusste, dass das Motiv häufig das am schwersten zu fassende Element eines Verbrechens war. Selbstverständlich war Geldgier ein häufiger Beweggrund, ebenso Beziehungsprobleme, aber beides ließ sich nicht so ohne Weiteres als Erklärung dafür heranziehen, warum Pratt diese Grenze überschritten hatte.

Bosch hieb mit der Handfläche aufs Lenkrad. Er war wütend auf sich selbst und hatte sich mächtig blamiert. Pratt hatte ihn nach allen Regeln der Kunst vorgeführt, und das traf ihn tief. Sie hatten zusammen gegessen, gemeinsam Fälle bearbeitet, Witze gerissen und über ihre Kinder gesprochen. Pratt stand kurz vor seiner Pensionierung, die er sich nach Auffassung aller Kollegen redlich verdient hatte. Für ihn war der Zeitpunkt gekommen, seine Pension einzustreichen und sich in das Ruhestandsparadies in der Karibik zurückzuziehen. Und davon träumte jeder Polizist.

„Alles nur Theater", sagte Bosch laut.

KAPITEL DREIZEHN

Dreißig Minuten später fuhr Pratt vom Freeway. Er nahm den Barham Boulevard nach Burbank. Der Verkehr war immer noch dicht, und so hatte Bosch keine Probleme, Pratt in einigem Abstand unbemerkt zu folgen. Sein Chef bog ein paarmal ab und hielt schließlich in der Catalina Street vor einer Reihe von Stadthäusern. Bosch fuhr rasch an Pratts Wagen vorbei, bog bei der ersten Gelegenheit rechts ab, dann noch einmal und noch einmal.

Nachdem er ein letztes Mal rechts abgebogen war, hielt er einen halben Block hinter Pratts Geländewagen und rutschte auf seinem Sitz nach unten.

Pratt stand am Straßenrand und spähte in beide Richtungen, bevor er die Straße überquerte. Obwohl sie frei war, blickte Pratt weiter nach links und rechts. Bosch sank noch tiefer in seinen Sitz. Es gab nichts Schwereres, als einen Cop zu observieren, der nach einem Schatten Ausschau hielt. Als Pratt schließlich die andere Straßenseite erreichte, drehte er sich um und sah wieder in beide Richtungen. Als sein Blick auf Boschs Auto fiel, verharrte er lange. Bosch rührte sich nicht. Er konnte sich zwar nicht vorstellen, dass Pratt ihn gesehen hatte, aber möglicherweise hatte sein Chef in dem Crown Vic ein ziviles Polizeifahrzeug erkannt, wenn nicht sogar einen der Wagen von Offen-Ungelöst. Pratt begann auf das Auto zuzugehen. Bosch legte die Hand an den Türgriff. Er hatte keine Waffe. Notfalls würde er aus dem Auto springen und in Richtung Verdugo Road rennen, wo es Verkehr und Passanten gab.

Doch plötzlich drehte Pratt sich um und blickte zur Eingangstreppe eines der Stadthäuser. Die Eingangstür stand ein Stück offen, eine Frau schaute heraus und rief Pratt lächelnd etwas zu. Als er ihr zuwinkte, sie solle wieder ins Haus gehen, machte sie einen Schmollmund und zog sich von der Tür zurück. Bosch wusste zumindest, dass sie nicht Pratts Ehefrau war – die hatte er auf einer Party im Bereitschaftsraum kennen gelernt, bei der Pratt sein Ausscheiden aus dem Polizeidienst bekannt gegeben hatte.

Pratt schaute erneut zu Boschs Auto, drehte sich aber nach kurzem Zögern wieder zu dem Stadthaus um. Er stieg die Eingangstreppe hinauf, ging durch die offene Tür und schloss sie hinter sich. Kurz darauf sah Bosch ihn einen Vorhang zurückziehen und auf die Straße hinausspähen. Er ließ den Blick eine Weile auf dem Crown Vic ruhen, und Bosch blieb weiter tief unten versteckt. Der Wagen hatte ohne Zweifel Pratts Verdacht erregt, aber Bosch vermutete, dass die Verlockungen von verbotenem Sex stärker waren als sein Bedürfnis, sich das Auto näher anzusehen. Plötzlich wurde Pratt von hinten gepackt. Er wandte sich vom Fenster ab, und der Vorhang fiel zurück.

Bosch startete umgehend den Wagen und wendete. Er bog nach rechts in die Verdugo und fuhr zum Burbank Airport. Er hatte vor, den Crown Vic am Flughafen abzustellen, sich einen Leihwagen zu nehmen und damit zurückzukehren, alles in weniger als einer halben Stunde.

Während der Fahrt versuchte er, die Frau aus dem Stadthaus einzuordnen. Wenig später kam er darauf: Sie war eine attraktive junge Zivilangestellte der Polizei, die in der Personalabteilung am Ende des Flurs arbeitete, auf dem auch Offen-Ungelöst lag. Pratt hatte sich also eine Polizeiangestellte geangelt und vertrieb sich in einem Liebesnest in Burbank die Zeit, bis sich der abendliche Berufsverkehr gelegt hatte. Nicht übel, wenn man sich solche Gelegenheiten verschaffen konnte und damit auch noch durchkam.

35 MINUTEN SPÄTER war Bosch zurück in der Catalina Street. Er fuhr in dem gemieteten Taurus an Pratts Jeep vorbei und parkte dieses Mal nördlich des Stadthauses. Während er, tief in seinen Sitz gerutscht, das Haus beobachtete, schaltete er das Handy ein, das er zusammen mit dem Auto gemietet hatte. Er wählte Rachels Mobilnummer, bekam aber nur ihre Mailbox dran. Er hinterließ keine Nachricht.

Erst nach Einbruch der Dunkelheit kam Pratt wieder nach draußen. Abermals schaute er die Straße hinauf und hinunter, wobei sein Hauptaugenmerk der Südseite galt, wo zuvor der Crown Vic seinen Argwohn geweckt hatte. Nachdem er sich vergewissert hatte, dass das Auto verschwunden war, stieg er in seinen Jeep und fuhr in Richtung Süden zur Verdugo Road, an der er rechts abbog.

Sollte Pratt noch immer argwöhnen, beschattet zu werden, würde er jetzt langsamer fahren und im Rückspiegel nach einem Verfolger Ausschau halten. Deshalb fuhr Bosch einen Block nach Norden, bog links ab und stieg voll aufs Gas bis zur California Street, wo er erneut links abbog. Es war ein riskantes Manöver, aber Bosch blieb keine andere Wahl. Bestimmt war Pratt noch wachsamer als sonst.

Bosch hatte sich nicht getäuscht. Gerade als er die Verdugo erreichte, sah er Pratts Jeep direkt vor sich vorbeifahren. Offensichtlich war sein Vorgesetzter auf der Verdugo extrem langsam gefahren. Bosch ließ ihm etwas Vorsprung, bevor er nach rechts abbog, um ihm zu folgen.

Pratt blieb bis North Hollywood auf der Verdugo und bog dann in südlicher Richtung auf den Cahuenga Boulevard ab. An der Kreuzung hätte er Bosch um ein Haar abgehängt, aber der fuhr bei Rot über die Ampel. Er nahm an, dass Pratt vorhatte, im Nat's zu den übrigen Mitgliedern der Einheit zu stoßen. Aber auf halbem Weg durch den Cahuenga Pass bog er rechts in den Woodrow Wilson Drive ab, und Bosch spürte, wie sich sein Puls einen Tick beschleunigte. Pratt war unterwegs zu Boschs Haus.

Der Woodrow Wilson Drive schlängelte sich in zahlreichen Haarnadelkurven die Hügel von Santa Monica hinauf. Die Straße war wenig belebt, und die einzige Möglichkeit, einem Fahrzeug zu folgen, bestand darin, ihm mit ausgeschalteten Scheinwerfern hinterherzufahren. Bosch hätte die Strecke im Schlaf zurücklegen können – was er bei Gelegenheit auch schon getan hatte. Er versuchte, immer zwei Kurven Abstand zu halten, ließ aber die Lichter von Pratts Jeep nie aus den Augen.

Als er zwei Kurven von seinem Haus entfernt war, ließ Bosch den Leihwagen ausrollen und kam vor der letzten Biegung zum Stehen. Er stieg aus und schlich so weit an einer Hecke entlang, bis er Pratts Geländewagen sehen konnte. Inzwischen hatte Pratt die Lichter ausgemacht. Er schien nur im Auto zu sitzen und das Haus zu beobachten.

Bosch schaute ebenfalls zu seinem Haus. Hinter den Fenstern des Esszimmers brannte Licht. Aus dem Carport ragte das Heck von Rachels Auto. Es baute Bosch auf, dass sie da war, aber zugleich beunruhigte ihn, was Pratt im Schilde führte.

Als Bosch von hinten ein Auto nahen hörte, drehte er sich um und schlenderte zu seinem Leihwagen, als machte er einen Abendspaziergang. Das Auto fuhr langsam an ihm vorbei, und als es den Jeep erreichte, lenkte Pratt nicht zur Seite, um ihm Platz zu machen, sondern schaltete die Lichter an und fuhr rasch davon.

Bosch rannte zu seinem Leihwagen zurück. Er sprang hinein und fuhr los. Gleichzeitig drückte er die Wahlwiederholung des Miethandys, und wenig später ging Rachel dran.

„Komm nach draußen. Ich hole dich gleich ab. Schnell!“

„Harry, was …“

„Komm raus und nimm deine Waffe mit. Sofort!“

Er beendete das Gespräch und hielt vor seinem Haus. Rachel kam nach draußen. Sie zog die Tür zu und rannte zum Wagen.

„Steig ein. Schnell!“

Sie sprang in das Auto, und Bosch fuhr los. Während er die Kurven zum Mulholland Drive hinaufjagte, schilderte er ihr kurz, was passiert war.

„Woher weißt du das alles, Harry?“

„Ich weiß es einfach. Beweisen werde ich es später.“

„Dein Telefon hat geklingelt, unmittelbar bevor du mich auf meinem Handy angerufen hast. Ich bin nicht drangegangen.“

„Das war wahrscheinlich er. Er führt irgendwas im Schilde.“

Sie bogen um die letzte Kurve, und vor ihnen erschien eine große Kreuzung. Bosch sah die Rücklichter eines großen Wagens nach rechts verschwinden. Das Auto, das Pratt zum Weiterfahren veranlasst hatte, fuhr gerade auf die Kreuzung.

„Im ersten Wagen muss Pratt sein.“

Bosch erreichte die Kreuzung und bog ebenfalls rechts ab. Der Mulholland Drive wand sich wie eine Schlange am Bergkamm entlang durch die

Stadt. Aber die Kurven waren nicht so scharf wie die des Woodrow Wilson. Außerdem herrschte hier mehr Verkehr. Sie konnten Pratt folgen, ohne dass er Verdacht schöpfte. Sie hatten das Auto, das abgebogen war, rasch eingeholt und stellten fest, dass es tatsächlich Pratts Jeep war. Danach ließ Bosch sich wieder zurückfallen und folgte Pratt die nächsten zehn Minuten den Kamm entlang. Tief unter ihnen funkelten die Lichter des Valley.

„Ich habe bei dir zu Hause gewartet, um mich zu verabschieden", sagte Rachel unvermittelt.

„Ich weiß. Das kann ich verstehen. Dir hat nicht gefallen, wie ich heute Waits hinterher bin. Ich bin nicht der Mann, für den du mich gehalten hast. Das höre ich nicht zum ersten Mal."

„Das ist es nicht, Harry. Niemand ist der Mann, für den man ihn hält. Damit kann ich leben. Aber eine Frau muss sich bei einem Mann geborgen fühlen. Und zwar auch dann, wenn er nicht bei ihr ist. Aber wie kann ich mich bei dir geborgen fühlen, nachdem ich miterlebt habe, wie du arbeitest? Jeden Abend würde ich mich fragen, ob das der Abend ist, an dem du nicht mehr nach Hause kommst."

„Es ist nun mal ein gefährlicher Job. Ich dachte, du wüsstest das besser als jede andere."

„Mag sein. Aber heute in der Garage, das war Unbesonnenheit. Ich möchte mir nicht ständig um jemanden Sorgen machen müssen, der unbesonnen ist. Es gibt auch so schon genügend, um sich Sorgen zu machen."

Bosch atmete geräuschvoll aus. Er deutete auf die roten Rücklichter vor ihnen. „Okay, lass uns später darüber reden. Vorerst konzentrieren wir uns auf das hier."

Als wäre das sein Stichwort, bog Pratt scharf nach links ab und begann, nach Beverly Hills hinunterzufahren. Bosch wartete und bog dann ebenfalls ab.

„Trotzdem bin ich froh, dich dabeizuhaben."

„Warum?"

„Weil ich, wenn er nach Beverly Hills unterwegs ist, nicht die dortige Polizei verständigen muss, sondern jemanden vom FBI im Wagen habe. Hast du deine Waffe mit?"

„Immer. Du nicht?"

„Meine ist Teil des Tatorts. Das ist schon die zweite Waffe, die sie mir diese Woche wegnehmen. Müsste so was wie ein Rekord sein. Die meisten damit verlorenen Dienstwaffen wegen unbesonnenen Umgangs."

Er schielte zu ihr hinüber, um zu sehen, ob er ihr ein Lächeln abgetrotzt hatte. Aber sie verzog keine Miene.

Als Pratt wieder abbog, fuhr Bosch geradeaus weiter. An der nächsten Querstraße wendete er und fuhr zurück.

„Weißt du, wohin er unterwegs sein könnte?“, fragte Rachel.

„Keine Ahnung. Vielleicht zu einer anderen Freundin.“

Die Häuser hier kosteten locker eine siebenstellige Summe, alle hatten tadellos gepflegte Hecken und Rasenflächen, und es gab nirgendwo ein Blatt, das nicht da war, wo es hingehörte. Bosch fuhr langsamer und hielt nach dem silberfarbenen Commander Ausschau.

„Da.“ Rachel deutete auf den Jeep, der in der Einfahrt einer Villa im französischen Landhausstil stand. Bosch parkte zwei Häuser weiter. Sie stiegen aus und gingen zu Fuß zurück.

Das Tor zur Einfahrt war offen. Auf dem gusseisernen Briefkasten stand kein Name. Bosch schaute hinein. Sie hatten Glück, es war Post drin. Bosch nahm den obersten Umschlag heraus und hielt ihn so, dass er ihn im Schein der nächsten Straßenlampe lesen konnte.

„*Maurice* – das ist Maury Swanns Haus“, sagte er.

„Nicht übel“, meinte Rachel. „Vielleicht hätte ich doch lieber Strafverteidigerin werden sollen.“

Eine laute Stimme drang hinter einer hohen Hecke hervor, die entlang der Einfahrt des Hauses verlief. „Rein da, habe ich gesagt!“ Ein lautes Platschen ertönte.

Sie gingen auf das Geräusch zu. Bosch suchte nach einer Öffnung in der Hecke, aber es schien keine zu geben. Er machte Rachel ein Zeichen, rechts entlangzugehen, während er sich nach links wandte. Er sah, dass sie ihre Waffe gezogen hatte.

Die Hecke war mindestens drei Meter hoch und sehr dicht. Aber während Bosch dicht daran entlanglief, hörte er ganz nah zwei Stimmen.

„Bitte, ich kann nicht schwimmen. Ich kann hier nicht stehen!“

„Wozu haben Sie einen Swimmingpool? Strampeln Sie einfach weiter.“

„Bitte! … Warum sollte ich jemandem erzählen, was … Bitte!“

„Ich warne Sie! Sollte ich auch nur annäherungsweise den Eindruck gewinnen, dass Sie irgendwelche dummen Tricks versuchen, können Sie Ihre Schwimmversuche nächstes Mal im Pazifik machen. Kapiert?“

Bosch kam zu einer betonierten Einbuchtung, in der die Filterpumpe und die Heizung des Pools standen. Außerdem gab es dort eine kleine Lücke in der Hecke, damit sich der für die Wartung des Pools zuständige Techniker hindurchzwängen konnte. Bosch schlüpfte durch die Öffnung und trat auf die geflieste Fläche hinaus, die den großen ovalen Pool umgab. Er befand sich fünf Meter hinter Pratt, der am Beckenrand auf einen Mann im Wasser hinabsah und eine lange blaue Stange mit einem Haken am Ende hielt. Sie war eigentlich dafür gedacht, einen Nichtschwimmer an den Beckenrand zu ziehen, aber Pratt schwenkte sie jedes Mal weg, wenn der andere versuchte, danach zu greifen. Es war schwer, in dem Mann im Pool Maury Swann zu erkennen. Er trug keine Brille, und sein Haar war auf seinen Hinterkopf gerutscht. Auf seiner glänzenden Glatze pappte ein Stück Klebstreifen, das sein Toupet gehalten hatte.

Die Filteranlage war so laut, dass Bosch sich Pratt auf zwei Meter nähern konnte, ohne dass dieser ihn bemerkte. Erst dann sagte er: „Was ist denn hier los, Chef?"

Sofort senkte Pratt die Stange, sodass Swann den Haken zu fassen bekam. „Gut festhalten, Maury! Ich hole Sie raus!" Pratt zog Swann an den Beckenrand.

„Die Lebensretternummer können Sie sich ruhig sparen", meinte Bosch. „Ich habe alles gehört."

Pratt sah auf Swann hinab. „Wenn das so ist ..." Er ließ die Stange los, und seine rechte Hand fuhr auf Gürtelhöhe blitzschnell an seinen Rücken.

„Halt!" Auch Rachel hatte eine Öffnung in der Hecke gefunden. Sie stand auf der anderen Seite des Pools und richtete ihre Waffe auf Pratt.

Dieser erstarrte. Bosch stellte sich hinter ihn und riss ihm die Pistole aus dem Hosenbund.

„Harry!", rief Rachel. „Ich übernehme ihn. Hilf du dem Anwalt."

Swann ging unter. Die blaue Stange versank mit ihm. Bosch packte sie und zog den Anwalt an die Oberfläche. Swann hustete und spuckte Wasser. Er klammerte sich an der Stange fest, und Bosch zog ihn ans flache Ende des Pools.

„Was sollte das eben, Maury?"

„Das geht Sie nichts an, Bosch."

„So ist das also. Da kommt jemand an und schmeißt Sie in den Pool, um zuzusehen, wie Sie ersaufen, und Sie meinen, das geht niemanden was an."

„Eine Meinungsverschiedenheit, mehr nicht. Er wollte mich einschüchtern, nicht ertränken."

„Warum wollte er Sie einschüchtern?"

„Ich bin nicht verpflichtet, irgendeine Ihrer Fragen zu beantworten."

„Wissen Sie, was ich glaube? Ich glaube, dass nur noch eine Person eine Verbindung zwischen Detective Pratt und den Garlands herstellen kann, seit Ihr Mandant Raynard Waits tot ist. Ich glaube, Ihr Partner wollte dieses Bindeglied loswerden, weil ihm der Boden zu heiß unter den Füßen wurde."

„Ich rede nicht mehr mit Ihnen. Sie dürfen mein Grundstück verlassen."

„Sofort. Aber Sie kommen erst mal mit ans andere Ende des Pools."

Dort saß Pratt inzwischen auf einer Betonbank und bekam von Rachel Handschellen angelegt. Bosch deutete auf den Platz neben Pratt. „Setzen Sie sich, Maury. Sie sind verhaftet."

„Weswegen?", fragte Swann ungehalten.

„Wegen zweifachen Mordes. Sie sind beide verhaftet."

Swann lachte. Allmählich kehrte etwas von seiner gewohnten Selbstsicherheit zurück. „Und welche Morde sollen das sein?"

„An Detective Fred Olivas und Deputy Derek Doolan."

„Ich nehme an, Sie wollen auf Beihilfe zum Mord hinaus. Denn es gibt hinreichend Beweise dafür, dass wir die Kugeln, die Olivas und Doolan getötet haben, nicht selbst abgefeuert haben. Und die Beihilferegelung tritt nur in Kraft, wenn jemand während der gemeinschaftlichen Ausführung eines Schwerverbrechens getötet wird. Nur dann können auch Mitverschwörer an dem kriminellen Unterfangen wegen Mord angeklagt werden."

Bosch überlegte kurz. „Wie wär's dann mit Anstiftung zu Meineid und Strafvereitelung? Damit könnten wir anfangen und dann weitergehen zu Bestechung eines Staatsdieners, vielleicht auch Anstiftung und Beihilfe zur Flucht aus Polizeigewahrsam."

„Ich habe lediglich meinen Mandanten vertreten. Weder habe ich eine dieser Straftaten begangen, noch haben Sie irgendwelche Beweise dafür. Wenn Sie mich festnehmen, beweisen Sie lediglich Ihre Inkompetenz."

„Damit sollen sich die Ankläger befassen. Für mich zählt nur, dass Ihretwegen zwei Polizisten tot sind. Sie können mich mal, Maury."

Pratt saß mit einem Lächeln auf den Lippen da. „Ich finde, Maury hat nicht ganz Unrecht, Harry. Vielleicht sollten Sie es sich noch mal gut überlegen, bevor Sie irgendetwas Unbedachtes tun."

Bosch schüttelte den Kopf. „Sie können sich da nicht mehr rauswinden. Sie sind derjenige, der alles geplant hat. Sie trafen die Abmachung mit den Garlands und sind dann damit zu Maury, und er machte es Waits schmackhaft. Sie frisierten das Mordbuch, nachdem Ihnen Waits einen seiner falschen Namen genannt hatte, den Sie nachträglich eintragen konnten. Zumindest für eine Anklage wegen Strafvereitelung haben wir also mehr als genug. Dann können Sie Ihre Karibikinsel und Ihre Pension vergessen, Chef. Dann können Sie einpacken."

Pratt senkte den Blick auf das dunkle Wasser des Pools.

„Ich will die Garlands, und Sie können sie ans Messer liefern", fuhr Bosch fort.

Ohne den Blick vom Wasser abzuwenden, schüttelte Pratt den Kopf.

„Na schön, ganz wie Sie wollen. Gehen wir." Bosch bedeutete Pratt und

Swann aufzustehen. Sie kamen der Aufforderung nach. Während Bosch Swann Handschellen anlegte, sah er zu Pratt hinüber. „Wen werden Sie denn wegen der Kaution anrufen, nachdem wir Sie eingelocht haben? Ihre Frau oder die Kleine von der Personalabteilung?“

Pratt setzte sich so abrupt auf die Bank zurück, als hätte er einen Magenschwinger bekommen. Bosch setzte unerbittlich nach. „Welche von beiden sollte denn mit auf die Insel? Auf Ihre Zuckerrohrplantage? Ich nehme an, die Kleine – wie heißt sie gleich wieder?“

„Jessie Templeton. Und ich habe bemerkt, dass Sie mir zu ihrer Wohnung gefolgt sind.“

„Ja, und ich habe bemerkt, dass Sie es bemerkt haben. Aber wie viel weiß sie, und wird sie so gut dichthalten wie Sie, wenn ich mit ihr rede?“

„Sie weiß absolut nichts, Bosch. Halten Sie sie aus allem raus. Halten Sie auch meine Frau und die Kinder raus.“

„Das geht leider nicht. Und das wissen Sie ganz genau. Wir werden alles auf den Kopf stellen und sehen, was dabei zum Vorschein kommt. Ich werde das Geld finden, das Ihnen die Garlands gezahlt haben, und die Verbindung zu jedem herstellen, der beteiligt ist. Ich hoffe nur, Sie haben Ihre Freundin nicht dazu benutzt, das Geld zu verstecken. Sonst ist sie auch dran.“

Pratt beugte sich auf der Bank nach vorn. Vermutlich hätte er in diesem Moment seine Hände, wären sie nicht auf seinen Rücken gefesselt gewesen, dazu benutzt, sein Gesicht vor der Welt zu verbergen.

Bosch führte Swann zu Rachel. Dann wandte er sich wieder Pratt zu. „Sie haben den falschen Hund gefüttert.“

„Was soll das jetzt heißen?“

„Jeder hat die Wahl, und Sie haben die falsche getroffen. Das Problem ist nur, wir ziehen andere mit rein, die für unsere Fehler mitbezahlen müssen.“

Bosch ging an den Beckenrand und schaute ins Wasser hinab. Unter der schimmernden Oberfläche war es undurchdringlich dunkel.

„Jessie braucht nicht in die Sache reingezogen zu werden, und meine Frau braucht nichts von ihr zu erfahren“, sagte Pratt.

Es war ein Eröffnungsangebot. Pratt würde reden. Bosch stieß mit der Fußspitze gegen den gefliesten Beckenrand und drehte sich wieder um. „Ich bin zwar kein Staatsanwalt, aber ich bin sicher, irgendwas lässt sich da bestimmt machen.“

„Pratt, Sie begehen einen schweren Fehler!“, warf Swann ein.

Bosch beugte sich zu Pratt hinab und tastete dessen Taschen ab, bis er die Schlüssel für den Jeep fand. „Rachel, bring Mr Swann zu Detective Pratts Auto. Wir kommen gleich nach.“

Er warf ihr die Schlüssel zu, und sie führte den protestierenden Anwalt zu der Lücke in der Hecke. Bosch wartete, bis sich die Autotür hinter ihm geschlossen und ihn zum Schweigen gebracht hatte. Dann stellte er sich vor Pratt, aus dessen Haaransatz jetzt der Schweiß rann.

„Ich will nicht, dass Jessie oder meine Familie da reingezogen wird“, wiederholte Pratt. „Außerdem möchte ich einen Deal. Keine Haftstrafe, ich gehe ganz normal in den Ruhestand und behalte meine Pension.“

„Für jemanden, der am Tod von zwei Menschen beteiligt ist, verlangen Sie nicht gerade wenig.“ Bosch dachte über eine Lösung nach, mit der sie beide leben könnten. „Was haben Sie dafür zu bieten?“

„Ich kann Ihnen die Garlands ans Messer liefern. Anthony hat mich vor zwei Wochen zu der Leiche des Mädchens geführt. Und Maury Swann kann ich Ihnen auf einem silbernen Tablett servieren. Der Kerl hat ebenso viel Dreck am Stecken wie …“ Er sprach nicht zu Ende.

„Sie?“

Pratt senkte den Blick und nickte langsam.

Bosch wusste nicht, ob er einem Ankläger den Deal schmackhaft machen könnte. Aber im Augenblick war er bereit, es zumindest zu versuchen, wenn er dadurch endlich den Mann zu fassen bekam, der Marie Gesto auf dem Gewissen hatte. „Versprechen kann ich Ihnen nichts. Da müssen wir erst mit einem Staatsanwalt reden. Und was ist mit O'Shea und Olivas?“

Pratt schüttelte den Kopf. „Sie hatten nichts damit zu tun. Das ist nicht der einzige Punkt, in dem Sie sich getäuscht haben.“

„Wo sonst noch?“

„Sie haben mir vorgehalten, ich wäre damit zu den Garlands gegangen. Bin ich aber nicht. Sie sind zu mir gekommen, Harry.“

Bosch glaubte ihm nicht, und das aus einem simplen Grund: Hätten die Garlands einen Polizisten schmieren wollen, hätten sie sich zuerst an die Wurzel ihres Problems gewandt – an Bosch selbst. Dazu war es nie gekommen, was Bosch in der Überzeugung bestärkte, dass Pratt diesen sauberen Plan ausgeheckt hatte, um seine Pensionierung, eine mögliche Scheidung, eine Geliebte und die Geheimnisse, die sein Leben sonst noch bergen mochte, unter einen Hut zu bringen.

Pratt sah Bosch direkt in die Augen. „Harry, es war nicht vorgesehen, dass dabei jemand zu Schaden kommt. Es war ein perfekter Plan, aus dem niemand ein Nachteil erwachsen sollte. Wenn Waits einfach seine Anweisungen befolgt hätte, wären alle noch am Leben und Sie hätten den Gesto-Fall gelöst. So hätte es eigentlich ausgehen sollen.“

Bosch konnte seinen Ärger nur mit Mühe unterdrücken. „Erzählen Sie das dem Staatsanwalt. Vielleicht interessiert es *ihn* ja." Er packte Pratt grob am Arm, zog ihn hoch und führte ihn zu der Öffnung in der Hecke.

KAPITEL VIERZEHN

Am Montagmorgen um zehn Uhr spazierte Abel Pratt über den Rasen des Echo Park zu einer Bank, auf der unter den schützend ausgebreiteten Armen der Lady of the Lake ein alter Mann saß. Auf den Schultern und den Armen der Statue saßen sieben Tauben, und eine hockte auf ihrem Kopf, aber die steinerne Dame war davon gänzlich unbeeindruckt.

Pratt steckte eine zusammengefaltete Zeitung, die er bei sich getragen hatte, in den überquellenden Abfallkorb neben dem Standbild und setzte sich dann neben den alten Mann auf die Bank. Er blickte auf die glatte Oberfläche des Sees, der vor ihnen lag. Der alte Mann, der einen Gehstock hielt und einen dunklen Anzug trug, ergriff schließlich als Erster das Wort.

„Zwischen uns war ja eigentlich alles geklärt. Ich hatte nicht damit gerechnet, je wieder von Ihnen zu hören."

Pratt beugte sich vor und beobachtete die Tischreihen auf der anderen Seeseite, wo Männer Domino spielten. Dann wanderte sein Blick an den Autos entlang, die an der Straße um den Park standen. „Wo ist Anthony?"

„Er kommt gleich. Er geht auf Nummer sicher. Warum sind wir hier?"

„Sag kein Wort mehr, Dad!", ertönte hinter ihnen eine Stimme. Anthony Garland hatte sich von hinten genähert. Er kam um die Statue herum und bedeutete Pratt, sich zu erheben. „Auf!"

„Was soll das?", protestierte Pratt schwach.

„Stehen Sie einfach auf."

Pratt tat wie geheißen. Anthony Garland zog einen kleinen elektronischen Stab aus der Tasche und fuhr damit in einigen Zentimeter Abstand an Pratts Körper entlang, um zu testen, ob der Polizist ein Funksignal aussandte. Danach strich er mit den Händen über Pratts Körper. „Bei einem Schwein wie Ihnen, Detective, kann man nie sicher sein."

Er kam mit seinen Händen an Pratts Taille. „Das ist meine Waffe", erklärte Pratt. „Und das mein Handy."

Schließlich fuhr Garland beide Beine hinab. Zufrieden mit dem Ergebnis, sagte er Pratt, er könne sich wieder setzen. Der Detective kehrte an seinen Platz zurück. Anthony Garland blieb vor der Bank stehen, mit dem Rücken zum See, die Arme über der Brust verschränkt. „Er ist sauber, Dad."

„Also dann“, sagte T. Rex Garland. „Jetzt können wir reden. Was soll das, Detective Pratt? Ich dachte, ich hätte mich deutlich genug ausgedrückt! Sie rufen uns nicht an. Sie drohen uns nicht.“

„Wären Sie denn gekommen, wenn ich Ihnen nicht gedroht hätte?“ Keiner der beiden Garlands antwortete. Pratt lächelte süffisant. „Das Thema wäre also erledigt.“

„Warum haben Sie uns herbestellt?“, fragte der alte Mann. „Ich habe Ihnen in aller Deutlichkeit zu verstehen gegeben, dass ich nicht will, dass mein Sohn in irgendeiner Weise weiter mit dieser Sache behelligt wird.“

„Na ja, er hat mir einfach gefehlt seit unserem Spaziergang dort oben im Wald. Ich meine, wenn einen jemand zu einer vergrabenen Leiche führt, stellt sich dadurch zwangsläufig eine gewisse Verbindung her. Aber seither habe ich nichts mehr von Anthony gehört.“

„Ich will nicht, dass Sie mit meinem Sohn reden. Sie sind gekauft und bezahlt worden, Detective – haben Sie das kapiert? Ich melde mich bei Ihnen. Nicht Sie bei mir.“

„Sicher, an dieser Regelung war ja auch nichts auszusetzen“, erwiderte Pratt. „Nur ist es inzwischen zu ein paar Unwägbarkeiten gekommen.“

Der alte Mann legte die Handflächen auf den schimmernden goldenen Drachenknauf seines Stocks. „Und wessen Schuld ist das?“, fragte er ganz ruhig. „Sie haben uns versichert, Sie und der Anwalt hätten Waits im Griff. Sie haben zugesichert, die Sache wäre vollkommen problemlos.“

„Egal wessen Schuld das Ganze ist, Fakt ist, ich brauche mehr Geld.“

„Sie haben eine Million Dollar bekommen.“

„Die ich mit Swann teilen musste. Das Honorar galt für den Fall, dass alles glattgeht. Es sind aber Komplikationen eingetreten. Und wissen Sie, wer am Freitagabend bei mir war? Harry Bosch. Er hatte eine FBI-Agentin dabei. Sie haben mich zu einem Treffen bei O'Shea mitgenommen. Und dabei hat sich herausgestellt, dass Waits vor seinem Tod Bosch erzählt hat, dass Marie Gesto nicht auf sein Konto geht. Damit haben Sie Bosch wieder am Hals, Mr Garland junior. Und ich ebenfalls. Sie haben schon fast alles aufgedeckt, sie wissen von der Verbindung zwischen mir und Swann. Jetzt brauchen sie nur noch jemanden, der ihnen hilft, die letzten Lücken in ihrer Beweiskette zu schließen, und nachdem sie Swann nichts anhaben können, soll ich das für sie tun. Sie fangen an, mich unter Druck zu setzen.“

Anthony Garland stöhnte und stieß mit der Spitze seines teuren Slippers in den Boden. „Verdammt noch mal! Ich wusste doch, dass die Sache …“

Sein Vater gebot ihm mit erhobener Hand zu schweigen. „Bosch und das FBI spielen keine Rolle. Alles, was zählt, ist, was O'Shea tun wird. Und er ist längst gekauft und bezahlt. Nur weiß er es noch nicht. Sobald ich ihm aber seine Situation deutlich mache, wird er tun, was ich von ihm verlange. Sofern er Bezirksstaatsanwalt werden will. Ich habe mich also um O'Shea gekümmert. Sie kümmern sich um Bosch. Komm, mein Junge, gehen wir."

„Augenblick", sagte Pratt. „Ich werde mich um Bosch kümmern, aber danach muss ich untertauchen. Und dafür brauche ich mehr Geld."

Aufgebracht zeigte Anthony Garland auf Pratt. „Sie blöder Idiot! Sie waren derjenige, der mit dem Vorschlag an uns herangetreten ist. Das ganze Schlamassel war von Anfang bis Ende Ihre Idee. Sie fädeln alles ein und verschulden den Tod von zwei Menschen, und dann besitzen Sie die Dreistigkeit, noch mal anzukommen und mehr Geld zu verlangen?"

Pratt zuckte die Achseln und breitete die Arme aus. „Ich stehe, genau wie Sie, vor folgender Wahl – entweder ich halte einfach still und warte ab, wie viel sie mir anhaben können, oder ich tauche auf der Stelle unter. Was Sie sich in diesem Zusammenhang allerdings klarmachen sollten, ist, dass sie sich in solchen Fällen immer auf einen Handel mit den kleinen Fischen einlassen, um an die dicken Fische ranzukommen. Ich bin ein kleiner Fisch, Anthony. Und der dicke Fisch? Das sind wohl Sie." Er wandte sich dem alten Mann zu. „Und der dickste Fisch? Das sind Sie."

T. Rex Garland schien inzwischen den Ernst der Lage zu begreifen. „Wie viel? Wie viel brauchen Sie, um unterzutauchen?"

„Ich will eine weitere Million, und so viel müsste Ihnen die Sache wert sein. Diese Summe ist nicht verhandelbar. Auch nur ein Cent weniger, und die Sache ist es mir nicht wert unterzutauchen. Dann gehe ich eben das Risiko ein, mich auf einen Deal mit denen einzulassen."

„Und was ist mit Bosch? Sie haben doch selbst gesagt, er wird keine Ruhe geben. Und jetzt, wo er weiß, dass nicht Raynard Waits …"

Pratt stand auf. „Um ihn kümmere ich mich. Sozusagen als Extrabonus." Er fasste in seine Hosentasche, zog einen Zettel heraus und schob ihn dem alten Mann auf der Bank zu. „Die Kontonummer und der SWIFT-Code. Ich gehe kurz pinkeln zum Bootshaus rüber. Und wenn ich zurückkomme, möchte ich eine Antwort."

Pratt ging dicht an Anthony Garland vorbei, und sie starrten einander hasserfüllt in die Augen.

Bosch blickte auf die Monitore im Observierungsfahrzeug. Das FBI war die ganze Nacht damit beschäftigt gewesen, an mehreren Stellen des Parks Kameras zu installieren. Eine ganze Seitenwand des Kastenwagens wurde von Flachbildschirmen eingenommen, auf denen die Bank, bei der T. Rex

Garland und sein Sohn auf Pratts Rückkehr warteten, aus den unterschiedlichsten Blickwinkeln zu sehen war. Die Kameras waren in Blumenbeeten, in dem kleinen Leuchtturm auf dem Bootshaus und in der künstlichen Taube auf dem Kopf der Lady of the Lake angebracht.

Zusätzlich hatten die FBI-Techniker auf die Bank ausgerichtete Mikrowellen-Tonempfänger installiert. Die Abhörmaßnahme wurde von Richtmikrofonen in der künstlichen Taube, in einem Blumenbeet und in der Zeitung unterstützt, die Pratt in den Abfallkorb gesteckt hatte. Ein Tontechniker namens Jerry Hooten bearbeitete die akustischen Signale so, dass der Empfang optimal war. Deshalb waren Bosch und die anderen in der Lage gewesen, Pratt und die Garlands zu beobachten und jedes gesprochene Wort mitzuhören.

Die anderen waren Rachel Walling und Rick O'Shea. Der Staatsanwalt saß vorn in der Mitte, vor sich die Bildschirme. Er nahm seinen Kopfhörer ab. „Er wird gleich anrufen. Was soll ich ihm sagen?"

Auf drei Monitoren war zu sehen, wie Pratt die Toilette betrat. Laut Plan sollte er sich vergewissern, dass sich niemand darin aufhielt, und dann mit seinem Handy im Observierungsfahrzeug anrufen.

Rachel zog ihren Kopfhörer auf den Hals hinab, Bosch ebenfalls. „Das müssen Sie entscheiden", sagte sie. „Aber wir haben vom Sohn noch nichts, was sich als eindeutiges Schuldeingeständnis in Hinblick auf Marie Gesto verwerten ließe."

„Das finde ich auch", erwiderte O'Shea. Bosch nickte bestätigend. Sie waren am Samstagmorgen übereinstimmend zu der Ansicht gelangt, dass Pratts Aussage allein nicht genügte, um die Beweisführung darauf zu stützen, zumal Geschworene, was die Integrität und Zuverlässigkeit der Polizei anging, zunehmend skeptischer wurden.

Wie aufs Stichwort ertönte ein leises Summen, das einen eingehenden Anruf anzeigte. O'Shea, der mit der Anlage nicht vertraut war, fuhr suchend mit dem Finger über die Konsole.

„Hier." Hooten drückte auf einen Knopf, der die Verbindung herstellte.

„Hier ist das Observierungsfahrzeug", meldete sich O'Shea. „Ich habe Sie auf die Lautsprecher gelegt."

„Wie war ich?", fragte Pratt.

„Für den Anfang nicht schlecht. Wieso rufen Sie jetzt erst an?"

„Ich musste tatsächlich pinkeln."

Während O'Shea Pratt erklärte, er solle noch einmal versuchen, ein Geständnis von Anthony Garland zu bekommen, setzte Bosch den Kopfhörer wieder auf. Auf den Überwachungsmonitoren sah es so aus, als hätten Vater und Sohn eine heftige Auseinandersetzung.

„Es ist unser einziger Ausweg“, sagte Anthony Garland.

„Ich habe Nein gesagt!“, entgegnete der alte Mann scharf. „Das wirst du nicht machen.“

Auf dem Bildschirm war zu sehen, wie Anthony sich von seinem Vater entfernte und dann wieder auf ihn zukam. Es sah aus, als wäre er an einer unsichtbaren Leine befestigt. Er beugte sich zu seinem Vater hinab, und was er sagte, war so leise, dass die FBI-Mikrofone nur ein Murmeln auffingen.

„Jerry“, bat Bosch, „können Sie da was tun?“

Hooten machte sich an den Audioknöpfen zu schaffen. Aber es war zu spät. Anthony hatte sich wieder aufgerichtet und blickte auf den See hinaus.

Der Monitor, der die Bank vom Seeufer aus zeigte, war der einzige Bildschirm, auf dem in diesem Moment Anthonys Gesicht zu sehen war. Bosch bemerkte die blinde Wut in seinen Augen. Er sah sie nicht zum ersten Mal. Anthony biss die Zähne zusammen und drehte sich wieder zu seinem Vater um. „Tut mir leid, Dad.“ Er begann auf das Bootshaus zuzugehen. Seine Hand verschwand unter dem Blazer.

Bosch riss sich den Kopfhörer herunter. „Anthony geht zu der Toilette!“, stieß er hervor. „Ich glaube, er hat eine Waffe!“

Bosch sprang auf und zwängte sich an Hooten vorbei zur Tür des Kastenwagens. Währenddessen rief O'Shea Anweisungen in das Funkmikrofon. Bosch rannte los in Richtung Bootshaus. Von Anthony Garland war nichts mehr zu sehen. Er war bereits im Innern der Toilette verschwunden.

Bosch befand sich noch mehr als hundert Meter entfernt. Andere Agenten waren näher am Bootshaus postiert gewesen, und Bosch sah sie mit gezogener Waffe darauf zustürmen. In dem Moment, als der erste Beamte die Tür der Toilette erreichte, ertönten aus dem Innern hallende Schüsse. Insgesamt vier, einer kurz nach dem andern.

Bosch wusste, dass Pratts Pistole nicht geladen war. Sie war nur ein Requisit, weil er für den Fall, dass ihn die Garlands abtasteten, eine Waffe tragen musste. Aber da er sich in Untersuchungshaft befand, hatte man die Munition entfernt.

Der Bundesagent am Eingang nahm Kampfhaltung ein, schrie „FBI!“ und stürmte nach drinnen. Fast im selben Moment fielen weitere Schüsse. Sie stammten von dem Agenten, das war Bosch sofort klar.

Als er die Toilette erreichte, kam der FBI-Mann bereits wieder nach draußen. Er hielt ein Sprechfunkgerät an den Mund. „Wir haben zwei Tote in der Toilette“, meldete er. „Tatort ist gesichert.“

Bosch ging auf die Tür zu. „Detective, das da drinnen ist ein Tatort!“ Der FBI-Agent hielt ihm die Hand vor die Brust.

Bosch schob sie beiseite. „Das ist mir egal.“

Er betrat die Toilette und sah die Leichen von Pratt und Garland auf dem schmutzigen Betonboden liegen. Pratt war zweimal ins Gesicht und zweimal in die Brust getroffen worden. Garland hatte drei Schüsse in die Brust abbekommen. Beide lagen mit ausgestreckten Armen da, wie die Statue der Lady of the Lake. Die Finger von Pratts rechter Hand berührten den Ärmel von Garlands Blazer.

Bosch verließ die Toilette und schaute zu der Bank, wo der alte Mann, den Kopf in die Hände gestützt, weit vornübergebeugt dasaß. Der Gehstock mit dem schimmernden Drachenknauf war ins Gras gefallen.

Für die Ermittlungen war der gesamte Echo Park abgesperrt worden. Zum dritten Mal in einer Woche wurde Bosch in Zusammenhang mit einer Schießerei vernommen, nur dass diesmal das FBI die Fragen stellte und er nur am Rand daran beteiligt war, weil er keine Waffe abgefeuert hatte. Als er fertig war, ging er zu einem am Straßenrand stehenden *mariscos*-Wagen, der die Schaulustigen hinter dem gelben Absperrband mit Essen versorgte, und bestellte einen Krabben-Taco. An eine der FBI-Limousinen gelehnt, verspeiste er sein Mittagessen, als Rachel auf ihn zukam.

„Wir haben gerade herausgefunden, dass Anthony Garland einen Waffenschein hatte. Wegen seines Jobs als Wachmann.“ Sie lehnte sich neben ihn an den Kotflügel.

„Das hätten wir vielleicht nachprüfen sollen.“ Bosch schob sich das letzte Stück Taco in den Mund und zerknüllte die Serviette dann in der Alufolie, in der er den Taco bekommen hatte.

„Mir ist diese Geschichte, die du mir über Garland erzählt hast, wieder eingefallen. Wie er auf dem Ölfeld die beiden Jungs mit einer Schusswaffe bedroht hat.“

Sie blickte auf den See hinaus. Bosch schüttelte den Kopf, als hätte er keine Ahnung, was das Ganze sollte. Schließlich sprach sie weiter.

„Du wusstest, dass er einen Waffenschein hatte, und du wusstest auch, dass er bewaffnet kommen würde, oder?“

„Was willst du damit sagen, Rachel?“

„Dass dir klar war, was heute passieren könnte.“

Bosch breitete die Arme aus. „Jetzt hör mal. Diese Geschichte mit den Jungs ist vor zwölf Jahren passiert. Woher hätte ich wissen sollen, dass er heute eine Waffe bei sich haben würde?“

Sie stieß sich vom Kotflügel ab und wandte sich ihm zu. „Wie oft hast du im Lauf der Jahre mit Garland gesprochen? Wie oft hast du ihn abgetastet?“

Bosch drückte das Aluminiumknäuel in seiner Faust fester zusammen. „Jetzt mach aber mal einen Punkt. Ich habe nie …"

„Willst du mir etwa erzählen, dass du bei all diesen Gelegenheiten nie nachgeprüft hast, ob er einen Waffenschein besitzt? Dass du nicht annahmst, dass er zu einem Treffen wie diesem sicherlich mit einer Waffe – und mit seinem aufbrausenden Temperament – erscheinen würde? Hätten wir gewusst, dass der Kerl eine Waffe hat, hätten wir die Sache nie so abgewickelt."

Bosch lächelte bitter und schüttelte ungläubig den Kopf.

„Was hast du neulich gleich über den guten Detective gesagt?" Sie sah ihn durchdringend an.

„Rachel, kein Mensch hätte das vorhersehen können. Es gab keinen …"

„Vorhersehen, herbeiwünschen, wissentlich in Kauf nehmen – was macht das schon für einen Unterschied? Weißt du noch, was du am Pool zu Pratt gesagt hast?"

„Ich habe alles Mögliche zu ihm gesagt."

Ihre Stimme bekam etwas Trauriges. „Du bist auf die Wahl zu sprechen gekommen, die wir alle haben." Sie deutete auf das Bootshaus. „Und weißt du, Harry, ich glaube, das ist der Hund, den zu füttern du dich entschieden hast. Ich hoffe, es entspricht dem, was ein guter Detective getan hätte."

Sie drehte sich um und ging zurück zum Tatort.

Bosch ließ sie gehen. Er stand lange da und rührte sich nicht. Ihre Worte waren durch ihn hindurchgegangen wie die Geräusche einer Achterbahn. Tiefes Rumpeln und schrilles Kreischen. Er warf die Kugel aus Alufolie nach einer Abfalltonne, die neben dem Mariscos-Wagen stand.

Er verfehlte sie meilenweit.

KIZ RIDER kam in einem Rollstuhl durch die Flügeltür. Bosch erwartete sie mit einem Lächeln und einem Blumenstrauß, den er bei einem Straßenverkäufer an der Freeway-Ausfahrt zur Klinik besorgt hatte. Sobald es die Krankenschwester erlaubte, stand Kiz aus dem Rollstuhl auf. Sie umarmte Bosch vorsichtig, als fühlte sie sich zerbrechlich, und dankte ihm, dass er sie abholen gekommen war.

„Ich stehe direkt vorm Eingang", sagte er.

Den Arm um ihren Rücken gelegt, führte er sie zu seinem Mustang hinaus. Er half ihr beim Einsteigen, dann legte er die Tüte mit den Geschenken, die sie im Krankenhaus bekommen hatte, in den Kofferraum und ging auf der Fahrerseite nach vorn. „Möchtest du vorher noch irgendwohin?"

„Nein, nur nach Hause. Ich kann es kaum erwarten, endlich wieder in meinem eigenen Bett zu schlafen."

„Ganz wie du willst.“ Er startete den Wagen und fuhr los.

Als sie den Freeway erreichten, war der Blumenverkäufer immer noch auf dem Mittelstreifen. Kiz blickte auf den Strauß in ihrer Hand hinab, bemerkte, dass Bosch die Blumen erst in letzter Sekunde gekauft hatte, und begann zu lachen. Bosch fiel mit ein.

„O Mann, tut das weh!“ Sie fasste sich mit der Hand an den Hals.

„Entschuldigung.“

„Das macht doch nichts, Harry. Tut gut zu lachen.“

„Schön.“ Bosch nickte, weil es sonst nichts zu sagen gab.

Schweigend fuhren sie weiter.

„Harry, ich habe deinen Rat befolgt“, sagte Kiz unvermittelt. „Ich habe ihnen gesagt, ich hätte keinen Schuss abgeben können. Weil ich Olivas nicht treffen wollte.“

„Das ist gut. Heißt das, du behältst deine Dienstmarke?“

„Ja, Harry, ich behalte meine Dienstmarke – aber nicht meinen Partner.“

Bosch schaute zu ihr hinüber.

„Ich habe mit dem Chief gesprochen. Wenn ich die Reha hinter mir habe, fange ich wieder in seinem Büro an. Ich hoffe, das ist okay für dich.“

„Alles, was du tun möchtest, ist okay für mich. Das weißt du doch. Ich bin froh, dass du bleibst.“

„Ich auch.“

Ein paar Minuten vergingen, und als Kiz wieder zu sprechen begann, war es, als hätte es keine Pause in ihrer Unterhaltung gegeben. „Außerdem werde ich im sechsten Stock auf dich aufpassen können, Harry. Vielleicht kann ich dich aus diesem ganzen politischen und bürokratischen Müll raushalten. Und du wirst mich weiß Gott noch von Zeit zu Zeit brauchen.“

Bosch grinste. Er konnte nicht anders. Ihm gefiel die Vorstellung, dass sie dort oben wäre, einen Stock über ihm. Und dass sie auf ihn aufpasste.

„Fände ich gut“, erwiderte er. „Ich glaube nicht, dass ich schon mal einen Schutzengel hatte.“

MICHAEL CONNELLY

Foto: Wendy Werris

„Am Ende werden jene Leser, die Harry Bosch auf seinem Weg begleitet haben, ihn kennen wie einen Bruder."

Nach 13 spannenden Harry-Bosch-Fällen fand Michael Connelly es an der Zeit, den „Stammbaum" seines beim Lesepublikum ausgesprochen beliebten Detectives zu enthüllen: „Für Harry habe ich verschiedene Kriminalbeamte aus dem echten Leben miteinander verschmolzen, die ich früher in meiner Zeit als Polizeireporter kennen gelernt habe. Hinzu kamen noch ein paar Elemente von Detektiven und Polizisten aus Büchern und Kinofilmen, die mir sehr gut gefallen haben."

Damit sich Harrys Ahnengalerie vervollständigen lässt, bleibt noch die Frage, wie viel von Connelly selbst in dem eigenwilligen und hochmoralischen Ermittler aus Los Angeles steckt. „Als ich mit der Reihe anfing, hatte er nur sehr wenig mit mir gemein, außer dass wir beide Linkshänder sind", erläutert der 1956 in Philadelphia geborene Autor. „Doch als die Zahl der Bücher mit ihm und über ihn wuchs, näherten sich seine und meine Sicht der Welt einander an. Vermutlich ist das unvermeidlich: je mehr man über eine Romanfigur schreibt, desto mehr hält man Nabelschau auf der Suche nach Merkmalen und Gedanken, die man an diese Figur weitergeben kann."

Connelly, ein studierter Journalist, der heute mit Frau und Tochter in Florida lebt, hält es für wichtig, das Leben seiner Hauptfigur nicht bis ins letzte Detail am Schreibtisch zu verplanen: „Üblicherweise lasse ich in einem Buch ein paar lose Enden zurück, an die ich das nächste oder auch übernächste Mal anknüpfen kann. Aber ich grüble nicht zu sehr über Harrys Zukunft nach. Damit bleibt er als Charakter frisch, aktuell und dem Jetzt verpflichtet."

DAS WEIHNACHTS-VERSPRECHEN
DONNA VANLIERE

Chaz lief immer weiter,
bis er in der Ferne ein Licht über den
Treppen eines Eingangs brennen sah.
Er versuchte, schneller zu gehen,
aber er konnte es nicht.
Was, wenn niemand an die Tür ging?
Was, wenn sie die Polizei holten?

PROLOG

In der vergangenen Nacht hat sich eine frische Schneedecke gebildet. Auf den Sträuchern vor meinem Küchenfenster sitzen funkelnde weiße Hauben. Ich lasse mich auf den Stuhl am Tisch sinken und gieße Sahne in meinen Kaffee.

Mein Freund Jack arbeitet an einem Auto in der Auffahrt; ich kann seinen Atem in der Luft sehen. Ich kenne Jack noch nicht lange, erst seit einem Jahr. „Das Jahr der Wunder" nenne ich es. Noch immer versuche ich zu verstehen, was in diesem Jahr eigentlich passiert ist, aber ich glaube nicht, dass mir das je gelingen wird. Vielleicht soll ich das auch nicht, das ist ja das Schöne am Wunder.

Als junge Mutter freute ich mich immer auf den Beginn der Weihnachtszeit. Am Tag nach Thanksgiving schob ich meine Lieblingsliederkassette mit Bing Crosby, Rosemary Clooney und Burl Ives in den Rekorder, und die Weihnachtsklänge erfüllten unser Heim, während ich die hölzerne Krippe und unseren lädierten künstlichen Baum vom Dachboden hinunterschleppte. Meine Kinder, mein Mann und ich schmückten ihn. Wenn wir fertig waren, war er stets mit zu vielen Deko-Eiszapfen beladen und hatte zu wenige künstliche Lichter, aber wir machten Fotos von ihm, als ob der Baum auf dem Rasen vor dem Weißen Haus stünde.

In einem Winter presste Matthew, mein jüngster Sohn, seine Nase an das Wohnzimmerfenster und beobachtete, wie der herabfallende Schnee unseren Rasen bedeckte.

„Jetzt ist Weihnachten", bemerkte er.

„Schnee bedeutet nicht Weihnachten", erklärte ich ihm. „Es gibt zahlreiche Länder, in denen nie eine Schneeflocke fällt. Es ist das Weihnachtsversprechen, das Weihnachten zu dem macht, was es ist."

Matthew sah dem Spiel der weißen Flocken zu. „Was für ein Versprechen ist das?"

Ich setzte mich neben ihn auf den Boden. „Nun, es ist das Versprechen der Liebe und der Gnade. Weihnachten wurde uns die Gnade zuteil. Das ist das größte Versprechen von allen."

Mein Mann Walt war in jenem Jahr der Meinung, dass es ein Abenteuer wäre, wenn sich unsere Familie aufmachte, einen eigenen Baum zu fällen. Also packten wir die Kinder ins Auto und fuhren zur Farm eines Freundes. Dort führte uns Walt über weites Weideland, bevor wir an ein kleines Walddickicht kamen.

Unser Sohn Daniel entdeckte den perfekten Baum, und Walt entfernte die unteren Äste, damit er zum Fällen gut an den Stamm kam. Aber er hatte nicht daran gedacht, die Axt vor unserem Aufbruch zu schärfen, und nach ein paar Hieben war Walt erschöpft. Nach Atem ringend lehnte er sich gegen einen Baum. Jedes unserer Kinder versuchte, auf den Baum einzuschlagen, aber natürlich waren sie alle zu klein, um viel auszurichten.

Ich bemühte mich zwar, mein Lachen zu unterdrücken, aber es gelang mir nicht. Walt legte sich auf den Bauch und schnitzte wie mit einem Taschenmesser am Stamm herum, und ich lachte noch heftiger, weil ihn die Nadeln der Tanne pieksten. Schließlich stand er wieder auf, trat mehrere Male gegen den Stamm, stolperte und landete auf dem Boden. Die Kinder begannen zu kreischen, rannten ausgelassen um den Baum herum und ahmten ihren Vater nach, indem sie kichernd gegen den Stamm traten. Walt hackte, schnitt und schlug auf den Baum ein, bis der endlich nachgab und fiel.

Wir lachten die ganze Zeit, während wir über die Wiesen zurück zum Auto gingen.

Sieben Jahre meines Lebens graute mir vor dem Weihnachtsfest. Ich hatte meinen Mann und meinen jüngsten Sohn im Abstand von zwei Wochen verloren, und jene süßen Erinnerungen an meine Familie erwiesen sich als zu schmerzlich, um sie in mir aufsteigen zu lassen, aber auch als zu niederschmetternd, um sie zu vergessen.

Es ist beängstigend, wenn man sein Herz an die Menschen um sich herum in dem Wissen verschenkt, dass sich die Beziehung zu ihnen verändern kann – dass einem eines Tages das Herz gebrochen und man zerstört werden kann.

Ich glaube, im vergangenen Jahr habe ich schließlich gelernt, dass es einige Dinge gibt, die Gott uns nicht vergessen lassen will. Er macht es uns möglich, zu jenen Erinnerungen zurückzukehren und sie uns ins Gedächtnis zurückzurufen – nicht jeden Tag, aber gelegentlich. In jenen Augenblicken entdecken wir, dass Gott das Erinnern und das Vergessen auf irgendeine Art miteinander verbindet und zu etwas Schönem gestaltet; zu etwas, das dem Durcheinander in unserem Leben einen wirklichen Sinn verleiht.

Diese Geschichte handelt von vielen Menschen; ich bin nur ausersehen worden, sie zu erzählen. Es gibt Tage, an denen ich auf das vergangene Jahr zurückblicke und denke: Wie hat sich alles nur so zusammengefügt? Und es gibt Zeiten, in denen ich mich frage, warum das alles nicht früher hat geschehen können. Aber ich weiß jeden Tag, dass die Gnade unabhängig von uns siegen wird. Das ist das Weihnachtsversprechen.

EINS

November, ein Jahr zuvor

An jenem Morgen spähte ich durch die Küchengardinen aus dem Fenster und lief sofort los, um mir einen Eimer und einen Lappen zu holen. Sieht nach einem guten Gerät aus, dachte ich. Jemand hatte einen Kühlschrank in meine Einfahrt gestellt.

Ich gab ein wenig Geschirrspülmittel auf den Boden des Eimers und füllte ihn mit warmem Wasser. Anschließend rührte ich kräftig mit der Hand um, bis sie im Schaum versank. Dann band ich meine Laufschuhe zu – die frechen in Neonrosa –, steckte eine Flasche mit Haushaltsreiniger in meine Manteltasche und machte mich auf den Weg nach draußen in die Einfahrt. Dort wandte ich mich dem Kühlschrank zu und schätzte seine Größe ab. Er war nicht allzu groß. Als ich die Tür öffnete, wich ich abrupt zurück: Er roch so entsetzlich, dass ich mir die Hand vor die Nase halten musste.

„Bis zur Mittagszeit werde ich dich gesäubert und ein neues Zuhause für dich gefunden haben“, sagte ich laut und zog mir ein Paar gelbe Haushaltshandschuhe über. Ich war es gewohnt, Selbstgespräche zu führen – schließlich war ich seit sechs Jahren Witwe.

Also nahm ich eine Ablage nach der anderen heraus, tauchte meinen Lappen in das Spülwasser und wischte die nicht mehr zu identifizierenden Überreste von angetrockneten Nahrungsmitteln weg. Dann besprühte ich die Innenwände mit dem Reiniger und nahm die Rückwand in Angriff.

„Hören Sie, es gibt so etwas wie ein Abfallgesetz, das wissen Sie sicher!“ Als ich die vertraute Stimme hörte, schloss ich die Augen. Vielleicht war sie ja gar nicht da, wenn ich sie nicht sehen konnte.

„Die Stadt hat Vorschriften erlassen.“

Ich schrubbte noch kräftiger.

„Gloria Bailey, ich spreche mit Ihnen.“

Wie ich diesen Tonfall verabscheute. Ich atmete tief durch und hob den Kopf, um meine Nachbarin anzusehen, die auf der anderen Seite des Gartenzauns stand. „Guten Morgen, Miriam.“

„Gloria, hat sich je jemand die Mühe gemacht, Ihnen mitzuteilen, dass er diesen Müll hier abladen will?"

Ich streckte meinen Kopf wieder in den Kühlschrank und schrubbte weiter. Zu meiner Freundin Heddy hatte ich einmal gesagt, dass der Kosmos zu klein für Miriams Ego sei. Ihr affektierter britischer Akzent war ebenso „echt" wie ihr blondes Haar und ihr Name. Miriam Lloyd Davies.

„Bis Mittag wird er weg sein, Miriam", versprach ich und wrang den Lappen aus.

„Das bezweifle ich, so wie der aussieht", entgegnete Miriam. „Aber wenn er bis dahin noch nicht weg ist, werde ich ihn abtransportieren lassen. Schließlich zahle ich nicht Steuern, um neben einem Schrottplatz zu wohnen."

Es ist erstaunlich, wie perfekt die eigene Körperhaltung wird, wenn man sich beleidigt fühlt. Jeder meiner Rückenwirbel richtete sich senkrecht auf, während ich die Einfahrt entlang zum Haus ging. „Schließlich zahle ich nicht Steuern, um neben einem Schrottplatz zu wohnen", wiederholte ich flüsternd.

Als ich vor sechs Jahren in dieses Haus gezogen war, hatte ein wunderbares junges Ehepaar mit zwei kleinen Kindern im Nachbarhaus gewohnt. Miriam war drei Jahre später eingezogen, als das junge Paar ein drittes Kind erwartete und ein größeres Haus brauchte. Miriam war graziös und von klassischer Schönheit – was zu einer Bühnenschauspielerin und der Frau eines Professors passte –, aber ich empfand sie als kalt und distanziert. Ihr Mann Lynn, stets freundlich und herzlich, war ein Jahr nach ihrem Einzug bedauerlicherweise gestorben. Bei mehreren Gelegenheiten hatte ich versucht, mich mit Miriam anzufreunden, weil ich annahm, dass unser Witwenstatus uns in gewisser Weise miteinander verband. Aber nur weil einem jemand ins Leben platzt, mit dem man etwas gemeinsam hat, heißt das noch lange nicht, dass sich auch eine Freundschaft entwickeln muss.

Im Vergleich zu Miriams eleganter Erscheinung kam ich mir oft zusammengeflickt vor. Ich akzeptierte mein Alter (ich war sechzig und stolz darauf), während Miriam ihres verleugnete (sie wurde nie älter als fünfzig). Zwar bin ich nie das gewesen, was man als modebewusst bezeichnen könnte, aber mir gefällt mein Aussehen. Ich mochte es, wenn meine Kleidung zusammenpasste, in Baumwolle und Jersey fühlte ich mich am wohlsten. Aber ohne Gürtel – ich trug nichts, was einschnürte.

Miriam trug am liebsten lange Hosen mit einer Designerbluse oder einem Kaschmirpullover, und sie sah immer gepflegt aus; nichts an ihr war unordentlich. Ihr Haar, das sie in einem schicken Pagenschnitt trug, hatte die Farbe goldenen Honigs und umrahmte ihr Gesicht. Meines war grau meliert (mehr grau als meliert) und hing mir in weichen – oder eher lästigen – Locken ums Gesicht. Wenn es zu lang wurde, steckte ich es einfach mit Klammern nach hinten, bis ich die Zeit fand, es mir selbst zu schneiden.

Ich ging in die Küche und wählte eine Telefonnummer. Als es am anderen Ende der Leitung klickte, sagte ich: „Hallo! Heddy? Ich habe einen Kühlschrank. Kannst du nachsehen, wer einen braucht?"

Daraufhin hörte ich es rascheln, als Heddy die Unterlagen durchsah, dann klackerte die Tastatur ihres Computers. Dalton Gregory war Schulleiter im Ruhestand, und seine Frau Heddy gehörte im Krankenhaus, in dem mir vor vier Jahren die Gallenblase herausgenommen wurde, zum Pflegepersonal. So habe ich sie und ihre Wohltätigkeitsorganisation kennen gelernt. Ohne die beiden könnte ich meine Arbeit nicht tun. Sie besaßen die Organisationsfähigkeit, die mir in hohem Maße fehlte. So verließ ich mich auf bunte Haftnotizen, um mich an Verabredungen zu erinnern, und meine Vorstellung von Ablage bestand darin, alles auf dem Küchentisch zu stapeln. Dalton und Heddy speicherten Informationen im Computer ab und konnten sie mit einem Fingerklick abrufen. Ich hingegen war mir noch immer nicht gänzlich sicher, wie man einen Computer überhaupt anschaltete.

„Gestern hat eine Mutter von drei Kindern angerufen", teilte Heddy mir mit. „Ihr Kühlschrank ist vor vier Tagen kaputtgegangen, und der Vater liegt im Krankenhaus. Die Mutter hatte noch keine Zeit, sich nach einem neuen umzusehen."

Als ich durch die Vorhänge spähte, sah ich, wie Miriam um den Kühlschrank herumstrich.

„Kann Dalton ihn abholen und hinbringen?" Ich klopfte ans Fenster, und Miriam sprang erschrocken zurück, sodass ich lachen musste. Dann warf sie den Kopf in den Nacken und marschierte in ihren eigenen Garten zurück. „Besser früher als später, Heddy. Miriam Lloyd Hochnäsig reitet wieder auf ihrem Besen herum."

ALS ICH vor Jahren an einem späten Winterabend nach Hause fuhr, bemerkte ich in der Nähe der Brücke im Stadtzentrum einen obdachlosen Mann mit einer roten Mütze, der zu seinen Schuhen keine Socken trug. Ich konnte das Bild von dem Mann nicht mehr aus meinem Kopf bekommen. Was, wenn das mein eigener Sohn gewesen wäre? Hätte ihm irgendjemand geholfen?

Ein paar Tage später ging ich ins „Wilson's", das örtliche Kaufhaus, und fand auf einem Wühltisch Socken für 99 Cent das Paar.

„Was kostet es, wenn ich die gesamte Ware auf dem Wühltisch kaufe?", fragte ich den Besitzer Marshall Wilson.

„Wissen Sie was?", meinte Marshall. „Ich spende all die hier *und* Mützen und Schals für Ihre Sache."

Ich hatte gar nicht bemerkt, dass ich für eine „Sache" eintrat, aber als ich die Kleidungsstücke hinten aus meinem Kofferraum holte und bei der Hilfsorganisation ablieferte, wusste ich, dass „die Sache" mich gefunden hatte. Menschen brauchten Hilfe – in meiner unmittelbaren Nähe. Ich hatte mich lange genug bemitleidet und hängen lassen und musste etwas dagegen unternehmen.

„Danke, Miss Glory", sagte der Mann mit der roten Mütze, als ich ihm ein Paar Socken brachte. Der Name Miss Glory – Miss Heiligenschein – blieb mir. Seit jener Zeit habe ich alles genommen, was ich kriegen konnte, und es an Obdachlose und in Not geratene Familien weitergegeben – vor allem an junge alleinstehende Mütter mit Kindern. Mein Mann und ich hatten vier Kinder, und ich konnte mir nie vorstellen, dass ich sie allein hätte großziehen können.

„Er kommt gleich", versprach Heddy. „Dann hat Miriam keinen Grund, sich zu beschweren."

„Das wage ich zu bezweifeln", erwiderte ich.

„Gloria?"

Heddys Stimme hörte sich plötzlich anders an, und ich fragte mich, was jetzt wohl kam.

„Wir haben gehört, dass Rikki Huffman gestern Abend wegen Drogenbesitzes verhaftet wurde."

Ich ließ mich auf einen Küchenstuhl fallen. Rikki war eine alleinstehende Mutter, die ich während der vergangenen zwei Jahre betreut hatte und die nun allmählich Boden unter die Füße zu bekommen schien. „Nein! Sie hat sich so gut gemacht. Wo ist sie?"

„Im Bezirksgefängnis." Heddy schwieg kurz und fuhr schließlich fort: „Sie wird wegen dieses Vergehens eine Gefängnisstrafe bekommen."

„Wer hat ihre Kinder?", fragte ich und fuhr mir über die Stirn.

„Die Leute vom Jugendamt. Die werden sie unterbringen. Möglicherweise haben sie das bereits gemacht. Du hast alles in deiner Macht Stehende für Rikki getan. Das weißt du doch, oder?"

Seufzend erwiderte ich: „Mein Verstand weiß das, klar."

„Rikki kann den Kreis einfach nicht durchbrechen", versuchte Heddy mich zu trösten. „Gib dir nicht die Schuld dafür. Du kannst nicht jeden retten. Das ist nicht dein Job."

Schließlich legte ich den Hörer auf, blieb aber noch lange am Tisch sitzen und dachte über Rikki nach. Dann ging ich wieder nach draußen.

„Gloria, ich mache fünf Tage Urlaub."

Als ich mich umdrehte, sah ich Miriam hinter dem Zaun stehen. Das klang wunderbar für meine Ohren. Nachdem ich von Rikkis Inhaftierung erfahren hatte, war ich nicht in der Stimmung, Miriam ständig im Nacken sitzen zu haben.

„Das ist prima", sagte ich. „Es tut Ihnen doch immer gut, wegzugehen." Jäh spürte ich, dass dies nicht die richtige Formulierung war. „Ich meine, es tut Ihnen gut zu verreisen." Ich machte es noch schlimmer, indem ich das freundlichste künstliche Lächeln aufsetzte, das ich zustande bringen konnte.

„Ich habe nämlich Geburtstag", teilte sie mir mit. „Meine Tochter und ihre Familie haben mich eingeladen, ihn gemeinsam mit ihnen zu feiern. Man wird schließlich nur einmal fünfzig, nicht wahr?"

„Ha!", stieß ich aus, bevor ich mich zügeln konnte.

Miriam sah mich mit zusammengekniffenen Augen an.

„Fünfzig! Na, dann … herzlichen Glückwunsch … *mal wieder*", fügte ich – die letzten beiden Worte flüsternd – hinzu.

„Würden Sie für mich auf das Haus aufpassen?"

„Natürlich", antwortete ich.

„Halten Sie einfach die Augen auf und benachrichtigen Sie die Polizei, wenn irgendjemand hässlichen Müll abstellt."

Ich zuckte zusammen. Es war wirklich schwer, diese Frau zu mögen.

DER BUS war an jenem Morgen brechend voll. Der 24-jährige Chaz McConnell saß neben einem dicken Mann, der irgendwie der Auffassung war, er habe das Recht, auch noch den Sitz von Chaz einzunehmen. Den größten Teil der Fahrt verbrachte Chaz damit, seine Armlehne und seinen Fußraum zu verteidigen, während er zusah, wie draußen der Schnee fiel.

Der Bus fuhr über den Marktplatz und hielt an der Bushaltestelle. Chaz griff nach seinem Rucksack und schob sich Zentimeter um Zentimeter aus seinem Sitz, denn der dicke Mann dachte gar nicht daran, aufzustehen. Chaz zog sich die Kapuze seines Sweatshirts über den Kopf und machte sich auf den Weg. Etwas weiter die Straße hinauf entdeckte er ein Apartmenthaus. Ein Einzimmerapartment war frei, und er konnte sofort einziehen, nachdem er die Kaution und die Miete für den ersten Monat bezahlt hatte. Er zog ein Bündel Geldscheine heraus und ging in das Apartment, den Rucksack auf dem Rücken, der seine gesamte Habe enthielt.

Später an jenem Tag entdeckte Chaz eine Matratze mit dem dazugehörigen Bettgestell neben dem Müllcontainer auf den Parkplätzen. Er trug Matratze und Rahmen die drei Treppen zu seinem Apartment hinauf und stellte beides gegen die hellbeige gestrichene Wand in seinem Zimmer. Einige Tage später fand er einen kleinen Schwarz-Weiß-Fernseher neben dem Müllcontainer. Er hatte einen schlechten Empfang, aber das störte Chaz nicht. Und eine Woche danach entdeckte er am selben Ort einen alten Kartentisch. Chaz verwendete Obstkisten als Stühle für den Tisch sowie als Ablage für die wenigen Kleidungsstücke, die er besaß. Was ihn anging, so hatte er nun alles an Möbelstücken, was er brauchte.

Es nieselte kaum merklich, als Chaz sich am Montag zum Wilson's aufmachte, doch als er sich dem Marktplatz näherte, goss es bereits in Strömen. Die Straßenlampen waren für Weihnachten mit Immergrün umwickelt und mit roten Bögen geschmückt. Als Chaz den Platz überquerte, sah er einige Leute aus der Kirche kommen und zu ihren Autos rennen. Er zog die Kapuze seines Sweatshirts über den Kopf und eilte zum Eingang vom Wilson's. Innen drängten sich die Menschen, aber das war unmittelbar vor Thanksgiving zu erwarten gewesen. Chaz zog sein feuchtes Sweatshirt aus und fuhr sich mit den Fingern durch die nassen Haare.

„Guten Morgen", begrüßte ihn eine Verkäuferin, deren Gesicht hinter einen Stapel von Damenpullovern verborgen war, die sie vor sich hertrug. „Kann ich Ihnen helfen?"

„Mr Wilson hat mir gesagt, dass ich heute Morgen kommen soll, um Personalunterlagen für die Stelle auszufüllen, für die ich mich beworben habe."

„Das Personalbüro liegt oben, gleich hinter der Lederwarenabteilung die Treppe hinauf."

Chaz ging zu dem schmalen Treppenaufgang. Das Kaufhaus war alt. Während er die Aufzüge betrachtete, schätzte er, dass es Anfang der Fünfziger gebaut worden sein musste. Aber im Lauf der Zeit war viel umgebaut worden. Der Boden des Mittelgangs war weiß gekachelt. Über jedem Ladentisch der Kosmetik- und der Schmuckabteilung, die sich auf dem Mittelgang gegenüberstanden, hingen übergroße beleuchtete Sterne und andere Lampen von der Decke. Die Herren- und die Damenabteilungen lagen zu beiden Seiten des Mittelgangs und waren mit Teppichböden in Weinrot und Grün ausgelegt. Hinter der Kosmetikabteilung befanden sich die Schuh- und Handtaschenabteilung und die Treppe, die zum Büro führte.

Chaz nahm je zwei Stufen auf einmal und fand gleich das kleine Büro. Dort saß eine Frau in einem roten Pullover, der mit grünsilbernen Perlen bestickt war, und telefonierte. Auf ihrem Schreibtisch stand ein kleines Schild, auf dem JUDY LUITWEILER zu lesen war.

„Entschuldigen Sie", sagte sie, als sie den Hörer auflegte. „Meine Tochter kann jeden Tag ihr Baby bekommen und ich rufe sie regelmäßig an. Sie wissen schon, eine besorgte Großmutter!" Sie fuhr mit den Händen durch die Luft, und Chaz versuchte zu lächeln, aber er war zu nass, um wirklich darauf eingehen zu können.

„Ich soll heute hier anfangen. Mir wurde gesagt, dass ich hier heraufkommen soll, um die Unterlagen auszufüllen."

„Ja, sicher", bestätigte Judy und zog hinter ihrem Schreibtisch eine metallene Schublade mit Akten auf. „Wie heißen Sie?"

„Chaz McConnell."

„Und in welcher Abteilung werden Sie arbeiten?"

„Security."

„Ja, gewiss." Sie nickte und zog eine Mappe aus dem Schrank. „Haben Sie Kinder?", fragte sie, während sie die Unterlagen zusammenstellte und Chaz hinüberreichte. „Wir haben es gern, wenn Kinder hier sind."

„Nein, habe ich nicht."

„Guten Morgen, Chaz." Marshall Wilson kam aus dem Büro hervor, das hinter Judys Arbeitsplatz lag. Er trug Jeans und ein Baumwollhemd. „Wie geht es Ihnen, mein Sohn?"

Seit Jahren hatte Chaz niemand mehr „Sohn" genannt, und das Wort kam ihm sonderbar vor. „Gut. Und Ihnen?"

„Besser, als ich es in meinem Alter verdiene, da bin ich mir sicher", antwortete Marshall. „Haben Sie eine Bleibe gefunden?"

Chaz nickte.

„Wir bereiten uns auf ein lebhaftes Weihnachtsgeschäft vor, deshalb sind wir froh, dass Sie hier sind."

„Sie müssen Chaz sein."

Chaz drehte sich um und sah einen dunkelhäutigen Mann, der sich in das schon fast überfüllte Büro zwängte. Er trug eine dunkle Hose und ein graues Hemd, an dessen linker Brustseite ein Ausweis befestigt war. Der Mann streckte die Hand aus, und Chaz wischte seine Hand an den Jeans ab, bevor er sie schüttelte.

„Ray Burroughs. Ich werde mich um Sie kümmern."

Chaz musterte ihn. Ray hatte etwa seine Größe, war aber möglicherweise etwas schwerer. Doch Chaz wusste, dass er in der Uniform genauso idiotisch aussehen würde wie Ray.

„Kommen Sie mit runter ins Securitybüro. Da können Sie die Formulare ausfüllen und bekommen etwas Trockenes zum Anziehen."

Chaz folgte Ray, der zwei Treppenabsätze zum Pausenraum hinunterlief. Sein Ausbilder zeigte auf die Stempeluhr an der Wand. „Stempeln Sie hier, wenn Ihre Schicht beginnt." Er nahm eine Karte, auf der Chaz' Name stand, und gab sie ihm, damit dieser sie abstempeln konnte, dann führte er ihn in den Flur hinunter. Dabei blickte er auf Chaz' durchweichte Schuhe. „Sind Sie zu Fuß hergekommen?"

„Ja."

„Haben Sie kein Auto?"

„Ich hatte eins. Vor ein paar Monaten wurde es gestohlen." Die Wahrheit war, dass Chaz in einer anderen Stadt, in der er vorher gewohnt hatte, bei einem Mann einen kleinen Betrag an Spielschulden gemacht hatte. Dieser hatte daraufhin das Auto als Bezahlung an sich genommen.

„Werden Sie jeden Tag zu Fuß zur Arbeit kommen?", fragte Ray.

„Ja."

„Dann schaffen Sie sich am besten einen Regenschirm an."

Der obere Teil der Bürotür bestand aus Milchglas. In der Mitte des Fensters stand in schwarzen Druckbuchstaben SECURITY. Sie traten ein. Die Wände waren aus Ziegelstein, aber jemand hatte sie cremefarben gestrichen. Auf einem großen Schreibtisch in der Mitte des Raumes standen vier Videomonitore, auf denen Aufnahmen von einzelnen Abteilungen des Kaufhauses zu sehen waren.

Ray wies auf ein schwarzes Vinylsofa an der Wand. „Sie können sich da hinsetzen, wenn Sie wollen, oder dort an den Schreibtisch. Es ist egal."

Chaz blickte auf den mit Unterlagen, Akten und schmutzigen Kaffeetassen bedeckten Schreibtisch und entschied sich für die Couch. Ray setzte sich auf den hölzernen Drehstuhl am Schreibtisch und lehnte sich zurück. „Also, ich habe gehört, dass Mr Wilson Sie von einem anderen Kaufhaus abgeworben hat?"

„Das stimmt", bestätigte Chaz und begann, seine Papiere auszufüllen.

„Wie lange haben Sie dort für den Sicherheitsbereich gearbeitet?"

„Gar nicht", erwiderte Chaz. „Ich habe Regale aufgefüllt."

„Wie kommt es dann, dass Sie für den Sicherheitsbereich eingestellt wurden?"

CHAZ hatte in einer sechzig Minuten entfernt liegenden Stadt gewohnt, als er Marshall Wilson kennen lernte. Zum ersten Mal in seinem Leben arbeitete er damals in einem Einzelhandelsgeschäft anstatt als Kellner oder Koch in einem Restaurant.

Chaz stapelte gerade auf einer Leiter Herrenjeans in die bis zur Decke reichenden Regalfächer, als Marshall ihn bat, ihm zu helfen. Aber Chaz achtete nicht auf ihn. Seine Augen waren auf eine junge Frau gerichtet, die einen Kinderwagen schob. Die Frau legte zuerst unauffällig ein Paar Hosen und dann einen Pullover in den Kinderwagen, um die Teile anschließend mit der Babydecke und einem Paket Windeln zu bedecken.

„Sie haben vergessen, mit der Bekleidung noch einen Gürtel mitgehen zu lassen“, raunte Chaz der Frau zu und ging dann zu seinem Rollbehälter, der mit Jeans gefüllt war.

Ihr Rücken versteifte sich. Sie warf die Waren auf einen vor ihr stehenden Tisch mit Kleidern und verließ fluchtartig das Geschäft. Chaz beobachtete sie lachend und stieg wieder auf die Leiter, um die oberste Regalreihe mit Jeans aufzufüllen.

„Das haben Sie gut geregelt“, meinte Marshall.

„Danke“, erwiderte Chaz, ohne nach unten zu sehen.

„Hätten Sie Interesse an einer anderen Stelle?“

Chaz wollte die vier letzten Jeans in das obere Regalfach legen. „Nein, danke.“

„Für mein Geschäft brauche ich einen weiteren Sicherheitsmann. Ich bin überzeugt, dass das besser bezahlt wird als das, was Sie hier tun.“

Jetzt blickte Chaz nach unten. Er sah einen älteren Mann mit weißem Haar, der Jeans und ein rot kariertes Flanellhemd trug. „Ich höre“, sagte er dann und legte die Jeans, die er unter seinen Arm geklemmt hatte, ganz oben auf den Stapel.

Eine Ganztagsstelle klang gut für Chaz. „Es gibt eine hervorragende Medizin, wenn man pleite ist“, pflegte seine Mutter zu sagen. „Arbeiten.“ Er hielt sich nicht gern zu lange an einem Ort auf und war bereit für einen Wechsel. Eigentlich war er immer dafür bereit. Und bei jedem Umzug dachte er: Gut, jetzt werde ich’s besser machen. Ich werde mich ändern. Aber das tat er nie. Er konnte es nicht. Dieses Mal jedoch glaubte er wirklich, es schaffen zu können, und deshalb packte er seine Sachen.

„WAS FÜR ein Mensch ist Mr Wilson?“, fragte Chaz.

Roy trank einen Schluck Kaffee aus einer der Tassen, die auf dem Schreibtisch standen. „Mr Wilson sieht möglicherweise nicht aus wie jemand, dem ein Kaufhaus gehört, aber er weiß, was er tut. Er redet nicht um den heißen Brei herum, er kommt schnell auf den Punkt. Und er kontrolliert einen nicht bei der Arbeit. Soweit ich es sehe, ist er der Meinung, dass man eine Aufgabe zu erledigen hat und es daher auch tut. Wenn man das nicht macht, gibt es andere Leute, die es tun.“

„Also hält er sich aus den Angelegenheiten seiner Angestellten raus?“

„Es sei denn, dass Sie etwas tun, das ihn dazu veranlasst, sich in Ihre Angelegenheiten einzuschalten.“ Er lehnte sich vor. „Sind Sie verheiratet?“

„Nein“, antwortete Chaz.

„Haben Sie eine Freundin?“

„Nein.“

„Warum nicht?“

Chaz hielt inne und schaute zu ihm auf.

Ray hob die Hände. „Ich frag ja nur. Sie sehen gut aus. Halten sich in Form. Das wirkt einfach so, als wären Sie verheiratet oder hätten eine Freundin.“

„Mir geht's gut“, sagte Chaz und trug seine Sozialversicherungsnummer in das Formular ein.

„Mir ging es auch gut, bis ich geheiratet habe. Jetzt tue ich, was sie sagt.“ Ray brach in Gelächter aus, beugte sich noch weiter vor und hielt Chaz ein Foto vors Gesicht. „Das sind meine Kinder. Alexandra ist vier und Joseph zwei.“

„Niedlich“, meinte Chaz, als er kurz aufsah.

„Nicht *niedlich*. Sie sind einfach wundervoll. Sehen Sie noch einmal hin.“

„Ja. Wirklich niedlich.“

Ray schüttelte den Kopf und legte das Foto wieder zu dem Chaos auf den Schreibtisch. „Mann, Sie wissen aber auch nichts über Etikette. Sie sollten eigentlich jemandem schmeicheln, wenn Sie über seine Kinder sprechen. Denken Sie unbedingt daran, wenn Mrs Grobinski mit ihren schrecklichen Zwillingen ins Kaufhaus kommt.“ Er sah zu, wie Chaz die leeren Zeilen auf dem Formular ausfüllte. „Ich arbeite nur dreißig Stunden pro Woche, weil ich einen Lehrgang für Computerprogrammierung mache. Haben Sie auch Unterricht?“

„Nein“, antwortete Chaz. Ray lehnte sich vor, und Chaz wusste, dass er gleich mit einer neuen Flut von Fragen bombardiert werden würde. „Was machen Sie denn so den ganzen Tag als Wachmann?“, fragte er Ray, um ihn abzulenken.

Ray lehnte sich wieder in seinem Stuhl zurück. „Der größte Teil dieser Arbeit besteht darin, höflich und nett zu allen zu sein.“

Mr Marshall hatte Chaz mitgeteilt, er brauche einen Sicherheitsmann; er hatte nichts von ständigem Nettsein gesagt. Was für ein Weichei-Job war das denn hier?

„Man geht durch die Abteilungen und versichert sich, dass mit den Mitarbeitern alles in Ordnung ist. Man fragt sie, ob irgendetwas nicht stimmt, das man wissen muss. Ab und zu geben sie Ihnen zu verstehen, dass Sie jemanden im Auge behalten sollen, der möglicherweise verdächtig wirkt. Ihre Aufgabe ist es dann, durch die Abteilung zu gehen, damit die betreffende Person Sie und den Ausweis und die Uniform sieht."

„Aber Sie tragen keine Pistole?"

„Wir sind keine Polizisten", entgegnete Ray. „Wir können niemanden festnehmen. Halten Sie sich das vor Augen, wenn Sie sehen, wie jemand etwas stiehlt, und Sie die betreffende Person zur Rede stellen. Wenn die Person dann ein Messer oder eine Schusswaffe zieht, treten Sie einfach zurück und sagen: ‚Lassen Sie mich Ihnen die Tür aufhalten.' Unsere Aufgabe ist es, Diebstähle zu verhindern, nicht, uns auf Handgreiflichkeiten mit Dieben einzulassen." Ray wies auf die Monitore. „Normalerweise ist einer von uns hier hinten vor den Monitoren und funkt es demjenigen, der draußen in den Verkaufsräumen unterwegs ist, wenn er etwas Verdächtiges bemerkt."

„Was ist, wenn man jemanden fasst?", fragte Chaz.

„Dann nimmt man dessen Personalien auf und überlässt es dem Management, ob die Polizei geholt und Anzeige erstattet werden soll. Ein großer Teil der Arbeit, vor allem jetzt zu Weihnachten, besteht darin, den Kunden ihre Tüten zum Auto zu tragen."

Chaz warf Ray einen Blick zu.

„Ich weiß. Sie haben sich Waffen und Ruhm ausgemalt und müssen stattdessen mit Tütenschleppen vorliebnehmen."

Chaz wandte sich wieder seinen Formularen zu.

„Wir unterstützen auch Eltern dabei, ihre verloren gegangenen Kleinkinder wiederzufinden, helfen den Älteren beim Ein-und Aussteigen und montieren oft Reifen von Leuten, die einen Platten haben."

„Ist das alles?"

„In der Weihnachtszeit sorgen wir dafür, dass niemand dem Weihnachtsmann etwas tut oder seine Werkstatt zerstört."

Chaz hörte auf zu schreiben. „Wir sind Sicherheitskräfte für den Weihnachtsmann?"

Ray nickte lächelnd. „Manche Kinder schlagen die großen Lutscher und die Zuckerstangen kurz und klein, und ein paar gehen ziemlich grob mit dem großen Mann um.“ Ray atmete tief durch. „Wir beantworten aber auch zahlreiche Fragen wie: ‚Was halten Sie von diesem Kleid?‘, oder: ‚Wenn Sie mein Mann wären, würde Ihnen dann diese Hose gefallen?‘ Aber was auch immer Sie *denken*, seien Sie stets liebenswürdig. Unsere Aufgabe ist es, den Kunden mit Respekt zu behandeln und so hilfreich wie möglich zu sein. Um diese Jahreszeit machen wir zahlreiche Überstunden und können ordentlich was verdienen.“

Die Erwähnung von Geld erregte Chaz’ Aufmerksamkeit. Er wusste, dass er glücklich sein würde, wenn es ihm gelang, bald genügend zu verdienen, damit er zu etwas Besserem weiterziehen konnte.

„Glauben Sie, dass Sie damit klarkommen?“

„Sicher“, meinte Chaz und bemühte sich dabei, so viel Begeisterung wie möglich in seine Stimme zu legen.

Ray öffnete eine Schublade und riss eine kleine Tüte Chips auf. „Sind Sie von hier?“

Chaz schüttelte den Kopf.

„Woher kommen Sie?“

„Ich bin viel herumgezogen.“

„Wo wohnen Ihre Eltern?“, setzte Ray nach.

„Meine Eltern sind tot.“

„Mann, das tut mir leid. Haben Sie Brüder oder Schwestern?“

„Nein.“

„Kein Wunder, dass Sie viel herumziehen.“ Ray überreichte Chaz eine Uniform. „Vielleicht finden Sie ja was, das Sie für eine Weile hier hält.“

Chaz zwang sich zu einem Lächeln, aber er wusste, dass er auch an diesem Ort nicht lange bleiben würde.

CHAZ kam an jenem Abend früh nach Hause. Er packte eine Tüte mit Lebensmitteln auf dem Küchentresen seines Apartments aus. Dann zog er einen Sechserpack Bier hervor und öffnete eine Dose. Das erste Mal hatte er mit vierzehn Alkohol getrunken. Als er auf die Highschool ging, hatte er so viel getrunken, wie er kriegen konnte. Aber das waren keine großen Mengen gewesen, weil seine Mutter wie ein Schießhund aufgepasst hatte. Sie sagte zu ihm, er habe eine Neigung zur Selbstzerstörung, aber er ignorierte sie; irgendwann ignorierte er alles, was sie sagte. Sobald er aus ihrem Haus war, war es für ihn einfacher zu feiern, und schließlich dachte er nur noch daran, wann, wo und wie er seinen nächsten Schluck bekommen konnte. Als ein früherer Arbeitskollege ihn warnte, er trinke zu viel, erwiderte Chaz, er solle zur Hölle fahren. Er trank billiges Bier, nichts Hochprozentiges. Nach ein paar Bier fühlte er sich innerlich gleich riesig groß und konnte leichter vergessen, was aus ihm geworden war.

Chaz blickte die kahlen Wände an und sank in die Kissen auf seinem Bett. Wenn seine Eltern bei ihm gewesen wären, wäre er vielleicht nicht vom Weg abgekommen, aber ohne sie war er ohne Kompass. Selbst Weihnachten mit seinem Versprechen vom „Wohlgefallen für alle Menschen" konnte seine zahlreichen Probleme nicht lösen. Er redete sich ein, dass es nur in albernen Liedern „Frieden auf Erden und den Menschen ein Wohlgefallen" gab, nicht aber in der Realität. In der realen Welt gab es Vergewaltigungen und Mord, Krankheiten und hungernde Kinder.

Chaz nahm einen großen Schluck und hörte, wie ein Ehepaar mit einem kleinen Kind einen Weihnachtsbaum durch den überdachten Gang vor der Tür des Apartmenthauses zu manövrieren versuchte.

„Warte, warte, warte!", rief die Frau. „Ich kann nicht so schnell gehen."

Der Mann lachte bellend, das Kind kicherte.

„Was machst du denn dahinten?", fragte der Mann.

„Ich schwöre, dass gerade etwas aus dem Baum gefallen und auf mich gekrabbelt ist!", kreischte die Frau.

Noch mehr Gelächter von der glücklichen Familie.

Chaz schaltete den Fernseher an, um sie zu übertönen. Warum war er in diese Stadt gekommen? Jetzt erschien es ihm wie eine dumme Idee. Er zog besser von einer Arbeit zur nächsten, anstatt sich auf etwas Langfristiges einzulassen, vor allem jetzt, so kurz vor Weihnachten, einem Fest, das er bestenfalls ertrug. Er öffnete noch eine Bierdose und starrte auf den Fernsehschirm. Diese Stadt war nicht besser als die letzte, und nichts konnte ihn dazu bewegen zu bleiben. Zumindest glaubte er das.

ZWEI

Ich rannte die Treppen hinunter und zog mir ein rotes Sweatshirt mit einem Weihnachtsbaum darauf über den Kopf. „Moment! Ich komme!"

Das Telefon läutete erneut. „Aus dem Weg, Whiskers!" Die Katze sprang von ihrem Platz auf der unteren Treppe und rannte vor mir her in die Küche.

„Miss Glory, sie schalten mir den Strom ab." Es war Carla Sanchez.

„Warum wollen sie das tun?", fragte ich nach Atem ringend.

„Ich bin mit der Zahlung ein paar Tage im Rückstand …"

„Sie schalten einem nicht den Strom ab, wenn man sich bloß um ein paar Tage mit der Zahlung verspätet. Also: um wie viele Tage im Rückstand?"

„Fast drei Monate. Aber ich habe jetzt eine Stelle. Ich bin zum Wilson's runter, wie Sie es gesagt haben. Sie hatten das Schild noch im Fenster, als ich hinging, und sie haben mich direkt eingestellt."

„Wie geht es Donovan?", fragte ich.

„Es geht ihm gut."

„Was hat er zum Frühstück gegessen?"

Am anderen Ende der Leitung herrschte Schweigen.

„Was wird er zu Mittag essen?"

Wieder kam keine Antwort.

„Okay, ich will sehen, was ich tun kann."

Ich legte den Hörer auf und wählte die Nummer meiner Kirchengemeinde. „Linda, hier ist Gloria. Kann ich mit Rod sprechen?"

Sechs Jahre zuvor war ich in die Kirche eingetreten, kurz nachdem ich in die Stadt gezogen war, um näher bei meiner ältesten Tochter zu wohnen. Die Kirche war immer die erste Stelle, die mir half, wenn ich etwas für meine Arbeit brauchte. Aber ich achtete darauf, ihre Hilfsbereitschaft nicht auszunutzen. Ich lauschte der Weihnachtsmusik, bis Rod sich meldete.

„Was ist passiert, Gloria?" Rod war immer bereit zuzuhören.

„Ich habe eine alleinerziehende Mutter, die Hilfe braucht", begann ich. Dann erläuterte ich Carlas Situation und wartete.

„Wie hoch ist die Rechnung?", fragte Rod. Er teilte mir mit, dass er einen auf das Elektrizitätswerk ausgestellten Scheck bereitlegen würde, und erzählte mir dann von einem Auto, das der Kirche vor ein paar Tagen gespendet worden war. „Das Fahrzeug ist schon umgemeldet worden, heute oder morgen bringt es jemand zu dir."

Mein Blick fiel durchs Fenster in die Einfahrt. Ich zog den Vorhang beiseite und klatschte in die Hände. „Es ist schon da!", rief ich. „Ganz herzlichen Dank, Rod. Ich melde mich bald wieder." Damit legte ich den Hörer auf und presste meine Nase ans Fenster. „Das gibt es nicht! Dieses Auto ist ja richtig schön."

Eilig rannte ich zur Tür und zog ein Paar kniehohe gelbe Gummistiefel hervor. „Du bist ein Chevrolet, nicht? Silberfarben. Ich werde dich Silberfuchs nennen." Schnell öffnete ich die Fahrertür des Wagens, glitt hinein und drehte den Schlüssel um. Der Motor stotterte und ich wartete. Dann drehte ich den Schlüssel erneut um. Der Motor sprang keuchend an, starb aber gleich darauf wieder ab. „Ich werde so bald wie möglich jemanden holen, der nach dir sieht", erklärte ich und tätschelte das Steuerrad.

Rasch ging ich ins Haus zurück und griff zum Telefonhörer, um die Nummer meines Automechanikers zu wählen. „Jerry? Hier ist Gloria. Jemand hat einen Chevy bei mir abgestellt, der etwa acht Jahre alt sein dürfte. Hättest du vielleicht Zeit, ihn dir anzusehen?“

„Midge und ich sind gerade dabei wegzufahren“, erwiderte Jerry. „Ihr Vater hatte einen Schlaganfall und liegt im Krankenhaus. Ich weiß nicht, wann wir zurückkommen, aber dann kann ich ihn mir ansehen.“

„Das tut mir sehr leid, Jerry. Verschwende um Gottes willen jetzt keinen Gedanken an das Auto.“

Nachdem ich aufgelegt hatte, zog ich das Branchenbuch hervor und schlug die Seiten unter „Autoreparaturen“ auf. Doch dann warf ich das Buch auf den Tisch. Ich konnte mich im Moment nicht damit beschäftigen, der Tag hatte einfach nicht genug Stunden. Stattdessen lief ich zur Garage. Darin waren an allen Wänden Regale angebracht, auf denen Lebensmittel, Töpfe und Geschirr, Handtücher und Küchenrollen lagen. In der Garagenmitte befand sich ein Ständer mit Kleidung, nach Größen sortiert. Ich durchstöberte die Borde und legte Kekse, Suppe, Reis und Frühstücksflocken in eine Schachtel, die ich anschließend zurück in die Küche schleifte.

Dann schlüpfte ich in meine gefütterte Jeansjacke und zog mir eine gelbe Wollmütze über die Ohren. Heddy fand, dass ich in den Stiefeln und der Mütze wie Bibo, der gelbe Riesenvogel aus der Sesamstraße, aussah, aber mir war warm, und deshalb war es mir egal.

Da ich noch Milch, Eier und Brot in die Kiste für Carla legen wollte, hielt ich beim örtlichen Lebensmittelgeschäft. Während des Einkaufens rief mich meine Tochter Stephanie an.

„Wie ist deine Woche?“, fragte sie.

„Hervorragend, abgesehen davon, dass Rikki Huffman wegen Drogenbesitz im Gefängnis sitzt“, antwortete ich.

Stephanie seufzte. „Das tut mir leid, Mom. Du hast wirklich alles getan, was du konntest.“

Ich zog drei riesige Milchflaschen vom Regal. „Das hat Heddy auch gesagt.“ Dabei ergriff ich eine Schachtel mit einem Dutzend Eiern und legte sie in meinen Korb.

„Was machst du denn heute?“, fragte Stephanie.

„Ich sehe nur nach ein paar Sachen …“

Meine Tochter zögerte einen Moment, ehe sie weitersprach. „Heißt das, dass du wieder Matt in jedem Gesicht siehst?“

Damit spielte sie auf meinen jüngsten Sohn an. Schwungvoll warf ich Brot in meinen Korb und ging in Richtung Kasse. „Selbstverständlich nicht. Ich bin ja nicht verrückt, Stephanie.“ Natürlich wusste ich, dass sich meine

Kinder um mich sorgten. Meine mir verbliebenen zwei Söhne hatten sich seit Langem zurückgehalten, wenn es um dieses Thema ging, aber Stephanie trug ihr Herz auf der Zunge.

„Ich weiß, dass du das nicht bist, Mom. Aber …“ Sie stockte. „Es ist viele Jahre her …“

„Das ist mir bekannt“, unterbrach ich sie. An meine tägliche Trauer brauchte mich niemand zu erinnern. Ich spürte, wie mir die Kehle eng wurde. „Gib den Jungs einen Kuss von mir. Bis bald.“

ANSCHLIESSEND fuhr ich zu Carlas Wohnung. Donovan, ein fünfjähriges Energiebündel, begrüßte mich an der Tür. Ich tat so, als würde ich umfallen.

„Du hast mich zu Tode erschreckt!“, rief ich.

Er lachte, als er sah, wie ich mir ans Herz griff.

„Sind mir die Augen aus dem Kopf gesprungen? Es fühlt sich an, als wären meine Augen herausgesprungen.“ Ich beugte mich zu ihm hinunter.

Donovan hob meine Augenlider und schüttelte den Kopf. „Nee. Die sind noch da.“

„Welche Farbe haben meine Augen, Donovan?“

Er sah mich scharf an. „Rot!“

Ich beugte mich lachend vor und zog die Schachtel Frühstücksflocken aus der Tüte. Donovan riss sie sofort auf, und ich schob ihn in die Küche. „Iss nicht aus der Schachtel! Du bist doch kein Bär.“

Carla saß am Küchentisch und band ihre glatten schwarzen Haare zu einem Pferdeschwanz zusammen. Sie wirkte verlegen. Ich setzte mich zu ihr und sah sie an. Donovan hatte sein lockiges Haar ganz offensichtlich von seinem Vater, wer auch immer das sein mochte.

„Hat Thomas wieder hier gewohnt?“ Ich redete nie lange um das herum, was ich dachte. In den vielen Jahren, die ich Carla schon kannte, hatte ich gelernt, wie ich mit ihr kommunizieren musste.

„Nein, Miss Glory.“

„Denn wenn das so ist und er Ihnen Ihr Geld abgenommen hat, sodass Sie kein Geld und keinen Ort zum Leben mehr haben, dann …“

„Er weiß nicht, wo ich jetzt wohne. Ganz bestimmt nicht.“

„Möchten Sie ihn denn sehen?“, fragte ich.

Carla wandte den Kopf ab. Sie sah erheblich älter aus, als sie war, aber sie hatte mit ihren 23 Jahren auch schon eine Menge erlebt.

„Hören Sie, Carla, dieser Mann benutzt Sie. Er tut Ihnen weh.“

Doch Carla achtete nicht auf meine Worte. Sie hatte all das schon vorher von so vielen anderen gehört. Lauter Verlierer. So hatte Carlas Mutter ihre

Partner mir gegenüber einmal am Telefon bezeichnet. Thomas war länger bei ihr geblieben als die anderen Männer, und Carla hatte geglaubt, sie könnten eine Familie werden, aber sie hatte sich geirrt.

Ich seufzte. „Geht es Ihrem Handgelenk besser?"

Carla drehte ihr Handgelenk, um mir seine wiedergewonnene Beweglichkeit zu demonstrieren. „Ja, viel besser. Ich musste noch nicht mal all die Schmerztabletten nehmen, die mir der Arzt verschrieben hat."

Mit gedämpfter Stimme sagte ich: „Eines Tages könnte er hier hereinkommen und Ihnen direkt vor Donovans Augen etwas antun. Und sogar Donovan etwas antun."

„Ich werde ihn nicht mehr sehen, Miss Glory."

„Wenn er zurückkommt, rufen Sie die Polizei; die wird ihn dann wegbringen", mahnte ich.

„Das kann ich nicht, Miss Glory", flüsterte Carla. Tränen liefen ihr über die Wangen. „Wenn ich die rufe, könnten sie mir Donovan wieder wegnehmen." Ich schüttelte den Kopf, woraufhin ihre Stimme lauter wurde. „Das Jugendamt wird das mit der Polizei erfahren und ihn mir wegnehmen."

Sanft legte ich meine Hände auf ihre Schultern. „Sie werden Ihnen Ihren Sohn nicht wegnehmen, weil Sie ihn zu beschützen versuchen ..." Ich griff nach einem Papiertuch in meiner Tasche und trocknete ihr das Gesicht. „Versprechen Sie mir, dass Sie die Polizei rufen, wenn er zurückkommt."

„Das werde ich, Miss Glory."

Sie hatte das schon früher versichert, aber ich wollte ihr trotzdem glauben. Ich stand auf und packte die Lebensmittel aus, stellte sie in die Küchenschränke und öffnete den Kühlschrank. „Milch sollten Sie immer in Ihrem Kühlschrank haben. Donovan braucht Milch und Sie auch."

Carla wusste das. Aber es vergingen Tage, ohne dass Donovan ein Glas Milch bekam. Manchmal bekam er noch nicht einmal eine anständige Mahlzeit.

Ich übergab Carla den Scheck. „Bringen Sie den direkt zum Elektrizitätswerk. Dies ist das letzte Mal, dass ich Ihnen helfen kann, die Rechnung zu bezahlen. Das wissen Sie doch, oder?"

Carla nickte. „Ich hab jetzt die Stelle, sodass ich nun alle meine Rechnungen bezahlen kann."

Ich umarmte sie und sagte ihr, wie sehr ich mich für sie freute. Dann beugte ich mich vor, um Donovan auf den Kopf zu küssen. *„Adiós!"*

„Auf Wiedersehen, *Señora* Kuckuck." Er kicherte und stopfte sich eine Handvoll Frühstücksflocken in den Mund.

Ich stieg in mein Auto und winkte. Carla winkte zurück, und ich betete, dass sie dieses Mal die erforderliche Stärke aufbringen würde, Thomas von ihrem Leben fernzuhalten.

Ein paar Tage nachdem Chaz seine Stelle angetreten hatte, teilte Fred Clauson, der Leiter der Securityabteilung, ihm und Ray mit, dass sie bis nach Weihnachten abwechselnd Nachtschicht würden machen müssen.

„Eigentlich sollte es eine Zeit des Friedens sein", meinte Fred. „Aber jedes Jahr um diese Zeit gelingt es jemandem, in das Kaufhaus einzubrechen."

Chaz bot freiwillig an, die Nachtschichten ganz zu übernehmen.

„Während der Weihnachtszeit wechseln wir uns mit der Nachtschicht immer ab", erklärte Ray.

„Ich kann sie übernehmen", bekräftigte Chaz und trank einen ordentlichen Schluck Kaffee. „Das ist kein Problem." Insgeheim vermutete Chaz, dass er nachts mit weniger Leuten zu tun haben würde und daher machen könnte, was er wollte. Diese Vorstellung gefiel ihm.

„Warum wollen Sie wochenlang durchgehend nachts arbeiten?", fragte Ray.

„Ich weiß nicht. Es macht mir nichts aus."

„Sie sind eine ganz schön harte Nuss", meinte Ray. „Passen Sie bloß auf, dass Sie den Job hier packen. Hier nachts allein zu sein ist nicht unbedingt einfach. Man lässt sich leicht ablenken und vergisst dann seine Pflichten."

Chaz nickte. „Machen Sie sich deswegen keine Sorgen."

Ray lehnte sich im Stuhl zurück und faltete die Hände über dem Kopf zusammen. „Nee, nee. Sie glauben, der gute alte Ray kriegt nichts mit – aber täuschen Sie sich da nicht!" Dann schnellte er plötzlich in seinem Stuhl vor und schob Chaz eine Notiz hin. „Bitte schauen Sie auf jeden Fall noch im Lauf des Tages bei Judy im Büro vorbei."

Chaz dachte während seiner ganzen Schicht daran, dass er am Abend in die örtliche Bar am Ende der Straße gehen würde. Trinken war der Höhepunkt in seinem Leben, und er freute sich darauf, jeden Tag damit abzuschließen. Am Ende seiner Schicht griff er seinen Mantel und eilte zur Tür. Aber dann hielt er inne, weil er sich daran erinnerte, dass er bei Judy vorbeischauen sollte. Schnell lief er die Treppe zum Personalbüro hinauf.

„Wir müssen noch Ihre Fingerabdrücke nehmen, Chaz", erklärte Judy, nahm seine Hand und ließ einen Finger nach dem anderen auf einem Stempelkissen abrollen. Dann drückte sie sie auf kleine Quadrate auf einer Karte.

„Was haben die Arbeitgeber nur gemacht, bevor die Überprüfung von Fingerabdrücken eingeführt wurde?“, fragte sie.

„Vermutlich hatten es Schwerverbrecher da leichter, eine Stelle zu finden.“

Sie schob die Karte mit den Fingerabdrücken in einen großen Umschlag und klebte ihn zu. „Das war’s schon. Ich schicke es raus an GDK Systems. Ganz einfach.“

Chaz rieb seine blaulila gefärbten Fingerspitzen aneinander, verließ das Kaufhaus und ging zur Bar.

Um vier Uhr morgens fuhr Chaz aus dem Schlaf hoch. Der Raum war stickig heiß, er bekam kaum Luft; seine Bettwäsche war schweißdurchtränkt. Er setzte sich auf die Bettkante. Wohin, hatte Judy gesagt, würde sie die Fingerabdrücke schicken? Zu welchem Überprüfungsunternehmen? Wie konnte er nur solch einen dummen Fehler begehen? Er blickte wieder auf die Uhr: eine Minute nach vier. Vor Montagmorgen würde Judy nicht wieder im Kaufhaus sein. Während des Wochenendes konnte er nichts in der Sache unternehmen. Er beugte sich über das Waschbecken im Badezimmer und spritzte sich Wasser ins Gesicht, während er nach einem Weg suchte, wie er aus diesem Schlamassel wieder herauskam. Seine Hände begannen zu zittern und er ging in die Küche, wo er eine Dose Bier aufriss. Er kippte das Bier hinunter, aber ein Schauder lief durch seinen Körper und er musste drei weitere Biere trinken, damit das Zittern aufhörte.

Chaz’ Mutter pflegte zu sagen, dass die Menschen die wichtigsten Lehren nicht aus einmaligen, sondern aus wiederkehrenden Erfahrungen zogen, die einen Menschen so lange niederzwangen, bis sie fast daran zerbrachen. Das sind die Erfahrungen, für die wir länger brauchen, um daraus zu lernen, hatte sie gemahnt. Wieder und wieder tat er etwas, womit er sich sein Leben vermasselte. Mit voller Wucht stürzte er sich von einer dramatischen Situation in die nächste – und in jeder Stadt, in der er lebte, schien er sein Tempo noch zu steigern. Es würde nicht mehr lange dauern, bis er verletzt in einer Grube landen würde, die er sich selbst geschaufelt hatte. Gleichgültig wie sehr er damit aufhören wollte, er machte die gleichen Dinge immer wieder und verachtete sich dafür. Er war an einem Punkt eines finsteren Dauerzustandes angelangt und existierte nur noch irgendwie. Bis vor wenigen Monaten hatte sein Leben immer funktioniert, er war zurechtgekommen. Jetzt funktionierte es aus irgendeinem Grunde plötzlich nicht mehr. Er ließ sich auf den Boden sinken und lehnte den Kopf gegen die Wand, die Bierdose noch immer fest umklammert. So blieb er bis zum Morgengrauen sitzen.

DREI

Als Chaz sich Montagmorgen um elf auf den Weg zur Arbeit machte, zitterte er so heftig, dass er ein Beruhigungsmittel nehmen musste. Er spülte es mit drei Gläsern Wasser hinunter. Die Tabletten waren ihm nicht verschrieben worden, aber er wusste immer, wie man darankam. Er brauchte das starke Mittel, um den Tag zu überstehen.

Auf seinem Weg zur Arbeit sah er eine Menschenmenge aus dem Kirchengemeinderaum im Untergeschoss am Marktplatz strömen. Er stieß mit einem Mann zusammen, stolperte und wäre fast hingefallen. Der andere Mann fiel tatsächlich hin und landete auf seinem Hintern. Jemand zog ihn hoch und fragte: „Ist alles mit dir in Ordnung, Frank?"

„Hallo, tut mir leid!", rief der hingefallene Mann hinter Chaz her. Aber der beachtete ihn nicht weiter. Er hatte nur seine Fingerabdrücke im Kopf. Seinen Arbeitsplatz zu behalten war die Voraussetzung, um woandershin gehen zu können, und er hatte vor, ihn zu behalten, bis er genug Geld dafür verdient hatte. Im Kaufhaus eilte er den Mittelgang in Richtung Treppe entlang.

„Chaz?" Beim Klang von Mr Wilsons Stimme zuckte er zusammen. „Könnten Sie nach draußen gehen und sich um einen Obdachlosen kümmern? Er ist harmlos, aber die Kunden mögen nicht ins Geschäft kommen, wenn ...", Mr Wilson wedelte mit der Hand durch die Luft, „... Sie wissen schon, was ich meine."

Chaz hätte am liebsten gesagt, dass sein Dienst noch nicht offiziell begonnen hatte, aber er nickte und rannte vor das Kaufhaus. Je schneller es ihm gelang, das Problem zu beseitigen, desto eher konnte er mit Judy über die Fingerabdrücke reden oder gleich zur Poststelle gehen.

Der Mann stand mit den Händen in den Taschen da und hatte sich eine graue Wollmütze über die Ohren gezogen. Er trug eine Jacke, die ihm zu groß war, braune Baumwollhosen und Arbeitsstiefel. Sein Gesicht war schmal und er trug einen kurzen Bart. Chaz war überrascht, weil der Mann ungefähr so alt zu sein schien wie er selbst, wenn nicht sogar jünger.

„Hallo", sagte Chaz und ging auf den Obdachlosen zu.

„Was ist los?", fragte der Mann.

„Warten Sie auf jemanden?", erkundigte sich Chaz.

„Nee."

Chaz musste dringend wieder hinein und war deshalb verärgert über diesen Typen. „Brauchen Sie etwas?"

„Nee."

Chaz schob sich die Hände unter die Arme, damit sie warm blieben, und blickte zum Marktplatz. Jemand war gerade dabei, drei große Tannen neben dem Pavillon zu schmücken. „Ich bin Chaz."

„Mike."

Während Chaz noch nach den richtigen Worten suchte, fragte Mike ganz unverblümt: „Warum sagen Sie mir nicht einfach, dass es den Herrschaften da drinnen nicht gefällt, wenn ich hier stehe?"

„Es ist wegen der Kunden, wissen Sie."

„Sie haben wohl Angst, dass ich sie angreife und mich mit ihren Gucci-Taschen davonmache", erwiderte Mike.

Chaz zuckte die Schultern.

„Keine Sorge, ich geh schon und versuche mich in der Stadt zurechtzufinden. Ich bin nämlich erst vor ein paar Tagen hier angekommen."

Chaz lächelte und zog ein paar Dollarscheine aus seiner Tasche. Das war es wert, wenn er den Kerl damit vom Fußweg wegbekommen konnte. „Für Kaffee und eine Mahlzeit. Ich bin auch neu hier, aber man sagt, das ‚Grimshaw's' die Straße hoch hätte das beste Essen in der Stadt."

Mike nahm das Geld und schob es in seine Tasche. „Die alten Damen können jetzt erleichtert aufatmen", murmelte er und machte sich davon.

Chaz eilte in das Kaufhaus, schlängelte sich an den Kunden vorbei und schob sich schließlich durch zwei Schwingtüren in einen Raum mit blassgelb gestrichenen Ziegelwänden. An einer Wand waren große Behälter für Briefe aufgereiht. Unten an jedem Behälter stand in Druckschrift die jeweilige Abteilung, für die die Post bestimmt war. Weiße Arbeitsplatten waren an zweien der Wände angebracht, auf denen unzählige Kisten und Päckchen standen. Von der Decke hingen riesige Industrielampen, die Leuchtstoffröhren summten. Zwei Frauen, die eine etwa in Chaz' Alter, die andere Mitte dreißig, drehten sich um und sahen ihn an.

„Hallo, ich bin Chaz", sagte er. Die Jüngere blickte ihn freundlich an, und er wusste sofort, dass er sie dort hatte, wo er sie haben wollte. Mit einem einnehmenden Lächeln ging er auf sie zu – seine erprobte Vorgehensweise für jede Situation. „Ich arbeite für den Securitybereich."

„Was können wir für Sie tun?", fragte die Ältere.

„Entschuldigung, ich habe Sie noch nicht einmal nach Ihrem Namen gefragt", schmeichelte Chaz sich ein.

„Tricia."

„Und ich bin Kelly", ergänzte die Junge, lehnte sich an die Theke und schob eine Haarsträhne hinter das Ohr.

„Sind Sie der Neue?“, wollte Tricia wissen. Allmählich begann sie ihm gegenüber aufzutauen.

„Sieht man das?“

„Nein. Ich habe gehört, dass sie jemanden für Ed eingestellt haben, nachdem er in den Ruhestand gegangen ist. Endlich. Sind Sie verheiratet?“

„Nein.“

Tricia streifte Kelly mit einem Blick und lächelte.

„Woher kommen Sie?“, erkundigte sich Kelly.

„Sozusagen von überall her.“

„Wohnt Ihre Familie in der Nähe?“, insistierte Tricia.

„Nein. Meine Eltern sind verstorben.“

Tricia verzog das Gesicht. „Entschuldigung. Ich stelle zu viele Fragen.“

Chaz klopfte ihr auf die Schulter. „Nein, das tun Sie nicht. Sie sind großartig.“ Er rieb sich die Hände und dachte über den nächsten Schritt nach. „Vielleicht können Sie mir behilflich sein. Judy hat mich heruntergeschickt. Ich soll Sie bitten, auf ein Päckchen zu achten, das von GDK Systems kommen wird.“

„Was ist das?“, fragte Tricia.

„Ein Überprüfungsunternehmen. Es schickt einige Unterlagen her, die erst durch das Securitybüro laufen müssen. Sie sind die Verantwortliche hier, nicht wahr, Tricia?“

Die Frau veränderte ihre Sitzhaltung. „Nein. Bill ist hier unten der Manager. Aber er geht die eingehende Post nicht durch. Das tun wir.“

„Muss ich mich wegen dieser Sache an ihn wenden, oder ist das etwas, bei dem Sie beide mir weiterhelfen können?“, fragte Chaz.

„Das können wir“, schaltete sich Kelly ein. „Kein Problem. Es wird an die Securityabteilung adressiert sein, nicht?“

Chaz lächelte und tat, als wäre er sich nicht sicher. „Das glaube ich nicht. Es wird möglicherweise an Judy vom Büro adressiert sein, aber es muss erst von der Security überprüft werden, bevor es jemand öffnet.“

Skeptisch musterten sie ihn.

„Vermutlich hat irgendein Dummkopf für GDK gearbeitet, der sensibles Material in einem einfachen Päckchen verschickt hat. Die Direktion hat sich mit dem Kerl befasst, aber die Angelegenheit lässt Judy keine Ruhe.“

„Okay. Gut“, meinte Tricia und schrieb den Namen des Unternehmens auf einen Haftnotizzettel, den sie auf die Arbeitsfläche vor ihre Kollegin und sich klebte. „Wir werden die Augenoffen halten und es euch Jungs hochbringen.“

„Ihr könnt es einfach zu mir bringen, wenn es euch nichts ausmacht.

Ich würde gern endlich mal etwas Gefährliches tun, damit ich all meinen Freunden davon berichten kann."

Die beiden Frauen lachten, und Chaz zwang sich zu einem Grinsen. Als er die Schwingtüren aufstieß und hinausging, war sein Hemd schweißnass.

ICH FUHR auf einen Parkplatz, der sich auf der gegenüberliegenden Straßenseite vom Wilson's befand, und sah ihn von hinten. Er trug eine Universitätsjacke und eine blaue Kappe sowie weiße Turnschuhe und einen Rucksack, wie mein Sohn einen besaß. Hastig parkte ich ein und lief hinter ihm her zum Pavillon. Als ich ihn erreicht hatte, griff ich nach seinem Arm. Ruckartig drehte er sich um, und ich spürte, wie mir das Blut ins Gesicht schoss.

„Verzeihen Sie", murmelte ich und trat einen Schritt zurück. „Ich habe Sie mit jemandem verwechselt."

Was für ein Dummkopf ich war. *Was ist los mit dir, Gloria? Du rennst hinter den Leuten her wie ein Stier hinter einem roten Tuch.* Ich eilte zum Kaufhaus zurück, als plötzlich meine Füße unter mir wegrutschten.

Als Erster war Robert Layton bei mir. „Guten Morgen, Glory!"

Ich blies mir die Locken aus dem Gesicht und suchte den Hinterkopf nach meiner Haarspange ab. Robert half mir hoch.

„Irgendwie bin ich nicht für den Winter geschaffen."

Robert hielt mich fest, während ich meine Jacke gerade zog und mir die Mütze wieder richtig aufsetzte. Dann stampfte ich mir den Schneematsch von den Schuhen.

„Ich habe gesehen, wie Sie hinter einem Mann hergerannt sind, Gloria. Ist es wirklich so weit mit Ihnen gekommen?"

Jetzt musste ich doch lachen.

Robert hob meine Handschuhe auf und reichte sie mir. „Von Ihrem Stolz mal abgesehen – ist etwas gebrochen oder sonstwie verletzt worden?"

Ich klopfte mir den Schnee vom Hintern. „Tja, meine Mutter sagte immer zu mir, dass ich, wenn ich schon fallen sollte, dies wenigstens vor einem jungen Mann tun solle; der wäre noch in der Lage, mir aufzuhelfen."

„Ich kann mir nicht vorstellen, dass mich irgendjemand im Büro als *jung* bezeichnen würde", entgegnete Robert grinsend.

Vor drei Jahren hatte ich ihn bei einer Wohltätigkeitsveranstaltung kennen gelernt. Er war ein alter Freund von Dalton und Heddy, und ich fand ihn liebenswürdig und bescheiden, ganz das Gegenteil von dem, was ich mir immer unter einem Anwalt vorgestellt hatte.

„Hält Ihre Arbeit Sie auf Trab, Gloria?"

Ich klatschte in die Hände. „Gerade vor ein paar Tagen habe ich ein Auto bekommen. Das passiert nicht sehr oft, wissen Sie." Da ich dringend nach Hause musste, lief ich zu meinem Auto. „Aber ich muss einen Mechaniker finden, bevor meine Nachbarin wieder nach Hause kommt."

Robert nahm meinen Arm und öffnete mir die Autotür. „Rufen Sie Jack Andrews beim City Auto Service an. Er arbeitet seit Jahren für mich."

„Aber ich kann nicht viel bezahlen", warf ich ein.

„Er wird nicht viel verlangen. Und denken Sie endlich daran, sich nach einem geeigneten Ort für all die gespendeten Sachen umzusehen."

„Hab ich schon. Meine Garage." Ich stieg ein, startete das Auto und ließ das Fenster herunter. „Danke, Robert. Grüßen Sie Kate von mir."

Er ging auf den Bürgersteig zurück und steckte die Hände in die Manteltaschen. „Mach ich. Lassen Sie es mich wissen, wenn ich irgendwie behilflich sein kann."

Während ich rasch den Namen des Mechanikers auf einem Block notierte, den ich im Wagen bereitliegen hatte, bemerkte ich einen obdachlosen Mann auf der anderen Seite des Platzes, der seine Mütze tiefer in die Stirn zog. Es wurde kälter. Ich kniff die Augen zusammen, um zu sehen, um wen es sich handelte, und fragte mich, ob er wohl neu in der Stadt war. Aber die Ampel sprang auf Grün, bevor ich sein Gesicht erkennen konnte, und so fuhr ich weiter.

ÜBERALL in meiner Küche und in meinem Wohnzimmer standen Kartons mit Shampoo, Seife, Deodorant, Zahnpasta und Zahnbürsten. Dalton und Heddy halfen mir, die Bestände aufzulisten. Wir wollten berechnen, welche Dinge wir noch für die Versorgungspakete benötigten, die wir an die von uns betreuten Familien und an die Obdachlosen im Stadtgebiet verteilen würden. Da hörte ich ein Auto, und als ich vom Küchentisch aufblickte, sah ich Miriam in ihre Auffahrt einbiegen.

„Hört ihr das?", fragte Heddy. „Die Hunde haben aufgehört zu bellen, und die Vögel singen nicht mehr."

„Das ist immer so, es muss ihre Aura sein", seufzte ich und beobachtete, wie Miriam in ihre Garage fuhr. Sie war fünf Tage fort gewesen, aber die Zeit ohne sie hatte ich wie ein ganzes herrliches Jahr empfunden. Ich riss einen Karton auf, hielt dann aber inne, als ich von draußen Lärm hörte. „Was war das?"

„Keine Ahnung, da ist nur Jack, der am Silberfuchs arbeitet", meinte Dalton.

Als der Lärm lauter wurde, spähten Heddy und ich aus dem Fenster. Wir sahen Miriam, die mit fuchtelndem Arm in ihr Handy schrie.

Ich drängte mich dichter ans Fenster. „Was macht sie da?“

Miriams Stimme wurde schriller, und Heddy und ich liefen zur Eingangstür. Dalton ließen wir am Tisch zurück.

„Alles! Ich meine alles!“, rief Miriam. „Wie bald? … So lange kann ich nicht warten. Ich brauche *sofort* jemanden hier. Vergessen Sie's!“ Sie klappte ihr Handy zu.

Jack Andrews stand über den Motor des Autos gebeugt, aber er hob den Kopf, um zuzuhören. Ich zuckte die Schultern, als ich an ihm vorbeikam, und betrat Miriams Garten. Sie sah aus, als wäre sie gerade einem eleganten Lifestyle-Magazin entstiegen: zu einem wunderschönen, langen Kamelhaarmantel trug sie schwarze Lederhandschuhe und einen fellverzierten Hut.

„Miriam? Stimmt irgendetwas nicht?“

Sie zeigte auf ihr Haus. „Alles ist zerstört. Alles.“ Ihre Stimme brach, und Heddy und ich stiegen die Eingangsstufen hoch und öffneten die Tür. Entsetzt sahen wir, wie sich Wasser über unsere Schuhe ergoss.

„Was? Sie erzählen mir, dass Sie kein freies Zimmer haben? Kein einziges Zimmer?“, schrie Miriam in ihr Handy. „Aber ich kann nicht vier Tage warten. Ich brauche *jetzt* ein Zimmer!“

Meine Augen weiteten sich, als ich sah, wie das Wasser die Wohnzimmerwand hinabrann.

„So etwas habe ich noch nicht gesehen“, flüsterte Heddy. „Läuft da etwa eine Toilettenspülung?“

„Und das womöglich seit ihrer Abreise“, flüsterte ich und zeigte nach oben. „Seit *fünf* Tagen.“

Heddy schlug sich gegen den Kopf.

„Wann werden diese Menschen die Stadt verlassen?“, schrie Miriam in den Hörer, während sie ihre Zufahrt auf und ab marschierte. Schließlich gab sie sich geschlagen und beendete das Gespräch.

„Alle Hotels sind wegen des Weihnachtsmarkts mit dem Motto ‚Weihnachten in den Kolonien‘ ausgebucht.“ Sie stieß die Worte fast angewidert hervor. „Jedes Zimmer ist mit Verrückten belegt, die sich als Puritaner kostümiert haben!“

Natürlich wusste ich, was getan werden musste, aber ich verdrängte es aus meinem Bewusstsein und fragte stattdessen: „Wie lange wird der Markt denn dauern?“

„Vier Tage! Da ich einen Platz zum Schlafen brauche, sollte ich vielleicht da runtergehen und mich an einen der Pilger kuscheln.“

„Ich glaube nicht, dass sie ihr Typ wäre“, murmelte Heddy hinter mir.

Schnell wedelte ich mit der Hand hinter meinem Rücken, um sie zum

Schweigen zu bringen. Dann seufzte ich tief. Es kostete mich eine ganze Menge Mut, die Worte in meinem Mund zu formen. Ich dachte lange nach und hoffte darauf, dass mich die Erde verschlingen würde. Aber eine Naturkatastrophe ereignet sich nie, wenn man sie dringend braucht.

„Miriam, Sie können in meinem Haus wohnen, bis etwas frei ist."

„Noch nie zuvor bin ich in solch eine Situation geraten", empörte sich Miriam und spähte in ihr Haus. Der Anblick setzte ihr zu, und sie schlug die Hände vors Gesicht. „Was soll ich nur machen?"

„Gerade habe ich gesagt, dass Sie in meinem Haus wohnen können."

„Ja, ich weiß, was Sie gesagt haben, Gloria! Ich versuche nur, mich selbst dazu zu überreden."

Ich beobachtete, wie Miriam erneut durch ihre Tür ins Hausinnere blickte und dabei aufstöhnte. Das Gleiche hätte ich auch gern getan.

FALLS DALTON den Tumult vor dem Haus gehört hatte, so machte er sich nicht die Mühe zu fragen, was los war.

Miriam holte ihr Gepäck aus dem Kofferraum ihres Wagens und ging in mein Haus. Bei dem Anblick, der sich ihr dort bot, blieb sie abrupt stehen. „O mein Gott."

„Wir helfen Miss Glory, Weihnachtspakete zusammenzustellen", erklärte Heddy und bahnte ihr einen Weg durch das Wohnzimmer. „Nur ein paar Dinge des täglichen Bedarfs, die jeder braucht, um …"

„Übrigens werde ich Sie *nicht* Miss Glory nennen", meinte Miriam an mich gewandt. „Das ist ein alberner Name für eine erwachsene Frau. Während meines Hierseins werde ich Sie Gloria nennen. Wo kann ich meinen Koffer hinstellen?"

Ich stieß mit dem Fuß Kartons zur Seite und führte Miriam zum Gästezimmer, das auf der anderen Seite des Flurs lag. Whiskers sprang von seinem Platz auf der Treppe auf, und Miriam zuckte erschrocken zurück.

„Ist der immer im Haus?"

„Meistens. Er geht hinaus, um sein Geschäft zu erledigen, aber wenn er damit fertig ist, kommt er wieder herein."

„Katzen sind lediglich Ratten mit kürzeren Nasen", murmelte Miriam unwirsch.

Ich seufzte. Es würden vier lange Tage werden.

CHAZ' neue Schicht begann am nächsten Tag um vier Uhr nachmittags. Das Kaufhaus schloss um neun Uhr abends, also musste er sich nur fünf Stunden lang mit anderen Menschen beschäftigen. Nachts jedoch würde er mit

Ausnahme des Hausmeisterteams den Ort ganz für sich allein haben und machen können, was er wollte.

Zuerst ging er zur Poststelle und durchstöberte die Briefe, die noch immer in den Behältern mit der Nachmittagspost lagen.

„Bisher ist noch nichts gekommen", bemerkte Kelly.

Chaz drehte sich um und sah sie in der Tür stehen. Sie besaß eine unaufdringliche Schönheit.

„Ich bin nur neugierig", erklärte er. „He, was geschieht, wenn ich nicht hier bin, wenn es kommt? Was machen Sie dann damit?"

Kelly blickte sich im Raum um und zeigte zum obersten Regal. „Ich kann es genau dorthin unter das Lüftungsgitter legen."

„Das wäre großartig. Danke." Chaz wandte sich zum Gehen, aber dann hielt er inne und sah sie an. „Wissen Sie, ich komme nicht vor vier Uhr nachmittags, und wenn das Päckchen vormittags kommt, könnten Sie mich dann anrufen, damit ich reinkommen und einen Blick darauf werfen kann?"

„Klar."

„Oder wenn Sie die Zeit haben, könnten Sie es dann eventuell zu meinem Apartment bringen?" Seit seinem Umzug in die Stadt war er mit keiner Frau mehr zusammen gewesen. Er hatte im Lauf der Jahre mit vielen Frauen zusammengelebt, war aber immer weitergezogen, wenn sie den Drang verspürten, ihn zu ändern.

Kelly lächelte und sagte, dass sie das Päckchen sehr gern zu seinem Apartment bringen würde.

MIRIAM zog es offenbar vor, in ihrem Zimmer zu bleiben, wo sie sich seit dem Vortag aufhielt. Auch als die Zeit für das Abendessen kam, ließ sie sich nicht blicken. Aus Angst, sie zu stören, flüsterte Heddy den ganzen Abend.

„Schon gut", bemerkte ich, „es gibt keinen Grund, derart leise zu sein."

„Ist sie heute überhaupt mal rausgekommen?", fragte Heddy flüsternd.

„Ich bin heute Morgen weggefahren, um Marv Lichton zum Arzt zu bringen. Dann rief Lakisha an und teilte mir mit, dass Arianna krank in der Schule sei. Also holte ich sie dort ab und brachte sie nach Hause. Möglicherweise ist Ihre Königliche Hoheit da mal kurz ausgebüxt."

„Hat sie irgendwas gegessen?", fragte Heddy.

„Das weiß ich nicht. Aber wenn sie Durst bekommt, weiß ich, wo sie ein bisschen Wasser finden kann." Ich lachte in mich hinein, ließ mich aufs Sofa fallen und schlug auf die Kissen ein. Die Zimmertür am Ende des Flurs öffnete sich und ich legte den Finger an die Lippen. Aber als sich die Tür wieder schloss, kicherte ich erneut los.

Um elf Uhr abends tauchte Miriam schließlich aus ihrem Zimmer auf. Sie bahnte sich einen Weg durch das Wohnzimmer und schaltete das Licht auf der Veranda vor dem Eingang aus, das genau in ihr Fenster schien. Um 11.15 Uhr ging ich hinunter und schaltete es wieder an. Fünf Minuten später knipste Miriam es erneut aus. Ich war zuversichtlich, dass ich den längeren Atem haben würde, und ließ es um 11.30 Uhr wieder hell erstrahlen. Um 11.45 Uhr schlich Miriam ein weiteres Mal durch das Wohnzimmer.

„Das Licht bleibt an, Miriam!"

Miriam schrie in der Dunkelheit auf. „Es scheint in mein Zimmer!"

„Dann ziehen Sie die Vorhänge zu und lassen Sie die Jalousien runter!"

„Das habe ich getan, aber das verdammte Licht scheint noch immer in mein Zimmer." Verärgert knipste sie es aus.

Doch ich drängte mich zu ihr durch und schaltete es wieder an. „Das Licht bleibt *an*!"

Miriam umklammerte den Stoff ihres Bademantels, rannte in ihr Zimmer zurück und knallte die Tür zu.

Um Mitternacht bemerkte Chaz eine kleine Gestalt, die unter einen Kleiderständer der Kinderabteilung flitzte. Dahinter brummte ein Staubsauger, aber die junge Frau, die ihn vor sich herschob, bemerkte das Kind nicht. Chaz beugte sich unter die Kleidung und sah einen kleinen Jungen, der ihn anlächelte. Die junge Frau eilte an Chaz' Seite und sprach in schnellem Spanisch auf den Jungen ein. Dann zerrte sie ihn unter der Kleidung hervor, zog ihn an die Wand und zwang ihn, sich dort hinzusetzen.

„Er darf sich nicht hier drinnen aufhalten", erklärte Chaz ihr in der Hoffnung, dass sie Englisch verstand.

„Was wollen Sie dagegen machen?", erwiderte sie. Ihr Englisch war gut.

„Ich habe Anweisung, dass niemand hier drinnen sein darf. Das ist alles, was ich sage."

Sie war verärgert. „Miss Glory hat gerade jemanden in ihrem Haus, darum wollte ich sie nicht bitten, auf ihn aufzupassen. Ich kann ihn heute Abend nirgendwo sonst hinbringen. Wenn ich ihn nicht mit herbringe, verliere ich meinen Job."

Durch die Stimme seiner Mutter verängstigt, kroch der kleine Junge wieder unter die Kleider.

Chaz rieb sich den Kopf. „Und – ist das vielleicht mein Problem?"

„Er tut niemandem etwas, und wenn ich fertig bin, gehen wir nach Hause."

Allmählich wurde Chaz zornig. Er hatte die Möglichkeit, gutes Geld zu verdienen, und diese Frau gefährdete das. „Es ist nicht erlaubt, dass er sich hier aufhält. Er könnte etwas kaputt machen und sich verletzen."

Sie fuchtelte mit den Armen in seine Richtung. „Was soll ich denn dann mit ihm machen?"

Chaz begriff nicht, wieso das Problem schließlich auf seinen Schultern landete oder warum er die Verantwortung für ihr Kind trug, aber irgendwie kam es genau so. „Ich werde ihn mit ins Securitybüro nehmen. Aber bringen Sie ihn nicht noch einmal mit zur Arbeit."

Die junge Frau blickte ihnen nach, als er den kleinen Jungen die Treppe hinabführte.

„Das ist ein hässliches Hemd", sagte der Junge und musterte die Security-Uniform.

„Danke, mir gefällt es auch", gab Chaz zurück.

„Ich habe nicht gesagt, dass es mir gefällt. Ich habe gesagt, dass es hässlich ist."

„Ich weiß. Das war Sarkasmus."

„Was ist Sarkasmus?"

„Egal", erwiderte Chaz. „Wie heißt du?"

Der Junge hüpfte von einer Stufe zur nächsten. „Donovan. Und du?"

Chaz öffnete die Tür zum Büro. „Chaz."

„Das ist ein doofer Name."

„Danke."

„Hallo Raz", lachte Donovan.

Das Kind raubte ihm den letzten Nerv. „Chaz."

„Okay, Spaz."

Genau das war der Grund, warum Chaz Kinder nie gemocht hatte.

Donovan sah eine übrig gebliebene Pizza in einer Schachtel auf dem Schreibtisch stehen und hob den Deckel. „Ist das deine?", fragte er und nahm sich ein Stück, bevor Chaz antworten konnte.

„Nur zu", meinte Chaz. „Du kannst das Stück haben, nachdem du es ja sowieso schon mit deinen schmutzigen Fingern angefasst hast."

Donovan stand neben dem Schreibtisch, verschlang das erste Stück, und griff dann nach einem zweiten.

„Hast du kein Abendbrot gegessen?"

Donovan schüttelte den Kopf.

„Ich nehme an, dass es deine Mom ist, die da draußen arbeitet?"

Er nickte.

„Wie heißt sie?"

„Mom“, antwortete Donovan.

„Wie nennen andere Leute sie?“

Der kleine Junge zuckte die Schultern.

„Schon gut“, meinte Chaz. „Das finde ich später heraus. Ich wette, dass sie mich wirklich richtig gern hat.“

„Nein, hat sie nicht“, widersprach Donovan mit vollem Mund.

„Ich weiß. Das war wieder Sarkasmus. Wie alt bist du?“

Donovan hielt fünf Finger hoch. „Wie alt bist du?“

Chaz hielt zwei Finger der einen und vier Finger der anderen Hand hoch. „Vierundzwanzig.“

„Das ist alt. Du bist alt“, stellte Donovan fest.

„Bisher hast du meinem Ego ja mächtig geschmeichelt“, gab Chaz zurück. „Arbeitet dein Dad heute Nacht?“

Donovan zuckte die Schultern und nahm einen weiteren Bissen.

„Hast du einen Dad?“

Donovan zuckte erneut mit den Schultern. „Irgend so ein Arsch, den ich noch nie gesehen hab.“

„Du darfst so etwas nicht sagen!“, ermahnte ihn Chaz.

„Warum nicht? Meine Mom sagt das ständig.“

„Mag schon sein, aber das ist kein Ausdruck, den ein kleines Kind benutzen sollte.“

„Warum nicht?“

„Frag deine Mom.“

„Warum?“

Dies führte zu gar nichts. Chaz hatte nur mehr das große Verlangen nach einem weiteren Bier nach den beiden, die er bereits getrunken hatte. In seinem Becher, der auf dem Tisch stand, war nur noch ein Schluck. Er ging zu den Schränken und zog eine Wolldecke und ein Kissen heraus. „Du legst dich am besten auf die Couch, während deine Mom ihre Arbeit fertig macht.“

Donovan hüpfte auf den Schreibtisch. „Ich hab Durst“, sagte er und schnappte sich den Becher. Chaz sprang schnell dazwischen, aber Donovan war schneller und nahm einen großen Schluck. Dann verzog er angewidert das Gesicht. „Krass. Was ist das?“

Chaz riss ihm das Getränk weg. „Nichts. Trink ein bisschen Wasser.“

„Ich will Cola.“

„Ein kleines Kind sollte um Mitternacht keine Cola trinken“, entgegnete Chaz. „Das weiß selbst ich.“ Er hielt den Becher hinter seinen Rücken. „Willst du Wasser?“

Donovan schüttelte den Kopf.

„Gut, leg dich da hin, und ich werde deiner Mom sagen, dass du hier drin bist."

Donovan legte sich hin und sah zu Chaz auf.

„Weißt du, wo du bist? Du bist im Büro des Sicherheitsdienstes, und wenn du von dieser Couch aufstehst, werden sämtliche Alarmanlagen hier im Gebäude losgehen. Ich brauche nur eine Zahlenabfolge in dieses Superelektropad einzugeben." Er tat so, als würde er Zahlen in eine auf dem Schreibtisch stehende Rechenmaschine eintippen.

Donovan wirkte verwirrt und zog sich die Decke bis unters Kinn. Chaz schaltete das Licht aus, ließ jedoch die Lampe in der Toilette brennen. Er ging aus dem Büro und wartete noch ein paar Minuten, ob sich etwas regte, aber er bemerkte nichts. Donovan war wohl eingeschlafen.

Chaz ging zu Donovans Mutter und machte ihr ein Zeichen, dass ihr Sohn schlief. Sie nickte und saugte weiter.

„Ich kann es kaum erwarten, jede Nacht mit dir zu arbeiten", flüsterte er vor sich hin.

UM EIN UHR kam Donovans Mutter, um ihren Sohn im Securitybüro abzuholen.

„Ich kann ihn zu Ihrem Auto tragen", bot Chaz an. „Übrigens – ich bin Chaz. Wie heißen Sie?"

Sie musterte ihn, ohne ihm zu antworten, was ihn verärgerte.

„Gerade habe ich für Sie auf Ihr Kind aufgepasst. Ich finde, dass ich Ihren Namen erfahren sollte."

„Carla", sagte sie kühl, während sie die Bürotür aufstieß.

Chaz hob Donovan hoch. Die kleinen Arme baumelten über Chaz' Schultern. Carla öffnete die hintere Tür des Chevrolet Cavalier.

„Hat er einen Kindersitz oder so etwas?", flüsterte Chaz.

Als sie stumm verneinte, setzte er Donovan auf den Rücksitz und legte ihm einen Sicherheitsgurt um. Donovans Kopf schwankte und er öffnete die Augen. „Schlaf weiter", sagte Chaz.

„Gute Nacht, Spaz."

Chaz zog seinen Fuß gerade noch weg, bevor Carla losfuhr. „Gern geschehen!", rief er hinter ihrem Auto her.

Dann beendete er seine Runden, und kurz vor zwei Uhr nachts schloss er endgültig alles ab. Schließlich schlüpfte er wieder in seine Jeans und sein Sweatshirt, hängte die Uniform in den Spind und zog sich für den Heimweg eine Mütze über die Ohren.

Schnell ging er über den Marktplatz, der weihnachtlich geschmückt war. Die drei Tannen erleuchteten die Nacht. Gleich hinter dem Platz vor der Bibliothek bemerkte er einen Mann, der die Arme um sich geschlungen hatte und auf einer Bank schlief. Chaz hielt inne, als er erkannte, dass es Mike war, der junge Obdachlose vom Wilson's. Er fragte sich, wie der Mann draußen in der Kälte schlafen konnte, und ging kopfschüttelnd weiter zu seiner Wohnung.

Chaz fror. Die Luft stach in seine Lunge, und er hustete beim Einatmen. Er ging an einer Häuserreihe vorbei, die um diese frühe Morgenstunde still und dunkel dalag. Aber dann sah er eine Frau, die hinter einem Fenster ein kleines Kind hielt, und blieb stehen. Ein Mann legte seine Hand auf den Rücken des Jungen und beugte sich vor, um ihn auf die Stirn zu küssen. Chaz erinnerte sich an seinen eigenen Vater, der, wenn er als Junge krank gewesen war, mitten in der Nacht aufgestanden war und Chaz den Rücken getätschelt hatte. Eine plötzliche Übelkeit stieg in Chaz hoch und er eilte die Straße hinunter nach Hause.

In seiner Wohnung angekommen, ließ er sich auf sein Bett fallen und öffnete eine Dose Bier. Die Weihnachtsbeleuchtung von der gegenüberliegenden Straßenseite erhellte sein Apartment. Schnell schloss er die Jalousien, doch das Licht drang noch immer durch die Schlitze. Er hasste diese Lichter. Er hasste sein Apartment und die Tatsache, dass sich nichts – *nichts* – je in seinem Leben änderte, es spielte sich lediglich in einer anderen Stadt ab. Darüber dachte er nach und auch über Donovan und Mike – und trank, bis er das Bewusstsein verlor.

VIER

Vor mir fuhr ein Schneepflug, und ich zuckelte hinter ihm her, solange es meine Geduld erlaubte, doch schließlich entschied ich mich für eine andere Strecke ins Stadtzentrum. Also bog ich ab und bemerkte eine hochschwangere junge Frau auf dem Bürgersteig, die mit einer Hand einen Koffer zog und unter dem Arm einen zweiten trug. Als ich an ihr vorbeigefahren war, beobachtete ich im Rückspiegel, wie sie sich abmühte. Ich hielt an. Die Frau war zierlich und hatte schulterlanges blondes Haar. Ich beobachtete, wie sie ihre Mähne immer wieder vergeblich aus dem Gesicht strich. Der kleine Koffer, den sie sich unter den Arm geklemmt hatte, entglitt ihr, und sie bückte sich, um ihn aufzuheben. Schnell legte ich den Rückwärtsgang ein, hielt neben der jungen Frau und ließ das Fenster auf der Beifahrerseite herunter. „Brauchen Sie Hilfe, um Ihr Gepäck irgendwohin zu bringen?"

Tränen liefen ihr über das Gesicht. „Ich weiß nicht, wohin. Der Vermieter hat mich aus meiner Wohnung geworfen."

Ich drückte den Knopf zum Öffnen des Kofferraums, sprang aus dem Auto und griff nach ihren Koffern. „Kommen Sie, ich fahre Sie. Warum wurden Sie rausgeworfen?"

Sie legte die Hand auf den Bauch und sah zu, wie ich ihr Gepäck in den Kofferraum legte. „Weil ich zweieinhalb Monate die Miete nicht bezahlt habe. Heute Morgen sind dann Männer gekommen, um den Teppichboden rauszureißen und die Wände zu streichen."

Der Wind wurde stärker, und ich bedeutete ihr, ins Auto zu steigen. „Wissen Sie was?", schlug ich vor. „Ich wohne ganz in der Nähe. Vielleicht können Sie von meinem Haus aus Ihre Eltern anrufen."

„Nein. Sie sind geschieden. Meinen Dad habe ich seit meinem dreizehnten Lebensjahr nicht mehr gesehen. Und meine Mom wohnt zwar eine Stunde nördlich von hier, aber wir haben während der vergangenen fünf Monate nicht viel miteinander gesprochen."

„Haben Sie irgendwelche Freunde in der Nähe, bei denen ich Sie absetzen kann?"

„Nein."

Ich war es nicht gewohnt, Fremden anzubieten, in meinem Haus zu übernachten, aber wie konnte ich eine obdachlose Schwangere einfach in den Straßen herumirren lassen? „Sie können in meinem Haus übernachten, wenn Sie mögen. Vielleicht sieht morgen alles schon ganz anders aus."

Sie schnäuzte sich und nickte.

Mein Wohnzimmer war klein, aber warm. An der einen Wand stand ein Kamin und an einer anderen ein Klavier. Die Wände waren in einem Grünton gehalten und schlossen oben mit einer umlaufenden Entenbordüre ab. Der Teppich bestand aus weichem rosafarbenem Faserflor. Die junge Frau fühlte sich sichtlich unbehaglich und verschränkte die Arme vor ihrer Brust.

„Bitte. Setzen Sie sich doch." Ich deutete auf das Sofa. Sie ließ sich in die grünen Kissen sinken. Vor dem Fenster stand mein mit Lichtern und Perlenschnüren dekorierter Weihnachtsbaum. „Wir sollten uns jetzt aber miteinander bekannt machen", schlug ich vor und setzte mich auf meinen Lieblingsplatz, einen mit dunklem Leder bezogenen Lehnsessel mit abgewetzten Armlehnen. „Mein Name ist Gloria Bailey, und ich wohne allein hier. Ich habe sieben Enkelkinder, die ich vergöttere. Sie sind ganz wunderbar, wie Sie sich vorstellen können. Mein …"

Eine Tür öffnete sich und ich fuhr zusammen. Einen Moment lang hatte ich vergessen, dass Miriam auch noch da war. Als ich aufblickte, sah ich sie in der Flurtür stehen.

„Wer ist das?“, wollte Miriam wissen und trat vor die junge Frau. „Wer sind Sie?“

„Ich bin Erin.“

„Wie ich sehe, haben Sie einen Koffer bei sich, Erin. Wollen Sie zum Flughafen?“

Erin schüttelte den Kopf, und Miriam musterte sie von oben bis unten.

Um das arme Mädchen zu schützen, stand ich auf. „Ich habe Erin angeboten, hier zu übernachten“, erklärte ich.

Miriam drehte sich zu mir um. „Hier? Haben Sie jetzt eine Pension aufgemacht, Gloria? Ich fühle mich auch so schon beengt genug in dieser kleinen Unterkunft.“

Mir sträubten sich die Nackenhaare, und ich stellte mich zwischen Miriam und Erin. Dann antwortete ich mit leiser, aber unmissverständlicher Stimme: „Dies ist mein Zuhause, Miriam, und ich werde, wem ich will und wann ich es will, anbieten, sich darin aufzuhalten.“ Dann wandte ich mich Erin zu. „Das ist meine Nachbarin Miriam, die ein paar Tage hier wohnt.“

Erin versuchte zu lächeln, aber Miriam ignorierte sie ohnehin.

„Warum setzen Sie sich nicht hin, Miriam, und wir plaudern ein wenig?“ Ich lächelte Erin an, setzte mich und versuchte, die Lehne des Sessels nach hinten zu verstellen. Whiskers kam darunter hervorgeschossen und sauste die Treppen hinauf.

„Das war Whiskers, mein Mitbewohner“, erklärte ich der jungen Frau. „Er fürchtet sich vor seinem eigenen Schatten *und* vor Pink, dem braunen Spielzeugpferd meines Enkels. Aber ich habe keine Ahnung warum. Ich habe mehrfach versucht, Whiskers zu therapieren, aber da muss er wohl allein durch.“

Sie lächelte.

„Doch jetzt habe ich lange genug geredet. Sie frieren möglicherweise noch immer. Würden Sie gern etwas Warmes trinken?“

Erin bejahte.

„Miriam, darf ich Ihnen auch etwas zu trinken holen?“

„Nein“, antwortete Miriam, und als sie seufzte, erfüllte eine eisige Kälte den Raum.

„Wann ist denn der Geburtstermin?“, fragte ich Erin.

„In vier Wochen“, antwortete sie.

Ich stand auf und ging in die Küche, stellte einen Becher Milch in die Mikrowelle und nahm eine Tüte Kakaopulver aus einer Schublade. „Ist das Ihr erstes Baby?“, fragte ich dann, an die Tür gelehnt.

„Ja.“

„Sind Sie verheiratet?“, schaltete sich Miriam ein.

Erin verneinte.

„Wo ist der Vater?“

„Das weiß ich nicht genau“, erwiderte Erin.

Miriam stieß einen langen, rasselnden Laut aus und trat dichter an das Sofa heran. „Aha.“

„Werden Sie das Baby behalten?“, fragte ich.

„Würde ich gern, aber … Ich weiß es nicht.“

Ich ging in die Küche zurück und Erin sprach lauter. „Mein Freund ist davongelaufen, nachdem er erfahren hat, dass ich schwanger bin.“

„Er scheint wohl ein ziemlicher Fehlgriff gewesen zu sein, oder?“, meinte Miriam und setzte sich. „Männer sind schreckliche Kreaturen. Ich fürchte, sie sind alle gleich.“

„Das ist nicht wahr!“, rief ich von der Küche aus.

„Na ja, nicht alle“, räumte Miriam ein. „Mein erster Mann war schrecklich. Er war Schauspieler. Aber mein zweiter Mann war pures Gold. Ein Englischprofessor. Wir lernten uns kennen, als er zwei seiner Klassen zu einer Aufführung begleitete, in der ich mitspielte. Wir hatten eine wundervolle Ehe, aber dann ist er einfach gestorben und hat mich als siebenundvierzigjährige Witwe zurückgelassen.“

„Wann ist er gestorben?“, fragte Erin.

„Vor vier Jahren.“

Ich hustete so, dass ich fast keine Luft mehr bekam, und musste mich an der Anrichte abstützen.

„Ist alles in Ordnung mit Ihnen, Gloria?“, erkundigte sich Erin und streckte sich, um mich in der Küche sehen zu können.

„Ja, alles okay, ich habe mich nur an etwas verschluckt“, erwiderte ich.

„Mit meiner Mutter kam es zum Bruch, als sie herausfand, dass ich schwanger war“, berichtete Erin. „Sie hat mir ganz allein das Studium finanziert und kann es einfach nicht fassen, dass mir das hier passiert ist.“

„Weiß sie, dass Sie hier in der Stadt sind?“, fragte Miriam.

Erin nickte. „Allerdings haben wir nicht mehr viel miteinander gesprochen. Ich bin dann hierhergezogen und habe mit meiner besten Freundin aus dem College zusammengewohnt. Aber vor ein paar Monaten ist ihr Freund nach Colorado gezogen und sie ist ihm dahin gefolgt.“

„Und Sie durften dann die Miete allein bezahlen", ergänzte Miriam kopfschüttelnd. „Man kann niemandem mehr trauen. Bedenken Sie das das nächste Mal. Sie können noch nicht einmal …"

Schnell streckte ich meinen Kopf ins Wohnzimmer und fiel Miriam ins Wort. „Und Sie haben tatsächlich keine Ahnung, wo sich Ihr Freund jetzt befindet?"

„Ich habe versucht, ihn über frühere Arbeitgeber und das Internet zu finden, aber ich hatte kein Glück."

„Er ist ein Idiot", meinte Miriam. „Eine wertlose Kreatur."

Ich nahm den Becher aus der Mikrowelle. „War er ein ernsthafter Partner oder nur …"

„Ich dachte, es sei etwas Ernstes", bekannte Erin mit erhobener Stimme. „Sie können sehen, was er von mir hielt. Wie dumm bin ich nur?"

Dann schüttete ich Kakao in den Becher und rührte um. „Sie sind nicht dumm." Ich reichte Erin den Becher und setzte mich neben sie. „Sie wollten nur an die Liebe glauben. Wer will das nicht?"

„Er nicht", sagte Erin. „Kein Mann will das heutzutage."

ALS CHAZ zur Arbeit kam, stand Mike wieder an die Wand gelehnt vor dem Wilson's.

„Tag, Chaz."

„Hallo Mike."

„Keine Sorge. Ich lungere hier nicht rum."

Chaz lachte und ging zum Eingang. „Woher kommst du? Aus Kentucky? Georgia? Ich kann's nicht sagen."

„Irgendwoher aus dieser Gegend."

„Arbeitest du irgendwo?", fragte Chaz.

„Gelegentlich. Eine Fabrik hier braucht einmal die Woche Hilfe beim Entladen einer Lieferung. Ein paar von uns kommen, und sie bezahlen uns für diesen Tag. Es bringt mich durch die Woche. Ich brauche nicht viel." Sein Bart war dichter als noch ein paar Tage zuvor, und Chaz bemerkte, dass sich in den Falten um die Augen Schmutz angesammelt hatte. Er fragte sich, wo Mike duschte.

„Wie lange bist du schon …"

„Auf der Straße?", fragte Mike. „Seit sechs oder sieben Jahren. Man verliert da leicht den Überblick."

„Weiß deine Familie, wo du bist?"

Mike schüttelte den Kopf und blies in seine Hände. Eine kleine weiße Atemwolke stieg vor seinem Gesicht auf. „Es ist besser so." Dann schob er die Hände in die Taschen und beobachtete, wie Chaz von einem Fuß auf den anderen trat. „Versuch jetzt nicht, irgendetwas dazu zu sagen."

Chaz öffnete die Tür zum Wilson's, und zum ersten Mal seit Jahren wünschte er sich, dass er wirklich etwas hätte sagen können.

„VIER bis sechs Wochen! Sie müssen verrückt sein!"

Ich streckte meinen Kopf zur selben Zeit wie Erin aus der Schlafzimmertür. Von den gegenüberliegenden Seiten des Flurs sahen wir einander an und hörten Miriam zu.

„Wie lange kann es denn schon dauern, die Bodenbretter rauszureißen sowie den Teppichboden und einige Wände zu ersetzen?"

Erin und ich schlichen die Treppe hinunter und sahen, wie Miriam den Hörer des Telefons auflegte. Sie wirkte abgehärmt und erschöpft.

„Es ist total zerstört", erklärte sie. „Einiges kann gerettet werden, aber das meiste hat einen zu großen Wasserschaden."

Zum ersten Mal in unserer Beziehung empfand ich Miriam gegenüber etwas anderes als Abneigung. „Das tut mir wirklich leid."

„Die Versicherung bezahlt zwei Wochen in einem Hotel, aber wer will sich schon in einem der Hotels hier in der Gegend aufhalten?"

Ich konnte nicht glauben, was ich im Begriff war zu sagen. „Sie können hierbleiben."

Miriam warf die Hände in die Luft. „Mein Leben könnte nicht schlimmer werden, als es im Moment ist."

Dann wandte ich mich in Richtung Treppe. „Also gut, Frühstück gibt es um Punkt halb acht und Abendbrot um sechs. Wenn Sie hier wohnen, erwarte ich von Ihnen, dass Sie nicht nur an den Mahlzeiten teilnehmen, sondern gefälligst auch bei deren Zubereitung und danach beim Aufräumen helfen."

„Ich werde nicht ..."

Doch ich ließ sie nicht aussprechen. „Von Ihnen wird ferner erwartet, dass Sie Ihre Sachen aufräumen und sarkastische Bemerkungen auf ein Minimum beschränken."

Damit schloss ich meine Schlafzimmertür und fragte mich, auf was ich mich da nur eingelassen hatte.

AN JENEM ABEND kam Donovan um halb zehn in das Büro des Sicherheitsdienstes gerannt.

„Bei Miss Glory wohnen jetzt zwei Frauen", sagte Carla zu Chaz. „Ich weiß nicht, was ich sonst mit ihm machen soll."

Chaz zuckte die Schultern und zeigte auf das Sofa. „Er kann hier schlafen, bis Sie fertig sind."

Carla küsste Donovan auf den Kopf und ging an die Arbeit.

„Was isst du, Spaz?", fragte Donovan und lief zum Schreibtisch. Chaz reichte ihm ein Stück seines mit Erdnussbutter und Gelee bestrichenen Sandwiches.

„Erdnussbutter?", fragte Donovan und nahm einen Bissen. „Brrr – wir müssen etwas anderes als Pausenbrot einpacken."

„Dann sollte deine Mom etwas für dich mitnehmen", erwiderte Chaz. „Jedenfalls ist das ihre Aufgabe." Chaz reichte ihm einen noch verpackten Muffin.

„O ja!", rief Donovan und lächelte. „Das sieht schon sehr viel besser aus." Er tanzte, als wäre ihm gerade ein Touchdown beim Football gelungen, und hob herausfordernd die Hand über den Kopf. „Hoch."

Chaz schlug gegen seine Hand.

„Zur Seite." Chaz schlug erneut gegen seine Hand.

„Runter." Donovan zog seine Hand weg, bevor Chaz dagegenschlagen konnte. „Zu langsam." Er warf seinen Kopf in den Nacken und lachte. Seine Witze waren abgedroschen, und mit seinem Geplapper machte er Chaz verrückt, aber auf eine merkwürdige Art gefiel ihm die Gesellschaft des Kindes sogar.

„Hast du einen Weihnachtsbaum?", fragte Donovan und brach den Muffin auseinander.

„Nein. Und ihr?"

„Auch nicht. Aber Miss Glory hat meiner Mom einen großen Strauch mit Weihnachtsschmuck dran gegeben." Donovan schob sich ein Stück des Muffins in den Mund. „Ich hab ihr gesagt, dass der Weihnachtsmann keine Geschenke unter einen Busch legt, aber Miss Glory hat gesagt, dass manche Kinder auf der anderen Seite der Erdkugel noch nicht mal einen Weihnachtsbusch haben. Ist das wahr?"

Chaz goss heißen Kaffee in einen Styroporbecher. „Ja, das stimmt."

„Was haben sie dann? So was wie eine Blume oder einen Maiskolben?"

„Das weiß ich nicht", sagte Chaz. „Aber ich bin sicher, dass sie sich irgendwas einfallen lassen."

„Und was benutzt du?", fragte Donovan.

„Nichts. Ich feiere Weihnachten überhaupt nicht."

„Warum nicht? Glaubst du etwa nicht an den Weihnachtsmann?" Donovan riss die Augen auf und schien offensichtlich bestürzt bei dem Gedanken.

„Ich glaube eher an die Botschaft des Weihnachtsmanns“, antwortete Chaz. „Wer nicht?“

„Vielleicht kannst du ja in mein Haus rüberkommen und nachsehen, ob der Weihnachtsmann dir etwas unter meinen Weihnachtsbusch gelegt hat. Er weiß, dass du da sein wirst, weil er alles weiß.“

Chaz hatte Weihnachten seit Jahren mit niemandem mehr gefeiert, und er konnte sich nicht mehr vorstellen, wie das sein würde. „Ich habe an dem Tag schon etwas vor, aber trotzdem danke.“

Donovan rannte zu den Videomonitoren und verschlang den Rest des Muffins. „Bring mich zur Spielzeugwerkstatt vom Weihnachtsmann.“

„Nein. Du darfst nicht in den Einkaufsbereich.“

„Ich bin doch dann gar nicht im Einkaufsbereich“, widersprach Donovan und hüpfte herum, „sondern in der Spielzeugwerkstatt vom Weihnachtsmann.“ Er griff Chaz’ Hand und zog daran. „Nun komm schon. Du sollst sie mir ja bloß zeigen.“

Es war zwecklos, es Donovan ausreden zu wollen, weil er einfach losrennen würde, sobald Chaz einen Augenblick mal nicht hinschaute. Larry, Carla und Monique reinigten gerade andere Bereiche des Kaufhauses und bemerkten nicht, wie Donovan zur Spielzeugabteilung flitzte. Seine Augen leuchteten auf, als er die kleine rote Werkstatt mit einem Dach aus Marshmallows sah, das mit Gummibonbons verziert war. Außerdem hatte sie mit Zuckerguss bedeckte Fensterläden und eine Tür aus Schokoladenriegeln mit einem Türgriff aus einer riesigen Zuckerstange.

Donovan schoss durch die Tür und runzelte die Stirn, als er eine leere Werkstatt vorfand, die aus Sperrholzplatten und Kantholz zusammengebaut war. „Wo sind die Spielsachen?“

„Der Weihnachtsmann kann hier keine Sachen herstellen“, erklärte Chaz. „Schau mal, wie klein das alles hier ist. Er kommt nur her, um herauszufinden, was die Kinder haben wollen. Dann schickt er die Bestellungen zu seinen Elfen hoch.“

Donovan schloss die Tür und setzte sich enttäuscht auf den Boden. „Bist du heute hergekommen und hast dem Weihnachtsmann gesagt, was du haben möchtest?“

„Nein“, erwiderte Chaz.

„Wenn ich hier arbeiten würde, dann würde ich zu ihm sagen, dass ich Spielzeug haben will, mit dem es Spaß macht zu spielen“, meinte Donovan, stieß die Tür auf und schloss sie erneut mit seinen Füßen. „Kein doofes Zeug! Und für Mom Fingernägel zum Aufkleben, die wünscht sie sich schon lange. Und ich würde ihm sagen, dass ich mir einen Dad wünsche.“

Gespräche über solche Themen waren Chaz' Sache nicht, deshalb warf er schnell einen Blick auf seine Uhr. „Nun komm, lass uns gehen. Es ist spät."

Donovan schob die kleine weiße Pforte auf und folgte ihm. „Möchtest du heute Abend *Superman* oder *Spider-Man* spielen?"

„*Spider-Man.* Aber nur für ein paar Minuten", antwortete Chaz. „Du musst schlafen."

„Aber meine Augen sind immer noch auf", widersprach Donovan. „Guck mal." Er bog seinen Hals nach hinten, damit Chaz sie sehen konnte.

„Ja, ich weiß. Aber sie sollten zu sein. Du bist noch ein kleines Kind."

„Innendrin bin ich aber ganz groß."

Chaz seufzte. Warum diskutierte er weiter mit einem Fünfjährigen? Sie gingen in das Büro des Sicherheitsdienstes, und Chaz zeigte voller Schrecken auf einen Videomonitor. „Der gefürchtete *Snake Eye McQueen* raubt die Haushaltswarenabteilung aus. Was sollen wir bloß tun?"

Donovan hüpfte auf den Schreibtisch und tat, als würde er die Wand hochklettern. „Ich werde ihn fangen und dich retten." Er sprang vom Schreibtisch, prügelte sich mit einem imaginären Bösewicht, fesselte den Dieb und ließ ihn in der Mitte des Raums liegen.

Schließlich ließ sich Donovan von Chaz auf die Couch legen und ergriff seine Hand. „Bist du jetzt so was wie mein Dad?"

Chaz fühlte sich, als hätte er einen Schlag in die Magengrube bekommen. Wie konnte Donovan irgendeinen Mann, der ihm einen Muffin spendiert hatte, für seinen Dad halten? „Nein, ich bin nicht so was wie ein Dad."

„Du könntest ein Dad sein", insistierte Donovan.

„Nein, das könnte ich nicht." Es gab nichts in seinem Leben, was ihn für eine Vaterrolle qualifizierte.

„Kann ich immer hier schlafen?"

Chaz stand neben der Couch. Er musste dieser Unterhaltung ein Ende machen. „Nein", entgegnete er. „Deine Mom muss jemanden finden, der nachts auf dich aufpasst, weil ich nicht für immer hierbleiben werde."

Donovan setzte sich auf. „Wohin gehst du?"

„Das weiß ich nicht", antwortete Chaz. „Aber irgendwohin. Ich versuche bloß, genug Geld zu verdienen, um dort hinkommen zu können."

Donovan drehte ihm den Rücken zu und zog sich die Decke bis zum Hals hoch. „Meine Mom hat gesagt, dass Männer immer weggehen."

Chaz wusste nicht, was er sagen sollte, also ließ er ihn allein. Er dachte daran, ein Bier zu trinken, und warf einen Blick auf seine Uhr. Noch vier Stunden bis Dienstende. Als er die Tür schloss, kam gerade Carla vorbei. Sie trug einen pinkfarbenen Arbeitskittel.

„Sie können hineingehen, wenn Sie möchten“, sagte Chaz. „Ich habe nur das Licht ausgemacht.“

Doch sie schüttelte den Kopf und wollte weitergehen.

„Carla.“

Die junge Frau blieb stehen, und Chaz fragte sich, was er zu ihr sagen wollte. „Donovan ist ein gutes Kind.“

Sie nickte.

Chaz war entgangen, wie klein sie war, vermutlich kaum mehr als einen Meter fünfzig. Ihr Gesicht wirkte bleich und erschöpft, und die Ringe unter ihren Augen waren dunkler als die Augen selbst. Wenn sie ihr schwarzes Haar offen trug, ließ dies vielleicht ihre Gesichtszüge etwas weicher wirken, aber er hatte sie nie anders als mit einem Pferdeschwanz gesehen.

„Er ist lustig und scheint wirklich intelligent zu sein“, versicherte Chaz.

Carla nahm die Treppe zum Personaleingang und ging hinaus. „Das hat er nicht von mir. Er sieht noch nicht einmal so aus wie ich.“

Über der Tür hing eine Metalllampe, die den Hintereingang beleuchtete. Sie standen schweigend auf der obersten Treppenstufe, während sie rauchte.

„Wohnt Donovans Dad hier in der Gegend?“, fragte Chaz.

Sie nickte.

„Besucht er Donovan?“

„Er ist ihm gleichgültig.“

Chaz schlug die Arme übereinander, um sich warm zu halten. „Wie könnte irgendjemand Donovan nicht mögen?“ Diese Worte entschlüpften ihm überraschend schnell.

Carla sah ihn an, und zum ersten Mal, seit er sie kennen gelernt hatte, entspannten sich ihre Gesichtszüge etwas. „Sie sehen nicht so aus, als wären Sie von hier.“

„Woher scheine ich denn meinem Aussehen nach zu kommen?“

Sie zuckte die Schultern. „Von überall her, nur nicht von hier.“

„Nun ja, ich habe an vielen Orten gewohnt“, sagte Chaz.

Sie nahm einen tiefen Zug und blies den Rauch zur Lampe. „Sie wollen nicht zu lange an einem Ort sein. Auf die Weise lernt Sie nie jemand kennen, und Sie müssen auch niemanden kennen lernen.“

Er lächelte, erwiderte aber nichts.

„Wo ist Ihre Familie?“, fragte sie nach einer Weile.

„Meine Eltern sind tot. Ich war ein Einzelkind.“

Sie schwieg einen Moment. „Vermissen Sie sie?“

„Vor allem in dieser Jahreszeit. Donovan hat gesagt, dass er dem Weihnachtsmann sagen will, dass Sie sich Fingernägel zum Aufkleben wünschen.“

Carla lachte und lehnte sich gegen das Metallgeländer. „Haben Sie als Kind mit Ihren Eltern Weihnachten gefeiert?“

„Ja. Sicher.“

„Haben Sie viele Geschenke bekommen?“

Er blies in seine Hände. „Nicht zu viele. Aber genug.“

„Was gehörte zu Ihren Lieblingsgeschenken?“

Chaz lehnte sich an die Tür. „Ich liebte die *Hot-Wheels*, diese kleinen Rennautos, und in einem Jahr haben sie mir die Rennbahn dazu geschenkt. Diese Bahn war monatelang mein einziges Gesprächsthema.“ Er schob die Hände in die Taschen. „Ich trug die Rennbahn in den Keller und baute sie in Form eines Ovals zusammen.“ Bei dem Gedanken musste er lachen. „Oh, welche Fantasie ich hatte! Dad kam nach unten und half mir, ihr die Form einer Acht zu geben mit all den coolen Rampen und Loopings.“

„Wann ist er gestorben?“

„Nur ein oder zwei Jahre später.“

Carla inhalierte den Zigarettenrauch. „Als ich noch klein war, wünschte ich mir, dass mein Herr Papa Weihnachten vorbeikommen und mir Geschenke bringen würde.“ Sie drückte den Zigarettenstummel am Treppengeländer aus.

„Ist er je vorbeigekommen?“, fragte Chaz.

„Er schenkte mir ein Frisbee. Uneingepackt. Meine Güte, ich habe mich so gefreut. Ich bat ihn, mit mir Verstecken zu spielen. Natürlich fand ich ihn sofort, dann lief ich weg, um mich zu verstecken. Doch er machte sich nie die Mühe, nach mir zu suchen. Dann hörte ich, wie sich die Vordertür schloss.“ Sie nahm noch eine Zigarette aus der Packung und zündete sie an. „Mein ganzes Leben lang wollte ich nur, dass er bemerkte, dass ich da war.“

Sie schwiegen, und der Wind blies eine Rauchwolke in Chaz’ Gesicht.

„Hey“, meinte Chaz. „Ich bin nicht sicher, wie lange ich hier nachts arbeiten werde, darum … Glauben Sie, dass Sie jemanden finden können, der auf Donovan aufpasst?“

Carla schnippte die Zigarette auf die Laderampe, dann öffnete sie die Tür. „Ich muss Miss Glory fragen. Aber sie ist mit den vielen Leuten in ihrem Haus beschäftigt. Und sonst habe ich niemanden, den ich fragen könnte. Doch sobald jemand herausbekommt, dass Donovan hier ist, werde ich gefeuert. So läuft das.“ Sie verschwand die Treppe hinauf, und er hörte, wie ein Staubsauger zu dröhnen begann.

Chaz spähte durch das Fenster ins Büro des Sicherheitsdienstes. Carla musste bald einen Platz für Donovan finden. Er kam ihm zu nahe, und das bereitete Chaz ein unbehagliches Gefühl.

FÜNF

Wie stets war Marshall Wilson auch in diesem Jahr bereit, Mützen, Socken und Fausthandschuhe für die Weihnachtspakete zu spenden, die Heddy, Dalton und ich zusammenstellten.

„Irgendwelche großen Weihnachtspläne?“, fragte er, als ich meine Handtasche und meinen Mantel aus seinem Büro holte.

„Nein“, antwortete ich. „Meine Kinder feiern dieses Jahr alle mit ihren Schwiegereltern. Ich werde zu Heddy und Dalton gehen. Und wie ist es mit Ihnen?“

Marshall Wilson zog ein Foto aus seiner Brieftasche und reichte es mir. „Das ist mein Enkel. Er ist in Japan auf einem Luftwaffenstützpunkt gewesen. Seine Großmutter und ich haben ihn seit zwei Jahren nicht mehr gesehen.“

Ich betrachtete die dunklen Augen auf dem Foto, die mich anstarrten, während Marshall weitersprach.

„Ist alles in Ordnung mit Ihnen, Gloria?“

Schnell hob ich den Blick und sah dann wieder auf das Foto. „Ja. Sein Gesicht erinnert mich an meinen Matthew, das ist alles. Er ist sehr attraktiv.“ Dann gab ich ihm das Foto zurück.

In Gedanken versunken verließ ich Marshalls Büro. Immer wenn ich jemanden sah, der mich an Matt erinnerte, versetzte mir das einen Stich ins Herz. Ich schob mich durch die Eingangstür, stieg in mein Auto und fuhr los. Aber als ich sah, dass Robert Layton vor seinem nebenan gelegenen Büro aus seinem Geländewagen stieg, bremste ich.

„Robert!“, schrie ich aus dem Fenster an der Beifahrerseite und hupte.

Er wandte sich von der Tür zu seinem Büro ab und kam an mein Autofenster. „Guten Morgen, Glory!“

„Als ich Sie sah, wurde mir klar, dass Sie in der Tat helfen können“, erwiderte ich.

Robert Layton beugte sich vor, damit er mich besser verstehen konnte. „Um was handelt es sich?“

„Ich habe ein Mädchen, das Arbeit braucht.“

Er tat, als würde er zusammenbrechen. „Ich war so dicht vor meiner Bürotür. Fast wäre ich Ihnen entkommen.“ Seufzend hob er den Kopf und sah mich an. „Als ich das letzte Mal einem Ihrer Mädchen Arbeit gab, hat sie meinen Drucker, meinen Bürostuhl *und* meinen Lieblingsfüller gestohlen. Darüber bin ich noch immer nicht weg. Ich habe diesen Füller geliebt!“

Ich beugte mich zu ihm hin. „Ich habe auch ein ganz schlechtes Gefühl deswegen, wirklich. Manchmal sind die Mädchen bereit, sich zu ändern, und manchmal nicht. Sie war nicht dazu bereit."

„Danke, dass Sie mir das jetzt sagen!"

„Aber dieses Mädchen ist anders. Sie ist sehr reif für ihr Alter."

Robert bedeutete mir durch Gesten, dass ich ruhig weiter dick auftragen sollte.

„Sie hat bald ein weiteres Maul zu stopfen und der Vater ist nirgendwo aufzutreiben."

„Da haben wir's!", erwiderte er. „Das ist also der Haken!" Er seufzte und hob seine Hände. „Also gut, Gloria. Ich werde einem Ihrer Mädchen noch eine Chance geben."

Begeistert klatschte ich in die Hände.

„Ich brauche jemanden, der Jodi in Teilzeit bei den Telefonaten und der Ablage hilft. Sie wird Jodi direkt unterstellt sein, und Sie wissen, wie Jodi ist. Sie ist ein erheblich strengerer Chef als ich. Falls *ihr* Füller verschwindet, wird sie einen Bluthund auf Ihr Mädchen ansetzen."

Spontan langte ich hinüber und schüttelte Robert die Hand. „Sie werden es nicht bereuen, Robert. Das Mädchen wird die ideale Besetzung für Ihr Büro sein und sie wird nichts wegnehmen."

Er trat vom Auto zurück und beugte sich noch einmal vor, um ins Auto sehen zu können. „Versprochen?"

„Nein", lachte ich und fuhr los.

ALS CHAZ an jenem Nachmittag zur Arbeit ging, schneite es. Mit jedem Tag wurde es kälter, und die Leute vom Wetterbericht wurden nicht müde zu versichern, dass es das kälteste Wetter in zehn Jahren sei.

Chaz sah Mike in der Mitte des Marktplatzes sitzen. Es war zu spät, so zu tun, als hätte er ihn nicht gesehen. Also hob er die Hand und winkte. Gleichgültig was Chaz tat, es schien, als sei der Kerl stets in der Nähe, um ihn daran zu erinnern, wie kalt es draußen war. Obwohl es länger dauerte, beschloss er, um den Platz herumzugehen, statt ihn zu überqueren, um Mike nicht direkt begegnen zu müssen. Mit gesenktem Kopf eilte er zum Kaufhaus. Vor dem Wilson's sah Chaz einen Mann, der mit jemandem in einem Auto sprach. Chaz hatte den Mann schon mehrfach in das benachbarte Haus gehen sehen. Es handelte sich um einen Anwalt oder dergleichen. Das Auto fuhr weg und Chaz überquerte die Straße.

„Hallo", sagte der Anwalt.

Chaz nickte und ging durch die Eingangstür. In der Abteilung für Damenoberbekleidung hinter einem Kleiderständer bemerkte er eine junge Frau. Ihr blondes Haar stach ihm ins Auge. Sie schob es mehrfach hinter das Ohr, aber es fiel immer wieder nach vorn, und sie neigte den Kopf zur Seite, damit es endlich hinten blieb.

Fred Clauson trat auf ihn zu und informierte ihn über ein paar Spätlieferungen. Chaz hörte ihm zu, ließ die junge Frau jedoch nicht aus den Augen. Sie war das schönste Mädchen, das er gesehen hatte, seit er in die Stadt gezogen war. Zwar konnte er ihren Körper hinter dem Kleiderständer nicht sehen, aber er war sich sicher, dass der ebenso schön war wie ihr Gesicht. Doch Chaz ging nicht zu ihr, weil er sich sagte, dass sie nicht an ihm interessiert sein würde; stattdessen folgte er Fred in das Büro des Sicherheitsdienstes.

Erin kam in die Küche und breitete die Arme aus. „Wird das hier gehen? Ich habe es im Ausverkauf im Wilson's gefunden." Sie trug schwarze Schwangerschaftshosen und ein purpurfarbenes blusenartiges Oberteil.

„Zu welchem Anlass willst du's denn tragen?", fragte Miriam.

„Eigentlich habe ich die Sachen in der Absicht gekauft, diese Woche zu Vorstellungsgesprächen zu gehen", erwiderte Erin. „Aber Gloria hat heute eine Stelle für mich gefunden."

„Steht dir ausgezeichnet", sagte ich und schlug mit einem Löffel gegen einen Topf.

Miriam saß zusammengesunken in einem Stuhl am Tisch und sah zu ihrem Haus hinüber. Tagelang hatten Männer den Teppichboden und beschädigte Wände herausgerissen, während ihre Besitztümer in der Auffahrt standen. Wenn sie abends in mein Haus kam, war sie vom Aussortieren der Dinge, die sie während ihrer Ehe mit Lynn gesammelt hatte, erschöpft und elend. Mehr als einmal hatte ich ihr meine Hilfe angeboten, aber die Durchsicht der aufgequollenen Fotoalben und Briefe, von denen so viele wie möglich gerettet werden sollten, war etwas, das Miriam allein tun musste.

Wenn Miriam ihr Haus betrat, schickten die Männer sie wieder hinaus.

„Wir können nicht zulassen, dass Sie sich hier drinnen aufhalten", hatte der Bauunternehmer gesagt. „Bitte, es ist zu Ihrer eigenen Sicherheit." Trotzdem kommandierte Miriam das Team herum und sagte den Männern, wie sie ihre Arbeit zu machen hatten.

Jetzt nahm ich Teller von einem Wandbord und hielt sie ihr hin. Sie seufzte und stand müde auf.

„Verspäten Sie sich nicht", sagte Miriam an Erin gewandt. „Arbeitgeber haben kein Verständnis für Unpünktlichkeit."

Ich verdrehte die Augen und gab Kartoffelbrei in eine Schüssel. „Sie wird sich nicht verspäten."

„Und sie tolerieren auch kein Rumtrödeln", setzte Miriam nach. „Denken Sie daran."

Dann reichte ich Erin den Kartoffelbrei und holte einen Hackbraten aus dem Ofen. Miriam runzelte die Stirn, als sie ihn sah, aber ihre Gesichtszüge erhellten sich, als ich ein Blech mit Teigtaschen von der oberen Schiene zog. Ich schüttete Erbsen in eine Schüssel und gab sie Erin. „Haben Sie Ihrer Mutter gesagt, dass Sie hier sind?"

„Noch nicht", antwortete Erin.

Miriam seufzte, und Erin tat, als hätte sie es nicht bemerkt.

Während ich drei Gläser mit Eis füllte und einen Krug mit Tee aus dem Kühlschrank holte, schlug ich Erin vor: „Laden Sie sie doch auf einen Besuch hierher ein. Dann würde ich etwas kochen, und Sie beide könnten sich über das unterhalten, was ansteht."

Erin nickte stumm und trug die Getränke zum Tisch. Sie war von der Idee nicht begeistert. „Wenn der richtige Zeitpunkt gekommen ist."

„Angesichts Ihres Bauches sollte der Zeitpunkt wohl eher bald sein", warf Miriam ein.

Mit einem Zischen bedeutete ich Miriam zu schweigen, setzte mich hin und tätschelte Erins Hand. „Ignorieren Sie sie einfach. Und was auch immer zwischen Ihnen und Ihrer Mutter geschehen ist – ich bin sicher, dass sie inzwischen darüber hinweg ist und Sie wiedersehen will. Und nichts wird sie von dem Baby fernhalten können, das Sie da in sich tragen."

Erin schob das Essen auf ihrem Teller herum.

„Falls das für Sie in Ordnung ist, fände ich es gut, wenn Sie mir den Namen und die Telefonnummer Ihrer Mutter geben würden … Nur für den Fall, dass etwas passiert."

Schnell griff ich hinter mich, nahm einen Block und einen Stift vom Telefontisch und schob beides zu Erin hin. Nach einer Weile schrieb sie einen Namen und eine Nummer auf und legte den Block neben meinen Teller. Ich steckte den Zettel in meine Jackentasche und sprang vom Tisch auf. „O nein! Fast hätte ich es vergessen." Dann durchwühlte ich meine Handtasche und übergab Erin einen Bund Autoschlüssel. „Die sind für Sie."

„Aber ich kann Ihr Auto nicht nehmen, Gloria", widersprach Erin. „Sie brauchen es. Ich werde mit dem Bus zur Arbeit fahren."

„Das sind nicht die Schlüssel von *meinem* Auto", erklärte ich. „Es sind die Schlüssel von *Ihrem* Auto. Dem Silberfuchs." Ich zog die Vorhänge vor dem Küchenfenster zur Seite.

„Aber Sie brauchen es doch für eine Ihrer Familien."

„Sie sind jetzt ‚eine meiner Familien'. Sobald Sie sich ein eigenes Auto leisten können, geben Sie es mir zurück, und ich gebe es weiter."

Erin spähte aus dem Fenster. Sie suchte stammelnd nach Worten. „Ich kann doch nicht –"

„Jack hat gesagt, dass es so gut wie neu ist", unterbrach ich sie. „Und das ist es. Ich habe selbst eine Spritztour damit gemacht." Dabei zeigte ich auf ihren Stuhl. „Nehmen Sie Platz und essen Sie etwas, bevor es kalt wird."

Wir setzten uns wieder hin und aßen gemeinsam; drei Frauen, die unter den seltsamsten Umständen in das Leben der jeweils anderen gestolpert waren, und auch wenn es einige Pausen und Schweigephasen gab, so verlief die Unterhaltung doch zivilisiert. *Sehr zivilisiert,* dachte ich. Vielleicht nahmen die Dinge ja schließlich eine Wende zum Besseren.

CHAZ saß im Büro des Sicherheitsdienstes und überwachte das Geschehen auf den Videoschirmen, als er bemerkte, dass die Kunden zu den Eingangstüren drängten. Er rannte die Treppe hinauf und sah den Anwalt von nebenan auf der anderen Straßenseite am Boden neben einem Auto hocken, das gegen einen Laternenmast gefahren war. Ray war ebenfalls draußen. Er war wohl hinausgerannt, als er den Knall hörte, der die Scheiben des Kaufhauses hatte erzittern lassen. Als Chaz sah, dass der Fahrer des Wagens noch dort stand und sich unterhielt, nahm er an, dass durch den Unfall lediglich ein kleiner Blechschaden entstanden war.

„Er hat sich nicht bewegt", meinte eine Frau, die die Szene beobachtet hatte.

Da erblickte Chaz Mike auf dem Boden und spürte, wie er zurückschreckte. Noch zwei Stunden zuvor war er ihm aus dem Weg gegangen. Aus einem Krankenwagen sprangen Sanitäter. Sie schienen ewig lange zu brauchen, um Mike auf eine Trage zu legen.

„Er bewegt sich noch immer nicht", murmelte die Frau wieder.

Chaz ging in den hinteren Teil des Kaufhauses zurück, lief durch den Personaleingang nach draußen und rannte, so schnell er konnte, nach Hause.

DREISSIG MINUTEN SPÄTER läutete das Telefon. Chaz ließ es klingeln. Kurz darauf läutete es wieder und er nahm ab.

„Was ist passiert?", fragte Ray.

„Mir ist schlecht geworden", log Chaz.

„Haben Sie gesehen, was da vorhin draußen passiert ist?"

„Teilweise." Er setzte sich. „Ist mit dem Mann alles in Ordnung?"

„Das weiß ich nicht", antwortete Ray. „Er hat ganz schön was abgekriegt."

Chaz spürte, wie seine Hand zu zittern begann, deshalb ging er zum Kühlschrank und nahm ein Bier heraus.

„Glauben Sie, dass Sie wieder herkommen können?"

„Ich glaube, das wird nicht gehen", erwiderte Chaz. „Mir ist wirklich schlecht."

„Gut. Wir machen das schon."

„Danke", sagte Chaz und wollte schon auflegen, als ihm Donovan einfiel. Was würde mit ihm geschehen, wenn Ray oder Fred seine Schicht übernahm? „Ray", rief er ins Telefon, „ich komme später wieder rein!"

„Sind Sie sicher?"

„Ich werde gegen neun da sein", versprach Chaz.

Schnell wärmte er sich ein paar Makkaroni mit Käse auf und trank zwei Bier. Die Sonne ging unter, aber er schaltete das Licht nicht an; er war an die Dunkelheit gewöhnt. Schließlich rief er die Auskunft an, bekam die Nummer des Krankenhauses und rief dort an. Niemand würde ihm irgendeine Information geben. Warum sollten sie? Er kannte noch nicht einmal Mikes Nachnamen.

„Sind Sie ein Familienmitglied?", fragt ihn die Frau am anderen Ende der Leitung. Er versuchte zu erklären, dass Mike keine Familie hatte und dass er sich täglich mit ihm unterhalten habe, aber offensichtlich gab es nichts, was sie umstimmen konnte.

Dann legte Chaz sich auf sein Bett, doch in Gedanken spielte er die Szene wieder und wieder durch. Was, wenn Mike starb? Was, wenn seine Eltern nie davon erfuhren? Die schaurige Weihnachtsbeleuchtung von der gegenüberliegenden Straßenseite drang in sein Zimmer, und er zog sich die Decke über den Kopf.

Als das Telefon um acht Uhr klingelte, hob er ab. Es war Kelly aus dem Wilson's.

„Das Päckchen ist gekommen", sagte sie. Es folgte eine lange Pause. „Ich sehe, dass Sie heute Abend nicht arbeiten. Möchten Sie, dass ich es Ihnen bringe, wenn ich gehe?"

Chaz spürte jeden Nerv in seinem Körper. Er setzte sich auf die Bettkante und rieb sich den Kopf.

„Chaz? Wollen Sie noch, dass ich es Ihnen bringe?"

Er konnte sie nicht kommen lassen. Diesmal konnte er es einfach nicht tun. „Nein."

Sie suchte nach den geeigneten Worten. „Also, was soll ich …“

„Es ist mir egal“, erwiderte er.

Am anderen Ende der Leitung wurde es still. Dann legte sie auf.

CARLA schlich zur Tür und behielt Thomas im Auge, während sie sie zuzog.

„Wohin gehst du?“, fragte Thomas.

Beim Klang seiner Stimme fuhr sie zusammen. „Ich muss nach Donovan sehen“, erwiderte sie.

Er drehte sich zu ihr hin und musterte sie. „Ihm geht's gut. Komm wieder ins Bett.“

„Donovan ist schon lange allein“, widersprach Carla flüsternd. „Ich bin gleich wieder da.“

„Zwei Minuten“, sagte Thomas und stützte sich auf den Ellbogen.

Schnell ging sie über den Flur zu Donovans Zimmer und schloss die Tür hinter sich ab. Carla wusste, dass ein Schloss für Thomas kein Hindernis war, aber mehr konnte sie nicht tun. Donovan sah fern, wie sie ihn gebeten hatte, als Thomas gekommen war. Sie setzte sich neben ihren Sohn, und er sprang auf ihren Schoß. Unwillkürlich zuckte sie zusammen, denn die Prellungen auf ihren Beinen taten weh.

„Ich muss dich anziehen“, flüsterte sie und zog ein Paar Hosen vom Ende seines Betts zu sich.

„Warum?“

„Pst“, machte sie und half ihm in die Hose. „Ich muss dich heute Abend zu Miss Glory bringen.“

„Warum?“, fragte er erneut, während er sich bemühte, ein Sweatshirt über den Kopf zu ziehen.

„Weil du heute Nacht nicht hierbleiben solltest“, erklärte sie und band seine Turnschuhe zu.

„Warum nicht?“

Sie legte einen Finger an ihre Lippen. „Hör auf zu fragen und sei still.“

Carla packte hastig ein paar Sachen in Donovans kleinen Koffer. Dann drehte sie den Türknauf um, öffnete langsam die Tür und schlich mit Donovan auf den Flur. Dort nahm sie ihren Mantel vom Haken neben der Eingangstür und schob Donovan hinaus zu ihrem Auto.

DALTON, Heddy, Erin und ich schütteten mehrere Mülltüten aus und sahen die Kleidungsstücke durch, die sich darin befanden. Jeden Winter fand ich auf meiner Veranda immer wieder große Tüten voller Kleidung vor, aber dieses Jahr schienen es mehr denn je zu sein. Wir warfen die Kleidung fort, die zu zerschlissen war, um noch getragen werden zu können, und legten die noch gut erhaltenen Kleidungsstücke auf Stapel, nach Größen sortiert, um sie anschließend in die Pakete zu packen. Miriam bot uns keinerlei Hilfe an. Sie saß am Küchenfenster und starrte auf den riesigen Baumüllcontainer in ihrer Auffahrt.

Um halb neun klingelte es an der Tür. Mit Riesenschritten stieg ich über die Kleiderstapel und öffnete die Tür einen Spaltbreit. Als ich Donovan sah, lächelte ich. *„Holá!“*, rief ich und entfernte die Kette.

„Holá!“, erwiderte er und marschierte an mir vorbei.

Carla stand mit dem Rücken zur Tür auf der Veranda.

„Carla?“, fragte ich und trat zu ihr hinaus.

Sie wischte sich über das Gesicht und wandte sich zu mir um. „Heute Abend bin ich in der Klemme. Ich gehe zur Arbeit, aber ich habe niemanden, der auf Donovan aufpasst. Miss Glory, ich weiß, dass Sie all diese Leute bei sich wohnen haben, aber kann er trotzdem hier bei Ihnen übernachten?“

„Sicher.“ Ich musterte Carlas Gesicht. „Ist mit Ihnen alles in Ordnung?“

„Ja, ich friere nur und hatte Angst, dass ich keinen Platz für ihn finden würde. Aber ich muss mich beeilen, sonst verspäte ich mich.“ Carla beugte sich vor und küsste Donovan. „Sei ein braver Junge, ja?“

Er nickte, und sie ging an mir vorbei die Stufen hinunter. Ich sah ihr nach, wie sie in ihr Auto stieg, und schloss die Eingangstür hinter mir.

„Wer ist das?“, fragte Miriam, als ich Donovans Mantel an den Kleiderständer im Flur hängte.

„Das“, erklärte ich stolz, „ist Donovan, ein guter alter Freund von mir. Stimmt's?“ Ich hielt meine Hand hoch und er klatschte mich ab.

Miriam erblickte den kleinen Koffer. „Bleibt er hier?“

„Für die Nacht.“

„Hier ist kein Platz mehr“, erklärte sie. „Sehen Sie sich diesen Ort an. Hier herrscht das völlige Chaos. Dieser Müll sollte für den Lumpensammler auf die Straße gestellt werden, aber Sie holen zur Krönung nun auch noch eine weitere Person herein!“

Ruckartig richtete ich mich auf, sodass ich spüren konnte, wie meine Locken herumwirbelten. „Gehen Sie doch in Ihr Zimmer, Miriam.“ Dalton, Heddy und Erin taten, als wären sie bis zu den Knien in den Kleidern versunken.

„Ich bin kein Kind, Gloria!“

„Dann hören Sie auf, sich wie eins aufzuführen.“

Miriam knallte die Tür ihres Zimmers zu, und ich seufzte. Es gab einfach keine Möglichkeit, die Kluft zwischen uns zu überbrücken.

CHAZ packte ein zusätzliches Sandwich ein und erschien um neun zur Arbeit, als Ray gerade im Gehen begriffen war.

„Hat irgendjemand etwas von Mike gehört?“, fragte Chaz.

„Ich habe nichts gehört“, erwiderte Ray und streifte ihn mit einem Blick. „Sie sehen nicht sonderlich gut aus. Warum gehen Sie nicht einfach wieder nach Hause? Das Kaufhaus kann auch mal eine Nacht ohne Überwachungsdienst auskommen.“

Chaz stellte die Plastiktüte mit seinem Abendbrot auf den Tisch. „Ich brauche das Geld.“

„Verstehe.“ Ray zog den Reißverschluss seiner Jacke zu. „Übrigens habe ich mit meiner Frau gesprochen, und wir würden uns freuen, wenn Sie zum Weihnachtsessen zu uns rüberkämen. Was halten Sie davon?“

Chaz hängte seine Jacke auf und schloss den Spind. Ray musste raus sein, bevor Donovan durch die Tür gerannt kam. „Ich esse an dem Tag mit ein paar Verwandten.“

„Haben Sie nicht gesagt, Sie hätten keine Verwandten?“, fragte Ray verwundert.

„Ich habe eine Tante, die etwa neunzig Minuten von hier wohnt.“

Ray warf seinen Rucksack über die Schulter. „Ich wollte nur sichergehen, dass Sie Weihnachten nicht allein verbringen.“ Er klopfte Chaz auf den Rücken und ging.

Chaz beobachtete das Geschehen auf den Monitoren und sah die Putzkolonne in der Herren-, Kinder- und Haushaltswarenabteilung arbeiten. Auf den beiden Monitoren mit den Außenaufnahmen konnte er Carla beim Eingang an den Laderampen aus ihrem Auto steigen sehen. Chaz legte das Sandwich und eine Tüte Chips für Donovan auf den Schreibtisch. Nach ein paar Minuten ging er die Treppe zur Kaufhaushalle hoch und blickte sich nach dem Jungen um.

Carla schob gerade ihren Wagen zur Damentoilette, und er fing sie ab, bevor sie hineinging. Sie hatte kleine Kopfhörer auf und bemerkte ihn nicht. Als er ihren Arm berührte, zuckte sie zusammen. Sie sah entsetzlich aus.

„Hallo!“, sagte er. „Wo ist Donovan?“

Carla nahm die Kopfhörer von den Ohren. „Miss Glory konnte heute Nacht auf ihn aufpassen.“ Damit stülpte sie sich die Kopfhörer wieder über die Ohren und schob den Wagen in die Toilettenräume.

Chaz fühlte sich irgendwie verloren. Donovan war zu einem regelmäßigen Bestandteil seiner Abende geworden, und als er von oben auf die leere Kaufhaushalle sah, in der die Staubsauger brummten, fühlte er sich so einsam, wie er es stets gewesen war.

Dann ging er in die Poststelle hinunter und schaltete das Licht an. Auf dem obersten Regal lag unter dem Lüftungsgitter ein großer Umschlag. Chaz stieg auf die Arbeitsplatte und zog ihn herunter. Der Brief kam von GDK Systems und war an Judy adressiert. Chaz ging über den Flur zum Hintereingang. Der Müllcontainer stand am Ende der Laderampe. Dort riss er den Umschlag in kleine Stücke und warf ihn dann in den Container. In der Hektik der Adventszeit würde niemand fragen, wo die Ergebnisse zu den Fingerabdrücken abgeblieben waren. Chaz schlug die Klappe des Containers zu. Jetzt konnte er sich seinen letzten Gehaltsscheck ohne Probleme abholen und niemand würde je etwas erfahren.

Um halb zwei morgens schaltete Miriam das Licht in der Küche an. Als sie mich sah, fuhr sie zusammen. Ich hatte im Dunkeln am Tisch gesessen, die Hände um einen Becher mit Tee gelegt. Vor mir lag ein aufgeschlagenes rotes Notizbuch.

„Tut mir leid, Miriam“, sagte ich. „Habe ich Sie geweckt?“

Sie blinzelte ins Licht, ging zu einem Stuhl und setzte sich. „Ich bin wohl einfach plötzlich aufgewacht und konnte nicht wieder einschlafen.“

Ich ließ den Rest meines Tees im Becher kreisen und beobachtete, wie er an der Becherwand auf und ab schwappte. „Noch eine, die plötzlich aufgewacht ist. Ich bin zweiundvierzig Minuten nach zwölf aufgewacht, das ist genau die Uhrzeit, um die ich an diesem Tag immer erwache.“

„Warum?“, fragte sie.

Langsam trank ich den letzten Schluck Tee und starrte auf den leeren Becherboden. „Um diese Uhrzeit starb Walt.“

Miriam schwieg eine Weile und sagte schließlich: „Lynn ist nachmittags um sieben Minuten nach drei gestorben, und gleichgültig was ich an dem Tag auch tue, ich weiß, wie viel Uhr es ist, und alles steht still.“

Ich nickte und zog den Bademantel enger um mich. „Lynn war ein sehr liebenswürdiger Mann. Er war gut zu Ihnen. Das weiß ich.“

Sie lachte. „Er war wirklich ein liebenswürdiger Mann. Die Leute liebten Lynn. Seine Studenten bewunderten ihn, und ich habe ihn verehrt. Er besaß eine Güte, die die Menschen anzog. Ich bin nie so gewesen.“

„Das ist mir nie aufgefallen.“

Miriam schüttelte den Kopf und lächelte. „Ich kann ein widerlicher Snob sein. Sie wissen, dass das stimmt, Gloria.“

„Nun, ich hätte es vielleicht anders ausgedrückt.“

Miriam fuhr mit der Hand durch die Luft. „Wie auch immer Sie es ausdrücken, es läuft auf das Gleiche hinaus. Ich habe Sachen gesagt, die ich anschließend bereut habe. Und ich habe die Tür zu Beziehungen zugeschlagen, das habe ich ebenfalls bereut. Lynn hat sich nie so verhalten." Sie lehnte sich im Stuhl zurück und verschränkte die Arme. „Was für ein Mensch war Ihr Mann?"

Seufzend sah ich zur Decke hoch und lächelte bei dem Gedanken an Walt. „Er war ein großer, stattlicher Mann. Ich lernte Walt kennen, als ich achtzehn war. Er war vierunddreißig, und meine Mutter flehte mich an, mich nicht mit ihm einzulassen. Aber er war so anders als die Jungs in unserer kleinen Stadt in Georgia. Seine Denkweise und sein Wesen zogen mich an. Wir heirateten, und meine Mutter dachte, ich hätte den Verstand verloren. Als ich heiratete, hat mir niemand, noch nicht einmal meine Mutter, erklärt, dass es einen lebenslangen Einsatz erfordert, damit eine Ehe Bestand haben kann. Und niemand sagte mir, dass man sich während der ersten ein, zwei Jahre lediglich irgendwie durchwurstelt."

„Lynn und ich schafften es, uns durch fünfundzwanzig gemeinsame Jahre zu wursteln."

„Bei uns waren es fünfunddreißig."

„Und wie viele Kinder hatten Sie?"

Ich stand auf und ging in das dunkle Wohnzimmer. Dort nahm ich ein Familienfoto vom Kaminsims und reichte es Miriam. Es war aufgenommen worden, als ich Mitte dreißig war und noch Kurven an den richtigen Stellen hatte. Walt stand neben mir, zusammen mit unseren drei älteren Kindern, und unser Kleinster saß auf meinem Schoß. „Das ist Andrew, unser Ältester. Er hat jetzt drei Kinder und ist Computerprogrammierer." Dann zeigte ich auf unsere Tochter mit ihren langen braunen Haaren. „Das ist Stephanie. Sie wohnt nur rund zehn Minuten von hier und hat zwei Kinder. Sie ist medizinische Schreibkraft und kann zu Hause arbeiten. Und das ist Daniel." Ich zeigte auf unseren Sohn, der rotbraunes Haar hatte. „Der hat jetzt zwei Kinder und arbeitet in einer Baufirma in Georgia." Schließlich zeigte ich auf das Kleinkind auf meinem Schoß. „Und das ist Matthew, unser Jüngster."

Miriam sah ihn an. „Was macht er jetzt?"

Ich zog die Schultern hoch und starrte auf sein Gesicht. „Das weiß ich nicht so genau."

„Ist er verheiratet?"

„Niemand weiß das." Ich wischte den Staub auf dem Bild mit meinem Ärmel fort. „Er hat unser Haus verlassen, als er siebzehn war, unmittelbar bevor sein Vater starb, und wir haben ihn seither nicht mehr gesehen."

Miriam war sprachlos. Doch ich konnte erkennen, wie es in ihrem Kopf arbeitete. Wir kannten uns schon so lange und wussten so wenig voneinander.

„Warum, Gloria?“

Nachdenklich goss ich Wasser über einen Teebeutel in meinem Becher und holte auch für Miriam eine Tasse. „Es gibt vermutlich sehr viele Gründe. Matt hasste die Schule. Natürlich sagten wir ihm, dass er zur Schule gehen müsse, und er hasste sie umso mehr. Matt konnte in der Schule nie einen Platz für sich finden und auch nicht irgendwo sonst. Wenn es eine Regel gab, dann musste er sie unbedingt brechen, und wenn wir ihm sagten, er solle etwas tun, dann tat er das Gegenteil.“ Ich stellte den Becher mit dem Tee, Sahne und Zucker vor Miriam. „Nach seinem Weggehen spielte ich alles wieder und wieder in meinem Kopf durch und fragte mich, was Walt und ich falsch gemacht hatten – denn ich weiß, dass wir Fehler gemacht haben.“ Ich griff nach einer Serviette und gab sie Miriam. „Als Walt krank wurde, konzentrierte ich all meine Energie auf ihn. Ich war mit jedem Atemzug so eingebunden, dass ich keine Kraft mehr für … Wenn ich doch nur die Zeit zurückdrehen könnte. Das sagen wir immer, nicht?“

Miriam schüttelte den Kopf. „Eltern können ihre Kinder im selben Haus nach denselben Regeln erziehen, und dennoch wird aus jedem von ihnen etwas anderes. So ist es auch bei meinen eigenen beiden. Gretchen ruft ständig an. Jerrod hat angeblich nie Zeit. Gretchen ist voller Leben. Jerrod sitzt manchmal rum wie versteinert.“

Ich stützte meine Ellbogen auf den Tisch, den Teebecher in den Händen. „Als Matthew zehn war, bekam ich ein kleines Mädchen, und er war begeistert. Aber wir wussten, dass Anna sehr krank war, und die Ärzte machten uns keinerlei Hoffnung. Jeden Tag betete Matt für seine Schwester. Walt und ich versuchten ihm zu erklären, dass Menschen manchmal nicht gesund werden, aber er glaubte uns nicht. Er glaubte einfach nicht, dass Gott den Tod eines Kindes zulassen würde. Doch sie starb, und etwas in ihm veränderte sich.“

„War er zornig?“

„Ich glaube, es war kein Zorn, sondern Enttäuschung. Er war von Gott und von uns allen enttäuscht. Matthew war nie vorlaut, eher still, was in vielerlei Hinsicht schlimmer war. Als Walt krank wurde, fraß Matt alles in sich hinein. Walt war nur etwa sechs Wochen krank. Zwei Wochen bevor Walt starb, lief Matt fort. Die Vorstellung, dass sein Vater im Sterben lag, war einfach mehr, als er verkraften konnte. Natürlich war ich am Boden zerstört, und Walt sagte immer wieder: ‚Er wird zurückkommen, Gloria. Ich bete, dass Gott ihn nicht ruhen lässt, bevor er nicht nach Hause gekommen ist.‘“

Ich fuhr mit der Hand über das Notizbuch.

„Sogar als Walt starb, sagte er es noch einmal. Walt war der Starke. Das hier war Matthews Tagebuch. Es enthält Seiten über Seiten mit seinen Gedanken." Ich schlug eine auf und begann vorzulesen. „Heute haben irgendwelche Ärzte Dad gesagt, dass er krank ist. Er und Mom haben den ganzen Tag geschwiegen." Dann blätterte ich um. „Dad stirbt, und niemand tut etwas dagegen. Er und Mom sind heute zu irgendeinem Büro gefahren und haben sichergestellt, dass das Testament vorhanden und mit der Versicherung alles geregelt ist. In der Zwischenzeit, während sie die Formulare ausfüllen, rückt Dads Tod unaufhaltsam näher." Ich legte die Hand an meinen Mund und machte eine Pause. Miriam saß schweigend da. „Ich kann einfach nicht mehr zusehen, wie Dad stirbt. Wieso gerade er? Dad war immer gläubig, aber was hilft ihm das jetzt noch? Gott ist das völlig schnuppe. Ich bin mir nicht einmal sicher, ob Gott eine Ahnung hat, was hier unten passiert. Wenn er es wüsste, würde er viel öfter eingreifen." Damit schloss ich das Notizbuch und wischte mir über die Nase. „Das war sein letzter Eintrag."

„Es tut mir so leid, Gloria. Ich hatte keine Ahnung", flüsterte Miriam. „Und du hast seitdem nichts von ihm gehört?" Wie selbstverständlich sprach sie mich mit dem vertraulichen Du an.

„Nichts. Wir wissen nichts, aber wir beten weiterhin, dass irgendetwas zu ihm durchdringt."

Ich ging ins Wohnzimmer, nahm einen Umschlag von den Zweigen des Weihnachtsbaums und zeigte ihn Miriam. „Vor etwa zwanzig Jahren sind wir zu einem von Andrews Basketballspielen gegangen. Sie spielten gegen ein Team aus irgendeiner kleinen Stadt in Georgia, einer wirklich trostlosen Gegend, und die Jungen im Team spielten in Jeans und Shorts. Man merkte ihnen an, dass sie einfach nicht an sich glaubten, sie spielten erbärmlich an jenem Abend. Walt sagte: ‚Ich wünschte, ich könnte diesen Jungen Spielertrikots kaufen.' Ich erwiderte nichts, aber Weihnachten legte ich für Walt einen Umschlag auf die Zweige des Baumes. Es war sein Weihnachtsgeschenk und enthielt einen Zettel mit den Worten: ‚In Deinem Namen wurde den *Fighting Eagles* ein Geschenk übergeben: ein Satz Spielertrikots.' Jedes Jahr versuchten Walt und ich uns mit solchen Umschlägen auf den Zweigen zu übertreffen." Ich klopfte mit dem Umschlag auf meine Handfläche. „Das ist der letzte, den ich für ihn in die Zweige des Baumes gesteckt habe. Er enthält das Versprechen, dass ich nie aufhören werde, nach Matthew Ausschau zu halten."

„Ist das der Grund, warum du Erin angeboten hast, hierzubleiben, warum du Tüten mit schmutziger Kleidung durchwühlst und verdreckte Kühlschränke reinigst?“

Statt einer Antwort drehte ich den Umschlag in meiner Hand hin und her und fühlte, wie mir Tränen in die Augen stiegen.

Miriam stützte sich auf den Tisch und sah mich an. „Gloria, gibst du dir die Schuld daran, dass er fortgegangen ist?“

Ich starrte auf den abgegriffenen Umschlag. „Mein Vater pflegte zu sagen: ‚Finde heraus, was dir das Herz bricht, und mach dich an die Arbeit.‘ Allein die Vorstellung, Matthew würde draußen auf der Straße leben, brach mir das Herz, und jedes Mal wenn ich einen Obdachlosen sah, ging es mir wieder so, und ich spürte, dass ich etwas tun musste, um zu helfen. Ich habe immer gebetet, dass irgendjemand irgendwo dasselbe für Matt tun würde.“

„Er hat keine Ahnung, dass du hierhergezogen bist?“

„Nein“, bestätigte ich, ging ins Wohnzimmer hinüber und schob den Umschlag wieder zwischen die Zweige. „Aber unsere Verwandten wohnen noch in unserer ehemaligen Stadt. Er könnte mich finden.“ Dann setzte ich mich an den Küchentisch und faltete die Hände unter meinem Kinn. „Ich war so allein in Georgia. Unsere Kinder waren alle fort. Mein Mann war nicht mehr da, und die schreckliche Stille der Witwenschaft machte mich fast verrückt. Walt hatte einen Ruhesessel, einen hässlichen grün karierten, in dem er saß, solange er das noch konnte. Nachdem er gestorben war, setzte ich mich immer in jenen Sessel, um Walt nahe zu sein. Eines Tages rief mich Stephanie an und sagte, dass sie schwanger sei, und ich dachte: ‚Was um alles in der Welt tue ich hier eigentlich?‘ Ich wollte weiterhin glauben, dass Matthew irgendwann einfach durch die Tür hereinspaziert käme, aber das würde nicht geschehen, und ich wusste es. Darum verkaufte ich die meisten unserer Sachen oder schenkte sie den Kindern, schleppte den Sessel zu einer Hilfsorganisation und zog hierher, um in der Nähe meines ersten Enkels zu sein. Das Leben ist stärker als der Tod, und ich wusste, ich musste ins Leben zurückkehren. Enkel können uns wieder zur Vernunft bringen.“

Miriam griff nach ihrem Becher und hielt ihn vor sich hin. „Und das Licht über dem Eingang lässt du für Matthew an.“

Ich nickte.

„Ich hab mich so dumm verhalten, nicht?“

„Du konntest es nicht wissen.“

„Anscheinend weiß ich überhaupt nichts. Ich war wohl nicht sehr nett, Gloria.“

„Das war ich auch nicht, und es tut mir leid. Ich habe sogar zu den Leuten gesagt, dein britischer Akzent sei so echt wie deine Haarfarbe. Offenbar kann ich einem Fremden auf der Straße helfen, aber nicht dem Fremden neben mir." Seufzend lehnte ich mich in meinem Stuhl zurück. Um das Thema zu wechseln, fragte ich: „Würdest du gern wieder heiraten?"

Miriam warf den Kopf zurück und lachte. „O mein Gott, nein! Zwei Ehemänner in einem Leben sind genug. Trotzdem fehlt mir die Gemeinschaft. Wenn ich Lynn länger bei mir hätte haben können, wäre das wunderbar gewesen. Mit ihm hat die Ehe funktioniert. Wenn ich ihm nur mit zwanzig statt mit fünfunddreißig hätte begegnen können!"

„Wie lange, sagtest du, warst du verheiratet?", fragte ich.

„Fünfundzwanzig Jahre."

Ich überlegte einen Moment lang und blickte auf den Tisch. „Also bist du mit sechzig Witwe geworden?"

„Ja." Sie fuhr hoch. „Ich meine, nein! Als ich Lynn geheiratet habe, war ich …", man sah ihr an, wie es in ihrem Kopf arbeitete, „… Anfang zwanzig!"

Jetzt legte ich meine Stirn in meine Hände, aber meine Schultern begannen zu beben.

Miriam klopfte energisch mit dem Finger auf den Tisch. „Was ist los mit dir, Gloria? Warum …?" Sie warf die Arme in die Luft. „Ach, vergiss es einfach. Aber ich weigere mich, Mitglied der Amerikanischen Vereinigung der Ruheständler zu werden!"

Lachend schlug ich auf den Tisch. „Nutzt du nicht den Seniorentag im Wilson's?"

„Nie!", erwiderte sie. „Mittwochs gehe ich noch nicht einmal in die Stadt, weil die Leute mich dann sehen und denken könnten, ich sei alt."

Schnell richtete ich mich auf. „Mir geht es genauso. Tatsächlich fühle ich mich niemals alt – bis ich raus in die Öffentlichkeit gehe."

Miriam kicherte und krümmte sich vor Lachen. „Hast du dich je kopfüber in einem Spiegel betrachtet?"

„Was?" Von so etwas hatte ich noch nie gehört.

Miriam lief los, um den Toaster zu holen, und hielt ihn unter mich. Ich konzentrierte mich auf mein Spiegelbild und schrie auf. „Was ist das? Meine Güte, ich sehe aus wie eine Außerirdische!" Bestürzt rieb ich mir die Augen und löschte das Bild aus meinem Gedächtnis. „Jetzt habe ich mich glatt vor mir selbst erschreckt!"

Mit einem dumpfen Schlag stellte sie den Toaster ab, und ihr rosa Chiffonmorgenmantel flatterte um sie herum, während sie in der Küche auf und ab lief und mit den Armen ruderte. „Niemand warnt uns vor dem Alter“, rief sie. „Das Alter schleicht sich mir nichts, dir nichts an dich heran und hinterlässt Spuren auf deinem Gesicht. Es ist entsetzlich gemein und rücksichtslos. Plötzlich wird dein Körper schlaff, man wird fast blind wie ein Maulwurf und man verrenkt sich den Rücken, wenn man ein Buch aufhebt!“

„Vor ein paar Tagen bin ich in der Stadt hingefallen“, erzählte ich. „Ich habe einen jungen Mann am Arm gepackt, von dem ich dachte, es sei Matt, und dann sind meine Füße einfach unter mir weggerutscht. Danach war ich so durcheinander, dass ich vergaß, ins Wilson’s zu gehen; dabei war das der Grund, weshalb ich überhaupt in die Stadt gefahren war! Als ich jung war, habe ich mir immer vorgestellt, auch in fortgeschrittenem Alter noch fit und schlank zu sein. Ich war mir sicher, mit Läufern mithalten zu können, die halb so alt wären wie ich. Meine Güte, wem habe ich da bloß was vorgemacht?“

Nachdenklich schob Miriam ihre Serviette hin und her. „Als ich noch jünger war und ständig am Theater arbeitete, dachte ich, dass es für mich immer Rollen geben würde. Wirklich dynamische Rollen, die starke, lebendige Frauen verkörpern. Und solche Rollen gibt es da draußen auch – für jüngere Schauspielerinnen. Wenn du ein bestimmtes Alter erreicht hast, bist du nicht mehr stark oder dynamisch. Du wirst dazu verdammt, jemandes Großmutter oder seine wacklige alte Nachbarin zu spielen. Und ich finde, das stinkt zum Himmel.“ Sie schlug mit der Faust auf den Tisch. „Alter ist doch bloß eine Zahl!“

„Jawohl! Ich bin sechzig und stolz darauf!“, rief ich.

Sie sah mich bestürzt an. „Du meinst, ich bin tatsächlich *älter* als du?“

Schnell drückte ich ihre Hand. „Es kann unser Geheimnis bleiben.“

Miriam seufzte. „Ich fühle mich immer noch wie ein Teenager.“

Lächelnd erwiderte ich: „Ich auch.“

Sie sprang auf und begann, in der Küche auf und ab zu gehen. „Ich weigere mich, an eine Altersmentalität zu glauben.“ Sie streckte einen Finger nach dem anderen aus und kreuzte jeden vor mir, während sie ihre Liste herunterrasselte. „Ich werde *nicht* zu diesen albernen Kaffeekränzchen für Menschen ‚in den besten Jahren‘ gehen. *Immer* werde ich den *vollen* Preis für eine Kinokarte bezahlen, und *nie* werde ich im Restaurant einen Seniorenteller bestellen.“

Als ich meine Hand hob, schlug Miriam dagegen; dann hielten wir unsere Hände in Siegespose hoch.

Nach der Arbeit saß Chaz in der Mitte des Platzes auf einer Bank. Der Wind pfiff ihm eisig um die Ohren. So musste es sich für Mike anfühlen, nur dass es hundertmal schlimmer war, weil er die ganze Nacht draußen blieb. Chaz zog seinen Schal hoch. Ein Auto fuhr um den Marktplatz, und er fragte sich, wer zu dieser ungewöhnlichen Stunde noch unterwegs sein mochte. Dann kam es zu ihm heran, und das Fenster auf der Beifahrerseite glitt nach unten.

„Sie wohnen in den Lexington Apartments, stimmt's?"

Chaz beugte sich vor und sah eine ältere Frau hinter dem Steuer.

„Ja."

„Ich habe Sie schon ein paarmal gesehen, wie Sie in die Stadt gegangen und wieder zurückgekommen sind", erklärte sie. „Wenn Sie möchten, kann ich Sie nach Hause fahren."

Die Frau wirkte harmlos und er fror. „Klar." Er öffnete die Tür und glitt hinein. „Ich bin es nicht gewohnt, um diese Zeit Leute draußen zu treffen."

Ihr Lachen klang rau und müde. „Eigentlich hätte ich schon vor Stunden zu Hause sein sollen. Ich habe meine Tochter und ihre Familie besucht und saß dann drei Stunden lang wegen der Aufräumarbeiten nach einem Verkehrsunfall auf der Autobahn fest."

Die Frau fuhr an dem Haus mit der strahlenden Weihnachtsbeleuchtung vorbei, und Chaz zeigte darauf. „Würden Sie diese Lichter in Ihrer Wohnung nicht auch verrückt machen?"

Sie drehte sich um und sah die Lichter an. „Eigentlich nicht."

„Jemand hat mir erzählt, dass sie das ganze Jahr über an sind."

Sie fuhr auf den Parkplatz, und unter den Rädern knirschte der Schnee. „Ja, das sind sie."

Chaz schüttelte den Kopf. „Offenbar gibt es in jeder Nachbarschaft solche Leute." Er zeigte auf sein Gebäude und sie fuhr hin.

„Sie haben die Lichter im vergangenen Jahr für ihren Sohn angebracht", erläuterte sie und hielt vor dem Gebäude an. „Er war in Übersee beim Militär und wollte im November für ein paar Wochen heimkommen. Sie montierten die Lichter, schmückten den Baum und kauften Geschenke für ein vorzeitiges Weihnachtsfest, aber er ist nie gekommen. *Vermisst im Kampf.* Jetzt lassen sie sie dran und hoffen, wissen Sie."

Es gab nichts, was danach noch gesagt werden konnte. Also dankte Chaz der Frau fürs Mitnehmen und schloss die Tür. Dann rannte er die Treppen zu seinem Apartment hoch. Er bemerkte, dass die Frau nicht vor einem der Apartmenthäuser parkte, sondern über die Straße und in die Auffahrt des Hauses mit den Weihnachtslichtern fuhr.

SECHS

Ich versuchte den ganzen Morgen hindurch, Carla in ihrer Wohnung telefonisch zu erreichen. Donovan war keine Last, aber ich musste ein paar Sachen zu einigen Familien bringen und fragte mich, wann Carla kommen und ihn abholen würde. Um die Zeit zu überbrücken, buken wir Plätzchen. Donovan saß auf der Küchenanrichte und rührte schwungvoll den Teig.

„Vielleicht kann ich Spaz Plätzchen mitbringen“, meinte er.

„Wer ist Spaz?“, fragte ich und schaltete den Backofen ein.

„Er arbeitet mit Mom und passt auf mich auf. Wir spielen oft *Spider-Man*. Ich glaube, die hier würde er sehr gern essen.“

„Gut, dann nimm ihm ein paar mit.“

Miriam kam durch die Eingangstür herein. Nachdem sie den Morgen über die Arbeiter in ihrem Haus überwacht hatte, sah sie ganz mitgenommen aus.

„Dein Haar ist völlig durcheinander“, bemerkte Donovan.

„Danke“, gab sie zurück und hängte ihren Mantel auf.

„Es sieht aus, als ob eine Katze darin gespielt hätte.“

Ich lachte. Seit ihrem Einzug bei mir hatte Miriams gepflegte Frisur zweifellos gelitten. Meiner Meinung nach lag der Grund darin, dass sie sich inzwischen zu Hause fühlte und sich etwas legerer geben konnte. Doch sie behauptete, es läge daran, dass die meisten ihrer Pflegeprodukte durch die Überschwemmung in ihrem Badezimmer unbrauchbar geworden wären. Natürlich machte ich ihr das Angebot, meine Sachen zu benutzen, aber sie entgegnete, sie verwende keine Ware aus Supermärkten, was auch immer das heißen mochte.

Miriam tauchte ihren Finger in den Teig und tupfte einen Klecks auf Donovans Nasenspitze. „Wie lange wird dieser Knabe bei uns bleiben?“

„Seine Mutter holt ihn heute wieder zu sich nach Hause“, antwortete ich. „Aber ich muss einigen Leuten Sachen bringen und ein paar Tüten mit Mützen und Handschuhen im Wilson’s abholen. Willst du lieber mit Donovan hierbleiben oder die Besorgungen für mich machen?“

Miriam beobachtete, wie Donovan den Teig auf der Arbeitsplatte verschmierte und ihn dann an seiner Hose abwischte. „Ich glaube, ich entscheide mich für die Besorgungsfahrten.“

CHAZ wurde zwei Stunden früher zur Arbeit bestellt. Von Tag zu Tag kamen mehr und mehr Kunden, was für die Mitarbeiter bedeutete, dass sie Überstunden machen mussten. Er stampfte sich den Schneematsch von seinen Schuhen und hielt einer elegant aussehenden älteren Frau die Tür auf. Sie dankte ihm und ging zu Marshall Wilson, der an der Schmucktheke stand.

„Marshall, ich bin hier, um die Mützen und Handschuhe für Gloria abzuholen“, erklärte Miriam.

„Sie hat angekündigt, dass Sie kommen würden. Die Sachen stehen schon bereit. Chaz!“

Chaz blieb oben auf der Treppe stehen und drehte sich zu Mr Wilson um.

„Wir haben beim Kundenservice ein paar Tüten für Miss Glory bereitgestellt. Würden Sie dabei behilflich sein, sie zu holen?“

Chaz musterte Miriam. Diese Frau benahm sich überhaupt nicht wie jemand, der sich sozial engagierte. Sie wirkte irgendwie arrogant. „Ist Donovan in Ihrem Haus? Er hat von einer Miss Glory gesprochen.“

Miriam seufzte laut. „Ja! Kennen Sie ihn?“

Chaz hob die Tüten hoch, auf denen Miss Glorys Name stand. „Er kommt oft zu mir rein, wenn seine Mom arbeitet.“

„Er hält mich für verrückt“, berichtete sie. „Heute Morgen sagte er zu mir, mein Haar sähe aus, als hätte eine Katze darin gespielt.“

Chaz führte Miriam durch das Kaufhaus. „Das klingt ganz nach ihm.“

„Sind Sie neu hier?“, fragte sie.

Er hielt ihr die Eingangstür auf. „Ja.“

„Ich glaube, es wird Ihnen hier gefallen.“

Chaz war es immer zuwider, wenn ihm jemand erzählte, etwas werde ihm gefallen. Er stellte die Tüten in den Kofferraum von Miriams Wagen und schloss die Klappe.

„Herzlichen Dank …“, sie blickte auf sein Namensschild, „… Chad.“

Die Leute sprachen seinen Namen immer falsch aus, aber das war Chaz gleichgültig. Er ging über den Parkplatz und bemerkte, dass die hübsche Blonde, die er einige Tage zuvor im Wilson's gesehen hatte, aus der Gasse herausfuhr, die zwischen der Anwaltskanzlei und dem Kaufhaus lag. Sie bemerkte ihn nicht, aber er blieb stehen und sah ihr nach, als sie an ihm vorbeifuhr, bevor er ins Kaufhaus ging und sich einstempelte.

DALTON UND HEDDY luden die Weihnachtspakete hinten in ihren Geländewagen, und ich schloss den Kofferraum meines Wagens. Donovan, Erin und Miriam stiegen bei mir ein. Ich besprach noch einmal mit Dalton die Belieferung der auf unseren Listen stehenden Wohnungen und Häuser. Danach wollten wir uns vor der Kirche auf dem Marktplatz treffen. Wenn die Temperatur unter den Gefrierpunkt sank, öffnete das Kirchenpersonal das Kellergeschoss und stellte dort Feldbetten auf, in denen die Obdachlosen schlafen konnten. Sie öffneten um sieben Uhr, dann wollte ich bereit sein.

Wir waren kurz vor sieben da. Ich stieg aus, reichte Erin und Donovan eine Tüte mit Päckchen und wartete auf Miriam.

„Wirklich, Gloria!“, rief sie vom Rücksitz aus. „Ich habe das hier den ganzen Tag gemacht, und ich bin nicht dafür geschaffen.“

„Für was geschaffen?“, fragte ich ungeduldig. „Anderen zu helfen? Los, beweg dich! Ich friere hier draußen.“

Hastig stieg Miriam aus, und ich reichte ihr eine Tüte. „Die roten Päckchen sind für die Frauen, die grünen für die Männer.“ Derweil bemerkte ich eine Frau, die auf einer Bank auf dem Marktplatz saß. „Oh, da ist Janet. Sie geht erst am späten Abend rein. Janet ist nicht gern mit anderen Menschen zusammen. Bring ihr ein Päckchen, ich treffe dich dann drinnen.“

„Ich will da nicht rübergehen und einer Frau etwas geben, die nicht gern mit anderen Menschen zusammen ist.“

Entschlossen klappte ich den Kofferraum zu. „Sie ist nicht gern mit *vielen* Menschen zusammen. Mit *dir* wird sie gut auskommen.“ Dann bedeutete ich ihr mit einer Handbewegung, sich in Bewegung zu setzen, aber Miriam stand nur still da und musterte Janet. „Denk auch daran, ihr frohe Weihnachten zu wünschen!“, rief ich ihr noch über die Schulter zu.

Miriam grummelte vor sich hin und ging los. Prompt trat sie in eine Pfütze und stöhnte kopfschüttelnd auf. „Ich hasse es, Leuten zu helfen“, murmelte sie. Dann schüttelte sie den Schmutz von ihrem Schuh und überquerte die Straße. Janet stand auf und lief über den Platz. Miriam eilte hinter ihr her. Bevor Janet verschwinden konnte, rief sie: „Hallo, Sie da!“Janet drehte sich um, und Miriam schwenkte das Päckchen durch die Luft. „Für Sie.“

Janet nahm die Schachtel, sagte aber nichts.

„Ein paar Sachen … von Gloria … ich meine, von Miss Glory … für Sie.“ Miriam bemerkte, wie unbeholfen sie klang. „Und frohe Weihnachten.“

Miriam blickte auf und sah, dass Chaz sie vom Eingang des Wilson’s aus beobachtete. Sie zuckte die Schultern, hievte die Tüte auf ihre Hüfte und ging zur Kirche.

CARLA erwachte an diesem Abend um sieben Uhr. Ihr tat alles weh, und sie stöhnte auf, als sie sich auf die Bettkante setzte. Tränen traten ihr in die Augen. Es gab keinen Ausweg. Sie konnte die Polizei nicht rufen und Thomas anzeigen. Wenn sie das tat, ging sie damit das Risiko ein, dass das

Jugendamt von Thomas' Gewalttätigkeit erfuhr und man Donovan wieder in ein Heim steckte. Sie musste sich eben einen Weg überlegen, Donovan von Thomas fernzuhalten, bis sie eine Möglichkeit fand, Thomas ein für alle Mal loszuwerden. Carla stand auf, doch der Schmerz in ihren Rippen raubte ihr den Atem und zwang sie, sich wieder auf das Bett fallen zu lassen.

Dann riss sie die Schlafzimmertür auf und lauschte, ob Thomas in der Wohnung war. Offensichtlich war er gegangen. Langsam schlich sie bis zur Eingangstür und schob den Riegel und die Kette vor. Dann ging sie unter die Dusche. Ihr ganzes Leben lang hatte sie Typen angezogen, die nichts taugten, damit hatte ihre Mutter Recht. Das einzige männliche Wesen, das treu zu ihr stand und sie wirklich liebte, war Donovan, und im Moment war sie in Gefahr, ihn zu verlieren.

Als sie gegen acht Uhr die Eingangstür öffnete, stieß sie mit Thomas zusammen. Er zog sie dicht an sich heran, und sie schrie vor Schmerz auf.

„Geh wieder rein!", befahl er und packte sie am Arm.

Sie spürte, wie Panik in ihr aufstieg. „Ich muss Donovan abholen und ihn zu einem anderen Babysitter bringen, bevor ich arbeiten gehe."

„Zum Teufel mit dem Kind!", fauchte Thomas. „Ihm geht's gut." Er hatte getrunken; sie schmeckte es, als er seinen Mund auf den ihren presste, und sie zuckte zusammen, als er sie festhielt. Doch sie schaffte es, ihn wegzustoßen, und stolperte hinaus zum Parkplatz.

UM NEUN UHR abends schlüpfte Chaz in das Büro des Sicherheitsdienstes und rief die Auskunft an, um nach der Telefonnummer der Polizei in Kentucky zu fragen. Diesen Staat hatte er aufs Geratewohl ausgewählt, weil Mike einen Südstaatenakzent hatte. Chaz wusste nicht genau, mit wem er sprechen sollte, dachte sich aber, dass vielleicht jemand die Dateien mit vermissten Personen durchgehen und prüfen konnte, ob Mike darunter war. Letztlich landete er jedoch lediglich bei einem Anrufbeantworter.

„Es ist auch idiotisch, so spät am Abend anzurufen", sagte er laut und legte auf.

Donovan kam in das Büro gerannt und sprang hoch, um Chaz' Hals zu umklammern. Carla stand im Türrahmen, und Chaz winkte ihr zu. Sie huschte aus der Tür, und er öffnete eine Tüte, damit sich Donovan das Sandwich herausnehmen konnte, das er ihm mitgebracht hatte.

„Du", sagte Chaz, „ich habe heute deine Freundin Miss Glory kennen gelernt."

„Ich habe bei ihr übernachtet."

„Ja, ich weiß. Sie scheint nett zu sein."

„Sie *ist* nett", versicherte Donovan. „Mom hat gesagt, dass ich ihre Adresse auswendig wissen muss, falls ich mal verloren gehe, also hab ich mir 814 Maple gemerkt und zwei Tüten Bonbons dafür bekommen."

„Gute Idee", meinte Chaz.

„Miss Glory und ich haben Plätzchen gebacken, und sie hat mir ein paar gegeben, damit ich sie dir bringe. Aber ich hab sie alle aufgegessen."

„Danke! Sie hat mir erzählt, dass du zu ihr gesagt hast, sie würde aussehen, als ob eine Katze in ihrem Haar gespielt hätte."

Donovan biss in das Sandwich. „Ich hab das nicht zu *ihr* gesagt, sondern zu der anderen Frau."

„Sie dachte, du hättest es zu ihr gesagt", erwiderte Chaz. „Trotzdem ist es sehr komisch."

Donovan lachte in sich hinein, und dabei prustete er so, dass Sandwichkrümel aus seinem Mund flogen. Chaz sprang hoch und tat, als sei er angeekelt, worauf Donovan noch heftiger lachen musste. Chaz' Nachtschicht schien schneller vorbeizugehen, wenn Donovan bei ihm war.

Um Mitternacht stieß Erin die Tür meines Schlafzimmers auf. „Gloria! Ich glaube, meine Fruchtblase ist gerade geplatzt."

Ich sprang aus dem Bett, und Whiskers schoss zur Tür hinaus. „Steig ins Auto!" Ich tastete nach dem Lichtschalter und zog ein Sweatshirt, das am Fußende meines Bettes lag, über mein Nachthemd. „Nein! Zieh dich *erst* an, und steig *dann* ins Auto. Ich hätte dich nicht beim Ausliefern der Päckchen helfen lassen sollen. Das war zu viel für dich." Schnell zog ich eine Trainingshose aus einer Schublade. „Wo sind meine Schlüssel?", rief ich und streifte die Trainingshose über. Hektisch durchsuchte ich die Taschen. Dann fiel es mir wieder ein: *Deine Schlüssel sind in deiner Handtasche, du Dummkopf!* Ich rannte in den Flur und griff nach Erins Arm. „Es ist zu früh."

„Ich weiß, dass es früh ist", sagte sie. „Es tut mir leid."

„Nein, ich meine das Baby. Das Baby kommt früh." Miriam kam herbei und blinzelte die Treppe hinauf, als ich Erin nach unten führte. „Sie bekommt das Baby!" Ich wedelte mit dem Arm und schrie: „Los, zieh deinen Mantel an!", und Miriam rannte den Flur entlang.

Erin stöhnte. „Oh, es tut weh!"

„Ich könnte zu dir sagen, dass es besser wird, aber dann würde ich lügen." Darauf stöhnte Erin noch lauter, und ich rief über ihren Kopf hinweg: „Miriam!" Erin beugte sich vor und hielt sich den Bauch.

„Wo sind meine Grünen?“, fragte Miriam, die ins Wohnzimmer gerannt kam und sich suchend umsah.

„Wo sind deine *was*?“

„Meine Gummistiefel“, erklärte Miriam. Dann schob sie ihren Mantel hoch und zog ihre grünen Stiefel über, die im Flur gestanden hatten. „So kann ich nicht in die Öffentlichkeit gehen“, meinte sie und starrte auf ihre Schlafanzughose, die unter dem Mantel hervorschaute. „Es ist nicht Halloween.“

Ich hielt Erins Arm und führte sie durch die Haustür. „Halt den Mund, Miriam!“, zischte ich.

„Was hast du gesagt?“

„Sie hat gesagt, halt den Mund“, sagte Erin und ging breitbeinig die Treppe hinunter.

Miriam zog ihren Mantel eng um sich und lief neben uns her. Gemeinsam halfen wir Erin auf den Rücksitz und ich suchte nach meinen Schlüsseln.

„Wo sind die Schlüssel? Gerade hatte ich sie doch noch.“

Miriam suchte die Auffahrt ab. Dann drehte sie sich wieder zu mir um und kreischte auf. „Sie sind in deiner Hand!“

Oh, du bist wirklich ein Dummkopf, Gloria! Offensichtlich taugte ich nicht allzu viel beim Bewältigen einer Krise.

Miriam rannte zur Beifahrerseite und sprang in den Wagen. „Fahr links aus der Auffahrt, die Baxter ist gesperrt.“

Ich trat kräftig auf das Gaspedal, während ich nach meinem Sicherheitsgurt tastete. „Alle anschnallen!“ Ich drehte mich zu Erin. „Du auch.“

„Ich kann nicht“, widersprach sie.

„Miriam! Schnall sie an.“

Schnell löste Miriam ihren Gurt, reckte sich über die Rückenlehne ihres Sitzes und griff nach Erins Gurt. „Mein Mantel hängt fest“, stellte sie fest und riss daran, um ihn zu befreien. Ich tastete durch die Stofffalten, doch Miriam schlug meine Hand weg. „Nimm die Pfoten weg!“

„Er ist in der Tür eingeklemmt!“, rief ich und bog in die Post Avenue.

Miriam öffnete ihre Tür einen Spaltbreit, zog an dem Mantel und schloss sie dann wieder. Dann kniete sie sich auf ihren Sitz, reckte sich über die Rückenlehne und legte Erin den Sicherheitsgurt um. Schließlich schnallte auch sie sich wieder an und blickte gerade rechtzeitig auf, um einen Schrei ausstoßen zu können, als ich beim Einbiegen in die Grand auf einen Lieferwagen zuraste.

Miriam stöhnte: „Ich glaube, ich muss mich übergeben.“

„Sei still, Miriam“, entgegnete ich scharf, woraufhin sie verärgert die Arme verschränkte.

Endlich bog ich in die Auffahrt des Krankenhauses ein und stellte hastig das Auto ab. Wir wuchteten Erin aus dem Rücksitz, legten je einen ihrer Arme über unsere Schultern und liefen zur Tür. „Wir bekommen ein Baby!", riefen wir, als eine Frau in OP-Bekleidung mit einem Rollstuhl auf uns zurannte.

Die Frau half Erin in den Stuhl. „Und Sie sind die Großmütter! Werden Sie bei der Geburt dabei sein?"

„Nein!" Unsere Antwort schallte durch den Flur, während die Schwester Erin zum Fahrstuhl rollte.

„Ja!", rief Erin zur gleichen Zeit, aber die Türen des Fahrstuhls schlossen sich bereits hinter ihr.

Ich wühlte in meiner Handtasche und schaufelte nach und nach ihren Inhalt zutage.

„Was tust du da?", fragte Miriam.

Verärgert grub ich mich bis zum Boden der Handtasche durch. Ganz sicher hatte ich das, wonach ich suchte, nicht zu Hause gelassen. Ich wäre ungeheuer wütend auf mich gewesen, wenn ich etwas so Dummes getan hätte. In meiner Verzweiflung leerte ich die gesamte Handtasche auf dem Boden aus und stocherte in dem Haufen herum.

„Ah, ha!", rief ich und hielt einen Zettel mit einer Telefonnummer hoch.

UM HALB EINS nachts traf Chaz Carla beim Putzen des Bereichs um die Werkstatt des Weihnachtsmanns an. Sie sah noch schlechter aus als am Abend zuvor.

„Er schläft!", rief Chaz über das Brummen des Staubsaugers hinweg. Sie nickte, stellte aber den Staubsauger nicht ab. Was auch immer sie bedrückte, sie wollte es für sich behalten, darum ging er weiter.

„Könnte Donovan heute Nacht mit zu Ihnen nach Hause gehen?"

Chaz drehte sich um und sah Carla an. „Warum?"

„Weil ich krank bin", erklärte sie und schaltete den Staubsauger aus.

„Was ist los?"

Sie hob abwehrend die Hände. „Ich bin im Moment zu krank, um für ihn sorgen zu können. Deshalb brauche ich nur für heute Nacht jemanden, der auf ihn aufpasst, das ist alles." Sie bedeutete ihm weiterzugehen und schaltete den Staubsauger wieder an.

Chaz fasste sie beim Arm und schaltete den Staubsauger wieder aus. „Warten Sie einen Augenblick! Behalte ich ihn morgen den ganzen Tag, oder kommen Sie und …"

„Morgen hole ich ihn ab. Nur heute Nacht muss ich ihn von der Wohnung fernhalten." Sie schien von Panik erfüllt zu sein, aber ihre Stimme wurde ruhig. „Ich will nicht, dass er auch krank wird. Wenn ich mich morgen noch nicht besser fühle, werde ich ihn zu Miss Glory bringen."

Chaz erklärte sich einverstanden, Donovan mit zu sich nach Hause zu nehmen, aber er fragte sich, auf was er sich da nur eingelassen hatte. Bisher hatte er noch nicht einmal eine Katze versorgt.

Am Ende der Schicht trug Chaz Donovan in sein Apartment und legte ihn auf sein Bett. Der Junge wachte auf und rieb sich die Augen im Glanz der Weihnachtslichter, die von der gegenüberliegenden Straßenseite herüberstrahlten. „Bin ich bei dir zu Hause?", fragte er.

„Ja", flüsterte Chaz und setzte sich neben ihn.

„Du hast gar keine Möbel."

„Ich weiß." Chaz schloss Donovans Augen, und Donovan warf einen Arm über Chaz' Bein. Chaz versuchte aufzustehen; er musste an den Kühlschrank.

„Leg dich hin", befahl Donovan, schon halb eingeschlafen.

Chaz schob Donovans Arm beiseite und zog seine Schuhe aus. „Ich bin gleich wieder da."

„Es ist für *jeden* Zeit zu schlafen", beharrte Donovan. „Selbst *ich* weiß das." Chaz setzte sich auf das Bett und hoffte, dass Donovan wieder einnickte. Doch der legte seine Hand in die von Chaz und zog sie zu sich. „Leg dich hin und schlaf." Also legte Chaz sich neben Donovan hin und wartete darauf, dass er einschlief. Donovan legte seine Hand auf Chaz' Brust und tätschelte sie. „Ich hab dich lieb, Spaz."

Chaz antwortete nichts darauf, er konnte es nicht. Als er sich sicher war, dass Donovan schlief, schob er dessen Hand weg und glitt vom Bett auf den Boden, wo er seinen Kopf in den Händen vergrub. Tränen liefen ihm über die Wangen, und er wischte sich mit dem Ärmel seiner Jacke über das Gesicht. Einst hatte er seine Mutter zu einer Freundin sagen hören, die Dürre sei unmittelbar vor dem Regen am schlimmsten. Chaz hatte jahrelang unter dürreähnlichen Bedingungen gelebt, weil sein Leben bereits vor einer Ewigkeit ausgetrocknet war. Es gab nichts wirklich Lebendiges mehr in ihm. Als Kind hatte er so viele Pläne und Visionen gehabt. Was war nur aus ihnen geworden? Als Junge hatte er sich nie vorgestellt, dass er sich mehr schlecht als recht durchschlagen und das verdiente Geld entweder beim Spiel verlieren oder vertrinken würde. Seit Langem hatte er zu träumen und zu planen aufgehört, weil das Einzige, was er sehen konnte, die klaffende Wunde in seinem Leben war, die ihn Tag für Tag quälte. Vielleicht ist es das, was Wahrheit tut, sie plagt uns so lange, bis wir entsprechend handeln. Jahrelang hatte er die Wahrheit beiseitegeschoben und es vorgezogen, auf jede ihm mögliche Weise mit dem Schmerz fertig zu werden. Aber jetzt konnte er es nicht mehr länger.

Lass es regnen, murmelte er in seine Hände. *Bitte, lass es regnen.*

SIEBEN

Miriam und ich drückten unsere Nasen an das Fenster des Säuglingszimmers und lächelten. Erins Mutter, Lois, war eine Stunde nach meinem Anruf angekommen. Sie war bei der Geburt ihres ersten Enkels dabei gewesen und hatte während der ganzen Zeit Erins Hand gehalten. Miriam und ich hatten uns aus dem Raum zurückgezogen, als Lois ankam, waren in dem Wartezimmer auf und ab gegangen, hatten schlechten Kaffee geschlürft und uns ein grässliches Fernsehprogramm angesehen.

Als der Arzt uns um acht Uhr morgens die Botschaft übermittelte, jubelten wir und fielen ihm um den Hals, wie es jede Großmutter tun würde. Dann kämpften wir miteinander darum, die Erste zu sein, die den kleinen Gabriel halten durfte, als wir ihn in Erins Armen sahen. Ich gewann.

DONOVAN rannte auf mein Auto zu, als ich in die Auffahrt fuhr. „*Señora* Kuckuck!“

Ich legte meine Arme um ihn und sah Carla an. „Was ist los?“

Carla musterte Miriam und blickte dann zu Boden. Miriam verstand den Hinweis und führte Donovan ins Haus.

Als ich mit Carla allein in der Auffahrt stand, versuchte ich in ihrem Gesicht zu lesen, was los war. „Ist er wieder da?“

Carla schüttelte den Kopf und wickelte den Schal enger um ihren Hals.

„Schwindeln Sie mich an?“

„Nein“, erwiderte sie finster.

„Ich glaube Ihnen nicht“, entgegnete ich. Wieder und wieder hatte ich erlebt, wie verprügelte Frauen abstritten, misshandelt worden zu sein, obwohl schwarzblaue Flecken in ihren Gesichtern eine deutlich andere Sprache sprachen.

Carla beobachtete Donovan durch das Fenster. „Er ist nicht wieder da, Miss Glory. Ich bin krank.“

Jetzt drehte ich Carlas Gesicht zu mir hin, damit ich sie ansehen konnte. „Was fehlt Ihnen? Müssen Sie zum Arzt?“

„Nein, ich glaube nicht“, erwiderte sie. „Es ist eine Grippe. Die geht von selbst wieder weg, wissen Sie.“ Sie verschränkte vor Kälte zitternd die Arme. „Miss Glory, könnten Sie bitte ein paar Tage auf ihn aufpassen, bis es mir besser geht?“

Carla biss sich auf die Lippe, während sie auf meine Antwort wartete.

Mir war unbehaglich, und ich wusste nicht, ob ich ihr glauben konnte. „Sind Sie sicher, dass Thomas nicht da ist?“

„Ja, Miss Glory. Ich habe ihn nicht wiedergesehen.“

„Werden Sie nach Hause fahren und sich um sich kümmern?“

Sie nickte, und ich sah zu, wie sie hinter das Steuer ihres Autos glitt und rückwärts aus der Auffahrt fuhr.

CARLA erschien zwei Abende in Folge nicht zur Arbeit. Chaz fragte Larry, ob Carla irgendjemanden angerufen habe.

„Hab nichts von ihr gehört“, erwiderte Larry. „Möglicherweise ist sie eingeschneit wie die halbe Stadt.“

Innerhalb von zwei Tagen war ein halber Meter Schnee gefallen, und Mr Wilson überlegte, ob er das Kaufhaus überhaupt öffnen sollte. Mehrere Mitarbeiter konnten wegen des Wetters nicht kommen, und Carla gehörte möglicherweise einfach dazu.

Chaz wartete eine Stunde, dann ging er ins Büro des Sicherheitsdienstes und wählte ihre Nummer. Es meldete sich niemand. Eine Stunde später versuchte er es wieder, aber noch immer hob sie nicht ab.

Wegen des Schnees schloss das Kaufhaus schon früh, und Chaz konnte seine Schicht drei Stunden früher als sonst beenden. Larry vom Hausmeisterteam fuhr ihn zu seinem Apartment. Die Straßen waren leer. Die einzige Ausnahme bildete ein Schneepflug, der sich bemühte, schneller als der fallende Schnee zu sein – eine unmögliche Aufgabe angesichts der sich auf den Dächern und Autos türmenden Schneemassen.

„Ich wünsche Ihnen ein wunderschönes Weihnachtsfest“, sagte Larry.

„Das wünsche ich Ihnen auch.“

„Arbeiten Sie am Tag danach?“, fragte Larry.

Chaz nickte.

„Dann sollten Sie dafür sorgen, dass jemand Sie abholt. Sie werden bei dem Wetter wohl kaum draußen herumstapfen wollen.“

Chaz schloss die Autotür, blieb auf dem Parkplatz stehen und schaute zu seinem Apartment hoch. Er konnte jetzt hineingehen und trinken, bis er einschlief, oder die drei Blöcke zu Carlas Wohnung laufen und nachsehen, ob sie da war. Schnell rannte er die Treppen zu seinem Apartment hinauf und steckte den Schlüssel ins Schloss. Er war noch nie gut darin gewesen, jene leise innere Stimme zu interpretieren, weil er nie wusste, ob es einfach Gedanken waren, die ihm durch den Kopf geisterten, oder ob da wirklich etwas in seinem Innersten war, das ihn unruhig sein ließ. Der Wind heulte durch den überdachten Gang, während er stillstand und überlegte.

„Verdammt", murmelte er dann und riss den Schlüssel aus dem Schloss.

Carlas Wohnung lag im Erdgeschoss. Chaz sah ein Licht brennen und beeilte sich, aus der Kälte zu kommen. Er klopfte, aber sie öffnete nicht. Dann klopfte er erneut und wartete. Die Vorhänge waren vor das Fenster neben der Tür gezogen, und er spähte durch die Schlitze, ob er sie oder Donovan irgendwo entdecken konnte. Im Wohnzimmer brannte Licht, und soweit er es sehen konnte, herrschte ein großes Durcheinander. Chaz ging um das Haus herum und versuchte, durch die Gitterstäbe des Geländers zu blicken, das die Veranda umgab. Doch zwischen den hölzernen Latten hatte sich Schnee angesammelt, der ihm den Blick versperrte. Schließlich rüttelte er so lange am Griff des Gatters, bis der Riegel nachgab.

Von der Veranda aus hatte man denselben Blick auf das Wohnzimmer, aber neben der Verandatür lag das Schlafzimmerfenster. Chaz beugte sich über das Geländer und streckte sich, um hineinsehen zu können. Im Halbdunkel sah er Carla auf dem Bett liegen. Er versuchte ans Fenster zu klopfen, aber sein Arm reichte nicht so weit. Deshalb hob er einen Plastikbaseballschläger, wohl von Donovan, auf und klopfte damit ans Fenster. Carla bewegte sich nicht. Chaz hämmerte wieder ans Fenster, diesmal heftiger. Doch sie rührte sich nicht, und sein Herz begann schneller zu schlagen. Immer wieder schlug er gegen die Scheibe und rief dabei ihren Namen. Carla lag bewegungslos da, und Chaz spürte jetzt sein Herz bis zum Hals pochen. Schließlich warf er einen metallenen Gartenstuhl gegen das Fenster, der aber daran abprallte. Der Gartengrill war zum Glück klein genug, dass Chaz ihn heben konnte, also warf er ihn gegen die Glasscheibe, während er um Hilfe schrie. Das Glas zersplitterte in tausend Scherben. Dann zwängte Chaz sich durch das Loch, das er geschlagen hatte, und rannte zu Carlas Bett. Auf ihrem Nachttisch stand eine Flasche Wodka neben einer offenen Tablettenflasche.

„Was hast du getan?!", schrie er und tastete nach ihrem Puls.

Die Sanitäter legten Carla auf eine Trage und schoben sie hinten in den Krankenwagen. Einer von ihnen sah Chaz erwartungsvoll an. Schließlich sprang Chaz hinein, der Sanitäter schlug die Tür zu und zeigte auf einen Platz. Chaz setzte sich und beobachtete, wie sich das Rettungsteam um

Carla kümmerte. Er hatte das Gefühl, als hätte er einen Schlag in die Magengrube bekommen, sodass ihm die Luft wegblieb. Ihm war speiübel, aber er konnte sich nicht übergeben.

Im Krankenhaus erwartete eine aufgeregte Gruppe von Menschen den Krankenwagen, und sie riefen sich Wörter zu, die Chaz nicht verstand. Dann eilten sie mit Carla in einen Raum. Eine Frau griff nach Chaz' Arm und bedeutete ihm, draußen vor der Tür zu bleiben. Nach ein paar Minuten – oder auch nach einer Stunde, er wusste es nicht – kam eine Krankenschwester mit kurzem braunem Haar herausgeeilt. Um den Hals trug sie eine Kette, an der eine Brille hing.

„Sie haben sie gefunden?“, fragte sie.

Er nickte.

„Sind Sie ein Familienmitglied?“

„Nein. Wir arbeiten zusammen.“

„Hat sie je angedeutet, dass ihr jemand Gewalt antat?“

„Nein. Nein, nichts dergleichen.“

„Ihr Arm ist gebrochen“, erklärte die Krankenschwester. „Außerdem hat sie eine Rippenfraktur und mehrere Quetschungen. Haben Sie irgendeine Idee, wie es zu diesen Verletzungen gekommen ist?“

„Nein. Ich weiß nichts über ihr Privatleben.“

Die Schwester ging wieder in den Behandlungsraum, und Chaz spürte, wie seine Hand zu zittern begann. Schließlich kam ein Arzt mittleren Alters mit hoher Stirn und dünnem Haar heraus, und Chaz verschränkte die Arme, damit das Zittern aufhörte.

„Vicodin, ein sehr starkes Schmerzmittel, und Wodka“, informierte ihn der Arzt. „Hat sie so etwas früher schon mal gemacht?“

„Keine Ahnung“, erwiderte Chaz.

Der Arzt musterte ihn. „Ist sie in jüngster Zeit gestürzt oder von jemandem bei einer Auseinandersetzung verletzt worden?“

„Das habe ich doch bereits der Krankenschwester gesagt. Ich arbeitete lediglich mit ihr, und sie hat mir nie irgendetwas über sich erzählt“, erklärte Chaz. „Sie ist gestern und heute nicht zur Arbeit gekommen, und ich wohne in ihrer Nähe, deshalb …“

„Es ist ihr Glück gewesen, dass Sie das getan haben.“

„Ist alles in Ordnung mit ihr? Kann ich sie sehen?“

„Augenblicklich ist sie nicht ansprechbar. Wir bringen sie zu weiteren Untersuchungen und zur Überwachung auf die Intensivstation. Bevor sie dort hinkommt, werden wir Sie holen.“

Der Arzt ging fort, und Chaz ließ sich auf einen orangefarbenen Stuhl am anderen Ende des Flurs fallen. Das Zittern wurde schlimmer. Chaz beugte sich vor und stützte die Ellbogen auf seinen Knien ab. Er hörte Schritte, aber es klang, als wären sie weit entfernt. Stromstöße schienen seinen Körper in Wellen zu durchfahren. In dem Bemühen, seine Übelkeit zu verdrängen, wiegte sich Chaz vor und zurück, aber sie ließ sich nicht vertreiben. Deshalb spähte er vorsichtig den Flur hinauf und hinunter und ging schließlich in Richtung der Türen am anderen Ende des Flurs. Dort befanden sich Toiletten sowie ein Vorratsschrank und ein Aufenthaltsraum für das Personal. Chaz streckte seinen Kopf hinein und sah, dass der Raum leer war. Er hörte sein Blut in den Ohren pochen, und auf der Suche nach irgendetwas, das ihm helfen könnte, öffnete er einen Spind nach dem anderen. Ein Geräusch vor der Tür ließ ihn in die angrenzende Toilette fliehen. Er schloss die Tür und schaltete den Ventilator an. Dann wartete er. Jemand öffnete einen Spind und stöberte darin. Kalter Schweiß trat Chaz auf Stirn und Rücken, das Zittern verschlimmerte sich. Schnell nahm er eine Flasche mit Mundwasser, die auf dem Waschbecken stand, und trank sie leer. Sie fiel auf den Boden und er beugte sich schwankend über das Waschbecken. Schweiß sickerte ihm aus den Haaren und ins Gesicht, aber nach ein paar Augenblicken hörte das Zittern auf.

Chaz sah in den Spiegel, und der Anblick schockierte ihn. Gerade eben noch hatte er in der Notaufnahme Menschen mit gebrochenen Knochen und blutenden Wunden gesehen, und nun durchwühlte er auf der Suche nach einer Dosis Alkohol fremde Spinde.

Ein Klopfen an der Tür dröhnte in seinen Ohren. „Ist alles in Ordnung mit Ihnen da drinnen?“

Sein Herz begann zu rasen und er betätigte die Toilettenspülung. „Ja. Sicher.“ Dann drehte er den Wasserhahn auf, bespritzte sein Gesicht und fuhr sich mit den nassen Fingerspitzen durch das Haar. Anschließend zog er mehrere Papierhandtücher aus der Halterung, trocknete sich Gesicht und Hände und öffnete die Tür. In dem Aufenthaltsraum stand ein Mann mit einer weißen Jacke.

„Tut mir leid. Mir war schlecht, aber die Kabinen in der Herrentoilette waren besetzt“, erklärte Chaz.

„Kein Problem“, erwiderte der Arzt. „Brauchen Sie jemanden?“

Chaz warf die Papierhandtücher weg und ging zur Tür. „Nein. Ich hab eine Freundin hergebracht, und die ganze Sache hat mich einfach …“

„Das passiert.“

Chaz hatte dem Arzt den Rücken zugekehrt, aber er fühlte, dass dieser zu ihm hinsah.

„Warum setzen Sie sich nicht kurz hin? Hier ist niemand außer mir."

„Nein, nein", erwiderte Chaz und drehte sich zu dem Mann um. „Es tut mir wirklich leid, dass ich hier reingeplatzt bin. Ich werde wieder raus auf den Flur gehen."

Der Arzt berührte seinen Arm und sah ihn an. „Warum setzen Sie sich nicht?", wiederholte er und Chaz nahm erschöpft auf einem Stuhl Platz.

Der Arzt setzte sich ihm gegenüber hin und fühlte seinen Puls. „Mein Name ist Nathan Andrews. Ich arbeite oben in der Kinder- und Jugendmedizin, aber ich bin auch in der Lage, den Puls eines Erwachsenen zu messen." Nathan schob eines der Lider von Chaz hoch, und Chaz presste seine Lippen fest aufeinander und hielt den Atem an.

Nathan verschränkte die Arme und musterte ihn. „Was ist mit Ihrer Freundin passiert?"

Chaz strich nervös mit den Händen über seine Jeans. Seine Handflächen waren schweißnass. „Sie glauben, dass jemand sie zusammengeschlagen hat."

Nathan stieß einen ächzenden Laut aus und schüttelte den Kopf. „Sie haben sie gefunden?"

„Ja."

„Da hatte sie Glück. Sie sind ein guter Freund."

Die Worte versetzten Chaz einen Schlag, und er blickte auf. Er konnte sich nicht daran erinnern, wann er jemandem zuletzt ein guter Freund gewesen war.

„Gehen Sie Weihnachten nach Hause?", fragte Nathan.

„Nein."

Nathan lehnte sich zurück und verschränkte die Arme. „Wo sind Sie zu Hause?"

„Das weiß ich nicht einmal mehr."

„Wie kommt das?"

„Bin einfach allein, das ist alles", erklärte Chaz. „Meine Eltern sind gestorben."

„Meine Mutter starb, als ich noch klein war", erzählte Nathan. „Egal wie alt ich werde, ich vermisse sie Weihnachten noch immer. Ich sehe die Eltern von Freunden an und denke: Meine Mom wäre jetzt in ihrem Alter."

Chaz veränderte seine Sitzposition. „Mir geht es genauso."

„Was machen Sie beruflich?", fragte Nathan.

„Ich, äh … habe keinen richtigen Beruf", antwortete Chaz. „Aber ich hatte eine Menge Jobs. Im Moment arbeite ich im Sicherheitsdienst."

„Toll."

„Als Kind wollte ich Arzt werden."

„Und weshalb sind Sie's nicht geworden?"

„Ich bin an einem schlimmen Fall von Dummheit gescheitert", erwiderte Chaz.

Nathan stand lachend auf und ging zur Tür. „Aber Sie sind noch immer jung."

Chaz winkte ab. „Ich bin für diesen Beruf nicht geschaffen."

„Genau das habe ich auch gedacht", sagte Nathan. „Aber es ist nie zu spät, und Sie wissen nie, was hinter der nächsten Kurve auf Sie wartet." Er klopfte Chaz auf den Rücken und machte sich dann auf den Weg in das obere Stockwerk.

Chaz ging den Flur entlang und ließ sich wieder auf den orangefarbenen Stuhl fallen. Er stützte sich auf die Knie und presste die Fäuste gegen die Stirn. Als die Krankenschwester ihn rief, um ihn zu Carlas Bett zu führen, sprang er auf.

Carla öffnete die Augen, als sie Chaz kommen hörte. „Sie sehen schrecklich aus."

„Sie aber auch", erwiderte er und trat dicht an ihr Bett. „Carla, Sie müssen mir nichts erzählen, aber … Was haben Sie nur getan?"

Eine Träne rollte ihr über das Gesicht und tropfte auf ihr Kissen.

„Haben Sie versucht, sich …"

Sie rollte den Kopf hin und her. „Nein. Nein. Ich brauchte was gegen die Schmerzen, aber die Tablette hat nicht geholfen, deshalb hab ich ein paar weitere gebraucht. Sie haben aber auch nicht gewirkt, darum hab ich immer mehr genommen."

„Sie hätten jemanden anrufen sollen", meinte er und trat noch dichter an sie heran.

Doch Carla schüttelte den Kopf und krallte ihre Hände in das Laken. „Nein, das konnte ich nicht. Ich konnte niemanden anrufen."

Chaz setzte sich auf einen Stuhl und sah Carla an. „Es gibt Menschen, die sich um einen kümmern."

Carla blickte zur Decke auf. Sie glaubte das ebenso wenig, wie er es an ihrer Stelle getan hätte. Wenn man sich erst einmal eingeredet hatte, dass es nicht stimmte, war es unmöglich, etwas anderes zu denken.

„Die Ärzte sagen, dass Sie von jemandem zusammengeschlagen worden sind", sagte Chaz.

Eine weitere Träne fiel auf das Laken. „Thomas." Sie zog das Laken hoch und wischte ihr Gesicht damit ab.

„Sie hätten sterben können", sagte Chaz.

Carla nickte, und noch mehr Tränen rollten ihr die Wangen hinab.

„Donovan wäre dann ganz urplötzlich allein gewesen."

„Allein ist er besser dran", erwiderte sie.

Chaz beugte sich zu ihr vor. „*Nein,* ist er *nicht*! Glauben Sie das nicht. Niemand ist allein besser dran."

EINE SCHWESTER führte Chaz aus dem Krankenzimmer, bevor er die Möglichkeit hatte, Carla zu fragen, ob Donovan noch immer bei Miss Glory war. Er verließ das Krankenhaus durch die Eingangstür, und die kalte Luft stach in seine Lunge. Seine Jacke lag noch in Carlas Wohnung, deshalb zog er sich die Kapuze seines Sweatshirts über den Kopf. Dann überquerte er den Parkplatz des Krankenhauses, um auf die Straße zu gelangen, und begann zu rennen. Nach zwei Blöcken blieb er stehen und rang nach Atem; es war zu kalt zum Rennen. Doch er musste Donovan finden, er musste ihn sehen. *Hilf mir, ihn zu finden; hilf mir, das Haus von Miss Glory zu finden,* betete er. Seit Jahren hatte er nicht mehr gebetet, und er kam sich albern vor.

Chaz lief über den Marktplatz zur Baxter, dann weiter in Richtung Maple. Wie lautete die Adresse genau, die Donovan stolz heruntergerattert hatte? Er dachte intensiv nach, aber er konnte die Nummer nicht in seinem Kopf hören. Es war irgendetwas mit 14. Vielleicht 214? Oder 514? Seine Hände taten ihm weh von der Kälte. Chaz schob sie tief in die Taschen seines Sweatshirts und presste sie fest an seinen Bauch. Die Kälte des gefrorenen Asphalts drang durch seine Turnschuhe, und er merkte, dass seine Zehen taub geworden waren. Was tat er nur?

Dennoch lief Chaz immer weiter, bis er in der Ferne ein Licht über den Treppen eines Eingangs brennen sah. Auf den Briefkästen lagen Schneehauben wie frostige Zylinderhüte. Als er von einem den Schnee fortwischte, erschien darunter die Zahl 860. Der nächste Briefkasten trug die Nummer 832. Hatte eines der nächsten Häuser die Nummer 814? Chaz versuchte, schneller zu gehen, aber er konnte es nicht. Er senkte den Kopf und zählte seine Schritte. Was, wenn niemand an die Tür ging? Was, wenn sie die Polizei holten? Die Luft wurde immer kälter. Er schnippte den Schnee von einem weiteren Briefkasten und hielt sich die Seite, als er die Nummer las: 820. Es tat weh, wenn er tief einatmete. Deshalb atmete er flach und zählte die vor ihm liegenden Häuser bis zur Nummer 814. Es war das mit dem brennenden Licht über dem Eingang. Chaz zog das Sweatshirt über die Nase und ging darauf zu.

Die Straße war leer, und in dem Haus waren alle Lichter ausgeschaltet. Es war zwei Uhr morgens. Chaz stand unten an der Einfahrt und hasste sich selbst dafür, dass er den ganzen Weg hierher gekommen war. Aber das Bild von Carla, wie sie in ihrem Bett lag, schoss ihm durch den Kopf, und er musste Gewissheit haben, dass Donovan in Sicherheit war. Obwohl die Klingel erleuchtet war, klopfte Chaz. Wenigstens wollte er nicht jeden im Haus wecken. Dann klopfte er noch einmal und kurze Zeit später hörte er Schritte.

„Wer ist da?“

„Miss Glory, ich habe Ihnen vor ein paar Tagen im Wilson's die Tüten mit den Mützen und Handschuhen gegeben“, sagte er zitternd.

Der Türriegel wurde klickend aufgeschoben, und das Gesicht der Frau, die er als Miss Glory kannte, erschien im Türspalt. „Was machen Sie hier?“

„Es tut mir wirklich leid“, erklärte er. „Carla ist etwas passiert, und ich musste einfach wissen, ob Donovan hier ist.“

„Ja, das ist er, aber …“

„Was ist los? Wer ist es?“, hörte Chaz die Stimme einer anderen Frau. Sie kam und stellte sich neben Miss Glory in den dunklen Eingang.

Dann wurde die Türkette gelöst, die Tür ging auf, und die zweite Frau stieß den lautesten, markerschütterndsten Schrei aus, den er je gehört hatte.

ACHT

Seine Hände waren genauso in die Taschen geschoben, wie ich es in Erinnerung hatte. So hatte er als Kind immer auf den Schulbus gewartet. Sein Gesicht war magerer geworden und mit Bartstoppeln bedeckt, aber unter der Kapuze seines Sweatshirts spähten die braunen Augen seines Vaters hervor. Ich streckte die Hand nach ihm aus und zog ihn zitternd ins Haus.

„Matthew, mein Matthew“, wiederholte ich wieder und wieder und hielt mich an seinen Armen fest, damit meine Knie nicht wegsackten. „Du bist es.“

„Mom.“ Seine Stimme war so leise, dass ich ihn kaum hörte. Er weinte, als er mich umarmte, und ich schlang, ebenfalls weinend, die Arme um ihn.

„Du bist es, du bist es“, schluchzte ich und legte mein Gesicht an seines. Ich umfasste sein Gesicht mit den Händen und blickte ihm in die Augen. „Du bist zu Hause“, flüsterte ich mit erstickter Stimme und geleitete ihn zum Sofa. „Miriam, hol Decken.“

Sie lief im Zeitlupentempo aus dem abgedunkelten Zimmer, war aber im Nu wieder da und legte ihm Wolldecken um die Schultern. Dann knipste sie eine Lampe neben Matthew an. Tränen liefen ihr über das Gesicht, aber sie sagte nichts. Sie half, ihm Turnschuhe und Socken auszuziehen, wickelte seine Füße in eine Decke und legte eine weitere Decke über seine Beine. Dann trat sie zurück und ließ sich in einen Sessel fallen.

Ich setzte mich neben Matthew, ohne recht zu begreifen, was da geschehen war, und berührte Matts Wange, um mich zu vergewissern, dass er wahrhaftig da war. „Jeden Tag habe ich dein Gesicht gesehen“, stieß ich hervor, „und gebetet und gebetet, dass du nach Hause kommen würdest.“ Meine Kehle war wie zugeschnürt, und ich presste die Worte heraus: „Mein Sohn.“ Ich schlang die Arme um seinen Hals, und wir schluchzten, während wir uns umarmten. Es gibt keine Worte, mit denen sich beschreiben ließe, wie sehr ich meinen Sohn und den Klang seiner Stimme vermisst hatte. Irgendwo in meinem Kopf waren Worte, aber ich konnte sie nicht aussprechen. Also sagte ich nur immer wieder: „Ich hab dich lieb.“

Nach so vielen Jahren, in denen er sich vor mir versteckt hielt, war mein Kind endlich nach Hause gekommen.

Als seine Benommenheit allmählich von ihm wich, begann Matthew zu zittern, und ich umklammerte seine Hände, um sie zu wärmen. Miriam brachte ihm eine Tasse heißen Kaffee, und als er sie nahm, schwappte das Getränk über den Tassenrand. Es war ihm peinlich, und er fuhr sich mit zitternden Händen durch das Haar.

„Miriam, neben dem Herd steht eine Flasche Wein. Würdest du sie holen, damit wir anstoßen können?“

„Den Wein, den du zum Kochen nimmst? Du willst –?“

„Geh schon“, schnitt ich ihr das Wort ab. „Bitte.“

Miriam goss Matt ein Glas ein und reichte es ihm. Dabei sah sie die Flasche an und dann mich. Es war nicht mehr genug für uns alle da. Sie goss einen kleinen Schluck in mein Glas, und ich wies mit dem Kopf in Matts Richtung. Er hatte sein Glas in einem Zug geleert. Miriam warf mir einen Blick zu und füllte sein Glas erneut.

Matthew sah mich nicht an. Er hielt den Kopf gesenkt und hielt das leere Glas zwischen den Knien. „Nach sieben Jahren ist dies alles, was ich dir zu geben habe, Mom.“ Dann begann er zu weinen, und ich beugte mich vor und schlang die Arme um ihn.

Sanft berührte ich mit meiner Hand sein Gesicht und blickte in die braunen Augen, die ich während der vergangenen sieben Jahre jeden Tag in meiner Erinnerung vor mir gesehen hatte. „Du siehst genauso aus wie dein Vater.“

Er schüttelte den Kopf. „Ich bin nicht der Sohn, an den du dich erinnerst." Matthew stützte sich auf seine Knie. „Außerdem bin ich überhaupt nicht wie Dad. Es tut mir leid, Mom." Seine Stimme klang schrill und angespannt. „Ich habe dir und Dad so wehgetan. Irgendwie dachte ich, dass es woanders besser sein würde, aber das war es nie."

Miriam versuchte mehr als einmal, sich zurückzuziehen, aber ich machte ihr ein Zeichen, sich wieder hinzusetzen. Von meiner Seite aus gab es keine Geheimnisse.

In den frühen Morgenstunden erfuhr ich, dass Matthew während der vergangenen zwei Jahre nur eine Stunde nördlich von mir gewohnt hatte.

„Du warst so nahe", sagte ich wieder und wieder. „So, so nahe."

Als er mir erzählte, dass er erst drei Wochen zuvor hergezogen war, um die Stelle im Wilson's anzutreten, schlug ich die Hände über dem Kopf zusammen.

„Ich dachte, Sie wären Miss Glory, als Sie vor ein paar Tagen ins Kaufhaus kamen", sagte Matthew und sah zu Miriam.

Lachend warf sie den Kopf zurück. „O mein Gott, nein! Ihre Mutter ist die einzige Miss Glory in dieser Gegend. Aber Ihr Name war doch Chad oder so ähnlich, nicht wahr?"

Er sah mich an. „Chaz. Ich habe mich Chaz genannt."

„Du hast dir den zweiten Vornamen deines Vaters ausgesucht?"

„Ja. Chaz McConnell."

Mein Mädchenname. Obwohl er vor uns weggelaufen war, war es Matthew gelungen, sich einen Teil seiner Familie zu bewahren. Er hatte nicht alles hinter sich lassen können.

Kurz vor Tagesanbruch führte ich ihn in Erins Zimmer. Er sah so aus, als müsste er tagelang schlafen. Und mir war danach, genau das auch zu tun.

„Normalerweise schläft hier unsere andere Mitbewohnerin", erklärte ich und warf ein paar Sachen in den Schrank. „Aber sie hat gerade ein Baby bekommen und ist jetzt bei ihrer Mom." Ich ließ die Jalousie herunter und küsste meinen Sohn auf die Wange. „Jetzt ist endgültig Weihnachten", stellte ich fest und drückte seine Hand.

Zum ersten Mal stand er im Licht vor mir, und ich betrachtete seine Schultern, seine Hände und seine Brust. Sie waren nicht mehr unterentwickelt, wie ich sie in Erinnerung hatte. Sein Gesicht hatte jeglichen Babyspeck verloren und war mit Bartstoppeln bedeckt. Matt hatte sehr markante Wangenknochen. Es war jetzt das Gesicht eines Mannes. Die Augen seines

Vaters sahen mich an, aber sie strahlten nicht wie die von Walt, und das brach mir das Herz.

„So oft“, erzählte er, strich sich mit der Hand über das Kinn und sah sich im Zimmer um, „so oft wollte ich nach Hause kommen … aber ich konnte nicht.“ Er scharrte mit den Füßen und starrte auf den Boden. „Ich habe so viele Dinge getan …“ Seine Augen schimmerten feucht, und er blickte kurz an die Decke, um die Tränen zu unterdrücken. Dann räusperte er sich. „Ich konnte danach einfach nicht nach Hause kommen. Das konnte ich dir nicht antun.“

Ich nahm seine Hände. „Du hättest immer nach Hause kommen können, gleichgültig was du getan hast.“

Er schüttelte den Kopf. „Nein, das konnte ich nicht.“

„Du bist immer mein Sohn gewesen. Nichts könnte das je ändern.“ Dann setzte ich mich mit Matt an das Fußende des Bettes. „Nachdem du fortgegangen warst und dein Vater gestorben war, konnte ich an manchen Tagen nicht erwarten, dass sie vorbeigingen. Dann war ich so einsam und zornig, dass ich schimpfte und tobte und schließlich sagte: ‚Jetzt brauche ich sofort einen neuen Tag.‘ Und es *kam* ein neuer Tag, und es gelang mir, ihn durchzustehen. Es war immer genügend Gnade da, es zu schaffen. Die Gnade ist *immer* groß genug, es zu schaffen.“ Dann drehte ich sein Gesicht zu mir hin und küsste ihn auf die Stirn. „Du bist zu Hause“, flüsterte ich ihm ins Ohr. Er nickte, und ich betete, dass er es glaubte. „Schlaf ein wenig“, sagte ich und schloss die Tür hinter mir. Das Geländer gab mir Halt, als ich die Treppe hinunterschlich.

In der Küche traf ich auf Miriam.

„Ich war bei einem Wunder dabei“, sagte sie ehrfürchtig und reichte mir eine Tasse Kaffee.

Als ich mich an den Tisch setzte, fühlte ich, wie meine Knie weich wurden.

„Es war ein Wunder, nicht wahr, Gloria?“

„Ich weiß nicht“, antwortete ich, als ich meine Stimme wiedergefunden hatte. „Wenn es ein Wunder war, warum bin ich dann so verängstigt?“

Miriam kniete sich vor mich hin und erwiderte leise: „Weil Wunder uns die Knie weich und die Handflächen feucht machen. Sie lassen uns schwindlig werden und unser Herz rasen. Wenn uns ein Tag, an dem uns ein Wunder widerfährt, nicht das Gefühl vermitteln würde, als hüpften wir im einen Moment auf und ab und würden uns im nächsten übergeben müssen, dann wäre es bloß ein ganz normaler Tag.“ Sie hielt lächelnd inne. „Und dies war nicht bloß ein ganz normaler Tag, Gloria.“

ALS ICH Stephanie am nächsten Morgen anrief, war sie mit ihrer Familie beim Bruder ihres Mannes zu Besuch, der in einem anderen Bundesstaat wohnte. Vom Telefon ihres Schwagers aus konnte sie meine anderen beiden Söhne zu dem Gespräch zuschalten. Ich war heiser und erschöpft, als ich die Unterhaltung mit ihnen beendet hatte.

Heddy schrie auf, als ich sie anrief und ihr erzählte, was vorgefallen war. Sie ließ das den Hörer fallen und rannte los, um Dalton zu holen. Ich hörte, wie sie durchs Haus brüllte. Dann folgte ein gedämpftes Gespräch, in dem sie Dalton die Einzelheiten der Geschehnisse in der Nacht beschrieb. Am anderen Ende der Leitung schepperte und polterte es, dann meldete sich Heddy wieder.

„Hallo? Gloria?“ Wir sprachen über Carla und ihre Situation und kamen überein, dass es nicht ausreichen würde, wenn sie die Schlösser ihrer Wohnungstür auswechselte. Wenn Thomas es wollte, würde er einen Weg finden, bei ihr einzudringen. Heddy schlug vor, Carla und Donovan bei sich aufzunehmen, bis Carla eine andere Wohnung gefunden hatte. Donovan konnte bis zu Carlas Entlassung aus dem Krankenhaus bei ihr und Dalton bleiben.

Heddy und ihr Mann holten Donovan dreißig Minuten später ab. Donovan wollte so schnell wie möglich nach Hause, um nach dem Weihnachtsbusch zu sehen, denn er war davon überzeugt, dass der Busch kurz vor dem Absterben war, weil er seit drei Tagen nicht mehr gegossen worden war.

„Der Weihnachtsmann legt keine Geschenke unter einen verdorrten Busch“, erklärte er während des Frühstücks immer wieder.

Als ich ihn zum Gehen fertig machte, küsste ich seine Wange. „Danke, Donovan.“

Er wischte den Kuss ab. „Wofür?“

Doch die Zeit reichte nicht, um ihm das Geschehene zu erklären. Bei Matts Ankunft hatte er geschlafen – wie üblich hatte er in meinem Zimmer in einem behelfsmäßigen Zelt aus Wolldecken und Bettdecken kampiert. Ich küsste ihn erneut und nahm ihn fest in die Arme, bevor er ins Auto stieg und mit meinen Freunden wegfuhr. Dann legte ich mich auf das Sofa zum Schlafen nieder. Wenn Matthew die Treppe herunterkam, wollte ich ihn hören. Bilder der vergangenen Nacht wirbelten mir durch den Kopf, und ich lächelte. Miriam hatte Recht. Es *war* ein Wunder geschehen, und wir alle hatten unsere Rolle dabei gespielt.

ALS ICH aufwachte, fühlte ich mich entsetzlich. Ich zog die Vorhänge in der Küche zurück und beobachtete durch das Fenster, wie Miriam die Arbeit der Handwerker in ihrem Haus überwachte. Da ich sie nicht an mir vorbeigehen gehört hatte, fragte ich mich, ob Matthew ebenfalls fortgegangen war. Doch seine Schuhe standen noch neben der Tür, und so schlich ich nach oben, um zu duschen.

Anschließend zog ich meine marineblaue Jerseystrickhose, einen weißen Rollkragenpullover und eine blaue Jacke an und fuhr mir mit einem grobzinkigen Kamm durch die Locken. Dann steckte ich die widerspenstigsten Haare zurück und legte ein wenig Make-up auf. Ich starrte mein Spiegelbild an. „Heute bekommt die Hütte auf jeden Fall etwas mehr Farbe, und sie hat es zweifellos nötig", murmelte ich, während ich mir mit dem Pinsel über die Wangen fuhr. Gerade als ich die Hand nach meinem Lippenstift ausstreckte, klingelte es an der Tür. Ich strich mit dem Stift über meine Unterlippe und betrachtete mich schulterzuckend. „Mehr kann ich nicht für dich tun." An der Tür läutete es erneut, und ich lief die Treppe hinunter, wobei ich fast über die Katze gestolpert wäre. „Weg da, Whiskers!"

Vor der Eingangstür stand Erin mit dem Baby auf dem Arm, ihre Mutter Lois stand mit einem Paket Windeln hinter ihr. Ich nahm Gabriel und bat die beiden Frauen ins Haus. Dann erzählte ich ihnen, so schnell ich die Worte aneinanderreihen konnte, was geschehen war. „Um es kurz zu machen: Im Moment schläft Matthew in deinem Zimmer", erklärte ich zum Schluss.

Erin ließ sich auf einen Lehnstuhl fallen, und ihre Mutter starrte mich sprachlos an.

„Er ist hier?", fragte Erin. „Er ist tatsächlich in diesem Haus?"

„Ja, er ist zu Hause." Ich küsste Gabriel und blickte auf sein Gesicht hinunter. „Babys werden geboren und Kinder kehren nach Hause zurück. Das nenne ich Weihnachten!"

„Eigentlich wollte ich meine Sachen holen", erklärte Erin. „Aber ich werde ein anderes Mal wiederkommen."

„Nein, bleib, dann kannst du ihn gleich kennen lernen."

„Diese Zeit gehört Ihnen", widersprach Lois. „Wir werden wiederkommen."

„Wirst du weiter bei Layton arbeiten?", fragte ich Erin.

Sie warf sich den Beutel mit den Windeln über die Schulter. „Ich fange am Dienstag wieder an. Jodi hat gesagt, dass sie bald jemanden für eine Ganztagsstelle brauchen, und ich will mir meine Chance dort nicht entgehen lassen. Meine Mutter wird mir bei der Betreuung des Kleinen behilflich sein." Sie strich mit dem Finger über Gabriels Nase. „Es ist ein neuer Abschnitt in unserem Leben, weißt du."

Offenbar lernten wir gerade alle etwas über Neuanfänge.

NACHDEM ich jahrelang in dieser Stadt mit Menschen gearbeitet habe, habe ich erkannt, dass sich Menschen verändern wollen, wenn das, was sie bisher gemacht haben, für sie nicht mehr erträglich ist. Man kann es nennen, wie man will – eine Offenbarung, ein Erwachen oder eine Regung der Seele. Was auch immer es ist, es lässt die Menschen ihr Schicksal in die Hand nehmen, vielleicht zum ersten Mal in ihrem Leben, und sie sind fest entschlossen, dass sich diesmal etwas ändern wird. Aus diesem Grund rief Matthew die Anonymen Alkoholiker an. Nicht weil ich ihm dazu geraten habe, sondern weil sein Leben für ihn nicht mehr erträglich war.

Matt spürte ein Hämmern in seinem Kopf und seine Zunge klebte ihm am Gaumen fest, als er spät an jenem Morgen auf den Gelben Seiten nach der Nummer suchte. Manchmal, wenn man sich ein neues Leben wünscht, will man so schnell wie möglich damit anfangen.

AM MONTAGMORGEN trank Matthew einen halben Karton Orangensaft, um die Trockenheit in seinem Mund zu lindern, und stand zehn Minuten in seiner Wohnung unter der Dusche. Dann nahm er sein Beruhigungsmittel. Er ging allein zum Treffen der Anonymen Alkoholiker in der Kirche – so wollte er es.

Von der Treppe, die ins Kellergeschoss führte, zog der Geruch von Zigarettenrauch zur Straße hinauf. Seitlich an der Treppe drängten sich Leute, die einen letzten Zug inhalieren wollten, bevor sie ins Gebäude gingen. Matt bahnte sich einen Weg durch den Rauch. Die Stahltür schlug dröhnend hinter ihm zu, als er den düsteren Flur entlangging, der zu einer offenen Tür führte. Vorn im Raum stand ein Tisch mit Kaffee und er goss sich eine Tasse ein.

„Sind Sie neu?"

Matt drehte sich um und sah einen Mann in Baumwollhose und Rollkragenpullover, der ihn anblickte. „Ja."

„Schön, dass Sie hier bei uns sind", meinte der Mann und rührte Sahne in seinen Kaffee.

In den Vorhängen hing der Geruch von Zigarettenrauch, und auf dem Teppichboden waren Kaffeeflecken.

„Was halten bloß die Kirchenleute hiervon?", fragte Matt.

Der Mann zuckte die Schultern. „Sie halten genug davon, um uns jede Woche wieder herkommen zu lassen."

Hinter ihnen begann jemand zu sprechen, und der Mann im Rollkragenpullover forderte Matt mit einer Handbewegung auf, sich zu setzen. Der Raum war mit zwei im Halbkreis stehenden Metallstuhlreihen bestückt.

Matthew setzte sich in die zweite Reihe hinter einen Pfosten neben den sperrigen Lüftungsschacht, weil er hoffte, dass ihn so niemand bemerkte.

Der Raum summte von Stimmen, während er sich mit mehr als fünfzig Menschen füllte. Zu ihnen gehörten, wie Matt erfahren hatte, Mechaniker und Bankvorstände ebenso wie Kosmetikerinnen. Sie trugen feine Anzüge oder Jeans, und ihr Alter reichte vom Teenager bis zum 77-jährigen Mann. Es war eine bunt zusammengewürfelte Gruppe, die allem Anschein nach nur eines verband: Sie wollten ihr Leben ändern.

Ein Mann in Baumwollhemd und Jeans eröffnete das Treffen. „Ich heiße Lukas, und ich bin Alkoholiker."

Alle begrüßten ihn, und Matt stützte sich auf seine Knie. Es war ihm peinlich, hier zu sein. Ein älterer Mann kam verspätet herein und setzte sich neben ihn, aber Matthew sah nicht zu ihm hin. Lukas las etwas über die Gemeinschaft vor. Dann rief er die Anwesenden zum Gespräch auf, und innerhalb von Sekunden erhob sich ein Stimmengewirr.

Ein Mann namens Coley ergriff das Wort. „Wenn ich zurückblicke, weiß ich, dass ich imstande bin, alles, was ich je getan habe, erneut zu tun, und das erschreckt mich zu Tode. Sehr lange habe ich geglaubt, man müsse sein Leben voll ausleben; immer obenauf sein, wo alles aufregend ist, und tun, was man will und wann man es will. Aber sosehr ich das auch versucht habe, bin ich immer wieder ganz unten gelandet. Jetzt weiß ich, dass das Leben in der Mitte gut ist." Er lächelte und warf die Hände in die Luft, um anzuzeigen, dass er mit dem Sprechen fertig war.

Dreißig Minuten lang ergriff einer nach dem anderen das Wort, bis sich schließlich der Mann neben Matthew räusperte.

„Hallo Frank", sagten die Mitglieder, nachdem er sich vorgestellt hatte.

„Diesen Monat bin ich zwanzig Jahre trocken", begann Frank.

Im Raum erscholl heftiger Applaus.

„Als ich zum ersten Mal zu diesen Treffen kam, meldete sich ein Mann zu Wort, der sagte: ‚Wir sind genauso krank wie das Geheimnis, das wir bewahren.' Meine Sucht war mein Geheimnis, und als Mann wollte ich imstande sein, allein damit fertig zu werden, aber ich konnte es nicht. Aus diesem Grund komme ich hierher."

Nach weiteren zwanzig Minuten ergriff Lukas wieder das Wort. Dann bekam Tim eine Auszeichnung dafür, dass er dreißig Tage trocken war, und Frank eine für seine zwanzig Jahre.

Als das Treffen endete, vermied Matthew es, mit den anderen zu sprechen. Schnell rannte er die Treppe hinauf und auf die Straße. Es schneite wieder, und er schob sich die Kapuze seines Sweatshirts über den Kopf und zog den

Reißverschluss seiner Jacke bis zum Hals zu. Worte vom Treffen schwirrten ihm durch den Kopf. „Ich habe eine Menge Chaos in mein Leben gebracht“, hatte Tim gesagt. „Ich hasste, was ich geworden war“, hatte eine etwa fünfzigjährige Frau bekannt. Eine Schneewolke fegte über den Bürgersteig, und Matthew beschleunigte seinen Schritt. Er hörte einen Wagen und drehte sich zu ihm um, als der neben ihm abbremste. Im Auto erkannte er Frank.

„Soll ich Sie mitnehmen?“

„Ich muss zu den Lexington Apartments“, erwiderte Matt.

„Genau da fahr ich hin“, meinte Frank und hielt ihm die Tür auf.

Matt schlüpfte auf den Beifahrersitz.

„Ich bin Frank“, sagte der Mann und hielt Matt die Hand hin. „War das Ihr erstes Treffen?“

Matt nickte.

„Die Schritte unseres Programms funktionieren, wenn man sie macht.“

Matthew starrte aus dem Fenster. „Und was, wenn man sie nicht machen kann?“

„Dann funktionieren sie nicht.“

„Es ist nicht einfach, oder?“, fragte Matt.

„Ausgewachsene Probleme lassen sich nie einfach lösen“, erwiderte Frank.

„Was, wenn ich mir nicht sicher bin, ob ich wirklich ein Problem habe?“

„Gibt es jemanden, der Ihnen vorgeschlagen hat, dieses Treffen zu besuchen?“

Matt schüttelte den Kopf.

„Sie sind aus eigenem Antrieb gekommen?“

Matt nickte.

„Dann sind Sie sich sicher, dass Sie ein Problem haben.“

Matt mochte Frank auf Anhieb. Er war unverblümt, aber herzlich.

„Das Treffen war ziemlich schonungslos“, meinte Matt.

„Es sind die ehrlichsten Menschen, denen Sie je begegnen werden.“ Frank sah zu Matt hinüber. „Also, warum sind Sie gekommen?“

„Ich habe mein Zuhause verlassen, als ich siebzehn war, unmittelbar bevor mein Vater starb“, erklärte Matt. „Das Trinken half …“

„… das Schamgefühl zu betäuben?“

Matthew nickte. „Monatelang war ich außerstande, auch nur einen klaren Gedanken zu fassen. Ich verlor zunehmend den Boden unter den Füßen, aber ich konnte nicht aufhören – ich konnte mit nichts aufhören, was ich tat. Jetzt habe ich meine Mutter wiedergefunden und gedacht …“ Seine Augen füllten sich mit Tränen und er wandte sich ab.

„Das hier ist es?“, fragte Frank. Als Matt bejahte, fuhr Frank auf den Parkplatz vor den Apartments, hielt an und drehte sich zu Matthew hin. „Wollen Sie wiederkommen?“

„Sicher will ich, aber ich habe noch nie in meinem Leben etwas zu Ende gebracht.“

Frank lachte. „Dann passen Sie prima dazu!“ Er faltete die Hände über dem Lenkrad und beugte sich vor. „Das A und das O ist: Gehen Sie nicht in der Überzeugung in Ihre Wohnung zurück, dass Sie nie wieder etwas trinken werden. Sie werden es tun. Aber wenn Sie es tun, dann lassen Sie nicht zu, dass es Sie für alle Zeiten niederstreckt.“

Matt nickte wortlos.

„Was werfen Sie sich morgens ein, damit Sie aus dem Bett kommen und den Tag überstehen?“

„Xanax.“

„Reden Sie sich auch nicht ein, dass Sie von diesem Zeug ohne Hilfe und ohne Entzugserscheinungen wegkommen. Brauchen Sie einen Paten?“

„Ich weiß nicht, was das ist.“

Frank schrieb seine Telefonnummer auf. „Ich werde Sie nicht anrufen, aber Sie können mich jederzeit anrufen, Tag und Nacht. Rufen Sie mich an, wenn Sie einen trinken wollen. Rufen Sie mich an, wenn Sie einen trinken wollten, es aber nicht getan haben. Rufen Sie an, wenn Sie einen getrunken haben und sich anschließend dafür hassen. Rufen Sie mich an, wenn Sie glücklich, traurig, aufgeregt oder dem Wahnsinn nahe sind. Dafür ist ein Pate da. Sehe ich Sie morgen?“

Matt stieg aus. „Klar.“

„Rufen Sie mich an, wenn ich Sie mitnehmen soll.“

Frank winkte, und Matthew sah, wie er zu dem Haus auf der gegenüberliegenden Straßenseite fuhr und am Ende der Auffahrt hielt.

„Das kann doch nicht wahr sein“, flüsterte Matt, während er zusah, wie Frank von Baum zu Baum ging und den Schnee von den Lichterketten schüttelte.

NEUN

Als Matt auf dem Weg zur Arbeit am Dienstagnachmittag den Marktplatz überquerte, sah er, dass die hübsche Blonde, die er einige Zeit zuvor im Kaufhaus gesehen hatte, in die Gasse hinter der Anwaltskanzlei einbog. Matt lief an dem Pavillon und den Tannenbäumen vorbei zur Straße und wartete, bis die Autos vorbeigefahren waren. Einem wich er aus, als er über die Straße zum Wilson's hinüberrannte. Mit schnellen Schritten kam die junge Frau die Gasse herauf. Sie bemerkte nicht, wie Matt vor die Kanzlei sprintete.

„Hallo, ich bin Robert. Kann ich Ihnen irgendwie behilflich sein?"

Roberts Stimme schreckte Matt auf. Er trat vom Eingang zurück, schüttelte den Kopf und hielt Robert die Tür auf. Dann drehte Matt sich ruckartig um, er wollte auf die blonde Frau warten und schlug ihr aus Versehen einen Stapel Akten aus der Hand.

„Das tut mir leid!", rief Matt. „Ich habe gerade einem Mann die Tür aufgehalten und hatte keine Ahnung, dass Sie …"

Schnell half er der Blonden, die auf dem Boden verstreuten Akten aufzusammeln, und reichte sie ihr. Sie lächelte. Matt fand, dass sie umwerfend aussah. Doch in seinem tiefsten Inneren wusste er, dass es nicht funktionieren würde. Sie war unerreichbar für ihn.

Marshall Wilson saß auf der Kante seines Schreibtischs und schrieb etwas auf einen Notizblock. „Hallo Chaz. Was gibt's?" Er nahm seine Brille ab und lehnte sich in seinem Sessel zurück.

Matt blieb an der Tür stehen und nestelte an den Handschuhen in seinen Händen herum. „Mein Name ist nicht Chaz McConnell."

„Ich fürchte, ich kann Ihnen nicht ganz folgen."

Jetzt steckte Matt die Handschuhe in seine Jackentaschen. „Ich habe vor ein paar Jahren eine Sozialversicherungsnummer von jemandem gekauft, weil ich meine nicht verwenden konnte."

Marshall versuchte, das Gesagte zu verstehen.

„Sehen Sie, es gibt nun folgendes Problem: Ich musste vorher noch nie meine Fingerabdrücke abgeben, und ich hatte Angst, dass der Mann, dem ich damals die Versicherungsnummer abgekauft habe, vorbestraft sein könnte. Und ich wusste auch, dass meine Fingerabdrücke nicht mit der Nummer übereinstimmten und dass ich gefeuert werden würde, sollte das jemand herausfinden. Deshalb habe ich den Umschlag von GDK abgefangen und weggeworfen, als er hier ankam."

Marshall dachte nach. „Warum konnten Sie Ihre eigene Sozialversicherungsnummer nicht verwenden?"

„Weil ich vor sieben Jahren von zu Hause weggelaufen bin", antwortete Matt. „Ich wollte nicht, dass meine Familie mich findet, aber Sonntagnacht habe ich sie gefunden. Meine Mutter ist Gloria Bailey."

Marshalls Augen weiteten sich. Nachdenklich rieb er sich mit dem Zeigefinger über das Kinn. „Nun, Chaz“, meinte er dann und sah Matt direkt in die Augen, „oder …?“

„Ich heiße Matthew. Meine Eltern haben mich immer Matt genannt.“

„Gut, Matt. Gehen Sie zu Judy, um sich zur Überprüfung die Fingerabdrücke abnehmen zu lassen. Das Büro des Sicherheitsdienstes liegt die Treppe hinunter am Ende des Flurs.“ Er schob sich die Brille wieder über die Ohren und setzte sich an seinen Schreibtisch. „Wir sind froh, Sie bei uns zu haben.“ Er grinste und sprach die Sache nie mehr an.

CARLA kam früh zur Arbeit und rannte die Treppe zum Büro des Sicherheitsdienstes hinunter. Sie trat ein und musterte Matt eine ganze Weile.

„Was tun Sie hier?“ Unbehaglich rutschte er auf seinem Stuhl herum.

Sie setzte sich auf die Kante seines Schreibtisches und verschränkte die Arme. „Ich versuche nur, Miss Glory in Ihnen zu sehen.“

Matt schob sich vom Schreibtisch weg und legte ein Fußgelenk auf sein Knie. „Sie werden nicht viel von ihr in mir entdecken.“

„Doch, sie ist in Ihnen“, widersprach Carla. „Donovan hat es mir erzählt.“ Carla griff sich einen halb aufgegessenen Schokoriegel und biss davon ab.

„Wie geht es Donovan?“

„Er stellt das Haus von Dalton und Heddy auf den Kopf. Aber ich habe eine neue Wohnung gefunden und werde am Wochenende umziehen.“ Erneut biss Carla von dem Schokoriegel ab. Sie wirkte nachdenklich. „Ich habe mich nie bei Ihnen bedankt. Wenn Sie nicht gekommen wären, dann weiß ich nicht, was …“

„Denken Sie nicht weiter darüber nach“, winkte Matt ab.

Carla fuchtelte mit dem Papier herum, in das der Schokoriegel eingewickelt war. „Die ganze Zeit versuche ich, die Dinge zusammenzubringen – Donovan, Ihre Mom, diese Stelle. Ich verstehe es immer noch nicht.“

„Vielleicht sollen Sie das ja auch nicht.“ Matt sammelte die verstreut auf dem Schreibtisch herumliegenden Kugelschreiber und Bleistifte ein und steckte sie in einen Becher.

„Sie klingen wie Ihre Mom. Wissen Sie, als ich Ihnen das erste Mal begegnet bin, habe ich Sie nicht gemocht.“

Mit gespieltem Entsetzen warf Matt die Arme in die Luft. „Was? Warum nicht?“

„Ich dachte, Sie wären ein …“

Matt hob eine Hand. „Ich weiß. Donovan hat es mir erzählt.“

Carla lachte. „Ihre Mom bringt mich dazu, über Dinge nachzudenken. Sie sagt mir, dass ich Grünzeug essen soll und Donovan auch dazu bringen soll, es zu essen. Außerdem versucht sie mir beizubringen, wie man sein Geld einteilt, sagt mir, dass ich vor Donovan nicht fluchen soll, und warnt mich vor Männern. Ihre Mom lässt mich glauben, dass ich kein hoffnungsloser Fall bin, verstehen Sie?"

Er lächelte. „Ich hoffe, dass ich mal so sein werde wie sie, wenn ich erwachsen bin."

Carla rutschte vom Schreibtisch. „Viel Glück dabei." Dann öffnete sie die Tür und Matthew stellte seine Beine wieder auf den Boden.

„Hey, warten Sie einen Moment!", rief er dann. „Sie haben nicht gesagt, ob Sie mich jetzt mögen."

„Fragen Sie Donovan", erwiderte sie und ließ die Tür hinter sich zufallen.

Ich stand vor unserem Weihnachtsbaum und blickte durch das Fenster auf die Veranda hinaus.

„Was machst du da, Gloria?"

Die Stimme schreckte mich auf. Schnell drehte ich mich um und sah Miriam am Eingang stehen. „Ich frage mich, ob ich das Licht auf der Veranda ausschalten soll."

Miriam kam durch das dunkle Zimmer und setzte sich auf das Sofa. „Lass es an."

Im Halbdunkel sah ich zu ihr hin. „Wirklich?"

„Sollten andere es nicht auch sehen?", fragte sie. „Verlorene, die nach dem Licht suchen?"

Ich setzte mich auf den Lehnstuhl und schlug mit den Händen auf meine Knie. „Miriam, das ist möglicherweise das Tiefsinnigste, was du je gesagt hast."

„Unsinn", entgegnete sie. „Ich bin voller Einsichten und scharfsinniger Beobachtungen. Die Weisheit strömt bei mir nur so aus den Poren." Sie beugte sich vor, und die Lichter des Tannenbaums erhellten ihr Gesicht. „Hast du dich schon mal gefragt, Gloria, ob es einen Grund gibt … für all das Leid?"

Dem Sinn ihrer Frage nachgehend, legte ich meinen Kopf an die Rückenlehne. Whiskers sprang auf meinen Schoß, und ich kraulte ihn hinter den Ohren. „Ich kann es mit meinem Verstand nicht fassen. Aber ich bin sicher, dass es für etwas gut ist."

Miriam zog ihre Beine an. „Sogar wenn das Leid selbst verschuldet ist?"

Whiskers streckte eine Vorderpfote nach meinem Gesicht aus und ich drückte sie. „Wenn das nicht der Fall ist, dann gibt es für niemanden von uns eine Hoffnung."

Sie stand auf und ihr Morgenrock glitt vom Sofa. „Gute Nacht, Gloria. Gute Nacht, Katze."

Ich sah Miriam nach, wie sie den Flur entlang verschwand, und hörte, wie sich ihre Zimmertür schloss. Whiskers sprang von meinem Schoß, und ich schaltete die Kerzen am Tannenbaum aus. Das Licht über dem Eingang schien durch das Fenster ins Wohnzimmer, während ich die Treppe zu meinem Schlafzimmer hinaufging.

MATT nahm am nächsten Morgen den Bus in die Stadt – sein Ziel war die Obdachlosen-Notunterkunft der Kirche.

Hinter einem Schreibtisch saß eine Frau. Sie führte ihn durch eine Turnhalle zu einem Korridor, von dem zu beiden Seiten mehrere Türen abgingen. Die Böden glänzten und rochen nach Ammoniak. Die Frau öffnete eine Tür zu einem Raum mit Ziegelwänden, in dessen Mitte ein Raumteiler stand. Sie gingen an einem älteren Mann vorbei, der auf einem Bett schlief. Die Frau spähte um eine Wand des Raumteilers.

„Klopf, klopf", sagte sie. „Sie haben Besuch."

Matt trat neben sie und sah Mike im Bett liegen. Sein Bein war eingegipst. „Hallo Mike."

Die Frau zog sich zurück, und Mike lächelte. Trotz seiner Blutergüsse und des Gipses sah er gesund aus. „Hallo Chaz."

„Ich habe gehört, dass du hier bist." Matt zog sich einen gelben Vinylstuhl ans Bett und ließ sich darauf nieder. Er erzählte seine Geschichte, dann blickte er auf den Boden, während er seine Jacke in den Händen hin und her drehte. „Natürlich sage ich dir nicht, was du tun sollst. Ich schlage es noch nicht einmal vor. Aber …"

Mike hörte ihm zu und musterte Matts Gesicht. Der rutschte unruhig auf seinem Stuhl herum. „Ich hätte gern gewusst, ob du zu einer längeren Fahrt mit dem Auto Lust hättest?"

ERIN holte nach Dienstschluss ihre restlichen Sachen aus meinem Haus. Sie und ihre Mutter stimmten sich nun mit der Betreuung von Gabriel aufeinander ab.

„Sobald ich genügend Geld gespart habe, muss ich in die Stadt zurückziehen", erklärte Erin, „damit ich näher bei meiner Arbeitsstelle bin."

„Ruf mich an, wenn du so weit bist. Dann helfe ich dir, etwas zu finden", versprach ich und half ihr dabei, ihre Sachen in einen Koffer zu packen. „Robert Layton hat mir erzählt, dass du in jemanden in der Stadt verliebt bist."

Erin riss den Mund auf. Dann warf sie eine Jeans in ihren Koffer. „Wie? Nein. Er stand da, als dieser Bursche gerade …“

„… als er dich gerade umriss“, setzte Miriam den Satz fort.

„Nein! Nein, er stieß mit mir zusammen und …“

„Die Vögel zwitscherten, die Raketen schossen in den Himmel und die Erde bebte?“

Ich lachte über Miriams Worte und Erin kippte eine Schublade voller Socken und Unterwäsche in den Koffer.

„Er würde kein Mädchen mit einem Baby haben wollen. Glaubt mir.“

„Mein ganzes Leben lang habe ich Menschen beobachtet und vor ihnen gespielt“, entgegnete Miriam. „Wenn jemand verliebt ist, dann spüre ich das.“

„Ich?“, schrie Erin. „Das bin ich nicht!“

Miriam und ich lachten.

„Verrate uns nur eins“, bat ich. „Sieht er gut aus?“

Erin schloss den Reißverschluss ihres Koffers und zog ihn vom Bett. „Ja“, gestand sie und fegte an mir vorbei.

„Das wusste ich!“, rief Miriam und rannte hinter ihr her. „Und wie heißt der gut aussehende Mann?“

Whiskers schoss vom Treppenabsatz, als er uns kommen hörte.

„Ich kenne seinen Namen nicht, und ich bezweifle, dass er, wenn er erst einmal erfahren hat, dass ich nicht allein zu haben bin, überhaupt erst meinen wissen will.“

„Oh, eine Zweiflerin!“, entgegnete ich und stellte ihr Gepäck in den Kofferraum ihres Autos.

„Und eine Skeptikerin“, ergänzte Miriam und musterte Erin. „Aber ich kenne die Menschen, und dieser Mensch hier ist *verlieeeebt*.“

Erin schlug den Kofferraum zu, ohne etwas dazu zu sagen, drehte sich um und umarmte uns. „Danke, Gloria. Ich danke euch beiden für alles.“

„Du bist jederzeit willkommen“, versicherte ich. „Bring deinen Freund mit. Ich werde das Licht für euch anlassen.“ Lachend fuhr sie rückwärts aus der Auffahrt und winkte. Wir sahen ihr nach, wie sie fortfuhr, und ich seufzte. „Ich hasse Abschiede.“

„Man sollte meinen, dass wir inzwischen daran gewöhnt sind“, meinte Miriam, während wir ins Haus gingen.

„Ich weiß. Aber sie sind noch immer fürchterlich.“

Miriam nahm einen großen Karton, der mit Tellern, Kochtöpfen und anderen Haushaltsutensilien gefüllt war, und trug ihn in die Garage. Ich folgte ihr mit einer riesigen Tüte voller Kleidungsstücke.

„Wir brauchen endlich mal einen richtigen Lagerraum für all das Zeug“, meinte sie.

Ich ließ die Tüte fallen. *„Wir?“*

Sie stellte den Inhalt des Kartons auf die Regale. „Natürlich nicht *wir*! *Du!* Dalton und Heddy und du! Was glaubst du, wen ich meine?“

Lachend sortierte ich die Kleidung.

MATTS GESCHWISTER hatten alle vorgehabt, Weihnachten mit ihren Schwiegereltern zu verbringen, aber sie änderten ihre Pläne, sodass sie zu mir kommen konnten. Miriam und ich krempelten die Ärmel hoch. Insgesamt würden wir zwanzig Personen sein, einschließlich Dalton und Heddy und Carla und Donovan, und es war noch viel zu backen, zu kochen und einzukaufen.

Matthew fühlte sich seinen Brüdern und Schwestern gegenüber noch unbehaglich – sie waren wirklich Fremde für ihn –, aber ich war mir sicher, dass sich das im Lauf der Zeit ändern würde.

Am Weihnachtstag übersäten meine Enkel das Wohnzimmer mit Einwickelpapier und hielten Miriam auf Trab.

„Wirf das Papier hier rein“, sagte sie zu jedem Kind, das gerade ein Geschenk auspackte. „Nein, nicht auf den Boden! Wir sind doch keine Ratten.“

Donovan war ganz aus dem Häuschen, als er sah, dass der Weihnachtsmann nicht nur unter seinen Weihnachtsbusch Geschenke gelegt hatte, sondern dass auch in meinem Haus noch Geschenke für ihn waren.

„Wie hat er das bloß gemacht?“, schrie er und öffnete einen kleinen Plastikkoffer voller Dinosaurier.

Carla wickelte ein Päckchen mit künstlichen Fingernägeln aus, und Donovan brüllte: „Ich hab dem Weihnachtsmann gesagt, dass du dir solche gewünscht hast!“ Es war so schön, Carla lachen zu sehen, und ich hoffte, dass sie diesmal endgültig festen Boden unter den Füßen bekam.

Dann reichte ich Matt eine kleine Schachtel, die in grüne Geschenkfolie eingeschlagen und mit einem Samtband zugebunden war. Matthew streifte die Schleife von der Schachtel, riss das Papier auf und hob den Deckel hoch. Er nahm das rote Notizbuch heraus und sah mich an.

„Ich dachte, dass du es jetzt zurückhaben solltest“, erklärte ich. Matts Blicke glitten über eine Seite des Notizbuchs und dann über die nächste. „Aber lies es in Häppchen“, flüsterte ich ihm zu.

Nachdem die Geschenke geöffnet worden waren, klingelte es. Ich vollführte einen Slalom durch die Papierberge auf dem Boden. Als ich sah, wer draußen stand, riss ich die Tür auf.

„Ich bin so froh, dass du kommen konntest!“, rief ich und nahm Gabriel aus Erins Armen.

„Weil Mom arbeitet, wusste ich, dass wir heute schrecklich allein sein würden“, erklärte sie.

Ich drückte Gabriel an meine Wange und ging mit ihm in die Küche. „Komm, du musst unbedingt Matt kennen lernen.“

Matt schnitt sich gerade ein Stück Kuchen ab und blickte kurz auf. Als er mich mit dem Baby sah, fragte er: „Wer ist das?“, und leckte sich die Finger ab.

„Das ist der kleine Gabriel. Miriam und ich haben ihn quasi selbst zur Welt gebracht. Und das ist …“ Ich drehte mich um und suchte nach Erin. „Wo ist sie hin?“ Über den Kopf des Babys hinweg rief ich: „Erin!“

Sie und Miriam kamen in die Küche, und Matts Augen strahlten, als er sie sah. Erin errötete, aber ich war zu sehr mit Gabriel beschäftigt, um es weiter zu beachten.

„Das ist mein Sohn Matthew“, erklärte ich und zog sein Gesicht zu mir, um ihm einen Kuss zu geben. „Und das ist Erin. Das Mädchen, von dem wir dir erzählt haben …“

„Hallo“, sagte Matt lächelnd und bot ihr ein Stück Kuchen an. „Ich verspreche auch, dass ich es Ihnen nicht aus den Händen schlagen werde.“

Lachend nahm Erin den Kuchen und einen Kaffee an. Matt führte sie ins Wohnzimmer, während ich an der Türschwelle stehen blieb und die beiden beobachtete. Miriam kam zu mir und legte die Hand auf Gabriels Kopf.

„Hab ich was verpasst?“, fragte ich.

„Ja“, antwortete sie. „Aber das ist unwichtig. Ich wusste die ganze Zeit über, dass er der gut aussehende Mann ist, den sie in der Stadt getroffen hat.“

Ich fuhr herum und sah sie an. „Wirklich?“

Sie beugte sich vor und küsste Gabriels Wange. „Keine Ahnung. Aber es wäre eine wunderbare Geschichte für ihre Enkel.“

Nach dem Essen wurde das Geschirr abgewaschen und die Kinder probierten ihr neues Spielzeug aus. Mein Blick fiel auf den Umschlag in den Zweigen, und ich stieg über Schachteln, Bücher und kleine Körper hinweg zum Weihnachtsbaum.

„Fröhliche Weihnachten, Walt“, flüsterte ich. Als ich bemerkte, dass Matt zu mir herübersah, lächelte ich ihm zu. Dann nahm ich den Umschlag endgültig vom Baum.

EPILOG

Ich sehe zu, wie Jack am Auto arbeitet, und gieße Kaffee in einen Isolierbecher. Er muss frieren da draußen, denke ich. Schnell schiebe ich ein Rosinenbrötchen in den Minibackofen und warte darauf, dass es auftaut. Jack hat mir noch nie auch nur einen Cent für seine Arbeit an den Autos, die in meiner Einfahrt landen, berechnet. Aber er erwartet immer, dass er eines meiner Rosinenbrötchen und eine Tasse Kaffee bekommt.

MATT greift nach einer Jeans und zieht sich ein abgetragenes Flanellhemd über. Ein dumpfer Schlag an der Tür bringt ihn aus dem Konzept. Der Zeitungsjunge hat die Zeitung von Matts Nachbarn wieder bei ihm vor die Tür geworfen. Matt zieht seine Jacke über und geht durch den kleinen Hof zu den Kelseys hinüber. Frank Kelsey kommt in Rentier-Boxershorts an die Tür. Die wenigen langen grauen Haare, die er über seine Glatze gekämmt hat, flattern im Wind. Aus der Wohnung dringt Würstchengeruch.

„Ich habe gerade am Fenster gestanden und beobachtet, wie er sie vor deine Tür geworfen hat“, bemerkt Frank und nimmt Matt die Zeitung ab. „Er weiß sehr genau, was er tut.“

Als sein sechsmonatiger Mietvertrag auslief, zog Matt auf die gegenüberliegende Straßenseite in das Haus neben Frank und Luanne Kelsey. Zwei Monate nach ihrer Begegnung mit Matt hatten die Kelseys die Weihnachtslichter abgenommen, die vierzehn Monate lang angeblieben waren. Matthew hatte Frank an jenem Tag geholfen, schweigend hatten sie nebeneinander gearbeitet. Doch Frank und Luanne hoffen noch immer auf die Rückkehr ihres Sohnes und weinen, weil sie die Ungewissheit kaum ertragen können.

Mrs Kelsey kommt aus dem Schlafzimmer. Sie trägt einen grün-rot gestreiften Morgenmantel, ihr rotbraun gefärbtes Haar, das sie hochgesteckt hat, sieht aus wie eine Zimtschnecke.

„Guten Morgen, Schätzchen“, brummt sie, während sie Matt hineinführt. Sie klingt wie jemand, der drei Packungen täglich qualmt, aber sie hat in ihrem ganzen Leben noch keine einzige Zigarette geraucht. Matt mag es normalerweise nicht, wenn ihn jemand „Schätzchen“ nennt, aber wenn es jemand mit einer Stimme wie der von Luanne Kelsey sagt, macht es ihm nichts aus. „Du siehst heute aber gut aus“, fügt sie hinzu. Sie zieht eine Brille aus ihrer Tasche und setzt sie sich auf die Nasenspitze, während sie den Kragen seines Hemdes zurechtzupft. Der Duft ihres Parfums erfüllt den

Raum. „Das wird ein wunderbarer Tag." Sie legt ihre Hände an Matts Wangen. „Möchtest du Frühstück?"

„Heute geht's nicht." Matt mustert Frank in seinen Boxershorts. „Willst du etwa so los?"

Das Telefon klingelt und ich melde mich, während ich an meinem zweiten Rosinenbrötchen an diesem Morgen knabbere.

„Hast du deine Arbeitssachen an?", fragt Matt.

„Hab ich doch immer", antworte ich. „War das Treffen gut heute Morgen?"

„Wirklich gut. Ich habe Frank gerade abgesetzt."

Ich glaube, dass Gott Frank Kelsey an jenem ersten Tag bei den Anonymen Alkoholikern neben Matt gesetzt hat. Matthew kann Frank Dinge sagen, über die er mit mir nicht sprechen will. Frank weiß, was es heißt, ein gebrochener Mensch zu sein, und ist ihm ein guter Freund.

Es war kein einfaches Jahr für Matt. Er erlitt zahlreiche Rückschläge, aber er ließ sich davon nicht beirren. Matt sagt, er habe in vielerlei Hinsicht das Gefühl, von den Toten wiederauferstanden zu sein. Mit jedem Tag ist er ein Stück mehr ins Leben zurückgekehrt, und ich bin sehr stolz auf ihn.

„Ich dachte, du wärst schon weg", meint Matt.

„Wenn du mich nicht abholst, kann ich nirgendwohin, bis Jack mit meinem Auto fertig ist", erkläre ich und sehe aus dem Fenster zu Jack.

„Was ist los mit deinem Auto?"

„Keine Ahnung. Jack ist heute eigentlich hier vorbeigekommen, um sich das alte Auto, das hier vor drei Tagen abgestellt wurde, anzusehen, aber er erklärte, er hätte auch ein Leck unter meinem Auto entdeckt. Jetzt arbeitet er daran, überall liegt Werkzeug herum."

„Keine Sorge, ich komme und hole dich ab", beruhigt mich Matt.

Schnell stelle ich ein paar Putzutensilien aus dem Schrank in eine Kiste. Vor fünf Monaten sah Dalton, dass ein Gebäude in einer Straße hinter dem Wilson's zum Verkauf stand. „Es wäre genau das Richtige für deine Arbeit", versicherte er. „Du könntest es als Lagerraum und Verteilungszentrum für die gespendeten Sachen nutzen." Doch ich hatte sofort viele Gründe, warum es nicht infrage kam.

„Es gibt Spender", meinte Dalton. Dabei verzog er seine Mundwinkel zu einem Grinsen und ich wusste, dass er und Heddy schon aktiv gewesen waren. „Miriam auch", verriet er und zwinkerte ihr zu.

Das alte Gebäude aus Ziegelsteinen ist einst ein kleines Lagerhaus gewesen. Es gibt viel zu tun, bevor wir es nutzen können. Einige Fenster müssen ersetzt, die Rohrleitungen erneuert, Wände eingezogen und jeder Quadratzentimeter gestrichen werden, der Betonboden inklusive. Wir haben die vergangenen vier Wochen hindurch geschrubbt und geputzt, ohne dass man bisher viel davon sieht, aber wir tun, was wir können – selbst Miriam hilft mir oft. Sie trägt immer strahlend gelbe Latexhandschuhe, ihre grünen Gummistiefel und einen blauen Arbeitsoverall. Matt nennt ihn ihren „Chemikalienschutzanzug". Doch bei dem uns möglichen Arbeitstempo kann ich mir nicht vorstellen, dass wir je in der Lage sein werden, das Gebäude wirklich zu nutzen.

Miriams frisch renoviertes Haus ist viel besser geworden, als sie es sich vorgestellt hat. Insgesamt hat sie zehn Wochen lang bei mir gewohnt, weil sie sich weigerte, in ihr Haus zu ziehen, bevor nicht jede Fliese und jedes Bild wieder an seinem Platz war. Sie hat mir vorgeschlagen, bei ihr einzuziehen und mein Haus renovieren zu lassen, aber ich glaube nicht, dass Whiskers und ich wieder dazu bereit sind. Zum ersten Mal seit ich sie kenne, hat Miriam die Fassade ihres Hauses weihnachtlich geschmückt. Es sieht jetzt wunderschön aus. Ich selbst habe mich für mein übliches Immergrün und Lichterketten entschieden, womit ich den Eingangsbereich des Hauses dekoriert habe. Ich weiß wohl, dass das etwas langweilig ist, aber eine große Dekorateurin war ich noch nie. Das überlasse ich Miriam.

Matt hupt draußen, und ich fahre zusammen. „Du meine Güte! Ich habe doch gerade erst den Hörer aufgelegt!" Schnell ziehe ich meine gelben Stiefel an, greife nach den Putzsachen und laufe aus der Tür. Jack Andrews ist fort. Ich habe ihn nicht einmal wegfahren hören.

„Du bist aber schnell hergekommen", murmle ich.

„Ich war um die Ecke", antwortet Matt. „Wo ist Miriam?"

„Das weiß ich nicht. Wir wollten eigentlich unseren Spaziergang machen und dann zusammen frühstücken, aber sie ist nicht zu Hause."

„Lässt sie sich mal wieder die Haare färben?"

Ich lache. „Könnte sein! Die Welt bleibt schlagartig stehen, wenn dieser Termin naht. Hast du heute noch Unterricht?"

Matt schüttelt den Kopf. Er ist dabei, in Abendkursen sein Abitur nachzuholen, während er weiter im Wilson's arbeitet. Doch er ist jetzt nicht mehr im Sicherheitsdienst, sondern im Verkauf tätig. Carla arbeitet noch immer in der Putzkolonne, aber nur tagsüber, wenn Donovan in der Schule ist.

Matt hat ein Mädchen kennen gelernt, in das er sich auf den ersten Blick verliebt hat. In meinem Haus hat er ihren Namen erfahren, und im April werden sie heiraten. Erins Mutter hat eine Stelle in unsrer Nähe gefunden und ist in die Stadt gezogen. Erin und Gabriel wohnen bei ihr. Während Erin und ihre Mutter die Hochzeit planen, spielen Miriam und ich mit Gabriel und sehen zu, wie er heranwächst. Ich schwöre, dass er mich Oma nennt, aber Miriam meint, ich sei total verrückt. Wie auch immer, der Kleine ist ein höchst intelligentes und hübsches Kind.

Mike war immer in Matthews Gedanken, und als er wieder reisefähig war, fuhr Matt ihn in den Süden nach Alabama. Seine Mutter, die schon wartend an der Tür stand, begann zu schreien, als sie das Auto sah. Innerhalb weniger Augenblicke war die Auffahrt voller lachender und weinender Menschen. Mike stieg langsam aus, und seine Eltern umarmten ihn mit tränennassen Gesichtern. Matt sagte, es sei eines der bedeutendsten Dinge gewesen, die er je in seinem Leben gemacht hätte.

Während Matt durch die Stadt fährt, bewundere ich die geschmückten Tannen auf dem Marktplatz und die Dekorationen in den Schaufenstern. Irgendwie kann ich nicht glauben, dass schon wieder Weihnachten ist! Ich beobachte, wie Janet über den Platz läuft, und winke ihr zu. Früher glaubte ich immer, dass ich alles in meiner Macht Stehende tun müsse, um jemanden dazu zu bringen, sich zu ändern; aber ich habe schließlich gelernt, dass das, wie Heddy es ausdrückt, „nicht mein Job" ist. Ich schlafe jetzt besser.

Wir fahren auf den Parkplatz des Gebäudes und unter den Rädern knirscht der Kies. Über der Tür hängt ein Spruchband, und ich schreie auf, als ich lese, was daraufsteht: GLORYS HAUS.

„Wer hat das aufgehängt?", frage ich.

Matt lächelt und holt die Putzsachen aus dem Kofferraum. „Ich. Es ist nicht für immer gedacht, aber ich fand, die Leute sollten wissen, dass du hier bist."

Ich stehe da und betrachte die Aufschrift. „Glorys Haus? Ich glaube nicht, dass ich meinen Namen daraufschreiben würde."

Er schiebt mich zur Eingangstür. „Uns gefällt es."

„Dir und wem noch?", frage ich.

Matt öffnet die Tür und im gesamten Gebäude brechen Jubelrufe aus.

„Uns!", ruft er mir ins Ohr.

Unwillkürlich taste ich nach der Haarklammer an meinem Hinterkopf, um mein Haar wenigstens ein wenig in Ordnung zu bringen.

„Dazu ist es jetzt zu spät", kommentiert Miriam und hakt sich bei mir unter.

Ich blicke auf eine große Schar Menschen. Robert und Kate Layton und Jack Andrews sind unter ihnen. „Man hat mich beauftragt, dafür zu sorgen, dass du in deinem Haus bleibst, bis Matt anruft", schreit mir Jack durch den Lärm zu. Dalton und Heddy sind auch da; ebenso Carla, Erin und Lois mit dem Kleinen. Außerdem sehe ich viele Freunde aus der Kirchengemeinde sowie Frank und Luanne Kelsey. Marshall Wilson winkt mir zu. Ich erkenne ein Gesicht nach dem anderen.

Plötzlich stehen meine drei ältesten Kinder vor mir und ich stoße einen Freudenschrei aus. Als Andrew, Daniel und Stephanie mich umarmen, treten mir Tränen in die Augen.

„Dies ist die Arbeitsmannschaft!“, brüllt Matt mir ins Ohr. „Wir ziehen die Wände hoch und bauen Bäder und eine Küche ein. Wir werden das Haus in ein paar Wochen eröffnen können statt erst in vielen Monaten.“

Robert Layton tritt neben mich und wedelt mit den Armen durch die Luft. Alle verstummen, und ich merke, wie mir das Herz bis zum Hals schlägt. „Ich kenne Gloria seit einigen Jahren, und während der ganzen Zeit habe ich sie immer wieder gefragt, wann sie je einen Ort für ihre Arbeit finden wird. Mehrere Jahre lang hat sie meine Frage ignoriert. Wenn Sie Gloria kennen, wissen Sie, dass das nichts Ungewöhnliches ist. Gloria, ein für alle Mal: Würden Sie jetzt bitte endlich Ihre Garage ausräumen?“

Ich nicke lachend und wische mir die Tränen ab.

Matt stellt sich auf die Zehenspitzen und legt die Hände trichterförmig um den Mund. „Also gut, Leute! Nehmt eure Kampfpositionen ein und lasst uns an die Arbeit gehen!“

Die Menge klatscht und verteilt sich in alle Ecken des Gebäudes.

Miriam legt einen Arm um mich und drückt meine Schulter. „Ist das nicht besser, als du es dir je vorgestellt hast?“

Lächelnd beobachte ich, wie Matt und eine Gruppe von Männern eine Ladung Bauholz hereinschleppen. „Ja“, antworte ich mit rauer Stimme.

Dann läuft Miriam zu Heddy und Dalton, um ihnen dabei zu helfen, die alten Bodenbretter herauszureißen.

Ich drehe mich um und blicke in die Runde. Immer wenn man eine Kamera braucht, hat man keine zur Hand! Manche würden sagen, dass meine Freundschaft mit Miriam sie aus ihrer Reserve gelockt hat; aber ich weiß nicht, ob das wirklich ganz stimmt. Eher glaube ich, dass unsere Freundschaft uns *beide* besser gemacht hat, so wie es jede gute Freundschaft tun sollte. Ich versuche, alles in mich aufzunehmen. Im vergangenen Jahr habe ich sowohl die Fremde, die bei mir nebenan wohnte, als auch den Fremden, der an meine Tür klopfte, kennen gelernt. Mit keinem von beiden habe ich je gerechnet. Und sie ebenfalls nicht.

Matt hat mir erzählt, dass er sich früher beim Blick auf sein Leben stets gefragt hätte: „Wie bin ich bloß so tief gesunken?“ Jahrelang stolperte er ziellos umher und holte sich an jeder Biegung blutige Schrammen und blaue

Flecken. Er war vom Weg abgekommen und hatte seine Träume und Hoffnungen bereits verloren. Aber die Gnade war unnachgiebig und lud ihn stets ein, nach Hause zu kommen.

Aus diesem Grund kam die Gnade Weihnachten zu uns Menschenkindern, damit wir Liebe empfangen und von ihr durch dunkle Tage und Nächte voller Verzweiflung begleitet werden. Auch wenn wir uns noch so sehr darum bemühen, wir können ihr nicht entkommen.

Ich nehme Gabriel hoch und drücke sein kleines Gesicht fest an meines. „Da ist dein Daddy", sage ich und zeige auf Matthew.

Der Kleine sieht Matthew natürlich überhaupt nicht ähnlich, aber weder er noch Matt scheinen das zu wissen, und es spielt auch keine Rolle. Matt winkt dem Baby zu, und Gabriel strampelt mit seinen dicken Beinchen und klatscht in die Hände. Lächelnd küsse ich sein Gesicht.

Wie Walt es vor Jahren formulierte: Das Leben findet immer einen Weg.

DONNA VANLIERE

Foto: Joy Wilson

Eine Geschichte, die Hoffnung macht

Donna VanLiere hat sich vorgenommen, ihren Lesern mit ihrem neuen Buch die „Botschaft der Gnade“ nahezubringen. Für sie ist dieses Thema wichtig, und das gerade in der heutigen Zeit. Denn nach ihrer Beobachtung leben wir zunehmend in einer Welt, die von einer „Kultur der Ungnade“, wie sie es nennt, geprägt ist. Als Beispiel führt sie an, wie „gnadenlos“ etwa Hollywood mit Stars verfährt, wenn sie nicht mehr die erwarteten Verkaufserfolge liefern. „Gnadenlos“ ist oft jedoch auch das Leben selbst, wenn Menschen gänzlich unverschuldet in schwierige Situationen geraten, wenn sich etwa durch die Finanzkrise mühsam Erspartes buchstäblich in Luft auflöst oder wenn die Diagnose Brustkrebs plötzlich die gesamte Lebensplanung einer jungen Frau infrage stellt. Das sind nur einige Beispiele aus ihrem privaten Umfeld, die VanLiere dazu bewogen haben, ein Buch über die „Botschaft der Gnade“ zu schreiben, die auch für solch scheinbar ausweglose Situationen gilt. Diese Botschaft kann etwa heißen, für das dankbar zu sein, was bleibt, sei es die Familie, die zu einem hält, oder Perspektiven, die bleiben – denn letztlich ist es das wahre „Geschenk der Gnade“, akzeptiert zu werden, und zwar trotz aller Fehler.

Donna VanLiere, Jahrgang 1966, die Theater- und Rundfunkwissenschaft studierte, hat im Schreiben ihre wahre Berufung gefunden. Ihre warmherzigen Bücher kommen sehr gut an, bis heute hat sie elf veröffentlicht, die weltweit verkauft werden. Neben Übersetzungen ins Deutsche existieren auch solche ins Japanische, Italienische, Französische oder Indonesische. Doch ihre größte Leidenschaft gilt nach wie vor ihren Kindern Grace, Kate und David, die sie alle drei adoptiert hat. Es ist für VanLiere das größte Glück, sie aufwachsen zu sehen und ihnen eine Heimat zu geben. Zusammen mit Ehemann Troy und ihren Kindern lebt Donna VanLiere in Franklin, Tennessee.

SCHNEETREIBEN
Gekürzte, genehmigte Sonderausgabe für Reader's Digest – Verlag Das Beste GmbH, Stuttgart

IMMER IST GERADE JETZT

ECHO PARK
Originalausgabe: *Echo Park*
erschienen bei Little, Brown and Company, New York

DAS WEIHNACHTSVERSPRECHEN
Originalausgabe: *The Christmas Promise*
erschienen bei St. Martin's Press L. L. C., New York

Übersetzer:
Echo Park: Sepp Leeb
Das Weihnachtsversprechen: Anita Krätzer

Illustrationen und Fotos:
Schneetreiben: S. 4 (oben), 6/7: Landschaft: Getty Images/Ildiko Baranyi, Strommast: picture-alliance/dpa/dpaweb; 8: Getty Images/Ildiko Baranyi
Immer ist gerade jetzt: S. 4 (unten), 156/157: Getty Images/Radius Images; 158: Getty Images/Cristina Llerena

Umschlag: Hauptmotiv: plainpicture/Thierry Beauvir; *Schneetreiben:* Landschaft: Getty Images/Ildiko Baranyi, Strommast: picture-alliance/dpa/dpaweb; *Immer ist gerade jetzt:* Getty Images/Radius Images
Autorenfoto Stefan Holtkötter: Mascha Lohe

Die ungekürzten Ausgaben von „Schneetreiben", „Immer ist gerade jetzt", „Echo Park" und „Das Weihnachtsversprechen" sind im Buchhandel erhältlich.